如果暗恋有声音，那我对你的暗恋，
一定会穿云裂石响彻云霄。

幸好暗恋无声。
可惜暗恋无声。
幸好暗恋无声，我们还能是朋友。
可惜暗恋无声，你大概永远都不会知道，我喜欢你。

沈城

某个人，经过我身旁，
住在我脑中，在我心里钻洞
我明知喜欢他只是飞蛾扑火一场，
却还是义无反顾地朝那簇烈火飞去

2012年5月28号
他摸了一下我的手。

TA DE
ZHI FEI JI

他的纸飞机

TA DE ZHI FEI JI

大鱼

有爱的青春陪伴者

TA DE
ZHI FEI JI

他的纸飞机
（上）
艾鱼
著
Aiyu
四川文艺出版社

图书在版编目（CIP）数据

他的纸飞机 / 艾鱼著 . -- 成都：四川文艺出版社，2023.6

ISBN 978-7-5411-6625-9

Ⅰ . ①他… Ⅱ . ①艾… Ⅲ . ①长篇小说 – 中国 – 当代 Ⅳ . ① I247.5

中国国家版本馆 CIP 数据核字 (2023) 第 070809 号

TADEZHIFEIJI

他的纸飞机

艾鱼 著

出 品 人	谭清洁
责任编辑	叶竹君
特约编辑	廖 妍
装帧设计	颜小曼 毛仙瑶
责任校对	段 敏
出版发行	四川文艺出版社（成都市锦江区三色路 238 号）
网 址	www.scwys.com
电 话	0731-89743446（发行部） 028-86361781（编辑部）
排 版	长沙大鱼文化传媒有限公司
印 刷	长沙鸿发印务实业有限公司
成品尺寸	145mm × 210mm　　开 本 32 开
印 张	18.5　　字 数 640 千字
版 次	2023 年 6 月第一版　　印 次 2023 年 6 月第一次印刷
书 号	ISBN 978-7-5411-6625-9
定 价	68.80 元（全二册）

目录

CONTENTS

目录

CONTENTS

第一章 纸飞机

01.

2010 年 9 月 4 号下午。

白伊坐在书桌前，有些心不在焉地写着各科的周末作业。

每做几道题，她就忍不住拿起旁边的成绩单来看几眼。

成绩单第二行被她用绿色荧光记号笔勾了出来，格外明显。

白伊 班级名次 2 年级名次 48

白伊抿嘴笑起来，漂亮的眼睛里闪过细碎的光。

自高一下学期分了文理班后，她的成绩虽然一直稳定在前五，但还从没拿过班里第二。

这是第一次，也是她第一次冲进年级前五十名。

她之所以这么高兴，不仅仅因为这次考得好，更因为父母答应了她，只要她能考班里第二，就给她买个新的滑板，也允许她偶尔玩滑板放松心情。

白伊想到自己就快有新的滑板，嘴角不自觉地轻扬了几分。

她已经好久没有碰过滑板了。

上一个滑板在白伊上初三那年被母亲擅自送了人，从那之后，她就再也没玩过滑板。

因为父母不允许。他们觉得她玩滑板会分心，会耽误学习。只是他们觉得。

就在这时，楼下传来开门声。

白伊立刻起身，捏着成绩单就出了卧室，一路跑下楼。

伊君婉换了鞋后，摁了下放在玄关柜上的免洗洗手液消毒，双手互相搓着往客厅走来。

白伊看到母亲的倦容，关切地问：“妈，你吃午饭了吗？”

伊君婉的声音都透着疲惫，回她：“还没。”

白伊把成绩单随手放到了沙发上，快步往厨房走，懂事道：“那我给你下碗面吧。”

“谢谢宝贝。”伊君婉的语气里带着欣慰。

白伊在系围裙的时候又问：“爸呢？还在做手术吗？”

伊君婉已经坐到了沙发上。

听到白伊的话，她闭着眼从喉咙里溢出一声“嗯”，然后缓声道：“帮你爸爸也做份吧——，他应该快回来了。”

“好。”白伊应下后就踏进厨房，关上了门。

白伊的父母都是医生，父亲白骏毅是名骨科医生，母亲伊君婉是急诊科医生。

因为他们经常忙得不见人影，白伊很多时候都是独自在家。

所以她从小就很独立，也很懂事，尽量不让父母担心自己。

饭自己做，觉自己睡，衣服自己洗，作业从不用家长监督，每次都会率先主动写完等他们检查。

唯一的叛逆，大概就是初三那年，她因为母亲擅自把她最宝贝的滑板送了人而跟父母大吵了一架，对他们扬言说自己这辈子都不会放弃玩滑板。

白伊快把面煮好时，开门声又一次响了。

她把两个荷包蛋分别放在两只碗的碗底，然后将面盛进碗里，这才小心翼翼地捧着一只碗走出去。

刚回到家的白骏毅正擦免洗洗手液，见状后立刻走过来，从女儿手中接过面碗。

白伊折身回到厨房，拿了两双筷子，端起另一只碗走到餐桌边。她把碗放下，筷子也放好，而后抬头，喊正在低头看她成绩单的母亲：“妈，吃饭啦。”

伊君婉捏着她的成绩单起身走过来，在落座时笑说：“——这次摸底考试考得不错，都追赶上你们班那个一直稳坐第二的吴同学了。”

伊君婉口中的“吴同学”，是文理分科后就跟她成为同班同学的吴文彬。

从分班开始，吴文彬考试次次拿班级第二。

白伊有好几次考到班里第三，都只跟他仅差几分，但就是没办法超越他。

其实这次也没有超越，只是和他并列班级第二，两个人总分一样，各科分数有很大差别。

伊君婉细细地对比着白伊和吴文彬的各科分数，而后说：“吴同学数理化几乎没丢分，但是英语和语文不太行。——你英语几乎满分，化学也没怎么丢分，其他几科也还行，要是物理再强点，就能超过他了。”

白伊抿了抿唇，随即浅笑说：“我下次努力。”

“要不妈妈给你报个物理补习班？”伊君婉抬眼看向白伊，询问道。

“我有不会的问老师问同学就行，用不着特意报班。”白伊并不想周末还去上什么补习班。

伊君婉沉吟了下，又看了看成绩单，点头道：“也行，那你平常多问问吴同学，还有这个班级、年级都是第一的章同学，他总分都上七百了，数理化满分，有不会的就多问问人家。”

白骏毅的面都吃掉半碗了，伊君婉还一口没动。

白伊连连点头，提醒母亲：“妈，你先吃面吧，再不吃面就坨了。”

“别看了，先吃。”白骏毅说着，从妻子手中拿过成绩单，看完白伊用荧光笔勾出来的那一行，语气平静地说了句，“确实考得不错。”

“有没有想要的东西？爸爸妈妈这次给你个奖励。”白骏毅嘴角噙笑地问白伊。

白伊也没含蓄，抓住机会说：“爸妈，你们之前说只要我能考第二，就给我买个滑板，还记得吗？”

白骏毅愣了下，没立刻说话。

伊君婉正在低头吃面，也没出声。

气氛突然变得很安静。

须臾，白骏毅扭头看了看妻子，而后才笑着回白伊：“记得啊，爸爸妈妈都记着呢，一一想要滑板？”

白伊点了点头。

白骏毅还没说话，伊君婉就突然道：“一一，妈妈觉得现在还是以学习为重。爸爸妈妈肯定会给你买滑板，但不能是现在，等以后你高中毕业了，买了滑板想玩多久都行。你看这样行不行？妈妈带你去商场买身衣服，晚上我们一家人再一起吃顿大餐……”

伊君婉后面说的什么白伊都没听进去。白伊坐在他们面前，放在腿上的双手绞在一起，心一寸寸地凉下去。

从小到大每次都是这样，他们承诺给她的从不兑现，次次都用“以后”来搪塞她。

当初答应她的时候很爽快，可到了该实现约定的时候，他们却根本不会满足她之前提出来的要求。

白伊很委屈。

其他的她都可以不计较，但滑板是她的最爱。她这么些年来，就爱这一项运动。可他们偏要剥夺她玩滑板的权利，甚至不肯让她拥有滑板。

“我不会耽误学习的。”白伊咬了咬嘴唇，语气很笃定，像在对他们保证，“我绝对不会耽误学习。”

伊君婉语气严肃了些，说：“一一，妈妈是为你好。在该学习的年纪就要好好学习，其他的都不重要。

“而且你这次只是跟吴同学并列而已，妈妈知道人和人的智商有差别，我也不要求你去追赶次次都拿双第一的章同学，但吴同学你是有实力超越的，再加把劲儿吧，你得努力坐稳第二的位置。”

白骏毅也附和：“一一，你妈妈说得对。你看你都高二了，咱先顾学习。等你高考结束，爸爸亲自带你去挑滑板。”

白伊没再多说什么，她低垂着眼，情绪低落地起身，上楼回了房间。

白骏毅和伊君婉简单吃过饭就回了房间休息。

两人各自在手术台上连轴转，此时根本没多余的心力想其他的，沾了枕头就陷入了沉睡中。

白伊在房间里捏着笔强迫自己继续做题，但因为受情绪影响，效率极其低下。

最终，白伊索性放弃写作业。

临近黄昏，窗外的晚霞染红天际，橙色的光晕斜射进房间里，书桌上一片光影交错。

白伊想出去透透气。

她拉开衣橱，找出衣服换好，然后就拿起手机下了楼。

白骏毅刚刚睡醒，正在客厅倒水喝。

看到女儿穿戴整齐似乎要出门，白骏毅用泛哑的嗓音问道："一一去哪儿？"

白伊佯装自然地轻软说："去书店买本辅导书。"

白骏毅从兜里摸出钱来，往白伊手里塞了一百块钱："去吧，早些回。"

白伊轻抿唇点头应："好。"

从家里出来后，白伊深深地呼出一口气。

她在附近的公交车站牌上了车，走到后排寻了个靠窗的位置坐下，然后就望着沈城的街景，目光怔怔地发呆消磨时间。

忽而，手机响了声提示音。

白伊回过神，低头摁开手机，是同班好友彭星月发来的 QQ 消息。

星月美 girl："滑板酷 girl，不出来给我炫一波吗？"

白伊心情郁闷地回她："我爸妈食言了，说高中毕业再给我买。"

星月美 girl："啊？怎么会这样？抱抱我的一一宝贝，等姐妹攒钱给你买！"

白伊被彭星月的安抚逗笑，还没回复过去，彭星月又发过来一条。

星月美 girl："我表哥今天到沈城了，我刚知道他也玩滑板，而且玩得贼溜！本来还想明天找个地方让你俩来个滑板 PK 呢！"

白伊并没见过彭星月的表哥，但她知道对方的名字叫周雾寻，除此之外还知道他的一些事迹以及基本的家庭情况。

这些都是从彭星月嘴里听来的。

白伊盯着彭星月的消息，不自觉地嘟了下嘴，慢吞吞地打字：“那我肯定比不过，我已经很久没碰了。”

彭星月回她：“我突然想到！——以后你想要玩滑板，我帮你借我表哥的给你玩！”

彭星月又说：“反正我表哥要转到我们班，有的是机会！”

白伊惊讶了下：“你表哥转到我们班？”

彭星月说：“对呀，已经确定了，明天就跟我一起去学校。”

前几天刚开学的时候，白伊就听彭星月说周雾寻很可能转学过来。

原因是他的父母离婚了，孩子由父亲抚养，但他父亲常年在国外工作，根本没空管孩子，所以周雾寻在父母离婚后会来他奶奶所在的城市上学，等高中毕业就出国。

和彭星月聊完后，白伊在津海公园下了车。

津海作为沈城最大的公园，囊括了各种娱乐设施，也是沈城唯一一个有露天滑板场的公园。

白伊进了公园后就径直去了滑板场。

她坐在场边的长凳上，看着场地内逍遥自在玩滑板的少男少女，心里格外羡慕。

不知不觉呆坐到天际擦黑，白伊都还不觉天色已晚。

直到父亲发来短信，白伊这才匆忙起身，打算先去书店买本辅导书，然后再回家。

她一边回着父亲的短信，一边快步往场地外走。

突然，一阵风扑面而来，猛烈而汹涌。

与此同时，白伊整个人撞入一个怀抱，她的鼻子磕到对方坚硬的胸膛，疼得她眼睛瞬间泛泪。

本来踩着滑板急速过来的男生硬生生从滑板上下来，还在前行的滑板继续往前冲去。

男生因为身体的惯性，紧紧抵着白伊跑了两步才停下来。

白伊也因此不得不被他逼着踉跄地后退，还好对方的手摁住了她的后背，否则她会直接后仰摔倒在地。

却也是这样，让他们有了一刹那的拥抱。

入目是满眼的白。

白伊从他的白 T 恤上，闻到了很干净清爽的味道。

“抱歉。”

男生在停下来后扶稳她就松开了手，人也往后退了一步。他低头垂眸望着她，嗓音清朗地问：“你没事吧？”

白伊忍着鼻子的疼痛和生理性发胀的眼睛，对他摇了摇头。

周雾寻瞅着眼前娇小的女生。

她的眉心有一颗很小很淡的美人痣，一双清泠泠的鹿眼几乎能沁出水光来，仿佛下一秒就会掉下眼泪。

他不太确定地又问了遍：“真的没事？”

白伊点头，声音轻细而温软，回他：“没事。”

说完，她就脚步匆忙地从他身侧走过。

她自始至终都没有抬头看他，只注意到他的左手手腕上戴了根红绳。

周雾寻这才信步往滑板在的地方走去。

出了滑板场后，白伊鬼使神差地扭过头看向刚才那个男生。

他穿着简单的白 T 恤黑裤，脚踩黑色的帆布鞋。

身高腿长，背影挺括而瘦削。

男生此时已经踩着滑板往滑板设施的方向冲去。

前方有五节台阶要下。

他熟练地做了个 Ollie（豚跳。一脚猛踩滑板后部的带板起跳）。在跳起来的那一瞬间，他的脚仿佛根本没有从滑板上离开过似的，就像人跟滑板完全是一体的。

跟他比起来，白伊根本做不到出招这么酷炫利落，完美得像令人惊艳的艺术表演。

白伊亲眼看到他稳稳地落到了台阶下，然后继续往前滑行。

白伊不知为何，完全挪不动脚步。

她站在原地，眼睛紧紧追随着他的身影，看着他不断地出招，在巨大的碗池里上上下下来来去去，游刃有余到像在海洋里遨游的白鲸。

有种说不上来的帅酷。

她抬手揉了揉还有点疼的鼻子，突然想起他刚刚冲向她时带过来的那阵风。

2010年9月4号。

我遇见了一个像风一样恣意的少年。

02.

买滑板的事就这么不了了之。

周一早上，白伊乘坐公交车去学校。

她踏上公交车时，每次上学都跟她搭乘同一辆公交车的彭星月已经在后排坐着了，但旁边并没有跟彭星月年龄相仿的男生。

白伊走过去，在彭星月身侧的空位坐下来。

她好奇地问："星月，你不是说你表哥跟你一起去学校吗？"

彭星月很无奈地回答："他非要踩着滑板去学校，不肯跟我一起坐公交车。"

白伊听闻，小声说："要是可以，我也想这样做。"语气里隐约透着羡慕和向往。

彭星月有点心疼地摸摸白伊的脑袋，半开玩笑地安慰白伊："我去偷我表哥的滑板给你玩。"

白伊本来心里还有点郁闷的，结果一下就被彭星月给逗乐了。

到学校后，彭星月撂下书包就出了教室，走的时候对正要收化学作业的白伊扬声道："一一，我的作业在书包里，你自己拿！"

"好。"白伊扭头笑着应，声音带有天然的轻软。

作为化学课代表，白伊每次来到学校的第一件事就是收化学作业。

临近第一节课上课，白伊才勉强将作业收齐。

白伊抱着试卷和答题卡一路小跑到化学办公室，敲了敲门，在听到里面说"进"后，她才推开门。

班主任杨其进正坐在办公桌前，他的旁边站着一个身形颀长的男生。

男生穿着沈城一中的蓝白色校服，单肩背着黑色的书包，恰好背对着门口的方向。

这位大概就是星月的表哥周雾寻吧。

白伊这么想着，迈步走到杨其进的办公桌旁。

走近后，白伊才发现男生身前杵着一个滑板，板面是黑色的，上面有个金色的“X”字母。

他随意搭在滑板上的手骨节分明，手指修长。

下一秒，白伊僵愣在原地。

她盯着对方左手手腕上的红绳，有一瞬的茫然。

准确点说是不可置信。

白伊不自觉地抿了抿唇。

她把试卷和答题卡递给杨其进，喉咙莫名发紧，声音听起来不太像她的：“老师，作业。”

杨其进接过去，对白伊说：“正巧，你先带新同学进班里吧，最后一排还有空位，先坐那儿。”

白伊的心脏已经突突乱跳起来。

她梗着脖子，佯装镇定地点了点头，轻声应：“好的，老师。”

在转身往外走的那一瞬间，白伊飞快地瞟了他一眼。

周雾寻单手抱起滑板，夹在肘与腰间。

他随意地看过来，正巧跟她掠过的目光交会了刹那。

白伊心尖蓦地一颤。

她故作自然地别开头，率先抬脚往外走去。

周雾寻跟在她身后，嘴角轻勾起，笑意并不及眼底。

从办公室出来，白伊四肢僵硬地一步步往前走。

连通办公楼和教学楼的长廊中间设有卫生间，因为临近上课，周围没有其他同学，偶尔有从卫生间出来的人，也都急急忙忙地奔向教室。

须臾，走在白伊身后的男生清了清嗓子。

白伊甚至感觉到他加快了步伐，那道曾萦绕在她鼻息间的干净清爽的味道再一次袭来。

果不其然，下一秒，他就走到了她身侧。

不知为何，白伊整个人都变得更加紧绷的，她轻咬住唇里的软肉，垂落的双手倏然收紧。

而后，她又用理智强迫性地慢慢让指节松开。

“你叫什么？”他率先搭了话，声音还是那般清朗悦耳。

白伊不由自主地做了个吞咽的动作，旋即，她才声音柔软地回答他：“白伊。”

“白伊。”他重复了遍，像在加深印象。

但这声“白伊”，却仿佛唤醒了她浑身所有的细胞，每一根神经都兴奋到几乎要战栗。

“你好，”他略微散漫的语调里含了些许笑意，自我介绍说，“我叫周雾寻。”

我知道。

我知道你就是周雾寻。

白伊有点尴尬地道：“你好。”

周雾寻似乎短促地低笑了下，他偏头垂眸看她，语气随意地问：“前天晚上在津海滑板场和我撞了下的人是不是你？”

白伊的脸开始发烫。

她快速地眨了眨眼睛，从喉咙里挤出一个单音节：“嗯。”

其实当时是她走路没看路，并不怪他。

但他率先说了抱歉，她当时稀里糊涂的，也忘了说句对不起。

白伊犹豫须臾，刚想开口补给他一句道歉，彭星月的声音就从身后传了过来。

“哥！一一！”

周雾寻和白伊循着彭星月的喊声齐齐扭头看过去。

从卫生间出来的彭星月双手还湿漉漉的，她小跑过来，很自然地挽住了白伊的胳膊，然后一边走一边对周雾寻介绍：“哥，这是我最好的姐妹，白伊。我前两天跟你说的那个特别喜欢玩滑板的朋友就是她！”

周雾寻听闻，眉梢轻抬。

白伊却心跳蓦地滞了下。

她本以为彭星月从没有对周雾寻提过她。

随即，彭星月又对白伊介绍：“一一，这个就是我跟你提过好几次的表哥，周雾寻。”

话音刚落，才转过弯的几个人就被站在教室门口的数学老师提醒：“还不快点？”

彭星月当即就拉着白伊往前小跑去，周雾寻迈着大步在后面走，也没落后她们多少。

从教室后门进来后，白伊稍微停顿了下，等周雾寻踏进来，她指了指靠近后门的最后一排两个空座位，小声又快速道：“你选一个坐就行。”

“嗯。”

周雾寻应了声，直接在靠窗的里侧位置坐了下来。

白伊难得在课上走了神，还是因为一个才认识的男生。

第二节课是班主任的化学课。

杨其进在上课前先让周雾寻站起来做了个自我介绍。

其实第一节课大家就对这个新来的转学生充满好奇了，这会儿全班几十双眼睛都齐刷刷地看向教室后门的方向。

白伊也随着大家望了过去。

周雾寻的桃花眼稍弯，他嘴角盈着淡笑，朗润的语调中透着一股疏懒：“大家好，我叫周雾寻。”

话音一落，教室里顿时发出一阵惊叹唏嘘，甚至有不少同学纷纷看向中间最后一排的位置。

那里坐着一个干净而清冷的男生。

在听到周雾寻的名字时，男生才抬眸看向周雾寻在的方向，眼底闪过微诧。

“雾寻？跟班长同名！”

“我的天！居然重名了！”

“字不可能一样吧，这概率也太小了！”

周雾寻一点都不讶异。

他一早就知道高二（13）班有个叫章骛恂的男生。

彭星月说跟他名字同音的人还是个学霸，回回考年级第一，绝对能跟他匹敌。

和他又有什么关系。

“同学，你是哪个 wù 哪个 xún 啊？”吴文彬好奇地笑着扬声问。

周雾寻回他说：“浓雾的雾，寻找的寻。”

“啊……只是同音，字不一样的。”

“能同音也很巧了！”

……

教室里七嘴八舌地喧闹着。

杨其进拍了拍手：“安静。”

他示意周雾寻坐下，随后就说：“拿出摸底考试的卷子来，今天这堂课主要讲这张试卷。前排的同学，先借给新同学一份试卷。”

白伊坐在第四排的位置，而且刚刚好和周雾寻在同一列。

在老师说完话后，她隐隐约约地听到安静的教室里响起一句很低的“谢了”。

白伊突然很羡慕把试卷借给周雾寻的那位同学。

因为能从他那里得到一句“谢了”。

上午第二节课下课后，白伊跟着班主任去了趟化学办公室，拿下午化学自习课要做的习题试卷。

在白伊拿了试卷要离开办公室时，杨其进突然叫住她：“白伊。”

白伊扭头，杨其进递给她一张空白的摸底考卷，说：“把这张试卷给周雾寻，让他自己再做做。”

白伊点头应：“好。”

从办公室出来，白伊抱着试卷往教室走。

每走一步，心跳就快一分。

到最后，越走越快的步子一下下都踩在了心跳上。

她从后门进了教室，周雾寻正坐在座位上擦拭他的滑板。

白伊把那张摸底卷放到他桌上。

她低垂的眼帘轻颤着，嗓音也发紧，轻声说：“老师让我把这张试卷给你，他要你再做一遍。”

周雾寻简单地点了下头，从喉间溢出一声很低的：“晓得了。”

懒懒的，带着些许漫不经心。

晓得了。

白伊是土生土长的沈城人，接触的人也基本都是北方的，还从来没亲耳听谁说过“晓得了”。

这是第一次有人在她面前亲口对她说这三个字。

不知为何，她莫名觉得这句话很动听。

就在白伊要走的时候，周雾寻忽而唤了她一声：“白伊。”

白伊倏地顿住脚步，浑身僵硬地杵在原地。

她的眼睛不受控制地看向他。

男生的桃花眼带着动人心魄的深邃，惹得她有那么一瞬间，仿佛坠入了大海深处，连呼吸都不能。

也是在这时，白伊才忽而发现，他的鼻尖上有一颗很小很小的痣。

特别不起眼，可一旦发现，就会让人觉得无比惊艳。

他表情似笑非笑地问她：“星月什么时候跟你提起过我？”紧接着又问，“她都说我什么了？”

白伊蒙了一瞬，突然不知道该如何回他。

总不能告诉他，星月说你是个花心大萝卜。

彭星月刚走到后门，就看到周雾寻略轻佻地笑着瞅着白伊，而立在他面前的白伊却脸蛋儿通红，仿佛被调戏了似的。

彭星月连忙走过来，轻轻推了下白伊，示意她离开。

白伊得救般立刻迈着僵硬的步子回了座位。

白伊把试卷放进抽屉，随后拿起水杯，从前门走出去，想去水房接一杯水。

在经过后门的时候，白伊无意听到了彭星月和周雾寻的对话。

彭星月义正词严道：“一一是我最最好的朋友，哥你可不能伤害她，也别招惹一一。”

周雾寻似乎觉得很好笑，低笑出声。

随即，他懒洋洋地道：“你想多了，我对她没兴趣。”

我对她，没兴趣。

白伊突然觉得很难堪。

她低垂下头，咬紧嘴唇快步从后门走过。

身体里像打翻了药瓶，苦涩突然从胸腔溢出，蔓延至五脏六腑。

白伊第一次知道周雾寻这个人，是在高一下学期刚开学的时候。

因为文理分科，学校将学生重新分了班。

白伊从最初的高一（10）班来到了高一（13）班，班主任换成了化学组组长杨其进。

她的新同桌就是彭星月。

开学那天的大课间，班里有人高喊了声：“章骛恂！老班让你去趟办公室！”

当初升入高中的第一次月考成绩登出来后，章骛恂就在沈城一中一举成名。

——一个理科满分、英语满分、语文只有阅读理解和作文丢了几分的天才少年。

全年级无人不知无人不晓他在学习上有多牛。

听到章骛恂的名字，正在给白伊分享零食的彭星月忽而开口道：“我表哥也叫wù xún，不过字不一样，只是跟班长的名字同音，叫周雾寻。”她说着，抄起笔在写满计算公式和解题步骤的草稿纸上写下了三个字——周雾寻。

那是白伊第一次听彭星月提起周雾寻。

那次，她仅仅知道了，他是星月的表哥，以及他的名字。

女孩子间的友情总是简单而纯粹。

白伊和彭星月的关系就这样从普通同桌变成了好闺密。

也因此，白伊在这半年里，陆陆续续地从彭星月口中得知了一些周雾寻的事迹。

比如，他和章骛恂一样，在学习上是个天才，甚至很有可能比章骛恂还要有天赋。因为他有过“哪怕一个月不来学校上课，考试都能碾压所有人、摘下全年级第一名”的辉煌事迹。

彭星月跟白伊说：“我表哥就是个花心大萝卜，说来也奇怪，她们明明知道我表哥什么德行，但还是会靠近他。

“不过他对朋友简直没得说，仗义又可靠，所以我觉得我表哥这人只适合做朋友。”

当时白伊听完彭星月的话后，她顺着自己冒出来的第一个反应随口说：“那你表哥应该很帅也很有人格魅力吧，不然怎么会有那么多女生明知他是什么德行，却还要主动靠近他？”

彭星月不假思索地中肯道：“我表哥确实长得帅，一米八的大高个，平常总是一副散漫中带着点痞劲儿。再加上他学习好，打篮球也好，还会玩架子鼓，很容易让人一眼就着迷。”

那会儿白伊无法认同彭星月的话。

她不信真的有一见钟情。

直到前两天，在津海滑板场地。

她遇见他。

在没看清他的模样不知道他是谁的情况下，白伊望着玩滑板的他，真切地感受到自己的心跳渐渐加速失控。

那种感觉就像——

在遇见他的那一刻，她沉睡了十几年的灵魂突然间听到了某种契合的召唤，霎时苏醒过来。

从此以后，她甘愿为之尝尽这世间所有酸甜苦辣。

中午放学，白伊和彭星月手挽手一起去学校餐厅吃饭。

跟她俩同行的还有周雾寻，以及一个同班男生何颂。

何颂和彭星月从小学一年级就认识，这么多年过去，关系不能再熟的两人早就成了死党。

自彭星月告诉何颂周雾寻是她表哥后，何颂开口就喊周雾寻“寻哥”。

“寻哥，”何颂好奇地问，“你之前在哪个学校念书啊？”

周雾寻语调泛着一丝慵懒，散漫道：“南城一中。”

何颂的眼睛亮了亮，兴奋地说：“南城！我听说南城有座寺庙很灵的！”

周雾寻目光随意地轻瞥了眼何颂，嘴角微勾，回：“听说求姻缘是挺灵的。”他似笑非笑地问，“你需要？”

何颂急忙否认：“我不需要！我就是随口说说！”说完眼睛就不由自主地偷偷瞟了下正和白伊挽手走在前面的彭星月。

周雾寻只是开个玩笑而已，反倒是何颂反应过大，让他敏锐地捕捉到了一点蛛丝马迹。

周雾寻轻挑眉梢，从喉间溢出一声很短促的低笑。

走在他前面的白伊听到他的笑意，心尖不由自主地颤了颤，连带着神思也被牵扯着晃起来。

“一一？”彭星月见白伊不理她，摇晃了下白伊的胳膊，“一一？你发什么呆呢？”

白伊堪堪回神，掩下眸子里闪过的慌乱无措，佯装镇定地道：“你刚说什么？”

“问你一会儿吃什么啊！”彭星月无奈又好笑。

白伊眨巴了下眼睛，回道：“糖醋小排，如果还有的话。”

“高三的比我们早下课五分钟呢，估计是不会有了。”彭星月若有所思道。

沈城一中的高三学生比高一高二早下课五分钟，所以很多时候轮到高一高二买饭时，最受欢迎的菜已经没有了。

不出彭星月所料，他们几个人到了餐厅后，糖醋小排已经售罄。

白伊退而求其次，买了份鱼香肉丝盖饭。

餐厅的餐桌都是四人座。

白伊每次在学校餐厅吃午饭都和彭星月挨着坐，这次也不例外。

何颂坐在彭星月对面。

只剩下一个空位。

周雾寻随后就端着餐盘走了过来。

他很自然地在白伊对面落座，却惹得白伊的呼吸不动声色地滞了滞。

随后，周雾寻拿起筷子。

下一秒，何颂就盯着周雾寻使筷子的左手，惊讶出声："寻哥，你惯用左手？"

周雾寻语气疏懒地回："嗯。"

白伊本来在低头吃饭，听闻倏地抬头看向他。

周雾寻似是察觉到她的视线，轻抬眼皮望了过来。

两个人的目光蓦地相撞，白伊瞬间败阵般低垂下头，眼帘止不住地扇动着，掩饰般小口吃饭。

彭星月嫌弃地说何颂："至于这么大惊小怪吗你！一一也天生惯用左手呢，也没见你多惊讶啊！"

何颂一脸茫然地瞅了瞅白伊，又看向彭星月，很是摸不着头脑："白伊用的是右手啊……"

彭星月揶他："非得吃饭用左手才是惯用左手啊？一一值日擦黑板用左手，扫地用左手，平常收发试卷也都用左手拿，拎东西拿东西都是左手啊！这么明显你都没察觉？"

在彭星月说白伊也用左手的那一刻，周雾寻再次抬眸看向了白伊。

白伊努力忽视着他的凝视，强迫自己更加自然些。

白伊故作镇定地浅笑说："我爸妈嫌我吃饭会跟家人碰筷子，所以我从小就被强迫改用右手了。"顿了顿，她又轻声补充，"不过除了写字和吃饭，我还是惯用左手多一些。"

何颂很好奇地问白伊："那你会用左手写字吗？"

白伊嘴角轻扬着回："也会，但不是那么熟了。"

何颂又扭头问早已经低头吃饭的周雾寻："寻哥，你呢？你写字也是左手吗？"

周雾寻语调没什么情绪地淡淡回了句："右手。"

"欸？"何颂不解道，"我还以为你写字也用左手。"

周雾寻没回话。

这时，有道身影停在了白伊面前。

“终于找到你了。”吕舒娜语气轻快地说着，把一份糖醋小排放到白伊面前，“就知道你还是买不到。”

吕舒娜是白伊的表姐，高白伊一届，艺术生，读的是文科。

她跟白伊从小一块长大，所以和白伊的关系也很亲密，什么事都会告诉白伊。

这并不是吕舒娜第一次给白伊买糖醋小排。从开学到现在，今天是她第三次过来给白伊送糖醋小排。

白伊的脸上瞬间漾开笑，她仰头看着吕舒娜，开心道：“谢谢姐姐！”

吕舒娜眉眼弯弯地说：“跟朋友一起吃吧，我得回教室了……”

话音未落，转过身要走的她目光就落到了坐在白伊对面的周雾寻身上。

在看到他的那一瞬间，吕舒娜的眼底就浮起了细细碎碎的光芒。

她的目光不曾从周雾寻身上挪开，嘴角翘着，话语含笑地问：“前几天不记得有这位同学啊，新朋友吗一一？”

白伊一时不知道该如何回答。

她自己都不知道她和他算不算是朋友。

幸好彭星月及时开口，无形之中解救了白伊。

彭星月回吕舒娜说：“舒娜姐，他是我表哥，今天刚转学过来。”旋即又对周雾寻道，“哥，这是一一的表姐，高我们一届。”

周雾寻的桃花眼微挑，目光淡然平静地看向吕舒娜，没有泛起一丝波澜。

随后，他出于礼貌，说了句：“学姐好。”

吕舒娜眉梢眼角染尽了笑意，语气清朗地回：“你好呀，学弟。”

白伊望着他俩，心里突然涌出一股巨大的闷意。

这种感觉就像一团棉花塞在了心口，堵得她喘不过气。

她希望只是自己太过敏感。

吕舒娜跟周雾寻打过招呼后就离开了餐厅。

因为刚刚那个不算插曲的小插曲，白伊接下来有些心不在焉，就连最爱的糖醋小排都觉得索然无味。

她莫名地心慌意乱，说不清楚缘由，但就是整个人都浮躁不安。

直到吕舒娜的QQ消息突然传进来。

白伊的无措和慌张登时冲破了峰值。

表姐：“一一，星月她表哥有没有女朋友？”

白伊咬紧嘴唇，怔怔地坐在座位上，浑身僵硬。

良久，她低垂着脑袋，在输入框打了四个字。

“我不知道。”

其实她知道。

他目前没有女朋友，彭星月跟她说过。

在发送的前一秒，白伊将输入框里的四个字一点点删掉，重新写了一句。

“没有。”

发送。

下午大课间。

彭星月喊白伊去学校超市买零食，白伊无奈地说：“我得去老班办公室拿早上交上去给他看的试卷和答题卡。”

彭星月轻轻摸着白伊的脑袋，同情道：“课代表的悲哀啊，一天要往办公室跑好几次。”

她说：“那我去啦，你有要买的吗？我给你带回来。”

两个人边走边说，已经到了楼梯口。

白伊回：“那就给我买一排旺仔吧。谢啦！钱回来给你！”说完，她朝通往办公室的走廊小跑去。

彭星月失笑嗔怪：“谁要你的钱啊！作业给我看就行！”

白伊听闻回头冲她笑着比了个“OK”的手势。

她还没来得及扭回头，就见彭星月脸色突变：“哎……”

下一秒，白伊倏地撞上一个人。

周雾寻也没想到在拐角处会突然冒出个人，还是小跑着冲过来的。

他猝不及防，也根本没有躲闪的机会，就这么被结结实实地撞了下。

在撞到人的一刹那，白伊就闻到了有些熟悉的干净味道，清清爽爽的。

她心尖蓦地一跳，忽而变得很慌乱。

白伊瞬间拧紧秀眉后退。

在仰头看向面前的他时，她的脸颊已经泛起浅薄的红晕。

白伊只飞快地抬眼瞅了他一眼，视线根本没停留，随即目光就飘忽起来，无法找到落定的点。

“对不起。”她忍着肩膀的疼痛，有些拘谨地跟他轻声道歉。

她那一下撞得并不轻。

周雾寻胸口还微麻着，像过了电流一般。

他垂眼，表情透着点漫不经心。

大概是想到了前两天他俩才撞过一次，只不过当时是他没刹住速度冲向的她。

周雾寻若有似无地笑了下，不在意道：“没事。”

彭星月在楼梯口扬声道：“一一你看路啊！别莽莽撞撞的。”

白伊扭头，对彭星月点了点头。

随即，她就从周雾寻身侧绕过，脚步慌乱地快速走开。

胸腔里的心跳声震耳欲聋，扑通扑通的，像在深海里快活遨游的鱼。

良久良久，都无法平息。

白伊抱着老师批改完的试卷从办公室回来，从后门进了教室。

不仅仅因为后门更近些，更因为，这样能从他身后走过。

能有一瞬，离他很近。

周雾寻就在座位上坐着。

但白伊根本没敢看他，她只匆匆地从他身后走过，绕到了教室最前排，开始发试卷。

为了方便课代表收发试卷，沈城一中一直有个不成文的规矩——平常做题的试卷都是按列收发。

每次发新试卷，课代表都会从左到右按照每列有多少人数好张数，将分成几沓的试卷放到每列第一桌，由前向后传递。收作业则由每列最后一个人从后向前传，最后课代表在第一排收走试卷。

白伊将老师看完的卷子和答题卡发完后，就从抽屉里拿出她上午从办公室抱回来的新试卷，开始按列发。

靠门最近的这列加上周雾寻有九个人。

白伊把厚重的新试卷放在第一排的同学桌上，微弯着腰，动作熟练地数出九张卷子留下，而后往旁边挪，继续发卷子。

不多时，白伊已经来到教室中间。

何颂在周雾寻对角线的位置，正在打开的窗前探身往外瞅，他的眼睛紧紧跟随着抱着零食往教学楼走来的女生。

周雾寻用草稿纸随手折了个纸飞机。

他将纸飞机的头部放在嘴巴前哈了哈气，旋即就对准何颂用巧力扔了出去。

纸飞机在教室的半空飞绕盘旋着，却并没有击中他对准的目标，而是倏然落入了正在微弯腰数试卷的女生面前。

白伊低垂着头，心里默默数着数，手指正飞快地碾过一张张试卷。

结果有只纸飞机突然落到了试卷上。

她一愣，抬起头来茫然地睃了一圈。

在目光不听理智使唤地望向周雾寻的那一刻，白伊突然无措起来。

因为他正在看着她笑。

那么动人心魄的桃花眼里含满了笑意。

他单手撑着微歪的脑袋，整个人慵懒至极。

“不好意思，飞机不听话。”周雾寻笑着说完，又坦荡自然道，“扔回来吧。”

白伊无意识地轻抿嘴唇。

她捏起他折的纸飞机，心悸到呼吸艰难，恍若缺氧。

白伊暗暗平复着急促的气息，咬住下唇，而后奋力将纸飞机向着他在的方向扔去。

然而，飞机在她面前打了个旋儿，像片落叶般一头栽到了旁边过道的地上。

周雾寻倏地笑出来。

他的笑声不大，也没有任何要嘲笑她的意思。

但白伊看到他脸上止不住的笑意，登时尴尬得满脸通红。

正巧经过的章骛恂弯腰将纸飞机捡起来，递给白伊。

白伊脸上的红晕还没褪去，她伸手接过纸飞机时对章骛恂说了句：“谢谢。”

语气透着天然的轻软。

章骛恂总是一副清冷不苟言笑的模样，平常也很惜字如金，但跟白伊说话却没他看起来那么冷淡。

白伊觉得可能是高一时，他俩当过一阵同桌的缘故。

他低缓地回她：“不用。”

白伊没有再给周雾寻扔回去。

她一只手拿着纸飞机，另一只手还捏着几张数好的试卷。

可是，白伊垂头盯着手中捏的试卷，已经想不起自己刚刚数到第几张了。

她只好松开手，重新数试卷。

把试卷发完后，白伊回到座位，从抽屉里拿出一张新的答题卡，而后朝教室后门走去。

“周雾寻。”白伊轻声唤他，嗓音温温软软的。

正低着头看题转笔的他听闻，抬头望过来。

白伊把答题卡连同纸飞机一起递给他。

周雾寻伸出左手接过。

“答题卡……”白伊的喉咙发紧得厉害，她努力克制着这种陌生的感觉，却无济于事。

“从第21题开始涂。”她语调有点快地说完。

而后听到周雾寻声音低懒地回了句：“晓得了。”

白伊眨巴了下眼，正要转身回去，彭星月就出现在了后门。

“哎……一一！”彭星月把白伊要的一排旺仔给她，“你的。”

白伊接过来，鹿眼轻弯，声音微微扬起：“谢啦！”

彭星月怀里还抱着零食。

她扭脸问周雾寻：“哥，你吃吗？”

白伊见彭星月没有要走的意思，便直接撕开旺仔的外层塑料纸，往彭星月怀里塞了一盒旺仔。

何颂刚巧凑过来，见状开玩笑道：“有我的吗？”

白伊很大方地分了他一盒。

何颂其实是在问彭星月，没想到白伊会错了意，直接给了他一盒旺仔。

他微愣了下，也没戳穿，笑着对白伊说了句谢谢，然后就对彭星月厚脸皮道：“我也要！”

彭星月嫌弃地用胳膊肘拐他：“就不给你！”

旺仔一排四盒。

白伊手里还剩两盒。

她看了看手中的旺仔，而后飞快地伸出左手，把一盒旺仔放到了周雾寻课桌上。

“给你。”她小声说完，人就快速转身离开。

周雾寻拿起旺仔看了眼，又望了望已经回到座位背对着他坐下的女生，旋即把旺仔随手放进了桌屉的书包里。

下午放学铃一响，学生们从各个教室鱼贯而出。

走廊里霎时拥满了人。

白伊和彭星月跟着人流慢吞吞地往楼梯口走。

何颂和周雾寻在他俩后边。

何颂看着周雾寻手中的滑板，问：“寻哥，你就踩着滑板上下学吗？”

“嗯。”

何颂惊叹：“酷啊！”

“老班居然允许你带滑板来学校！”

周雾寻说道：“不允许，早上专门跟我提了从明天开始不准带滑板来学校。”

“啊？”何颂问，“那你明天还带滑板来吗？”

“带啊。”周雾寻懒散的语调里隐约含着些许叛逆和狂傲，他漫不经心地反问，“为什么不带？”

何颂佩服地对周雾寻竖了个大拇指。

白伊没插话没回头，只默默地听了全部。

走出教学楼，学生瞬间四散开，空气也仿佛重新流通起来。

何颂和他们不同方向，在校门口跟他们分开。

彭星月和白伊一如既往地去公交站牌等车。

周雾寻放下滑板，因为校门口人多，他一只脚踩上板子，在人群中左右拐动着往前慢慢地滑。

公交车到站停靠。

白伊被彭星月拉着手上车。

在上车的那一刻，白伊似有察觉般扭头。

周雾寻已经穿过拥挤的人群，加快了速度，随后双脚上板。

男生穿着蓝白色校服，单肩背着黑色书包，渐渐远离她的视野。

黄昏时分的天际绚烂无比，通红的火烧云大片大片地连着。

落在他身上的光晕都染着薄薄的红。

晚风掠过，少年柔软的短发被吹乱。

同时也吹乱了望着他背影的那个女孩的一整颗心。

像平静的湖面被一块石子溅起涟漪。

石子只一瞬就下沉，毫无踪迹。

可涟漪却久久不散，再难平息。

2010 年 9 月 6 号。

他居然是周雾寻。

明知他在感情中非善类，我却无法让自己停下来及时止损。

甚至卑劣地不想让他属于别人，尤其是表姐。

可是，他也不会属于我。

他今天一共叫了三次我的名字。

周雾寻。

周雾寻。

周、雾、寻。

世界上怎么会有如此让人心动的名字。

白伊放下笔后，盯着摊在自己面前的这个彩色纸张的本子，发起呆来。

过了会儿，她突然起身，从书桌旁拉出那个蓝色的收纳箱。

白伊把装在收纳箱里的书本都收拾出来，放进了书桌的柜子里。

收纳箱就被她搁在床尾靠墙的位置。

白伊拿了日记本和笔上床。

她屈腿靠在床头，把日记本放在腿上。

然后，她将这一页撕了下来。

白伊认真地折了个纸飞机，在上面写了个日期，2010.09.06。

她的嘴巴对着纸飞机的头部哈了哈气。

旋即，她瞄准收纳箱，轻投出去。

清新绿色的纸飞机在房间里划过弧度，盘旋着落地。

白伊继续将前两天的日记也撕下来，叠成纸飞机后写下日期，扔向收纳箱。

没有一个精准地落入收纳箱。

白伊爬到床尾，下床，光着脚在地板上捡起三只纸飞机，放进这个收纳箱里。

而后，她盖好盖子。

将她的秘密封存在里面。

03.

第二天上午大课间。

白伊正在发作业，吕舒娜突然出现在高二（13）班的教室前门。

“一一！”她抬高声音喊。

白伊扭头，看到吕舒娜手里满是零食。

她微微惊讶地往门口走去：“姐？”

吕舒娜把手里的零食塞给白伊，笑说：“给你买的，都是你爱吃的。”

确实都是白伊爱吃的，旺仔牛奶、彩虹糖、Q 蒂、牛奶含片。

从小一起长大，吕舒娜格外了解白伊的喜好。

“一一，”吕舒娜弯唇笑问，“星月她表哥在吗？”

白伊扭头往教室最后一排看了眼，那里空空的。她的目光又扫向别处，依然没有看到周雾寻的身影。

白伊摇了摇头：“不在。”

吕舒娜登时有点失落遗憾：“那你帮我给他个东西行吗？”

白伊心里不想答应。

但是，她讲不出拒绝的话。

最终，白伊藏着满腔酸涩，轻点了下头。

吕舒娜立刻从兜里掏出一封信，递到白伊手里。

临走前，吕舒娜忽然又拉住白伊的手腕，好奇地问：“他叫什么？”

本来想亲口问他名字的，可谁知没有见到。吕舒娜等不下去，迫不及待地想知道他的名字，所以问了白伊。

白伊张了张嘴，喉咙干涩地回：“周雾寻。”

“周我知道，wù xún 是哪两个字啊？”

白伊恍惚了一秒才说话：“浓雾的雾，寻找的寻。”

吕舒娜笑开：“好听欸！感觉蛮有意境的。”

“我走啦，不然要迟到了！”她对白伊挥了挥手，就快步离开了高二年级所在的区域。

白伊把吕舒娜给她买的零食放到桌上，手心里藏着那封信，继续发作业。

周雾寻不多时就从后门拐进了教室。

白伊看到他后，踟蹰犹豫了几秒，才慢吞吞地朝他走去。

她佯装要出教室后门，只是单纯地经过而已。

在走到他座位旁时，白伊趁没人注意，飞快地把手里的信放到了他的桌上。

周雾寻似乎很惊讶，抬起头来瞅向她。

白伊脚步都没顿一下，甚至突然加快了步伐。

走到他身后的一刹那，她刻意压低声音轻喃：“我姐给你的。”说完，她就出了教室。

往卫生间走的路上，白伊双手无措地绞着，松开后又收紧，食指的指甲一下一下地抠着大拇指的边缘。连着心脏的十指仿佛感受到了胸腔里那颗心脏的不安，也跟着慌乱如麻。

到了卫生间后，她在洗手池前洗了把脸让自己冷静下来。

但她脑子里还总是忍不住想，表姐信里写了什么？

白伊胡思乱想了一通，再回教室时，刚走到后门，似乎在特意等她经过的男生就忽而喊了她的名字："白伊。"

白伊蓦地停住了脚步，身体突然变得紧绷、僵硬起来。

她梗着脖子缓慢扭头，却不敢直视他的眼睛。

她只看到周雾寻脊背靠墙侧坐着，他的两条长腿大剌剌敞开着。

周雾寻抄起桌上的书，直接翻开某一页给她看。

这一页夹着一张叠好的纸，是给表姐的回信。

白伊心酸之余不由得惊诧。

他居然这么快就写好了。

看来回信时根本没纠结犹豫。

她虽然不想当表姐和他维持联系的中间人。

但她还是伸出了手，从他的书中拿走了这张叠好的纸。

因为第三节课的老师拖了堂，白伊等下课后去找吕舒娜的时候，高三已经在上第四节课，回信没能送出去。

直到上午四节课上完，白伊吃饭时在餐厅遇见了吕舒娜，才把随身携带的回信给她。

学校广播每周二和周四中午都会放几首歌。

几个人吃过午饭从餐厅出来，一首歌刚好唱完。

须臾，新的歌曲前奏响起。

挽着彭星月胳膊的白伊突然激动地晃了晃彭星月的手臂，还不自觉地小幅度跺了跺脚。

彭星月被她弄得莫名，扭头不解地问："怎么了？突然这么兴奋。"

白伊的脸上漾开明朗的笑，她歪头凑近彭星月，兴奋地说："是我偶像的歌！”

“五月天的歌？”彭星月轻蹙眉听了听，还是没听出来，便问，“哪首啊？”

“《一颗苹果》！”

白伊在提到五月天的时候，语气中总是透着开心，连眼睛都在发光。

“我好像没听过。”彭星月完全不记得五月天还有这么一首歌。

白伊眉眼弯弯地骄傲道：“我听过！”说完，她就不由自主地跟着广播轻轻哼了起来。

突然，白伊的哼唱声戛然而止。

直到这首歌结束，她都没有再跟着哼。

彭星月还在笑着说白伊：“你啊，心里也就只装着滑板和五月天了。”

白伊但笑不语。

之前她确实只有两个愿望：可以自由地玩滑板和去看五月天的演唱会。

而现在，是三个。

第三个是周雾寻。

这天放学。

白伊和彭星月和往常一样，要一起坐公交车回家。

上车后，白伊在一个靠窗的位置坐下，然后她才从书包里掏出手机。

也是这时，白伊看到了吕舒娜十分钟前给她发的QQ消息。

表姐：“今天在信里忘了问他的QQ号了，我放了学还要练舞蹈，没办法过去找你们，一一你有吗？”

白伊如实回复：“我也没有欸。”

吕舒娜很快就回复了她：“能不能帮我问问星月？麻烦宝贝一一了，拜托拜托！”

白伊咬了咬嘴唇，扭头望向车窗外。

结果她就凑巧看到了周雾寻。

非机动车道上，正踩着滑板前行的那抹蓝白色突然被一个女生拦住。

女生还是他们班上的，叫陈敏，长得很漂亮，身材也很好，学习也很不错。

公交车没停。

尽管白伊歪头贴靠着窗，周雾寻的身影还是渐渐淡出了她的视线。

他真的好受欢迎。

等再也望不到他，白伊才低头看向手机。

吕舒娜又给她发了新消息。

表姐："一一？好一一啦！我真的很需要他的联系方式。"

白伊只好扭头问正在捧着手机玩泡泡龙的彭星月："星月，周雾寻的QQ号是多少？"

彭星月的眼睛死死盯着手机屏幕，说："我没记住，一会儿帮你看看。"

须臾，游戏结束。

彭星月打开QQ，找到周雾寻的QQ号，念了一串数字："3×××11520。"

白伊将数字输入到和表姐的聊天框，发送。

"你要加他？"彭星月随口问。

白伊慌忙撇清关系，立刻解释："不是我，是我姐想要他的QQ，让我问一下你。"

说着，她还举起手机，把刚才和吕舒娜的聊天内容给彭星月看了眼。

彭星月惊讶，不可置信地问："舒娜姐？"

白伊轻咬住唇，垂下眼帘，点了点头。

彭星月皱眉道："我哥那人什么德行你也看到了。其他人我也就不管了，但舒娜姐对我挺好的，我不能眼睁睁看着她因为我哥受到伤害。你快跟舒娜姐说说我哥不合适，让她及时止损。"

白伊还没说话，彭星月就又道："算了，一一，你直接把舒娜姐的QQ号给我，我跟她说。"

接下来的路程，彭星月一直在跟吕舒娜聊天。

能说的彭星月都说尽了，吕舒娜却很坚持。

彭星月实在是没辙了，只能祝她好运。

结束了和吕舒娜的聊天后，彭星月沉沉地叹了口气。

她特别无奈地对白伊说："舒娜姐不听劝，非得要试试，还说也许她就是例外的那个。”

白伊心里五味杂陈。

她沉默着，没说话。

或许，那些女生都是这么想的吧。

幻想着，自己对他来说是最特殊的一个。

2010年9月7号。

“有些人经过我身旁，住在我脑中，在我心里钻洞。”

今天听到这句歌词的一瞬间，突然就懂了那句话的意思——初闻不知曲中意，再听已是曲中人。

第三个愿望，周雾寻。

3×××11520

对我来说，不是有些人。

而是某个人。

某个人，经过我身旁，住在我脑中，在我心里钻洞。

我明知喜欢他只是飞蛾扑火一场，却还是义无反顾地朝那簇烈火飞去。

就像那些，明知在他那里会受伤，还是忍不住要追随他的女孩儿。

04.

不出白伊所料，陈敏自那天后就一直围绕在周雾寻身边。

她每天都用花花绿绿带着香味的信纸给他写信，每天都写，还经常给他送零食，给他买水，甚至送一些小礼物，什么钥匙扣、护腕、运动手环之类的。

大概因为才来沈城没多久，周雾寻对这里的气候还不太适应，导致他有点感冒。

周雾寻自己都没当回事，陈敏却担心得不得了，立刻火急火燎地跑去校医务室给他买药。

除此之外，平常课间陈敏有事没事就跑到周雾寻旁边那个空位坐下，让周雾寻给她讲题。

其实所有人都看得出来，陈敏只是借问问题靠近周雾寻。

相比之下，吕舒娜和周雾寻的交集就少得多。

白伊不知道表姐和周雾寻在 QQ 上聊得多不多，但他俩在学校确实没多少互动。

因为高三和高二的时间安排并不一致,再加上吕舒娜平常还要练习舞蹈，她偶尔能跟周雾寻见面，也是在吃饭或课间时借着找白伊的名义，才能看两眼周雾寻，简单地跟他说两句话。

而对于陈敏的纠缠，周雾寻没有拒绝，也没有回应。

东西他一个不收，让他讲题他也讲，只不过都是按照他自己的解题思路讲，弄得陈敏常常听不懂也理解不了。

某次白伊从后门经过，恰好听到陈敏声音轻细地说："这道题如果作 ce 和 df 垂直，然后……"

大概是她刚一开口周雾寻就瞬间明白了陈敏要用哪种解法，他语调疏懒道："可以解，但麻烦。"

他捏笔在试卷上画了一道线，言简意赅道："这一条辅助线就够了。"

陈敏还在茫然中："啊？"

周雾寻把他的试卷推过去。

但不知道是他的步骤写得太简略，还是他解题的方法太偏门，陈敏根本没看懂。

"周寻，你给我讲讲嘛，我看不懂你写的……"陈敏不禁开口拜托。

周雾寻没多说什么，开始给陈敏讲题。

由于章骛恂和周雾寻名字同音，班里的男同学就按照从高一就喊的"章哥"继续称呼章骛恂。

至于周雾寻，因为何颂起头叫了"寻哥"，班上的男生也都跟着这样喊了起来。

但女生总不能也跟着"章哥""寻哥"地喊。

不知道是谁率先带头，也不知道从什么时候开始，章骛恂就被女生叫作了"章恂"，周雾寻则是"周寻"。

这是当着两位当事人的面儿。

私下里八卦时，女生们更多的唤他俩“章章”和“周周”。

反正就是不肯好好叫名字。

就连表姐都开始喊他“周寻”。

只有白伊，依然雷打不动叫他周雾寻。

她就喜欢叫他全名。

这天上午第四节课是数学自习，数学老师要求他们把试卷上的错题改正好，然后让课代表把试卷收上来。

他要看看他们有没有认真改错题。

试卷从后面往前传到白伊这里时，最上面一张试卷的名字写的是——周雾寻。

白伊突然想起大课间周雾寻给陈敏讲的那道数学题。

她突然很想看一看，他到底是怎么解的。

白伊没有立刻往前传试卷。

她翻过周雾寻的试卷背面，找到那道大题，在草稿纸上飞快地抄写下他的解题步骤。

像在做什么见不得人的坏事一样，她的心脏一直“扑通扑通”地跳，几乎要从胸腔里蹦出来。

须臾，她撂下笔，佯装若无其事地将自己的试卷放到他的试卷上面，传给前排的同学。

然后，白伊就认真地看起他的解题步骤来。

几分钟过去，她终于看懂了周雾寻的解题思路，因为思考而拧紧的眉也渐渐舒展开。

如果不是他白纸黑字地写出了这个方法，白伊根本想不到这道题还能这样解。

一般人根本想不出这样的解题思路，太不可思议了。

就连数学老师上周在课堂上都专门提过，说：“班上有位同学的解题方法总是很偏，偏得让人意想不到，很歪门邪道，但却全都能解对，步骤还很简单，让我也跟着拓宽思路了。”

当时吴文彬还很好奇地问：“老师，谁啊？”

数学老师心情很好地笑说：“周雾寻同学。”

而后，他又道：“文彬你上课少睡点觉，多思考思考，肯定也能找出不同解法，不要觉得每次你睡觉时被提起来回答问题都能答对就挺厉害。”

吴文彬一副虚心的样子，连连点头：“是是是，老师您说得对，我要向寻哥学习。”

那节课下课后，吴文彬就凑到周雾寻课桌旁，借了周雾寻的试卷看。

他一边看一边惊讶地扬声道：“兄弟！你是怎么想到这种解法的？脑回路不一般啊！”

声音洪亮到在走廊都能清晰听到。

周雾寻只回了他三个字：“多思考。”

吴文彬把试卷还给周雾寻，语气里隐隐带着不服气，笑说：“那我回去思考思考去。”

周雾寻从喉咙里发出一声短促的低笑，语气大度道：“有想不通的，可以来问我。”

吴文彬嘴角轻扯，话语爽快地应：“好嘞寻哥！”

现在距离那天已经一周了。

吴文彬再也没找过周雾寻。

更不要说过来问周雾寻问题。

这晚。

白伊把她抄在草稿纸上的独属于他思维的解题方法，连同今天的日记一起折成了纸飞机。

藏在了那个蓝色的收纳箱里。

2010 年 9 月 17 号。

他那么优秀，我无法匹敌。

周围所有人都以别的称呼喊他，只剩我叫他全名。

会不会有那么一瞬，我在他心里，是和其他人不一样的存在，是唯一特殊的那一个。

我喜欢你。

所以喜欢叫你全名。

第二章 电影院

01.

时间一晃就到了月底。

虽然国庆假期即将来临，但是在放假之前，学生们还有一场月考要面对。

而且学校特意把月考安排在了 27 号和 28 号。

因为这样的话，30 号放假之前，学生绝对能拿到成绩单。

上次摸底考，白伊在全年级排名第 48。

一个考场是 50 个人，所以这次她在第一考场考试。

同考场的还有年级第一的章鹜恂和跟她并列的吴文彬。

周雾寻因为没有名次，这次在最后一个考场。

白伊很清楚周雾寻的实力非同常人，也知道章鹜恂的实力，她根本没办法超越他们。

至于吴文彬，白伊其实心里也很没底。

虽然吴文彬平常总吊儿郎当，上课也经常睡觉，但谁也不能否认，他的智商就摆在那儿，脑瓜灵活，在数理化上更是出众。不然也不可能嚣张地总在课堂上睡觉，老师都睁只眼闭只眼不太管他。

哪怕有时任课老师实在看不过去把他叫起来，这人也完全知道老师说到了哪里，甚至还能睡眼惺忪地直接说出正确答案和完整的解题步骤。

仿佛他只是表面在睡觉，脑子还在时时刻刻跟着老师讲课的内容思考。

而白伊跟他比起来，逻辑不如他缜密，思维也不如他敏捷。

只有对英语的那种天然语感能比得过他，但这并不够。

她需要付出更多的时间去做题刷题，才能勉强不被落下。

如果非要给他俩定位，那吴文彬是天赋型的那类学生，只不过他的天赋还不够跟章鹜恂和周雾寻并驾齐驱。

而白伊是勤奋努力型的。

白伊想过很多次，这次月考她最好的名次也只能是第三。

这还是按照她能再次跟吴文彬并列或者有幸超过吴文彬计算的。

毕竟，章鹜恂和周雾寻她根本没办法超越，只能尽力去追赶。

所以答应母亲要坐稳班里第二名的事，大概不会实现了。

白伊很有压力，她都能想象到母亲看到成绩单后对她的态度和说辞。

为此，白伊在考前的这段时间格外努力地啃知识点，每天刷题到深更半夜才睡。

27 号下午，第一场考的数学。

考完后大家都急着去卫生间。

白伊正出考场，吴文彬就用他的大嗓门问同样在往考场外走的章鹜恂："章哥！第四道选择题你选的哪个选项啊？结果是'30'还是'25'？"

章鹜恂淡淡地说："都考过去了，现在对答案也没用，还是准备一会儿的英语考试吧。"

吴文彬笑道："我就这道拿不准，你就告诉我吧！不然一会儿考英语的时候我也静不下心来。"

吴文彬问的第四道选择题，白伊也很没把握。

她选的"25"，但她不确定是否正确。

白伊并不想提前知道对错。

她尽可能快地往前走了几步，结果还是听到了吴文彬高声兴奋的话语："我选的'30'！章哥你也选的'30'我就放心了，这下肯定错不了！"

她突然很烦燥。

两天的月考结束后，各科老师开始讲考试卷。

白伊也因此能估算一下自己的分数。

30号下午大课间，白伊去化学办公室抱印出来的假期作业试卷，正巧赶上班长章骛恂在办公室拿统计好名次的成绩单。

国庆假期七天，只化学这一科就七张试卷。

白伊要抱着七沓厚厚的试卷回教室。

她刚从化学办公室走出来，章骛恂就拿着成绩单追了上来。

“我帮你吧。”他说着，手已经伸了过来，从白伊搬的试卷上一次性拿走四沓。

她手上登时轻了不少。

白伊呼了口气出来，很感激道：“谢谢。”

章骛恂没有看她，只低声回：“没事。”

须臾，白伊忍不住问：“你还是第一吧？”

章骛恂点了下头，从喉咙里溢出一声：“嗯。”

白伊咬了咬唇，试探性地问：“第二呢？你看了吗？”

“吴文彬。”章骛恂回答，随即补充说，“你第三，就跟他差一分。”

白伊蒙了下，一时没反应过来。

她张了张嘴，很想问“周雾寻呢”，但是，在要发出声音的一刹那，她突然闭上了嘴，最终什么都没说。

到了教室后，章骛恂主动帮着白伊发试卷，连同成绩单一起发了下去。

白伊发完试卷后立刻回到座位，拿起成绩单就开始找周雾寻的名字。

第7名，周雾寻

白伊循着他的名字从左往右看。

各科分数都很平均，看不出偏科，也没有哪一科很突出。

说不出哪里不对，但就是怪怪的。

白伊又看向自己的各科分数。

大概因为母亲总拿她跟吴文彬比较，白伊现在也已经无意识地每次都会和吴文彬的各科分数做对比。

在看到英语148分时，白伊脑子里瞬间就自动响起了母亲肯定会说她的话。

“英语是你的强项，不该扣分的，要是把这两分拿下来，你就比他多一分了一一，那样你就是第二，他是第三。”

突然，白伊听到吴文彬的声音从后方传来，响彻整个教室。

“寻哥，你数学不是很好吗？怎么才考了 124 分？失误了吗？”

明明他是笑着问的，但听起来总有炫耀和嘲笑的阴阳怪气的意味，让人心里很不舒服，怪硌硬的。

白伊回头看过去。

周雾寻正随手转着笔，动作熟练又流畅。

闻言，他懒懒地抬起眼皮瞥了吴文彬一眼，语气散漫道：“这都看不出来吗，我在让着你。”

吴文彬脸上的笑意登时凝滞住。

片刻，他的神态恢复自然，微笑说：“不用让我，我想看看寻哥的全部实力，是不是比章哥还厉害。”

周雾寻眉梢轻抬，没再理他。

可能班上有的同学会觉得周雾寻是为了自尊和面子才说他在让着吴文彬。

但白伊信他说的。

他就是在让。

不仅在让吴文彬，从第二名到第六名，甚至这次依旧考了第一的章骛恂，都极有可能不是他的对手。

可是，他为什么要这样？

白伊不明白。

放学后，白伊跟彭星月一起走出教学楼，说起这次月考成绩的事，白伊终于从彭星月嘴里听到了一个合理的原因。

“我哥就是故意的，他在故意气我舅舅。”

彭星月叹气道：“我舅舅不是已经安排好了吗，等咱们高中一毕业，我哥就必须出国，还特意提醒他每次考试都要好好考。

"他就爱跟他爸唱反调。"

彭星月说话时，白伊打开书包，想把手机掏出来。

然而，手机不在书包里。

白伊倏地停下脚步。

她的大脑空白了一秒。

旋即，她就突然想起，手机今天下午被她放进桌屉里了，后来就忘记装进了书包。

没丢就行。

白伊瞬间又松了口气。

彭星月见白伊突然停下来，扭脸茫然道："怎么了——？"

"我手机忘在教室了，"白伊轻蹙眉，对彭星月说，"星月你先回吧，我去拿手机。"

"我不着急，你去吧，我在这儿等你。"彭星月回她。

白伊点点头，立刻转身跑回了教学楼。

她快步上了三楼，拐过弯沿着走廊往教室走。

已经放学有一会儿，现在走廊里空无一人，静悄悄的。

就在白伊走到教室后门的那一刻，她突然听到关着后门的教室里传来一道男声。

"吃饭没得？"周雾寻嘴里吐出方言，语调跟普通话完全不同，但特别悦耳动听。

他正在跟某个人通电话。

但对方是谁，说了什么，白伊听不到。

她只听到他说："成绩出来咯，考得不咋好。"

大概对方说了安慰他的话，他乖乖应："我晓得，没得压力。"

"你酒店订在哪里嘛？"周雾寻很关心地问。

跟他认识将近一个月，白伊还从没听他跟谁讲话这么温柔。

电话里的女声回了他酒店名字后，又问他："你也来耍不？"

周雾寻说："我就不过去咯，你们好好耍。"

不等对方再说什么，他就低声道："妈，我要去恰饭咯。"

“嗯，拜拜。”

原来是他妈妈。

白伊不知道自己该不该进去。

无意听到他打电话，她也因此知道了他之所以故意考这些分数，似乎并不是因为高考毕业后就要出国。

至少不是单纯地气他父亲。

更多的原因应该是，他想引起他母亲的关心和注意。

教室里传来声响。

白伊瞬间慌张起来。

她连忙快步往回走，一口气躲到了楼梯口。

在周雾寻走出教室要锁门的那一刻，白伊咬了咬嘴唇，鼓起勇气从拐角处冲出来，往教室的方向奔跑。

“周雾寻，别锁门！”白伊强撑着镇定，佯装自然地喊出声。

可她并不自知，在喊他名字的那一刻，她的脸已经染上了薄红。

周雾寻扭脸看到她，摁锁的动作停住。

白伊在他身旁停下来，呼了口气道：“别锁，我手机落教室了。”

周雾寻没说话，只拿开锁，又顺手帮她推开了后门。

白伊立刻走进去，从桌屉里摸出手机后就快步折回来。

她以为他会放下锁就走，结果他还捏着锁站在原地。

少年整个人都透着一股子心不在焉，眉心也轻拧着，看上去情绪不太好。

白伊本想说她来锁门就好。但不知为何，她在他面前总是词穷而笨拙，连最平常的话都说不出口。

最终，她也只讷讷地对他轻声说了句：“谢谢。”

周雾寻修长的手指摁上锁，将教室锁好，同时声音寡淡地用普通话回她：“没事。”

往教学楼外走的时候，他并没有刻意等她。

男生的步子大，很快就把白伊甩在了身后。

周雾寻单手抱着滑板，从教学楼出去后就踩上滑板快速往校外滑去。

白伊站在教学楼前的台阶上，面对着他时紧绷僵硬的骨骼，此时一寸一寸地松懈下来。

她安静地望着他的背影。

少年身上的校服外套敞怀，衣角被风带起来，和他那头柔软的短发一样被晚风吹乱。

周围人潮汹涌，热闹非凡。

大家都兴高采烈地沉浸在国庆节假期的快乐中。

可是为什么，她却感觉他，那么那么孤单。

周雾寻踩着滑板出了学校后沿路前行。

陈敏刚好从学校附近一家饰品店出来。

她看到他，立刻招手挥舞着拔高声音喊："周寻！周寻！"

周雾寻刚跟母亲通过电话，这会儿正魂游天外，根本没意识到陈敏在叫他。

本来他是打算国庆假期回南城找母亲的，但要去南城的话他还没说出口，就听母亲说她跟沈叔叔出去旅游了。

周雾寻瞬间就掐断了回南城的想法。

他比谁都希望母亲余生能过得好。

而不是像前半辈子一样，丈夫一年甚至几年都不回家一趟，她一个人把孩子含辛茹苦地拉扯大。当时她的老公周步梵先生，除了会每月定时打钱，家里出什么事都帮不上忙。

他是真的希望母亲好。

可心里总归不舒服。

陈敏见他没反应，立刻就拔腿跑向非机动车道。

她张开双臂，拦住正向这边急速滑着滑板冲来的周雾寻。

这不是她第一次干这事了。

周雾寻在看到前方冒出来一个人后，反应迅速地改变了滑板方向。

但他的滑行方向并没有改变，依旧向前。

周雾寻将滑板转了 90 度，板子彻底横过来，四个轮子跟地面起了摩擦。

随即，滑板停下。

——一个完美而熟练的 powerslide（甩尾）横刹。

陈敏笑着轻嗔："刚喊你好多声你都没反应。"

周雾寻的态度比平常还要冷淡几分，低声问："有事？"

陈敏的嘴角盈着笑意，主动对他发出邀请："我有两张电影票，你跟我一起去看吗？"

周雾寻垂眸盯着她看。

那双勾魂夺魄的桃花眼深处平静无波，却仍然让人觉得他的目光格外深情，迷人至极。

"你想跟我改变一下同学关系？"他问出口。

陈敏本来挺主动大方，结果被他一句话就闹红了脸，突然娇羞起来。

她顶着红透的脸颊，眼睫不断地扑闪着，赧然地忐忑着点点头："想。"

周雾寻便说："行。"

陈敏似乎没想到他会答应，惊讶地仰起脸来看向周雾寻，不敢相信地愣愣道："啊？"

周雾寻嗓音毫无波澜地说："不是想吗？那就试试。"

可能是惊喜来得太突然，陈敏反而手足无措起来。

她捂住嘴巴笑，笑弯的眸子亮晶晶的。

随后，陈敏又把手放下来，兴奋地胡乱晃了两下。

她想去拉他的胳膊，但最终还是没勇气，双手乖乖地垂落到腿侧。

在周雾寻要踩着滑板继续回家的时候，陈敏忽地扯住了他的校服衣袖。

男生莫名，扭回头看向陈敏。

"那你跟我一起去看电影吗？"陈敏羞红着脸，嘴角的笑意明朗，语气像在撒娇。

周雾寻的腔调里带着几分漫不经心，回她："去。"

而这一幕，不偏不倚，刚巧落入坐在公交车上的白伊眼中。

映在她鹿眸中的画面十分美好，像校园动漫里最令人心动的场景。

唯美中带着浪漫，充满了青春肆意张扬的味道。

男主角是他。

可惜，拽着他衣袖的女主角，不叫白伊。

白伊到家时，父母都还没回来。

她在玄关换上拖鞋，习惯性地摁了免洗洗手液。

搓了搓手后，白伊拎着书包径直回了房间。

在卧室里写了半个小时的假期作业后，她才下楼去厨房做晚饭。

白伊用了将近一个小时把晚饭准备好，然而父母还没回家。

平常白伊因为第二天还要上课，赶上白骏毅和伊君婉有手术不能准时回家的时候，她不会特意等父母回来后一起吃。

但今天放假了，明天也不用起早去学校，白伊就没提前独自吃。

她将饭菜盖好，上楼回卧室继续做题。

直到晚上九点半。

白伊都做完两张英语试卷了，家门口才响起动静。

伊君婉和白骏毅一前一后地踏进家门。

“好不容易有点休息的时间，”白骏毅跟伊君婉商量，“我们带一一出去玩几天？”

伊君婉应允：“行，都放松放松。”

听到他们回来的那一刻，白伊就从卧室里走了出来，此时她正在二楼的楼梯栏杆旁等着父母。

白骏毅和伊君婉上楼时说的话她听得很清楚。

他们打算带她出去放松一下。

“爸，妈。”白伊轻软乖顺地喊了他们，而后说，“晚饭我已经做好啦。”

“好。”伊君婉踩上最后一个台阶，来到白伊面前，轻轻摸了摸她的头，欣慰地笑着说，“辛苦了宝贝。妈妈先去洗个澡，然后再吃饭。”

白伊点了点头。

“对了，爸爸妈妈想带你出去玩几天。”伊君婉笑吟吟道，“一一想去哪儿？”

白伊绽开笑，立刻回：“北京！”

白骏毅觉得去北京很不错，应下来：“好，那我们就去北京玩玩。”

“一一你吃了吗？”伊君婉问她。

白伊摇摇脑袋，浅笑说：“想等你们一起吃。”

白骏毅道：“饿了就先去吃点吧。”

白伊嘴上答应：“好。”

但她并没有提前吃，而是去了厨房，盛饭端菜。

等伊君婉和白骏毅各自换上干净的家居服过来时，白伊刚要坐下，伊君婉就开口问：“一一，你们的月考成绩出来了吗？”

从回家后就不太安生的心脏突然冷不丁“咯噔”了下，白伊轻抿了下嘴唇，如实回答：“出来了。”

“这次考了第三，”她忐忑地咬住唇，轻声说，“跟吴文彬差一分。”

伊君婉本来舒展的眉微拧起来：“成绩单呢？”

“在房间。”白伊回道。

“拿给妈妈看看。”伊君婉说。

白伊听话地离开餐桌，去卧室拿了成绩单回来，递给伊君婉。

伊君婉垂眼仔细地对比着白伊和吴文彬的各科成绩。

须臾，伊君婉有点恨铁不成钢地叹气道：“英语怎么还扣了两分？你平常都能拿满分啊一一，这次要是不丢这两分，你完全能超过他成为第二名。”

白伊默默听着，没说话。

白骏毅也问白伊：“是不是马虎了？写错了单词还是看错了选项？”

白伊轻咬了下嘴唇，闷闷地回他们：“就是不会，选错了选项。”

这次考试她并没有失误，丢的分都是她不会的，根本不存在会做而做错。

“怎么会不会呢？你平常英语最好了，之前次次都能考150分，怎么这次就不行了？”伊君婉的话有点急。

白伊抿住嘴巴没言语。

本来该是温馨的晚饭时光，可现在只剩下令白伊如坐针毡的躁乱。

沉默的压抑感不断蔓延，几乎要掠夺走所有的氧气。

片刻，白伊轻细的声音在安静的餐桌上响起：“我只是更擅长英语，对英语天生有敏锐的语感，可是英语题那么多，我不可能每一道都会。”

她的话说得格外平和，特别理智，却引来了伊君婉的不满。

“一一，你在怪妈妈对你要求严格吗？”伊君婉把成绩单拍在饭桌上，略微生气道，“妈妈不是为了你好？你扪心自问，你真的没有能力考过吴同学吗？你只要再努力一点，就能坐稳第二名的位置。”

白骏毅显然也对白伊跟吴文彬只差一分耿耿于怀，说：“一一，你知不知道高考的时候，比人家少一分，你前面就能多出一操场的人来？不能不当回事。”

再努力一点。

全年级将近三千人，她的成绩排在前一百名。

白伊不知道自己还要怎么努力，他们才会满意。

而且，她从来没有不把考试当回事。

从小到大，大考小考，她都是拼尽了全力的。

这顿饭吃得食之无味。

吃过晚饭，白伊默默地收拾着餐桌，然后去厨房洗碗。

洗碗池里水流哗哗。

微凉的水不断地冲刷着白伊的手指，却无法冲散她心里的郁闷。

忽而，她隐隐约约听到从客厅传来的不真切的对话。

伊君婉着急上火道：“我看也别出去玩了，这几天让她好好在家学习，自己都没有紧迫感，再放松下次连第三名都保不住。”

白骏毅安抚说：“不至于，一一什么时候让我们失望过？这孩子下次肯定能考好的。”

伊君婉坚持：“不行，不能让她去玩，心散了就不好收回来。”

白骏毅问：“那我们去？”

说完，他又补充：“难得有几天假期。”

伊君婉叹了口气：“行吧，咱俩去。也就三天假期，这还是我特意跟同事调了班才跟你的假期凑到一起。”

白伊死死咬住嘴唇，不断地眨着眼，缓解着热胀的眸子，可视野还是越来越模糊。

她委屈地掉着泪，一声不吭。

眼泪落入洗碗池，混入水中，被水流冲散，不知所终。

可委屈就萦绕在她身体里，怎么都赶不走。

洗完碗后，白伊若无其事地从厨房出来。

“我回房间写作业了。”白伊轻声对坐在沙发上的父母说完就抬脚往楼上走去。

“一一。”白骏毅喊住她，话语温和地对她说，“爸爸妈妈想了想，这次就不带你去北京了。”

伊君婉接着道：“现阶段还是学习最重要，你在家好好写假期作业，也认真复盘一下这次的月考。”

白伊没有反驳，她像个听话的洋娃娃，任由他们出尔反尔，甚至安排她。

白伊回：“好。”

说完，她就上楼回了房间。

白伊关好门，落了锁，拖着步子来到床尾，然后一头栽进床里。

她趴在床上，把脸埋进臂弯，无声地啜泣着。

暗恋一个人却只能眼睁睁看着他跟别的女生同框的苦涩，跟表姐喜欢上同一个人的难过无措，还有父母不断向她施加压力的痛苦，来自四面八方的负面情绪，在这一刻如同洪水猛兽突然袭来，冲垮了她本就岌岌可危的故作坚强。

铺在床上的被子被白伊的泪水洇湿了一大片。

良久，她翻了个身，平躺在床上，眼眶红红地盯着头顶的灯发怔。

白伊哭得鼻子不舒服，脑袋也跟着钝钝地疼。她坐起来，下床走到书桌旁，抽了张纸巾擦了擦鼻子。

随即，她在书桌前坐下来，从书包里掏出耳机，把耳机线插到手机上，又将耳机塞到耳朵里。

而后，白伊找到保存在手机里的五月天的歌，点了“播放”。

她垂眼看着写了一半的英语试卷，抬手捏起笔，继续写作业。

直到过了零点，白伊实在熬不住，困倦地打了个哈欠。

她从抽屉里拿出那个日记本，翻开封皮，第一页有明显被撕过很多张纸的痕迹。

白伊提笔，在上面写下一个日期。

2010 年 9 月 30 号。

很不开心的一天。

我好喜欢他说方言的腔调，尤其喜欢他说“晓得”。

他跟他妈妈讲话好温柔，是在人前从未显露过的温柔。

那才是更真实的他吧。

希望我喜欢的少年能被这个世界温柔以待。

周雾寻，我愿你永不孤单。

好想知道拽你衣袖是什么感觉。

02.

第二天清早。

生物钟固定的白伊早早地就起了床。

父母在外面来回走动、拉行李箱、说话交谈的声音，她都听得清清楚楚。

但白伊没有出去。

她坐在书桌前，接着昨晚没写完的试卷继续做题。

“要把一一叫醒吃饭吗？”白骏毅问老婆。

伊君婉说：“别叫了，她一会儿就会起来的。”

直到他俩吃过早饭出门赶飞机，白伊都一直在卧室。

等父母离开，白伊才下楼去，自己泡了杯麦片，简单地吃了个早餐。

因为每科都有七张试卷，白伊除了吃饭和上厕所，几乎全天都坐在书桌前赶作业。

她想尽可能快地把作业写完。

早点写完就早点轻松。

“先写作业后玩”这个习惯，是她从小养成的。

在完成作业这件事上，白伊从念书开始就没让父母操心过。

傍晚的时候，白伊收到了表姐的 QQ 消息。

表姐：“一一，晚上一起去看场电影啊！看完电影我跟你去你家睡！”

姐妹同睡一张床这件事，白伊和吕舒娜这些年也没少干。

白伊嘴角轻扬着回她：“好呀，哪个影院？”

表姐：“津海影城，晚上七点半的场次。”

津海影城在津海商场里。

而津海这家大型商场和津海公园只隔着一条宽阔的马路。

白伊之前去的津海滑板场，就在津海公园内。

白伊还没回吕舒娜，吕舒娜又发来消息：“你跟小姨和小姨父说声晚上不在家吃饭，现在就出门吧，我们先一起吃个晚饭。”

白伊回道：“OK！不用跟我爸妈报备，他们出门旅游了，不在家。”

吕舒娜很意外：“那你怎么没去？”

白伊抿抿嘴巴回她：“他们让我在家复盘月考，好好做假期作业。”

吕舒娜说：“小姨和小姨父对你也太严格了吧？你都是尖子生了，还天天让你学习。别全都听家长的，自己要注意劳逸结合哦。”

白伊笑了下：“知道啦！”

结束了聊天后，白伊就打开衣橱，从里面拿了一件紫色的连帽卫衣和一条蓝色牛仔裤出来。

换好衣服，她站在穿衣镜前，把头发梳顺，然后从侧边捏起一绺，搭配彩绳，动作熟练地编了一个迷你辫。

随即，她又取了几绺发丝搭配彩绳，继续编这种迷你辫。

最后，几束很有少女感的迷你彩辫乖乖地垂在她披散的秀发上。

白伊出门的时候，正是黄昏时分。

她脚步轻快地走到公交车站，乘坐公交车去了津海商场。

到了津海公园站，白伊从公交车上下来。

吕舒娜已经在马路对面的商场前等白伊了。

恰好路口绿灯亮起，白伊小跑过来，嗓音带着天然的软意，唤道：“姐！”

正低头摁手机的吕舒娜听到她的喊声，抬起眼，旋即眸子里就盛满了笑意。

吕舒娜身高一米六六，因为从小学舞蹈，身材也格外玲珑有致，腰细腿长，形体特别美。

加上她的长相出众，早就出落成了一位有气质的美女。

她今天穿了件绿色的紧身长袖线衣，下身只搭了件短款皮裙。

本来黑长直的头发被她用卷发棒卷成了大波浪。

大概是化了淡妆，吕舒娜看起来比平日还要明艳动人。

白伊望着她，夸赞道："姐，你打扮得也太好看了。"

其实是吕舒娜本身就很漂亮，打扮什么的都是点缀而已。

白伊从小就听大人总夸表姐漂亮，说她是天生的美人坯子，长大了肯定是个大美女。

而白伊，现在的身高还不足一米六，加上她长得瘦，骨架又小，所以看上去就更娇小。

她虽然五官精致，但因为生了张很少女的娃娃脸，再加上那双鹿眼看起来格外无辜单纯，导致她跟"漂亮""美艳"这种词直接绝缘。

大家夸她，除了说"可爱"，就只剩"好乖"。

吕舒娜很娴熟地揽过白伊的肩膀，脸上盈着笑说："我们一一也很好看呀。"

白伊也笑，问吕舒娜："我们吃什么？"

"火锅啊！"吕舒娜不假思索道，"吃辣锅！"

白伊连忙说："不行啊，我吃不得辣……"

逗了表妹一番的吕舒娜乐不可支，解释："鸳鸯锅，你吃不辣的，我吃辣的！"

两人到了火锅店，吕舒娜点了鸳鸯锅，又要了她们俩爱吃的配菜。

在涮锅的时候，白伊问："姐，我们一会儿看什么电影？"

吕舒娜刚咬了一口丸子，烫得"嘶哈嘶哈"了下，然后才回白伊："《好想告诉你》。"

本来吕舒娜是想约周雾寻出来的，但对方拒绝了她。

吕舒娜早就做好了被他拒绝的准备，毕竟他也不是第一次拒绝她了。

可吕舒娜是真的很想看这场电影，于是约了表妹白伊出来陪她一起看。

“好想告诉你。”白伊若有所思地重复了一遍，总觉得这个片名是半句话，还有半句没说完似的。

姐妹俩吃过晚饭就去了影城。

结果，谁也没想到，她们会在这里碰到周雾寻，还有他身侧的那个女生，陈敏。

他穿着紫色的外套和牛仔裤，脚上踩着一双白紫色的板鞋。

他们就在她们前面几个人的位置，正在排队买可乐和爆米花。

陈敏正仰脸笑着对周雾寻说话，周雾寻时不时看她一眼，脸上挂着很漫不经心的淡笑。

白伊在看到他们的一刹那，整个人都蒙了。

她的脑子里不由自主地想起昨天放学后，她在公交车上看到的那一幕——

陈敏扯着周雾寻的衣袖，周雾寻回头垂眸看陈敏。

女生脸颊涨红，仿佛害羞，嘴角的笑意藏都藏不住。

所以……他们……

吕舒娜自然也发现了周雾寻以及他身侧的女生。她盯着周雾寻看，话却是问白伊的：“一一，周寻身边的女生你认识吗？”

白伊嘴里发干，她吞咽了下，才勉强发出声音来。

“认识，”嗓音听起来干涩得厉害，白伊舔了舔嘴唇，才继续轻声说，“我们班的。”

过了片刻，吕舒娜才开口：“这样啊。”

白伊敏锐地察觉到吕舒娜的情绪低落。

她抬头看向吕舒娜，心疼地想要安慰表姐。

可白伊本就嘴笨，这下更是不知道该说什么。

而她心里的难过，也并不比表姐少一分。

周雾寻付了钱后把爆米花递给陈敏，自己拿起两杯可乐，一转身，就看到了吕舒娜和白伊。

他似乎没想到会这么巧。

因为吕舒娜约他看电影时也没提哪天几点。

周雾寻礼貌地对吕舒娜说：“学姐好。”随后又看向白伊，语气稀松平常地打招呼，“嗨。”

白伊被他的视线盯得浑身僵硬。

她从嘴角扯出一个弧度，嗓音微哑地回：“嗨。”

吕舒娜则直接问了周雾寻：“学弟身边有人了？”

周雾寻若有似无地笑着，简单地应：“嗯。”

语调淡淡的，根本听不出什么情绪。

白伊胸腔里登时闷得厉害。

她别开头看向别处，目光却飘忽着，始终没有焦点。

吕舒娜没有显露出一点难受，甚至还笑着跟他们聊了几句。

周雾寻随后道：“我们先过去了。”

说罢，人就率先转身离开。

陈敏立刻对白伊和吕舒娜挥了挥手：“拜拜。”然后连忙追上周雾寻，跟着他亦步亦趋地往影厅走。

吕舒娜和白伊买完可乐和爆米花走进影厅后，才发现她们的座位很冤家路窄地在周雾寻和陈敏的后排。

最后，吕舒娜坐在了周雾寻的后面，白伊在陈敏后面落座。

因为周雾寻长得高，椅背并不能完全遮住他。

也因此，白伊正好能时不时地看到周雾寻的侧脸。

影厅里很暗。

白伊只能在电影画面明亮时，才能勉强看清他流畅的线条。

两个小时的电影。

白伊亲眼看到陈敏偷偷跟他讲了五次话，递给他吃了一次爆米花。

后面陈敏再递爆米花给他，他就偏头拒绝，甚至抬起胳膊挡陈敏伸过来的手。

他似乎很不喜欢吃爆米花。

白伊还注意到，在这两个小时里，他喝了十三次可乐，低头看了八次手机。

除此之外，她还知道，最后半个小时，他在座位里睡了过去。

看了电影后，白伊终于知道了她觉得只有半句话的片名后半句应该加什么。

《好想告诉你》，我很喜欢你。

电影散场灯亮起来的那一瞬间，周雾寻才睡眼惺忪地睁开眸子。

他微眯着眼，懒洋洋地窝在座位里，一点都不着急走。

须臾，在白伊和吕舒娜起身往外挪的时候，白伊状似不经意地瞥眼，用余光扫见他伸了个懒腰。

少年慢吞吞地站了起来。

陈敏声音轻细地问他："是不是觉得电影很无聊啊？"

周雾寻的话语里带着刚刚睡醒的懒倦，嗓音也不似平时那般清朗，低哑道："还好。"

白伊登时被他泛着哑意的慵懒声音给抓住耳朵，心瞬间酥麻无比，身体里也像过了电流似的，麻意四窜。

出了影院，白伊和吕舒娜一起乘车回家。

结果半路突然下起了雨。

白伊望着落了一层雨帘的车窗，有点失神发呆。

她不受控制地想到在影院看到周雾寻和陈敏的场景，胸口变得闷闷的。心里也跟着一起下起了雨似的，一片潮湿泥泞。

在家附近的公交站牌下车时，雨势已经减小不少。

吕舒娜拉着白伊冒着绵绵秋雨跑去了超市。

白伊买了几样她俩平日里爱吃的零食，吕舒娜却拎了六罐饮品。

白伊惊讶："姐，你要喝这个？"

吕舒娜说："心情不好，反正小姨和小姨父也不在家，今晚就让我放纵下吧，一一。"

白伊抿住唇，最终轻声应："嗯，好。"

姐妹俩拎着东西回到家里后，就去了白伊卧室。

因为家里没别人，白伊也比较放肆，外放了五月天的歌。

吕舒娜根本没心情听歌。

她直接拉开易拉罐的拉环，仰头咕嘟咕嘟灌下去好几口，随后又打开一罐，递给白伊。

白伊接过来，只捧在手里，并没有喝。

其实别人夸她乖也没错。

从小到大，她在父母和老师眼中，都是乖乖女好学生。

没犯过错，也没违过纪，学校每学期评优评三好学生都有她的份儿。

她就是让老师和家长最省心的那类孩子。

吕舒娜拉着白伊在床上坐下来："来，一一你陪我喝。"

白伊心里有点忐忑，但又有点好奇。

在吕舒娜跟她碰了杯后，白伊试着仰头抿了一小口，随即她就皱紧了眉。

不好喝，苦苦涩涩的。

因为不喜欢这款饮品的味道，白伊接下来基本没有再喝，而是开了一罐旺仔牛奶，在吕舒娜要跟她碰杯时喝两口。

吕舒娜一罐接着一罐地灌自己。

到后来，六罐饮品都被她喝完。

她抱着白伊，噘着嘴很委屈地问："周寻为什么不选我呢？是我不如那个女生好看吗？"

白伊干巴巴地安慰着吕舒娜："不是的，姐姐最好看了。"

在白伊眼中，陈敏虽然也是美女，但跟吕舒娜比起来，性感不及，气质不够，身材当然也比不过吕舒娜。

此刻，白伊也想不通周雾寻的选择。

"那他为什么不选我呢？"吕舒娜难过地问。

白伊说不出话。

她听着吕舒娜微微哽咽的嗓音，也难过得想哭。

她眼睛登时热胀不堪，鼻子也发酸，喉咙里像被什么堵住似的，又闷又痛。

白伊快速地眨着眼睛，拼命忍住泪水。

她始终沉默着没有言语，只轻轻抚着吕舒娜的后背。

吕舒娜念念叨叨地说："我这个月为了靠近他都那么主动了……我有那么差劲吗？"

她说着，掏出手机来，打开QQ，找到她这一个月跟周雾寻的聊天记录，举着手机给白伊看。

"——你看，你看他！"

语气委屈得想再对白伊控诉周雾寻有多铁石心肠。

从小到大，她自始至终都是被哄被宠的那个，还是头一次被一个男生这么无视。

吕舒娜跟白伊无话不说，白伊从她手中拿过她的手机，低头看着她跟周雾寻的聊天记录。

其实没有什么特别的。

除了早安，吕舒娜问得最多的就是"吃饭了吗"和"你在干吗"。

数得过来的几次邀约，周雾寻都拒绝了。

而在这些聊天记录中，无一例外都是吕舒娜抛话题，周雾寻是被动回答的那个，而且每次都言简意赅。

他从未主动过，哪怕一次。

只要吕舒娜不找他，他就不会找吕舒娜聊天。

可，至少表姐跟他还有交流。

而她，和他连QQ都没加。

白伊浏览他们的聊天记录时，微醺的吕舒娜已经倒在床上睡熟了。

她把吕舒娜的手机放下，从旁边捞起自己的手机来。

白伊打开QQ，在添加好友的那栏很熟练地输了一串数字——

3××11520。

搜索出来，对方昵称叫"ZWX"。

其实她知道。

早在她拿到他QQ号的那晚，她就搜索过了。

但她一直没有勇气加他。

而现在，她似乎更没有理由去加他好友。

白伊点了"返回"。

她给吕舒娜盖好被子，然后下床，坐到了书桌前。

白伊和以往每晚一样，从抽屉里拿出那本被她一页页撕掉的日记本来。

手机里的歌还在播放着：“其实你是个心狠又手辣的小偷，我的心我的呼吸和名字都偷走。”

窗外的雨势又大了起来。

雨滴噼里啪啦敲打着窗的声音混在曲调轻快的情歌中，平添了几丝涩意。

白伊翻开日记本的第一页，写下今天的日期。

2010 年 10 月 1 号。

今天的幸运色是紫色。

跟他第一次在同一个影厅看电影。

但他的身边却坐着别的女生。

5 排 7 座，6 排 6 座。

他似乎不爱吃爆米花。

好想告诉你，我很喜欢你。

3××11520，ZWX。

如果我是歌里唱的那个小偷就好了。

那样，我就能去偷你的心，让你喜欢我。

然而，小偷是你。

03.

吕舒娜第二天醒后就回了家。

接下来几天她不仅有假期作业要做，还要去练舞。

白伊用了三天的时间，把所有的假期作业都写完了。

10 月 3 号深夜。

伊君婉和白骏毅拎着行李箱到家时，白伊正在卧室里写日记。

她听到家门声响，立刻把写到一半的日记藏进抽屉里锁好。

然后，她关掉灯，匆忙爬上床，假装自己已经睡了。

伊君婉从门底下的缝隙看到白伊卧室里一片漆黑，放轻声音对老公说：“一一睡了。”

白骏毅随后道：“也确实不早了，那明早等她醒了再把礼物给她吧。”

“嗯。”伊君婉应着，走到白伊的卧室前，很小心翼翼地推开了门。

有光倾泻进来。

伊君婉看到白伊没有好好盖被子，脚步很轻地走到白伊床前，温柔地给白伊盖好被子，还特意掖了掖被角。

然后，她才转身离开，将门关好。

房间里再次陷入一片黑暗。

白伊缓缓睁开眼。

她躺在床上发呆了片刻，随即静悄悄地光着脚下床，一点一点打开抽屉，谨慎得像在拆炸弹。

生怕手一哆嗦，就会弄出声响。

她把日记本拿出来，又从书桌上摸了支笔，最后从床头柜旁边的抽屉里找到小手电筒。

白伊钻进被子里。

她趴在床上，打开手电筒，掀开日记本的封皮，接着她没写完的话继续往下写。

写完后，白伊撕下这张纸，叠成纸飞机。

因为怕现在去开收纳箱被父母听到声响，白伊就没有立刻下床把这个纸飞机放进收纳箱。

她把日记本、笔还有手电筒压到枕头底下，纸飞机放到枕头旁，裹紧被子闭上了眼。

这晚白伊做了场梦。

梦里的她回到了 10 月 1 号晚上。

她在津海影城里，身上穿的还是那身衣服，紫色的卫衣和蓝色的牛仔裤，脑袋上梳着几束迷你彩辫。

只不过旁边的人不再是表姐，而是穿着和她同色系衣服的周雾寻。

男生站在柜台前，她在他身后侧。

白伊轻扯住他紫色外套的衣袖。

少年回眸，含笑的桃花眼波光流转，十分动人心魄。

她清楚地看到了他鼻尖上那颗小小的淡痣。

哪怕在梦中，白伊都能真真切切地感受到自己近乎发狂的心跳，扑通扑通地，仿佛要把耳膜震碎。

悸动的感觉在她身体里蔓延。

不止心脏，所有细胞都活蹦乱跳起来。

“不要爆米花。”她轻软地对他说。

周雾寻淡笑问：“不喜欢？”

她咬着嘴巴点点头，默认了。

其实是因为她知道他不喜欢，所以才不让他买的。

周雾寻回过头去点可乐。

白伊揪着他衣袖的手正要松开垂落，男生突然反手握住了她的手腕。

旋即，他修长的手指挪动，把她娇小的手包进了他的掌心。

他的手好大，温暖又干燥。

白伊僵在原地。

她怔怔地望着他，心脏似乎成了一头活蹦乱跳的小鹿，在胸腔里兴奋得四处冲撞。

就在这时，白伊被突然响起的敲门声惊醒。

“一一？一一？”伊君婉在门外不断地喊她，“一一醒了吗？该吃早饭了。”

美梦像泡沫般突然被人戳破，瞬间消失不见。

白伊心里变得空落落的。

还没从梦中完全抽离的她情绪恹恹，轻哑地回：“醒了，这就起。”

等母亲从门口离开，白伊轻抿了抿嘴巴，随后扯着被子蒙住脸。

她怎么会突然梦到他？

难道是这两天总回想 1 号晚上在影城遇见他的事，导致日有所思夜有所梦？

有点缺氧。

白伊撩开被子，一扭头就看到了昨晚被她放在枕头边的纸飞机。

还是因为……她把思念他的纸飞机放在了枕边？

白伊一边天马行空地幻想着，一边下了床。

她打开收纳箱，把这只纸飞机放了进去。

第 29 只纸飞机。

白伊洗漱完换好衣服下楼后，白骏毅就笑着对她招了招手。

“一一，来。”

白伊走过去，白骏毅打开一个小盒子。

里面放着一块白色的女士腕表。

“爸爸妈妈给你挑的。”白骏毅随后又从旁边拎起两个衣袋来，递给白伊。

白伊把里面的衣服拿出来。

一个袋子里装的白裙子，适合夏季穿，另一个袋子里是一套黑白款式的春秋运动服。

衣服整体颜色是黑色，只有裤子的腿侧和连帽外套的袖子上有拼接的长条白色。

自从 1 号晚上落了一场秋雨开始，沈城的气温就降了不少。

白裙今年是穿不上了，但这套运动服这个季节刚好穿。

白伊其实不缺衣服，也不喜欢戴腕表。

他们给她带礼物回来，仿佛在主动向她示好，想用礼物弥补打发她。

尽管心里的疙瘩并没有消除，白伊也没有抓着他们说了带她去玩又出尔反尔的事不放。

他们主动铺了台阶，白伊就顺破下了。

白伊温软道：“谢谢爸妈。”

白骏毅笑说：“喜欢就好。”

伊君婉端着热粥从厨房里出来，对他们说：“别聊了，先过来吃饭。”

前几天出现在饭桌上的不和谐，似乎就这么翻篇了。

因为彭星月国庆节出去玩了，所以白伊整个假期都没见到她。

假期的最后一天下午。

白伊从家里出来，去了津海公园的滑板场。

自己没办法玩滑板，她只能通过看别人玩来解眼馋。

白伊身上穿着那套父母买给她的运动服，扎着干净利落的高马尾。

到滑板场地后，白伊在最外侧的长凳上坐下来。

看着碗池里来去如风的少男少女，不知为何，白伊的脑子里全都是那道身影。

她有点失神地扭头看向出入口的方向。

第一次遇见他，就是在那附近。

他们撞了个满怀。

他身上有很好闻的味道。

那时她还不知道他叫周雾寻。

甚至不知道他们还能不能再见到。

没想到，她早有耳闻的周雾寻，和撞进她心里的少年是同一个人。

须臾，有个人坐到了长凳的另一端。

白伊堪堪回神，侧头看过去。

是个和她差不多高的男孩。

男孩把他那花里胡哨的奥特曼滑板踩在脚下，坐着休息的时候还在不断地来回晃荡着滑板，像在加深肌肉记忆。

仿佛注意到了白伊的注视，男孩扭头看过来。

见她没有滑板，人却在滑板场，男孩好奇地问："你的滑板呢？"

白伊想起自己那个被母亲送人的滑板，语气故作轻松地无奈道："被我妈妈送人啦！"

男孩不解："为什么要把你的东西送人？"

"觉得会影响我学习吧。"白伊低了低头，嘴角轻扯。

"那你干坐在这里是在等人吗？等男生？"男孩说话的口气好像大人，且毫不拐弯抹角。

白伊被他的话弄得心脏猛地一滞。

随后，她就好笑地说："你才多大啊？懂得倒不少。"

男孩骄傲道："都十岁了。"

白伊心里惊讶，十岁的小孩都长这么高了吗？

但转念一想，周雾寻十岁的时候，是不是也很高？

不然的话，怎么他才十六岁身高就已经到一米八了。

喜欢一个人大概就是这样，不管是什么话题，都能拐着弯地联想到他。

白伊轻轻叹了口气。

她抬眸望着在场地内肆意自由玩滑板的人，满眼羡慕。

"你呢？"男孩突然问。

白伊茫然了一瞬："我什么？"

"你几岁？"男孩望着她，问。

白伊浅浅笑开，嗓音轻软地回："十六呀，比你大六岁。"

"好可怜，"男孩语气认真道，"都十六岁了，还不能玩滑板。"

白伊哭笑不得，但同时也觉得男孩没说错。

连她自己有时候都感觉自己很可怜。

被父母严格管束着，想做的事都不准做。

男孩很大方地用脚把滑板推到她脚边，一副"我是看你可怜才借你玩滑板"的语气，说："喏，给你玩会儿。"

白伊没想到事情会这样发展。

她愣愣地看着对方，没反应过来。

或许是觉得自己的好心没得到回应，男孩皱眉不耐烦道："不玩就算了……"

话音未落，白伊的脚就已经踩上滑板。

她的眼睛霎时变得亮晶晶的，像淬了光。

"玩！"白伊站起来，脸上漾开笑，特别感激地对男孩说，"谢谢！"

在开始滑之前，白伊从兜里摸出一瓶彩虹糖，递给男孩，说："这个给你吃。"

男孩嫌弃地偏开头："我不吃甜的。"

白伊没想到小孩子不爱吃糖，她有点尴尬地要收回手，却又被男孩一把抓走了彩虹糖的盒子。

“押给我。”男孩扑闪着纯净的眸子，一字一句道，“等你还我滑板的时候就还给你。”

白伊登时笑开，点头答应：“好。”

毕竟已经有两年没有碰过滑板，白伊不敢贸然莽撞地下碗池。

她就在男孩面前这条路上来回滑了两圈，找了找感觉。

她也特意试了几个动作。

Ollie，kick flip（脚尖翻板），heel flip（跟翻），都完成得可以，没有出差错。

白伊这才决定下碗池试试。

她停在男孩坐的长凳旁，望着巨大的碗池，只觉得浑身的细胞都被调动了起来。

肾上腺素仿佛在急剧飙升，每一寸骨骼都在跃跃欲试。

男孩本以为她跟自己一样，不过是个初学者。

谁知这个姐姐居然是个深藏不露的高手，几个翻板动作出招都很干净利落，甚至透着点帅气。

白伊扭头笑着对男孩说：“我去碗池里转一圈，回来就把滑板还你。”

男孩点点头。

旋即，白伊的眼睛就盯着前方，脚踩滑板朝着台阶的方向冲去。

周雾寻熟练地荡板转弯进到滑板场地时，就看到场边的女孩子正跟坐在长凳上的小孩说笑。

她今天穿着一套黑色的运动服，头发和在学校里一样扎成了高马尾。

午后的阳光明亮，光线落到她脸上，让她唇边的笑意更加明朗。

周雾寻还没见过白伊什么时候笑得这么开心。

而且，她的脚下是滑板。

周雾寻轻挑眉。

星月不是说她没滑板吗？

下一秒，他就看到白伊踩着滑板滑向场地。

到台阶前的那一刻，白伊果断带板起跳，一个 Ollie 后，轻松落到台阶下。

随后，她就进了碗池。

周雾寻滑着滑板慢悠悠地停到了男孩旁边。

他望着在碗池里恍若翩翩起舞的女生，又垂眼看身侧的男孩，忽而出声问：“你是白伊的弟弟吗？”

男孩被突如其来的声音问蒙，扭头看过来。

眼前的人比他高不少，有十六七岁，身上穿着黑色连帽卫衣和黑色运动裤，脚下踩着滑板，痞酷痞酷的。

男孩很茫然地回问：“谁？白伊是谁？”

周雾寻也挺奇怪，说：“刚刚跟你说话的女生。”

男孩上上下下地打量着周雾寻，目光探究，随后恍然大悟地略拉着长音“哦”了声，说：“我说她没有滑板玩，还坐在这里干吗呢，原来是在等你吗？”

周雾寻一愣。

他无语又好笑，问道：“谁跟你说的？”

男孩眨巴眨巴眼，理直气壮：“我猜的啊。”

然后，男孩解释说：“我不认识她，就是看她没滑板玩好可怜，借给她玩一会儿。”

说着，男孩晃了晃手里的彩虹糖，糖粒在盒子里发出“哗啦啦”的声响。

男孩说：“这是她抵押给我的。”

周雾寻只笑了笑，没说什么，而后就踩着滑板也朝着碗池的方向滑去。

白伊正在碗池里来去自如，但有道身影突然霸道地闯进了她的视野。

她面前的人和物本来全部都是虚化朦胧的，可在这道身影出现的一刹那，她眼中的世界突然就有了清晰的焦点。

是周雾寻。

他今天穿了一身黑，很帅。

白伊不受控地分神了一秒钟。

也因为这一瞬的分心，她没把控好脚下的滑板。

只眨眼间，白伊就摔进了碗池底部。

周雾寻见状，立刻踩着滑板来到她面前。

这一下摔得结结实实，倒在地上的白伊全身都在发麻，她也说不清哪里在疼，但就是很疼。

疼得她眼泪就要涌出来。

周雾寻在她跟前停下。

他快速从滑板上下来，蹲在她旁边，担心地问：“还好吗？”

白伊努力往回吞着眼泪。

她根本不敢看他，红着眸子不断点头，再点头。

其实一点都不好。

她疼得在这一刻连话都说不出。

周雾寻还没说别的，白伊就皱紧眉心，强忍着疼痛从地上爬了起来。

白伊深深吸了口气，弯腰去捡奥特曼滑板，身体却疼得像在被人用力撕扯。

白伊不动声色地咬紧牙齿，抱起滑板后立刻就紧张地仔细检查滑板有没有哪里被摔坏。

好在滑板完好如初，并没有哪里坏掉。

她稍微松了口气。

“我该走了。”尽管白伊极力掩饰住声音上的不自然，可还是隐隐泄漏了哭腔。

周雾寻听到她嗓音发颤地轻声说：“再见。”

白伊说完就微微瘸着，身体僵硬地快步离开了碗池。

周雾寻望着她纤瘦娇小的背影，眉心皱起。

从碗池里上来，白伊就不争气地掉了眼泪。

她也说不清是摔疼的原因多一些，还是被他撞到出糗觉得难堪更多一些。

白伊来滑板场时，其实期待过周雾寻会不会恰好在这里。

但她心底也清楚，他很大可能不在。

难得的假期，他应该跟陈敏出去玩了。

然而，谁知，他来了。

还看到了她出丑的样子。

丢死人了。

等慢吞吞地走到场边时，白伊已经调整好了情绪。

她把滑板还给男孩。

男孩也把彩虹糖还给了白伊。

白伊问他："你想吃什么，姐姐去给你买。"

男孩摇摇头，纠正她："你不是我姐姐。"然后就低声不满地嘟囔，"刚刚有个人还问我是不是你弟弟。"

"他还叫你……"男孩皱眉想了想，"白伊？"

刚刚有个人。

那个人……是周雾寻吧。

"哪个 bái，哪个 yī？"男孩问。

白伊回他："白色的白，伊人的伊。

"你呢？"

男孩酷酷地说："贺辞。恭贺新春，辞旧迎新的贺和辞。"

"贺辞，"白伊重复了遍，而后笑道，"今天谢谢你借我玩滑板。"

"你真的不要吃的吗？"白伊说，"你不要我可回家了。"

"不要，我什么都不缺。"贺辞回她。

白伊无奈地笑了笑，又说了遍："谢谢你呀，贺辞小朋友。"

"我不是小朋友。"贺辞似乎很排斥别人把他当作小孩。

白伊只好改正："好——那谢谢你，贺辞。"

"再见啦。"她对他挥了挥手，转身离开了滑板场。

这晚。

白伊洗过澡后，在卧室里撩开睡衣，查看白天在滑板场摔到的地方。

她的胳膊上、大腿上，有好几块青紫的伤痕。

膝盖处甚至破了皮，已经结痂。

玩滑板会让她遍体鳞伤，但她从不后悔。

就像，喜欢他。

2010 年 10 月 7 号。

今天的幸运色是黑色。

他一出现，我的世界就只剩下一个焦点。

第三章 运动会

01.

国庆节后是周五。

白伊和彭星月一起到学校的时候，担任体委一职的吴文彬正拿着运动会的报名表在班上吆喝，鼓励大家踊跃报名。

周雾寻没向彭星月透露在滑板场遇见白伊的事，当然也没提半句白伊摔倒在了碗池里。

所以彭星月根本不知道白伊昨天傍晚摔了。

彭星月问白伊：“一一你要报什么项目吗？”

白伊摇了摇头，浅笑回：“不啦。”

昨天的摔伤让白伊的身体还在泛疼，膝盖处的结痂估计也得过两天才能脱落，所以白伊并不打算报运动会的项目。

须臾，白伊收完作业就去了办公室。

虽然大家都很期待运动会，但对于参加项目并不热衷。

运动员都凑不齐，报名表就交不上去，导致吴文彬见人就问要不要报个项目。

也因此，吴文彬难得主动凑近周雾寻，嗓门洪亮地问：“寻哥，报两个项目呗？”

周雾寻懒散地用手支着脑袋，歪头瞅向吴文彬，而后他嘴角轻勾道：“那就接力跑和篮球吧。”

吴文彬为难地说：“寻哥，运动会的规定是，必须报至少一个单人项目，才能参与接力跑和篮球赛。”

周雾寻轻挑眉，朝吴文彬伸手，要运动会的报名表。

上面有各个项目。

吴文彬把表递给他。

周雾寻随意浏览了眼，看到男子短跑那栏还空着，就随口道：“100米吧。”

说完，他把报名表还给了吴文彬。

吴文彬爽快答应：“好嘞！

“除了100米，再给你报上男女混合4×100米接力赛还有篮球赛对不？”

“嗯。”周雾寻从喉咙里溢出一声低应。

过了会儿，白伊从办公室回来，一进教室吴文彬就拦住了她，说：“白伊，你也参加个项目吧。

“老师交代过，运动员招不齐的话，班委和课代表必须得上，班委都参加了，各科课代表也就你没报名了。”

白伊没想到逃也逃不过，只能认命地问：“还有什么项目缺人？”

吴文彬立刻道：“女子800米。”

“那就这个吧。”

跑步对白伊来说，也不是什么难事。

“啊，还有，”吴文彬突然又道，“你能不能再来个4×100米接力？章哥和寻哥一个第一棒一个第四棒，女生现在只有彭星月，她不擅长弯道，所以选了第二棒的直道，还差个女生跑第三棒。”

白伊的心脏蓦地停跳半拍，而后就失控般疯狂地跳动起来。

她不动声色地努力放轻呼吸，一点一点地强迫自己压抑住跳动过于剧烈的心脏。

两秒后，神思恍惚的白伊听到自己喉咙发紧地挤出一个字来。

她话语干涩地说：“行。”

“好，那就定你了！”吴文彬痛快道。

上午大课间，白伊从化学办公室回到教室的时候，陈敏正坐在周雾寻旁边的位置上。

因为周雾寻转到班上时，班里的人数刚好是单数，所以他并没有同桌。

平常除了彭星月和何颂，也没人往他旁边坐过。

陈敏是第一个。

陈敏把手里拿的白色护腕递给他，笑着说：“送你，运动会的时候戴。”

周雾寻没接，只说：“我有。”

听起来语气很无奈。

陈敏鼓了鼓嘴巴，有点委屈地说：“那我都给你买了嘛。”

白伊没有停留，她从后门走进教室，沿着过道来到最前排。

把试卷发完后，白伊正要去卫生间，刚喝完 AD 钙奶的彭星月把插着吸管的瓶子往垃圾桶一扔。

她追上白伊，很自然地挽住了白伊的胳膊。

“哎，”彭星月歪头凑在白伊的耳边，压低声音对白伊说，“陈敏跟我哥很亲近。”

白伊咬了下嘴唇，不动声色地回：“嗯。”

彭星月跟白伊咬耳朵：“昨晚陈敏到我家，跟我家里人说找我有事，我很莫名其妙地出去，还没问她有什么事，陈敏就拜托我把我哥带出来见她。我当时就觉得这两人不对劲，所以等陈敏一走我就问了我哥，这才知道他俩的事。

“我说我哥怎么不肯跟我们一起出去旅游呢。”

白伊很心不在焉，一只耳朵进一只耳朵出，也没听进去多少。

她只是在想，中午吃饭周雾寻是不是要跟陈敏坐同一桌了？

然而，白伊想错了。

周雾寻并没有和陈敏同桌吃饭。

和上个月一样，他依旧跟他们一起吃午饭。

他依旧坐在白伊对面，左手很熟练地用着筷子。

彭星月好奇地问：“哥，陈敏一直瞅你呢，你怎么不跟人家坐一块儿去吃啊？”

周雾寻掀起眼皮，睨了没心没肺的彭星月一眼，语气嫌弃地反问："我是生怕老师不知道吗？"

彭星月揶揄："你这么有经验，一看就没少干坏事。"

周雾寻轻嗤着笑了下，并不在意彭星月这样说他。

食堂的饭菜来来回回就那么几样，甚至周几有什么菜他们都能猜个差不多。

白伊和周雾寻同桌吃饭近一个月，虽然她跟他交流不多，但只默默地观察，也差不多摸透了他饮食上的偏好。

他喜辣，无辣不欢。

不爱吃醋，不管是吃米线吃面还是吃饺子，统统不沾一滴醋。

除此之外，他不吃胡萝卜，不吃木耳，也不吃洋葱。

因为只要菜里有这几样，他就会一点一点挑出来。

他最爱吃的是水煮鱼片和麻婆豆腐。

当天下午放学前，运动会的报名表被吴文彬交了上去。

接下来是周末，白伊没什么安排，和之前无数次一样，在家里看书写题，自主学习。

彭星月在 QQ 上问她要不要出来玩，还说："班里好几个同学都在，他们在为篮球赛提前磨合做准备。"

白伊并不知道篮球赛定下来的队员都有谁。

她好奇地问："都有谁啊？"

彭星月说："我哥、吴文彬、章骜恂、何颂，还有姜岸。"

彭星月："除了他们几个打篮球的，还有我、陈敏和孟瑶。"

孟瑶是班上跟陈敏玩得最好的女生，她们的关系就如同白伊跟彭星月。

白伊的性格并不外向，加上她偏安静慢热，所以朋友没有很多，跟孟瑶和陈敏自然也就没多少互动交流。

到目前为止，彭星月是她在班里唯一交好的朋友。

彭星月："陈敏对我哥好无微不至啊，又是递毛巾又是送水的，反倒是我哥，对人家不冷不热。"

彭星月："一一你来不来啊？"

白伊回她："我还是不过去了。"

虽然白伊特别想看周雾寻打篮球的模样，但……

因为喜欢他，她又不是很想看他跟陈敏互动的场景。

这种矛盾的感觉就像她希望他过得快乐，但又嫉妒他和别的女孩子在一起时才会快乐。

反正，运动会上也能看到的。

等周二的时候，她会在看台上看他打球。

周一早上，白伊一上公交车，彭星月就立刻对她招手，兴奋道："一一！快过来！我给你看样东西！"

白伊的好奇心被勾起来，她坐到彭星月旁边后，问："什么啊？"

彭星月从书包里掏出一个本子，打开，然后递给白伊。

白伊看着彭星月工工整整抄在本子上的字。

0 画：天生一对。

1 画：和你永远在一起的人。

2 画：爱你的人。

……

白伊茫然道："这是什么呀？"

彭星月意味深长地嘿嘿笑着说："姓名缘分测试！"

白伊依旧不懂，疑问："啊？"

彭星月解释道："比如你想跟我测缘分，你名字的总笔画是……"

彭星月用手指在手心里写了一遍白伊的名字，才继续说："11 画，我的名字总笔画是 25 画，我们差 14 画。"

"14 画是……"彭星月低头在本子上找到相应的内容，笑起来，"关心你的人！"

白伊听明白了。

她拿过彭星月的本子，盯着发起呆来。

其实是白伊正在脑子里计算周雾寻名字的总笔画数。

最后算出来，是 27 画。

27 减 11，是 16 画。

白伊找到 16 画那行。

她的神情突然愣住，心跳在这一刻也跟着失了悸。

上面明明白白地写着——

16 画：终生伴侣。

终生，伴侣。

白伊的脑子里登时只剩下这四个字。

她不动声色地轻咬住嘴唇，脸颊像被什么刺激到似的，以肉眼可见的速度涨红。

随即，白伊又算了一下表姐和他。

吕舒娜，也是 27 画。

0 画：天生一对。

白伊心里燃烧的火苗瞬间就被泼了一盆冷水，“唰”地熄灭，连火星都不剩。

因为这个插曲，白伊到学校时心情都还很复杂。

虽然很幼稚，但彭星月的本子很快就在班里火了起来。

大家聚成一团纷纷算各种缘分，好哥们好闺密之间直接就轻易地说了出来。

但也有一部分人揣着自己的心思，死都不肯透露算了自己和谁的缘分。

甚至就连最不好事的章骛恂都过来看了一眼。

然后，他就抿紧唇离开了人群，面色冷清地回了座位。

何颂悄咪咪地算了一下他和彭星月，发觉还不错。

何颂正心满意足地嘿嘿乐着，彭星月忽然从后面拍了他肩膀一下。

她凑近他，目光探究地盯着他不敢直视她的眼睛，佯装严肃道：“你是不是偷偷算你跟哪个小姑娘的缘分了？”

何颂有种被拆穿的心虚，视线躲避地故作镇定道：“没有，你别乱讲。”

彭星月戳着他的脸笑：“你的脸都红成猴屁股啦，还嘴硬呢？”

彭星月格外好奇：“快说，你算的你跟谁呀？”

何颂生硬地转话题：“嘶……肚子突然有点疼，我要去趟厕所！”

话音未落，人就已经从彭星月的眼皮子底下跑出了教室，一溜烟没了人影。

另一边，陈敏算完她和周雾寻的笔画后，发现差9画那一行居然写的是：

你的兄弟姐妹。

“什么兄弟姐妹啊？”陈敏当即就不高兴了，“根本不准！”

孟瑶安慰她：“就是个测试，信不信的，还不是看自己啊。”

陈敏郁闷地噘了下嘴巴，脸色不好看地嘟囔：“反正我不信。”

白伊坐在座位上，往后扭头看了看人群的方向，余光里刚好有紧挨教室后门的周雾寻的身影。

他正趴在课桌上，闲散慵懒地闭目养神，仿佛这一切的热闹都跟他无关。

没有人注意到白伊。

白伊继续扭头，佯装自然地看向后门。

在她望过来的那一刻，周雾寻突然起身坐直，抬手伸了个懒腰，同时撩起眼皮。

男生只是很随意地抬了抬眼，结果就跟她清透的目光撞在了一起。

他根本没在意，很平静地挪开了视线。

他也没注意到，因为他突然看过来而僵硬住的女生，眼里涌现出无尽的慌张和无措。

在他和她目光相撞的一瞬间，她就无意识地屏住了呼吸。

耳边只剩下胸腔里那颗疯狂跳动的心脏。

扑通、扑通，扑通。

震耳欲聋到像她世界里响起了一道道惊雷。

她对他的喜欢，没有人知道。

却又那么昭然若揭。

早上八点。

在平常上第一节课的时间点，一年一度的运动会正式拉开帷幕。

从去年开始，沈城一中不再允许高三学生参与运动会。

所以这次的运动会只有高一和高二两个年级。

吕舒娜作为高三生，自然是没办法来操场看比赛的。

第一个田径项目就是 100 米。

100 米短跑分小组赛和决赛，上午是小组赛，下午决赛。

周雾寻当时报名的时候是看这个项目没人，所以就随便报了这个。

没想到，吴文彬后来也选择了 100 米。

只不过两人不同组。

周雾寻在第一组，吴文彬在第二组。

白伊被彭星月拉着去了 100 米起点处。

周雾寻上身穿了件白色短袖，之前戴在左手手腕上的红绳变成了黑色的护腕，护腕上用金线绣着字母“X”。

护腕并不是陈敏送他的那个。

他的裤子是条黑色的运动裤，左边的大腿处有三道白杠。

写着号码的一块布料别在他背后，上面赫然写着数字“11”。

11。

白伊抬手往自己的后背上轻轻摸了摸。

她后背上的数字是，27。

这两个数字，正巧是他们名字的笔画数。

这是除了她没有人会发现的秘密。

白伊嘴角轻扬，浅浅地笑了下。

彭星月对周雾寻扬声道：“哥，加油啊！我们去终点那边等你！”

周雾寻点了下头，应：“嗯。”

在彭星月要拉着白伊往终点走的时候，白伊忽而扭过头，看向周雾寻，鼓起勇气唤他：“周雾寻！”

周雾寻侧头看过来，目光淡然而平静。

白伊的心脏几乎要从胸腔里直接蹦出来。

她整张脸都变得紧绷，像在被人用力地往两边拉扯似的，额角不受控制地突突跳着。

白伊竭尽全力让自己看起来自然一点，可她的声音还是出卖了她。

“加油！”她干巴巴地说。

听起来仿佛是从喉咙里艰难挤出来的字。

周雾寻的桃花眼轻弯，唇边略带笑意道：“好。”

白伊被他有点慵懒的淡笑勾了魂。

她愣了一瞬，旋即就立刻回过头，挽着彭星月的手臂，动作僵硬地快速往前走去。

别扭到白伊总觉得自己同手同脚了。

脸颊烫得似乎在被火灼烧，浑身也跟着燥起来。

白伊仰脸望了望天空。

今天的太阳好大。

晒得人好热。

可明明还是早上，阳光并没多么炽热。

彭星月和白伊走到终点的红线旁时，发现陈敏已经拉着孟瑶站在终点前面了。

陈敏的脸上漾着开心的笑，频频往起点的方向瞅。

“等会儿周寻跑过来，我要给他一个胜利的拥抱！”陈敏说话的语调扬着，说完后仿佛又有点羞赧，抬手轻拍了拍脸，让自己镇定。

彭星月歪头对白伊咬耳朵，小声道：“陈敏是真不怕被老师看出端倪来啊，也太敢了。”

白伊不知道该回什么，甚至连轻扯嘴角笑一下都无法做到。

须臾，预备的哨声吹响。

随后，一声枪响。

八名运动员瞬间冲出起点，奔着终点这条红线跑来。

周雾寻的爆发力很强，反应特别迅速，起步就在第一。

看台上的同班同学都在为他加油：“寻哥，加油！寻哥，第一！”

口号喊得震天响。

然而，前半程第一的周雾寻，后来被其他班的一名男生超越，最后在小组里排名第二。

但并不影响他进决赛。

他冲过终点的一刹那，陈敏真的张开了双臂。

女孩子笑语盈盈的，满眼都是他，期待地看着他。

不过周雾寻却稍微转了方向，因为惯性还没办法停下来的他如风一样，从陈敏身侧跑过。

最终，他慢慢地停了下来。

陈敏嘴角的笑意僵了一秒，旋即她就恢复如常，转身小跑到周雾寻旁边：“周寻……”

她刚喊出他的名字，周雾寻就微喘着气嗓音淡淡道：“别再那样。”

陈敏轻咬了下嘴巴，十分委屈。

下一秒，他缓了口气后继续说：“运动员刹不住脚步会直接把你撞倒。”

陈敏觉得他在担心自己的安危，瞬间又扬起笑来，语调明朗地道：“我知道啦。”

“还有，”周雾寻去录成绩的时候，又说了句，“太招摇容易被老师盯上，别太放肆。”

陈敏也知道自己做得有点明显，此时有些心虚地乖乖回：“以后不会了。”

第二组的吴文彬拼尽全力，到最后也没有追上同组的第一。

不过他用时比周雾寻要短，以第三名的成绩进入的总决赛。

吴文彬勾住周雾寻的肩膀，笑道：“寻哥，下午一起冲啊！第一第二势必都是咱们班的！”

周雾寻轻挑眉，没说话。他只耸了下肩膀，让吴文彬的手挪开，随后才慢悠悠地吐字道："靠你了。"

吴文彬一点都不虚心，坦然接下了这个重任，甚至开始安排起来："我第一，你第二。"

周雾寻笑了笑，没说话。

下午第一个项目就是 100 米决赛。

按照小组赛的排名分跑道。

吴文彬在第三跑道，周雾寻在第四跑道。

和小组赛时一样，白伊跟着彭星月去了终点线旁边。

哨声响，各跑道上的运动员做好起跑准备。

枪打响的那一刹那，八名运动员瞬间离开起点。

周雾寻一如既往地反应极快，起跑第一。

他的爆发力无人能及。

操场上那么多人，周围人来人往，白伊的眼中却只剩他一个。

他永远是她眼中的唯一焦点。

耳边响彻呐喊和加油声。

"寻哥！寻哥！寻哥！"

一声接一声，震耳欲聋。

少年在阳光下奋力奔跑，仿佛在朝着明亮的未来冲去。

热烈而耀眼。

白伊不自觉地紧张到攥紧了拳头，浑身的神经都紧绷起来。

眨眼的工夫，周雾寻就已经冲过了红线。

随即，吴文彬和其他选手也都到达终点。

看台上登时爆发出一阵激动的欢呼。

彭星月也激动地转身抱住白伊，"啊啊啊"地尖叫着原地跺脚。

白伊浑身紧绷的神经彻底放松，她望着周雾寻，鹿眼里沁满了笑，眼中闪动着明亮而细碎的光。

吴文彬气喘吁吁地走到周雾寻身旁，还是有点不可置信地问："寻哥，你中午吃了啥？怎么突然这么猛？"

周雾寻笑，吊儿郎当中又略带正经地回：“水煮鱼片。”他补充，“虽然不是很正宗，但也还行了。”

吴文彬无语。

而后，两人去录成绩。

也是这时，周雾寻才知道自己刚刚破了校纪录。

旁边的吴文彬不由得又酸又羡慕地感叹：“厉害啊寻哥！”

接下来的项目就是中长跑了。

白伊参加的女子800米就快进行。

她默默地看完周雾寻的决赛就和彭星月离开了终点。

每个班在距离主席台最远的那侧操场边都有专属的位置。

全班同学的凳子和放东西的课桌都放在那儿。

彭星月这会儿去了教学楼上厕所，其他同学都分散在操场的各个角落看各项比赛，班级所在的区域冷冷清清的，除了在这儿等彭星月回来的白伊，根本没有其他人。

白伊坐在凳子上，手里拿着一瓶还没开的水，有点紧张地趴在一张课桌上。

虽然每年体测都会跑800米，她的成绩也都不错，但这还是她第一次参加运动会。

白伊一点经验都没有，也难免紧张。

周雾寻只是口渴得厉害，想过来班级在的位置这边找瓶水喝。

结果放水的地方空空如也，不知道什么时候早就喝完了。

只有白伊手中还捏着瓶没开封的水。

白伊侧脸趴在桌上，正巧背对着周雾寻来的方向。

她听到了有人过来，但没想过会是他，所以也没动。

“白伊。”周雾寻稀松平常地喊着她的名字。

白伊忽而听到周雾寻的声音，人一下子就坐了起来。

她的眼底闪过慌乱和无措，脸颊也不受控制地泛起了红晕。

白伊努力维持着镇定。

她全身紧绷地僵坐着，仰脸望着站在课桌前的他。

操场外边的路边种了一排梧桐树，此时正枝繁叶茂。

阳光从树叶缝隙中钻过来，在这片荫凉处落下斑驳光影。

他棱角分明的脸上也有几个细碎的光块。

微风一吹，光块也跟着摇曳晃动。

让这场景像极了不真实的梦。

仿佛，他站在她面前，就只是一场梦。

“水能先借我喝吗？”周雾寻语气如常，“过会儿我还你一瓶。”

白伊的大脑都还没转动，握着水瓶的手已经伸了出去。

她把水递给他。

周雾寻接过。

白伊怔怔地盯着他。

他修长的手指轻轻一旋，瓶盖就被拧开。

而后，男生仰起头，“咕嘟咕嘟”地一口气灌下去半瓶水。

周雾寻的脖颈细长，喝水时凸出来的喉结不断上下滑动。

白伊的脸突然变得滚烫。

她想不通，为什么有人喝个水都能这么养眼。

突然，广播里喊：“参加女子 800 米的同学，请立刻到检录处检录。”

白伊僵硬的身体条件反射性地瞬间站了起来。

“我……我过去了。”她礼貌地轻声说完就要抬脚往检录处跑去。

“白伊。”喝过水后，周雾寻的嗓音听起来越发清朗。

白伊蓦地停住脚步。

她梗着脖子扭头，目光飘忽地看向他，又很快挪向别处。

周雾寻似乎在低笑，语调微扬着说：“加油。”

她早上鼓起勇气对他说过的话，他也对她说了。

白伊抿了下嘴巴，点点头，应：“嗯！”

白伊，加油。

他对她说了加油。

白伊心里仿佛有个小人长出了翅膀，在高兴畅快地到处飞。

彭星月从卫生间回来时，女子800米刚开始。

她抬起双手放在嘴边，对着白伊高声喊：“一一，加油冲呀！”

周雾寻去了趟超市。

他买完水回来，就听到彭星月身边的何颂担忧道：“从起跑开始，白伊就在靠后的位置不紧不慢地跑着，现在就快跑完了，她还在后面。”

何颂刚说完，周雾寻就看到跑道上那抹穿着黑色运动裤和白T恤的娇小身影开始不动声色地赶超她前面的人。

白伊的参赛号码是27。

在距离终点最后100米的时候，白伊不断地加速，跑得越来越快。

她超了一个人、两个人、三个人……

白伊虽然不高，步子也不大，但她身体格外灵巧轻盈。

真正发力跑起来时，就像一只就要振翅而飞的蝴蝶。

周雾寻盯着她，有些意外地轻抬眉梢。

大概他自己都不知道，他眼中浮现了零星的笑意。

彭星月见状，激动地在原地跳了下：“一一在赶超了！”

“一一！”彭星月呐喊，“一一坚持住！”

本来都对这场比赛不抱任何希望的高二（13）班的同学们一瞬间沸腾起来，大家站在看台上一齐高喊：“白伊！加油！白伊！加油！”

白伊咬紧牙关，死死盯着前方。

她不知道周雾寻有没有在看她比赛。

但不管他看没看，她都想拼尽全力做这场比赛最耀眼的那一个。

他是赛道上最耀眼的那个少年。

她也不甘于平庸。

在最后两米的紧要关头，白伊惊险地超越了跑在第一的女生，率先冲过了红线。

站在终点旁的彭星月立刻就跑到了赛道上，伸手接住了双腿发软几乎要坐倒在地的白伊。

“一一！”彭星月激动得嗓音都在发颤，“一一，你是第一！”

白伊被彭星月搀扶住胳膊，缓慢地走到草坪上。

她的唇边露出浅笑，胸脯还在剧烈地起伏着，呼吸急促，甚至忍不住干咳起来。

周雾寻随手拧开瓶盖，又轻轻拧好，然后把水递到白伊眼前。

“还你。”他说。

白伊盯着他握着水瓶的手指，讷讷地接过了这瓶水。

“别着急喝，先缓缓劲儿，呼吸平稳了再喝。”他又道。

白伊口腔里充满了铁锈味，嗓子里又痒又疼。

她又咳了几声，没说话，只点了下头回应他。

这天放学后的公交车上。

在跳远比赛中与奖牌失之交臂的彭星月爱不释手地把玩着白伊的奖牌，直到白伊要下车才还给她。

白伊攥着她赢的女子 800 米冠军奖牌，嘴角盈着浅笑回了家。

她走到客厅时，伊君婉正端着炒好的菜从厨房出来。

看到白伊手中捏了个东西，还笑得这么开心，伊君婉柔声问：“一一手里拿的什么？”

白伊把奖牌给她看，脸上漾着笑，回道：“今天在运动会上拿的奖牌，女子 800 米第一。”

伊君婉并不觉得有什么值得荣耀的，说：“运动会拿第一有什么用，高考也不能加分啊。考试能拿第一才是真本事。”

母亲的话像一盆冷水当即泼下来。

白伊嘴角的笑意瞬间收敛许多。

她抿了抿唇，没说话，转身上楼回了房间。

白伊把奖牌爱惜地放进抽屉锁好。

对父母来说，可能这块奖牌什么也不是。

但它对于白伊无比重要。

2010 年 10 月 11 号。

16 画是，终生伴侣。

他只不过目光平静地随意扫过来一眼，我的世界就已经地动山摇起来。

今天的幸运色：黑白。

运动会的号码：我 27，他 11。

刚好是对方姓名的笔画数。

和他交换了水，四舍五入也算给他送过了水。

在赛道上冲向终点的少年热烈而耀眼，如同玩滑板时的他。

男子 100 米冠军，周雾寻。

女子 800 米冠军，白伊。

他那么优秀，让我也不甘平庸。

02.

运动会第二日。

上午是男女 4×100 米接力跑，下午是篮球赛。

出场顺序抽签决定。

高二（13）班抽到了不前不后的位置，在上午九点多上场。

章骛恂昨天在男子 200 米中拿到第二名。

他的起跑爆发力和弯道跑都不错，所以定在了第一棒。

而周雾寻的重任就是最后的直道冲刺。

彭星月虽然跑步不差，但平衡力差一点，所以她一早就很有自知之明地选了直道第二棒。

恰好对白伊来说跑直道弯道没什么不同，只不过第三棒接棒的手是右手。

虽然没有左手顺，但白伊也不会觉得很别扭。

四个人上场后，白伊蹲下来，重新紧了紧鞋带。

不知道是谁大喊了一声：“周寻！”

白伊条件反射似的，瞬间抬起头。

结果就看到一个陌生的男生被另一个男生勾住了肩膀，从她不远处的草坪上走过。

“周寻，你怎么走这么快……”

原来是另一个男生名字叫周寻。

而不是有人在喊周雾寻。

白伊往下压了压心底的悸动，起身。

没一会儿，他们这组的接力赛正式开始。

章骜恂不负众望，是第一个把接力棒交给第二棒的人。

彭星月拼尽全力朝白伊跑来。

在她快跑完时，白伊开始助跑。

白伊的右手向后伸着，等着彭星月把接力棒给她。

然而，彭星月在把接力棒递给白伊的时候，两个人配合得没有很默契，接力棒打疼了白伊的手腕。

白伊强忍着疼才没松开攥着接力棒的手。

她紧紧握着接力棒，飞快地朝着周雾寻跑去。

不知道是不是因为他就在前方等她，白伊觉得自己比 800 米冲刺时跑得还要快，脚仿佛都快要离开地面腾空。

在白伊快跑到她的终点时，周雾寻开始助跑。

他惯用的左手向后伸着。

须臾，白伊稳稳地把接力棒递到他的手心。

本来章骜恂闯出来的第一的位置，到现在已经落后到第四。

周雾寻眨眼间就跑出去一大段距离。

白伊的目光紧紧跟随着他。

她亲眼看到他不断地快速赶超别人，心情又激动又紧张。

在最后时刻，周雾寻率先冲到终点，直接让他们班从第四逆袭到了第一。

白伊刚露出笑，彭星月就找了过来。

“一一！一一，你快让我看看你的手。”彭星月着急地说着，已经抓起白伊的胳膊仔细查看。

彭星月不提，白伊都忘记了手腕还在疼。

她的手腕这会儿已经明显红了一片，甚至快要肿起来。

彭星月眼睛泛红地愧疚道：“对不起一一，我左手不太顺，没控制好距离，打到你手腕了。”

白伊笑了笑，反过来安慰彭星月：“没事呀，你又不是故意的。我们也都是为了比赛嘛。”

彭星月忍着要哭的冲动吸了吸鼻子，说：“我刚跟班长说我好像用接力棒打到你的手了，他就去买碎碎冰了。”

说着，彭星月扭头往超市的方向望了望，低喃：“怎么还没回来啊？算了，我们先去找我哥。”

周雾寻录完成绩从人群中一出来，就看到彭星月拉着白伊的右胳膊不松，还满眼担心地瞅着白伊的手腕。

他循着彭星月的视线瞅过去，发现白伊的手腕很红，还有要肿的迹象。

周雾寻问：“怎么了？”

彭星月像个犯错的孩子，小声说：“刚刚接力的时候，我不小心用接力棒打到了一一的手腕……”

周雾寻轻皱起眉。

正巧陈敏拉着孟瑶过来给周雾寻送冰水，周雾寻就摘下自己左手腕上的黑色护腕，用冰水浇湿，再把护腕中的水单手挤出来，然后把护腕递给了白伊。

“先凑合一下，赶紧让星月带你去超市买冰回来冷敷。”周雾寻冷静地说。

白伊根本反应不过来，人愣怔在了原地。

彭星月立刻接过护腕，不容分说地套在了白伊的手腕上，同时对周雾寻说：“班长已经去买了。”

旁边的陈敏有点不悦地噘了噘嘴。

被冰水打湿的护腕凉凉潮潮的，冷感从白伊的皮肤侵袭而入，强硬霸道地钻进骨髓。

可她的五脏六腑都热得仿佛有团火在灼烧。

白伊讷讷地低下头，看向右手的手腕。

黑色的护腕上，用金色细线绣着字母“X”。

X，寻。

周雾寻的寻。

她，戴了他的护腕。

胸腔里的心脏后知后觉地剧烈跳动起来，近乎疯狂的心跳让她连呼吸都变得不畅。

白伊被彭星月拉着去了班级在的区域休息。

不多时，章骜恂拿着一包碎碎冰跑了过来。

他呼吸微重地停在她们面前，把包装拆开后，从里面拿出一根冻得硬邦邦的粉色碎碎冰，递给白伊。

白伊接过来，笑着说："谢谢班长。"

章骜恂把剩下的放到旁边的桌上，低声道："实在不行还是去医务室看看吧，拿点药消肿。"

白伊点点头，应："好。"

因为要冷敷，白伊只好把周雾寻借给她的护腕摘下来。

彭星月随后就拿起潮湿的护腕，递给章骜恂，拜托他："班长，麻烦把这东西还给我哥。"

章骜恂看了低着头眼帘微颤的白伊一眼，只道："好。"

彭星月从包装袋里抽出一根碎碎冰，问章骜恂："我能吃一根吗，班长？"

章骜恂回："本来就是给……你们买的，随便吃。"

临走前，章骜恂又回过头来，特意嘱咐白伊："过会儿记得换根继续冷敷，不见好就去看医生。"

白伊淡笑道："嗯。"

等章骜恂离开，彭星月嘬着碎碎冰若有所思道："一一，我怎么觉得……班长好像很在意你啊？"

彭星月突然觉得自己好像撞破了什么惊天秘密："他该不会喜欢你吧？"

白伊微微蹙眉，嗔道："别乱说，班长对每个人都很好。"

"哪有。"彭星月显然不同意，"虽然他并没有看起来那么冷清难相处，但显然也不是对谁都好好吧？从高一下半年到现在为止，当了快一年的班长了，他帮哪个课代表发过试卷？反正我只见他帮你发过。"

"我也没见过别人受点伤他就心急火燎地跑前忙后。"彭星月的小嘴叭叭的，"就刚刚，三分钟不到的时间里，他担忧地提了两次让你去看医生，这不是关心是什么啊？"

白伊的脸色微微泛起红晕，她有点恼羞成怒道："星月！"

彭星月立马识趣地闭嘴："不说了不说了。"

白伊倒不觉得章骜恂对她有什么意思。

作为班长，关心同学的情况很正常。

而且，在没文理分科之前，他俩就是同班同学。

他大概只把她当作比其他同学更熟识一点的同学罢了。

临近中午时分，以班级为单位的男女混合 4×100 接力赛公布最终排名。

高二（13）班最终全校排名第二的成绩拿了亚军的奖牌。

而白伊第一次跟周雾寻一起站在领奖台上。

领他们共同赢来的奖牌。

中午吃过午饭，白伊去教学楼的卫生间。

刚走到拐角处，忽而听到楼梯口的角落里传来压低的声音。

"你干吗把你的护腕给白伊啊？"陈敏不高兴地嘟囔。

白伊突然停住了脚步。

她并不想偷听墙脚，可能因为没想到自己是被谈及的当事人，她此时有点蒙，人像被钉在了原地，动弹不得。

随后，周雾寻淡淡的话语响起："她是我朋友，也是跟我一起为班级争荣誉的队友。她因为班级比赛受了伤，我借给她护腕让她敷一下手腕怎么了？"

陈敏似乎找不到理由反驳，一时语塞。沉默片刻后，她语气委屈道："看你关心别的女生，我就是不高兴嘛！"

周雾寻不耐烦地抛出一句："你别无理取闹行不行？"

陈敏再次不吭声。

白伊默默转过身，离开了教学楼，往办公楼的出入口走去。

那边也能通往卫生间。

她的脑子里不断回响着周雾寻的话。

"她是我朋友。"

她是我朋友。

白伊心里苦涩又甜蜜。

五味杂陈的感觉让她尝尽了酸甜苦辣咸的味道。

至少还是朋友。

大概，这是他们最好的关系了吧。

从卫生间出来，白伊本来是想原路返回操场的。

没承想，她会在楼道里遇到迎面走过来的章骛恂。

章骛恂似乎也没料到会在这儿跟白伊碰上。

他愣了下，拿着东西的手不知往哪里放。

但这也仅仅只停留了一瞬而已。

白伊都还没察觉他的不自在，章骛恂就已经不动声色地调整好了状态。

“班长。”白伊淡笑着打了个招呼，正要跟他擦肩而过下楼去，章骛恂突然叫住了她。

“白伊！”他佯装镇定的语气里藏着几分忐忑。

白伊在他身侧停住，扭头望向他。

她目光茫然地问：“怎么了？”

章骛恂把手里紧攥的东西递给白伊：“给你。”

白伊垂下头，这才看清他拿的是什么。

一盒治跌打损伤的外用药膏。

不知为何，她突然想起了彭星月说的那番话来。

白伊忽而很惶恐。

她连忙摆手，拒绝道：“不用了班长，我的手腕没有很严重……”

章骛恂瞥了眼她微肿的右手腕，抿唇。

“你的手腕是为班级比赛伤到的，药是我用班费买的，拿着吧。”说着，他就不容分说地把药膏塞给了她。

不等白伊再有反应，章骛恂已经迈着大步转身离开。

白伊并不知道，章骛恂本来是想把药膏偷偷塞她课桌抽屉里的。

买药的钱也并不是他说的那样，用的班费，而是他自己掏钱买的。

白伊怔忡地杵在原地，茫然失措地捏着这盒药膏，一时间不知道要怎么办。

须臾，勉强找回理智的她转身朝教室走去。

这会儿大家都在操场上玩，教室里静悄悄的，根本没人。

白伊从书包里翻出二十块钱来，她捏着钱走到章骜恂的课桌旁，随意掀开他桌上那本书的某一页，把钱夹了进去。

白伊不想欠章骜恂人情，尤其在她隐隐约约意识到什么的情况下。

然而，白伊做完这件事一转身，就看到周雾寻不知什么时候回了教室。

他就站在教室后门处，双手环胸，姿态懒散地倚靠着门框，瞅着她的桃花眼中浮着意味深长的笑意。

白伊倏地僵在原地。

她怔怔地望着他，脸颊以肉眼可见的速度泛起红晕。

周雾寻以为她是被人突然撞破男生女生之间的那点事而不好意思了，便说：“放心，我不会跟别人说。”

白伊急忙辩解：“不是你想的那样。”

周雾寻轻挑眉梢，嘴角微勾着点头，懒洋洋地从喉咙里溢出一声：“嗯。”

显然是不信白伊说的话。

随后他就抬起一条腿，跨过凳子，在他的座位上坐了下来。

白伊从章骜恂的座位旁往后门走来，目光飘忽着不敢看他。

每往前走一步，就距离他更近一些，她的心跳也跟着越来越快，像安装了加速器。

终于，白伊走到他身后，再迈一步就能踏出教室。

她攥了攥垂落在身侧的双手，停了下来。

白伊鼓起勇气，又说了遍：“不是你想的那样。”

她一字一句地对周雾寻解释，语气轻软而认真：“是班长帮我买了药膏，我还他钱。”

周雾寻回过头来，神色微诧地掀起眼皮看向白伊。

她脸上的红晕还没消散，脸蛋红扑扑的。

“晓得了。”他难得正色，认真回，随后又诚恳道歉，“抱歉，刚才是我误会了。”

“没事。”白伊快速地小声说完就脚步匆匆地出了教室。

下午的篮球赛拉开帷幕。

白伊坐在彭星月旁边，周围都是同班同学。

陈敏也一反常态地乖乖坐在了看台上，没有捧着水等在场边。

不知道有没有中午她和周雾寻在楼梯角落处那番争吵的原因。

事实证明，优秀的人做什么都会很优秀。

以周雾寻和章骛恂为主的十三班篮球队，在球场上连连得分。

白伊根本无暇看篮球场上的其他人，她的目光只锁定在了那道穿着白色球衣的身影上。

球衣上刻着大大的黑色数字——27。

篮球赛进行得如火如荼，看台上的观众也跟着全场沸腾，欢呼和呐喊不绝于耳。

周雾寻又进了个三分球，一下子将比分彻底拉开。

周雾寻高兴地扬起笑，他在球场里小跑着和几个队友一一击掌。

坐在白伊周围的其他同班同学直接兴奋地跳起来，高声喊：“周寻！加油！”

白伊也被彭星月给激动地拽了起来。

每到大家喊他“周寻”的时候，她就在心里默喊一遍“周雾寻”，然后再跟大家一齐出声喊一句“加油”。

是——

周雾寻，加油！

白伊目不转睛地望着他，像看到了这世界上最明亮最耀眼的一道光。

他那么吸引人。

中场休息时，陈敏也没有下去给周雾寻送水。

但周雾寻根本不缺人送水。

他刚走到场边，就有一群他完全不认识的女生争先恐后地凑过来。

她们奋力地伸着手，想要把自己拿的水递给他。

周雾寻笑着对她们说了句谢谢，但没有接任何一个人的水。

陈敏本来看到有那么多女生凑过去，心一下子就提到了嗓子眼儿。

她刚要跑下看台，就见他已经转过身，两手空空地跟在队友身后去了他们放东西的长凳处。

随即，周雾寻拿了他自己的水，仰头“咕嘟咕嘟”地大口灌水喝。

他沐浴在温暖的阳光下，浑身充满了干净的少年感。

陈敏这才稍稍松了口气。

她重新坐回看台，语气微微透出几分得意：“她们凑过去又有什么用，周寻还是只接受我一个人送的水。”

孟瑶笑说：“你就真不怕他喝其他女生的水？”

陈敏死要面子的故作姿态道：“他要敢那样做，我就跟他一刀两断！”

“你舍得？”孟瑶揶揄。

陈敏的脸颊泛起红晕，她快速闪了闪眼睫，有点羞恼地轻推了孟瑶一把：“你好烦！”

孟瑶就笑，打趣说：“舍不得吧？”

白伊和彭星月离她们不远，自然把这话听得清清楚楚。

白伊不动声色地轻咬了下唇。

她从没跟任何人说过，其实……她感觉周雾寻好像根本就不喜欢陈敏。

白伊怔怔地望着站在场边和何颂他们说笑的少年，他的表情似笑非笑，带着些许漫不经心，看上去有点玩世不恭的样子。

明明他就在人群中，甚至是最受瞩目的焦点。

可不知道为什么，白伊莫名觉得，他似乎并没有真正地融进去。

很奇怪，他总是会给她一种很孤独的游离感。

白伊微微地失了神。

这天回家后，白伊没有跟父母提一句关于运动会的事，也没有把今天在接力赛上拿的奖牌给他们看。

这份喜悦他们不会理解，他们只会说她不务正业。

然而，伊君婉和白骏毅还是把她说了一顿。

因为右手腕受伤的原因，这晚白伊用左手吃的饭，伊君婉和白骏毅自然也就注意到了女儿右手腕上的伤。

“手腕怎么肿了？怎么弄的？”伊君婉担忧地皱紧眉问道。

白伊如实回答：“今天跑接力的时候不小心被接力棒碰了下。”她补充，“就是赶了寸劲儿，没什么大事。”

白骏毅放下碗筷，拉过女儿的右胳膊，仔细地看了下，问道：“冷敷过了？”

白伊点点头：“嗯。”

“抹药了吗？”他又问。

白伊继续点头，乖乖回答：“抹了。”

伊君婉在旁边念叨：“都跟你说了运动会没什么用，手腕都伤了接下来几天你怎么写字啊？”

白伊抿抿唇，认真道：“我左手也可以写的。”

白骏毅放下白伊的手腕，还没说话，伊君婉就着急地问丈夫：“一一的手腕没事吧？”

白骏毅说：“没事，抹几天药，注意别吃力，很快就能好。”

他安抚妻子：“别担心。”

伊君婉叹了口气，把给白伊盛在碗里的汤放到她面前，无奈道：“这几天注意点听到没？”

白伊乖顺地应：“知道了妈。”

“以后也少参加这种活动，都高二了，还参加什么运动会……”伊君婉絮絮叨叨地说着白伊。

白伊不搭话也不反驳，一副认真听教的懂事模样。

等吃完饭，她就立刻回了房间。

这晚睡前，白伊在写完日记后，把今天的纸飞机连同这两天赢来的两块奖牌，还有他昨天送她的那瓶水的空水瓶一起放进了收纳箱。

矿泉水瓶今天白天已经被她倒扣在桌上控干了水。

和他有关的一切，对白伊来说，都无比珍贵。

2010年10月12号。

跟他一起跑了接力。

跟他一同站在了领奖台。

戴了他的护腕，尽管只有短短的一会儿。

不管是跑道上的他，还是篮球场上的他，抑或玩滑板的他，都那么意气风发。

他说，我是他朋友。

03.

运动会过后，大家都渐渐地收了心，基本把所有精力都放在了学习上。

临近十月底的清晨。

白伊一上公交车，彭星月就悄咪咪地跟她八卦，说周雾寻跟陈敏闹掰了。

“昨晚陈敏专门找去我家，想让我把我哥叫出来，但我哥都不见她。”彭星月说着就叹了口气，然后才继续道，“——你是没看见，陈敏哭得眼睛又红又肿……”

闻言，白伊一时间愣住了，只觉得太快了，满打满算，好像没有一个月。

周雾寻身边不缺女生，没有了陈敏，其他女生就迎了上来。

除了不甘心就这么放弃的吕舒娜，这次又多了个清纯校花，也是个高三学姐。

周雾寻还是那副漫不经心的样子，并不当回事。

白伊跟他的所有交集，除了在学校里的每天中午一顿饭，就是偶尔因为作业会说一两句话，或者要帮彭星月传话才会有机会跟他讲话。

比如“周雾寻，你的化学作业是不是还没交”，或者“周雾寻，星月让你帮她买袋薯片”。

因为十月份有个国庆假期，后来学校又举办了运动会，所以期中考被安排在了十一月中旬。

这次考试白伊在班里还是第3名，不过年级名次还保持在前50名，甚至已经缓慢前进到了第42名。

其实她在进步，但父母对她的成绩并不满意，他们就想让她超过吴文彬。

周雾寻的成绩也没什么变化，在班里依旧是第 7 名，各科成绩也都很平均。

时间一天天地流逝，眨眼间就到了 12 月中旬。

12 月 12 号是个周日。

白伊在家里学习了一天，因为明天又要月考。

刷完一张物理易考点试卷，白伊疲累地伸了个懒腰。

她看了眼书桌上的闹钟，已经晚上十点半了。

白伊算了算，睡前还能再写一张试卷。

她这么想着，摸过手机想短暂地玩几分钟歇歇脑子，结果就看到一条 QQ 好友添加请求。

对方的昵称是——ZWX。

白伊捧着手机愣怔住，随之而来的，是心脏失控地跳动和缺氧般地呼吸不畅。

心跳剧烈到连带着她的手指都在轻微地一下一下跟着颤。

白伊指尖发抖地点了同意，通过了他的添加请求后，她捧着手机傻乎乎地等了好几分钟。

然而对面并没有发任何消息过来，仿佛就只是单纯地扩列加个好友而已。

好一会儿，白伊渐渐冷静下来。

胸腔里那颗跳动紊乱的心脏，也一点点地恢复到了正常的频率。

白伊抿了抿唇，把手机放到旁边。

她重新拿起笔，开始刷题。

可是，受到了波动的情绪已经浮躁，白伊心神不宁地盯着试卷，读了两遍题目硬是没理解这道题。

好像……大脑突然宕机了似的。

须臾，她败阵，控制不住手，又拿起了手机。

几乎是同时，有条 QQ 消息发了过来。

ZWX：“你这两个月怎么没去滑板场了？”

白伊垂眼看着周雾寻发过来的消息，心头蓦地一跳，呼吸都滞住。

他为什么会问她怎么没去滑板场？是……想跟她一起玩滑板吗？

白伊确实从国庆节开学后就再也没去过津海滑板场。

除了有那次被他撞见她摔倒出丑的原因，更多的因素是她没有滑板。

她盯着他的消息，紧张到额角不受控制地突突跳着。

悬浮在手机键盘上方的大拇指都能明显地看出来在发颤。

白伊正不知道该怎么回答他，周雾寻又发来一条。

ZWX：“那个小孩拜托我问你的。”

那个小孩。

贺辞？

所以，他是为了帮贺辞问她怎么没去滑板场才加的她？

盈了满腔的欢欣雀跃瞬间烟消云散。

白伊的心情像是过山车，猝不及防被抛到最高点，又冷不丁冲到最低处。

她咬了咬下唇，任凭失落感在身体里蔓延，打字回他：“麻烦你帮我告诉他，短期内我应该不会去滑板场了，祝他每天开心。”

也祝你每天开心。

刚洗完澡出来还在擦头发的周雾寻没说别的，只很酷地回了白伊一个“OK”。

他和她的第一次聊天，就这样结束了。

短暂到白伊都没反应过来，又抱着手机呆坐了好久。

但直到她睡觉，都再也没有他的消息传进来。

2010年12月12号。

晚上十点半。

他主动加我QQ。

我和他终于成了QQ好友。

04.

这次月考的成绩在考试结束后的第三天就登了出来。

白伊在班里还是第 3 名，这次年级排名第 40 名。

她一直都在进步，尽管很缓慢。

周雾寻还是老样子，稳坐班里第 7 名的位置。

也是这天，白伊和彭星月在大课间结伴从卫生间回到教室时，看到教室后门站着一个扎着高马尾的女生，正在笑着跟周雾寻讲话。

女生长得很漂亮，相貌不输吕舒娜，但跟吕舒娜完全是两种不同类型的气质。

吕舒娜给人的感觉是性感艳丽，甚至娇媚。而这个女生看上去格外温柔清纯。

彭星月晃了晃白伊的胳膊，压低声音惊叹：“天啊！校花来找我哥？”

白伊自然也知道这个漂亮的女生就是校花学姐。

白伊不动声色地抿了下嘴巴，又很快松开。

彭星月拉着白伊放缓脚步，等学姐离开，她立刻挽着白伊的胳膊快步走到后门，八卦地问：“哥，校花怎么突然过来找你啊？你们不会……”

下一秒，正在转笔玩的周雾寻很漫不经心地应：“嗯。”

满腔苦涩从心脏往全身蔓延，白伊木木地站在彭星月身侧，浑身僵硬。

彭星月震惊，不敢相信地又问了遍：“真的啊？”

周雾寻懒洋洋道：“骗你干吗？”

“这次打算维持多久？”彭星月的话似揶揄似调侃。

“随缘。”

彭星月佩服地对周雾寻竖了个大拇指：“你厉害。”

随后，彭星月就牵着白伊的手往前面走去。

“一一你猜，”彭星月很小声地问白伊，“我哥这次能坚持多久？”

白伊此时魂不守舍，哪里有心情猜这个。

她低下头，随手拿起书翻看，若无其事地轻声回：“我不知道。”

彭星月猜测说：“我觉得可能寒假就闹掰了。”

而现在距离放寒假，也就整三十天。

当晚。

白伊回到家，把考试的成绩单拿给父母。

伊君婉和白骏毅又一次因为白伊没有考过吴文彬而不满。

可能是来自父母的逼迫让白伊压力太大，也可能是今天再一次听周雾寻承认事实而情绪郁闷，白伊的情绪突然就失控了。

一向乖顺听话的她话语激动地跟父母争论："我虽然在班里没进步，但是全年级排名我是进步了的，你们知道我往前进步一名有多不容易吗？为什么就非得盯着我没有考过吴文彬这点说我？"

顿了下，她声音微哽地道："我真的尽力了，你们就不能夸夸我吗？"

语气像在请求他们。

伊君婉说："夸你你就能考过吴同学了吗？夸你只会让你沾沾自喜而懈怠。"

伊君婉的语气很平静，甚至可以说温柔，却像一把刀子刺进白伊心里。

"你都没夸过我，怎么知道我会沾沾自喜！"白伊歇斯底里地喊出这句话就红着眼跑回了卧室。

白伊上一次跟父母争吵，还是初三那年。

那次是母亲擅自把她的滑板送给了别人。

这学期的期末考试在 2011 年的 1 月 13 号。

为期两天的期末考结束，沈城一中就放了寒假。

三天后，学生们要返校领期末考的成绩单。

白伊一上公交车，彭星月就立刻跟她八卦道："我哥跟校花掰了，就在咱们期末考试完的第二天。"

白伊怔忡了瞬，没说话，只默默地在彭星月身旁坐了下来。

彭星月还在感慨："果然，知哥莫若妹啊。"

白伊安静地听着，在这一刻突然觉得，就这样跟他当普通朋友也挺好的。

至少，在他那里，朋友的保质期要长久多了。

到了学校，彭星月一进教学楼就跑去了厕所。

外面实在太冷了，刺骨的寒冷仿佛能直接穿透棉服侵入骨髓，白伊便率先回了教室。

也因为温度太低，教室的前后门都关着。

白伊习惯性地从后门拐进教室。

她刚推开后门进来，一只修长的手就伸到了她的面前。

是周雾寻。

反手关门的白伊动作一顿，心脏也跟着停跳了半拍。

她杵在他面前，垂眼盯着这只骨节分明的手看。

他的中指和食指中间夹着一张叠好的纸。

室内外的温差让刚进教室的白伊感觉鼻子有些不舒服。

她吸了吸鼻子，讷讷地问：“给谁？”

谁知，周雾寻却低笑道：“给你啊。”

白伊的脑子里“砰”地炸开烟花。

给……她？

胸腔里的心跳霎时变得狂乱不堪，几乎要将她的耳膜都震碎。

白伊不由自主地屏住呼吸。

她缓慢地抬起手。

在白伊捏住纸的同时，周雾寻松开手。

随即，他语气懒散地补充：“那小孩让我给你的。”

白伊愣了愣，像是没反应过来，目光茫然地看着他。

一双眸子清透而干净。

周雾寻以为她没明白他说的是谁，提醒她：“滑板场那个小孩。”

原来是他帮贺辞传给她的，而不是他给她的。

是她自作多情了。

白伊忽而觉得难堪。

她涨红脸，飞快地躲开他坦然的视线。

白伊故作镇定地点头，有点呆地应：“哦……哦。”

随即，她就攥着手中的纸，抿紧嘴唇浑身僵硬地往前走去。

回到座位后，白伊低垂下脑袋，在桌子下面打开了这张纸。

上面只有两行字——

我的QQ：172×××359

贺辞

白伊打开手机上的QQ，按照贺辞留给她的号搜索，找到一个昵称叫“加贝舌辛”的人。

白伊点了添加好友。

对方可能正在玩QQ，秒同意。

随后，贺辞就给她发了消息过来。

加贝舌辛：“白伊？”

白伊回他：“你怎么知道是我？”

贺辞说：“你的昵称是YiYi，很好猜。”

白伊莞尔，问：“给我你的QQ号让我加你干吗呀？”

贺辞直截了当地问：“你为什么不来滑板场了？”

白伊轻咬了下嘴唇，找了个比较体面的理由，说：“功课多，没时间啦。”

贺辞似乎根本不信她的话，直接发来：“你没滑板我借你，来不来？”

白伊其实是心动的，毕竟她是真的爱滑板。

但她还是很理智地拒绝了。

白伊：“不去了，真的没时间。”

贺辞好像不开心，只回了白伊一句：“随你，爱来不来吧。”

白伊想了想，又给贺辞发了一段话：“你好好玩，注意安全，冬天摔一下可疼了，所以尽量别摔，而且这个时节板子比较脆，容易坏，玩的时候小心些。”

贺辞没有再回她。

正巧章骛恂抱着成绩单进了教室，开始发期末考试的成绩单。

白伊就把手机收了起来。

拿到成绩单后，她立刻目光认真地在成绩单上睃着。

白伊在班里还是第三，并没有超过吴文彬。

她年级名次排在 44 名。

周雾寻的名次倒是往前动了两名，班级排名第 5。

白伊盯着自己的成绩抿紧嘴唇，今晚应该是免不了被父母说教了。

不出白伊所料，她这天又因为成绩被父母说了一顿。

白伊只觉得心累，根本不想开口和他们争论一个字。

没几个人能保证自己每次考试都会稳步上升，尤其是达到她这个高度的名次。

毕竟前后都是尖子生，继续上升的空间并不大。

她能一直保持在前 50 名，就说明她的成绩是真的稳定。

可父母对她总是不满意。

2011 年 1 月 18 号。

他第一次给我递信。

却是帮别人传给我的。

是我太妄想了。

05.

虽然放了寒假，但因为假期作业太多，白伊几乎每天都在家写假期试卷。

伊君婉和白骏毅每天早出晚归，有时会因为手术很晚才能回家，甚至通宵回不了家。

每到这个时候，白伊就一个人吃饭，一个人睡觉。

其实她早就习惯了这样独立。

而且因为父母总给她压力，白伊现在反而觉得她自己在家时更放松。

腊月二十八是彭星月的生日。

为此，彭星月特意提前一个星期联系白伊，让白伊到时候去她家做客。

“等吃完生日餐，你、我、何颂，还有舒娜姐再去 KTV 唱俩小时去！”

彭星月兴高采烈地安排着。

白伊听闻，秀眉微蹙，佯装自然地问出口："周雾寻不去吗？"

彭星月说道："我哥腊月二十七就要回南城了，估计年后才会回来吧。毕竟他妈妈在那边，他从小在我舅妈身边长大，跟我们这边的人也不亲。"

白伊了然，轻声道："这样啊。"

可能是提到他母亲，白伊的脑子里突然闪过了国庆节放假那天傍晚的场景。

他等所有同学离开教室后，给他母亲打了电话。

白伊回想到他用方言跟他母亲交流时的语气，那么乖那么温柔。

完全不像他平日在学校里展现的那副模样。

说话总是很漫不经心，带着股懒散倦怠，好像对什么都不上心不在意。

白伊托着下巴发了会儿呆，脑子里浮现的全都是他的身影。

玩滑板的他，坐在教室最后排靠门处的他，用左手吃饭的他，跑道上冲向终点的他，篮球赛上三分远投的他……

半晌，她才堪堪回过神，继续做还没写完的假期作业。

彭星月生日的前一天。

已经感冒两三天的白伊本以为自己不吃药能扛过去，结果非但感冒没好，当晚还发起了烧。

父母都不在家，白伊自己下楼翻药箱找退烧药。

然而，家里备用的退烧药已经过期不能吃了。白伊无可奈何，只能穿好衣服，出门去买药。

但距离她家最近的一家药店也在四公里外，而她出门的时候公交车都停运了。

白伊便打车去了药店。

买完药从药店出来，白伊走到路边，打算打车回家。

可是，她等了好一会儿，都没有出租车经过。

头重脚轻的白伊冷得直缩脖子，随后抬手往上拉了拉围巾，把自己的大半张脸都遮住。

她站在原地，不断地轻轻跺脚。

冬夜的寒风吹过来，似乎直接穿破了脑门侵入全身，冻得人止不住打哆嗦，上下牙齿都在打架。

就在白伊撇头想张望有没有出租车过来的时候，忽而看到几个男生进了旁边的一个窄巷。

而被围在中间的那个人，正是彭星月说今天回南城的周雾寻。

他单肩背着黑色书包，手里拉着黑色的行李箱，被四个男生不耐烦地推搡着往前走。

白伊几乎一眼就认出，那四个人中为首的寸头是沈城一中旁边一所职高的老大。

她之所以认识这么号人物，还是因为表姐。

当初这个男生纠缠过吕舒娜，对吕舒娜死缠烂打，导致那段时间吕舒娜上下学都要混在一群人中才能脱困。

直到这个男生后来认识沈城一中的校花，转移了目标，吕舒娜才得以彻底解脱。

白伊望着巷子口，很快就反应过来他们去那里面是要做什么。

她顾不得自己还在发烧，立刻抬脚朝着窄巷小跑去。

这个寸头喜欢校花，周雾寻又才跟校花闹掰不久。

他们肯定是来找周雾寻麻烦的。

白伊此时满脑子都在担心周雾寻被群殴，根本没空去想为什么他深更半夜还在沈城的大街上转悠。

明明他这会儿该在南城他母亲那里了。

窄巷里只有一个不怎么亮堂的灯泡，光线特别昏暗。

白伊心慌意乱地在巷口扒着墙角看过去，发现里面已经打了起来。

起初周雾寻并没动手，对方几个人恶劣地把他推过来又推过去。

寸头不断地质问周雾寻：“知道我们为什么教训你吗？”

周雾寻沉默着不搭话，对方就抬脚踹到他腿上，猖狂道：“问你呢，知道吗？哑巴了？”

周雾寻还是没说话，而是直接冲寸头挥起拳头，一拳打在了对方的脸上。

白伊赶到巷子口的时候，就看到周雾寻一对四。他仿佛不要命似的，下手特别狠。

白伊从来没见过这样的周雾寻。

浑身充满了戾气，像发了狂的兽。

可他再能打，也只是一个人，对方四个人总有办法制住他。

周雾寻被其中两个人一人架住一条胳膊，摁在墙上。

寸头冷笑了下，一拳捣在周雾寻的腹部。

周雾寻很痛苦地闷哼了声。

在看到眼前场景的那一刻，白伊就已经傻眼了。

她从小乖到大，打架这种事对她来说太遥远，她根本没碰到过。

这也导致她现在很蒙，整个人都陷入了混沌慌乱的状态。

亲眼看到周雾寻被人摁着打，白伊又心疼又害怕，恐惧得快要哭。

她像只热锅上的蚂蚁，在原地惶然不安地打转儿。

情急之下，白伊用尽力气冲巷子里扯着嗓子喊了句："别打了！我报警了！警察来了！"

也不知道为什么会那么巧，白伊刚声音发颤地喊完这句话，警笛声就在附近响了起来。

本来桎梏着周雾寻的四个男生听到警笛声，拔腿就往巷子外跑来。

白伊根本没时间找地方躲避。

她咬紧嘴唇屏息，就在这昏暗的角落里，浑身紧绷地贴靠着墙，努力降低自己的存在感。

那四个人一心逃跑，哪里会注意到墙角处藏了个人。

亲眼看到他们头也不回地仓皇跑走，白伊才心有余悸地急促呼吸起来。

她转过身，又一次偷偷望向巷子。

周雾寻还在那儿。

他低垂着头，就这么靠墙立着，一只手轻摁在腹部，微弓身。

他的头顶就是那盏不怎么明亮的灯泡。

橘色的光芒很暗淡，落到他的身上，让脸上挂了彩的他看起来更颓废落魄。

白伊猜不透他为什么没有回南城。

还是……他回去了，又回来了？

可是，为什么呢？

她在他不知道的角落里，目不转睛地望着他，泛红的眼眶酸酸热热的。

胸口也很闷，几乎要喘不过气。

须臾，滚烫的眼泪从她眼角滑落下来。

白伊说不清自己是被刚刚的事吓到了觉得后怕，还是看到他这样心里难受。

他在巷子里待了多久，她就在巷口陪了他多久。

良久，周雾寻从地上捡起他的书包，用手拍去上面的尘土，重新单肩挎上包带，随后拉起倒在旁边的行李箱，朝巷子口走来。

白伊瞬间缩回脑袋，面对着墙咬紧唇。

听着行李箱的滚轮碾压路面的声音越来越近，白伊胸腔里的心跳也越来越快。

须臾，她抬脚跑开，飞快地拉开了药店的门，躲到了药店的货架后。

这个年纪的男生有着格外强的骄傲和自尊。

对他们来说，面子比命还重要。

周雾寻肯定不想让任何人知道这件事。

所以白伊不敢让他发现。

等他从巷子里出来，过了马路，白伊才敢从药店出来。

她在马路这边，沿着路跟着在马路对面的他往前走。

寒冬腊月的深夜，空旷的大街上偶尔有几辆车驶过，路上除了他们，根本没别的行人。

白伊的目光一直锁定在他身上。

她跟随着他，沿路走过一条又一条街。

其实只要他稍微回头望一眼，就会发现有个女孩在跟着他。

但他并没有。

他没有回头看，也不知道她的存在。

他似乎很心不在焉，整个人魂不守舍的，像游离在世间的孤独的鬼。

白伊不知道他要去哪儿，这不是去星月家的路线。
忽而，白伊脸上一凉。
她抬手摸了摸，指尖微微潮。
白伊仰起脸来，望了头顶的夜空几秒，然后才辨别出来下雪了。
刚刚是有颗小雪粒落在了她脸上。
不多时，雪粒变成了一片片雪花。
雪越下越大。
白伊依旧和他分隔在马路两边，却一同走在雪中。
最终，白伊亲眼看到他进了一个叫“清苑”的小区。
她停在路边，没再往前走。
恰好有空出租车经过，白伊招了招手。
随后，她打开后车门，坐了进去。
回到家里，白伊就着温水吞了退烧药。
睡之前，她从抽屉里拿出日记本，写下了今天的日期。

2011 年 1 月 30 号。
晚上下雪了。
我和他隔着一个马路的距离，共同见证了 2011 年的第一场雪。
今晚的事，是我瞒着所有人的第二个秘密。
第一个是他。

06.
第二天晚上。
周雾寻并没有出现在彭星月的生日聚会中。
彭星月和她的家人也根本不知道他就在沈城。
白伊有点心不在焉地吃过彭星月的生日晚餐后，就跟彭星月、何颂，还有吕舒娜一起转场去 KTV。
在 KTV 门口的路边下了车，白伊正要抬脚往前走，人忽然顿在原地。
周雾寻穿着黑色的冲锋衣，正从 KTV 门前的路上经过。

他的手中还拎着购物袋，里面装了一堆吃的和用的东西。

其他三个人都还没注意到他，他也没察觉他们就在路边。

只有白伊，在抬眼的那一瞬就捕捉到了他的身影。

可她没有喊住他。

她眼睁睁地看着他经过 KTV，继续往前走去。

须臾，吕舒娜忽而惊讶地不确定道：“那是周寻吗？”

彭星月和何颂循着吕舒娜指的方向望过去。

“哥！”彭星月立刻叫出声。

何颂也喊：“寻哥！”

白伊看到背对着他们的男生停下了脚步。

随后，他扭过头来。

彭星月高兴地朝他挥了挥手：“哥，这里！”

她说着，人已经率先朝着周雾寻跑了过去。

白伊他们也旋即跟上。

“你……”彭星月本来笑得灿然，想问周雾寻怎么会出现在这儿，结果来到他面前后一眼就看到了他脸上的伤痕。

彭星月登时拧紧眉，担心的话脱口而出：“你的脸怎么了？”

周雾寻面不改色地淡淡道：“昨天遇到几个抢劫的。”

彭星月根本没多想，轻而易举地就信了周雾寻的话。

她问：“所以你才没能回南城？”

周雾寻点了下头。

“那你怎么不回家啊？昨天还跟姥姥撒谎说你到南城了。”彭星月噘嘴嗔怪他，“你家这房子都多少年不住人了，一直就没供过暖，你不怕冷啊！”

周雾寻嘴角轻勾，回她：“有电热毯。”

“那也冷啊！”彭星月说完又问，“你还回南城吗？”

“买不到票了。”周雾寻云淡风轻地说。

“那你先跟我去 KTV 玩吧，唱俩小时咱们回家。”彭星月安排得明明白白。

周雾寻却拒绝，对她说：“我这几天还是先在这边住着吧，明天我哥们儿过来。”

周雾寻嘱咐彭星月：“你先别告诉奶奶和姑姑我没回南城。”而后道，“等我哥们儿走了，我就回家里，你就当我刚从南城回来，知道吗？”

彭星月搞不懂他为什么要这样做，说道：“你朋友来了也可以住家里啊……”

“他说家里有长辈在，不好多打扰，还是想住这边。”

周雾寻说着就笑道：“他非得住这儿，我只能提前收拾，不然你以为我为什么没回家而是来这边？”

沈城的冬夜寒风刺骨。

彭星月冷得直跺脚，脑子仿佛也被冻得不转了，根本没意识到有哪儿不对。她把双手放在嘴边，哈了哈气，左右手互相搓了几下后，她扯着周雾寻的衣服袖子，拉着他往前走，说：“冷死了，我们赶紧进去吧。”

白伊跟在他们后面，被吕舒娜挽着手走进 KTV。

自始至终，白伊都没有说话。

她知道他脸上的伤是怎么来的。

但她不会告诉任何人。

在往包厢走的时候，吕舒娜突然出声问周雾寻：“周寻，你一开始打算回南城的话，你朋友为什么还订了来沈城的票啊？”

彭星月这才察觉到怪异，连忙附和：“舒娜姐说得对哦！”然后说，“哥，你不会在骗我吧？是不是根本没有什么朋友要来？”

周雾寻好笑地说：“骗你我有什么好处吗？不信的话除夕晚上你过来玩呗，亲眼见见他，看我是不是在骗你。”

随后他又解释：“他不知道我本来要回南城，我也是昨天错过航班后才知道他一早就订了沈城的机票想过来找我。”

这点是真的。

确实有个朋友要从南城过来找周雾寻。

他一开始也确实不知道对方订了票要过来。

但他并没有错过航班。

他是真的回南城了，可没有见到母亲。

因为家里没有人。

他是给母亲打电话才知道，母亲前几天跟沈叔叔领了证，所以年底就和沈叔叔一起回沈叔叔的老家了，要年后才回南城。

为了让母亲安心过年，周雾寻没有跟母亲透露自己来南城这件事。

挂了电话后，他就买票回了沈城。

他本该为母亲高兴的。

因为终于有个男人真正地把她放在手心里疼爱，她的后半生终于不用跟前半生一样，苦等一个总不回家的丈夫。

可是周雾寻心里却很难受，有种说不出来的不安在身体里横冲直撞。

他觉得自己好像在一点一点地失去最亲的人。

而最无力的是，他明知即将要失去，却抓不住，也留不住。

就如同握在手中的细沙，只会从他的指缝渐渐流失。

说到底，他也才十六岁。

他心底充满了对家的向往，他无比渴望父母的陪伴和关心。

但可惜，这么简单的心愿，对周雾寻来说，这辈子都是不切实际的奢望。

何颂听完周雾寻的话，笑说："那这样也算歪打正着了，寻哥没能回南城反而能见到朋友，不然你俩这个年直接错过啊！"

周雾寻笑了下，应："嗯。"

彭星月还是心存怀疑："春节欸！他不跟他家人一起过年吗？"

周雾寻语调散漫地回："他爸妈出国旅游过春节，他不愿意去，就想着过来找我。"

"哦，这样啊。"彭星月了然。

到了包厢，白伊在沙发的一端靠边坐下。

周雾寻刚随手将购物袋放到桌上，就被何颂拉去点歌。

彭星月已经率先开嗓唱了起来。

吕舒娜走到白伊这边，弯腰对她说："一一，你们先玩，我去附近的药店给周寻买点药。"

白伊听闻，眼睫闪了闪。

随后，她温软道："我陪你去吧。"

吕舒娜摁住她的肩膀，笑道："不用啦，药店就在KTV附近，外面挺冷的，你坐着吧，我很快回来。"

白伊也没强求，听话地点了点头。

等吕舒娜离开，白伊低垂下脑袋，轻抿住嘴唇。

她的心里涌起一股酸涩。

但凡能控制，白伊也不想跟表姐喜欢同一个人。

可感情完全不由人。

不是她说控制就能控制得了的。

须臾，白伊突然听到何颂喊："寻哥！你点的歌！"

白伊瞬间条件反射性地抬起头。

周雾寻已经从彭星月的手中接过话筒。

播放歌曲的屏幕上显示出歌名和演唱者。

《愿爱无忧》 痛仰乐队

"像是写给爱人的歌……"

他一开口，白伊的身上就不由自主地起了层鸡皮疙瘩。

这是白伊第一次听周雾寻唱歌。

她完全没想到，他唱歌能这么好听。

唱歌时他的嗓音比平常略低些，声线低沉而慵懒，像在不急不缓地将故事娓娓道来。

白伊的目光从屏幕上挪到他身上。

男生认真地看着屏幕上的歌词，一句句地唱着："愿爱无忧，愿爱无忧……"

包厢里的灯球来回转动着。

红红绿绿的灯光打落在他身上，仿佛让他置身于万花筒中，被色彩斑斓忽明忽灭的光芒给包围住。

白伊安静地听着他唱歌，他低沉懒倦的嗓音让她情不自禁地微微失了神。

就在这时，彭星月走过来拉白伊。

“你别只坐着呀！快过来点首歌！”彭星月高兴道。

换做平常，白伊肯定就落落大方地点歌了。

可是有他在。

她就很忐忑。

怕自己唱得不好被他笑。

也怕自己紧张出丑被他看到。

但最后白伊还是点了一首。

彭星月直接切到她要唱的这首歌。

正好周雾寻刚唱完。

他转过身，很自然地把话筒递给了白伊。

白伊轻抿嘴巴接过来。

她双手握住话筒，看着屏幕上的歌词，心跳渐快。

前奏过完，白伊跟着音乐唱起来。

“长长的路上我想我们是朋友……”

白伊觉得自己气息发短，她一边唱，一边努力调整呼吸。

周雾寻已经坐到了沙发上。

他低头玩着手机，耳边萦绕着正在唱歌的白伊轻软的嗓音。

彭星月扬声笑着对周雾寻说：“哥！等你生日的时候咱们再来唱一次！”

“你生日是……4 月 21 号，那天是周几来着……”

彭星月的话音还未落，周雾寻就已经心算了出来：“周四。”

白伊虽然在唱歌，但一字不落地把他俩的对话听进了耳朵里。

他的生日在 4 月 21 号。

白伊牢牢地记在了心底。

渐渐地，白伊那因为紧张而隐约颤抖的声线终于慢慢稳了下来。

“在无声之中你拉起了我的手，我怎么感觉整个黑夜在震动……你心中一定有座浓雾的湖泊，任凭月光再皎洁照也照不透。”

忽而，包厢的门被人推开。

吕舒娜出现在门口。

她扬声笑着喊："周寻！周寻！"

周雾寻抬眸望过去，吕舒娜冲他招招手："出来一下。"

他收起手机起身，走到门口。

白伊扭头看向他们，然后就见周雾寻被吕舒娜扯着袖子拉了出去。

旋即，门自动关上。

白伊有些心神不宁地收回视线。

她怔怔盯着字幕，机械地继续往下唱。

但唱出口的是什么，她自己都不知道。

她的脑袋好像已经宕机了。

等她终于唱完这首歌，周雾寻和吕舒娜还没回包厢。

白伊不自觉地咬紧了唇，忍不住胡思乱想起来……

就在她魂游天外之际，彭星月凑了过来。

"一一，陪我去趟卫生间吧？"彭星月说。

白伊点点头，起身，和彭星月挽着胳膊走出了包厢。

然而，她们一出来，就看到周雾寻倚墙而立，头微微朝她们在的这边偏着，而站在他面前的吕舒娜像正附在他耳边说悄悄话。

白伊根本没想到会看到这幅景象，一时间愣在原地。

下一秒，白伊猝不及防地和周雾寻目光相撞。

她的大脑一片空白，人已经傻了，只怔忡地望着他，忘记了躲避视线。

周雾寻的眼睛也没挪动，和她对视的眸子深邃而平静。

彭星月也没想到一出来会撞见这一幕，她和白伊一起傻站在原地没动。

对比之下，倒是被撞见的两个当事人更平静自然。

周雾寻的表情根本看不出什么端倪来，目光也非常坦荡。

吕舒娜更是没有露出任何不好意思的神态，甚至还大方地笑着解释："我就是看看他脸上的伤。"

彭星月回过神来，连忙道："哦哦。你们继续，我跟一一去卫生间。"

说着，彭星月就拉上浑身僵硬的白伊从他们旁边快步经过。

白伊混沌茫然地任由彭星月拉着她往卫生间走去。

她似乎忘记了该怎么走路，总感觉往前迈的每一步都那么别扭。

到了卫生间后，彭星月压着嗓子惊讶道：“一一，刚刚你看到没？那么近！”

她当然看到了。

想起自己之前劝吕舒娜的话，彭星月叹了口气，说：“他俩好像有那么点苗头。”

白伊的心像掉进了无底洞，持续地失重下沉着。

她们从卫生间回到包厢时，吕舒娜正在唱歌。

白伊貌似不经意地瞅了周雾寻一眼。

目光没敢在他身上停留，她就飞快地别开了视线。

他正坐在沙发里低头摁手机，两条长腿大剌剌地敞着，姿态懒洋洋的。

不多时，吕舒娜唱完，她转过身看向周雾寻，笑着唤他：“周寻！”

周雾寻抬眸。

吕舒娜歪头浅笑：“我唱得好听吗？”

他嘴角噙笑，语调漫不经心地回：“好听。”

吕舒娜眼底的笑意霎时更浓。

她放下话筒，来到白伊身边坐下。

然后，吕舒娜就跟白伊分享了她的喜悦。

从小到大，吕舒娜有什么高兴开心的事都会告诉白伊。

白伊脑海中响起一声“轰”，像有什么突然炸掉了。

胸腔里的心脏仿佛在被用力地撕扯着，疼得她连呼吸都不能。

白伊看不透周雾寻，也不知道他心里是怎么想的。

周雾寻就像她今晚唱的那首歌里所描述的——

他仿佛是一座弥漫着浓雾的湖泊，就算月光再皎洁也照不透。

这晚睡觉的时候，白伊把自己蒙在被子里，戴着耳机单曲循环着他在KTV 里唱的那首歌。

这首歌的原唱声音微微沙哑，比周雾寻的嗓音更加低沉，有种成年人饱经世事后的沧桑感。

但她还是最喜欢周雾寻唱的版本。

说不出理由，就是喜欢。

白伊紧闭着眼，脑子里止不住地回闪着她在KTV包间外看到的那一幕，还有表姐开心到颤抖的话语在她耳边一遍遍地响起。

被子里的氧气有限。

白伊很快就呼吸不畅起来。

随即，她的鼻子开始不由自主地发酸，喉咙也像堵了一团棉花，哽得难受。

2011年1月31号。

4月21号是他的生日。

“你心中一定有座浓雾的湖泊，任凭月光再皎洁也照不透。”

他答应表姐了。

他是他，但她不是我。

或许，在他的生命里，我只能是个配角。

第四章 除夕夜

01.

除夕当晚。

白伊跟父母一起吃过年夜饭后，收到了父母给她的压岁红包。

一家三口正在客厅嗑着瓜子看春晚，白伊的手机里突然传进了QQ消息。

表姐：“一一，出来玩呀！”

白伊其实也很想出去玩，但是——

“我爸妈恐怕不会让我出去……”

吕舒娜很快就又发过来：“等着，我跟星月去找你，把你带出来！”

白伊惊讶：“你跟星月在一起啊？”

吕舒娜没多说其他的，只回：“嗯！我们就在你家附近，很快的！”

白伊莞尔笑了下，打字：“好，那我等你们呀！”

果不其然，连十分钟都不到，白伊家的门铃就响了起来。

白骏毅正好起身去喝水，便顺路去开了门。

吕舒娜挽着彭星月站在门口。

看到白骏毅后，吕舒娜笑语盈盈道：“小姨父过年好！”

彭星月也嘴巴甜甜地说：“叔叔过年好！”

白骏毅笑着回：“过年好，过年好。”

随即，他就连忙侧身邀请她们进门，说：“一一在客厅，你们快进来，外面冷。”

白伊在听到她俩声音的那一刻就站了起来。

伊君婉也从沙发里起了身，热情地招呼道："娜娜，星月，别在门口站着啦，快进来。"

吕舒娜和彭星月又跟伊君婉道了句过年好。

伊君婉笑吟吟地回："过年好。"

吕舒娜嘴角噙笑道："我们就不进去啦。"

旋即，她语气略带请求地撒娇说："小姨，小姨父，能让一一跟我们俩一起去看烟花吗？"

辞旧迎新的日子，大家都高高兴兴的，伊君婉也不想扫孩子们的兴，便同意下来，应允道："当然可以啊。"

心里忐忑的白伊霎时暗自松了口气，立刻就往门口走去。

她在衣架上取下红色的中长款棉服，又摘下围巾来系好。

就在白伊换鞋要出门的时候，伊君婉不放心地嘱咐："一一，不要玩太晚啊，看完烟花就早点回家。"

白伊浅笑答应："好。"

被表姐和星月从家里解救出来，白伊走在她俩中间，一手挽着一个人的胳膊，开心地笑着往前小跑了几步。

吕舒娜高兴道："我们去找他们吧！"

彭星月立刻应："走！"

白伊心里登时一"咯噔"。

尽管心里隐约猜到了有哪些人，但白伊还是有点不太确定地轻声问："找谁？"

吕舒娜眉眼弯弯地回她："周寻、何颂，还有周寻那个从南城过来玩的朋友，他们就在路口等我们呢！"

白伊依旧愣了愣。

彭星月随即扬声说："知道你爸妈管得严，我和舒娜姐特意让他们等在那儿的，不然叔叔阿姨看到还有男生在，铁定不让你出来了。"

白伊轻牵嘴角笑了下，没有说什么。

拐过弯后，白伊远远地就看到三个差不多高的男生站在路口的路灯下。

而她一眼就捕捉到了周雾寻的身影。

男生穿着黑色羽绒服，身形颀长落拓。

他双手抄在兜里，姿态懒散地倚靠着灯柱，恰好正对着她们。

白伊也因此得以看到他在垂眼笑。

头顶的橘色灯光泻下来将他包围住，柔和的光线给他平添了几分虚幻和朦胧。

让白伊有一瞬觉得，眼前的他就像一场不切实际的梦。

他面前的那个男生正跟何颂聊得热火朝天。

忽而，周雾寻抬脚踹了他朋友的小腿一下。

白伊听到他低笑着用方言骂那个男生：“你知道个啥！”

因为天气太冷的缘故，他一开口就有团雾气出现。

白雾萦绕在他面前。

她眼中的他的脸，也变得模糊不清。

何颂率先发现了她们，立刻挥手喊：“哈喽！”

彭星月抬手挥了挥，回应何颂。

等白伊跟着彭星月和吕舒娜走到他们跟前，彭星月就开心道：“这下人齐啦！我们顺利把一一给带出来了！”

周雾寻的朋友看向白伊，很大方地笑着说：“你好，我叫江信，阿寻的死党。”

毕竟是陌生人，白伊又天生慢热，此时有点局促，道：“你好，我是白伊。”

“距离零点的烟花还有三个多小时呢，”彭星月冷得跺了跺脚，把双手放在嘴边哈着气问，“我们先去哪儿玩啊？”

江信说：“外边实在是太冷了，还是先回去待着吧。”

吕舒娜笑他：“周寻家里也不暖和啊！”

江信也笑：“那总比外面好！”

他们除夕夜跑出来，就是想躲开大人畅快地玩。

而他们六个人中，也只有周雾寻家冷冷清清，没有长辈。

关键是，外边是真的冷。

冻得人手脚冰凉不说，风一吹过来，脸就仿佛被刀子刮过一样。

几个人对江信的提议都没异议，于是便结伴出发去周雾寻家。

走到半路，彭星月看到路边有卖烤红薯和冰糖葫芦等各种小吃的摊位，立刻就奔了过去。

她扭头对他们喊：“你们吃不吃呀？”

三个男生对冰糖葫芦并没兴趣，便去买烤红薯和糖炒栗子。

女生在挑选冰糖葫芦的时候，周雾寻已经付完了烤红薯和糖炒栗子的钱。

江信拎着一袋烤红薯，何颂抱着一包糖炒栗子。

随即，彭星月就扭头喊：“哥！我没带钱！你过来付钱啊！”

周雾寻本来也没打算让女孩子掏钱。

他打开钱夹，从里面拿出钱来递给卖冰糖葫芦的老板。

可能因为他站的位置就在白伊斜前侧，也或许这个路口的路灯过于明亮。

白伊本无意偷窥什么，却意外看到了他钱夹里放着一张照片。

不过白伊没有看清是谁，只大概辨出来是个年轻的女人和一个小孩。

可能是他小时候和他母亲的合照吧。

接下来的路，白伊跟彭星月挽着胳膊走在最后面，一边吃冰糖葫芦一边慢悠悠地走。

江信和何颂走在最前面。

这两个自来熟聊得倒是很投机，滔滔不绝地你一句我一句，根本停不下来。

吕舒娜已经挪到了周雾寻旁边，被一前一后夹在中间。

也因此，尽管白伊心底根本不想看他们的交流和互动，却还是被迫看到了全部。

吕舒娜把冰糖葫芦举到周雾寻嘴边，笑着轻声说：“吃一个？”

周雾寻偏开头躲避，拒绝：“不喜欢，你自己吃。”

“就一个嘛，”吕舒娜大概都不知道自己的声音里染了撒娇的意味，听起来娇娇俏俏的，“你尝尝，酸酸甜甜很好吃的。”

周雾寻还是不肯吃，甚至把头偏得更厉害了。

吕舒娜见他这么抗拒，有点失落地抿了抿唇，倒也没有再逼迫他。

冰糖葫芦外面的冰糖很甜，被冰糖包裹的山楂有些酸。

白伊吃进嘴里，却尝不到甜，只品到了酸。

甚至，有一点微苦。

她低垂下头，慢吞吞地咀嚼着嘴里的冰糖和山楂。

旋即，囫囵吞咽了下去。

可能有块冰糖没有完全嚼碎，在咽的时候微微划痛了嗓子。

白伊难受地蹙了蹙眉，默默忍下这份疼。

周雾寻家在清苑小区。

但因为多年没人住，家里根本没什么人气，特别冷清。

加之现在是冬天，他家又没供暖，导致室内温度也很低。

白伊坐在客厅里，没把棉衣脱掉，但依然手脚冰凉。

实在太冷了。

彭星月坐在她旁边，和她一起吃热腾腾的糖炒栗子。

江信和何颂去了周雾寻的房间，想看看能不能找到可以玩游戏的道具。

本来周雾寻和吕舒娜也在客厅，但吕舒娜似乎更想跟周雾寻单独相处，于是把他拉进了另一个房间。

白伊垂着眼，心不在焉地用牙咬开栗子壳，再用手一点点把栗子剥干净，然后才把栗子吃进嘴里，嚼吧嚼吧，咽下去。

过了会儿，江信拿着个东西从房间里出来，蹑手蹑脚地朝着白伊和彭星月在的沙发背后走近。

因为坐在沙发上正好背对着卧室的方向，白伊和彭星月根本没发现任何端倪，完全不知道有个人在偷偷地凑过来。

忽而，一条玩具蛇弯弯曲曲地从侧面出现在白伊的视野中。

而此时白伊正巧要把嘴里的栗子咽下去。

眼前的玩具蛇瞬间把白伊惊吓到。

她身体本能地想逃离，但因为被吓得腿发软，她直接从沙发上滑了下去，一屁股跪坐到了地上。

她想惊叫，然而张了张嘴，却根本发不出声音，反而被栗子噎住了。

也不知道是被噎的，还是被吓的，白伊开始不断地打嗝。

这一切只发生在眨眼间。

恰好还被从房间里出来的周雾寻和跟在他身后的吕舒娜看了个全程。

江信是从周雾寻的卧室里发现的这个玩具蛇。

玩具蛇是用塑料做成的，一节一节连接着，只要摁住尾端，玩具蛇就会弯弯曲曲地扭来扭去。

他本来就想闹闹女孩子，没想到会把人给吓得不轻。

江信看着坐在地上的白伊表情惊恐地打着嗝。

她的眼周红红的，似乎下一秒就能哭出来。

江信立刻敛了笑快步绕过来。

他有点手足无措地弯腰站在白伊面前，特别愧疚地道歉："对不起，对不起，我没想到……"

会把你吓成这样。

话还没说完，江信就被周雾寻一脚给踹进了沙发。

周雾寻没好气地骂了他一句。

随后，周雾寻就敛眸看向坐在冰冷地板上的白伊，歉意道："阿信就爱逗女孩子，有时候没个分寸，你别跟他一般见识。"

已经从沙发里爬起来的江信也附和："对对对，我这人就这点臭毛病，对不起啊白伊。"

白伊本想说没事，结果话没说出口，嗝先打了出来。

周雾寻似乎也没想到她的回应是个嗝，一时愣住，旋即就偏开头短促地低笑了声。

其他几个人也跟着笑起来。

大家都只是单纯地笑，没有一点取笑白伊的意思。

吕舒娜甚至宠溺道："我们一一也太可爱了。"

可爱。

周雾寻像是不置可否，轻轻挑了下眉。

白伊本来就尴尬，这下更加难堪。

而她之所以觉得难堪，仅仅只是因为，在自己喜欢的人面前出丑了。

她知道他们的笑并没有恶意。

白伊羞红了脸，瞬间耷拉下脑袋。

她不敢再张嘴说话，怕又对着他打嗝，还是发出声音的那种。

白伊手忙脚乱地站起来，只对周雾寻点了点头，表示她没生江信的气。

而始作俑者江信为了表达歉意，亲自给白伊倒了杯温水递给她。

白伊正需要喝水缓解噎住的难受，立刻就接了过来，“咕嘟咕嘟”灌了几口水下肚。

喝过水后，白伊的嗓子才终于舒服通畅。

嗝也渐渐地收住，没有再继续打。

没多久，周雾寻又一次被吕舒娜拉进房间。

江信本来是想玩国王游戏的，但周雾寻和吕舒娜都不在场，他们就只能玩玩斗地主。

白伊不会，主动提出来不参与只旁观。

于是，彭星月、江信，还有何颂三个人玩了起来。

不善言辞的白伊乖乖地挨着彭星月坐在沙发里,但不敢继续吃糖炒栗子，怕再被噎到。

她垂眼盯着茶几的一角，安静地发着呆。

过了会儿，白伊想上厕所，便起身朝着卫生间走去。

周雾寻家的卫生间在两个卧室中间，卫生间的门距离主卧更近些。

而周雾寻和吕舒娜此时就在那个房间。

白伊走到卫生间门口时，能听清从那里面传过来的说话声。

隔着一道门板，吕舒娜的声音听上去更加轻：“你过来一点。”

周雾寻的声音很低，也很淡：“别闹。”

吕舒娜不满道：“周寻，你喜不喜欢我？”

周雾寻没开口回答吕舒娜。

他没说喜欢，也没说不喜欢。

白伊并不打算听墙脚，甚至根本不想听到他们到底在说什么做什么。

她快速地推开卫生间的门，想要把自己关进卫生间，以此隔绝从那边传来的声音。

然而，就在这一刹那，白伊真切地听到什么动静。

旋即，那边传来吕舒娜很闷很小的声音："周寻……"

她的嘴巴像是被什么东西堵着，说出来的话有些含混不清。

白伊登时浑身僵硬，脸紧绷得像被硬生生地往两边拉扯。胸腔里的心跳似乎停滞了，心脏跟中了一枪似的。

他们在……

脑海中闪过这个念头，白伊立刻仓皇地躲进了卫生间。

白伊从未想过要去破坏表姐和他的关系，甚至都不想再和他有过多的交集了。

诚然，她喜欢他是不可否认的事实。

但暗恋他，只是她一个人的事。

和其他任何人都无关，包括他。

这份隐秘的暗恋，白伊不会让任何人知道。

她还是会因为他难过。

胸腔里堵闷得难受，几乎要让白伊喘不过气。

她打开水龙头，怔怔地望着极速冲刷着洗手池的水流，眼睛酸胀得厉害。

白伊用力地睁了睁眼睛，拼命地往回吞快要掉出来的眼泪。

旁边的房间里，周雾寻在被吕舒娜问喜不喜欢她的时候，眸子坦然而平静地望着她。

他的心潮就和他的目光一样，根本没有泛起一丝波澜。

周雾寻甚至不知道，喜欢到底是种什么感觉。

因为想让吕舒娜消停，周雾寻抬手捂住了她的嘴，让她不要再说话。

见她没再开口后，他就直起了身。

吕舒娜不满地喊了他一声："周寻！"

周雾寻垂下手，人懒散地靠住墙，语调漫不经心地说："学姐，有的问题不要问，有的事情不可以做。”

吕舒娜疑问：“为什么？”

周雾寻歪了点头，嘴角噙笑道：“没为什么，就是不行。”

说完，他就率先走了出去。

吕舒娜站在原地，眸中闪过一丝失落，心里多少也有点挫败。

白伊调整好情绪从卫生间出来的时候，周雾寻和吕舒娜早就在客厅坐着了。

六个人在周雾寻家里一直消磨到快要零点，才结伴出门去沈城的江边看烟花。

零点一到，一簇又一簇绚烂漂亮的烟花霎时将夜空点亮。

恍如白昼将至。

他们的耳边充斥着噼里啪啦的爆竹声，还有远处不甚清晰的一声声“新年快乐”混进来。

彭星月忽然提议说：“要不我们也喊喊？说说新年愿望什么的！喊出来发泄一下很痛快的！”

江信和何颂立刻赞同，吕舒娜也笑着说好。

周雾寻没出声拒绝。

白伊也没说话。

“那我第一个来，”彭星月说着就双手抓住栏杆，对着不断盛开烟花的夜空大喊，“新的一年我希望亲人和朋友都健康快乐！希望我学习进步！”

彭星月刚喊完，何颂就接上：“新年快乐！希望学校食堂多放点肉！”

彭星月笑他：“猪啊你，就惦记着吃！”

江信随后走上前，喊了句：“新年快乐！友谊万岁！”

吕舒娜张开双臂，拥抱着新年的夜风，扬声笑道：“新的一年希望我们每个人的心愿都能实现！”

彭星月叫白伊：“一一，该你啦！”

白伊咬了咬嘴唇，没有立刻说话。

不知道是情绪积压的太多太久，还是其他什么原因，白伊心里那股想要发泄的冲动越来越强烈。

须臾，她攥了攥拳头，而后抬起手来，把双手放在嘴边做喇叭状，鼓起勇气一字一句地说：“希望爸妈能多鼓励我！希望他们能多关心我！”

可能因为第一次这样竭尽全力大喊，白伊的心跳剧烈到额角都在跟着突突地跳动。

虽然白伊确实用力喊了，但由于她还没有完全放开，所以声音听起来并不大。

不过她自己觉得声音特别大，大到都在震她的耳朵。

渐渐地，白伊的声音越来越响亮。

她用尽浑身的力气喊出声：“我想要他们爱我，不管我优不优秀！不要只爱优秀的白伊！”

周雾寻从彭星月嘴里听过寥寥几句关于白伊父母的话。

星月说白伊爸妈都是医生，平常很多时候顾不上她，还说她父母管她特别严，对她的学习要求尤其严格，严格到白伊丢一分都会念叨她好几句。

此时听到白伊吐露心声，周雾寻倒也没有很意外。

“新年快乐！”大概还是觉得委屈和难过，白伊失控得有点想要哭。

她强忍着那股冲动，努力稳住声线，却还是泄露了颤意：“祝我们——”

白伊顿了顿，眼睛快速地眨了几下，而后才继续喊道：“每一天都快乐！”

祝我们，祝你和我，每一天、每一天都要快乐。

这是周雾寻第一次听白伊这么用力地大声喊话。

然而，在她哽咽着喊出最后一句的一瞬间，他的脑子里却猝不及防地响起了另一句话。

“别打了！我报警了！警察来了！”

明明是完全不同的两句话，但是那种快要哭的颤音，特别特别像。

他蓦地扭头，垂眼看向和他隔着吕舒娜的白伊，眉峰几不可见地拢了拢。

白伊喊完，吸了吸鼻子，然后在心里默念了句：“新年快乐，周雾寻。”

白伊没发现，她在心里偷偷祝他新年快乐时，他正低眸望着她。

最后轮到周雾寻。

他的手揣在兜里，就这么随意地站着。

周雾寻望着波光粼粼的江面和远处灿烂的夜空，神思有点乱。

刚刚白伊带着哭腔喊出来的最后一句话，和那晚某个女生嗓音发颤喊出来的话，不断地交替着在他脑子里循环响起。

越回想，周雾寻就越发觉得，那晚的女生是她。

他本以为当时只是一个恰巧在巷口经过的陌生路人好心帮了他。

但似乎，不是他想的那样。

几秒钟过去，周雾寻还没开口。

白伊转头，仰起脸，隔着吕舒娜望向他。

恰好这会儿有烟花不断地升空，炸开。

黑夜变得忽明忽暗。

在烟花绚烂的那一刻，白伊清楚地看到了他的侧脸。

她的目光沿着他流畅的线条描摹着，就这么把他的模样烙印在了她心底最深处。

最终，周雾寻只喊了一句话。

他说："我不想出国！"

2011 年 2 月 2 号。

我和他只隔着一个人的距离，却遥不可及到像处在两个完全不同的时空。

新年快乐，周雾寻。

02.

临近深夜一点。

白伊推开家门，带着一身寒气回了家。

客厅里的灯还亮着。

每年除夕夜，家里的灯都会整夜通明。

白伊也没多想，在玄关换了鞋后，取了点免洗洗手液到掌心，一边搓着手一边走进了客厅。

然后，白伊才注意到，母亲就坐在沙发里，电视机也开着，只不过被静了音。

伊君婉穿着睡衣，肩上披了件外套，正看着电视打瞌睡，听到声响，她扭头看过来。

白伊乖乖地喊：“妈。”

伊君婉瞥眼看了眼钟表上的时间，起身说道：“看个烟花怎么现在才回来？”

白伊解释：“烟花零点才开始。”

伊君婉微微皱眉，似乎还是不满意，但也没说别的，只道：“不早了，快回房间去睡吧。”

白伊“嗯”了声，温软道：“妈，你也早点睡。”

随即，她就往楼上走去。

上了几个台阶后，白伊回头，看向正在倒水喝的伊君婉，语调微微扬着，唤她：“妈。”

伊君婉抬眸望过来，白伊莞尔浅笑：“新年快乐。”

伊君婉无奈又动容，淡笑着回：“新年快乐宝贝。快去睡吧。”

白伊跟伊君婉又说了句晚安，然后就回了房间。

她把手机从衣兜里掏出来放到桌上。

在摘了围巾脱掉外套后，白伊才又拿起手机。

刚刚在回来的路上手机响了几次，但因为外面太冷了，她就没看是谁给她发了消息。

白伊坐在床边，打开 QQ。

一瞬间，好几条未读消息出现在她眼前。

其中就有贺辞和章骛恂给她发的新年快乐。

白伊挨个回复了新年快乐。

回完消息后，白伊捧着手机愣了会儿神。

她的手指摁着“↓”键，屏幕开始快速地滚动。

直到“ZWX”这个昵称出现，白伊摁着键盘的手指突然抬离。

她垂眸瞅着他的 QQ。

须臾，白伊点了进去。

她和他只聊过一次天，就是在他加她好友的那晚。

距离那天已经快两个月。

白伊盯着聊天界面中仅有的四句话，翻来覆去地看。

这是她跟他所有的聊天记录。

春节一眨眼就匆匆溜走。

正月十二，是阳历 2 月 14 号。

白伊被吕舒娜叫出去看电影。

然而，白伊到了电影院后，才发现不止有她和表姐。

还有周雾寻。

在这次之前，吕舒娜每次叫白伊出来，就只是单独和白伊约。

所以白伊根本没有想过周雾寻会在。

如果表姐一开始就告诉她周雾寻也在，她是不会赴约的。

白伊在看到周雾寻的那一刻，立刻就生出了想走的冲动。

她走过来，想跟表姐说她先回去了，就不跟他们一起看电影了。

然而，白伊还没来得及开口，周雾寻就淡声说："你们等会儿，我去买可乐。"

吕舒娜连忙道："周寻！再买桶爆米花，一一爱吃！"

周雾寻看了眼白伊，而后点头应道："晓得了。"

已经在沈城生活了半年，他还是习惯性地说"晓得"，而不是"知道"。

白伊眼看他就要去排队买小食，慌乱之下突然开口道："等下！"

周雾寻停下来，回过头看她。

吕舒娜也瞅着白伊，问："怎么了一一？"

白伊被他俩盯着，浑身不自在。

她垂落在身侧的手收紧，很快又松开了些。

白伊的食指一下一下地抠着大拇指指甲边缘的皮肉。

她努力让自己看起来镇定自然，用尽勇气轻声道："不用给我买爆米花和可乐，你们俩看吧。"

旋即，她嘴角微牵出一抹弧度，语气轻松得像在打趣，浅笑说：“我才不要夹在你们中间呢。”

说这句话的同时，白伊的眼睛渐渐地发了酸，热热胀胀的。

“我就先撤啦……”

话音刚落，吕舒娜就拉住了要走的她。

吕舒娜扭头对周雾寻说：“周寻，你去买吧，给一一也买上。”

“姐……”白伊蹙眉喊吕舒娜。

周雾寻没说什么，抬脚去了柜台处。

吕舒娜语气恳切地请求白伊：“一一，你别走啊，一会儿我妈很可能会打电话查岗，你要是走了，万一她要跟你说话，我就露馅了。”

对吕舒娜来说，妹妹“白伊”的名字最好用不过。

因为白伊从小学习好，人也乖巧听话，在所有长辈眼中，白伊就是最省心最懂事的好孩子。

没有长辈会怀疑好孩子的话，就跟老师都很信任好学生是一个道理。

吕舒娜之前有一次偷偷出来看电影的时候，被母亲突然查岗。母亲当时让吕舒娜把手机给白伊，吕舒娜没办法圆谎，不得已之下，只好承认白伊根本不在她身边。

这也是为什么吕舒娜这次非要白伊留下来的原因。

她有直觉，母亲肯定还会查岗，看她有没有说谎。

“我前几天约他，他说等江信走了再说，我从初一等到今天才把他约出来，好不容易的。

“一一，你就帮姐姐这一次吧，看完电影请你吃大餐好不好？

“一一，好一一啦，帮帮我嘛……”

吕舒娜软磨硬泡。

白伊暗自沉了口气，最终妥协答应。

她的声音温软但坚定：“就这一次。”

吕舒娜绽开笑，立刻点头：“嗯，就这一次！”

虽然吕舒娜不是白伊的亲姐姐，但两人从小一起长大，吕舒娜对白伊比亲姐姐还要好。

也正因为姐妹俩关系好，白伊才更想跟周雾寻保持距离。

白伊咬了咬嘴唇，故作任性地说：“大餐你单独请我吃。”

吕舒娜知道白伊性子内敛慢热，并不擅长跟男生相处。

她这个妹妹别说和男生打闹嬉戏了，如果没到迫不得已的地步，是绝对不会主动跟异性说话的。

没男生在场，白伊才更放松。

吕舒娜笑起来，语气很宠溺地拖着长音答应：“好——”

周雾寻买完东西回来，把可乐分给她俩，又把爆米花递给白伊。

白伊抿了抿嘴巴，不动声色地道谢：“谢谢。”

“电影快开场了，我们过去吧。”吕舒娜说完，率先往前走去。

周雾寻随后不紧不慢地迈着步子跟上。

白伊有点慢吞吞地走在最后面。

她抬眸看了看走在前面的他们。

正巧看到吕舒娜回头冲周雾寻笑。

白伊重新垂下眼，长睫止不住地颤了颤。

表姐长得又高又漂亮，身材还那么好。

无论是身高还是颜值，都跟他好般配。

三张电影票的座位号是挨着的。

六排的 6 号、7 号、8 号。

周雾寻坐在 6 排 6 号。

白伊在 6 排 8 号。

他们中间，隔着吕舒娜。

三个人坐在座位上等电影开场时，吕舒娜果然接到了母亲的电话。

她把手机递给白伊，说：“一一，我妈想跟你说句话。”

白伊拿过吕舒娜的手机，放在耳边，话语轻软：“大姨。”白伊的声音听起来特别乖，“嗯，我跟姐姐一起来看电影。”

“一一，大姨知道你最乖，从不撒谎，你跟大姨说实话，还有没有别人啊？有没有男孩子？”吕舒娜的母亲柔声问道。

白伊扭头看了眼表姐，双眸里也映出了表姐另一边的男生。

她抿抿嘴巴，语气如常道：“没有别人，就我和姐姐。”

周雾寻突然偏头望了过来，深邃的桃花眼中闪过一丝讶异。

他似乎没想到她这种乖乖女，竟然能如此镇定地说谎。

白伊猝不及防和他对视上，心跳蓦地漏掉一拍。

她把手机还给吕舒娜，佯装自然地回过头。

白伊低垂下眼帘，长睫将失焦飘忽的目光遮住。

没有人知道，因为他看她的这一眼，她的心脏仿佛化成了一头横冲直撞的小鹿，在胸腔里兴奋而鲜活地蹦来蹦去。

将近两个小时的电影，白伊有一半的时间在盯着屏幕发呆。

周雾寻似乎也没什么兴趣，电影开场没多久他就睡了过去，一直到电影结束才醒过来。

从电影院出来，周雾寻叫了辆出租车。

白伊跟着吕舒娜坐在后座，周雾寻坐在副驾驶。

电影院距离吕舒娜家最近，然后沿路继续往南，就能到白伊家。

周雾寻家比白伊家还要往南，距离电影院最远。

白伊刚要开口对司机报地址，吕舒娜就先她一步说了话：“师傅，麻烦先去建设路的丽景小区。”

随后，她就嘱咐周雾寻：“周寻，一会儿我下了车后，你帮我把一一安全送回家啊。”

周雾寻低应：“嗯。”

白伊安静地坐在后座，沉默不语。

等吕舒娜下车后，司机问：“接下来去哪儿？”

白伊张开嘴，声音还没发出来，周雾寻就率先开口道：“丰桥路的碧清湾。”

白伊只好默默闭上嘴巴，轻抿住。

可能是车厢里太过安静，司机打开了电台。

电台刚好在播放一首英文歌。

歌曲的旋律很温柔，充满磁性的男声把这首歌演绎得深情而浪漫。

白伊的英语成绩在全年级数一数二，英文歌她完全能听得懂歌词的意思。

虽然是第一次听这首歌，但白伊瞬间就喜欢上了。

她迫切地想知道歌名叫什么，歌手又是谁。

这是白伊听歌的习惯。

但凡是她喜欢听的歌，她都会把歌名和歌手记得清清楚楚。

白伊一边认真地听着歌词，一边快速打开了手机网页。

而后，她手指飞快地把英文歌词输进搜索框。

须臾，搜索结果出来。

是 Brian Mcknight 唱的 *Back at one*。

歌名翻译成中文，是——《一如既往》。

十多分钟后，白伊在家门口下了车。

周雾寻没有下车，只落下车窗来，对白伊挥了下手，语调散漫地道：“走了。”

白伊站在路边，对他点点头，轻声回了句：“再见。”

旋即，出租车往前驶去。

白伊也转过身，往家里走去。

周雾寻回到家后，坐到书桌前的椅子上。

他把双手交叉放在脑后，望着窗外雾气浓稠的夜色发呆。

江信一走，显得家里格外空旷冷清。

为了让房间里不那么安静，周雾寻拿起手机，搜出在出租车上无意间听到的那首歌，开始外放。

几分钟后，歌曲的进度条已经滚动到最后几句。

You came and breathed new life into this lonely heart of mine.

You threw out the lifeline just in the nick of time.

这两句歌词翻译成中文，是——

你来到了我的身边，为我孤独的心灵注入了生气。

你来得正是时候，向我抛出了救生索。

须臾，周雾寻回过神。

像是突然做了什么决定，他捞过手机，找到吕舒娜的QQ，在输入框敲下一句话。

ZWX：“学姐，我们回归到校友的关系吧。”

这晚睡前，白伊从抽屉里拿出日记本来。

她戴上耳机，一边听今天新发现的歌，一边开始写日记。

2011年2月14号。

第二次跟他在同一个影厅看电影。

但我们中间好像隔了整个银河系。

6排6座，6排8座。

歌词说：You are like a dream come true.（你就像美梦成真）

你是我的美梦，却无法成真。

你是我的爱而不得。

祝你情人节快乐。

03.

白伊是开学前一天的元宵节才知道表姐和周雾寻已经断了的事。

因为父亲出差去外省开学术会议，母亲在医院值班，今天家里只剩白伊一个人。

就在白伊打算下点汤圆解决午饭的时候，吕舒娜打来电话，说要请白伊吃大餐。

姐妹俩约好了碰面的地方，白伊就换上衣服出了门。

她到的时候，吕舒娜已经在路口等她了。

白伊连忙小跑过去，扬声带笑地喊：“姐！”

正低垂着头踢脚边石子的吕舒娜抬眸望过来，而后淡淡地笑了笑。

来到吕舒娜跟前，白伊非常自然地挽住了吕舒娜的胳膊，浅笑说：“你来得好快。”

吕舒娜有点心不在焉地回：“我离得近嘛。”

白伊敏锐地捕捉到吕舒娜情绪上的不对劲儿。

她扭头盯着吕舒娜，轻声问：“姐，你怎么了？”

吕舒娜沉默了片刻，对白伊如实道：“一一，周寻跟我断了，就在那晚看电影，回家后。”

白伊愣住，脚步也不自觉地顿了下。

她的大脑有一瞬的空白，有些反应不过来。

这个消息着实有点突然。

白伊有点蒙地讷讷问：“为什么啊？”

怎么会这么突然？

吕舒娜嘴角轻扯，略带自嘲道：“他不喜欢我。”

顿了顿，她补充：“他亲口说的。”

那晚在周雾寻发了那条消息后，吕舒娜就给他打了电话。

是他亲口承认的，他不喜欢她。

“其实我从一开始就能感觉到他根本不喜欢我，”吕舒娜对白伊袒露了心声，“但我心存期待和幻想，我以为只要我足够喜欢他，只要我真心对他好，就能让他慢慢喜欢上我。”

“是我太天真了。”她叹息着低喃。

“一一你知道吗？”吕舒娜把那晚她给周雾寻打电话时聊的内容说了出来，“我问他这样是不是因为心里藏着一个白月光。”

“他回答说没有，说他根本没有白月光。而且还坦然承认，他从没喜欢过和他有过纠缠的任何一个女生。”

白伊咬住唇，静静地听着，没说话。

吕舒娜说着就被气笑，骂道：“周雾寻真的很浑蛋。”

白伊也觉得他很浑蛋。

可，哪怕这样，哪怕清楚他是什么样儿，她还是无法控制心脏，强迫自己不再喜欢他。

到了饭店，吕舒娜和白伊点好菜后，白伊捧着瓷杯抿了口温水。

吕舒娜轻托着下巴，有点怅然若失。

白伊看着表姐这般，有点心疼。

她想要开口安慰，却嘴笨得不知道该说什么才好，最终只憋出来一句：“姐，会好起来的。”

吕舒娜掀起眼皮看向满脸认真的白伊，忽而笑开。

“好啦，不用担心我，”吕舒娜语气豁达，“试也试过了，南墙也撞了，我会回头的。

“既然他不喜欢我，那我也不会再喜欢他了。”

白伊有点茫然地问：“喜欢还能控制的吗？”

吕舒娜轻笑：“我现在高三，忙就是最有效的办法。”

白伊默不作声了。

吕舒娜语调轻扬，好像把一个人从心里踢出去是一件再简单不过的事情。

白伊和吕舒娜完全不同。

某个人一旦钻进了她心里，这辈子就很难再出去。

彭星月还是开学后才知道周雾寻和吕舒娜的事情的。

毕竟女方是白伊的表姐，怕白伊觉得尴尬，彭星月特意等白伊在课间去老师办公室的时候才跑到后门问周雾寻到底是怎么回事。

周雾寻正趴在桌上，本想闭眼眯一会儿，结果被这个妹妹吵得没办法睡。

他沉了口气，慢吞吞地坐起来，用手支着脑袋，姿态慵懒，语调散漫道：“什么怎么回事？”

“你和舒娜姐啊！”彭星月语气惊讶地问。

周雾寻垂着眼，随手拿起一本习题册就开始转书玩。

他漫不经心地回：“觉得无聊，不想继续了。”

彭星月一时语噎，不知道该说他什么好。

真是任性又浑蛋。

“那你接下来还要接受其他女生吗？”彭星月好奇地问。

旋转的书就要从手中脱离，周雾寻反应迅速地把习题册反扣在课桌上，发出一声闷响。

随后，他才回彭星月：“腻了。”

白伊走到后门的时候，就听到他们兄妹俩的最后一句对话。

她若无其事地踏进教室，没有看周雾寻，只浅笑着跟彭星月打了个招呼就往前排走去。

尽管白伊心里明白，表姐和周雾寻这段短暂的关系已经尘埃落定，但她做不到假装什么都没发生过。

因为在她这里，周雾寻的身份不仅仅是朋友，还是表姐喜欢过的人。

哪怕表姐已经不在乎他了，她也该跟他保持合适的距离。

本来她和周雾寻的交流就不多，这下就更少。

基本一天也说不上一两句话。

白伊始终头脑清醒地知道自己的身份。

她从不逾越界限，只默默地关注着他，不动声色地暗恋着他。

他被她藏在了心底尘封的位置。

所有人都知道她和他是朋友。

但没人知道，白伊喜欢周雾寻。

开学一个月左右，高二年级安排了下学期第一次月考。

两天后，月考成绩出来。

白伊依然稳坐班里第 3 名，和第 2 名的吴文彬差距并不大，只有 0.5 分。

年级排名两人也紧挨着。

周雾寻就在白伊后面一个位置，班里第 4 名。

这是他俩的名字第一次在成绩单上相挨。

吕舒娜正在备战艺考和高考，哪怕同在学校，白伊也很难见到表姐。

姐妹俩只在 QQ 上聊过几次，白伊看着表姐发过来的文字充满开心，知道表姐已经不再受影响了，也忍不住为她高兴。

除此之外，吕舒娜还跟白伊吐槽了一个人。

是和白伊同届的一个男生，就在隔壁班，叫薛诚浩。

吕舒娜发给白伊的消息是：“这人真是烦，也怪没品的，我现在看见他就绕道走。”

白伊关注的重点在表姐的人身安全上，她特意嘱咐吕舒娜一定要跟朋友同行。

吕舒娜很快回了过来：“别担心，我每天跟我朋友一起走，不会有事的。”

时间不断往前游走流逝。

天气也越来越暖和。

春秋款的蓝白色校服重新占据了沈城校园。

4 月 21 号这天，是周四。

也是周雾寻的十七岁生日。

彭星月过生日那晚在 KTV 里说，等周雾寻过生日的时候，他们几个人再去一次。

然而，这天真的来了，彭星月却早就把她说过的话忘了，她甚至不记得今天就是周雾寻的生日。

对彭星月来说，今天是周四，每周都会有的周四。

普普通通，没任何特别之处。

周雾寻自己也没提今天是他生日。

上午第四节课是化学自习。

但杨其进有会议要开，所以只能让白伊到时候把试卷发下去，这节课让学生们做题。

大课间白伊去办公室抱试卷和答题卡的时候，杨其进对白伊说：“白伊，下课后把试卷和答题卡收齐放到我办公室。”

白伊应下：“好的，老师。”

“哎，等等，”杨其进忽而又叫住白伊，他递给白伊一把钥匙，嘱咐，“到时候再去趟广播室，咱们年级管广播的那位同学今天请假了，你到广播室找几首歌播放。”

沈城一中每周二和周四中午都会开广播放歌。

白伊把钥匙捏在手里，听话道：“好。”

从办公室回到教室后，白伊把自己的校园卡给彭星月，对她说：“星月，中午帮我带饭回来吧，我到时候要收作业。”

彭星月爽快答应：“行。”随后又心疼道，“当课代表也太难了，还要牺牲吃饭的时间。”

白伊笑了笑，不置可否。

她没有跟彭星月提她还要去广播室代班放歌的事。

中午放学后，大部分学生去了学校餐厅。

白伊在教室里把大家传到每列第一排的试卷和答题卡一沓沓收齐，随即就去了办公室。

她把作业放到杨其进的办公桌上，而后就去了广播室。

白伊打开设备，找到她想播放的歌曲，点了播放。

霎时，校园里响起轻快的旋律。

“为什么奶昔不甜，为什么风景不美，因为你在身边，世界只剩下一个焦点。”

白伊守在广播室，安静地听着这首歌。

她播放的是她偶像五月天的一首歌，叫 *Happy Birth Day*。

其实，白伊是有私心的。

她在借这首歌，跟某个人说“Happy Birthday”。

今天是周雾寻的生日。

她想祝他生日快乐。

白伊没有播放其他歌曲，她将这首歌单曲循环了三遍。

这首歌的歌词里有十三句“Happy Birth Day”。

播放三遍，就相当于三十九次生日快乐。

只要他能听到三十九分之一就好。

不多时，广播时间结束。

白伊从广播室出来，往教学楼走去。

白伊刚来到教室后门门口，忽而被一道从后面传来的低懒嗓音喊住：“白伊。”

白伊蓦地顿住，浑身僵硬了一瞬。

她梗着脖子佯装自然地转过身，周雾寻正朝她走来。

他的手中还拎着一份打包好的午饭。

在她心慌意乱的这几秒中，他已经停到了她面前。

“星月和何颂去超市了，”周雾寻随口解释了句，然后把手中的饭递给她，“你的饭。”

白伊低垂下眼帘，目光飘忽地不敢看他。

她飞快地抬手接过午饭，轻声道谢：“谢谢。”

说完，白伊就转过身，脊背紧绷着进了教室。

2011 年 4 月 21 号。

周雾寻，十七岁生日快乐。

不止今天，每一天都要快乐。

这一段时间以来，周雾寻真的没有再跟任何女生走近过。

人似乎变得清心寡欲起来。

哪怕不断有女生找他，他都置之不理。

搞得彭星月都觉得周雾寻太反常。

她忍不住问：“哥，你是不是没放下舒娜姐？当初你是不是怕耽误舒娜姐高考才选择跟她断了？”

周雾寻：“……”

他无语地斜了彭星月一眼，想不明白彭星月怎么会脑补出这么多弯弯绕绕的东西来。

似乎觉得太弱智，周雾寻都懒得回她。

彭星月说这番话时，白伊正坐在座位上改错题。

闻言，她捏着笔的手一顿，心口也跟着滞了一瞬。

白伊浑身紧绷地支棱着耳朵等他说话。

可，他却始终沉默，什么都没说。

白伊的心不自觉地沉了沉。

他不说话不解释，是……默认了吗？

所以，他说不喜欢表姐是假的，其实是怕耽误表姐高考，才故作冷漠无情，让表姐误会他根本不喜欢她？

白伊又一次想起除夕夜，表姐和他在那个房间里……

她好像终于明白了什么。

原来，是这样。

压在心底的酸涩猖狂地肆意横行起来。

难过的情绪很快就蔓延至五脏六腑。

险些让她难受到涌出眼泪。

白伊低垂下头。

这才恍然发现，她失神发呆的时候，笔尖一直杵在本子上。

现在墨水已经浸透了纸，在白纸上洇染开一摊黑点。

就像他在她心底烙印下的痕迹，那么明显醒目，怎么都抹不掉。

2011 年 5 月 20 号。

这场瞒着所有人的暗恋，让我爱得惶惶不可终日。

04.

下学期的第二次月考时间在 5 月 25 号和 26 号。

30 号的周一早上，学生们来到学校就知道了各自的成绩。

章骜恂拿着成绩单往下发的时候，对白伊笑着说："白伊，恭喜，你这次第 2 名。"

白伊微微惊讶了下。

正好成绩单传到白伊手里，白伊留下一份，一边低头看成绩单上的名次一边往后继续传成绩单。

成绩单上第二行就是白伊的名字。

第 1 名 章骜恂

第 2 名 白伊

第 3 名 吴文彬

而且这次白伊比吴文彬高了 5 分。

白伊不自觉地扬起笑。

好不容易啊。

她用了将近一年的时间，才在这次的考试中真正超过吴文彬。

这次父母应该不会跟往常那般说道她了。

今天上午不上课，因为学校要给高二年级的学生举办成人礼。

一会儿他们就要以班级为单位，列队去操场了。

八点左右，吴文彬作为体委组织大家下楼站队。

不知道是不是因为成绩退步了一名，他很不耐烦，说话也没好气，平常掩饰得很好的暴躁脾气逐渐显露出来。

随后，他带队去了操场上划分给高二（13）班的区域。

时节接近盛夏。

过了清晨，气温陡然升高。

头顶的烈日灼得人浑身发热。

因为阳光太亮，白伊只能微微眯起眼望向主席台。

两个多小时后，在太阳下暴晒的学生们终于迎来了最后的宣誓。

本来是宣誓完就可以解散回教室了。

然而，学校的领导宣布本届成人礼圆满成功后，班主任杨其进并没有准许他们解散。

很快，整个操场只剩下高二（13）班这一个班。

“口号被你们喊成了什么样子？”杨其进很少真的跟他们生气，“一个个是没吃饭还是没睡醒？我就没见过这么懒散的集体！继续喊，什么时候喊得响了，喊出士气了，才能回去。”

“文彬，”杨其进严厉道，“再起个头，看看谁在队伍里浑水摸鱼！”

吴文彬应下：“好。”

旋即，他率先扯着嗓子洪亮地喊出口：“勇往直前，不畏艰难！”

整个班级都齐声喊起来：

“勇往直前，不畏艰难！勇往直前，不畏艰难！”

一遍又一遍。

吴文彬开始围绕着队伍来回走，似乎在认真辨别谁还没有用力喊口号。

忽而，他停在了白伊面前。

白伊一边喊口号一边抬眼望向吴文彬。

她正茫然着，吴文彬突然没好气地斥责白伊道：“就你声音小！跟蚊子嗡嗡似的！会不会喊出来？你害得大家陪你一起受罚就不羞愧吗？”

吴文彬的声音特别响亮，全班同学都听得清清楚楚。

白伊蒙了。

她已经用尽全力喊口号了啊。

她自己都觉得声音在震耳膜，为什么要说她害了全班人跟着受罚？

白伊从来没有被任何一个人这样数落过。

她从小到大都特别乖，在家长眼中是听话懂事的好孩子，在老师那里是成绩拔尖从不惹事的好学生。

大概也因为她性格好，声音带着天然的温软，长得又偏小，身边的朋友对她总有种保护欲，不管是星月还是表姐，都会下意识地照顾她。

而且，虽然由于性格慢热内敛，她的朋友圈并不大，但班上的同学跟她的关系都很友好。

白伊是真的没有遭遇过这样的呵斥。

委屈和尴尬不断地上涌，几乎要冲垮她的理智。

白伊的眼眶瞬间变得通红。

她死死抠着手指，努力忍着快要掉出来的眼泪。

直到队伍被允许解散，彭星月立刻来到白伊身边，她挽住白伊的胳膊，小声安慰白伊：“一一别难过，咱不跟这人一般见识。”

随后，她又义愤填膺地帮白伊骂吴文彬：“他这次月考被你超了，肯定是因为嫉妒才故意针对你。从早上拿到成绩单开始他的脸就这么臭，对谁都没好气，甩脸子给谁看呢，自己没本事怪谁啊！”

白伊这会儿其实已经冷静下来了，但毕竟头一次遭遇这种事，心里还是很郁闷。

彭星月拉着她往学校超市的方向走，摸着头哄她："我们去超市买零食，给你买一排旺仔喝。"

彭星月带白伊去超市买东西的时候，周雾寻去了厕所。

因为比其他班解散得晚，他到男卫生间时，人并不多，寥寥几个也都是本班的同学。

其中就有章鹜恂和吴文彬。

周雾寻在里间放水时，章鹜恂和吴文彬已经一前一后地出去，打开水龙头洗手。

水流哗哗声中，章鹜恂淡淡地跟吴文彬说："吴文彬，你该给白伊道个歉。"

吴文彬理直气壮道："我为什么要给她道歉？她声音就是小，我说她也是为了让我们尽早达到老班的要求赶紧解散。"

章鹜恂关掉水阀，扭头冷淡地看着吴文彬，一字一句地说："如果大家都在竭尽全力喊，只有她一个人声音小，口号的整体音量根本不会受影响，所以你为什么要给她扣这么大的帽子，把错都归咎于她，好像全班被留下来都是因为她。"

"班长，你跟这种人讲什么客观事实啊。"周雾寻散漫地说着话从里间走出来。

他来到洗手池前，随手拨开水阀，在水冲刷着手指时，一针见血地说："吴文彬，你大可承认你这次没考过她，心理不平衡，所以才针对她。"

吴文彬瞬间像被踩痛了藏起来的尾巴，几乎要爹毛跳脚。

他言辞激烈地否认："我至于嫉妒她？我考过她多少次？这次是我让着她，下一次我就会把第二夺回来。"

周雾寻关掉水，甩了甩潮湿的手。他懒得跟吴文彬废话，直接问："道不道歉？"

吴文彬看着周雾寻漫不经心的模样，心里莫名地发怵，他压下惧意，强撑着嘴硬道："我又没做错，为什么要道歉？"

周雾寻轻抬眉梢，缓缓点了下头，一副听明白了的模样。

“都是同班同学，我不想把这事儿搞太僵，”周雾寻顿了下才继续说，“你给白伊道个歉，这事翻篇，但你要是不顺坡下，也怪不得我。

“最后一次机会，去给她道歉，或者，我替她出气。”

吴文彬像抓住了周雾寻什么把柄，嗤笑：“你替她出气？你是她的谁啊，以什么身份替她教训我？你这么在意白伊，不会……”

在吴文彬说出更难听的话之前，周雾寻的眼神瞬间冷了下来。他突然抬腿，一脚把吴文彬踹得后退了几步。

吴文彬登时不受控地撞到了墙上。

旁边的章骜恂都没反应过来，周雾寻已经上前，一条胳膊横抵在吴文彬脖子上。

“我是她朋友。”周雾寻说完就毫不留情地嘲笑，“你不理解也正常，毕竟，就你这种嫉妒心强见不得别人比你好的红眼病，应该也没有朋友肯为你这样出头。

“哦，不对，更准确地说，是你就没什么真正的朋友吧？”

吴文彬仿佛被周雾寻戳了肺管子，他气急败坏地抬起手，想给周雾寻一拳。

周雾寻反应极快地偏头躲过，随即握拳挥向吴文彬。

眼看他的拳头就要落到吴文彬的脸上，章骜恂立刻冲过来抓住了周雾寻的胳膊。

“不能打架，”章骜恂冷静地对周雾寻说，“松开。”

周雾寻一副桀骜不羁的样儿，歪头看了眼章骜恂。

章骜恂皱着眉说他：“打架是违纪，会被停课的，快松手。”

周雾寻其实根本不在意会不会被停课，但他也没跟章骜恂僵持。

周雾寻知道章骜恂不让他动手是为他好，便给了章骜恂一个面子，松开了被他摁在墙上的吴文彬。

从卫生间离开前，周雾寻只丢下一句：“是男人就凭本事去争名次，输不起还要嫉妒迁怒对方只会让人瞧不起你。”

吴文彬从来没被人这么说过，觉得自己被侮辱的他冲着厕所门口喊：“连前三都没进过你有什么资格说我！”

周雾寻轻轻“嘁”了声，随后满不在意地走了出去。

他一早就看出来吴文彬嫉妒心强，不是什么好茬儿。

那次数学老师在课上夸了他后，吴文彬凑过来看他做的题，故意嗓门洪亮地假惺惺夸他厉害。

月考成绩一出来，吴文彬看到他数学只考了124分，阴阳怪气地问他怎么才考这点分。

运动会报名时，吴文彬在他报完100米后，故意偷偷跟他报相同的项目，就是想和他比个高下。

他在男子100米决赛上破了校纪录，吴文彬恭喜他时说话的语气那么酸了吧唧。

这些事周雾寻都看得透透彻彻，只不过没有很直白地拆穿过吴文彬。

但这次，吴文彬真的很过分。

周雾寻替白伊出头也确实仅仅因为他把白伊当朋友。

尤其，她曾解救过他，还替他守了秘密。

临近除夕的那晚，在巷口说报警的女生是她。

她知道他脸上的伤不是因为有人抢劫，而是他跟人起冲突打架造成的。

但她没有戳穿他，也没对任何人透露那晚的事。

也因此，在周雾寻这里，白伊算是个与众不同的朋友。

所以，周雾寻是不可能眼睁睁看着她被人欺负的。

周雾寻一走进教室，就看到彭星月坐在白伊同桌的位置上，正温声细语地哄白伊。

“薛诚浩就是个臭流氓！”彭星月看着白伊的眼泪噼里啪啦地往下掉，心疼得不得了，“一一别哭啦，不用听他说的那些话，狗嘴里吐不出象牙，他一个浑球儿根本就不会说人话。”

听彭星月的意思，白伊不是因为吴文彬做的事才哭的。

周雾寻走过来，在开口问是怎么回事之前，率先看到了正耷拉着脑袋不断掉眼泪的白伊。

女孩子的眼睛里蓄满了泪水，眼尾处泛起一片浅薄的红晕。

她轻咬着嘴巴，努力压抑着啜泣的声音，却还是失控地抽噎出声。

像只受尽委屈哭红了眼睛的小兔子。

这是周雾寻第一次见白伊哭。

在他的印象里，白伊虽然看起来是个很柔弱的小姑娘，但她骨子里却出人意料地坚强。

之前在滑板场摔得那么疼，她都没有掉一滴眼泪。

可见她并不是动不动就哭的女孩子。

那会是因为什么哭？

“怎么了？”他皱眉低声问了句。

白伊没想到周雾寻会突然出现，她立刻往另一边偏了点头，随后就抬手胡乱地抹脸上的眼泪。

彭星月一边给白伊递纸巾一边回周雾寻：“隔壁班的薛诚浩说舒娜姐的坏话被一一听到了，一一就跟他争论，结果他跟只疯狗似的逮谁咬谁，一一嘴巴笨，哪里吵得过他，被他给气哭了。”

彭星月刚说完，周雾寻人已经转身从前门走出了教室，直接拐进了隔壁班的后门。

“哎，哥！”彭星月茫然了一瞬，“你干吗去……”

话音未落，彭星月忽然看着白伊，不敢确定地问：“他不会去找薛诚浩算账了吧？”

白伊掀起通红的眸子，同样错愕地望向彭星月。

两人还没反应过来，就听到隔壁教室传来一阵混乱嘈杂的声音。

“真打起来了！”

彭星月瞬间从座位上弹起来就要往外跑。

白伊脑子里闪过上次看到他在巷子里跟人打架的场景。

那样的他暴戾凶狠，像发了狂的兽。

白伊心头不禁一颤。

周雾寻打架不要命的。

她也连忙起身，心慌意乱地跟着彭星月跑出了教室。

彭星月牵着白伊的手到隔壁班后门的时候，周雾寻已经把人打得后退到了墙角。

彭星月害怕事情闹大，着急地喊：“哥！哥你快出来，别打了！”

周雾寻充耳不闻，又给了薛诚浩一拳。

不偏不倚，拳头刚好抡在对方的嘴角。

这张臭嘴不是挺能吵吵吗？

本来吴文彬就已经让周雾寻很不爽了，结果在他心情不好的时候，又来一个找打的。

能把白伊给气哭，说的话得多难听。

周雾寻阴沉着脸，紧握成拳的手背上青筋暴起，打得薛诚浩毫无还手之力。

白伊根本顾不上周围的其他同学怎么看怎么说了，她和彭星月一样，只想让周雾寻停手。

她很怕把事情闹大。

那样对周雾寻会很不利。

还没止住哭的白伊带着哭腔喊他：“周雾寻！

“周雾寻别打了！

“别打了……”

因为哭得太厉害，她忍不住往回抽了口气。

周雾寻听到从身后传来的带着哭腔的声音，莫名恍惚了一瞬，胸腔里也隐约地闪过一抹异样。

陌生的感觉转瞬即逝，他并没有捕捉住。

周雾寻的脑中不由自主地响起她那晚喊出来的话：“别打了！我报警了！警察来了！”

她当时的话同样含着哭腔，声音甚至染了颤意，似乎很害怕。

却还是帮了他。

周雾寻像收到了什么指令，动作缓了下来。

这一拳没再落下去，但他揪住了薛诚浩。

周雾寻硬扯着薛诚浩往后门走。

男生胳膊上的青筋一根根凸起来，纹路格外明显。

来到白伊和彭星月面前后，周雾寻不耐烦地命令对方，语气冷然道：“道歉。”

他满身的戾气还未消散，很有压迫感，甚至会让人不由自主地心生怵意。

薛诚浩就是个欺软怕硬的人。

见识到了周雾寻有多能打，他哪里还敢造次，直接就认错了，乖乖地对白伊道歉说：“对不起。”

周雾寻这才不屑地松开薛诚浩。

然而，走廊里突然传来一声令学生们闻风丧胆的呵斥：“都堵在门口干吗呢？是谁在打架？主动给我站出来！”

说话的人是教导主任沈天明。

因为沈天明体态胖墩墩的，学生们私下都管他叫熊猫。

围在后门看戏的学生瞬间往四周散开，全都急着撇清自己没参与打架斗殴事件。

薛诚浩被周雾寻打得脸上挂了彩，都硬着头皮不肯承认自己是当事人。

下一秒，周雾寻坦荡荡地站了出来。

他语调懒散道：“我。”

他大方承认：“是我打了人。”

沈天明瞪着周雾寻，板着脸严厉地问：“你哪个班的？叫什么！”

周雾寻说：“高二（13）班，周雾寻。”

沈天明皱了下眉：“你就是周雾寻？”

周雾寻略不解，心想他也没干什么惊天动地的事，名字什么时候传到教导主任那里去了？

沈天明又问：“为什么打同学？”

周雾寻的目光微偏，落在了满脸泪痕的白伊身上。

他飞快地掠了她一眼，旋即就别开了视线，语气里带着股理直气壮的劲儿：“他欠打呗。”

沈天明被周雾寻这副痞样儿给气到，他愠怒道：“你给我过来！”

周雾寻没半分胆怯之意，往前迈了步。

沈天明很生气地又问了遍："为什么打同学？"

周雾寻还没说话，白伊忽而出声，嗓音微哽地喊："老师。"

她这一声，把所有人的目光都引到了她身上。

白伊被大家注视得有点不自在，下意识地咬了咬嘴唇。

而后，她攥紧手鼓起勇气，对沈天明实话实说："是我跟薛诚浩起了争执……"

"不是起争执，"彭星月急忙纠正，"老师，明明是薛诚浩骂人，骂一一的姐姐，全都是侮辱女生的词，一一听不下去要他道歉，他就连一一一起骂，骂得可难听了，简直不堪入耳，一一是被他欺负哭的，我哥看不过去，所以才替一一出头要他道歉。"

周雾寻本不想把白伊牵扯进来。

万一连带着她也要停课或者请家长……

对好学生乖乖女来说，违纪估计堪比天塌。

而且她父母对她很严格，万一被她父母知道了这件事，她估计又要被说教了。

但他没想到，她居然会主动开口向沈天明解释这件事。

看起来柔柔弱弱的小女生，骨子里还挺勇敢。

不知为何，周雾寻莫名想起她在电影院对长辈说谎信手拈来的事。

这么一想，周雾寻突然发觉，她也不是百分百地乖。

甚至……似乎有点叛逆的潜质。

沈天明认识白伊，毕竟是年级前五十名的尖子生。

而且女生哭得眼睛都红肿了，这事儿恐怕确实如另一个女同学所说。

但是，在学校动手打架就是不对的。

更何况周雾寻把薛诚浩打得鼻青脸肿，还有这么多围观的学生看着。

不给点教训杀鸡儆猴，这群学生以后还不疯了？

沈天明神情严肃地质问周雾寻："要求道歉就要求道歉，打人算怎么回事？"

周雾寻理所当然地回："就是因为他把女生欺负哭还拒不道歉，我才动手的啊。"

“你还有理了？”沈天明的声音陡然拔高，“你跟我走！”

周雾寻毫不在意地跟在沈天明身后往前走去。

结果沈天明并没有直接带周雾寻去办公室，而是拐进了十三班的教室。

“你是不是还带滑板来学校？滑板呢？”虽然是疑问，但沈天明的语气格外笃定。

周雾寻心里一沉，没说话。

虽然从去年转过来时班主任就提醒过他，不能带滑板来学校，但后来他几乎天天都踩着滑板来学校，班主任也没真的管他。

毕竟他没有在课间随意玩滑板扰乱秩序什么的。

怎么偏偏这个时候，他带滑板来学校的事惊动了教导主任？

周雾寻的眉骨压低了些，心里已然有了猜测对象。

沈天明来十三班的时候，回教室的何颂正好走到后门的位置。

他把沈天明的话听得清清楚楚。

何颂瞅了眼正从前门往后走来的沈天明，趁教导主任不注意的时候突然蹲了下来。

他把周雾寻放在课桌下面的滑板拿出来，然后不动声色地离开教室。

结果，何颂正抱着滑板猫腰往外走，沈天明就呵斥道：“给我站住！”

被抓包的何颂只能懊恼地停住脚步，认命转身。

沈天明快步走到何颂跟前，一把夺过周雾寻的滑板，冷着脸问：“想藏哪里去啊？”

何颂装傻，嘿嘿笑说：“老师您说啥呢，我没想藏。”

沈天明哼了声，懒得跟何颂掰扯。

他扭头命令周雾寻：“你跟我去趟办公室。”

周雾寻刚被沈天明带走，白伊就被彭星月牵着手回了教室。

白伊坐回座位，情绪低落地吸了吸鼻子。

白伊也不喜欢哭哭啼啼，但今天对她来说实在有些黑暗。

先是被吴文彬针对，落了一肚子委屈。

随后又听到薛诚浩骂表姐，话特别难听。

白伊从不惹事，但不代表她懦弱任人欺负不敢还口。

她无法容忍有人这么侮辱表姐，于是出声维护表姐，跟薛诚浩起了争执。

白伊敢肯定，如果有人这么骂她被表姐听到，依照表姐的性子，绝对直接一巴掌扇过去了。

但她嘴笨是事实，不会吵架，也骂不过对方。

再加上本就情绪不好，满腹委屈的她最后直接被薛诚浩给气哭。

白伊之前就听彭星月说过周雾寻对朋友很仗义，但她没想到他会直接冲去对方的班级替她讨公道。

也不对。

或许他根本不是替她讨公道，而是因为他心里在乎表姐，所以才这么冲动地跑过去把人给揍了。

毕竟……应该没有哪个男生能容忍其他人骂自己喜欢的女孩。

但不管是因为他还是因为表姐，他都已经打完了。

最棘手的是，现在也惊动了教导主任。

思及此，白伊惶然无措地咬紧了嘴唇。

希望不要给他带来麻烦。

她心慌意乱地在心里祈祷着。

一直到午自习结束，周雾寻都没回来。

白伊始终提心吊胆，神思混混沌沌的，心不在焉到什么都做不下去。

她瞅着一字未动的试卷，干巴巴地坐在座位上等他回来。

下午第一节课上课之前，周雾寻终于回了教室。

看到他后，何颂和彭星月立刻就围了过去。

彭星月关切道："哥，你没事吧？熊猫都说什么了？"

周雾寻收拾着课桌上的书本，漫不经心道："停课一周。"

彭星月登时睁大眼，不可置信地扬声说："一周？熊猫疯了吧！之前有学生违纪，基本都是停课三天就返校了！

"那要请家长吗？我要不要现在给我妈打个电话？"

周雾寻摇头："不用，不请家长。"

本来沈天明是想让他家长来学校一趟的。

不过被周雾寻拒绝了。

因为他说："我家长常年在国外，家里没人。"

沈天明当即愣了下，随后就改口说不用请家长了。

在听到周雾寻要被停课一周的那一刻，白伊就僵在了座位上。

她背对着他，挺直的脊背绷得很紧，整个人茫然失措了片刻。

停课……一周？

上学这么多年，白伊从来没觉得停课这个处罚离她这么近。

她怔怔地坐在座位上，表情呆滞了片刻。

都这个时候了，她满脑子居然全都是——因为今天中午这破事，他连午饭都没能吃上。

白伊的手伸进桌屉，拿出她剩的一罐旺仔来。

临近中午队伍解散后，彭星月带她去超市买旺仔，本来想买一排盒装的，但是不凑巧，盒装的缺货了。

所以白伊拿了两瓶罐装旺仔。

有一罐早在她从超市往教室走的路上就喝了。

她低垂着头，抿紧了嘴巴。

他应该挺饿的吧。

白伊慢慢地站了起来。

她转过身，望向周雾寻在的后门方向。

何颂正在问他："那滑板呢？"

周雾寻似笑非笑地自嘲说："罪加一等，被没收了。"

何颂忍不住骂了句，随即道："我不明白，熊猫怎么会突然知道你带滑板来学校？是不是谁偷偷向他打小报告了？"

彭星月皱眉："谁啊！谁这么缺德？"

周雾寻若有似无地往吴文彬的方向瞥了眼。

他嗤笑了下后，无所谓道："算了，不怪别人，是我自己不听老班的话，偏要踩滑板来学校。"

“那还能要回来吗？”彭星月问他。

周雾寻的眉梢抬了下，没说话。

能是能。

不过沈天明要求他考年级第一才能拿回滑板。

明摆着是故意刁难他。

白伊攥着旺仔走过来。

每往前走一步，她的心跳就快一分。

她把旺仔放到他的课桌上，垂着眼轻声道：“给你，垫垫肚子。”

周雾寻有点意外地瞅向她，似乎是没想到居然还有人会关心他饿不饿。

随即，他笑了下。

周雾寻拿起这罐旺仔，语调疏朗地回白伊：“谢了。”说完，他就直接拉开拉环，仰头喝了口。

他确实饿了，而且是很饿。

周雾寻完全没有被停课的烦闷，反而看起来一身轻松。

彭星月见他这般云淡风轻，干着急道：“哥，停课一周哎！你就不担心吗？”

周雾寻不解地问：“担心什么？有什么可担心的。”

彭星月忍不住叹了口气，她这表哥心可真大。

周雾寻把书本收拾好，将书包单肩背上。

在要转身走的时候，他又回过头来，对彭星月说：“星月，我被停课的事别告诉家里，晚上我会和往常一样回家，早上也会按时起床吃饭出门。”

彭星月撇撇嘴，闷闷地答应：“哦。”

周雾寻对他们挥了下手，语调懒洋洋道：“走了。”

说完，他就迈步出了教室后门。

白伊抿了下嘴唇，话语温软地对彭星月说：“我去趟厕所。”而后就抬脚快步从教室里走了出来。

周雾寻正沿着走廊往楼梯口走，一边慢悠悠地走着，一边喝着她给他的那罐旺仔。

白伊就跟在他后面，轻咬住唇望着他。

男生的脊背笔直，清瘦的背影挺拔而落拓。

他总是在人群中独来独往。

到了楼梯口，周雾寻转弯，踩着台阶一步步往楼下走去。

随后，白伊也走了过来。

她扭头瞅着不断下楼的他，再也迈不动往前的脚步，像被钉在了原地。

白伊就停到了楼梯口。

就在周雾寻要拐弯继续往下走的时候，白伊努力压制着胸腔里狂跳的心脏，出声喊他："周雾寻！"

周雾寻倏地顿住。

随后，他抬头，望了过来。

两个人的视线交会，白伊呼吸蓦地一滞，目光开始慌乱地飘忽起来。

她漂亮清澈的鹿眼来回游离着找不到落定的点，眼睫止不住地轻颤着，如同正在振翅欲飞的蝴蝶。

白伊佯装镇定地对他认真道："今天谢谢你。"而后又特别歉意地轻软说，"对不起，害你被……"

"白伊。"周雾寻突然开口，打断了她接下来的话。

他目光坦然地看着她，语气难得正经，说："别道歉，我没事。你也不要愧疚，晓得吗？"

白伊的心脏猝不及防骤停了下。

晓得吗？

她之前从没觉得有哪三个字，能这么温柔。

温柔到让她突然很想哭。

白伊本来已经稳住了情绪，这下又瞬间破防。

眼睛开始酸胀不堪，双眸像蒙了一层水纱，视野变得模糊又朦胧。

白伊不动声色地咬紧唇肉。

她用力地睁了睁眸子，又快速地不断眨眼，拼命将眼眶里的泪水一点点吞回去。

怕声音背叛自己，白伊没敢说话，只不断地点头。

周雾寻举了下她给他的旺仔，笑道：“谢谢你的旺仔，我都要饿死了。”

白伊轻牵嘴角。

她突然发现，周雾寻似乎很容易满足。

不过是一罐旺仔而已，他就这么高兴。

“拜拜。”周雾寻的语气又恢复成了散漫慵懒的腔调，“走了啊。”

“嗯，”白伊应了声，也回了句，“拜拜。”

2011 年 5 月 30 号。

其实我很想问他，为了我这个朋友……或者为了表姐去跟人打架，而导致自己被停课一周，值得吗？后悔吗？

可能在别人看来，他很混，甚至是个不折不扣的浑蛋。

但我眼中、我心里的周雾寻，很仗义，敢作敢当，偶尔还像个好哄的小孩子似的容易满足。

“别道歉，我没事。”

“你也不要愧疚，晓得吗？”

“晓得了。”

05.

周雾寻跟吴文彬在厕所里起争执的时候，男厕所中不止他们三个人。

还有班上的其他男同学。

也因此，周雾寻离开学校的当天下午，他替白伊抱不平而打了吴文彬的事就在班上悄悄传开了。

白伊从何颂嘴里听到周雾寻替她教训吴文彬的时候，人一下子蒙掉了。

正是下午大课间，彭星月过来串桌，坐到了白伊的旁边。

何颂给她俩滔滔不绝地讲着他从班上其他男生嘴里听来的内容。

“寻哥说让他给你道歉，不然寻哥就替你教训他，结果他阴阳怪气地说寻哥这么护你有企图什么的，寻哥直接一脚就踹过去了。”

何颂边说还边抬腿给两个女生演示，随即他继续道：“然后寻哥就抬起手臂横在他脖子上，一字一句地告诉他——她是我朋友。”

最后五个字还刻意模仿周雾寻的语气和腔调。

彭星月丝毫不意外地道："我就说我哥这人对朋友好得没话说，真是贼仗义。"

听到何颂嘴里那句"她是我朋友"，白伊胸腔里疯狂跳动的心脏渐渐地冷静了下来。

尽管如此，她依然很开心。

因为他把她当好朋友，甚至会为她打抱不平。

"这么一想，我忽然知道了是谁向熊猫打小报告，举报我哥带滑板来学校了。"

彭星月若有所思地说完，偏头看了眼吴文彬的座位方向，那里正空着。

吴文彬并不在教室。

何颂隔着课桌弯腰凑近她俩，压低嗓音说："如果不是他向熊猫告状说寻哥有滑板，熊猫也不会那个时间点闲得没事过来教学楼，就不会撞见寻哥揍薛诚浩。"

所以，当时教导主任来教学楼这边，就是来找周雾寻的，但目的是想没收周雾寻的滑板。

结果没想到，会意外抓到学生打架。

只没收滑板的话，也不至于要停课，还是停课一周。

白伊轻抿了下嘴唇，没言语。

同样作为滑板爱好者，白伊心底无比清楚滑板对他们来说有多重要。

况且周雾寻不是一般的喜爱滑板。

从转来沈城一中上学后，他几乎每天都会踩着滑板来学校。

有时碰上下雨或者降雪，没办法踩滑板，他宁愿骑自行车来学校，都不会挤公交车。

所以直到现在，白伊都没有在公交车上跟他遇见过。

白伊很多次都觉得周雾寻骨子里很"独"。

在她眼中，他就像一只游走在繁华热闹世界里的孤狼。

这天晚上睡觉前，白伊捧着手机犹豫踟蹰了良久，最终还是点开了和周雾寻的聊天界面。

她咬紧唇，忐忑地在输入框里敲下一句话。

YiYi：“周雾寻，我听班上同学说了今天中午在男厕所里发生的事，谢谢你啊。”

白伊把这句话来回默念了三遍，确定没有哪里不妥当，这才紧张地摁了发送。

须臾，他回复道：“真要谢？”

白伊的心脏莫名提了起来。

她忐忑地打字发送：“嗯啊。”

像在考虑提什么要求，过了两三分钟，周雾寻的消息才再次传进来。

ZWX：“那等我回学校后再请我喝罐旺仔吧。”

白伊盯着他发过来的消息，心一下子落了地，但同时好像又有点失落。

她也不知道自己在期待什么。

就感觉……

他付出了停课一周这么大的代价，最终却只要一罐旺仔作为补偿，好像很吃亏。

白伊微微抿住嘴巴，认真地答应：“好。”

周雾寻其实是因为她发来的消息太过客气正经，所以才半开玩笑地问她是不是真要谢他。

看到她回的那句“嗯啊”后，他本来想继续开玩笑说那就请客吃饭好了，但又觉得这样回复好像很突兀。

因为他俩的关系实在不算特别熟络，尽管确实是朋友。

周雾寻心里甚至很清楚，因为他和她表姐的关系，导致白伊下半年对他比上半年还要有距离感。

而他又是几乎每天都会跟她见面和她一起吃中饭的朋友。

她心里觉得尴尬再正常不过。

他完全能够理解。

所以这几个月来，他也没刻意地去跟她多交流。

直到今天中午，她在楼梯口主动叫住他。

横亘在他俩之间的那种无形的尴尬才终于消解了些，但关系也没一下子好到可以随意开玩笑的地步。

于是，他把“请吃饭”改成了“请喝旺仔”。

这样看起来自然得多，也不会让她觉得为难。

周雾寻自己都没发现，他在顾及别人的感受。

在白伊发了“好”后，周雾寻就再也没回复过来。

他和她时隔将近半年的第二次聊天，依然很短暂。

只有屈指可数的寥寥几句。

但白伊却翻来覆去地把这五句话看了好多遍。

看到最后，每个字都深深地印在了她脑子里。

高考结束的那个周末，终于彻底解放的吕舒娜约白伊出来逛街吃冰。

在饮品店坐着休息吃冰激凌的时候，吕舒娜主动提起周雾寻。

她笑说：“我前段时间听人说，周寻把薛诚浩给揍了，然后被熊猫停课一周？”

白伊正在小口咬香草味的冰激凌，闻言点了下头，应：“嗯。”

吕舒娜只知道周雾寻打了薛诚浩，但具体原因她并不清楚，于是好奇地问：“那姓薛的怎么惹到他了？”

嘴里的冰激凌很凉，白伊囫囵吞下肚，胃里瞬间也变得凉飕飕的。

她舔了下嘴角的冰激凌渍，如实告诉吕舒娜：“其实是因为薛诚浩骂你，我听到了，跟他吵了起来，但是没吵过……”

说到这里，白伊突然有点窘迫：“怪我嘴太笨了，吵架都不会。”

吕舒娜嘴角的笑意渐渐收敛，她蹙眉问：“那浑蛋欺负你？”

白伊又点了点头，然后继续说：“我被气哭了，周雾寻知道了事情的始末后，就去隔壁班把薛诚浩给打了。”

吕舒娜沉默了一瞬，随即幽幽地感叹：“这家伙对朋友倒是挺真心实意的。”

白伊有些茫然，疑问：“啊？”

然后，她又说：“不是啊，他是因为你才去找薛……”

“因为我？”吕舒娜笑出声来，而后就特别笃定地否认，“怎么可能！完全是因为你好吧！”

白伊有点蒙。

那次彭星月问周雾寻，他心里是不是还想着吕舒娜。

当时他没说话，始终沉默。

在白伊看来，保持沉默不否认，就是默认了。

默认了……他其实是喜欢表姐的。

白伊很想跟表姐说周雾寻喜欢她，说他当初假装无情其实是怕耽误她高考。

可是……

高考一结束，表姐就同意了一个男生的表白，现在已经有男朋友了，而且两人的关系如胶似漆。

白伊突然不知道该不该把周雾寻的“隐情”告诉表姐。

就在她纠结的时候，吕舒娜语气轻松地慢悠悠说：“他不在乎我，他在乎的，是你这个朋友。”

白伊怔忡了下，心也跟着停跳了半拍。

可她还是不敢相信，问：“那要是……他在乎你呢？”

吕舒娜像听到了这辈子绝不可能发生的事，失笑道：“谁说的？他亲口说的吗？”

那倒没有……

他当时什么都没说，保持了沉默。

吕舒娜不等白伊回答就逻辑清晰地分析道：“第一，我敢发誓，他肯定不在乎我。对方喜不喜欢我，我是能感觉到的，但我没有感受到他对我有一丁点儿的喜欢和在意。

“第二呢，凭我对周寻的了解，他这个人吧，在恋爱方面是真的浑蛋，不过对朋友确实很不错，但凡是他认可的朋友，他铁定真心相待。”

吕舒娜这番话跟当初彭星月对周雾寻的评价完全一样。

“而且，假设——就算他真的在乎我，那又有什么用，我早就不喜欢他了呀！”吕舒娜笑语盈盈，“我喜欢的是我现在交往的这个男朋友。”

白伊已经被男女生之间的这点事绕得脑袋都转不动了。

平常在学习上遇到的题再难，她都没觉得有这么吃力。

可是，如果表姐说的是对的，那他们俩之前在那个房间里的动静怎么解释？

白伊不懂。

手中的冰激凌一点一点地融化成液体，沾染到了白伊的手指上。

湿黏的感觉顺着指尖蔓延到左胸腔。

让白伊的心也跟着泥泞一片。

表姐说，他在乎的是她这个朋友。

也只能是朋友吧。

虽然周雾寻只被停课了一周，但他整个六月份都没来学校，因为他在被停课的那个周六买了个新滑板，却在玩滑板的时候受伤住院了。

白伊听到彭星月说周雾寻玩滑板受伤，伤势严重到需要住院休养的时候人微微愣住。

她有些不可置信道："怎么会受伤……这么严重？"

彭星月叹了口气，说："其实我哥是在滑板场的碗池里玩的时候为了躲避一个玩滑板摔倒的小学生才摔伤的，他当时正在俯冲，不避开那个小学生，他和小学生都会受伤，情急之下他闪避了，于是连人带板结结实实地摔进了碗池底部。"

彭星月说话时，何颂正在找周雾寻聊天，他看着周雾寻给他发过来的消息，嘟囔道："寻哥还不让我们去看他。"

彭星月哈哈笑："他肯定不想让你们见到他现在那副模样啊！摔得很惨的，这几天下床走路都费劲，医生说得休养一个月左右。"

因为周雾寻不肯见人，白伊他们就没去医院探望他，不过这天晚上白伊鼓起勇气给周雾寻发了消息，问他怎么样。

他回她："小伤，不碍事。"

白伊提醒他："好好休养，祝你早日康复。"

周雾寻回了句"谢谢"，两个人的聊天框里便再无下文。

自周雾寻被停课后，白伊一次都没见过他。

白伊不动声色地咬了下唇肉。

一个月的时间，没见到他了。

她魂游了片刻，很快就回归了理智。

白伊默默地告诉自己，想再多也没用。

因为，见到他了又能怎么样呢。

周雾寻是 7 月 1 号回学校上课的。

白伊和彭星月一起乘坐公交车到学校，之后彭星月去厕所，白伊一个人跑去了超市。

她一直都记得一个月前和周雾寻的约定。

——等他回学校后，请他喝旺仔。

在超市买完旺仔，白伊就原路折回了教室。

她从后门走进来，在经过周雾寻座位的时候顺手把一罐旺仔飞快地放在了他的课桌上。

恰好往这边瞧的章骛恂把白伊的动作尽收眼底。

他望着她微微泛红的脸，还有她唇边那抹没藏好的浅笑，薄唇不自觉地抿直，旋即眼神晦涩地轻垂下，挪开。

不过是给周雾寻往课桌上放了罐旺仔，白伊的心脏却险些要从胸腔里蹦出来。

她脚步凌乱而快速地回了座位。

刚一坐下，就听到何颂突然兴高采烈地喊了声："寻哥！"

还没落定的心倏然又提到了嗓子眼。

白伊的呼吸滞了滞，脊背绷直地僵坐着。

已经奔到周雾寻课桌旁的何颂又微微讶异道："欸？你把头发剪短了啊？"

白伊听到周雾寻嗓音隐约带笑地应："嗯。"

腔调一如既往的散漫慵懒。

“更帅了！”何颂笑道。

白伊有点控制不住自己的行为，在大脑还没做出反应前，她就已经梗着脖子扭过了头，眼睛不听使唤地直接望向了后门。

男生穿着和她同款的夏季蓝白色校服，头发剪短了些。

窗外明亮的阳光铺落进来，打在他的周身，将他的黑发染成了好看的茶棕色调。

他仅仅只是站在那儿，干净纯粹的少年感就已经溢了出来。

看到桌上有旺仔，周雾寻眉梢微挑，嘴角噙上了零星笑意。

他随手拿起旺仔，轻松地打开拉环，而后仰头喝了口。

少年的脖颈修长，因为吞咽的动作，喉结上下滚动了一番。

忽地，正喝着旺仔的他轻撩起眼皮。

白伊的目光猝不及防地撞进他那双动人心魄的桃花眼中。

她倏然怔住，身体也紧绷起来。

白伊无意识地屏住了呼吸。

胸腔里的心跳在这一刻，突然震耳欲聋。

2011 年 7 月 1 号。

如果暗恋有声音，那我对你的暗恋，一定会穿云裂石响彻云霄。

幸好暗恋无声。

可惜暗恋无声。

幸好暗恋无声，我们还能是朋友。

可惜暗恋无声，你大概永远都不会知道，我喜欢你。

06.

高二的期末考在 7 月 4 号和 5 号。

所以周雾寻返校的时候，距离期末考试只有三天了。

而且 2 号和 3 号还是周末，不上课。

对周雾寻来说，基本就是回到学校就得直接参加考试。

按照学校不成文的规定，期末考试结束后不放暑假。

6 号到 8 号学生依然要来学校上课。

各科老师会趁这几天讲期末试卷上的题，并把试卷看完。

7 月 9 号是出期末考试成绩的日子。

同时也是学校让各班组织开家长会的日子。

家长会当天气温很高。

酷暑时节的太阳如同一个巨大的烤炉，灼得人只想待在空调屋里吹冷气。

高二（13）班的教室内，立式空调正在不知疲倦地运作着。

每个学生的座位上都坐着一位家长。

除了周雾寻。

因为奶奶身体不好不便出门，姑父在外出差，只有姑姑一个人过来开家长会。

此时他的姑姑正坐在彭星月的座位上。

教室里的其他学生不是站在旁边，就是跟家人挤一个凳子坐。

只有最后排的周雾寻，大剌剌地独占座位。

他趴在课桌上，百无聊赖地转着笔玩。

成绩单正在被往后传。

坐在白伊座位上的伊君婉在拿到成绩单的那一刻就立刻看了起来。

伊君婉以为这次女儿也能稳在第 2 名。

然而，白伊的名字在第三行。

第 1 名是……周雾寻？

总分 740 分，语文 142 分，英语 148 分，其他科都是满分。

班级第一，年级第一。

伊君婉皱眉愣住。

这个学生是谁？她一点印象都没有。

就连平日里无法让人超越的章同学都不及这位周同学，被挤到了第 2 名。

而这两人，只差一分。

差在了生物上。

至于吴文彬，这次直接退步到了第 10 名。

伊君婉身侧的白伊当然也一眼就看到了周雾寻的成绩。

在看到他的名次和分数时，她的表情霎时怔住。

白伊之前就听彭星月说过周雾寻学习有多厉害，但毕竟这是她第一次亲眼见证，所以难免有些惊讶。

可能因为周雾寻这次太让大家吃惊了，教室里各处都在压低声音交流讨论。

忽而，一道略尖锐的女声质问道："吴文彬，我辛辛苦苦供你读书，你就这么报答我是吗？"

人高马大的吴文彬立在他的课桌旁，低着头一声不吭，脸涨得通红。

白伊跟其他人一样，不由自主地望了过去。

她一开始没注意看吴文彬家长是谁，自然也不知道对方长什么模样。

这会儿看到，才发现对方是个穿着很朴素、扎着简单低马尾的女人。

女人的皮肤粗糙暗沉，黑发中夹杂着几缕银丝。

大概是他母亲。

"上次退步到第 3 名还不够警醒你吗？这次直接下滑到第 10 名，你是想干吗？造反吗？"

女人完全不顾这么多同学和家长在场，也根本不考虑这个年纪的孩子的自尊心，没好气地数落着吴文彬。

杨其进连忙出声，轻声提醒："文彬姐姐，先不要着急训文彬，出问题了我们一起找问题，找到问题所在，下次就能改进避免，发脾气是解决不了问题的。"

文彬……姐姐？

白伊愣了下。

她还以为那是吴文彬的妈妈……

吴文彬的姐姐这才没有再开口训吴文彬。

吴文彬感觉所有人的目光都落了过来。

他浑身燥热，头皮发麻，脸绷紧到仿佛在被往两个方向撕扯。

班主任杨其进正在讲台上说着话，每个字都清清楚楚地响在他耳边，但他脑子混沌得已经听不懂了。

他只觉得难堪窒息，恨不得马上逃离。

而周雾寻，作为这次考试的第 1 名，直接成了家长会上的焦点。

不少家长都想看看是谁家的孩子，居然能把常年稳拿第一的章骜恂同学给挤到第 2 名去。

杨其进也点名让周雾寻说说心得。

周雾寻心里很不情愿，却也只能硬着头皮站起来。

霎时，所有人的视线都挪到了他的身上。

不知道是谁的家长多嘴问了句：“周同学，你家长呢？没有来参加家长会吗？”

周雾寻还没说话，在彭星月座位上坐着的周步馨就立刻起身，连忙说：“来了来了，我是他姑姑，也是彭星月的母亲。”

杨其进淡笑着对周雾寻说：“周雾寻，说说你的心得。”

周雾寻被全教室的人盯着，没显出半分不自在来。

他坦然地接受着大家的目光，很自信大方。

但，周雾寻抬手摸了下鼻梁，有点为难地如实说：“没什么心得。”

读书这么多年，他就不知道心得这玩意儿要怎么说。

班上一个活泼的男生随即接话，扬声道：“寻哥，你被停课加上后来又受伤住院，得有一个月没上课，回来直接考试还能冲到第一，肯定……”

“姜岸！”何颂急忙制止他这个说话不经大脑的同桌。

但已经晚了。

所有家长在这一刻都已经知道了，周雾寻在考试之前有一个月没来上课。

教室里瞬间炸开了锅。

根本不知道周雾寻被停过课的周步馨震惊道：“被停课？怎么回事？为什么家里不知道？”

彭星月赶紧对母亲解释：“是我们班有女生被外班男生欺负，我哥看不过去动了手，结果被教导主任撞见了。

“妈，再具体的我们回家说，先别耽误家长会的时间了。”

原来是为了保护班上的女同学跟人打架才被停课。

家长们一听，纷纷觉得这个男生不仅学习好，还见义勇为乐于助人，瞬间对考第一的周雾寻印象更好了。

姜岸没想到周雾寻的家长不知道他被停课的事。

他心里懊恼得要命，很愧疚地对周雾寻说："寻哥，抱歉啊，我不知道你家长一直不知道你被停课……"

周雾寻现在已经不在意家里人会不会知道他被停过课了。

反正不管知道还是不知道，事情都已经过去了。

他笑了下，语调略散漫道："没事，一会儿请我吃根雪糕就原谅你。"

姜岸立刻答应："十根都行！"

教室里瞬间响起一阵笑声。

不少家长也被这两个大男孩的对话给逗乐了。

这场家长会开得热热闹闹。

周雾寻也因此在全班同学的家长眼里成了一个品学兼优、乐于助人的好学生。

后来学生们被杨其进要求提前离开教室。

因为接下来是班主任和家长之间的单独交流。

彭星月觉得有点饿，拉着白伊要去超市买零食。

姜岸说了请周雾寻吃雪糕，于是拽着周雾寻和何颂跟着两个女生一起往超市走去。

几个人在超市里扫荡了一波。

姜岸给他们每人买了一根雪糕，就连彭星月和白伊买的其他零食他都抢着付了钱。

从超市出来后，他们吃着雪糕沿路往教学楼走。

临近正午，阳光尤其炽烈。

好在路两旁的梧桐树枝叶繁茂，能给他们遮阴。

地上斑驳的光影像极了挂在夜空中的星星。

风一吹，热浪扑面而来。

地上的星星也跟着来回晃动。

白伊正踩着台阶上的砖走边边，彭星月就走在她身侧。

“哎，一一，你生日快到了欸。”彭星月咬了口雪糕，说道。

白伊唇边漾着浅笑，应了声：“嗯。”

“到时候有什么安排吗？”彭星月扭头问她。

白伊还没开口说话，走在她们后面的何颂忽而道：“天啊！”

姜岸扭头问他：“怎么了？”

何颂说：“今天来参加家长会的不是吴文彬他姐姐吗？我有点好奇，就问了一个初中跟他同校的朋友，对方说——”

彭星月的注意力显然也被吸引了过去，她回头问何颂：“说什么？”

“说吴文彬的父亲在他小学二年级的时候就生重病去世了，他的母亲智力有问题，没有劳动能力，所以后来家里的重担就落在了他姐姐身上。

“还有……”

何颂还没往下说，彭星月已经凑到了何颂和姜岸的旁边，跟他们一起盯着何颂手机上的聊天记录看起来。

白伊倒没什么八卦之心，她还在慢吞吞地踩着台阶边边走。

周雾寻似乎也没兴趣听吴文彬的事。

他没停下来等身后那三个人，依旧不紧不慢地往前走着。

本来周雾寻在白伊后边，但因为他的步子大，没一会儿就赶上了白伊。

前面有个垃圾桶。

白伊没办法再沿着边边往前走。

于是，她轻盈地从台阶上蹦了下来。

而在同一时刻，刚好走到她旁边的周雾寻正打算把雪糕棍和包装袋扔进垃圾桶。

两个人都想往对方在的方向拐。

猝不及防地，白伊的额头碰到了周雾寻的胳膊。

皮肤直接接触到的这一刹那，白伊浑身僵硬地愣在原地，手里还捏着没吃完的雪糕。

周雾寻似乎也没料到她会突然改变方向，一时停住脚步，没动。

藏在树上的几只蝉此起彼伏地嘶叫着。

不远处还有其他学生的说笑打闹声。

风吹着树叶沙沙作响。

白伊的耳边却只剩下自己狂乱的心跳。

下一秒，她神情恍惚着往后退了一小步。

周雾寻也往旁边挪了下。

随后，他从她身侧绕过，走到垃圾桶前，把手中捏的东西丢进了垃圾桶。

胸腔里的心跳紊乱，呼吸也不畅。

白伊低头吃着雪糕，失神地继续往前走。

额头上仿佛还残留着跟他撞到时的触感。

她慢慢抬手，摸了摸还在微微泛红的额角。

“白伊。”周雾寻唤她的时候，人已经来到了她身边。

白伊的手瞬间垂落下去。

她本能地仰起脸来望向他，清泠泠的眸子里满是茫然。

周雾寻语气自然地跟她搭话，问：“你生日在哪天？”

刚刚听到星月说她生日快到了，不知道在哪天。

白伊整个人都变得很迟钝。

她讷讷地如实回他：“7月21号。”

周雾寻了然，点了点头。

旋即，他嘴角噙笑地低声应了句：“晓得了。”

五个人回到教室外面时，家长会已经结束。

但还有不少家长在走廊里没离开，想跟班主任多聊几句关于自家孩子的情况。

“我还是不能理解你为什么一下子掉到了第10名，你得给我个合理的解释。”吴文彬的姐姐边从教室往外走，边生气地训吴文彬，“我天天起早贪黑挣钱，辛辛苦苦供你读书，你就考成这样报答我？我真是后悔当初为了让你念书自己辍学。”

吴文彬始终一言不发，沉默地跟在女人后面。

吴文彬的姐姐还在抱怨："要不是因为你，我至于过成现在这样？早知道你这么不争气，我就不该放弃自己的前途。"

她越说越激动，甚至说出一句很伤人的话："就你考的这点分，你怎么还有脸活着！"

彭星月震惊地瞪大眼，随即歪了点头，压低声音对白伊说："他姐姐好让人窒息啊，考得不好就不配活着？这也太极端了，人活着也不是只有考试一件事啊。"

大概是被这么多人看到自己的狼狈觉得很难堪，也或许是长期积压的情绪到了临界点，一直沉默的吴文彬突然爆发，拔高声音激动道："是我让你辍学的吗？是我求你养我了吗？这些年你说过多少次你是为了我才放弃高考，我数都数不清。我知道我亏欠你，你的大好未来因为我葬送了，你过成现在这样也都是因为我，所以我努力学习，拼命考好成绩，我想考你当初想念的大学，替你圆梦让你开心，但你呢？你对我满意过吗？从小到大，不管我考得好不好，你都不高兴，不管我做什么事，你都能挑出毛病，在你那里我做什么都是错的！"

"我不上了，我不考了！"吴文彬发泄完就推开人群，不管不顾地跑走了。

吴文彬的姐姐没想到弟弟会突然这样说，她愣在原地片刻，双眼通红地沉默着离开了学校。

这场闹剧结束，整个走廊又安静了几秒钟，大家才若无其事地继续交谈说话。

何颂有点蒙地低声感慨："其实他也蛮可怜的。"

彭星月也叹气："谁说不是呢？我要有这样一个姐姐，估计早就疯了。可换个角度，他姐姐这些年也确实很不容易……"

白伊倚靠着栏杆，沉默了须臾后才开口道："家人逼迫他可以反抗，生活不好就努力改变现状，但再怎么样，他都不该因为自己的问题去伤害其他无辜的人。"

不管是因为上次没考过她就针对她，还是因为周雾寻要他给她道歉，就把周雾寻带滑板来学校的事捅到教导主任那里去。

像突然被一支锋利的箭射中，周雾寻的心脏不受控地抽动了下。

他偏过头来，垂眼看向白伊。

"一一！"伊君婉在教室前门对她招手，"回家了。"

白伊立刻将脊背从栏杆上挪开。她站直身子，扭头对他们说："我走啦，拜拜。"

周雾寻的目光循着她娇小纤瘦的背影移动。

他的脑子里反复地响着她刚说的那句话——但再怎么样，他都不该因为自己的问题去伤害其他无辜的人。

须臾，周雾寻低了点头，从喉咙里发出一声很短促的哼笑。

杨其进正好走过来，看到周雾寻后，喊了一声："周雾寻，跟我去办公室一趟。"

周雾寻跟着杨其进去了趟办公室。

刚进去，杨其进就把他从沈天明那里要来的滑板拿给了周雾寻。

"给，以后可不准再带学校来了啊。"杨其进无奈道。

周雾寻在伸手接过滑板的时候，有一瞬的若有所思。

随后，他嘴角微勾道："谢谢老师，我晓得了。"

2011年7月9号。

暑假开始了。

他问了我生日在哪天。

他会跟我说生日快乐吗?

第五章

笑忘歌

01.

白伊生日当天。

临近中午时，白伊收到了彭星月发来的 QQ 消息。

星月美 girl：“一一宝贝，今晚能出来吗？有个惊喜想给你！”

白伊抿嘴浅笑，回她：“那我肯定要去呀！”

彭星月几乎立刻又发来：“下午六点钟，在你家附近的那个路口见！”

白伊眉眼弯弯地打字回彭星月：“OK！”

刚跟彭星月约好晚上见面，伊君婉就在楼下喊白伊：“一一，下来吃饭了！”

白伊回头，冲着门口扬声应：“来啦！”

她随后起身，趿拉着拖鞋走出了卧室。

因为是女儿十七岁的生日，伊君婉特意做了一桌子菜。

白骏毅还出门去给白伊买了个生日蛋糕回来。

餐桌中央放着可口的奶油蛋糕，四周摆满了菜肴。

白伊刚来到餐桌边，伊君婉就把生日礼物递给了她。

“一一，生日快乐，”伊君婉笑语盈盈地说，“因为你爸爸晚上要去医院值班，所以就选了中午给你过生日。”

白伊笑着抱过礼物盒子，很懂事道：“都一样的。”

而后，她又十分乖巧地说：“谢谢爸妈。”

吃饭的时候，白伊跟他们说：“爸，妈，星月约了我傍晚六点见面。”

伊君婉眉心轻皱，不太高兴地问：“去哪儿啊？”

白伊其实也不清楚她们到时候会去哪里，但为了能顺利出门，她不能说她不知道。

于是，白伊面不改色地撒谎：“星月家。她说给我准备了生日惊喜。”

伊君婉稍稍放心了些，这才松口答应：“行，去吧。”

她又嘱咐道：“但不能跟除夕那晚一样，都零点了还不回家。”

白伊连连点头，莞尔笑说：“好。”

下午四点左右，白伊坐在客厅的沙发里，边吃水果边看电视。

阳台上的洗衣机正不紧不慢地运作着。

忽而，楼上传来父母说话和开门的声音。

白伊刚扭脸看过去，白骏毅和伊君婉就已经脚步匆忙地沿着楼梯走了下来。

“一一，”伊君婉唤她，语速极快地说，“江滨路发生了连环车祸，医院急需人手，爸爸妈妈现在就得去医院，一会儿你记得把洗衣机里的衣服拿出来晾好啊宝贝。”

白伊点头：“好。”

伊君婉又一次提醒道：“你晚上别玩太晚，早点回来知道吗？”

白伊听话地答应：“知道啦。爸妈你们路上小心，开车注意安全。”

“好。”白骏毅回道。

随后，换好鞋的他拿起车钥匙，在开门出去前柔声对白伊说：“一一生日快乐。”

伊君婉也温柔地说：“生日快乐宝贝，爸爸妈妈爱你。”

白伊唇边漾开浅笑，回道：“谢谢爸妈，我也爱你们。”

父母离开后，白伊又坐在沙发里吃着水果看了会儿电视。

等洗衣机停止工作，她才起身去阳台把洗干净的衣服一件件拿出来晾好。

五点多的时候，白伊回了趟卧室。

她换好出门要穿的白色连衣裙，拿起白色的包包，然后就踩上小白鞋出了门。

路口离白伊家不远，拐个弯再走一小段路就到了。

她脚步轻盈地沿着路往前走。

转过弯后，白伊倏而顿住。

前面的路口不只有彭星月，还有两个骑着自行车的男生。

是何颂和……周雾寻。

她望着他们，目光不由自主地就落到了周雾寻身上。

男生穿着很简约，白T恤搭配浅蓝色牛仔裤。

身高腿长的他坐在自行车的车座上，一脚蹬着脚踏板，另一只脚稳稳地踩在地上。

周雾寻手中拿着一顶白色的棒球帽，帽檐左侧挂着三个金属环，看起来很酷。

须臾，他抬手，动作随性地把棒球帽戴在了脑袋上。

在看到他的那一瞬间，白伊的心跳就不受控地紊乱起来。

她轻咬了下嘴唇，身体有点紧绷地继续朝着他们走去。

彭星月看到白伊后，立刻就冲她挥手，扬声笑喊："一一！"

白伊也笑起来，步子略微加快了些。

周雾寻听到彭星月喊白伊，本能地偏头望向这边。

正朝他们走来的她一袭纯白的连衣裙，肩上斜挎着一款和她的裙子颜色很配的白色包包，包包的拉链处还挂着一个特别可爱的兔子玩偶。

女孩子没有把长发绑起来，就这么披散着。

夏日傍晚的微风拂过，她柔顺的发丝随风飘舞。

下一秒，周雾寻便看到白伊急忙抬手拨弄被风吹乱的头发。

大概是没料到会被风吹乱头发，她的神色略微窘涩，脸颊也染了一层浅薄的红晕。

白伊来到他们面前后，浅笑着打招呼："嗨。"

彭星月凑过来，用手指勾了下白伊垂在肩侧的发尾，笑着说："一一今天真漂亮！白裙子真的好适合你呀！甜美又可爱！"

白伊笑弯双眼，问：“我们去哪儿？”

“去我哥家里！”彭星月开心道。

白伊的心跳骤停。

她恍惚了一瞬，茫然地疑问：“啊？”

彭星月嘿嘿笑，说：“我哥家里没有大人呀！这样我们能玩得痛快些！”

“走啦，走啦！”彭星月拉着白伊走到周雾寻和何颂的自行车前，问白伊，“你坐哪个？”

白伊当然更想坐在周雾寻的自行车后座，但她根本不敢选。

她怕自己的秘密被他们看出来。

白伊努力压着失控的心跳，故作镇定地对彭星月笑说：“我都行，你先选吧。”

话音刚落，周雾寻就突然开口说：“白伊，我载你吧。”

白伊登时抬眼，表情震惊地望向他。

周雾寻嘴角噙笑地开玩笑说：“你比较轻。”

旁边的彭星月听了，气呼呼地抬起脚要踹周雾寻。周雾寻反应极快地抬高腿灵活躲开，笑意更甚。

彭星月哼了声，扭头坐到了何颂的自行车后座。

何颂笑着蹬车往前行，起步时不受控地歪扭了几下。

他揶揄：“怪不得寻哥不继续载你了，彭星月你是真的重啊！”

何颂这样说，是因为来找白伊时，彭星月坐的是周雾寻的自行车后座。

彭星月气得在后面拍何颂后背，声调都拔高了几个度，凶巴巴道：“何颂，你是不是不想活了！”

周雾寻看着前边那两个欢喜冤家，不由得低笑了下。

再回头一瞧，他发现白伊还杵在车旁，似乎很局促。

他挑眉问：“不上来？”

白伊的眼帘颤了颤。

她不动声色地咬住嘴巴里的唇肉，小心翼翼地侧身在他的自行车后座坐好。

背对着她的周雾寻嗓音慵懒地问：“坐好了吗？”

白伊从喉咙里发出一声单音节：“嗯。”

她轻声回：“好了。”

周雾寻这才蹬上脚踏板往前骑去。

黄昏时分的夕阳金灿灿的，天际连着一片灿烂的红霞。

晚风肆意张扬地吹着，白伊的长发变得很凌乱，她只能时不时地抬手拨开贴到脸上的发丝。

过了一会儿，因为前面有减速带，周雾寻捏了刹车把手。

车速也因此突然慢了下来。

坐在后座的白伊正抬手拢被风吹乱的头发。

由于还保持着之前的惯性，她的脸猝不及防地贴到了他的脊背上。

仅仅一瞬不到，白伊就像被烫到了似的，立刻弹开。

她重新坐直，身体僵硬不堪。

白伊慌乱地小声道歉：“抱歉……”

不知道是不是风太肆虐，她的声音混着风吹到他的耳中，听起来略带颤意。

白伊根本没发现，在她和他产生肢体接触的那一刻，骑车的少年脊背倏然绷直，呼吸也莫名滞住了一瞬。

她呼吸出来的温热气息透过薄薄的衣料钻进来，灼得他后背上那块皮肤隐隐发烫，继而就像被一点火星燎了原般，浑身都开始泛起热来。

周雾寻忽视掉脊背上的热度，语气自然地回了句：“没得事。”

连他自己都没发现，他说的不是“没事”，而是方言。

白伊这会儿正混混沌沌的，也没听出哪里不对来。

须臾，周雾寻开口道：“前面还有减速带，你抓好。”

白伊讷讷地应：“好。”

说完，她就紧紧地握住了自行车后座的支架。

几秒钟后，根本没感觉到她抓住自己衣服的周雾寻往后扭了点头，再一次提醒：“白伊，抓好。”

白伊刚要回他说已经抓好了，突然欲言又止。

她快速地眨了眨眼睛，胸腔里的心跳剧烈到几乎要直接蹦出嗓子眼儿。

白伊隐隐约约明白，又不敢确定。

她屏住呼吸，试探性地小心翼翼伸出手。旋即，她捏住了他侧腰的衣料，揪紧。

他没说什么。

白伊浑身紧绷的骨骼一寸一寸地松懈下来。

她慢慢吐出一口气息，安心而窃喜地揪着他的衣服。

接下来的路，她再也没松手。

而他，也始终允许了她这样抓着他衣服的一角。

傍晚的风吹拂着他们的脸颊，温柔地拥抱着他们。

白伊的裙角被风带起，像追随着自行车振翅而飞的蝴蝶。

后半程周雾寻和白伊甚至聊起了天。

“白伊。”

“啊？”

“你知道何颂的心思吧？”

“嗯，能看出来。”

片刻，白伊像是明白了什么，嗓音轻软地问他：“你主动说载我，其实是在帮何颂？”

周雾寻低笑，语气坦然而磊落：“对啊。”

白伊轻抿住唇，没有再回他。

她偏头望向远处的天际，却意外地发现，夕阳还没完全隐匿，月亮就已经悄悄地出来了。

过了一会儿，白伊打破沉默，语气自然地问：“你们都准备什么了？”

周雾寻低笑了下，说：“秘密。”

他随后又道：“到了你就知道了。”

白伊鼓了鼓嘴巴，轻轻地“哦”了声。

忽而——

“白伊，”他的话被风带到她耳畔，声音听起来比以往要更温柔清朗，“生日快乐。”

白伊没想到他会突然说这句话，当即怔住。

大概是因为她突然提了她生日相关的话题，他才在此时此刻对她说生日快乐的吧。

白伊心想。

“谢……谢谢。”她喉咙发紧地回他，唇边已经不知不觉漾开了明朗的浅笑。

自从那天被他问了生日在哪天后，白伊每天都会想同一个问题好几遍。

这十二天来，她每天都在想——他会不会祝她生日快乐。

更昂贵的白伊不敢奢求，她只希望他能亲口对她说句生日快乐。

而她等到了。

清苑小区，周雾寻家里。

白伊一踏进来就看到桌上放着很漂亮粉嫩的生日蛋糕，周边还有一大堆零食。

她喜欢的旺仔、彩虹糖、牛奶含片、薯片等应有尽有。

“生日快乐！”彭星月推着白伊的肩膀带她走到桌前，开心地扬着语调说，“一一宝贝每一天都要快乐！”

说完，彭星月就跑到旁边，把一个包装精美的礼物拿过来，送给了白伊。

何颂也递给白伊一个礼品盒子，笑说：“生日快乐，白伊。”

白伊接过他们送她的礼物，眉眼弯弯地浅笑道：“谢谢。”

随后，彭星月就拉着何颂往蛋糕上插蜡烛。

白伊在旁边拆他俩送她的礼物。

周雾寻回了房间，不知道去干什么了。

须臾，白伊高兴地惊叫了声。

她拿着彭星月送她的那张五月天的专辑，激动到在原地蹦了几下。

“啊啊啊，星月！”白伊特别高兴地说，“还是你最了解我了！”

何颂看到白伊手里的专辑，诧异道：“不会跟我送的同一张吧？”

白伊茫然了下，随即就明白过来：“你也送的我五月天的专辑？”

“对啊。”何颂笑说，“实在想不出你想要什么，觉得送你偶像的专辑肯定不会错，谁知跟星月想一块去了，早知道我们就该互相通个气。”

何颂说完就探了探身：“让我看看，她送的是哪张？”

“《后青春的诗》，2008 年出的那张。”白伊一边给他看，一边说。

何颂倏然松了口气：“啊，那不一样，我送的不是这张。”

白伊很好奇何颂送的哪张，立刻就把何颂给她的礼物拆开了。

专辑名是《人生海海》，2001 年 7 月份发行的。

距离现在，刚好十周年。

“我是发现之前你在 KTV 里唱的那首《纯真》在这张专辑里，正好今年是这张专辑发行十周年，所以就选了这张送你。”何颂解释。

彭星月听完后不由得称赞何颂：“小伙子还挺细心嘛！”

何颂挑眉，毫不虚心地接受了她的夸奖：“那是！”

“噘，”彭星月揶揄，“夸你一句你就不知道自己姓什么了。”

白伊对这两张专辑爱不释手，翻来覆去地看。

“白伊。”从卧室里出来的周雾寻已经停在了她身边。

白伊扭过头的那一瞬间，就看到周雾寻的手里抱着一个很大的长形礼物盒。

他腾出一只手，把桌上的零食往另一边推了推，然后将这个盒子放到了桌上。

“送你的生日礼物，”他嘴角噙笑道，“生日快乐。”

白伊连忙说：“谢谢。”

彭星月凑过来，好奇地问：“哥，你送的什么啊？这么大一个盒子。”

这段时间他们三个人策划着给白伊过生日，什么都安排得妥妥当当，只有生日礼物，他们没有提前通气，所以彭星月和何颂也不知道周雾寻给白伊准备的什么礼物。

周雾寻淡笑着回彭星月：“等白伊拆开你不就知道了。”

“——快拆！”彭星月看起来比白伊这个当事人还要兴奋。

于是，白伊伸手打开了盒子的盖子。

在盒盖被她掀开的那一刹那，白伊登时愣住。

她怔怔地望着盒子里的东西，整个人都蒙了。

何颂没想到是这个，惊讶地脱口而出：“哇哦！”

彭星月也有些傻眼，感叹：“哥，你大手笔啊！”

周雾寻轻抬眉梢，没说话。

盒子里放的是一个滑板。

白色的枫木板子上有一个漂亮的黑色英文单词——happy。

白伊目不转睛地垂眼盯着这个滑板。

随即，她把手缓缓地放到了滑板上，指尖在磨砂板面上轻轻划过时，指腹因为摩擦而生热，略微麻麻的。

这种麻意从手指直接一路蔓延至心口，继而窜进五脏六腑。

久违的真实的触感让白伊的眼睛有点酸胀。

她快速眨了眨眸子，努力遏制着要哭的冲动，抿紧了嘴巴。

明明很开心，喉咙里却像堵了团棉花，哽得难受。

白伊抱起滑板。

也是在这时，她才发现，板子背面还有英文。

写的是“every day”。

两面的英文连起来，是一句祝福。

happy every day.

白伊有几秒的恍惚，神思混沌地感觉自己在做梦。

片刻后，白伊抱着滑板扬起脸来，对周雾寻灿然一笑，特别认真地又一次道谢说：“谢谢你，周雾寻。”

周雾寻也笑，回她：“你喜欢就好。”

“喜欢。”白伊的手指紧抓着板子的边缘，眼眶泛红地浅笑道，“你们送的礼物我都好喜欢！”

“好啦好啦！”彭星月拍了下手，迫不及待地说，“我们来点蜡烛，——该许生日愿望了！哎，打火机呢？”

周雾寻从杂物盒里翻出一个打火机，指腹轻摁，火苗霎时跳动出来。

十七根五颜六色的蜡烛，被他一一点燃。

与此同时，何颂把客厅里的灯关掉了。

窗外夜幕笼罩，房间里光线昏暗。

只有摇曳的烛光，点亮了一方天地。

“来来来，”彭星月把王冠轻轻地放到白伊的脑袋上，而后将白伊拉到正对蛋糕的位置，笑道，“——许愿！”

白伊双手合十，旋即十指交叉扣紧。

她微低了点头，闭上眼睛，很虔诚地许愿说：“希望明年能看一场五月天的演唱会。”

周雾寻微侧头，眼睑低垂，安静地瞅着他旁边合眼许愿的女生。

微弱摇曳的暖色柔光中，她浓密卷翘的长睫轻轻颤动，白里透红的肌肤如同光滑无瑕的羊脂玉。

可人而恬静。

白伊浑然不觉他此时在注视着她，还在话语温软认真地许着愿望：“希望明年我们全都金榜题名，考上各自心仪的大学。”

希望，周雾寻健康，平安，快乐，幸福。

把第三个愿望在心里默许完后，白伊就睁开了眸子。

她弯腰，一口吹灭了蜡烛。

房间里霎时昏暗无比。

白伊刚想说可以开灯了，忽而，前面那道空荡荡的电视墙上突然出现了画面。

周雾寻把早就准备就绪的投影设备打开，然后走回来，对他们说：“切块蛋糕端过去边看边吃吧。”

白伊还盯着投影到墙上的画面看。

须臾，她吃惊道：“《泰坦尼克号》吗？”

彭星月把切好的蛋糕端给她：“对呀，知道你最爱这部电影，所以我们就找来了投影设备，陪你一起看一下。”

白伊感动又开心，立刻摘掉头上戴的王冠，拉着彭星月坐到了长沙发里。

周雾寻家里的沙发很大，坐他们四个人绰绰有余。

白伊只顾着看电影了，在落座的时候没想那么多，跟彭星月选的靠中间的位置。

后来何颂默不作声地坐到了彭星月另一侧，周雾寻就在白伊这边坐了下来。

电影开头的音乐一响，白伊的眼睛就不由自主地泛起热。

三个多小时的电影，白伊哭了好几次。

最尴尬的是，她在哭得最厉害的时候想拿纸巾擦擦眼泪，结果非但没找到抽纸，反而在扭头时猝不及防地和坐在她旁边的周雾寻视线相撞了。

白伊泪眼蒙眬地怔望了他一瞬。

也是在这一刻，她眸子里的泪凝结成滴，顺着眼角滚落下来。

随即，白伊就慌乱地抬手抹眼泪，同时略狼狈地偏开了头。

周雾寻愣了愣。

而后，他什么都没说，起身去给她拿纸巾。

周雾寻把抽纸递到白伊面前时，她正在心里懊恼自己刚刚哭的样子肯定很丑。

白伊没敢抬眼，只耷拉着脑袋快速伸手抽出一张纸，对他很小声地说了句谢谢。

轻软的嗓音里还带着些许鼻音。

周雾寻把抽纸放到她面前，重新在她身侧坐下来。

他俩并没有挨上，中间至少有一个拳头的距离。

但白伊在感受到旁边塌陷下去的一瞬间，心就莫名提到了半空。

她甚至都不敢自由地呼吸，只能很小心翼翼地放轻气息。

三个多小时的电影看完，已经是晚上十点多。

彭星月嚷嚷着饿，她在桌上翻了翻零食，问他们：“真的好饿，你们吃泡面吗？”

白伊点点头，回她：“吃，不要辣的。”

彭星月对白伊招手：“有好几种不辣的口味呢，——你过来自己选。”

然后，她又问何颂和周雾寻：“你们俩吃不吃啊？”

“吃啊！”何颂说，“当然吃了！”

周雾寻开口道：“我先去烧水，你们给我留桶辣的。”

彭星月和何颂正在争同一桶方便面，无暇顾及周雾寻说了什么。

只有白伊把他的话听了进去。

她乖乖点头，应：“好。”

随后，她拿起一桶酸辣味的面来，问他：“酸辣的可以吗？”

周雾寻嘴角轻翘，回了句：“要得。”

他说完就进了厨房。

白伊稍愣，随后才反应过来，他好像无意识地说了方言。

临近深夜，四个人围绕着餐桌吃起了泡面。

而且还很有情调地放了彭星月送给白伊的那张专辑。

白伊直接把歌切到专辑列表里的最后一首——《笑忘歌》。

前奏过后，阿信富有感染力的嗓音就在客厅里响起：“屋顶的天空是我们的，放学后的夕阳也是我们的……”

彭星月主动提起刚刚看的电影，问白伊：“一一，你最喜欢哪句台词呀？”

白伊把嘴里的面咽下去才开口说话：“我喜欢露丝说自己名字时告诉别人她叫道森·露丝。”

其实道森是男主的姓氏。

彭星月的脚在桌子底下跺了跺，兴奋道：“我也喜欢这里！以我之名冠你之姓！”

“对！”白伊双眸灵动地闪着细碎的光，继续说，“还有露丝上船时说的那段话——表面上，我是文雅知礼的大家闺秀，内心里却呐喊着要挣脱束缚。”

白伊喜欢露丝。

她钦佩露丝在那个年代能有那么大的勇气，为了获得自由而去跟命运抗争。

“那如果你也跟露丝一样，有两个选择，一个是穷画家杰克，一个是富豪未婚夫，你也会选择杰克吗？”彭星月好奇地随口问。

白伊毫不犹豫道：“会呀。”

“可是他什么都没有欸，穷得叮当响，四处流浪，连可以安身的家都没有。”彭星月说。

白伊很认真地回答：“这个问题无非就是要爱情还是要面包吧？面包我自己会挣，不需要别人给我，所以我要爱情。”

周雾寻听闻，略意外地掀起眼皮瞅了眼白伊。

她总是会在不经意间说出让他惊讶的话。

每当这个时候，他都感觉她成熟理智到完全不像这个年纪的女孩子。

明明看起来只是个温顺听话的乖乖女。

正吸溜面条的彭星月听到白伊的回答，默默地竖了个大拇指。

随后，彭星月又心血来潮似的，问周雾寻和何颂："我好想知道你们男生会怎么抉择。"

"什么怎么抉择？"何颂略微茫然。

彭星月说："就是如果你很爱很爱一个女孩子，但是你很穷，根本给不了她富足无忧的生活，你会跟她在一起吗？"

何颂嘿嘿笑，特别笃定地说："我肯定要跟她在一起啊，因为我不可能是穷鬼！"

彭星月气得拍了他脑袋一下，凶巴巴道："假设！假设！听不懂吗你个傻子！

"算了，你智商有限，我懒得跟你掰扯。"

彭星月扭头看向周雾寻，问："哥，你呢？"

周雾寻若有所思了片刻，嗓音懒倦地回："不会。"

"就算她完全不介意跟着你吃生活的苦，你也不跟她在一起吗？"彭星月追问。

"嗯。"周雾寻从喉咙里发出一个单音节。

白伊不由自主地扭头看向他。

周雾寻若有察觉，忽而抬眼。

两个人的目光登时交织缠绕住。

外放的歌曲还在房间里回荡着：

"青春是人生的实验课，错也错得很值得……那一年天空很高风很清澈，从头到脚趾都快乐……"

白伊像是没反应过来，大脑空白地愣了片刻。

而后，她才想起来要躲开视线，瞬间低下了头。

白伊佯装自然地用塑料叉子挑起面来往嘴里送。

结果因为面太烫，猝不及防烫到了舌头。

她难受地倒吸一口凉气，秀眉轻蹙，眉心间那颗很淡很小的美人痣却因此仿佛更美艳动人了。

周雾寻似乎只是随手而已，直接打开两罐旺仔和两罐可乐。

他把两罐可乐分别推给彭星月和何颂，又往白伊的手边放了罐旺仔。

另一罐，是他留给自己的。

白伊正需要喝点什么缓解舌头上的疼痛。

她立刻捧起他递给她的旺仔喝了两口。

几个人边吃边聊，时间不知不觉就过了十二点。

白伊惊觉已经凌晨时，瞬间慌乱地起身要走。

彭星月让她把礼物带上，白伊手里拿着两张专辑，有点为难地看着滑板，郁闷地轻声说：“滑板我不能拿家里去。”

一旦拿回去，肯定保不住。

母亲很可能再次把滑板送人，或者直接扔掉。

这是周雾寻送她的。

她一定要保护好这个滑板，说什么都不能让母亲知道滑板的存在。

“那就放我家吧，”周雾寻对她说，“你想玩的时候过来拿。”

白伊微咬住唇看向他，旋即又很快别开目光。

她垂下眼帘，点了点头，回道：“好，谢谢。”

“走吧。”周雾寻说着，一把拿起滑板。

正要往外走的白伊看着他抱着滑板率先往前走去，茫然不解地提醒：“周雾寻，不用带滑板……”

他回过头来，冲她淡笑了下，说：“你回去的路上玩玩，一会儿我再带回来。”

白伊怔望着他，心跳忽而失控。

心脏里的悸动剧烈到几乎要让她呼吸不畅。

因为已经是深夜，路上根本没有过往的行人，只有机动车道上偶尔会驶过一两辆车。

何颂骑车载着彭星月在最前面。

白伊踩着滑板，在几乎没有其他行人的马路上前行。

周雾寻骑着自行车，始终守在她外侧的后方，跟着她。

夏夜晚风清爽，温柔地拂过心头。

白伊开心地笑着，嘴角扬起来的弧度在她踩上滑板的那一刻就没落下来过。

每当她侧身站在滑板上时，周雾寻都能看到她脸上明朗的笑意，和眼中细碎的光芒。

她那双漂亮的眸子清澈干净，好似此时璀璨晴朗的星空。

因为今天穿了裙子，白伊只能单调地踩着滑板往前滑，根本没办法出招，但她依然高兴到了极点。

心情很好的她甚至暂时忘记了周雾寻还在她身后侧骑车跟着，她轻轻哼唱起今晚在周雾寻家里听的五月天的歌来。

“伤心的都忘记了，只记得这首笑忘歌，那一年天空很高风很清澈，从头到脚趾都快乐。”

然而，这份快乐在她到家后就暂时地钻进了她心底深处，被她藏得严严实实。

白伊到家的时候，伊君婉刚回家没几分钟。

她发现女儿还没回家，正要给白伊打电话，开门声就响了。

随即，白伊的身影出现在了玄关。

伊君婉连做了几台手术，身心俱疲，回到家又因为女儿没回家而胆战心惊。

她一时间没控制住脾气，严厉地质问白伊：“不是说好零点之前会回来吗？你看看现在都几点了？”

白伊咬了咬嘴唇，小声道歉解释：“对不起妈妈，让你担心了，我跟星月玩得太开心忘记时间了……”

“她也就只会带着你玩，再这么跟她厮混疯玩下去，你迟早把前途玩完！”伊君婉的话像一根根刺扎进白伊心里。

白伊攥紧手指，指甲死死地抠进掌心的皮肉里。

“你说我就说我，干吗要扯上星月？成绩入不了你的眼你就这么瞧不起人吗？”白伊勉强控制着情绪冷静地反驳。

伊君婉正在气头上，白伊偏偏还要跟她争执，伊君婉愠怒道：“怎么，我说她不行吗？你不是被她带出去疯玩了一晚上吗？都零点了还不回家，有几个女孩子像你这样？”

“她是我最好的朋友，你说我最好的朋友就是不行！”白伊扯着嗓子喊出来，她眼睛通红地盯着伊君婉，神色倔强，一字一句地告诉母亲，“是我拉着她陪我疯玩的，也是我拽着她玩到这么晚都不回家的，不是她带我厮混，是我在带她厮混。”

“白伊！”伊君婉的额角突突地跳动。

她没想到平日里乖顺听话的女儿会再一次跟她顶嘴。

上一次她们母女俩吵架，还是因为她擅自把女儿最爱的滑板送了人。

白伊没有住嘴，继续道：“为什么你说话要这么难听？不仅质问我，还否认我的朋友，好像我们在一起做了什么伤天害理不可饶恕的错事一样。

“不过就是我过生日，跟朋友玩得太开心所以忘了时间，我都跟你解释原因了。”

说到这里，白伊喉咙不受控地哽了下，她强忍着不让自己哭，艰难地挤出最后几个字：“我就想高高兴兴地过个生日！”

说完，白伊就浑身绷紧地回了房间。

对她来说，母亲否认她的朋友，就是在否认她。

进了卧室后，白伊直接将门反锁。

她靠在门板上，抬手捂住脸，压抑的低泣声在黑暗中闷闷响起。

过了一会儿，包里的手机振动了下。

白伊吸了吸鼻子，用潮湿的手拉开包包拉链，从里面掏出手机来。

ZWX：“我们都各自到家了。”

ZWX：“想玩滑板就跟我讲，我拿给你。”

白伊盯着他发过来的消息，忽而无比委屈。

她不受控制地抽噎了下，眼泪霎时啪嗒啪嗒地砸下来，滴在了手机上。

白伊用指腹揩去落在手机屏幕上的泪珠，而后回了他的消息。

YiYi：“好。”

2011年7月21号。

第一次坐在他的自行车后座，还抓了他衣服的一角。

好开心好开心。

今天傍晚的风好温柔，夕阳很美，晚霞特别灿烂，就连悄悄出现的弯月都那么皎洁。

但这所有的一切，都不及我眼前的他。

他说——白伊，生日快乐。

我听到了。

第三次跟他一起看电影。

没有座位号，我和他相挨。

他送了我滑板。

我最爱的他，送了我最爱的滑板。

这晚夜空很美风很清澈，我从头到脚趾都很快乐。

02.

第二天早上。

白伊在生物钟的作用下准时醒了过来。

她洗漱完后下楼，伊君婉已经把早饭准备好了，正在往餐桌上端。

见到白伊来到了客厅，伊君婉表情有点不自然，一副欲言又止的样子。

伊君婉垂下眼，用手推了下盛菜的盘子。

白伊只喊了声“妈”，再没说别的。

白伊坐下来，安安静静地捧着碗慢慢地喝豆浆。

伊君婉在她对面落座。

须臾，伊君婉还是开了口。

她嗓音温柔地轻言慢语道：“一一，你还在生妈妈的气吗？”

白伊的眼帘颤了颤，没有说话。

她不知道该回答什么。

“对不起宝贝，昨晚是妈妈说得不对，妈妈当时太着急了，回来后发现你不在家，时间又那么晚了，担心你会出事，但是话说出来就变成了口不择言的指责，妈妈不是故意的，别怪妈妈了好吗？”伊君婉语气诚恳地跟白伊道歉。

白伊轻咬住嘴唇。

她低垂着头，沉默了几秒钟后，话语认真地轻喃：“我也有不对的地方，不该答应了你早点回来却玩到那么晚，让你担心。妈，对不起。”

父母工作忙，白伊理解他们有时累极了情绪不好，她也明白自己回家晚爸妈会担心。

白伊必须得承认，昨晚她没按照约定的时间回家，这点是她做得不好。

但母亲不听她解释就质问她，甚至连带着她的朋友都要指责，就是母亲的不对。

可既然母亲率先给她道了歉，她也该对母亲认个错。

理解是相互的。

白伊努力试着理解父母，同时也希望他们能够理解并尊重她。

母女俩互相道完歉后，望着对方忍不住笑了下。

气氛陡然轻松了不少。

白伊也暗暗舒了口气。

须臾，她问：“妈，我爸呢？不吃早饭吗？”

伊君婉无奈道：“你爸今天黎明才从医院回来，这会儿还在睡，等他醒了再说吧。”

因为周雾寻送了她滑板，白伊多了一个能跟周雾寻扯上交集的借口。

只要她说想玩滑板，就能跟他见一面，甚至可能会和他一起玩滑板。

但白伊并没有主动找周雾寻要过滑板。

她承认，她暗恋他。

但也仅此而已。

她心里清楚他只把她当作朋友，也明白只有和他做朋友，他们的关系才能长久。

能跟他维系这样一份友情，白伊就很满足了。

所以她努力在他面前保持作为朋友的体面，小心翼翼地遮掩自己喜欢他的蛛丝马迹。

也因此，白伊才没有主动找他要滑板。

她在尽可能地避免他们单独相处。

她心底深处当然期待能多看他一眼，同时却又格外胆怯去见他。

她怕自己表现得不自然被他发现端倪，怕自己在他面前变得笨拙，怕自己当着他的面出丑。

从喜欢上他的那一刻开始，她就总这样矛盾。

一边渴望靠近他，一边害怕接近他。

直到 8 月 6 号那天。

白伊睡醒午觉后，摸过手机看到有 QQ 消息。

是许久没聊天的贺辞发来的。

加贝舌辛：“出来玩滑板吗？”

白伊好笑，回他：“不啦，你玩。”

贺辞秒回她：“一个人好无聊。”

然后，他又发过来：“现在是暑假，你总不会没时间吧？”

就在这时，又有其他人给白伊发了消息。

白伊以为是星月想约她出去玩。

结果退出和贺辞的聊天界面后才发现，不是彭星月，而是周雾寻。

她盯着他发给她的消息，表情微怔。

ZWX：“出来玩滑板吗？”

明明这么多天都忍过来了，她有好几次特别想玩滑板，都因为不跟他单独见面这个原因，硬生生地止住了要找他的念头。

可是，现在，此时此刻。

白伊看着他发过来的这句话，忽而发觉自己根本无法拒绝。

她的手指像丢失了大脑的指令似的，不受控制地摁着键盘回复了他。

等白伊回过神来时，她的回复已经发送过去了。

她说："好。"

周雾寻很快就回她："那津海公园滑板场见。"

白伊又讷讷地发了个："好。"

结束了和周雾寻的聊天后，白伊捧着手机发了一会儿呆。

她在心里一遍遍地安慰自己——贺辞也在，不算和他单独相处。

等白伊再返回和贺辞的聊天界面时，贺辞又发了好几条消息。

加贝舌辛："来不来？"

加贝舌辛："白伊？"

加贝舌辛："不来算了。"

白伊看着贺辞这字里行间别扭的语气，忍不住轻笑了下。

她逗他："你叫姐姐，我就去。"

贺辞立刻回了她一句："不可能。"

白伊撇了下嘴，心想这孩子还挺倔，硬气得很。

结果下一秒，贺辞又发来了新消息。

加贝舌辛："姐姐。"

白伊咬住下唇忍笑，得寸进尺起来："弟弟乖，等我到了也要这么喊我知道吗？"

贺辞说："你别来了。"

白伊被他逗乐："我偏要去，还想听你亲口叫我姐姐呢！"

贺辞这次直接不理她了。

白伊也没在意。

她换上一条略微宽松的黑色运动裤和白色短袖，蹬上运动鞋就坐公交车去了津海公园的滑板场。

白伊到的时候，周雾寻已经在场边的长凳上坐着等她了。

少年穿着白T恤黑裤，脚踩着黑色的帆布鞋。

他俩的衣服都是上白下黑，就连款式都差不多。

乍一看很像情侣装。

在看到他的一瞬间，白伊的脚步不由自主地顿了顿。

她无意识地抿了抿嘴巴，暗自深呼吸过后，才继续朝他走去。

“周雾寻。”白伊佯装自然地喊了他一声。

正低头摁手机的男生抬起头来，而后嘴角浮出一丝笑意。

“嗨。”他很自然地打了个招呼，随后就伸出手腕处戴着红绳的左手，指了指他身侧的位置。

那里放着两个滑板。

一个白色的，是他送她的。

另一个是黑色的，上面有个金色的字母“X”，是他自己的。

白伊把白色的滑板抱起来，又放到地上。

她刚单脚踩上去，有个人就飞快地滑着滑板冲了过来。

旋即，来人停在了她身后。

贺辞语气嫌弃地说：“你怎么这么慢。”

白伊扭头，这才发现贺辞已经比她高了半个头。

他正垂眸盯着她看。

白伊惊讶地笑说：“你长得好快啊。”

贺辞似乎有点无语：“拜托，你都快一年没见我了好吗！”

白伊眉眼弯弯道：“那你长得也挺快的啊。”

她好奇地问：“有一米七了吧？”

贺辞“嗯”了声。

刚好一米七。

十一岁，一米七。

这孩子的身高怕是要往一米九冲。

白伊不由得在心里默默惊叹了番。

随后，她又想起自己才勉强挤进一米六的行列。

她无意识地叹了口气。

周雾寻还坐在长凳上，一直没说话。

给母亲回完短信后，他就把手机收了起来。

他双手向后撑着，上半身微微后仰，瞅着白伊和贺辞看。

贺辞正在说白伊：“你怎么这么慢。”

周雾寻的目光最终落到了白伊身上。

她笑着问贺辞：“你来多久啦？”

贺辞绷着脸偏开头望向别处，酷酷道：“两个小时。”

两个小时前是午后太阳最烈的时候。

“不怕热啊你？”她轻蹙眉失笑问。

贺辞的语气依旧酷酷的：“没感觉。”

话题好像就这么终结了。

白伊一时间不知道再说点什么。

她强撑着镇定，用跟贺辞聊天来掩饰自己的不自然，努力让自己不去在意旁边的周雾寻。

可是，心脏跳动得却越来越快了。

而且她怎么感觉，他在看她……

白伊浑身不自在地紧绷住，却又不敢扭头去证实他到底有没有在看她。

就在这时，滑板场外有人喊贺辞：“贺辞！儿子，回家了！”

贺辞望了望父母在的方向，有点不情愿地应了声：“哦。”

在抱起滑板走之前，贺辞用手指戳了戳白伊的胳膊：“你过来。”

他言简意赅地说完，就率先提步往旁边走去。

白伊茫然地眨了眨眼，随后不解地抬脚跟着贺辞去了滑板场的出入口一侧。

头顶的太阳依旧很大很烈。

阳光暴晒下来，连空气都是热的。

白伊在贺辞面前停下，正好迎着太阳，所以在抬头看贺辞的时候，她的眼睛只能半眯起来。

为了遮挡阳光，白伊把手护在了头顶。

她这才舒展开眉心，嘴角盈着浅笑问：“怎么了？”

不知道是不是被晒的，贺辞的脸色隐约泛起薄红。

他低着头，却没有看她。

而后，贺辞声音很低语速极快地说了两个字。

“姐姐。”他喊完她，话音都还没落地，人就转身跑出了滑板场。

白伊站在原地，隔着铁网愣愣地看着那道落荒而逃的身影，反应迟钝了几秒。

旋即，她的眉梢眼角都染尽了笑意。

坐在长凳上的周雾寻正偏头望向这边。

不知道贺辞临走前对她说了句什么，惹得她脸上霎时绽开了灿烂明朗的笑容。

阳光突然很刺眼。

周雾寻起身，迈着步子朝白伊走去。

白伊正在心里想贺辞这小孩傲娇又可爱的时候，周雾寻的声音忽而从她身侧传来。

“在笑什么？”他像随口漫不经心地一问。

白伊登时全身僵了一瞬。

她还没说话，周雾寻又嗓音懒倦地问：“那小孩跟你说什么了？”

白伊想到贺辞那傲娇别扭的性子，感觉他应该不会想让别人知道他喊了她一声姐姐，于是摇摇头，嘴角噙笑道：“没什么。”

周雾寻几不可见地抿了下薄唇。

“你是因为答应了他，才决定过来的吗？”他低声问。

周雾寻只是凭借本能把话问了出来。

他并没有察觉有哪里不对，甚至根本没捕捉到心底那点闷意。

白伊转过身正对他。

她仰起头，目光和他的相撞。

白伊倏地呼吸一滞。

“不是。”白伊听到自己声音发紧像在往外挤字，不由自主地吞咽了下，然后才喉咙干涩地继续轻声说，“在跟你说好来这里后，我才告诉他我会过来。”

她的回答像乍起的轻风，霎时将他胸腔里腾升弥漫的浓雾给吹散。

周雾寻的唇边漾开一抹弧度。

“晓得了。”他话语里隐约带笑，声音清朗地说，“走吧，玩滑板去。”

“嗯。”白伊僵硬地点了点头。

接下来的两三个小时，白伊和周雾寻都在滑板场消磨。

好在这次白伊没有摔倒，也没在他面前出任何丑。

直到傍晚，天气突变。

本来晴朗的天空瞬间阴沉无比，仿佛下一秒就会进入黑夜。

太阳被遮住，大片大片的乌云压顶，甚至不断有闪电亮起，闷雷渐渐由远及近地轰隆隆而来。

周雾寻收起滑板，对白伊说：“估计要下雨，回吧。”

“好。”白伊踩住滑板一端，在滑板立起来的那一刻用手抓住了板子。

两个人刚出了滑板场，正往公园外快步走，豆大的雨点就噼里啪啦地砸了下来。

夏季的天气永远这么不讲道理。

天说变就变，雷阵雨说来就来。

因为这场雨来势汹汹，白伊和周雾寻只好就近去了对面的津海商场躲雨。

来到商场出入口的一侧后，周雾寻把滑板放到白伊的脚边，对她说：“我去买点东西。”

白伊听闻扭头对他点了点头，声音温软地应：“好。”

周雾寻走开后，白伊一边抬手抹脸上的雨渍，一边隔着落地窗望着外面汹涌猛烈的大雨。

因为雨势太大，落地窗上的雨像是从上方浇下来的水，雨帘如瀑。

白伊定定地盯着眼前雨雾朦胧的街景，脑子里浮现的却都是刚刚她和周雾寻玩滑板的场景。

他出招比她利落多了，又酷又炫。

而且大概因为他几乎每天都玩滑板，每个动作都那么信手拈来，堪称完美。

白伊正在脑子里反复播放着他玩滑板时帅气的身姿，周雾寻已经买完东西回来了。

“白伊。”他唤她。

白伊登时被迫回过神来。

在扭头看向他时，她的目光里还夹杂着些许慌乱。

周雾寻把一包纸巾递给她。

他伸出来的是左手，线条分明的腕骨处点缀着一抹红——是他长期戴在手腕上的红绳。

虽然用手抹了下雨渍，但脸上和手上依旧潮湿，甚至连脖子也湿湿的。

白伊立刻接过来，对他说了句谢谢。

周雾寻手中还拿着一份关东煮。

等白伊擦完脸和脖子，又用纸巾蹭干双手，他就把关东煮递了过来。

白伊很是受宠若惊地抬眼望向他。

周雾寻以为她误认为这里面加了辣椒，会错意的他淡笑说："没有放辣椒。"

白伊胸腔里的心跳失控地"扑通扑通"震着耳膜。

她讷讷地接过来："谢谢。"

就在这时，从周雾寻买东西时就默默跟着他的小女孩鼓起勇气来到了他面前。

小女孩被雨淋了半湿，手臂上挎着个花篮，里面放着一些没卖完的玫瑰花。

"哥哥，"小孩子稚嫩的声音中含着一丝怯意，"哥哥给姐姐买几枝花吧。"

白伊见状，还没反应过来，周雾寻就已经从兜里掏出钱夹蹲了下来。

他几乎和小孩子平视，平日里漫不经心的神色变得认真而柔和。

周雾寻垂眼看了看小孩篮子里的花，问："还有多少？"

小姑娘把花一枝一枝地往外拿，边拿边数，最后对周雾寻说："十一枝。"然后就很期待地快速问，"一枝十块，哥哥要几枝？"

小女孩手里的花大多是粉玫瑰和红玫瑰，只有一枝是白玫瑰。

周雾寻盯着那唯一的白玫瑰，嘴角轻扬道："哥哥都要。"

说着，他打开钱夹，在里面拿出一百块钱，又捏了张十块的出来。

周雾寻把钱递给小女孩，同时从孩子手中接过花。

随即，他嗓音柔和道："等雨停了就赶紧回家吧。"

“嗯！”小姑娘点点头，乖乖答应，然后就特别感激地对他道谢，“谢谢哥哥！”

说完，她又声音清甜地补充：“祝哥哥和姐姐七夕快乐！”显然是误会了什么。

白伊蓦地愣住。

她的脸一瞬间像是被点燃了似的，变得滚烫。

白伊很想跟小姑娘解释一下，但她发不出任何声音，甚至张不开嘴，嘴巴仿佛被封印住了。

周雾寻似乎也没料到小女孩会说这么一句话。

他都没来得及解释什么，小女孩就开心地蹦跳着跑走了。

周雾寻抬手摸了摸发烫的耳朵，又清了清嗓子，却突然不知道该开口对白伊说什么。

连他自己都不知道，他的耳根已然通红。

外面的雷阵雨已经变小不少，估计再过几分钟就能等到雨停。

周雾寻没说话，白伊也不吭声。

她只顾低头一口接一口地吃关东煮，好像这样就能掩饰住她的羞窘。

沉默了几秒钟后，周雾寻偏头看向落地窗外，这才忽而佯装自然地出声说：“雨快停了。”

白伊随之抬头望过去。

看着渐小的雨势，白伊略微失了神。

她突然很希望这场雨永远都不要停。

这样，她就能一直在他身边。

但是，雨总会停的。

就像人总要面对分别。

“嗯。”她轻应了声。

把关东煮吃完后，白伊刚想去扔垃圾，周雾寻就从她手中拿走了纸杯，同时把握在手中的玫瑰花递给了她。

“我去扔，你拿着花。”他说。

白伊以为他只是让她暂时帮他拿会儿玫瑰花，于是很自然地接了过来，并对他说：“谢谢。”

然而，等周雾寻折身回来后，白伊把花还给他，他却没接。

周雾寻嘴角噙笑地散漫道：“我一男生要这个干吗，你拿着吧。”

白伊恍惚了一瞬，呼吸也滞住。

她低头看着手里的玫瑰花，清晰地感知心脏近乎疯狂地剧烈跳动着。

有几秒钟，心跳声甚至大到吵得她根本听不清周围其他任何声音，耳边只剩下了自己左胸腔里那一声声——

怦、怦、怦。

后来，雨停。

白伊把滑板交给周雾寻。

两个人从商场里出来，要兵分两路各自回家。

周雾寻踩着他的滑板，手里拿着她的滑板。

他停在路边，亲眼看着白伊上了公交车，然后才滑着滑板离开。

而白伊，一路都小心护着手中的玫瑰花。

在公交车上的时候，她甚至还悄悄凑近了花，小心翼翼地嗅了嗅。

一瞬间，沁香的花瓣轻蹭过她小巧高挺的鼻尖。

好香。

因为他送的这十一枝花，她止不住地心神荡漾，仿佛灵魂都轻飘飘地飞舞了起来。

尽管她心里清楚，他并不是因为喜欢她才把花送给她。

2011 年 8 月 6 号。

烈日骄阳和夏季雷雨。

纸巾和关东煮。

玫瑰花和滑板。

我和他。

今天的所有所有，都特别美好。

如果这场雨能停得晚一些，就更好了。

祝我和你，七夕快乐。

03.

高三年级在八月最后一周的周一开学。

比高一高二早几天返校。

早上，白伊准时出门乘坐公交车去学校。

然而，在踏上公交车后，白伊脚步倏地顿了下。

她意外地盯着坐在彭星月外侧的周雾寻，有一瞬的茫然。

几乎在同时，彭星月和周雾寻也看到了上车的白伊。

彭星月立刻和往常一样，对白伊笑着挥挥手，喊她："一一，过来！"

白伊不动声色地咬了咬唇。

她抬脚，慢慢地朝他们走去。

每一步都仿佛踩在了心跳上。

虽然公交车上并没有人满为患，但也没有多余的空位了。

白伊刚停到他们座位旁边，周雾寻就站了起来。

"你过去坐。"他语调疏懒道。

白伊似乎没反应过来，人还杵在原地。

"一一坐呀！这个座位就是我让我哥给你占的。"彭星月说着，伸手一把拉过白伊，把她给拽着坐到了座位上。

"哦……谢谢。"白伊讷讷地认真道。

她把书包摘下来抱在怀里，而后又看向站在她们座位旁的男生。

他长得高，轻轻松松地单手抓着栏杆，姿态随性而散漫。

因为左手抓杆的动作，他手腕上的红绳分外显眼。

白伊仰脸望了他一眼，心里还在惊讶能在公交车上遇见他。

她还以为他会骑自行车去学校。

就在她要偏头别开视线的这一刻，周雾寻忽而垂头，目光随意地扫了过来。

两个人猝不及防地对视上。

白伊的呼吸蓦地滞住。

她强忍住要躲开他目光的冲动。

胸腔里的心脏“怦怦怦”地跳，白伊努力让自己看起来自然些，甚至佯装镇定地轻声问了他一句：“要我帮你拿书包吗？”

这句话问出口，白伊顿觉自己太头脑发热，止不住懊恼起来。

不知道是羞赧还是怕他拒绝她的好意，白伊微红了脸，忐忑地抠着手指。

谁知，周雾寻居然欣然同意：“好啊。”

他说着，已经把书包从肩膀上摘下来，递给了她。

白伊只能乖乖地接过来，抱在怀里。

接下来的路，她始终垂着双眸，目光怔怔的，好似在发呆，手指一直无意识地拨弄着他书包上的拉链锁扣。

周雾寻望着车窗外倒退的街景放空大脑，偶尔低头，就看到她纤细葱白的手指正一下下地勾着他书包的拉链玩。

他的目光从她的手指挪到她身上。

身板娇小的她穿上校服扎起高马尾，看起来格外温顺安静，俨然是老师和家长眼里最听话的乖乖生。

忽而，他的脑子里毫无预兆地冒出她在电影院面不改色撒谎的画面来。

周雾寻的嘴角无意识地轻扬了下。

下了公交车后，三个人结伴走进学校。

在往教学楼走的时候，彭星月突然轻叹了口气，说：“今天肯定要换教室，估计要累死。”

彭星月之所以这样说，是因为沈城一中每年都把高三年级单独安排在教学楼的东楼，高一和高二合用西楼。

今年当然也不例外。

所以之前教室在西楼的他们，今天到学校后的第一件大事就是搬书换教室。

迎来新学期。

他们成了高三生。

教室搬到了东楼。

教室里安装了多媒体。

除此之外，还有——

吴文彬转学了。

“听班长说是转去了八中。”

正值大课间，何颂一边收拾桌子上的书，一边说：“八中的升学率虽然比不上一中，但对他这种尖子生没什么影响，不出意外他肯定能考个国内前几名的大学。”

说完，何颂又抱怨：“老班这是怎么排的座位啊？”

刚刚成为他新同桌的彭星月听闻，登时不乐意了，语气不满道：“不想和我做同桌就跟老班说去啊！”

“不是，我没说你。”何颂急忙解释，“我的意思是，老班怎么把寻哥安排在我前面了，寻哥这么高，这不是挡我视线嘛！”

彭星月听闻笑起来，安慰何颂：“一一都还没说什么呢！”

白伊这会儿正浑身紧绷地僵坐在座位上，整个人神思混沌又恍惚。

她……竟然跟周雾寻同桌……

这是白伊万万没料到的情况。

毕竟之前班主任都是按照身高排座位。

再怎么排，她都在前三排，而他只能在后两排转悠。

谁知这次班主任打破了按照身高排座位的习惯。

还偏偏把他俩安排在一起了。

“一一？一一？”彭星月喊了白伊好几声，白伊都没反应。

不得已，彭星月伸手拍了白伊的肩膀一下。

白伊被强行扯回神，失焦的眼睛也渐渐有了焦距。

她扭头看向彭星月，目光茫然地问：“星月？”

彭星月笑她：“你不会是在郁闷吧？”

白伊更加不解：“啊？”

“欸？”彭星月也有点蒙了，“你不是在郁闷坐在这儿会被前面的同学挡视线吗？那你这么出神是在想什么啊？”

白伊目光闪烁了下，随即含糊地顺着彭星月的话说：“就在想这个。”

“不过应该也没太大问题。”白伊若有所思道。

到时候稍微偏个头，或者坐直身子抻长脖子看一眼就能看到了。

就在这时，姜岸从后门进来，喊道：“白伊！老班叫你去他办公室一趟！”

白伊向后扭头应了声：“好，知道了。”

说完，她就从座位上起身，转身沿着过道朝后门走去。

到了化学办公室门外，白伊轻轻叩了叩门，然后推开，嗓音温软地喊人：“老师。”

章骛恂也在杨其进的办公室，不知道在跟杨其进讨论什么。

杨其进柔声对白伊说：“白伊，进来。”

白伊刚走到杨其进的办公桌旁，杨其进就开口对她说：“你写字好看，文采也好，咱们班的板报交给你吧。

“主题就围绕青春、拼搏、奋斗和高考这几个点，板报上留出一块地方写高考倒计时。”

白伊稍愣，而后问：“老师，就我自己吗？我能找人一起办吗？”

杨其进笑说：“当然能。”

白伊点点头，答应：“好。”

“尽可能这周就弄完吧，别拖太久。”杨其进补充。

“好的。”白伊回道。

“哎，对了。”杨其进忽然又想起什么事来，问白伊，“你有适合当班歌的歌曲推荐吗？我跟班长找了几首，都觉得不那么合适，不是气势不足，就是歌词不好。”

原来班长是在跟班主任商定班歌定哪首歌。

突然被班主任这样问，白伊脑袋里也是一片空白。

她平常听得最多的就是五月天的歌。

虽然大多也很青春，但很多都不适合当作班歌集体唱。

忽而，白伊脑子里蹦出一个旋律来。

她的双眸亮了亮，对杨其进说：“五月天的《倔强》。”

章骛恂接话道：“这首歌确实适合，比刚才那几首都好。”

他说："老师您听听，看看行不行。"

杨其进打开电脑上的音乐软件，搜出这首歌来播放。

须臾，杨其进点头应允："行，那就这首歌当班歌吧。章鹜恂，今天午自习结束后就组织同学们跟着多媒体唱这首班歌。"

章鹜恂应下来："嗯，好。"

"好了，没其他事了，你俩回去吧。"

白伊和章鹜恂一前一后地从化学办公室出来，往教室的方向走去。

"白伊，"章鹜恂主动搭话，问她，"你需要几个人帮你办板报？"

说话间，他已经迈步来到了她的身侧。

白伊认真地想了下，回道："我自己可以写，最好再来一个写字好看的，然后再有两个画画好的，一周之内应该可以弄完。"

"我可以画，"章鹜恂寡淡的声音里隐约露出忐忑，"能加入吗？"

白伊没想到一心学习的班长还有画画这个隐藏技能，也没想到章鹜恂会主动提出来要跟她一起办板报。

去年运动会那天，因为星月的猜测，白伊也觉得班长似乎对她有意思，所以有意跟他划清界限，不让自己欠他人情。

但后来章鹜恂跟她并没有太多交集，甚至平常连话都没说几句。

白伊渐渐地觉得应该是自己和星月产生了错觉，把人家的好意想歪了。

毕竟人最容易产生的错觉之一就是——他喜欢我。

事实证明，大多时候觉得别人喜欢自己，都是自作多情而已。

白伊稍稍怔了下，旋即就笑开，欣然道："当然啊！"

正是急需帮手的时候，白伊巴不得多几个班长这样的好人来主动加入。

"但是，"白伊提醒章鹜恂，"办板报会牺牲课后时间，可能放学后也要留在教室，回家会比其他同学晚些，班长不怕耽误时间吗？"

章鹜恂低笑："没关系啊，不耽误的。"

白伊这才彻底松了口气，安心应允："好，那就谢谢班长啦！"

章鹜恂淡笑："不客气，都是为班级做事。"

其实不是。

他就是想帮她，想跟她做同一件事，想离她近些。

周雾寻从卫生间一出来，就看到他前面几米处，章鹜恂和白伊并排往前走着。

不知道聊了什么，白伊眉眼弯弯的，笑得格外开心。

他跟她认识差不多一年，在学校基本每天都一起吃中饭，关系总归比她和章鹜恂亲近，但也几乎没见她对他笑得这么欢喜灿烂过。

周雾寻不名情绪地哼笑了声。

到了教室后，白伊一眼就看向了黑板。

今天是她值日负责擦黑板。

白伊便没有回座位，而是直接去了讲台上。

她左手拿起黑板擦，在擦黑板的同时，抬起右手，用右手的手背遮住了口鼻。

上节课的数学老师写了满满一黑板的解题步骤，就连最上方的边边角角都没放过。

白伊够不到最上面，只能踮起脚，试图用黑板擦把最上方的粉笔字一点一点抹去，但还是很艰难。

周雾寻坐在座位上，神色冷淡地盯着讲台上努力擦黑板的那道娇小的身影，脑子里不断地回闪着他刚看到的场景。

她对着章鹜恂笑得那么明朗开心。

周雾寻的双眸暗了暗，嘴角也几不可见地下弯些许。

他硬生生地压住要起身去帮她的冲动，但他自己都不明白他在跟谁较劲。

强撑着坚持了几秒钟后，他还是败阵般瞬间起身，迈着大步走向了讲台。

正欲去帮白伊的章鹜恂刚要往前走，人就突然顿住。

因为周雾寻已经先他一步到了讲台上。

下一秒，差点儿从白伊左手脱落的黑板擦被一只修长的手摁住。

这只手的手腕处缀着一条红绳。

白伊倏然怔住，讷讷地仰起脸。

洒进教室的阳光明亮，空气中还飘浮着胡乱飞舞的粉笔末。

她的目光直直落到站在她旁边的周雾寻身上。

少年沐浴在温暖的阳光里，侧脸流畅，睫毛纤长。

干净得就像此时围住他的光晕，纤尘不染。

周雾寻直接从她手中拿过黑板擦，一声不吭地帮她擦起黑板来。

白伊浑身紧绷地僵在原地。

刚刚他……他的指尖碰到她的手了。

她垂落下去的左手轻轻地蜷曲了下，被他轻蹭到的地方还残留着温热的触感。

如星星之火，直接燎原般将她全身都点燃。

在周雾寻把黑板擦完转身要回座位时，白伊才堪堪回过神来。

她对他轻声道："谢谢。"

周雾寻淡淡地"嗯"了声，头也不回地走下了讲台。

白伊敏感地察觉到他心情似乎不太好，但她不知道缘由。

她只是再一次确定了，他对待朋友是真的真的很好。

好到如果不是她早就知道——他对她没兴趣只把她当朋友。

她都会误以为，他也许有那么一点喜欢她。

坐到座位上后，白伊想起板报的事，立刻扭过头，问彭星月："星月，你能跟我一起办板报吗？"

彭星月惊讶地问："办板报？"

"嗯，"白伊微微蹙眉无奈道，"班主任给我一周的时间让我办板报，让我自行安排人，我想找两个人负责画画，再找一个写字好看的同学跟我一起写。刚刚班长说他可以负责画，你不是画画也很好吗，要是你也来的话，就只差一个写字的同学了……其实我自己写也不是不行，就是会慢点……"

"班主任怎么净给你找活干啊？"彭星月虽然吐槽着，但还是很爽快地答应了白伊，"那算我一个吧，我可舍不得眼睁睁看着我们一一太辛苦。"

彭星月说这句话的时候，双手伸过来，捧着白伊的脸揉了揉。

白伊脸上绽开笑，感激道："谢谢啦星月！"

"咱俩还说什么谢啊！能帮你按时交差就行啦！"彭星月爽快地说。

周雾寻自回到座位后就没骨头似的趴到了课桌上，但他没睡着，甚至把白伊的话听得一清二楚。

所以，她刚刚跟章骜恂在聊板报的事？

周雾寻没意识到，他刚刚还笼着阴霾的心情，已经在渐渐明朗了。

“那另一个写字的，你打算找谁啊？”彭星月好奇地问。

白伊苦恼地拧了下眉心。

她摇摇脑袋，如实回答：“不知道……”

话音未落，她旁边就传来一声懒洋洋的轻唤：“白伊。”

听到周雾寻的声音，白伊的心尖一跳。

她的眼睫轻颤了几下，而后偏头看过去。

周雾寻依旧倦倦地趴在桌上。

他枕着胳膊，侧头望着她，眉眼间略染笑意，语调漫不经心地问：“你看我行吗？”

白伊当即愣住。

她茫然地疑问：“啊？”

周雾寻似乎沉了口气。

他慢吞吞地坐起来，脊背靠住何颂的课桌，姿态特别随性闲散。

“我说，我也想办板报，和你一样负责写字，行吗？”

白伊怔望着他。

须臾，白伊才勉强找回声音，喉咙发紧，像在往外挤字：“啊……行，行的。”

2011 年 8 月 29 号。

高三了。

今天第一次和他一起坐公交车来学校。

他帮我占座，我帮他拿书包。

我和他成了同桌。

这大概是我跟他的最近距离了。

值日擦黑板够不到最上面，正窘迫的时候，他出现了。

像个盖世英雄。

尽管我知道，他并不是我的盖世英雄。

因为有他一起办板报，我开始无比期待接下来一周的课后时光。

04.

因为办板报很可能会晚回家，白伊提前跟父母打了招呼。

但她没有如实说是放学后要留在学校办板报，而是告诉他们，学校这周要留成绩不错的学生多做份小测试，每天一科。

伊君婉和白骏毅根本没有怀疑白伊。在他们眼中，懂事听话的女儿是绝对不会说谎的。

于是接下来的几天，白伊每天放学后都会和加入办黑板报的其他三个人一起留下来。

其实板报最开始需要画，负责写的白伊和周雾寻不必陪着彭星月和章骜恂在教室不走。

但白伊责任心强，既然老师把这件事交给了她负责，她就必须尽心尽力。

哪怕前几天基本没她什么事，她也自始至终都全程在场，甚至还会贴心地买旺仔请他们喝。

至于周雾寻，他只是说："我等星月一起回。"

彭星月对此颇感意外，惊讶道："哥，你怎么突然对我这么好？我都不适应了。"

不怪她受宠若惊，是周雾寻确实对她不怎么上心。

坐在最后一排某张课桌上的周雾寻目光嫌弃地剜了她一眼，随后起身，拎了书包就走。

"哎！"彭星月扬声问，"哥，你干吗去啊？"

周雾寻慢悠悠地说："回家。"

彭星月："别啊！不是说等我一起的吗？"

她追到门口，喊："哥！！！"

然而周雾寻似乎真的生气了，头也不回地单肩背着书包拐弯下了楼。

彭星月转回身，郁闷地鼓了鼓嘴巴，十分不理解地喃喃道："他怎么突然这么小心眼儿了。"

白伊也不太明白。

周雾寻并不是易恼的人。

“我还是先画画吧，他不等就不等，我本来也不需要他等我，”彭星月拿起彩色粉笔，哼哼道，“反正我有一一陪着，一会儿我们可以一起回家。”

白伊正在最后一排中间那位同学的凳子上坐着，背轻倚着课桌。

闻言，她冲彭星月笑了下，点头应：“嗯。”

等彭星月背对着她着手开始画展翅飞翔的雄鹰时，白伊不由自主地扭头往教室门外望了望。

白伊轻抿了下唇，心底隐隐有种直觉不断往外冒——

她总觉得，他应该没走。

过了一会儿，大概是心里终究不舒服，彭星月一边画画一边吐槽：“我之前还说，我哥虽然有时候很浑蛋，但对朋友还挺好的，现在我要暂时收回这句话，他对朋友也就那样吧。”

已经回到教室后门的周雾寻倚靠着门框，优哉游哉地吃着薯片听彭星月说道他。

白伊率先发现了周雾寻，她刚要出声喊彭星月，周雾寻就把食指放在嘴边，对她做了个“嘘”的动作，让她别出声。

白伊瞬间抿紧嘴巴。

不知为何，她的脸渐渐地发了烫。

章骛恂随即就察觉到端倪。

他偏头看向门口，而后好心地变相提醒还在说周雾寻的彭星月：“也许，你哥只是出去了一下，根本没走。”

彭星月哼笑了声，完全不信，说：“怎么可能！他刚才那架势，分明就是生气啦！

“可我说的也是实话啊，虽然他把我也当朋友，但确实不怎么在意我这个妹妹嘛。”

彭星月轻叹了声，继续道：“可能是因为在他转学过来之前，我俩这么多年也没见过几次面，所以他才跟我亲不起来吧。”

听到最后，周雾寻若有所思起来。

下一秒，彭星月一扭头就看到门口杵着个人，而且还是她吐槽的当事人，她登时吓了一跳，脸也瞬间染红。

大概有种在背后说人坏话被抓包的尴尬和羞耻，彭星月的目光躲闪起来。她声音发虚，嗫嚅着喊他：“哥……”

周雾寻轻抬眉梢，仿佛根本没把彭星月的话当回事，但也没回应她。

他走进来，把拿薯片的手伸到白伊面前：“吃点？”

白伊佯装自然地捏了一片，礼貌地轻声说：“谢谢。”

周雾寻又走到章鹜恂那边，问：“班长，吃吗？”

章鹜恂淡声说：“手上有粉笔灰，就不……”

话还没说完，周雾寻就捏起两片直接递到了章鹜恂的嘴边。

章鹜恂的大脑还没反应过来，就本能地张开嘴吃了周雾寻给的薯片。

彭星月还等着周雾寻问她呢，结果没然后了。

彭星月有点委屈地问：“哥，我的呢？”

周雾寻故意阴阳怪气地逗她：“我怕我对你太好，你反而不适应，还是不给你吃了吧。”

彭星月听出来周雾寻言语间的揶揄，也知道周雾寻根本没真的生气。

既然他没生气，彭星月就大胆起来。

她丢下彩色的粉笔，直接扑过来要抢周雾寻手里的薯片。

周雾寻反应极快地躲开，随后就把薯片塞进了白伊怀里。

彭星月和周雾寻却在教室拉扯着打闹起来了。

幼稚得像两个幼儿园小朋友。

白伊还是第一次见周雾寻这般闹腾。

完全就是阳光大男孩的样子。

原来他也有这样的一面。

章鹜恂看着打闹的兄妹俩，无奈地转身继续画画。

白伊则笑眼弯弯地边吃薯片，边看他俩你追我赶。

“好了好了，我不跟你闹。”周雾寻率先喊了休战，随后就说彭星月，“你赶紧画，早点画完早点回去。”

彭星月嘴上乖乖应着：“行吧，那就暂时放过你，等我找机会再反击回来。”说完，她就重新拿起粉笔背过身面朝黑板了。

周雾寻也转身，和彭星月背对背。

他沉了口气，刚要伸手从白伊那里捏点薯片吃，就突然被人从后面推了一把。

电光石火间，周雾寻被推得向前，扑到白伊面前。

他弯着腰，双手撑在白伊后面的课桌上。

正在吃薯片的白伊在他扑过来的一刹那，咀嚼的动作登时停了下来。

他就近在咫尺。

他鼻尖中央那颗很不明显的小痣此时格外清晰地映在了她眼中。

属于他的干净气息铺天盖地般席卷而来，将白伊围裹得水泄不通。

她的眼中闪过惊慌，呼吸滞住，人也僵在了座位上。

彭星月本意是趁周雾寻不注意，偷偷在后面袭击他一下。

谁知道她太兴奋，没控制好力道，再加上周雾寻也没防备，就造成了现在的局面。

仅仅一瞬，周雾寻就蓦地起身弹开，往后退了几步。

白伊嘴里还有没咽下去的薯片，此时立刻囫囵吞了下，结果也不知为什么就被呛到了。

她不断地咳嗽，咳得脸通红，眼睛泛泪。

彭星月连忙跑到白伊身旁，一边给白伊拍背顺气，一边愧疚地道歉："对不起——，肯定是吓到你了，都是我不好，我不该突然推我哥的。"

周雾寻立在旁边，只垂眼凝视着受惊的白伊，人像被钉在了原地，脑子也转不动了，只有耳根失控地迅速蔓延开一片红。

反而是章骜恂第一个快步走到白伊课桌旁，拿了她的水杯递给她。

白伊眉心紧蹙地接过杯子，仰头灌了几口水下肚，这才慢慢地缓解了些不适，咳嗽也随之停了下来，但是她脸颊上的红晕却久久消散不掉。

周雾寻就机械地站在那儿，眼睁睁地看着章骜恂跑前跑后，给白伊拿水杯，给白伊递纸巾。

他混沌恍惚地感觉灵魂好像在飘浮，想要抓住点什么，却又没能抓住。

这种抓心挠肺的感觉，让周雾寻觉得极其怪异陌生。

但隐约间，又莫名地有点欢喜。

这个插曲过后，教室里彻底安静下来。

彭星月和章鹜恂认真地在黑板上画画，周雾寻去了教室外边的走廊上，背对着教室趴在栏杆上吹风。

白伊依然坐在那个座位上没动。

谁都不知道，过了好久好久，她的身体才一寸一寸地放松下来，肌肉慢慢得以舒缓。

2011 年 8 月 30 号。

他身上干净清爽的味道好好闻。

像阳光的气味。

他把我圈住时，我的脸一定很红。

幸好有咳嗽能帮我掩饰，让他们都觉得，我脸红不是因为他。

这周五傍晚。

因为画画的工作昨天就完成了，章鹜恂今天不必在放学后再留下来。

但他心里是想留下来多待会儿的，因为这样就能多看她几眼。

但他找不到理由陪他们。

而且……他担心他露出什么端倪，会给白伊心理负担，索性在放学后直接离校回家了。

虽然也没彭星月什么事了，但彭星月想跟白伊和周雾寻一起坐公交车回去，所以她并没有提前走。

彭星月根本不知道，白伊心里非常庆幸她留了下来。

因为白伊实在忐忑跟周雾寻单独相处。

才放学短短几分钟，教室里就变得空荡荡，除了他们三个再无其他人。

彭星月坐在最后一排其他同学的座位上，边轻轻哼歌边写假期作业。

白伊和周雾寻一左一右往黑板上写文章和励志短句。

过了一会儿，心思早就飞走的彭星月撂下笔，起身对他俩说：“我去超市买点零食，你们吃什么呀？”

白伊摇了摇头，周雾寻也说不吃。

“行吧。”彭星月往教室外走去，“那我去转转，出去透透气。”

等彭星月离开，教室里瞬间安静无比。

只剩下了粉笔不断在黑板上划过的细微声音。

因为身高不够，白伊正踩在凳子上捏着粉笔写字。

而身高腿长的周雾寻在她的右侧，轻轻松松就能够到黑板的最上边。

两个人谁也没开口说话，互不干扰地认真各自写各自负责的板块。

白伊越往右写，上半身就越往右偏。

到最后，她的左脚跟都抬离了凳子，只用左脚尖和右脚稳着身体的平衡。

只差一个字就把这行写完了。

然而，下一秒。

脚下的凳子左端突然翘了起来。

猝不及防地，白伊瞬间失去平衡。

眼看她就要从凳子上掉下来，一只戴着红绳的手先一步抓住了她的胳膊。

但白伊还是从凳子上栽了下来。

人在危险的时候，身体会本能地去抓救命稻草。

白伊也不例外。

而对此刻的她来说，这条手臂就是她的救命稻草。

心惊胆战的白伊毫不犹豫地伸出双手抓住了他的胳膊。

在她的脚沾到地面后，人还是差点摔倒。

周雾寻被她抓着手臂往后退了半步，身子也半转过来侧身对着她，像是要把她护在怀里。

好在最终相安无事，只是虚惊一场。

他侧站在她旁边，胳膊还横在她身前，被心有余悸的她紧紧抓着。

教室里的后窗还开着，后门也大敞。

穿堂风突然汹涌而过。

课桌上的书“哗啦啦”地翻着页。

板槽里的粉笔末被风卷起，像飘浮在空气中的灰尘般，胡乱地随着风飞舞。

黄昏绚烂，夕阳余晖洒落进教室。

男生和女生的身影，在地板上被拉长。

“小心些。”周雾寻声音压低，语气隐约带着无奈。

白伊这才堪堪回过神。

她瞬间像被烫到般抬起手，不由自主地往后挪了两小碎步。

“知道了。”白伊的眼帘止不住地颤动，她喉咙干涩地回他，“刚刚多亏你，谢谢。”

短暂的穿堂风已过。

课桌上的书停在了某页。

粉笔灰不再肆虐飞舞，正在很缓慢地下落。

而那看起来像拥抱的影子，也分成了两道独立的黑影。

一切恍若都回归了平静。

只有心脏还在止不住地剧烈跳动着。

仿佛成了一只活蹦乱跳的小鹿，在胸腔里毫无章法地横冲直撞。

白伊闭了闭眼，屏息片刻，努力压抑着近乎狂乱的心跳。

随即，她重新拿起粉笔，继续写板报。

她旁边的他一派从容镇定，看起来完全没有受到任何影响。

也对，刚刚的插曲对他来说，只不过是随手帮了一下同学，顶多算是对朋友的举手之劳。

白伊根本没有注意到，周雾寻从扶了她后再着手写板报，就一直在写了擦，擦了写。

他有点烦躁无措。

不知道为什么，心跳声好吵。

吵得他根本无法专注，总是心不在焉地把字写错。

2011 年 9 月 2 号。

穿堂风呼啸而来。

书页“哗啦啦”地翻着。

我的心脏也在“扑通扑通”地跳。

以后应该永远也不会再有如此美好的课后时光了。

夕阳辉煌，彩霞漫天。

偌大的教室里只有我和他。

尽管起初我们只是各自安静地写板报，没有任何交流，我心底却无比欢喜。

他跟我说：“小心些。”

“晓得啦！”

风乍起，心悸不已。

风平息，心仍狂跳不知疲。

让我心动的，从来都不是风，而是你。

05.

自打开学开始，周雾寻就改成了坐公交车上学。

也因此，白伊每天早上都会在公交车上遇见他。

每次都和开学第一天一样——他替她占座，她帮他拿书包。

高三的第一次月考在 9 月 28 号。

因为今天要考完所有学科，所以时间安排上很紧。

上学期末周雾寻摘了年级第一，而当时在班里排第 3 名的白伊年级名次是第 36 名。

一个考场 50 人。

这也是白伊第一次跟周雾寻在同一考场，但她无暇分心想这么多。

直到傍晚最后一门考试结束，白伊才终于松了一口气。

她收拾了东西，拿起透明的考试专用文件袋往外走。

刚一出教室后门，她就看到周雾寻站在教室后门的墙角处。

白伊猝不及防，微微吓到。

她抬手轻抚了下胸口，佯装自然地问：“你还没走啊？”

刚刚她还在往笔袋里装文具，他就已经起身走出了教室，白伊还以为他早就走了。

周雾寻“嗯”了声，没说别的。

随后，他跟她并排往自己班走去。

走廊里满是黑压压的人头，往前移动的速度堪比蜗牛，还会时不时就被挤被撞一下。

这也导致白伊总跟周雾寻碰手臂。

尽管她穿了校服外套，但袖口被她往上撸了半截。

而周雾寻的上半身只有一件蓝白色半袖。

跟他肌肤相碰甚至轻蹭，惹得白伊止不住起鸡皮疙瘩，电流窜入般的酥麻感一路蔓延至心口。

须臾,白伊实在受不住,便默默地用手往下拉了拉衣袖,将袖子落了下来。

她的手指蜷曲，微抓住袖口。

白伊佯装若无其事地继续往前走。

低垂着双眸的她根本没看到，偏头望向另一边的男生耳根染红。

他的手看似随意地抄进裤兜里，在她看不见的地方，紧张地偷偷攥成拳。

虽然已经到了放学的时间，但他们还需要回一趟自己班，在离校前得把桌凳回归原位。

到了班级在的楼层，沉默了一路的白伊扭头问周雾寻：“你去厕所吗？”

周雾寻摇头说：“不去。”

白伊便把自己的文件袋递给他：“那你帮我拿回去吧，我去趟厕所。”

“好。”周雾寻抬手接过她的文件袋。

随即，白伊转过身，快步往卫生间的方向走去。

拐了弯之后，她才深深地吐出一口气。

她在他面前表现出来的自然和从容，其实全都是她的故作镇定而已。

因为刚刚考完，卫生间里人满为患。

良久，等白伊回到教室时，发现她的课桌已经被人归到了原位。

她刚走到座位处，周雾寻就抱着她放到讲台上的一摞书走了过来。

书被粉色的书夹左右夹着，他搬得毫不费力，直接给她放到了课桌上。

白伊怔了一瞬，旋即心跳紊乱地轻声道谢：“谢谢。”

彭星月在后面问周雾寻：“你怎么不帮我搬书啊哥？”

彭星月只是随口一问而已，她并没有看出任何端倪，也根本没多想什么。

白伊心里却倏然一紧，呼吸莫名地滞住。

随即，白伊听到她身侧的男生向后偏头，哼笑着调侃：“用得着我帮你搬？我回来的时候你同桌早就给你搬回来了。”

他这话说得坦荡且理由充分，倒是让何颂不自然了一瞬。

彭星月听闻嘿嘿笑。

她大刺刺地拍了拍何颂的肩膀，感叹：“不愧是从一年级就认识的发小呀，就是靠谱！”

何颂心里霎时松了口气，却在同时又感觉有点失落。

在她那里，他只是个认识多年的发小。

周雾寻轻笑了声，在收回目光时和白伊对视了一眼。

两人心照不宣地都没说什么。

何颂喜欢彭星月，只有彭星月这个当事人还没察觉。

而白伊喜欢周雾寻，除了白伊自己，谁也不知道。

她瞒着所有人，偷偷地喜欢他。

考试成绩在国庆节假期的前一天登了出来。

白伊依然是第 3 名。

这次第 1 名是章骜恂。

第 2 名的周雾寻跟章骜恂差了 2 分，年级排名第 3。

彭星月看周雾寻数学试卷的时候，发现他有道大题最后一步算错了答案。

而他们数学老师是出了名对马虎的同学扣分严格。

每次小考只要遇到学生把本该拿到手的分丢了的情况，数学老师就会狠扣几分。

本来最后一步的答案写错，最多只扣 2 分，但为了让周雾寻长记性，数学老师多扣了他 1 分。

彭星月很惋惜道：“哥，你要是不马虎，没丢这 3 分，这次就还是第一名。”

周雾寻倒是不怎么在意，说：“说这些没用，没考过是事实，不找借口。”

白伊听到他的话，反而有点佩服他为人处世的态度。

她喜欢的他，赢得起也输得起。

“欸，对啦，哥，今晚你还跟我一起坐公交车回家吃饭吗？还是你直接回你家那边？”彭星月问道。

周雾寻正熟练地转着笔，听闻后，语调慵懒散漫地回她：“回你家，吃个饭我再回去。”

“好。”彭星月开心道，“那放学我们还能一起走！”说完，她起身，拿了放在桌上的一包纸巾，“我去趟厕所，——你去不去？”

女孩子总喜欢结伴，感觉有人陪着才舒服自在。

白伊点点头：“去。”

她站起来，挽着彭星月的手臂跟彭星月一起出了教室。

在去厕所的路上，白伊才从彭星月嘴里听说，周雾寻现在周一到周五在彭家住，节假日就回他自己家里。

等到临开学的前一晚，再提前回彭家，以便周一早上能跟彭星月一起坐公交车上学。

“我发觉啊，我哥就是跟我们亲不起来，”彭星月有点无奈地叹气，“可能他觉得回家自己待着才更舒服吧。”

白伊只安静听着，没说什么，心却不受控制地隐隐泛起了疼。

他的孤独明明不动声色，在她这里却总是无所遁形。

等她们回到教室，何颂突然好奇地问：“你们国庆假期有什么安排吗？去哪儿玩？”

彭星月率先道：“没有欸，我妈说我舅舅要从国外回来……”

刚说到这里，彭星月忽而意识到不对，立刻闭紧了嘴巴，有点紧张担忧地看向坐在她斜前桌的周雾寻。

本来周雾寻正在转笔玩，这下笔直接失控地从他指间滑落，掉在了课桌上。

白伊偏头望向他。

周雾寻没说话，表情也没什么变化，好像彭星月提到的人跟他一点关系都没有似的。

他若无其事地捡起笔，继续转。

这个话题被飞快地揭过。

接下来一整天，周雾寻依然和往常一样跟他们聊天说笑，仿佛根本没有受到任何影响。

可是，大概只有白伊捕捉到了他的异样。

尽管他的耳朵还在听他们聊天，也能时不时插个话，让人以为他在认真听。

但他格外心不在焉，连目光都是游离的。

白伊总感觉，他好像……在漫天浓雾里迷了路，找不到该去的方向。

国庆节对白伊来说，和去学校上课没什么区别。

无非就是换个地方做题，到点按时吃饭、睡觉。

父母轮休在家的时候，她想出门透气都得找个合适的理由，比如要去书店买辅导书。

4 号午后。

因为父母前三天轮休在家，今天一早就都去了医院，此时家中只有白伊自己。

昨天她就把所有的假期作业都写完了，这会儿正在卧室里收拾着衣橱，把换季的衣服都规整规整。

手机里还外放着五月天的歌。

刚好播到《笑忘歌》，白伊一边叠衣服一边跟着轻轻唱。

“……这一生只愿只要平凡快乐。”

忽而，歌曲被一声消息提示音打断了一瞬。

白伊把衣服放到旁边，倾身捞过被她扔在床上的手机，打开 QQ 后，发现是彭星月发来的消息。

彭星月：“啊啊啊啊啊我哥跟我舅舅吵起来了！”

彭星月：“好可怕。呜呜呜，我舅舅居然扇了他一巴掌。我一点都不喜欢我舅舅！打孩子的大人好讨厌！”

彭星月：“我哥从我家跑走了，估计躲回那个没有人的家里去了，唉。”

彭星月：“一一我该怎么办？我是不是该去找我哥安慰安慰他？可是我又怕他万一只想自己待着……”

白伊盯着彭星月不断发来的消息，蒙了下。

扇他巴掌……

白伊的眉心不知不觉地拧紧。

须臾，她才打字问彭星月：“为什么要打他？”

周雾寻做错了什么，非要扇他巴掌？

彭星月很快回过来：“因为我哥说死也不跟我舅舅出国。”

彭星月：“我舅舅这次回来其实就办两件事，一件事是看我姥姥，另一件事就是着手准备我哥出国的相关事宜。”

彭星月：“刚刚吃午饭的时候在饭桌上提起让我哥出国的事，我哥就反驳说不出国，死也不出国，父子俩就吵起来了，后来我哥说了一些话把我舅舅彻底激怒，就……被舅舅打了一巴掌。”

彭星月：“大人的事我不清楚也不懂，但我觉得我哥没错啊，不想出国被逼着出国换谁谁也不愿意吧，反正我是站我哥的，希望他能跟我舅舅抗争到底，不要妥协！”

随即，彭星月又发来：“唉，我想了想，觉得依照我哥的性子，这会儿估计根本不想见任何人，我还是不过去找他了吧，让他自己清静会儿。”

白伊不知道要说什么好，最终只回了句：“嗯。”

结束了和彭星月的聊天，白伊捏着手机呆站在床边好久，都不知道自己要干什么。

她找到他的QQ，打开和他的聊天界面，却发不出一个字。

当然，也不能发一个字。

白伊满脑子都是他被他父亲扇了一巴掌。

肯定很疼吧。

而且当着全家人的面被打，他会不会觉得很难堪？

性子骄傲如他，怎么忍受得了。

白伊最终还是把手机放回了床上。

她拿起没收拾完的衣服，继续整理。

但是，因为知道了他的事，白伊不受控制地心浮气躁起来，不管做什么都心神不宁。

她很想知道他现在到底在哪儿，还好不好。

好一会儿，手机里再次有消息传进来。

白伊以为还是彭星月，她立刻拿过手机。

下一秒，白伊愣在床边。

ZWX：“玩不玩滑板？”

白伊根本不敢想，他会在这种时候主动联系她。

她神思混沌却毫不犹豫地回他：“玩。”

ZWX：“老地方见。”

YiYi：“好。”

发完消息后，白伊立刻放下手机，在一堆衣服里扒拉了一通。

她找出那身去年父母给她买的黑色运动服换好，随即快步下楼，蹬上运动鞋出了门。

白伊一路快步走到公交车站。

在公交车上时，她频繁地看手机，摁亮屏幕又摁灭屏幕。

短短十多分钟的路程而已，她却仿佛坐了一天一夜的绿皮火车那般煎熬。

在津海公园站下了车，白伊就小跑着去了滑板场。

一直跑到滑板场的入口，她才慢慢停下来。

白伊站在原地沉沉地吐出一口气，稳了稳呼吸，然后若无其事地走进滑板场。

下一刻，她一眼就看到，周雾寻正坐在上次他坐的那个长凳上。

他穿着白 T 恤黑裤，外搭了件黑色的棒球服。

除此之外，他还戴了款黑色的口罩。

大半张脸都被口罩遮住，只露出一双天生深邃的桃花眼。

白伊还没走到他跟前，周雾寻仿佛就察觉到了她。

他微偏过头看向这边，眼皮轻掀，目光沉静淡然，看不出任何情绪。

白伊只当不知道他今天遭遇的事。

她浅笑了下，眼睛随之弯了些许，语气自然地打招呼道：“嗨，你来多久啦？”

周雾寻低声答：“没几分钟。”

说着，他就把她的滑板递了过来。

白伊伸手接住，而后就听到他主动解释：“有点感冒，所以戴了口罩，你别介意。”

白伊连忙摇头：“不会。”

他并不知道，她已经知道了他的事。

自然也猜得到，他戴口罩不是因为什么感冒，而是因为那一巴掌。

白伊在放滑板时，垂下头不动声色地咬了咬唇肉。

她心里还是很难过，为他。

星月说希望他能抗争到底，不要妥协。

她也这样想。

她也希望他，不要对大人妥协，勇敢地走自己想要走的那条路。

不管是铺满荆棘，还是坎坷万分，她都会支持他。

因为白伊知道，只要自己热爱，哪怕痛苦都是欢喜。

就像她喜欢他。

虽然是他单独约她出来玩滑板，但其实他们全程并没有太多话语间的交流，更多的是用滑板无言地碰撞沟通。

白伊不需要努力找话题聊，也不用刻意逗他开心，只跟他一起踩着滑板在滑板场里自由地冲来跳去，就是最好安慰了。

直到傍晚，两个人才打算撤。

白伊恋恋不舍地拿着滑板，显然还没玩够。

周雾寻看出她的心思，笑说：“踩着去公交站牌吧，到了站牌再给我。”

经过几个小时的自由放纵，笼在他心头的阴霾早就被驱赶得烟消云散。

白伊瞬间漾开笑，莞尔道：“谢啦！”说完，她就踩着滑板率先沿路往公园外滑去。

滑板场在公园里侧，要出去还得穿过一片特别适合野餐和玩耍的草地。

白伊正在草地旁边的路上踩着滑板前行。

突然，她慌乱地横刹住滑板。

随后，周雾寻就看到白伊飞快地捡起滑板往回快步走来。

她的表情特别紧张，甚至显露出恐惧，步子越走越快。

可能觉得往回走也不对，白伊又硬生生转弯，拐到了草地上，看起来是要绕个弧形走过去。

周雾寻不解地望向前方。

路对面正有人牵着一只成年哈士奇往这边走来。

周雾寻轻蹙眉。

她怕狗？

他这么想着，人已经朝着她走去。

而几乎是同时，牵着狗的人也转身朝草地走去。

白伊本以为，她绕一下就能绕过去。

可谁知对方偏偏也转了方向，不偏不倚刚好从她的侧面冲她走来。

童年阴影席卷而来，白伊的脚突然挪不动一步。就像人在面临车祸时，反而定在了原地那般，浑身僵硬。

就在她惊吓得连呼吸都快要停滞的那一刻，有道人影忽而出现在了她面前。

白伊睁大眼睛愣住，入目是一件白T恤和黑色的棒球服，鼻息间又闻到了那抹很淡很干净的味道。

不用仰脸去看，白伊也知道，是他。

是周雾寻。

莫名地，白伊安心不少。

与此同时，她的心里也陡然生出些许酸涩。

他对朋友真的很好很好，好到无可挑剔。

她明明知道他只把她当普通朋友，却依然心甘情愿在这场不声不响的暗恋中沉沦。

在狗的主人牵着狗从白伊左侧走过时，周雾寻就微微挪动身子，挡到她的左侧，把她完全护住。

直到牵着狗的人走远，白伊才得以畅快呼吸，浑身紧绷的神经也渐渐地放松下来。

周雾寻问她：“你怕狗？”

白伊的脸颊微染红晕。

她有点窘迫地小声道：“嗯，小时候去乡下爷爷家，被村子里的狼狗咬过，有阴影。”

而且是一辈子的阴影。

她永远惧怕狗，不管体型是大是小，她都怕。

原来是这样。

周雾寻陪着她走到公交站牌，亲眼看着她上了公交车，然后才转身离去。

白伊坐在靠窗的位置，微微偏头，让脑袋挨着车窗，视线一直停留在那道穿着黑色棒球服的清瘦身影上。

直到公交车转弯，他消失在她的视野，她才渐渐收回目光。

周雾寻踩着滑板滑到路口。

在等绿灯时，他回头看了眼。

白伊乘坐的那辆公交车刚好转弯，车上的红色数字从他的双眸中掠过。

——27 路公交车。

在收到他邀约的时候，白伊心里突然有那么一瞬，产生了一个很不切实际的想法——他是不是喜欢她才约她出去？

尽管白伊早就知道，他对她没兴趣，他只把她当朋友。

可她仍然会偶尔丢掉理智去幻想。

幻想他，会不会有一点点喜欢她。

但也只是一瞬的幻想而已。

其实白伊心里清楚得很，他叫她出来，就只是玩滑板而已。

大概是因为在这件事上，周雾寻觉得和她有共鸣。

对他们来说，滑板不仅仅是一项爱好。

更是一种信仰，一场救赎。

滑板是支撑着她和他，继续往前走下去的动力。

为了自由，为了自己的未来和人生，他们拼命地想要挣脱束缚和枷锁，努力反抗着各种不公。

2011 年 10 月 4 号。

这一生只愿只要平凡快乐。

希望我们这一生，平凡但快乐。

一定要快乐，周雾寻。

06.

开学前一天，白伊突然收到了何颂的消息，问她最喜欢的英文单词是什么。

白伊想了想，回复他："secret。"

何颂："OK！"

白伊问："你问这个干吗呀？"

何颂神秘兮兮地告诉她："惊喜！开学你就知道了。"

第二天开学，教室里异常热闹。

何颂一到教室，就把旅游时买的小礼物拿出来送给了他们。

白伊和周雾寻的礼物都是滑板钥匙扣。

白色的钥匙扣正面刻着白伊的QQ昵称"YiYi"，背面刻着一个英文单词"Secret"。

黑色的钥匙扣上，一面是"ZWX"，另一面是"By"。

何颂笑着说："旅游的时候经过一个滑板场，附近有好多和滑板相关的周边店，我就进去逛了逛，发现这小东西还能定制，感觉不错就买来送你俩了，毕竟你们都是滑板爱好者，应该会喜欢。"

白伊恍然大悟道："哦……所以你才在QQ上问我最喜欢的英文单词是什么。"

何颂嘴角噙笑道："对啊，你喜欢secret，寻哥喜欢by。"

旁边的彭星月没反应过来："拜？ bye bye？"

周雾寻纠正："是day by day的by，b和y。"

是，代表白伊的b和y。

白伊微微怔忡了一秒不到，很快就将快要浮上心头的不切实际的想法压了下去。

应该只是巧合。

只是刚好他喜欢的英文单词，是她名字的首字母缩写。

明明清楚他喜欢“by”并不是因为她，可白伊的心里还是泛起了涟漪。

就像被一颗石子投入，原本平静无波的湖面登时荡起一圈圈波纹，久久无法平息。

彭星月显然没有联想到白伊名字这么远，只了然地点了点头：“哦……是这个 by，我还以为是 bye bye 的那个 bye。”

周雾寻却忽而笑开。

其实也不是不行。

bye 拆分成 by 和 e，谐音和“bái yī”相差无几。

何颂最后才拿出要送彭星月的礼物来。

彭星月丝毫不含蓄地打开盒子，里面放着一块白色腕表。

“哇！”她惊叹，“好漂亮啊！”

“我一直都想买块腕表呢！比电子表好看多了！”她说着，已经迫不及待地让白伊帮她把手表戴好了。

何颂见彭星月这么喜欢，唇边的笑意不自觉地扩大了几分。

他并不奢求彭星月这么单纯的姑娘现在就察觉他对她的感情，只要她每天都这么开心快乐就好。

他希望她能永远无忧无虑，单纯率真。

何颂分完礼物后，周雾寻心情很好地懒散道：“那我也分享个好消息吧。”

三个人瞬间齐刷刷地瞅向他。

他嘴角轻勾，先笑了下，而后才道：“我不用出国了。”

白伊当即愣住，随之露出浅笑。

她是由衷地替他感到高兴。

彭星月特别震惊地瞪大眼，旋即又明白了什么似的：“我说舅舅怎么突然提前回去了，原来是不用再为你去问出国要弄什么材料的事了。”

“可是……”彭星月还是不理解，“舅舅不是非要你出国吗？”

周雾寻轻描淡写道：“我就不听他的话，就不跟他出国，他还能把我绑国外去？”

"也是哦。"彭星月绽开笑，"恭喜你啊哥！这样就算高中毕了业，我们也能经常见面！"

"说起来，"彭星月忽而好奇地问，"你们都想好考哪所大学了吗？我是不想离家太远，打算就在本地读沈大了。"

何颂随后就道："我也想去沈大。"

彭星月扭头，惊喜地说："那我们还在一个学校欸！"

周雾寻补刀："前提是你俩都能考上沈大。"

彭星月剜了他这个煞风景的人一眼，问："那你呢，你想考哪个大学？"

周雾寻歪头沉吟了下，语气难得正经："法大。"

"法大……在北京吧，"彭星月眉眼弯弯道，"还好还好，不算远。"

"一一，你呢？"她扭头问白伊。

周雾寻也偏头望向身侧的女生。

白伊眨巴了下眼睛，话语轻软道："海大，海大化学系。"

彭星月从没听白伊提过她想去哪所大学读什么专业，这还是他们第一次聊关于未来的事，所以不免有点惊讶。

"一一你居然都把读什么专业考虑好了！"

白伊的眸里泛起细碎的光，语调微微扬起："早就想好啦！我还挺喜欢化学的，想多做做化学实验。"

何颂有些不解地随口问白伊："那你干吗不去清大呢？虽然都是顶尖的985高校，但其实清大还是略胜一筹的。

"而且……寻哥想考的法大也在北京，你也在北京的话，你们还能时不时约出来见个面吃个饭什么的，寒暑假回沈城也能结伴。"

白伊的眼帘轻垂着颤了颤，旋即她就笑望着何颂，坦然回答："我比较喜欢海大。"

这只是其中一个理由。

还有个原因是，她想离家远一点，想彻底脱离父母的掌控。

白伊知道父母想让她学医，但她不喜欢，也不可能向他们妥协。

至于何颂说——她如果念清大就能跟周雾寻在同一所城市。

白伊很清醒。

她不会因为喜欢一个人，就迷失掉自我，盲目地追随着他的脚步走。

更何况，白伊明知他和她不会有任何可能，就更不会选择追着他去北京念大学。

她有自己的目标，知道自己真正想要的是什么。

所以白伊绝不会放弃自己心中梦寐以求的大学。

预备铃打响。

白伊和周雾寻转回身坐好，教室里也稍微安静了下来。

周雾寻懒洋洋地趴到桌上，闭上眼仿佛在养精蓄锐。

但其实，他在想，要怎么挣钱。

自从 4 号跟他的父亲周步梵争吵过后，周雾寻就再也没回彭家。

假期最后一天，周步梵主动回家找他，想心平气和地再跟他商量商量出国念书的事情。

但周雾寻还是那副“想让我出国除非我死”的臭德行，把周步梵惹得火大。

“出国哪里不好？我能给你更好的生活、更好的教育，还是说，你在国内还有什么留恋？这里有什么让你舍不得放不下的？”

周雾寻没说话。

他脑子里闪过两张面容。

一个是母亲。

另一个是……白伊。

他自己都吓了一跳。

周雾寻低垂着眼睛，想不通自己在被问舍不得放不下什么时，想到的会是白伊。

他的唇线渐渐抿直，神思忽而有点乱。

很多画面开始在他脑海中不断地掠过，像电影回放似的，一帧帧一幕幕，全都有她。

她的笑容，她的眼泪，她惊慌失措的表情，温软沉静的语气。

还有她时不时表达出来的令他惊讶的成熟观点。

原来，这段时间他的心跳频频失控，是心动。

而总在他心里出现的那份说不清道不明的陌生和异样，叫作喜欢。

他舍不得的是她，放不下的也是她。

托周步梵的刺激，周雾寻终于知道了喜欢为何物。

因为喜欢她，他变得笨拙，开始胆怯，在她面前不再游刃有余，只剩故作镇定。

心情不好时想找她，心情很好时也想找她。

视线总是不由自主地落到她身上紧紧追随着她，耳朵也总选择性地去听和她有关的消息。

只要一听到她的名字，心脏就被牵动着紊乱起来。

只要一闭上眼，脑海中浮现的全都是她，心里也变得满满涨涨，甚至开心得想在床上打个滚儿。

他终于知道，他喜欢她。

“你必须跟我出国！”周步梵下了最后命令。

周雾寻回过神来。

他哼了声，狂傲道：“那我也再说一遍，我就不出国。除非我死，到时候随你把我骨灰带哪儿去，反正我也不会知道。”

“混账东西！”周步梵气急，直接拍桌而起，扬手就要打周雾寻。

周雾寻甚至把脸凑过去给他打，说：“打啊，来，给你打。话我今天就撂这儿了，今天就算你把我打死，我也不跟你出国！”

周步梵的手抬着，僵在半空。

须臾，他缓缓放下手。

周雾寻面无表情地盯着他，冷冷道：“我不是打不过你，我只是不想跟你动手。

“还有，你有什么资格安排我的人生？”

比周步梵个头还要高的周雾寻垂眸睨着眼前的中年男人，话语锋利地提醒他：“生我养我的是我妈，不是你！你是最没资格管我的那个人！”

周步梵强忍着愠怒，沉了沉呼吸，冷笑着说：“生你养你的是你妈，这么多年供你们吃供你们喝养你们生活的是我！

“行啊周雾寻，你翅膀硬了，主意大得很，觉得没人管得了你了是吧？”

周步梵被激怒，拼命压着脾气，一字一句道：“不出国可以，从现在开始，我不会再给你一分钱，你要真有骨气，也别找你妈你奶奶和姑姑他们要！

“不是要掌控你自己的人生吗？随你怎么安排，我倒要看看，没了我给你的钱，你能活成什么样子。”

周雾寻不屑道：“谁稀罕你的钱！”

“记住你说的话！”

周步梵说完就摔门而去。

周雾寻为自己争来了自由，但同时也陷入了没有钱的困境。

周步梵说到做到，直接把周雾寻的卡给停了。

周雾寻手上没太多现金，全部家当也就几百块钱。

所以他得想办法挣钱，不仅仅要挣零花钱，还得提前为上大学存钱。

就算周步梵不说禁止他找别人要钱，周雾寻也不会那样做。

他有他的骄傲。

他就要靠自己挣钱养活自己给周步梵看。

他绝不会向周步梵低头认输。

所以从国庆节后的第一个周末开始，周雾寻就背着所有人偷偷去做兼职挣钱了。

周步梵本来觉得周雾寻就是青春期叛逆，过个几天没钱了活不下去了，儿子自然就会来找他。

然而，一直到 2012 年元旦到来，周步梵都没等到周雾寻联系他。

到底是亲生儿子，周步梵慢慢消了气后，又往另一张卡里给周雾寻打了钱。

但他不知道，周雾寻早就把他给的几张卡都剪掉扔了。

从这之后，他打给周雾寻的钱，一分都没有被动过。

沈城一中每年十二月底，都会举办一场元旦晚会。

今年也不例外。

对高三生来说，元旦晚会就是高考前最后一次放松的娱乐活动了，所以学校要求高三年级每班都要出一个节目。

杨其进把这事交给了班长章骛恂和文艺委员彭星月，并且说："如果实在没有同学愿意上，你俩就带着班委顶上去。"

结果被杨其进说中，班里真的没有同学想上台表演。

章骛恂和彭星月没有退路，只能把班委包括各科课代表都召集到了一起开会商量节目的事情。

何颂在旁边打岔说："实在不行就全班上去唱班歌。"

何颂的话突然点醒了彭星月，她瞬间两眼发光地问白伊："一一，你行不行？"

白伊蒙了下，茫然道："什么我行不行？"

彭星月兴致勃勃地说："你唱歌啊！唱你偶像五月天的歌！找一首很符合青春的歌就行啊！"

旁观的周雾寻忽而插话说："《笑忘歌》就不错。"

他听到她哼唱过，蛮好听的。

何颂也很赞同："对啊！就白伊生日的时候我们放的那首《笑忘歌》，很青春啊！"

白伊都还没说话，彭星月又开始大胆发言："或许我们可以直接搞个乐队！"

白伊震惊："乐队？！"

彭星月已经激动起来，直接起身，特别兴冲冲地安排道："我哥会架子鼓啊！我和何颂弹吉他！哦，好像还少个贝斯……"

何颂摆摆手："不是什么大问题，实在不行我们去艺术班借个贝斯手过来，也不会被发现。"

白伊心想，贝斯手居然还能"借"？

彭星月笑眯眯地跟何颂击了个掌。

白伊都还没说什么，就已经被安排得明明白白。

周雾寻也没想到，他就说了句话，结果最后把自己也搭了进来。

不过，能跟她同台，他打打鼓也没什么。

就在这时，章骛恂突然开口说："贝斯我会，但很久没碰了，可能要练一下。”

白伊特别意外，笑道：“班长你还会弹贝斯啊？”

章骜恂淡笑说：“原来学过一段时间。”

周雾寻支着脑袋，歪头瞅白伊，深邃的眼里闪过一丝晦涩。

星月和何颂会吉他，他会架子鼓，她怎么就只在意章骜恂会贝斯？

周雾寻根本不知道，白伊早就知道他会架子鼓。

在他们还不认识彼此之前，她就从彭星月的嘴里听说了，他会打架子鼓，很帅。

至于星月和何颂会弹吉他，白伊也是知晓的。

所以她才唯独意外章骜恂会弹贝斯。

也只是单纯地觉得意外而已，并没有其他任何多余的情感。

但周雾寻不懂。

在他看来，她只注意到了章骜恂。

就这样，高三（13）班的表演名单确定了下来。

五人乐队演唱《笑忘歌》。

吉他和贝斯彭星月他们各自都有。

至于架子鼓，只能借用学校里的。

第一次去乐器室系统地排练时，白伊终于亲眼见到了打鼓的周雾寻。

周雾寻坐下后，他的脚就踩上踏板。

随即，架子鼓发出特别有节奏的低音。

在敲打鼓和镲之前，周雾寻拿鼓槌的手随意地转着。

鼓槌在他指间飞快地转来转去，动作流利得像在转笔那般轻松帅气。

须臾，他手持鼓槌，打在鼓面上，动感的节奏瞬间响满乐器室。

白伊目不转睛地盯着他看。

少年微抿唇，专注而游刃有余地打着架子鼓，整个人仿佛都沉浸到了鼓声中。

白伊从没见过他这样的一面，有种说不出来的酷，同时又有点痞劲儿。

浑身像散发着光，明朗而耀眼。

12 月 31 号当天。

五个人一起站到了元旦联欢晚会的舞台上。

在头顶的灯光缓缓亮起来的同时，除了白伊，其余四个人一起奏响他们各自的乐器。

旋即，站在立式麦克风前的白伊双手捧着话筒，完美地找准节奏融进去。

她这道温软清甜的嗓音霎时通过话筒传到礼堂的各个角落："屋顶的天空是我们的，放学后的夕阳也是我们的。"

起初，白伊怕看到台下黑压压的人群自己太紧张，所以闭着眼唱的。

到后面她越来越放松，甚至全然沉浸到了歌曲中。

白伊睁开清泠泠的眼，迎上所有观众的目光，丝毫不乱地继续往下唱。

打架子鼓的周雾寻掌控着整首曲子的节奏和速度。

而他无比镇定从容，将最好的状态展现了出来，把水平发挥到了极致。

白伊听着耳边响彻礼堂的乐器声。

明明也有贝斯和吉他的声音，她却独独把那道架子鼓的击打声听得清清楚楚。

她一边唱着这首歌，脑子里一边回闪过她生日那晚的场景，唇边不自觉地渐渐漾开浅笑。

最后一段副歌是他们五个人合唱。

五道声音和谐地融合在一起，完美地演绎着这首歌：

"伤心的都忘记了，只记得这首《笑忘歌》，那一年天空很高风很清澈，从头到脚趾都快乐。"

白伊已经彻底放开，她把麦克风从立架上取下来，转身朝着在最后排打鼓的周雾寻身侧走去。

戴着单耳挂麦克风的彭星月、何颂，还有章骛恂也往周雾寻那边集合。

最后，章骛恂站在了周雾寻右侧，白伊站在周雾寻左边。

再往左是彭星月和何颂。

五个人站成一排，齐声合唱："我和你都约好了，要再唱这首《笑忘歌》，这一生只愿只要平凡快乐，谁说这样不伟大呢。"

白伊情不自禁地扭头垂眸望了身边的周雾寻一眼，却意外地碰上他也侧头抬眼望过来。

两个人的目光猝不及防交织缠绕。

似乎被氛围感染，他嘴角微扬，冲她笑了下。

惹得她心神霎时荡漾起来。

白伊忽然热泪盈眶。

之前她从来不敢想，她的青春也能够这么恣意张扬。

有一个暗恋的男孩，有几个很好的朋友。

能够跟他们同台，共同唱属于他们青春的歌曲。

而，白伊清楚，这样肆意疯狂的瞬间，一辈子也只这一次了。

以后再也没有高三。

再也没有属于高三时期的元旦晚会。

再也没有和此时此刻一模一样的舞台让他们尽情享受。

也不会再有一个周雾寻，能让她这么喜欢。

最后几句收尾，是白伊独唱的部分。

她努力稳着发颤的嗓音，却还是微哽："这一生只愿只要平凡快乐，谁说这样不伟大呢，谁说这样不伟大呢。"

须臾，歌曲结束。

满场寂静。

下一秒，掌声雷动，台下的学生们直接站起来高喊欢呼，气氛瞬间热烈到了极点。

这晚，白伊睡前在网上刷到一个很有趣的游戏。

规则很简单，就是根据给出来的前半句，随意发挥后半句。

题目叫作："我喜欢的少年，________。"

她捧着手机认真地想了想，然后把答案写进了日记里。

2011 年 12 月 31 号。

属于我们的元旦舞台。

属于我们的《笑忘歌》。

属于我们的，青春。

我喜欢的少年，学习好，心地好，孤独且温柔，痞坏但良善。

我喜欢的少年，生了一双格外动人心魄的桃花眼，他的鼻尖有颗很小的淡痣，左手腕上总戴着根红绳。

我喜欢的少年，爱穿白T恤黑裤，爱玩滑板，爱说“晓得了”，爱用偏门的方法解题。

我喜欢的少年，惯用左手，会打架子鼓，打篮球也厉害。

我喜欢的少年，对朋友顶好，好到无可挑剔。

我喜欢的少年，想考法大。

我喜欢的少年，不是我的少年。

元旦快乐，周雾寻。

07.

元旦过后没几天就是期末考试。

和高二上学期期末考一样，考完后没有放假，而是继续在学校上课三天。

第三天上午，期末考试的成绩单被打印出来人手一份。

很意外的，白伊这次在班里考了第2名。

第1名是周雾寻。

章骛恂高中三年来，成绩第一次下滑到班级第3名。

所有人在看到成绩的那一刻都很惊讶。

后来何颂问了章骛恂才知道，章骛恂这次的作文有些偏题，语文分数比往常要低一些。

白伊拿着成绩单看了又看。

第1名 周雾寻

第2名 白伊

这是他俩又一次在成绩单上相挨。

上一次还是高三第一次月考，周雾寻在数学上稍微失误，最后拿了班里第2名。

白伊垂着双眸，手指不由自主地在他的名字处轻轻摩挲了下，嘴角也无意识地微微扬了起来。

就在这时，周雾寻拎着水杯从教室外走了回来。

他突然出现在座位旁，让白伊的心脏陡然提到半空。

周雾寻坐下来，没骨头似的趴在课桌上。

白伊和原来一样，拔开荧光记号笔的笔帽，用记号笔把有自己名字的那一行标了出来。

做完这件事，她盖上笔帽，将记号笔放回了笔袋。

随后，白伊把冰凉的双手放到嘴边哈了哈气，而后轻轻搓了搓，通过摩擦生热缓解寒冷。

周雾寻正枕着胳膊面朝她这边，见状便把自己的水杯从桌边直接推到了她的课桌上。

白伊稍愣，抬眼看向他。

周雾寻的脸上一派从容，语气自然道："刚接的热水。"

白伊讷讷地盯着他，没说话，好似没反应过来似的。

周雾寻以为她不明白他的意思，强装镇定地又补充了句："你手冷的话就抱着暖会儿。"

白伊清透的眼中飞快地闪过一抹受宠若惊。

她刚刚愣住就是因为，她隐隐地感觉到，他好像在把水杯借给她暖手，但心底又不确定。

须臾，堪堪回过神的她才勉强找回自己的声音，喉咙发涩地轻喃道："谢谢。"

说完，白伊就伸出手，把手掌心覆到了他的水杯上。

胸腔里的心跳在他开始说话的那一刻就已经失了控，"扑通扑通"地乱跳着。

周雾寻没说话，只偏过头换了个方向，留给白伊一个后脑勺。

他把微微发热的脸半埋进臂弯，暴露在空气中的耳朵格外烫，耳根也泛着红。

捧着他水杯的白伊轻咬嘴巴，浑身绷紧，机械僵硬地暖着手。

不一会儿，她的双手被焐热，渐渐变得红润起来。

今天天气不好，从早上就阴沉沉的。

也因此，教室里一整天都开着灯。

傍晚时分，被夜幕渐渐笼罩的天色越发昏暗阴冷。

最后一节自习课还没结束时，天就已经完全黑了下来。

自习课自主学习，并没有老师上课。

况且这是高三上半年最后一节课，大多数同学都在利用时间提前赶假期作业。

白伊也正在低头认真地提前写寒假试卷。

而她的同桌周雾寻却光明正大地趴在桌上睡觉。

距离下课只剩十多分钟时，教室里的灯骤然灭掉。

让人毫无防备。

教学楼对面的办公楼也霎时变得一片漆黑。

登时，满教学楼的各个教室都响起了骚动，甚至有人开始喊叫喧哗，似乎提前进入了放寒假的兴奋中。

突如其来的黑暗让白伊微微惊吓到。

她捏着笔还没反应过来，周雾寻的话语就突然从旁边传来：“白伊？”

他的声音低低的，略带沙哑，听起来像还没睡醒般，慵懒又性感。

白伊被他的这声低唤给拉回神，本来有些慌乱的心脏仿佛找到了港湾，瞬间安定下来。

她轻轻疑问着“嗯”了下。

周雾寻依旧趴在桌上，只是把头偏过来，在黑暗中望着她，好像只是随口问：“什么情况？”

白伊语气自然地回他：“应该是停电了。”

她说着，手已经在书包里掏出一个迷你手电筒。

因为冬天昼短，黑夜来得快，而白伊怕一个人走夜路，所以每次在家附近的公交车站下了车后，她都要开着这个手电筒照亮回家的路。

白伊打开手电筒，但不是要继续写作业，而是想把桌上的试卷和文具都收起来装进书包。

但，因为她一只手需要拿手电筒，只能单手收拾东西。

周雾寻嗓音懒倦道：“我帮你照着。”

白伊稍愣，旋即就神色如常地把手电筒递给了他。

他的手肘支在课桌上，脑袋微歪，抵在拿手电筒的手上。

因为帮她打手电筒，周雾寻得以光明正大地偷偷看她。

明亮的光线中，她的脸白里透红，肌肤显得更加干净光滑。

没有任何理由和征兆，他的心脏就这样轻易地失控般越跳越剧烈，恍若要从左胸腔里直接蹦出来。

而她就在他左侧。

周雾寻生怕她听到自己声音巨大的心跳声，不动声色地调整呼吸节奏。

他刚刚当然知道是学校停电了。

喊她是因为，在停电的那一瞬间，他敏锐地捕捉到她很轻地哼了声，似乎是被突然笼罩下来的黑暗吓到了。

白伊总感觉他在盯着自己看。

她浑身僵硬地坐在座位上，轻垂的眸子不敢掀起来看向他半分，只动作缓慢而机械地收着课桌上的试卷和纸笔。

白伊拼命地故作自然镇定，努力让自己不露出任何破绽。

可是，片刻后，她的身体还是不听使唤地扭头望向了他。

一瞬间，两个人的目光相撞。

视线猝不及防陷入她湿漉漉的眸中，周雾寻的呼吸蓦地滞住，胸腔里的心跳在这一刻，突然震耳欲聋，似乎要将耳膜震碎才肯罢休。

这场对视仅停留了一秒不到。

电光石火间，她和他就都飞快地别开了目光。

周雾寻随后就偏过头看向右边，用后脑勺对着她。

他闭了闭眼，懊恼地皱紧眉，耳根完全不受控制地发起热来。

明明只跟她对视了一瞬而已，他却像被一把火烧了全身，浑身如同星火燎原似的变得滚烫。

自从意识到喜欢她后，他在她面前越发笨拙胆怯，不管做什么都小心翼翼，甚至变成了一个矛盾体。

他生怕她发现他喜欢她，同时又隐约希望她能发现他喜欢她。

他想知道她有没有一点点喜欢他，但也害怕听到她的答案。

而周雾寻心底很清楚，只要他不说，他们就还是朋友。

更何况，他们现在处在很关键的时期，并不适合谈学习之外的事情。

再加上他现在的处境，根本没条件去谈感情。

所以，他们目前也只能是朋友。

放寒假的第三天是小年夜。

伊君婉和白骏毅说好今晚要带白伊出去下馆子。

但临近春节，车祸事故发生的频率高起来，在医院急诊科和骨科工作的父母也比平常更忙碌。

这也就导致，当晚一家三口在饭店包间里吃到一半，伊君婉和白骏毅就接到了从医院打过来的电话。

挂掉电话后，伊君婉就立刻起身。

她拿过挂在旁边衣架上的外套快速穿好，语气匆匆地对白伊说："一一，爸爸妈妈要去医院加班，你继续吃，钱一早就付过了，吃完就直接回家啊。"

白伊乖乖点头应："好。"

"乖宝贝，"伊君婉摸了摸白伊的脑袋，有点歉意道，"下次再给你补上。"

白伊嘴角轻牵，扯出一抹淡笑："嗯。"

走之前，白骏毅从兜里掏出一百块钱递给白伊，道："外面冷，一会儿吃完叫辆出租车，让师傅直接送到家门口，就别等公交车了。一定要叫打表计价的出租车，别坐黑车。"

白伊耐心地回："好，知道啦。"

随后，白骏毅和伊君婉就拉开门快步走了出去。

偌大的小包间霎时只剩下白伊一个人。

她看着满桌子丰盛的菜肴，深深地呼了口气，而后就继续慢吞吞地吃起来。

半个多小时后，独自吃完晚饭的白伊穿好衣服从包间出来。

她沿着走廊踩着铺在地上的红毯往前走，随即转弯，下楼。

这家饭店的一楼也有好些顾客在吃饭。

白伊本来是径直朝着饭店门口前行的。

可是，一道身影突然很霸道地闯入了她的视野中，让她倏地停住脚步。

白伊怔望着靠窗位置的周雾寻，表情愣了下。

他一个人来这里吃饭……更准确地说，是喝酒。

白伊看着他餐桌上的啤酒，秀眉不由得拧紧。

怕他发现自己，白伊直接伸手把棉服上的帽子戴好，低垂着脑袋快步往饭店外走去。

但白伊并没有直接回家，而是去了马路对面正对着这家饭店的一家咖啡馆。

白伊特意找了个靠窗的位置。

这样，透过玻璃窗，一眼就能望见他。

咖啡馆里放着很有情调的歌曲。

恰好是白伊最喜欢的电影《泰坦尼克号》里的那首《我心永恒》。

但白伊根本没心情听歌。

她所有的注意力都在他身上。

她眼睁睁地看着他一杯接一杯地喝酒，好像有什么特别烦闷的事情堵在心口化不开，只能借酒消愁似的。

到底是什么事，让他这么颓丧？

虽然没有什么资格，但白伊还是情不自禁地为他担忧起来。

生怕他一会儿又跟去年那个冬夜一样，和别人打架。

而且这次还喝了酒。

时间滴滴答答地往前走，咖啡馆里的客人换了一拨又一拨。

白伊点的咖啡已经喝完，要的甜品也已经吃尽。

渐渐地，不知道在何时，咖啡馆里已经没有了其他客人，播放的歌曲也已停止。

气氛分外安静。

须臾，咖啡馆的服务员走过来，很礼貌地提醒白伊：“姑娘您好，不好意思啊，我们店要打烊了。”

白伊这才收回黏在他身上的目光，连忙起身道：“抱歉。”

从咖啡馆出来，外面冷风阵阵。

白伊身上穿着鹅黄色的短款棉服，但还是觉得寒意刺骨，仿佛就连身体里流动的血液都被冻得没了温度。

时间已经过了十二点，周边的其他店铺也都关了门。

白伊没有地方可去，只能站在马路这边，远远地望着饭店里靠窗而坐一直在灌自己酒水的男生。

她不敢让他察觉到自己的存在，可周围实在太过安静，安静到白伊心里发怵，很不自在。

她便从兜里摸出耳机，插到手机上，然后戴好耳机，点了“播放”歌曲。

一个月前，五月天发行了第八张专辑。

白伊这一个月只要有空闲时间，就在听这首专辑里的歌。

她戴着耳机，立在寒风凛冽的冬夜中，目光贪恋地望着那个少年。

直到饭店里没了其他顾客。

直到，他喝醉趴在桌上。

全身已经冻得快要麻木没有知觉的白伊这才肯往前迈步，朝他走去。

她进了饭店，脚步轻轻地来到他在的那张桌旁。

然后，白伊在他的对面坐了下来。

周雾寻喝了十几瓶啤酒。

此时酒瓶都被他放到桌子的一边。

他趴在桌上，额头贴着手臂，整张脸都埋了起来。

这会儿的他似乎格外脆弱，让她的心脏失控地泛起疼。

白伊强忍下想要伸手摸摸他头安慰他的冲动，只安安静静地坐在他的对面，不声不响地陪着他。

耳机里的歌正在唱：“我不愿让你一个人，承受这世界的残忍。”

这首歌里有句歌词，白伊特别特别喜欢。

她很想分享给他一个耳机，让他跟她一起听这首歌。

白伊的左手抬起来，摸到左耳上的耳机。

然而，女孩纤细葱白的手指停留了片刻，又空空地垂落下来。

她怕吵醒他，怕他醒来一睁眼就看到自己。

她不能让他知道她今晚出现过。

不知道过了多长时间，在收银台那儿瞅着他们看了良久的饭店老板走过来，开口道：“姑娘，我们店要打烊了。”

白伊立刻摘掉耳机起身，压低声音问：“您好，我能不能拜托您一件事？”

她的声音很温软，听起来特别乖，让人不忍心拒绝。

老板不解地问：“什么事？姑娘你说。”

白伊指了指旁边，示意他们换个地方说话。

老板好笑地跟着她去了收银台那边。

白伊这才语气诚恳地请求说：“老板，一会儿等我走了后您再叫醒他，然后麻烦您，帮他叫个车，让司机送他回清苑。”

白伊说着，把父亲给她的一百块钱拿出来，又从另一个兜里翻了翻，找到一张五十的来，随即就把这一百五十块钱递给老板。

“这是我身上能拿出来的所有钱了，剩下的二十块钱我得留着打车回家。”白伊微微红着脸窘迫道。

三十岁左右的男人低头望着眼前这姑娘，不由得笑了下。

老板没多问什么，也没收白伊的钱，只答应道：“行，我会按你说的做。”

白伊讷讷地仰起脸，伸出去的手还没收回来：“钱您……”拿着。

“钱我不要，举手之劳而已，要什么钱。”老板温和地笑说，“你自己收着。”

而后，他又似感慨似叹息道：“我也年轻过，懂你们这些小孩子心里那点弯弯绕。”

白伊登时脸红得要滴出血来。

她感激地对老板鞠了个躬，语气诚挚而认真：“谢谢您！”

然后，白伊就立刻转身往饭店外快步走去。

只不过刚走了两步，白伊就突然想起来什么，硬生生地停了下来。

她回头，顶着一张泛红的脸，目光飘忽地不敢看这位过来人，只轻声说：

“老板，您千万别告诉他我来过，拜托了。”

老板轻抬眉梢，很懂地答应：“知道了，我不说。”

白伊这才离开饭店。

周雾寻做了场梦。

梦里他放寒假后回了南城，想去看望母亲。

他没提前告知母亲他会过去，打算给母亲一个惊喜。

可是，等他到了南城后，却看到母亲怀里抱着一个婴儿，母亲的身边还站着沈叔叔。

他站在不远处的角落里，听到母亲笑语盈盈地逗怀里才几个月大的宝宝，说：“儿子，看，这是爸爸。”

这一瞬间，他的世界轰然坍塌。

他望着他眼前其乐融融无比幸福的一家三口，清晰地意识到擅自来到这里的自己有多么多余。

明明他这一年经常跟母亲联系。

可母亲从来没有跟他透露过一句她怀孕了，她又生宝宝了，她再一次当妈妈了。

周雾寻无法让自己出现在母亲面前，去打扰母亲的新生活。

他别无选择，只能转身，孑然一身地往回走。

忽而，周雾寻像被人硬扯着脱离了梦境。

醉酒的他混沌地睁开眼，看到一个男人正在架着他往前走。

男人见他醒了，便说：“醒了？我是这家饭店的老板，给你叫了车，你家住哪儿？”

周雾寻头痛欲裂，神志也不太清醒，还醉醺醺的他话语含糊地哑声说：“清苑。”

出了饭店，冷风瞬间从四面八方侵袭而来。

周雾寻也因此，登时清醒不少。

他谢过老板，坐进了出租车。

在回家的路上，周雾寻怔怔地望着车窗外迅速倒退的街景发呆。

他刚刚做的那场梦是他亲身经历的事实。

白伊从饭店里出来后，就等在离饭店不远的地方。

直到她亲眼看见周雾寻被老板送上出租车，这才叫车回家。

2012 年 1 月 16 号。

今晚的我，像童话里穿上水晶鞋的灰姑娘，得以短暂而隐秘地擅自拥有他片刻。

而当时间一到，灰姑娘就必须在王子发现自己是谁之前，悄无声息地离开。

我真的很想把我的耳机分给他一半。

但我没有资格。

他是一座浓雾弥漫的孤岛。

非我所拥有，却令我心驰神往。

除夕夜当晚。

白伊刚吃过晚饭不久，就收到了周雾寻发来的 QQ 消息。

ZWX：“外面在下雪，要出来玩吗？”

白伊的心跳登时紊乱无比。

她怔怔地盯着手机，不自觉地抿住嘴巴，悬在键盘上方的手指犹犹豫豫地不知道该回他什么好。

她想去，又怕去。

最终，白伊谨慎地在输入框里敲下一句话：“你们都在？”

在她要发送的前一秒，周雾寻率先又发了新消息给她：“星月和何颂都在，就差你了。”

白伊立刻把她还没发出去的消息删除，重新打字回：“好。”

ZWX：“还是在那个路口，等你。”

在看到“等你”这两个字的时候，白伊有一瞬的心悸，呼吸也无意识地停顿了下。

她回：“嗯，好。”

结束了聊天后，白伊就打开衣橱，拿出自己最喜欢的那件白色棉服，飞快地穿好。

出卧室前，她还特意站在镜子前打量了下，抬手稍微拢了拢发丝。

下楼来到客厅，白伊对正在看春晚的父母说：“爸妈，我去找星月玩一会儿。”

伊君婉扭头看过来，望着女儿，不知道想到了什么，最终欲言又止，什么都没说。

白骏毅开口道：“去吧，早点回来。”

白伊漾开笑，点头应：“好。”

伊君婉暗自叹了口气，只嘱咐了句：“戴上围巾和手套，别冻着。”

白伊莞尔回：“知道了妈。”

从家里出来，入目是纷飞的大雪。

白伊跳下台阶，在洁白平整的雪地上留下了自己的足迹。随即，她就满心期待地沿着路往前小跑去。

转过弯，白伊一眼就看到有三个人站在路口的路灯下。

橘色的灯光打落下来，将他们包裹在一片温暖柔和的光晕中。

她眼中的那个男生穿着白色的高领毛衣，外搭了件黑色冲锋衣。素白的雪落在他的发梢和肩头，他却毫不在意。

周雾寻姿态随性慵懒地倚靠着灯柱，正在跟何颂说话。

每次开口，白雾就随之飘浮腾升起来，让他棱角分明的脸变得十分朦胧。

白伊踩着铺在地上的厚重的白毯，一步步朝他和他们走去。

鹅毛大雪簌簌地往下落，很快就将她来时的脚印覆盖住。

周雾寻看到白伊穿着宽松版的短款棉服，脑袋上扣着棉服的帽子，脖子上围着一条粉色的围巾，大概因为天气太冷，她用围巾遮住了大半张脸，只露出一双湿漉漉的清透双眸。

就连双手都戴着特别可爱的卡通毛线手套，手套是挂脖的，紫色的绳从肩侧垂下来，拴在手套上。

本来白伊就是名副其实的软妹长相，这么一打扮，显得更加呆萌。

周雾寻不由得从喉咙里溢出一声低笑。

他强忍着想要揉揉她脑袋的冲动，把手抄进兜里，轻捻了捻手指，语气明朗地笑问：“你捂这么严实，是想打雪仗吗？”

白伊眨巴眨巴眼，很认真地回他：“也不是不可以呀。”

她的声音轻轻细细的，透过围巾传出来，听起来比平日里略低闷一些，但依然那么温软好听。

彭星月本就爱热闹，这下直接被勾起玩心来。

她二话不说，蹲到地上用手抓了把雪攥成雪球，就往何颂的身上砸去。

何颂毫无防备地被击中，不甘示弱地也团了个雪球要砸彭星月。

彭星月开怀大笑地围绕着周雾寻和白伊跑，用他俩挡自己。

白伊被彭星月抓着衣服，好笑道：“星月，你别抓这么紧。”

彭星月根本无暇顾及白伊的话，眼看何颂逼近，彭星月瞬间甩手往后跑。

结果，她这一甩，把白伊弄得没站稳，踉跄了下。

周雾寻的大脑还没转动，手已经快速地伸了出去，他修长的手指霎时抓住了白伊的胳膊。

白伊愣了下，盯着这只手，眼睛不由自主地落到他手腕处的红绳上。

其实他不伸手帮她，她也不会摔倒，只是身体晃了晃而已。

下一秒，周雾寻又飞快地把手抽了回去。

白伊的眼帘止不住地颤。

她微低下头，又把脸埋进围巾里几分，声音很轻地说：“谢谢。”

周雾寻略微不自然地偏开头，不知道该回她什么，最终只低低地“嗯”了声。

不远处的彭星月捂住脸对何颂嚷：“我跑不动了，让你砸回来，但是你不能砸脸，也别下重手啊！”

何颂望着她，止不住地笑。

等了一会儿，彭星月都没感觉她被何颂用雪球投，忍不住把手指泄了条缝，从指缝里偷偷看向他。

何颂就站在那儿，鹅毛大雪落了他满身。

他就站在原地，正瞅着她笑得开心。

彭星月刚把手放下来，何颂就忽而抬手把雪球投向了她。

只不过，雪球没有砸到她脸上，也没投到她的身上，而是落在了她脚边。

何颂眉眼染笑地看着表情错愕的彭星月，心里一片柔软。

他怎么舍得真的拿雪球砸她。

须臾，彭星月回过神来，忽而哈哈笑着嘲笑起何颂："何颂你好菜哈哈哈哈哈！给你机会站在原地让你砸你都砸不中。"

何颂："……"

周雾寻微扬起头，望着夜空下簌簌飘落的雪花，低声感叹了句："我还是第一次见这么大的雪。"

去年也见过北方的落雪，但都没有今夜的大。

提起雪，周雾寻又想起去年那个冬夜。

她默默帮了他的那晚，下雪了。

他在看雪，而白伊在看他。

倏而，周雾寻突然扭头垂眸望了过来。

正仰头瞅着他看的白伊登时浑身僵住。

她的大脑变得一片空白，甚至都忘记了挪开还和他对视着的目光。

周雾寻也没想到会猝不及防地跟她目光相撞，呼吸不由得滞了滞。

他盯着她，挪不开眼。

有那么一瞬，周雾寻其实很想向她求证一下，问问她，那晚到底是不是她。

尽管他基本确定就是她。

两个人各怀心思，谁都没开口说话。

就在这时，一个雪球突然飞向这边，直冲周雾寻砸来。

雪球落到他身上的那一刻，白伊被吓得小声惊叫了下。

随即，白伊也中了招。

始作俑者彭星月和何颂正在笑着击掌。

周雾寻嘴角微勾着哼笑了声。

"白伊。"周雾寻嗓音温和地唤白伊。

听到他喊自己的名字，白伊心头一跳，讷讷地应："啊？"

“组个队？”他的语调漫不经心，莫名透出一股痞劲儿。

白伊听懂了他的意思，眉眼轻弯道：“好。”

就这样，一场雪仗就这么打响了。

四个人在雪地里追逐嬉闹，笑声不断。

后来玩得累了，彭星月率先喊停休战。

“去别处转转吧。”彭星月提议道，“去年我们在津海大桥喊了新年愿望，今年再去喊一次吧！”

“不过就只剩我们四个了，舒娜姐和江信不在。”

吕舒娜和男朋友出国去旅游了，过年没有回沈城。而江信今年没有过来找周雾寻过除夕。

彭星月刚说完，周雾寻的手机就响了起来。

来电人正是江信。

周雾寻接听后打开扬声器，对方说的方言就瞬间钻进了他们的耳朵里：“阿寻，老子想你咯，你咋个不来耍几天嘛。”

周雾寻不知道想到了什么，唇线几不可见地抿了一瞬。

他无奈地低叹着问：“喝醉了吧你。”

江信说：“我才不得醉。”

周雾寻显然不信，也用方言回了句：“老子还不晓得你。”

彭星月忍不住凑近周雾寻喊了江信一声：“江信！”

江信听到有女孩子的声音，改成了普通话，问：“星月吗？”

彭星月嘿嘿笑：“是我，新年快乐啊！”

何颂也随之对江信说：“新年快乐，江信！”

白伊见状，眨了眨眼，也跟着说了句：“新年快乐！”

江信开心地笑着回：“新年快乐，新年快乐！”

彭星月逗江信：“江信，沈城下大雪呢！”

江信羡慕地“啊”了声：“我也好想看雪啊！”

周雾寻说：“做梦看吧你，老子的手要冻得没知觉了，没其他事情就挂了。”

随即，他又语速极快地补充：“新年快乐！”

说完，不等江信再说什么，周雾寻就挂断了这通电话。

白伊瞅了周雾寻一眼。

今晚没有月亮，但路灯和大雪将黑夜染亮。

路灯皎然的光晕衬得他的神色异常柔和。

白伊觉得，他应该被江信的话触动了，只是不愿意表现得太明显，所以最后才匆匆挂了电话。

就在这时，彭星月凑到了白伊身边。

"一一，你什么时候去参加海大的自主招生考试啊？"

白伊回道："下个月 5 号。"

自主招生在十二月份就报名了。

白伊在学校推荐的名单内，但周雾寻没有。

因为他之前的成绩并不算特别稳定，年级排名有好几次连前一百名都没达到，所以最终审核没有通过。

不过对周雾寻来说，有没有自主招生这条路都没太大关系。

只要高考正常发挥，他绝对能顺利考进法大。

白伊没有听父母的话申请医科大学的自主招生，而是固执地定了海大。

伊君婉因此还跟白伊单独聊了聊，最后也没聊出任何结果来。

伊君婉非要让白伊报考北京的医学院，白伊就想上在上海的海大。

母女俩互不让步，这件事不了了之。

"哎，班长是不是也要去海大？"彭星月随口道，"他好像是咱们学校唯一一个直推生。

"我还以为班长会去北京读个清大呢，没想到你们一个两个的，都往海大跑。"

彭星月说到这里，像是捕捉到了什么，惊讶道："不会吧……班长不会是因为你要去海大，所以也想去海大吧？"

白伊瞬间皱紧眉，语气严肃地嗔彭星月："星月，别乱说。"

白伊认真道："报名的时候他也不知道我想去的是海大，只是凑巧罢了。"

彭星月总觉得没这么简单："我之前就觉得班长喜欢你，现在更……"

“星月！”白伊突然停下来，声音也拔高了几分。

彭星月见白伊满脸通红，是真的很介意，立刻捂住嘴巴，语气诚恳地认错道：“好啦我不说了，一一你别生气嘛！”

白伊默默地沉了口气，嗓音沉静而理智：“这种事别乱说。”

周雾寻就在她们身后，白伊不想让他误会她跟班长之间有什么，尽管她和他就只是朋友。

但他毕竟是她喜欢的男生，她不愿意被自己喜欢的男孩子误会。

彭星月连连点头：“好，我保证不说了。那你也不要生我气了哦。”

白伊抿嘴浅笑了下，点头应：“嗯。”

跟在她们后面的周雾寻不自觉地抿直了唇线。

他居然觉得，星月说的不是没有道理。

大概因为他也感觉出来，章骛恂对白伊不一般。

不多时，四个人踩着雪到了津海大桥。

彭星月率先跑到栏杆前，畅快地大喊：“新年快乐！心想事成！”

何颂说：“希望我们永远开心！”

白伊随后扬声道：“新年快乐！新的一年，祝我们都能如愿以偿！”

周雾寻垂眼望着她。

他的目光里满满的都是身侧这个脸上漾着浅笑的女生。

她说，祝我们都能如愿以偿。

可，我平生所愿是你。

轮到周雾寻。

他望着还在簌簌飘落的雪花，然后在路灯浅淡的光芒下，用尽力气喊出来：“希望我们都能得偿所愿！”

彭星月笑他：“你和一一说的根本没什么区别！”

周雾寻一本正经道：“双倍的，更容易实现。”

随后，他才用平常说话的音量说：“新年快乐。”

很多年以后，周雾寻仍然对今晚印象深刻。

他永远都清晰地记得——

除夕夜、初雪、路灯。

还有，路灯下的少女。

这是他喜欢她后的第一个除夕。

2012 年 1 月 22 号。

除夕，初雪，媲美月色的路灯光晕。

还有干净如雪皎洁似月的少年。

新年快乐。

祝我们都能如愿以偿。

祝你我都能得偿所愿。

第六章 毕业季

01.

新年过后没多久，高三就迎来了开学。

距离高考越来越近，学习也越来越紧张。

大家都变得忙忙碌碌，课间除了去趟厕所，基本都在座位上埋头刷题。

白伊参加的自主招生的笔试和面试都已经通过。

只要她高考正常发挥，就能被海大录取。

章骜恂的直推生面试也很顺利，已经被海大预录取。

四月份的一个周六。

白伊跟着彭星月和何颂来到了清苑。

在快到周雾寻家门口时，白伊突然收到了周雾寻的 QQ 消息。

ZWX：“玩滑板吗？”

白伊轻咬嘴巴，一手抱着盒子，一手摁手机键盘回他：“今天不了，我作业还没写完。”

独自在家里沙发上躺着的周雾寻看到她发过来的消息，心里有些失落。

这是她第一次拒绝他的邀约，而且还是在他生日这天。

为了约她见面，他今天特意请了假没有去做兼职。

尽管心里很难受，周雾寻还是不动声色地回了她一句：“好。”

下一秒，门铃响起。

周雾寻轻皱了下眉，起身趿拉上拖鞋走过去开门。

在门被他拉开的那一瞬间，捧着生日蛋糕的彭星月和她身侧的何颂、白伊霎时出现在他面前。

周雾寻愣住。

彭星月开心地说：“哥，生日快乐呀！今年我没忘记你的生日哦！”

何颂也笑说：“生日快乐啊寻哥！”

白伊仰脸望着怔在门口的周雾寻，唇边漾着浅笑，语调微扬带着温软道：“周雾寻，十八岁生日快乐。”

周雾寻的心弦动了下。

他堪堪回神，侧身让他们进来。

白伊最后一个踏进他家里。

彭星月和何颂都已经往客厅走去。

周雾寻关门的时候压低声音问白伊：“所以你刚刚说不玩滑板，其实是因为这个？”

白伊的脸颊微微泛起红晕，好像在因为欺骗了他而不好意思。

她鼓了鼓嘴巴，点着头轻轻应：“嗯。”

周雾寻从喉咙里发出一声很短促的低笑。

他愉悦地说：“谢谢。”

白伊慌乱地颤了颤眼睫，故作镇定道：“不用……”

而后，她就把怀里抱的盒子递给他。

白伊浑身发热，根本不敢抬头看他，只低头垂眸说：“生日礼物。”

周雾寻眉梢轻抬，把她送的礼物接了过来。

把礼物送给他后，白伊就率先去了客厅。

后来几个人围绕着桌子吃生日蛋糕，白伊一直低头刷手机。

坐在她旁边的彭星月见她吃生日蛋糕都这么心不在焉，忍不住偏身凑过来，问：“一一你看什么呢？”

白伊左手拿着小叉子，右手正在摁手机的键盘。

“五月天世界巡回演唱会南城站在今晚，”白伊慢吞吞地用小叉子揩了点奶油往嘴里填，而后继续说，“据说接下来还有沈城站，但日期还没定。”

“好希望在我们高考结束后啊！”白伊祈祷完又道，“要是真在咱们高考完，我一定要去现场看！”

正在吃生日蛋糕的周雾寻安静地听完白伊的话，若有所思了片刻。

吃完蛋糕，周雾寻才不紧不慢地拆他们送的礼物。

他先拆的白伊给他的礼物，是一个跟手链盒子差不多大小的礼盒。

周雾寻打开后，发现里面是一款白色的耳机。

他把耳机拿出来，仔细瞧了瞧，发现左耳机上印着一个字母“Z”。

周雾寻随后去看右耳机，上面也有字母，是“WX”。

他的嘴角噙上笑，桃花眼也不自觉地弯了些弧度。

周雾寻格外喜欢这份礼物。

尽管，他并不知晓，白伊为什么会选择送他耳机。

2012年4月21号。

今天是我偶像在南城开演唱会的日子。

今天也是我暗恋的那个少年十八岁的生日。

“周雾寻，十八岁生日快乐。”

我终于亲口对你说了生日快乐。

既然我不能分你一半耳机，那就送你一对耳机。

或许将来会有那么一瞬——你正戴着我送你的耳机在听某首歌，而我那时那刻也恰好在跟你听同一首歌。

今年的高考志愿填报时间在5月12号到17号。

因为事关学生的前途，杨其进格外慎重。

填报志愿的最后一天，他特意让班上的同学按照学号到办公室来，登录网站最后再确认一遍自己填报的院校及专业。

高三的学号是根据高二期末考排的。

白伊是3号。

章骛恂从办公室回来后就喊她：“白伊。”

白伊立刻起身，去了杨其进的办公室。

她输入考生号和密码，登录进去后，却发现志愿信息完全不是她填报的那几所大学和专业。

白伊瞬间皱紧眉，看向姓名那一栏。

明晃晃地写着她的名字——白伊。

白伊盯着被改掉的志愿，握着鼠标的手开始止不住地发抖。

杨其进看到电脑屏幕上显示出来的信息，还特别诧异：“白伊，海大的自主招生你不是通过了吗？又不想去海大了？”

白伊连连摇头，说话时连声音都在颤抖：“这不是我填的……我第一志愿是海大，海大化学系，这完全不是我填的！”

而填报信息上显示的第一志愿是北医大。

杨其进的表情瞬间严肃：“不是你填的？”

白伊直接站起来，她努力让自己冷静，强撑着留住最后一丝理智，对杨其进说：“老师，我想回家，找我妈聊聊。”

杨其进已经明白了白伊的意思，问：“是你母亲改了你的志愿吗？”

白伊用力地睁了睁酸胀泛热的眸子，她点点头：“嗯。”

一定是母亲。

执意让她上医科大学的，只有母亲。

父亲虽然不逼迫她，但总站在母亲那边。

而且，她在教育招生考试院的密码是身份证号后几位，也只有父母知道她的身份证号到底是多少。

杨其进没有让白伊回家去，而是说道：“还是我给你母亲打个电话，让她来学校一趟吧。

“没事的，有老师在，老师帮你做你母亲的思想工作。”

杨其进安抚完白伊快要失控的情绪，又提醒她：“我去找数学老师一下，让班上的同学接下来先去他那边核对志愿信息，你先把志愿改过来，还有时间，慢慢填，别填错了，等我回来帮你核对无误再提交。”

白伊点头，声音微颤地应：“好，谢谢老师。”

杨其进立刻去了数学办公室，跟数学老师打好招呼后又回了趟教室。

“杨楠，从你开始往后的同学都去数学老师那里核对信息啊，我有点事。”

说完，杨其进就急匆匆地离开了教室。

本来安静的教室随即开始躁动，不断有窃窃私语从各处传来。

“怎么了？发生什么事了？老班怎么一脸凝重？”

“不会是白伊的志愿出了什么问题吧？”

“不能吧，她海大的自主招生都通过了啊……”

彭星月茫然了一瞬，然后有些不安地问何颂和周雾寻：“是不是一一的志愿出差错了？她怎么还没回来？”

何颂安慰她：“不会有事的，就算现在发现了哪里不对也还有时间改过来。”

周雾寻沉默着没说话，唇线不自觉地抿直。

杨其进给伊君婉打完电话才回办公室。

白伊正贴靠着墙站着，表情呆滞又茫然。

杨其进暗自叹了口气，轻声问她：“填好了？”

白伊堪堪回过神，清泠泠的眸子里没了平日里的光彩。

她点点头：“嗯。”

杨其进坐下来，又给她拉了把椅子，说：“过来坐，我们核对一下，没问题就提交。”

白伊走过来，坐到椅子上，又跟着班主任核对了一遍自己想填报的志愿，确定没有问题，就提交了上去。

不到二十分钟，伊君婉和白骏毅来到了杨其进的办公室。

正巧他俩今天都轮休在家，所以就一起过来了。

“杨老师。”伊君婉嗓音柔和地喊了杨其进。

杨其进站起来，让他们进来，从旁边拿了两把椅子，放到伊君婉和白骏毅面前。

“坐下说坐下说。”杨其进淡笑道，“今天把你们叫过来是想聊一下白伊高考志愿的事。

“刚刚让学生们检查自己填报的信息有没有误时，白伊发现她的志愿被人改了……”

“是我改的。”伊君婉说，“一一该上医科大的。”

白伊忍不住呛道：“什么叫我该上医科大？我早就跟你们说了，我不想读医。”

白骏毅压低声音提醒白伊：“一一，怎么跟妈妈说话呢。”

“你们都把我志愿改了还想让我怎么好好说话？”白伊又气又委屈，后怕地质问他们，“幸好学校让我们核对了信息。如果没有核对，我的人生就被你们给毁了！”

“什么叫你的人生被我们毁了？”伊君婉有些生气道，“你是我们唯一的孩子，我们巴不得你过得好，怎么会毁了你？我让你读医科大不也是为了你好吗？”

“我不要你为我好！我讨厌你总说是为了我好！”白伊情绪激动地站起来，“你们总是打着为我好的幌子做伤害我的事！”

场面已经开始失控，根本找不到说话机会的杨其进勉强插嘴道：“白伊父母，你们先别动气，听听孩子的想法，白伊毕竟十八岁了，这个年纪完全能对自己的选择负责，往后还有几十年，你们也不能什么事都替她做决定对不对？”

“白伊，”杨其进拉了拉白伊的胳膊，试图让她坐下来，安抚道，“别激动，平复一下心情，好好跟你爸妈说说你是怎么想的。”

白伊并没有坐下。

她就这么倔强地站着，浑身紧绷地跟伊君婉对视。

随后，白伊发泄般地说：“初三因为我有次考试没让你满意，你就擅自把我的滑板送了人，你根本不听我的解释，非说我是因为玩滑板，才成绩下滑的。

“升了高中后你一直要求我拼命追赶前一名，我考第五你让我考第四，我考了第四你让我考第三，等我拿到第三名，你就让我去超吴文彬，我挤破脑袋，终于考过了他，你还是不满意。我进步那么多次，你从没有夸过我，但只要我英语没考满分，我成绩没达到你的预期，你就能不满地说道我一晚上。

“可我就是想让你认可我！哪怕你简单地夸我一句也好！

“说国庆节带我出去旅游的是你们，变卦把我独自丢在家里让我复盘考试的也是你们！答应我考到第二名就满足我一个愿望的是你们，我提出来想要滑板突然反悔不给我买的也是你们！我有时候想，大人是不是都这样善变，不讲信用，欺骗孩子？”

那些伊君婉和白骏毅觉得早就成为过去的事，在白伊心里其实始终存在着。

曾经的那些委屈，一件件一桩桩，不断地累加，在此时此刻，连同今日的愤怒，终于一起爆发。

“一一，我们都说了，这些跟学习无关的事，等高考后再满足你。”白骏毅试图解释。

白伊红着眼眶，带着哭腔硬气地回：“我不要了！我不稀罕！

“我不需要你们以后带我出去旅游，也不需要你们再给我买滑板，之前的种种我都不需要任何补偿，我现在只想上海大，你们不能擅自改我的志愿！”

“不行。”伊君婉直接拒绝，她站起来，轻细温柔的语气格外强硬，“你必须念医科大。我跟你爸爸都是学医出身，你也念医学，以后我们能帮你更多些。”

白伊刚刚稍微冷静了一点的情绪瞬间又被刺激到。

“我都说了我不要你们帮我！你为什么非要逼我！”白伊气得不断跺着脚往后退，全身上下都在抗拒。

“你说为什么？我们就你这一个女儿，我们有多爱你你感觉不到吗一一？我跟你爸爸希望你以后过得好，读医出来进大医院有什么不好？况且海城离沈城那么远……”

“我就是想逃离你啊！”白伊不等伊君婉说完就失控地喊了出来，眼泪从眼角噼里啪啦地涌了出来，她哭着喊，“我想离你们远点你不懂吗！”

伊君婉没想到女儿心里想的是从她身边逃走。

像是急火攻心，她忽而撑不住，身体晃了晃，被丈夫急忙扶住。

白骏毅见状，板起脸说白伊：“一一，你怎么能说这种话？快给你妈妈道歉！”

白伊对父亲的说教充耳不闻，她泪眼蒙眬地直视着父母，有点口不择言地控诉道：“我为什么要道歉？错的明明是你们，为什么要我道歉？”

白伊的情绪仿佛濒临崩溃，她气得浑身止不住发抖，哭喊道：“她要是毁了我人生的凶手，你就是帮凶！”

人在冲动不理智的时候，总会说出一些杀伤力极大的重话。

但哪怕再言不由衷，都是基于事实而言的。

白骏毅冷着脸呵斥：“白伊！”

白伊的情绪还没平复，她一边哭一边委屈地说：“你们口口声声说爱我爱我，可你们爱的根本不是我！你们爱的是那个优秀听话的白伊，是像木偶一样对你们绝对顺从不会反抗的白伊！

“可我是活生生的人，我有自己的思想！

“这次我绝不妥协，我就要上海大，就要读化学！你们要是还敢改我的志愿，我就放弃录取回来复读，直到我被海大录取为止！”

说完，她就抬脚往办公室外跑去。

“哎，白伊！”杨其进在后面喊她。

白伊拉开门，却突然发现办公室门口站着一个人。

尽管泪眼婆娑，她还是一眼就辨出来她眼前的男生是周雾寻。

这一刻，好像更加委屈似的，白伊的眼泪“啪嗒”一下从眼角滑落，像断了线的珠子。

她逃避开他的目光，仓皇偏开头，转身跑走。

周雾寻看到她哭的模样，人有点缓不过神，身体僵硬得像被钉在了原地。

杨其进还要做白伊父母的思想工作，看到周雾寻在，立刻道：“周雾寻，快追上去看看，别让白伊出什么事。”

周雾寻这才反应过来，连忙应：“哦……好！”

随后，他就追着白伊跑下了楼。

正是午饭时间，教学楼周围很空旷，大家都去了餐厅吃饭。

白伊跑在路上，也没有遇到几个人。

周雾寻很快就要追上她，但他没有上前拉住她，而是在她身后几米远的位置，一路默默地跟着她。

白伊跑出学校后才慢慢放缓了步子。

她走到公交站牌时，刚好有公交车靠边停。

白伊神思混混沌沌的，也没看到底是开往哪里的公交车，就这么踏了上去。

周雾寻立刻跟着她上了车。

公交车上人很少。

白伊径直走到后排靠窗的位置坐下。

周雾寻就和她隔着一个过道，平行地坐在另一边的外侧。

白伊还没止住哭，眼泪不受控制地往外涌。

本来白皙的脸染尽了红晕，一双漂亮的眸被泪水洗刷得越发透亮，眼尾处也已经染尽绯色。

这是周雾寻第三次见她掉眼泪。

第一次是她被薛诚浩欺负哭。

第二次是她看电影被感动哭。

他就和她隔着一个过道和一个座位，安安静静地陪着她。

周雾寻很想哄哄她。

可是，他蓦然发现，自己根本不知道该怎么哄女孩子，甚至笨拙到连一句最简单的安慰都说不出口。

良久，周雾寻终于动了动。

他挪过来，小心翼翼地坐到白伊身侧，然后，把一只耳机塞到了她的耳朵里。

他刚绞尽脑汁思考了半晌，最后也只想到陪她听歌这个办法。

幸亏手机和她送他的耳机就在兜里，被他随身带着。

左耳中突然多了个耳机，白伊愣了愣。

旋即，她喜欢的声音就从耳机里响起。

周雾寻放的是白伊最爱的五月天的歌。

歌里唱着：“你要是落泪滴，世界都要下雨。”

白伊默默地偏过头望向车窗外，眼泪突然掉得更凶。

周雾寻也侧脸，抿直唇线垂眸凝视着她。

他刚刚只是恰好经过班主任办公室，结果不偏不倚，听到了白伊崩溃的话语从里面传出来。

他听到她歇斯底里地哭喊着说：“我就是想逃离你啊！我想离你们远点你不懂吗！”

周雾寻知道他不应该在外面偷听，但是身体仿佛不是他自己的，完全不听理智的使唤。

他站在门外，听着她哭，听到她难过到近乎绝望地说“你们爱的根本不是我”，不由自主地被她的情绪所牵动。

像有细针在不断地扎他的心脏，让他疼得险些呼吸不上来。

这是周雾寻第一次真切地体验到，什么叫心疼。

心疼一个人原来这么无力又难受。

公交车停停走走，从起点开到终点，又从终点驶回起点。

车上的人来来去去，只有白伊和周雾寻始终坐在座位上。

不知道过了多久，白伊的情绪终于稳定，但是感觉眼睛有些不适。

她抬手揉了揉微微红肿的眼，还是不太舒服。

“别用手揉，会更不舒服。”周雾寻忽而低声温柔道。

白伊没言语，但手听话地垂落了下来。

“白伊。”周雾寻喊她名字的这一瞬间，胸腔里的心脏就突然悸动紊乱起来。

白伊扭过头，抬眼看向他。

少年正注视着她。

白伊，你真的特别棒，你是我见过的，最勇敢的女孩子。

白伊，别哭。

你一定会如愿以偿，有一个大好未来的。

两个人对视了几秒。

心里想的那些话，周雾寻最终一个字都没说出来，只嘴拙地问了她一句：“饿不饿？”

白伊轻咬了下嘴巴，声音微哑地回：“有点。”

“那我们下站下车，找个地方吃饭。”周雾寻说着，不由自主地对她淡笑了下。

白伊点了点头，答应。

须臾——

“可是，”她轻声说，“我没带钱。”

“我有，”周雾寻嘴角噙笑道，“我请你。”

快到站时，耳机里的歌正巧也播放到了末尾。

白伊认真地听完最后一句：“你是唯一的追寻。”

然后，她摘掉耳机，把耳机还给了周雾寻。

随即，两人一前一后地下了车。

结果没想到，这一站周围没有饭馆。

只有一家便利店供他们买些吃的。

几分钟后，周雾寻和白伊并排坐在便利店里设的桌椅上，一起吃着关东煮、喝着旺仔。

周雾寻和白伊回到学校时已经是下午大课间。

白伊在前面走，周雾寻在后面跟着。

两个人一前一后地进了教室。

从厕所回来的彭星月一看到白伊就立刻跑到了白伊的座位旁。

她关切地问：“一一？出什么事了？你怎么现在才回来啊？”

白伊本来稳定的情绪，在听到好友关心地询问时又有些失控。

她强忍着要哭的冲动，摇了摇脑袋。

怕彭星月听出什么端倪来，白伊没敢说话。

彭星月轻蹙眉，还是有些担心，又问：“他们说你的志愿出了问题，改了吗？”

看到志愿被改掉的那一瞬的慌乱和茫然霎时再一次将白伊席卷，几乎要让她窒息。

人总是很奇怪。

明明已经平复了情绪，可是一旦有人关心安慰自己，就瞬间觉得无比委屈。

此时的白伊就是这样。

彭星月简单地问了两句，她才消解下去的委屈突然又涌了上来。

眼泪不听话地从眼角滑落，白伊转过身，抬手抱住了站在她座位旁的彭星月，把脸埋进彭星月的胸前。

她死死咬着嘴唇不让自己哭出声，却还是有零星的抽噎断断续续地溢了出来。

彭星月急忙搂住白伊。

听到白伊哭得这么委屈难受，她眉心拧紧，担忧地问："一一？一一你到底怎么啦？"

"你别吓我啊，"彭星月的眼眶也开始泛红，她一边安慰白伊一边克制情绪，带着哭腔说，"你再哭我也要哭了。"

话音未落，彭星月也跟着白伊"呜呜"哭了起来。

周雾寻和何颂在旁边有点傻眼。

何颂拨了下彭星月，嗓音压低，问道："星月，你哭什么啊？"

彭星月没好气地回："你管我！看一一哭我难受不行啊！"

何颂无奈叹气，递了张纸巾给她。

彭星月接过来，只拿在手里，也没用纸巾擦眼泪。

她一边掉眼泪一边问怀里的白伊："一一你的志愿没有问题吧？"

白伊摇摇脑袋，带着颤意的声音闷闷地传进他们耳朵里："改回来了，没问题了。"

"那就好那就好，"彭星月吸了吸鼻子，轻轻拍着白伊的后背安抚她，"志愿没问题就好。"

周雾寻垂眸盯着背对着他被彭星月拥着的白伊，有那么一瞬，他在想——在公交车上的时候，她哭得那么委屈难过，是不是也很想有个人能给她一个温暖的怀抱，轻声温柔地安慰安慰她。

杨其进耐心温和地跟白伊的父母聊了好几个小时，终于让这对父母意识到了他们在教育孩子方面存在的问题。

"每个人都有自己的路要走，作为长辈，我们能为白伊做的，是做她的港湾和后盾，在她疲惫或受伤时，给她一个绝对安全的栖息地让她放松休息，而不是提前帮她规避掉人生中的所有风险，始终把她护在羽翼之下，那样孩子是永远长不大的。

“她该吃多少苦，该受多少累，那都是成长的一部分，是生活馈赠给她的各种人生经验。”

结束了谈话后，伊君婉和白骏毅从杨其进的办公室出来。

离开学校前，伊君婉让丈夫陪她去了教学楼。

夫妻俩到十三班门口时，就看到女儿抱着她的好朋友，两个姑娘在一起哭。伊君婉的眼眶登时通红。

她脑子里不断地响起一一在老师办公室控诉他们的那些话，忽而觉得很愧疚。

她好像不是一个合格的妈妈，让女儿对她有这么多的积怨。

伊君婉深深地呼了口气，勉强稳住情绪，有气无力地对丈夫道：“回家吧。”

这晚放学后，白伊在家附近的公交车站下了车，却没有立刻回家。

白天和父母的争吵自然让她浑身不自在。

白伊在家附近的路上绕了几圈消磨时间，然后找了张长椅坐下，继续耗时。

眼看天色渐晚，白伊自知躲不过，只能硬着头皮起身。

结果，她刚转过身，就看到父亲正急匆匆朝着这边过来。

白伊稍愣，讷讷地停在了原地。

白骏毅一看到女儿，霎时松了口气。

“一一，怎么今天回来这么晚？”白骏毅问道，“你妈妈都要担心死了。”

白伊不知道该说什么。

她还没找到合适的理由，白骏毅已经来到了她面前。

白骏毅低声问她：“是不是还在生爸爸妈妈的气，所以不想回家啊？”

白伊轻抿嘴巴，回：“没有。”

“真的没有吗？”白骏毅语气温和。

白伊不说话了。

白骏毅没有着急带白伊回家，而是拉着白伊在长椅上坐下来，跟女儿近距离地面对面交流，说：“一一，今天你说的那些话，爸爸妈妈都听进去了，杨老师后来也跟我和你妈妈聊了很多，我们很深刻地反思了我们这些年对你的所作所为，也已经意识到了自己的问题所在，希望你能给爸爸妈妈一个改正的机会，好不好？”

白伊眼眶泛热。

她低垂着头，双手绞在一起，咬紧嘴巴没说话。

“过去是爸爸妈妈有很多地方做得不对，让你委屈难过了，对不起，爸爸郑重地跟你道歉！”白骏毅低叹了声，继续道，“爸爸妈妈是第一次做父母，没有经验，总想把我们以为最好的都给你，想让你按照我们安排的路走，因为这样你就能少走很多弯路。至于现在对你要求严苛，也是希望你将来能更轻松些。但我们忽略了你的个人意愿，没有考虑到你的感受，没问过你想不想要就把我们的想法擅自塞给你，真的抱歉！”

白伊的眼泪簌簌落下来。

她死死抠着自己的手指，强忍着不让自己哭出声。

伊君婉不知何时来到了他们身后。

她开口，柔和的嗓音里透着些许虚弱，对白伊说：“一一，既然你那么想读海大，那就去吧，爸爸妈妈不拦你了。”

白伊蓦地扭过头。

伊君婉站在离他们几步远的地方，整个人看起来消瘦又憔悴，恍若一阵风就能把她吹倒。

白骏毅皱眉严肃道：“你身体不舒服不在家好好躺着，出来干吗？”

伊君婉嘴角轻牵，笑说：“看你迟迟没把女儿接回家，坐不住。”

她说着，走过来坐到了白伊另一边。

伊君婉拉起白伊的手，轻轻摩挲着，语气歉疚地说：“一一，过去是妈妈逼你太紧，对不起啊宝贝！妈妈让你那么难过失望，妈妈不是个好妈妈！”

白伊泪眼蒙眬地耷拉着脑袋，只有眼泪汹涌地往外噼里啪啦地掉落。

她喉咙发紧得厉害，一个字都说不出。

“以后你想做什么就去做吧，想玩滑板就玩，想去旅游就去，想听演唱会就听，跟谁交朋友跟谁谈恋爱，爸爸妈妈都不干涉插手，只要你喜欢开心就好。”伊君婉说到这里，哽咽了下，才继续往下说，“爸爸妈妈爱的就是你，不管你成绩好不好，你永远都是我们最优秀的宝贝女儿。”

白伊已经泣不成声。

“一一，”伊君婉给白伊擦了擦眼泪，忐忑而小心翼翼地请求着问，“别怪爸爸妈妈了好不好？”

白伊“啪嗒啪嗒”掉着眼泪，点头。

她倾身搂住伊君婉，边哭边说：“对不起爸妈，我今天说话也有点重。”

伊君婉流着眼泪笑。

她轻轻抚着女儿纤瘦的脊背，温柔安抚：“没事啊，没事的。”

要不是女儿那些话，她和丈夫也不会意识到他们和女儿之间的问题有多严重。

2012 年 5 月 17 号。

他把耳机分给了我一半。

第一次单独和他吃饭，吃的是关东煮，喝的是旺仔。

好像简单到不值一提，但对我来说，却胜过山珍海味。

02.

第二天周五。

因为临近高考，学校为了鼓舞学生们的士气，办了一场“大胆说”的活动。

每个学生都有机会站到高台上，对你最想要感谢的同学说几句话。

五月下旬的天气逐渐炎热。

风和日丽的上午，一群学生站在操场，聆听着别人的心声，同时等待着自己上场。

这次依然是按照学号来。

周雾寻第一个上场。

他从容不迫地阔步走向高台，一步俩台阶地快速上去，站到了最高处。

周雾寻垂眼看着台下那么多的看众，目光睃了下，最终落到了那抹娇小的倩影身上。

周雾寻的嘴角无意识地翘了下，旋即用力高声喊出来：“去年 4 月 21

号在广播室放歌的那位同学！谢谢你！”

白伊的心倏地一颤，她怔怔地望着高台上的他。

男生穿着宽松合身的蓝白色短袖和蓝色校服长裤，身形挺拔而张扬。

微风拂过，他的短发被吹得微微凌乱。

明亮的阳光洒落在他身上，把他一头黑发晕成了好看的茶棕色。

白伊的心脏“扑通扑通”地跳着，在胸腔里毫无章法地横冲直撞。

周雾寻望着她这边，但白伊不确定他在看谁。

他嘴角漾着笑，继续喊：“谢谢你放了那首*Happy Birth Day*！虽然我知道这首歌不是特意放给我的，但那是我那天听到的第一句生日快乐！”

周雾寻心底一直都记着去年他生日那天。

没有人记得他的生日，没有人跟他说一句生日快乐。

吃过午饭后，彭星月和何颂去超市，让他把白伊的饭带回教室。

他在往教室走的路上，听到广播里放的歌正在唱：“happy birth day……”

尽管周雾寻知道这首歌只是恰好出现，并不是专门为他而播，但他还是感受到了一丝慰藉。

那是他那天收到的第一句生日快乐，他永生难忘。

那晚回家后他就凭借记忆查了查这首歌叫什么。

搜索出来的结果显示，是五月天的*Happy Birth Day*。

白伊的偶像唱的。

但他当时并没多想，只当学校的广播又一次放了五月天的歌这么简单。

毕竟之前也放过，叫什么……《一颗苹果》。

当时白伊还激动地扯着彭星月的胳膊轻跺了跺脚。

在知道有今天的活动后，周雾寻昨天特意去了趟广播室，想问一下去年他生日那天负责放歌的同学叫什么。

然后，他就被广播室里的同学告知：“那天……我好像不在，把钥匙给了杨主任，就是十三班的班主任杨老师，他说他让他的课代表代了我一天。”

杨其进也是年级主任，所以广播室里的同学才会管他叫“杨主任”。

而他的课代表……就是白伊啊。

周雾寻也是那时才突然回想起，白伊那天中午因为要收化学试卷，没有跟他们一起吃饭，而是让彭星月帮她买的饭。

所以她那个中午不仅收了化学作业送到办公室，还去了趟广播室放歌。

怪不得偏偏那天播放了五月天的歌。

原来是白伊放的。

至于她为什么不偏不倚放了这首祝福生日快乐的歌，周雾寻心里隐约有点不切实际的期待，但他也很理智，想着只是巧合而已。

去年那个时候，她还不知道他的生日在哪天，又怎么可能特意为他放歌。

可因为放歌的人是她，他心里更加欢愉高兴。

昨天他之所以会听到白伊跟她父母争吵，就是因为他当时正从广播室往回走，刚巧经过化学办公室。

周雾寻站在高台之上，就只望着她。

他满心满眼都是她。

然后，他高声对她说："祝愿你每天都开心快乐！希望你以后所有的眼泪都是喜极而泣！"

别再难受地哭了，白伊。

一定要每天都开心快乐。

你笑起来，最好看了。

白伊并不知道周雾寻已经知道放歌的是她了。

她仰脸看着站在高台上光芒万丈的少年，眼睛酸胀发热，喉咙也哽得厉害。

去年利用广播存私心放歌那件事，她从没期待能从他那里得到什么回应。

甚至都不知道他有没有听到歌里那一句句 Happy Birth Day。

原来，他听到了。

白伊忽而绽开笑。

他能听到，她就很满足啦。

其实她很想告诉他，那首歌的寓意，并不只是单纯地祝愿生日快乐。

还有一层含义是，要为自己来到这个世界上而感到开心。

她泪眼蒙眬地凝视着他，在心里默默道："周雾寻，我希望你因为自己存在在这个世界上而高兴。”

周雾寻下来后，章鹜恂上去。

向来冷静稳重的章鹜恂第一次冲动了一把，点名喊出来：“高三（13）班的白伊！”

白伊一怔，茫然地抬头看向章鹜恂。

章鹜恂正注视着她，他说：“很开心能跟你做高中三年的同班同学！”

白伊笑了下。

随后，章鹜恂又道：“祝你前程似锦，未来可期！”

还有一句，我很喜欢你。

章鹜恂望着台下浅笑的女孩，在心底把这句话说给了自己听，而后下来。

轮到白伊，她小跑着上了高台。

看到下面那么多人，白伊突然有点紧张。

稍微沉了口气，白伊开口喊：“高三（13）班的彭星月！感谢你这两年多陪着我！包容我！跟我一起哭一起笑！你是我这辈子，最最最好的朋友！”

说完，她又继续喊：“高三（13）班的周雾寻！”

突然被点名的周雾寻蓦地抬眼，有点不可置信地看向白伊。

他本来以为她不会叫他的，毕竟都喊了星月的名字。

白伊眉梢眼角染着笑，用温软的嗓音扬声道：“谢谢你在我受欺负的时候挺身而出！谢谢你去年送我的生日礼物！我真的超级喜欢！你是我最珍惜的，好朋友！”

好朋友。

周雾寻的唇线微抿。

他多想自私点，勇敢点，让她知道他不仅仅把她当朋友。

然而，不能。

“很高兴能跟你做高三一年的同桌！感谢你经常用不同的方法给我讲题帮我开拓思路！也谢谢你每节课都把笔记拿给我看！”

因为白伊身高有点矮，总是被前面的同学挡住视线，每次都只能歪头或者等前面的同学低头时赶紧记笔记。

所以周雾寻每次就把笔记快速写下来给她抄。

白伊并不知道，在这之前，他从不做笔记的。

但是为了她，他这一年，写满了两个笔记本，就只是为了给她抄笔记。

“希望你能如愿上法大！还有还有，”白伊的语速变得稍微快了点，“一定要平安快乐啊！”

周雾寻忽而失笑，心也瞬间变得满满胀胀的。

“笨蛋。”他声音很低地呢喃了句。

“高三（13）班的何颂！”白伊眉眼弯弯道，“很高兴能跟这么有趣的你成为朋友，一起度过了高中的大部分时光！希望你心想事成！”

“高三（13）班的章骜恂！”白伊在高台上回了章骜恂，“我也很高兴能跟班长做三年的同班同学！同时也很感谢班长这三年来对我的帮助！真的很谢谢你！”

“对不起我有点贪心，”白伊歉意地说完，又补充道，“最后我想感谢一下我的班主任杨老师，真的很谢谢您！我永远爱您！”

如果不是班主任做父母的思想工作，也许现在她跟父母的关系依旧在胶着。

杨其进是白伊上学十几年来，最喜欢的一位老师。

杨其进露出温和的笑意来。

白伊喊完就匆匆从高台上走了下来。

此时的她浑身舒畅，但也卸了力，双腿有点发软。

没有人知道，白伊为了对周雾寻说那几句话，把几位好朋友都带上了。

这样就不会有人察觉到，周雾寻在她这里是特别的那个。

5 月 28 号。

三模考完的第三天。

距离高考只有 9 天，所有人身体里都紧绷着一根弦，哪怕课间大家都在座位上基本不动。

教室里再也听不到喧哗吵闹。

除了讨论题的低声交谈，就是笔不断在纸上划过的沙沙声。

下午最后一节自习课是化学自习。

杨其进近来也察觉到了这群孩子的心理压力过大，于是决定把今天的最后一节自习改成自由活动课。

“都出去透透气，”杨其进指了指窗外的夕阳光景，“晚霞那么好看，快出去看看，也呼吸一下新鲜空气，换换脑子。

“都这会儿了，也不差这四十五分钟的学习时间，放松好了学习效率更高。”他说着，就开始催促还坐在座位上没动的学生，“快点快点，离开座位，去外面转转。”

大部分同学都往外走去，但还有少数学生低头写题没动。

杨其进就走下讲台，把人一个一个地撵到了教室外。

然后，他将前后门锁上，谁也不准进。

白伊和彭星月百无聊赖地趴在栏杆上。

白伊看似在发呆，其实脑子里在想还没做完的那道题的解题步骤。

忽而，彭星月用胳膊肘碰了碰白伊，打断了她的思路。

她没头没尾地问白伊：“一一，你喜欢什么样的男生啊？”

白伊被问蒙，茫然道：“啊？”

彭星月说：“我是突然想起我之前看的一本小说来了。一个是风流多情男主角，一个是深情忠犬男配角，女主角最后放弃了浪子男主角，转身跟深情男配角结婚生子了。

“要是你的话，你喜欢哪款？”

彭星月问完又道：“或者你的理想型是怎样的呀？”

白伊的目光越过彭星月，看向她身后倚靠着栏杆偏头望向另一边的男生。

理想型……

白伊想起周雾寻之前身边女生众多的事来。

她佯装自然地别开头，不动声色地将目光收回。

周雾寻盯着远处的天际，似乎在欣赏风景。

但他的耳朵却支棱着，正等着听白伊的答案。

须臾，周雾寻听到白伊话语认真地轻声对彭星月说：“我喜欢深情专一的。”

周雾寻搭在栏杆上的手滑下来，垂落到腿侧，轻攥住。

她喜欢深情专一的。

而他之前身边不乏女生来来往往，甚至她表姐就是其中一个。

在她眼里，他大概格外风流多情，浪荡不羁。

周雾寻明白了，她不会喜欢他。

所以那天她在高台上才会说，他是她的好朋友。

心里的酸涩突然止不住地往外翻涌，让周雾寻尝尽了这份隐秘的喜欢可以有多苦。

“啊，对了。”白伊忽然直起身，话语匆忙道，“我得去班主任那里拿三模的试卷。”

说完，白伊就抬脚小跑着去了办公楼。

“深情专一的？”彭星月歪头想了想，自言自语地咕哝，“怎么像在说班长啊？”

彭星月一直都觉得章骜恂喜欢白伊，而且特别专情。

现在白伊又点明喜欢深情专一的，彭星月第一反应就是白伊喜欢章骜恂这类型的。

彭星月并不知道，她这番没根没据的话被周雾寻听到了。

情绪本就低落的周雾寻心里瞬间更加郁闷。

他走到窗前，推开窗户，动作利落地跳窗进了教室。

白伊抱着考试卷回来后用钥匙开了门，然后随手关好。

下一秒，她就看到，空荡荡的教室内，只有周雾寻一个人坐在座位上。

他倚靠着后桌何颂的课桌，表情很是漫不经心，正百无聊赖地拿着直尺敲打课桌。

像在发呆，又仿佛在思考什么。

白伊莫名感觉他似乎有点不高兴。

她也没主动找他说话，自顾自地发起试卷来。

教室里安静得只有她翻试卷的声音和他用尺子一下下敲打桌面的声音。

因为是考试卷，顺序都是乱的，不跟平常作业一样一沓对应一列那般好发。

白伊只能按照名字一个一个地发。

下一张是周雾寻的。

她拿着他的试卷来到他座位旁边。

然而，就在她把试卷给他放到课桌上的那一刻，他随手敲打桌面的尺子也刚好落过来。

电光石火间，白伊的手背被周雾寻用尺子打中。

疼痛袭来，麻意上涌。

下一秒，回过神来的周雾寻慌乱地扔下尺子起身。

他紧张又无措，本能地伸出手，在她泛红的手背上安抚地摸了下，不断地说："对不起，对不起……"

大概是突然意识到自己摸她的手有多逾矩，周雾寻又瞬间缩回。

他再一次忐忑道歉，说话都开始吞吐："对……对不起，你没事吧？真的抱歉……"

白伊全程都是蒙的。

今天傍晚的火烧云异常绚烂。

光线透过窗户落进来，映得白伊的脸红得几乎要滴出血。

手上只剩下他摸的那抹温柔触感，酥酥麻麻的感觉从手背一路蔓延，直接席卷了她的心脏。

白伊抱着一沓试卷，浑身僵硬地杵在他的座位旁，突然连呼吸都费力。

2012年5月28号。

他摸了一下我的手。

03.

六月的第一天。

在何颂的怂恿下，四个人一人买了一本同学录，而且特意挑的四种不同的款式。

回到教室后，四个人就互相发同学录的纸张，开始给其他三个人写同学录。

没多久，周雾寻率先写完。

他把三张同学录分别还给了白伊、彭星月和何颂。

何颂拿到手后直接翻到背面，在寄语祝愿这项，周雾寻只留给了他八个大字：

前程似锦，心想事成！

何颂好奇地看向周雾寻留给彭星月的祝愿，上面写的是：

前程似锦，万事胜意！

何颂说："寻哥你这寄语也太偷懒了，每人八个字，一个字都不多写。"

周雾寻哼笑，语调懒散地回他："八个字就足够了。"

白伊默默地仔细看完他写给她的同学录，什么都没说，只妥帖地放好。

时间总是悄无声息。

眨眼间就到了高考的日子。

考场里的空调运转着，考场外的蝉鸣此起彼伏。

8 号傍晚，在考试结束监考老师收完试卷的一刹那，整栋教学楼霎时爆发出兴高采烈的呐喊和欢呼。

2012 年的高考如约落幕。

而属于他们的高中生活，也永远停留在了这一刻。

当晚，白伊在最后一次动笔写日记前，翻开了她的同学录。

她找到周雾寻写的那张来，一行一行地看了下去。

姓名：周雾寻

生日：1994.04.21

昵称：周寻，周周，阿寻

……

幸运数字：1 和 9

幸运字母：b 和 y

……

最爱的运动：滑板、篮球

最爱的歌曲：痛仰乐队《愿爱无忧》

最爱的乐器：架子鼓

最爱的颜色：白

这张同学录的背面，写着龙飞凤舞的八个字——

前程似锦，愿你无忧。

而另一边，周雾寻也正翻看着同学录。

在翻到白伊填写的这页时，他翻页的动作停下来。

周雾寻一个字一个字地认真看着她写在同学录上的字迹，想要把这些内容都镌刻进脑子里。

姓名：白伊

生日：1994.07.21

昵称：一一，YiYi

……

爱好：滑板，听歌

偶像：五月天

梦想：读博

……

最想实现的三个愿望：1. 滑板自由；2. 听一次五月天的演唱会；3. 永远实现不了所以就不说了，就让它一辈子当个秘密吧。

周雾寻盯着她写的这段话好一会儿。

他忍不住想知道，到底是什么愿望，她居然这么肯定地说永远实现不了。

须臾，周雾寻把这张纸翻到背面。

上面有她写的娟秀但大气的楷体：

下段旅程你一定要更幸福丰盛。

周雾寻知道这句话出自她喜欢的五月天唱的一首歌中的歌词。

自从发觉自己喜欢上她后，他每次听歌都会去听五月天。

所以周雾寻对五月天的歌已经很熟悉了。

白伊根本不知道也完全不敢想，周雾寻写在同学录上的幸运数字和幸运字母都跟她有关。

但事实是，在他这里，“1”代表，“伊”“一一”。

他喜欢数字“9”，是因为手机键盘的九宫格里，数字 9 的那个按键，有四个字母“WXYZ”。

这四个字母重新排列组合一下，就成了“ZWX”和“Y”。

是——周雾寻和伊。

而字母“b”和“y”，是她名字的首字母缩写。

没有人知道。

除了他自己。

2012 年 6 月 8 号。

高考结束了。

周雾寻，毕业快乐。

祝我们，前程无忧。

04.

五月天在沈城站的演唱会时间定在了 7 月 21 号。

当天正好是白伊的生日。

但遗憾的是，白伊并没有抢到门票，这让白伊格外郁闷。

毕竟偶像都来家门口了，她却因为没买到票而见不到。

自从高考完，白伊就把滑板从周雾寻家拿了回来。

她每天的生活都很丰富多彩。

不是去滑板场玩滑板，就是跟彭星月到各处去吃喝玩乐。

很多时候何颂也会跟她们一起。

但是周雾寻却像消失了似的，一次都没露过面。

何颂问彭星月：“星月，寻哥怎么不出来一起玩？”

彭星月一脸茫然，说：“我也不知道啊，他早就不在我家住了。”

何颂掏出手机直接给周雾寻打电话，响了好久才被他接通。

周雾寻在那端压低嗓音问：“怎么了何颂？”

何颂笑说：“寻哥，你怎么都不出来玩啊？你快出来！我们三个都在呢！一会儿咱们去看电影吃大餐呀！”

周雾寻似乎犹豫了下，然后才告诉何颂：“我不在沈城，回南城了。你们玩。”

“这样啊……”何颂有点遗憾道，随即又问他，“那你什么时候回来？”

“说不准，”正在学生家里做家教的周雾寻低声快速说，“等我回来了联系你们。”

挂了电话后，何颂对看着他的两个女生说：“寻哥不在沈城，回南城了。”

彭星月恍然大悟：“怪不得他最近这么安静，也不见人影。”

白伊也莫名想到她每次去滑板场，都没见过他。

明明他那么喜欢玩滑板。

原来是回南城了。

他还是更喜欢南城吧。

因为他母亲在那儿。

高考成绩在六月下旬就可以查询了。

白伊发挥稳定，总分 698，完全能够被海大录取。

这晚，一向死寂的班级群第一次如此热闹。

群聊消息分分钟“99+”。

白伊打开群聊，但并没有说话，就只窥屏看其他人你一句我一句地发消息。

群里有人好奇地问：“这次是班长第一还是寻哥第一？”

大家纷纷猜测，有说是章骛恂的，也有说是周雾寻的。

须臾，何颂在群里号了一嗓子：“我刚问了，第一是寻哥，今年的理科状元。”

因为这句“理科状元”，班群再一次炸开了锅。

白伊虽然没有很意外，但心里还是情不自禁地欢愉起来。

他是理科状元。

2012 年沈城的理科状元，是周雾寻。

白伊退出群聊，找到周雾寻的 QQ 号，想要给他发条消息，恭喜他高考大捷，但是白伊点开和他聊天的输入框后，却迟迟没有发送消息出去。

倏而，界面上突然蹦出一条消息来。

ZWX：“查分了吗？”

白伊立刻回：“嗯，698 分。”

ZWX：“这个分上海大绝对没问题。”

ZWX：“恭喜你，白伊。”

白伊给他发：“也恭喜你呀，是今年的理科状元。”

随后，白伊忍不住多问了句：“你还在南城吗？”

躺在床上的周雾寻微抿唇，回她：“嗯。”

白伊打出一行字来“那等你回来我们再约玩滑板吧”，但她思虑了片刻，还是把这句话一个字一个字地删除了。

周雾寻没有再发新的消息给她，白伊最终也没有再回复他什么。

清苑某栋楼的某个房间里，因为打工而疲累到极点的男生已经捧着手机睡了过去。

时间一晃就到了白伊的生日。

7 月 21 号当天，白伊被彭星月约去咖啡馆。

她到的时候，意外发现周雾寻也在。

男生就坐在彭星月和何颂的对面，正笑着跟他们说话。

他穿着很简单的白T恤黑裤，头发剪短了些，整个人看起来干净而明朗。

白伊在看到他的那一刹那，脚步不由得顿了顿。

她不知道他已经回沈城了。

周雾寻似有察觉般抬起眼帘。

两个人的目光相撞，他对她弯眸笑了下，抬手招了招，唤她："白伊。"

白伊被他这声轻唤弄得心尖微颤，神思恍惚了下。

她佯装镇定地朝他们走去。

四人桌，只有周雾寻身侧还有一个空位。

白伊别无选择，不动声色地在他旁边坐了下来。

她扭头看向他，语气故作自然地问："你什么时候回来的啊？"

周雾寻嘴角噙笑说："昨晚。"

随后，他就抬了下手，叫来服务员，说了句："你好，可以上了。"

"上什么？"彭星月茫然，旋即想起来什么，惊讶道，"不会是给一一的生日蛋糕吧？"

白伊也愣了愣，胸腔里的心脏突然有些失控。

周雾寻轻抬眉梢，不置可否。

旋即，服务生就端着一个蛋糕走了过来。

对方把生日蛋糕给他们放到桌上，礼貌地微笑说："生日快乐。"

服务生说完就离开了这儿。

蛋糕上没有插很多蜡烛，只有一个"18"的数字，中央写着一句话：

白伊：十八岁生日快乐！

白伊怔忡地盯着这个大蛋糕，蒙蒙地有些缓不过神。

彭星月不满地说周雾寻："哥，你都不跟我们商量，我和何颂根本不知道你把我们叫过来是要在这里给一一过生日，我给一一准备的生日礼物都没拿来！"

周雾寻笑道："拿来一会儿也不方便带，等回去你们再给她吧。"

何颂好奇地问："寻哥你这话是什么意思啊？我们还要去别的地方吗？"

周雾寻故作神秘地说：“一会儿你们就知道了。”

他清朗的嗓音里含着笑意：“白伊，许个愿。”

白伊讷讷地扭头看了他一眼，很快又收回目光。

她双手合十紧扣住，闭上眸子。

大概还是觉得在自己生日这天不能去五月天的演唱会格外遗憾，白伊轻声说：“希望我今年还有机会去五月天的演唱会现场。”

在白伊许完愿望睁开眼睛的同时，彭星月突然发出一声惊呼。

下一秒，周雾寻就把手中的四张演唱会门票递到了白伊眼前。

他语调散漫慵懒地说：“我请你们看今晚的演唱会，去不去？”

白伊彻底傻眼，人僵在座位里，大脑一片空白。

彭星月已经从周雾寻手中拿走一张。

她瞪大眸子，细细地看着手中价值 1255 元的演唱会门票，不可置信道：“哥，你怎么弄到的？！”

周雾寻哼笑：“买的啊。”

白伊怔怔地盯着周雾寻手中拿的门票，心脏跳动剧烈到几乎要直接迸裂。

她的双耳有那么一瞬，什么都听不到。

耳边只剩下自己疯狂紊乱的心跳，如同最紧密的鼓点，根本没有停歇的间隙。

他买的是视野最好的内场票，一张要 1255 元。

四张加起来，得五千块钱。

何颂显然也注意到了票价，他感叹说：“寻哥，这四张票得花你几个月的生活费啊……”

周雾寻还没说话，彭星月就大大咧咧道：“我哥最不差钱好吧？我舅舅是我们家最能挣钱的人，每次给我哥的生活费可多了，五千块才到哪儿啊，九牛一毛而已。”

周雾寻嘴角轻扯，没否认。

他们根本不知道，这四张票花了他从去年开始兼职到今年高考前省吃俭用存下来的所有积蓄。

“正好演唱会开在白伊生日这天，”周雾寻的话语和平常一样略带懒散，自然无比，“白伊不是没买到票吗，这个就当我给你的生日礼物了。我们今晚一起去现场吧？以后估计也很难有这种机会了。”

彭星月立刻赞同：“去啊去啊！一定要去！况且今天是一一生日，没有什么礼物比让她听偶像的演唱会更好了！”

何颂也欣然应允：“那肯定是要去的。我们四个，一个都不能少！”

白伊嘴角漾开笑，点点头，道：“好啊。”

随后，她扭头对周雾寻莞尔说：“周雾寻，谢谢你啊。”

——让我的十八岁生日没了遗憾。

周雾寻双眸中染了些许淡笑，只说：“不客气。”

咖啡馆正在放一首情歌，歌里唱着：“因为我不知道下一辈子还是否能遇见你，所以我今生才会那么努力把最好的给你。”

周雾寻之所以买票价最高的门票，就是希望白伊能在演唱会上尽兴开心。

这是她的十八岁生日，象征着她长大成年，是她意义非凡的一个生日。

他想把自己能给的最好的都给她。

后来几个人就在咖啡馆消磨时间。

周雾寻似乎昨晚没睡好，趴在桌上睡了好久。

彭星月和何颂一直在小声说笑，白伊就慢吞吞地喝着咖啡，安静地听着咖啡馆里的歌。

时不时趁别人不注意，她偷偷看身侧的他一眼。

周雾寻将醒未醒时，忽而听到旁边有人在跟着咖啡馆里的音乐轻轻哼歌。

他闭着眼没动，假装自己没有醒，清楚地听到白伊轻软可人的嗓音小声响在耳畔。

她在跟着歌里的原唱一起唱：“One，you are like a dream come true. Two，just wanna be with you.”

是当初他们一起坐出租车回家时，出租车上放过的那首英文歌 *Back at one*。

白伊的英文发音标准而流利，天然软糯的声音听起来格外温甜。

她这番轻唱，就像小猫爪子在他的心口上不断抓挠，惹得他浑身如同过了电般酥麻，止不住地起鸡皮疙瘩。

原来她也喜欢这首歌。

周雾寻的唇边露出一抹淡笑。

当晚，几个人凭票进了体育馆。

因为是票价最高的区域，所以视野也极好。

这是白伊第一次亲眼见到偶像，还是在这么靠前的位置。

在五月天出场的那一瞬间，她就激动到尖叫出声。

在她身侧的周雾寻偏头望着脸上洋溢着开心笑容的她，嘴角轻扬起来，心里也格外满足。

演唱会现场的氛围热烈到了极点，台下的粉丝一直都在跟着台上的阿信合唱。

大家一起从“那一年我们望着星空”唱到“不打扰是我的温柔”。

又从“我愿意付出所有来换一个时光机”唱到“我要和你一起走过一千个世纪”。

开心到极点的白伊完全沉浸在了演唱会的氛围中。

她全然不知，在所有人都望向舞台的时候，唯独她身边的少年，始终都在望着她。

看着她笑，他也跟着一起笑。

又唱完一首歌后，阿信没有立刻继续唱下一首歌。

他在台上，说：“此时此刻，请你把你身边好友的手牵起来好吗？”

白伊的左右两侧分别是彭星月和周雾寻，何颂在彭星月的另一边。

听到这句话后，现场很多歌迷都牵起了好朋友的手，彭星月也毫不犹豫地牵住了白伊的手。

而何颂和周雾寻不知道是觉得尴尬还是不好意思，都没有对身边的女孩子伸出手。

阿信继续说：“各位男生，我知道你们很痛苦，但是在这一辈子里面，你们可能只有这一次机会，牵到身边这个人的手了。”

白伊的左手跟彭星月紧紧相握，整个人还处在紧张忐忑的情绪中。

她很想跟他牵手，又不敢和他牵手。

这种矛盾的感觉，疯狂地折磨着白伊。

然而，下一秒。

白伊听到周雾寻唤她：“白伊。”

白伊心头一跳，梗着脖子扭头看向他。

周雾寻伸出左手来，掌心朝上。

他在等她把手递过来。

男生的手格外好看，手指修长，骨节分明。

手腕处依旧戴着那根红绳。

白伊垂着眼讷讷地盯着他的手几秒钟。

阿信还在说着话，可是白伊已经辨不清偶像在说什么。

她的耳边只剩下心里狂乱到震耳欲聋的心跳声。

白伊的手慢慢抬起来，一点一点地向他的手靠近。

而她的心脏，就跟头小鹿般，在胸腔里活蹦乱跳横冲直撞，让她连呼吸都不畅。

就在白伊快要把手放到他掌心的那一刻，周雾寻突然抓住了她的手，继而掌心与她的紧紧相贴。

和周围的其他人一样，他拉着她高举起他们紧握的手。

白伊有点失控地热泪盈眶，眼泪仿佛下一秒就会从眼角掉落。

但是她的脸上，却绽开了在这个夏天里最灿烂的笑容。

阿信问：“要不要跟他一起走向未来？”

全场的粉丝齐声高喊：“要！”

包括白伊和周雾寻。

“要不要一起一辈子走下去？”

白伊几乎要哭，她嗓音里带着哭腔，拼尽全力大声回：“要！”

周雾寻也跟她同时喊了出来：“要！”

随后，属于他们青春的《笑忘歌》响起。

白伊和周雾寻紧紧握着对方的手，和其他粉丝一样，跟着台上的阿信一起合唱：

“屋顶的天空是我们的……伤心的都忘记了，只记得这首《笑忘歌》……

这一生只愿只要平凡快乐，谁说这样不伟大呢。”

在这首歌唱完一段后，阿信说：“还记得，以前念书的时候，最期待的，就是没有上课钟的日子，但是不知不觉，上课钟不见了，下课钟也不见了。”

大概这句话触动到了白伊心底深处最敏感的那根弦，她的眼泪在这一刻，“唰”地落了下来。

现在紧紧握着她手的这个少年，再过不久，就要跟她天南海北，去往不同的城市。

过了这个夏天，他们想再见面，再一起吃饭，再约着玩滑板，大概都很难。

这些对他们来说如此日常简单的小事，以后会变成最奢侈的期待。

后来演唱会的气氛越来越躁，大家也越来越嗨。

接近尾声时，大家正在欢呼呐喊，白伊忽然听到身侧响起一道高喊：“白伊，十八岁生日快乐！”

她蓦地扭头，仰起头来看向和她相挨的男生。

少年眼中闪动着细碎的光芒，正垂眸冲她张扬地笑着。

“生日快乐！”他又说了遍。

这一次，他清朗悦耳的声音，只够在他身侧的她刚好听到。

是他单独说给她听的。

白伊眼中带泪地灿然笑着，回他：“你也要快乐！”

“好。”周雾寻嘴角噙笑地应允。

演唱会结束后，几个人随着人流从场馆出来。

彭星月已经饿得不行，催促着他们赶紧到路边，打辆车找家餐馆吃东西。

他们抬脚往前小跑，穿着白裙的白伊不敢跑太快，落在最后。

周雾寻发现她没跟上来，回头望向她，笑说：“白伊，快跟上！”

白伊却被他回头的这一刹那给惊艳到。

她的心跳倏地漏掉半拍，呼吸也滞了一瞬，随后才赶忙回：“哦，好。”

或许冥冥之中有注定，就像……她和他的十八岁生日都和她偶像的演唱会日期重合。

四年后，五月天在7月21号白伊二十二岁生日当天，发了一张新专辑。

专辑中有首歌，里面的某句歌词总会让白伊想到今晚的这一幕。

歌词说的是——

少年回头望，笑我还不快跟上。

此后多年，这句歌词，成了白伊在各个软件上的个性签名。

一起看完演唱会后，周雾寻又不见人影。

彭星月问他，他说回了南城。

就这样，这个漫长而轻松的暑假，白伊也只在她生日那天见过周雾寻。

反倒是跟贺辞见面比较多，因为两人总会在滑板场遇到。

眼看夏天就要结束，暑假也接近了尾声。

8 月 30 号晚上，白伊他们被周雾寻约到了一家饭店。

四个人在这个假期里难得又一次聚齐。

但这次，是因为周雾寻明天就要去北京的法大报到了，所以才把他们喊出来一起吃个饭。

何颂一边给周雾寻倒酒一边说："寻哥，你这整个暑假就没出来过几次，今晚咱俩可得好好喝几杯。"

周雾寻失笑着回："我不是去南城了吗？"

彭星月哼了声，不满道："你还好意思说。

"这么长的暑假，就不能在南城待段时间，再回沈城待段时间吗？我们每次都三缺一，就差你一个！"

周雾寻淡淡笑着，没反驳，只端起酒杯来，对他们说："我先干了。"

说完，整杯酒被他一饮而尽。

"你明天几点的飞机？"白伊有点忐忑地轻声问。

周雾寻淡淡笑了下，回她："怕你们跑去送我，就不说了。"

他漫不经心地笑着说："我不喜欢送别，你们都别去机场啊。"

"好吧。"彭星月瘪瘪嘴，不太情愿地答应，"我们都不去送行了吧。"

周雾寻轻挑了一下眉，又干了一杯。

"哎，一一，"彭星月扭头问坐在自己身侧的白伊，"你什么时候去海大报到啊？"

白伊话语清浅地回：“9月1号。”

“那我们最晚欸！”彭星月笑道，“我跟何颂3号才报到。”

当初彭星月和何颂都想上沈大，后来也如愿以偿，一起被沈大录取。

他们四个，全都去了自己想去的大学。

但这也意味着，他们即将离别。

吃完饭从饭店出来，周雾寻在路边给他们叫车。

等车的时候，他扭头看向旁边的三个朋友。

不知道想到什么，周雾寻忽而转过身，低叹道：“就要各奔东西了，我们抱一下吧。”

说着，周雾寻就对何颂张开了手臂。

何颂也伸手，和周雾寻抱了抱。

周雾寻拍着何颂的脊背对他说：“何颂，你跟星月一个大学，要多照顾她点。”

何颂笑着点头：“我知道的，寻哥。”

随后是彭星月。

兄妹俩抱了下彼此，周雾寻对她说：“有事就找我。”

彭星月撇撇嘴，强忍着分别的难过，故作任性不满地问：“没事就不能找你了吗？”

周雾寻半开玩笑：“我很忙的，没空闲聊。”

结果被彭星月在背上狠狠拍了一掌，倒也不疼。

最后轮到白伊。

周雾寻来到她面前。

他垂眸凝视着她，对她缓缓张开双手，嗓音低而温柔，唤她：“白伊。”

白伊仰脸看了他一眼。

仅仅一秒不到，她就目光飘忽着躲开了他的视线。

从他开始抱何颂时，白伊的心跳就彻底紊乱。

此时此刻，她胸腔里的那颗心脏，已经剧烈跳动到几乎要穿破胸膛。

白伊咬紧唇，鼓足勇气抬手轻轻环住了他的腰身。

她偏头靠在他胸前，听着他胸腔里很有力量的心跳，感受着他温暖的怀抱。

他身上还是他们初见时那般干净清爽的味道，只是此刻混了点酒香。

白伊的眼睛瞬间酸涩不堪。

周雾寻回抱住她。

怀里的姑娘娇小，身骨纤弱。

他特别想用力地抱紧她，但又怕弄疼她吓到她，最终也只是很克制地轻轻地搂着她，像在小心翼翼地抱着他此生最珍贵的宝贝。

“你一个人在海大，”他的喉咙哽了下，顿了顿，勉强稳住声线，低喃说，“要照顾好自己。”

白伊不敢张嘴说话，怕染上哭腔的声音背叛自己，最终只点了点头，应：“嗯。”

她也很想跟他说，要照顾好自己，但是她一个字都说不出来。

周雾寻的手在她后脑处轻轻揉了揉。

随后，他强忍着内心的不舍，逼迫自己松开了她。

旋即，两个人不约而同的，各退了一小步。

出租车停在路边，周雾寻把他们一个个送上车。

白伊坐进后座，在车子往前行驶后，她突然又偏头往回望去。

周雾寻还站在那里。

孤零零的，一个人。

一直盈在眼眶里的泪水突然像断了线的珠子，“啪嗒啪嗒”地顺着她的脸滑落。

跟他相处的这两年，她最大的幸运，是能成为他的朋友；最大的不幸，是只能跟他是朋友。

而最让白伊难过的，不是离别。

是从离别的那一刻起，这段青春记忆就像开始计时的沙漏，已经进入倒流。

随着时间的推移，这些他们在一起哭过笑过吵过闹过的美好时光，会渐渐地一幕幕接连淡化，甚至被他们每个人都忘却。

最终只能成为，大家口中的“过去”和“曾经”。

对白伊来说，2012 年的夏天，在和他分开的这一刻，彻底结束。

这个夏天永远停在了今晚温柔的夏夜微风中。

而他，周雾寻，成了她心底永不为人知的秘密。

大概不会有人知道，他是她一整个青春的妄想。

这一年，盛夏灿烂，青春辉煌。

那晚的双手紧握和今夜的临别拥抱，是白伊从周雾寻那里得到的所有一切。

第二天上午。

白伊买完东西从超市出来，忽而听到头顶上方传来一阵飞机飞行的声音。

她停住脚步，仰起头望向广阔无垠的天空。

一条长长的白色飞机线划破了湛蓝的天际。

周雾寻，祝我们在下段旅程中，都能够更幸福丰盛。

我喜欢的少年，我愿你永远骄傲勇敢，永远赤诚明静，永远意气风发。

我也愿你，一生无忧。

幸好暗恋无声。

可惜暗恋无声。

幸好暗恋无声，我们还能是朋友。

可惜暗恋无声，你大概永远都不会知道，我喜欢你。

良久，周雾寻终于动了动。

他挪过来，小心翼翼地坐到白伊身侧。

然后，把一只耳机塞到了她的耳朵里。

『你要是落泪滴，世界都要下雨。』

沈城一中
沈城一中

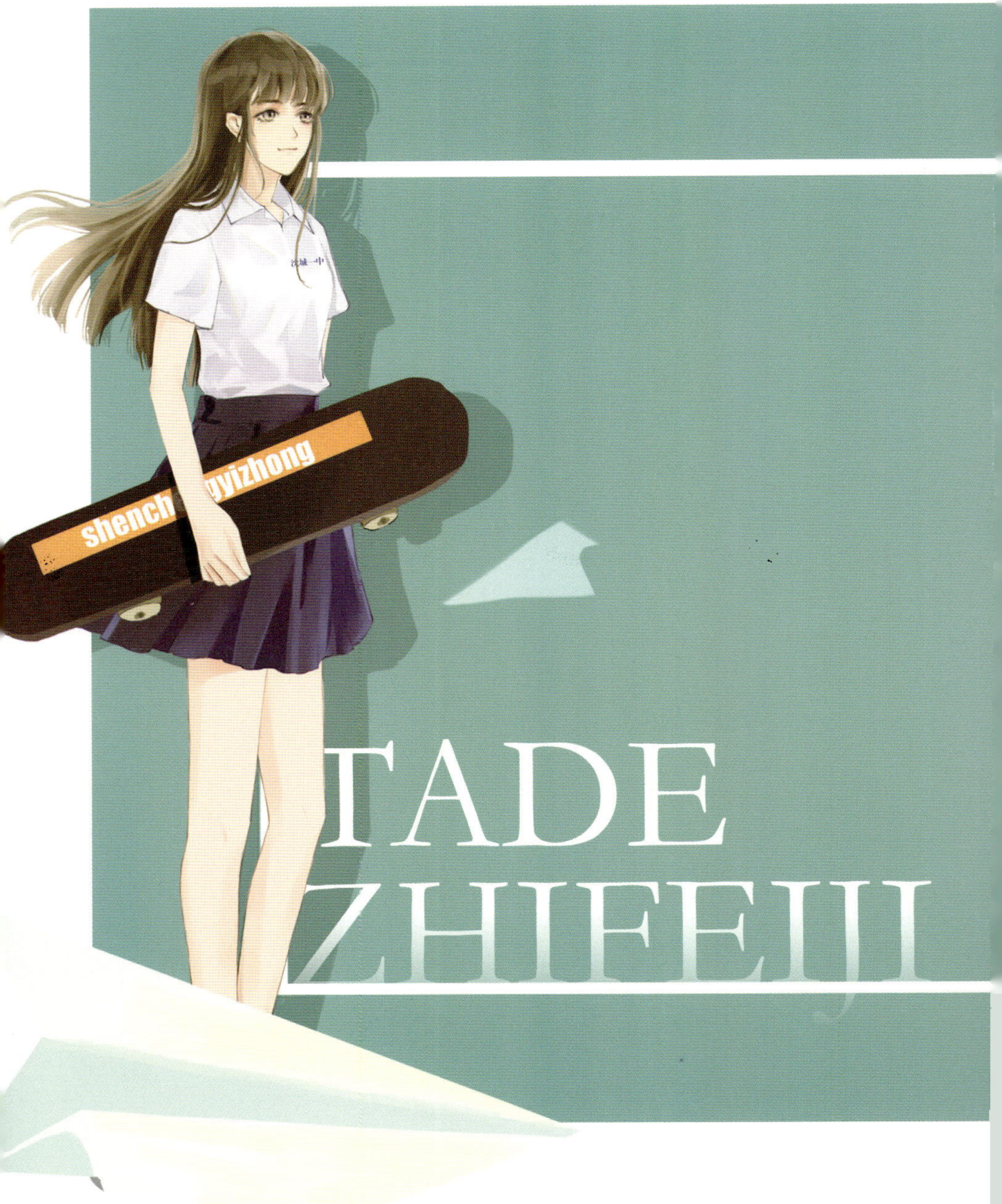
沈城一中
shenchengyizhong
TADE
ZHIFEIJI

沈城一中
Zhifeiji
2012年5月28号
他摸了一下我的手。
他的纸飞机

with love
如果暗恋有声音，
一定会穿云裂石响彻云霄。
i love you
他的纸飞机

他的纸飞机（下）

艾鱼 著

Aiyu

四川文艺出版社

第七章 时光机

01.

9 月 1 号。

因为父母都有工作实在没办法送白伊，白伊独自坐飞机去了海城。

她刚在学校门口下了车，就听到有个人喊她：“白伊！”

白伊茫然地抬眼望向前方。

周围人来人往，她一时间没捕捉到喊她的人到底是谁。

须臾，白伊才看到正向她小跑而来的章骜恂。

章骜恂停在她面前后，很自然地伸出手帮她拉行李，淡笑着说：“我帮你吧。”

白伊还没反应过来，他就率先拉着行李箱往前走去，她只好紧追了两步，讷讷地道谢：“谢谢班长。”

“你……很早就来了吗？”白伊轻蹙眉问他。

章骜恂低低地应了声：“嗯，前天到的。”

白伊略不解道：“为什么来这么早啊？”

章骜恂偏头看了她一眼，笑说：“想提前过来熟悉一下。”

白伊了然地点了点头。

“怎么就你自己？”章骜恂声音温温淡淡的，“你爸妈没来吗？”

白伊嘴角噙着笑回：“医院忙，他们走不开。”

“我先带你去宿舍放东西，然后带你去报到领军训服，再陪你去买各种用品吧。”章骜恂安排得井井有条。

初入新环境，白伊正不知道该去哪儿报到、去哪儿买东西，听到章骜恂这样说，她连忙道谢：“好，谢谢班长。”

章骜恂听到她一口一个“班长”，无奈地失笑：“已经不是你班长了。”

白伊浅笑：“永远都是。”

大概每个人都有这种心理——在周围一切都很陌生的时候，突然出现一个自己认识的朋友，心理上会瞬间感到无比安心，也不会再觉得跟新环境新同学磨合的日子有多难熬。

白伊这会儿就是如此。

为期两周的军训即将结束的某个晚上。

各个方队间展开了才艺比拼的较量。

一时间操场上格外热闹，充满了嘹亮的呐喊声和欢呼声。

白伊安安静静地坐在草地上，没玩手机也没认真看才艺表演，就只是单纯地发呆。

直到一个男生从方队出列，不急不缓地开始唱：“最怕空气突然安静，最怕朋友突然的关心。”

白伊的思绪倏而不受控地纷飞飘忽起来。

她微抬头看向唱歌的男生，对方背对着她，只留了个背影在这边。

莫名地，白伊想到了周雾寻。

这个男生的背影很像他。

高挑清瘦，挺拔颀长。

男生还在动情地继续唱着：“突然好想你，突然锋利的回忆，突然模糊的眼睛。”

记忆中有周雾寻存在的一幕幕，像一帧帧电影画面，不断地在白伊脑子里闪过。

白伊怔望着唱歌的男生，心潮失控地翻涌起来，胸腔里登时溢满了酸涩。

这种酸涩的感觉一路蔓延，直冲眼睛，惹得她眸子泛热，视线都变得蒙眬。

白伊用力地眨了眨眼睛。

她一直都记得，周雾寻说：“我对她没兴趣。”

还有他大方地对所有人承认她是他朋友。

高中已经结束了。

周雾寻也走出你的生活了。

该把这段无疾而终的暗恋放下了，白伊。

第二天，舍友苏欢拉着白伊陪她去报名加入乐器社团。

两个姑娘到乐器社团的帐篷下时，章鹜恂刚填好表格。

他看到白伊，嘴角盈上淡笑，主动跟她打招呼："嗨，白伊。"

白伊也笑着回："班长。"

跟学长要了两张报名表的苏欢听闻，微微讶异地问："你们是……原来的同学？"

白伊点点头，对苏欢解释："他是我高中时期的班长。"

"哇！"苏欢登时无比羡慕，"能在大学碰上高中同学也太幸福了吧！"说着，她就把其中一份报名表塞给了白伊。

白伊稍愣，随后说："我什么乐器都不会，就不……"

话还没说完，乐器社团的学长就立刻抢话道："不会也没关系的学妹，加入我们社团，学长学姐免费教，想学哪种乐器都行。"

白伊忽而有那么一点动心。

她不由自主地想起了那个玩架子鼓特别帅的少年。

"想学架子鼓也行吗？"她轻声问。

白伊全然不知道自己已经被情感所主导。

站在旁边还没走的章鹜恂默默地偏头看着白伊，眼底闪过一抹不易察觉的晦涩。

"当然行。"学长说着，把旁边另外一个看起来很冷很酷的男生拉过来，对白伊说，"这位学长就是我们社团的鼓手。"

学长随后就递给白伊一支笔："学妹先填个报名表吧。"

白伊接过笔，弯腰趴在桌上开始填起表来。

然而，白伊写到一半就把笔放下了。

她直起身，歉意地说："学长，抱歉，我不加入社团了。"

旁边已经填好表格的苏欢微微不解道："为什么呀？一一，你不是想学架子鼓吗？"

白伊摇摇头，坚定地回："不学了。"

说好要慢慢放下那段暗恋的，她不能任由自己继续沉沦在根本没有结果的感情中。

"实在抱歉。"白伊诚恳地道歉完，就转身离开了乐器社团的帐篷。

苏欢立刻追上来。

她挽住白伊的手臂，还是很不理解，蹙眉问道："一一，你怎么突然改变主意了？"

白伊抿抿嘴巴，而后露出浅笑：“我学不来，还是算啦。”

白伊没有参加任何社团，也没有加入学生会。

她在校外报了个兴趣班，学起了手碟。

课表上的每堂课她都会认真去听讲，课后大部分时间就泡在图书馆和自习室。

很多时候，白伊都能在图书馆遇到章鹜恂。

临近考试的那几周，不管是图书馆还是自习室，全都人满为患，座无虚席。

每天早上等白伊在学校餐厅吃过早饭再去自习，已经找不到座位。

但是对她来说，早饭很重要，是一定要吃的。

最后，白伊只能选择提前买好面包和火腿，带着简单的早餐直接去图书馆。

然而，白伊到了后才发现，还是来晚了。

就在白伊无奈地想转身离开时，章鹜恂不知何时来到了她身边。

他压低声音对白伊说：“白伊，这边。”

白伊跟着他走过去。

章鹜恂把他放在旁边座位上的书本挪走，淡笑着小声道：“坐这儿。”

白伊也没矫情，对他道谢后就在他旁边坐了下来。

从这天开始，往后很长一段时间里，只要早上没课，章鹜恂就会先去图书馆帮白伊占座。

白伊为了答谢他，每次都多买一份早饭给他。

中午，他俩会在图书馆旁边的餐厅一起吃午饭。

晚上要从图书馆回宿舍时，因为顺路，也会一起回，最后在路口分开。

就连每次节假日回沈城，两个人也是一起订票。

苏欢和宿舍里的其他两个舍友都以为白伊和章鹜恂在谈恋爱，纷纷问白伊是不是脱单了。

白伊好笑地摇头：“不是啊。”

“居然没有？这不科学！”苏欢语气笃定道，“章鹜恂肯定喜欢你，我现在甚至怀疑他来海大就是因为你。”

白伊解释：“怎么可能啊。他是我们学校直推过来的，那会儿我们都不知道对方想去哪所学校。”

苏欢拍了下手：“那这就是命中注定的缘分啊！”

白伊一愣。

2013年4月21号。

因为是周末，没有课，白伊也想放松一下，就去了兴趣班打手碟。

在兴趣班待了一个多小时后，白伊才起身回学校。

到学校的时候，正是黄昏时分。

走在校园里的学生大多三两结伴，有说有笑。

这个季节是海城的飞絮季，漫天的飘絮纷纷扬扬。

像北方冬天里飘落的雪花。

今天是周雾寻的生日。

独自往宿舍走的白伊脑子里划过这个念头。

她刚要转弯，章骛恂就在身后喊她："白伊。"

白伊停下来，回头。

男生很快跑到了她面前。

他的手中还拎着一杯奶茶。

章骛恂看到落在白伊头发上的飘絮，嘴角轻勾道："你头上沾了飞絮。"

白伊立刻低下头开始用手轻拂发顶。

"不是这里，"章骛恂轻叹，"你别动，我帮你弄。"他说完，手已经伸了出来。

白伊本能地很小幅度地往后退了一点。

她微微后仰着上半身杵在他面前，因为有些不自在，浑身紧绷又僵硬。

章骛恂很快就把她发丝上的白色飞絮捏了下来，而后轻弹开。

"谢谢。"白伊很客气地说。

章骛恂只是笑，没说别的，随后把手中的奶茶递给她。

白伊愣住。

他摸了摸鼻尖，话语自然道："我跟朋友吃完饭经过奶茶店，他要喝果茶，我就顺手也给你买了杯。

"没记错的话，你好像喜欢喝这个口味的对吧？"

白伊轻抿了下嘴巴，点头。

她有时候会拎着奶茶去图书馆自习。

章骛恂直接将吸管插到奶茶杯里，再重新递给她："给你。"

白伊接了奶茶，扬起浅笑说："等会儿我把钱给你。"

章骛恂沉了口气，语气无奈："一杯奶茶，不用了。"

他又问："对了，你五一回家吗？"

白伊吸着奶茶点点头，嗓音轻软道："回。"

"正巧我也回，那我一起订票吧。"章骛恂说道。

白伊应允："好。"

她又说："那一会儿我把钱给你。"

刚说完这句话，正咬着吸管的白伊突然停住脚步。

她回头望了望，来来往往的人潮中，并没有任何异样。

可是为什么，刚刚有种很强烈的预感驱使着她回头看……

白伊自己也说不清。

章骛恂有些疑惑："白伊？怎么了？"

白伊摇摇脑袋，嘴角轻扯："没事。"

穿着黑色连帽卫衣和黑裤的周雾寻脚步不停地往前快步走去。

渐渐地，他离海大校门口越来越远。

他知道她不会喜欢他，可还是来了这里。

他跟自己说，到这儿来一趟，来看她一眼，就当是送给自己的生日礼物。

然后，他就看到了她跟章骛恂在一起的画面。

他突然想起，她去年说的那句话。

她说："我喜欢深情专一的。"

星月当时就猜测她喜欢的是章骛恂这类的。

果然。

周雾寻伸手将连衣帽扣到脑袋上，步子又快了几分。

这晚，周雾寻等到零点，等到22号到来，都没有等来白伊在QQ上对他说一句生日快乐。

因为下定决心要放下对他的暗恋，白伊刻意强迫自己没有联系他，哪怕只对他说一句生日快乐。

她怕她说了这句，反而更加无法释怀对他的喜欢。

而周雾寻心里清楚，从今年开始，他没有生日礼物能送给自己了。

上大学后，高中时期的朋友，跟白伊的联系并不多。

大概因为大家在不同的大学，也都有了新的朋友圈子。

周雾寻和何颂这两个男生跟白伊几乎没联系，只有在过年的时候，会在手机上简单地互道一句新年快乐。

彭星月隔段时间就会和白伊聊聊天，虽然交流不如高中时那么频繁，但只要赶上国家法定节假日，只要白伊回了沈城，两个姑娘还会和原来一样约着吃饭逛街看电影。

也因此，白伊从彭星月嘴里听说，周雾寻自从上了大学后，就没有回过沈城。

“每次问他，他都说要回南城。”彭星月撇撇嘴，又无奈叹气道，“其实我也挺理解我哥的，毕竟从小跟在妈妈身边长大，肯定会跟我舅妈关系最亲了。”

彭星月说这话时，白伊正在商场的服装店里试新衣服，闻言，她抚衣服领口的动作微滞，连她自己都没有察觉这点细微的不自然。

须臾，白伊转过身，笑着问彭星月：“星月，这件好看吗？”

彭星月连连点头肯定：“好看啊！买下来！”她说着，看了眼吊牌，上面标着价格，1099 元。

“虽然有点小贵，但确实很衬你。”彭星月中肯道，“你自己要是特别喜欢的话，就买吧，反正也快过年了，买件新衣服就当送给自己的新年礼物了。”

白伊笑着点点头：“嗯。”

她让店员把衣服装起来，然后拿出发奖学金的那张卡，付了钱。

白伊和彭星月在外面吃了顿好吃的，又看了场电影，然后才回家。

在家附近的公交站牌下了车，白伊才发现下雪了。

她站在原地仰脸望了望天空，一片片小雪粒正簌簌地往下落。

白伊就这么仰着头，闭上眼，真切地感受着雪落到脸上的冰冷，嘴角不自觉地轻轻扬起。

就这样感受了一会儿后，她刚要往前走，就听到旁边一家理发店播放了一首歌曲。

是五月天前不久才出的新歌。

“天空和我的中间，只剩倾盆的思念。如果相识，不能相恋，是不是还不如擦肩。”

白伊停在原地没动。

片刻后，她在路边的长椅上坐了下来。

马路对面，就是周雾寻曾经等她从家里出来时倚靠过的那盏路灯。

白伊微微失神地望着那里，耳边还响着从理发店传过来的歌声：“在失去你的风景里面，你却占据了每一条街。”

这首歌听起来格外孤独。

让她忍不住想起了那个总是游离在人群中的孤独少年。

雪越下越急。

白伊仿佛透过白色的飘雪，看到了那个倚靠着灯柱漫不经心淡笑的男生。

他穿着白色高领毛衣，外搭黑色的冲锋衣，就站在那儿，任凭雪落了满身，然后对她温声说：“这还是我第一次见这么大的雪。”

2011 年和 2012 年的初雪，她都是跟他一起看的。

现在是 2014 年初。

星月说周雾寻不再回沈城。

所以，只有她自己欣赏沈城的落雪了。

而她，还没有完全把他放下。

那段兵荒马乱的青春早已收场，可是这场暗恋的阵痛，持续了这么久都还不肯停歇。

2014 年的暑假，白伊没有回沈城。

学校有个实践的机会，可以跟导师在假期进实验室做实验，所以白伊留在了学校。

章骛恂也没有回沈城，他找了个实习的工作，每天也很忙碌。

7 月 21 号那天，白伊一直在实验室待到深夜才出来。

然后她就看到，章骛恂手中拎着一份饭菜和一个蛋糕盒子，站在楼前的路边。

白伊顿了顿，随后才下台阶。

因为太忙太累，她自己都忘记了今天是自己的生日。

章骛恂看到她终于从楼里出来，嘴角浮出淡笑。

他走过来，把手中的饭递给她，温声说：“给你买的晚饭，还有一个很小的生日蛋糕。生日快乐。”

白伊接过来，对他道谢：“谢谢。”

章骛恂似乎很无奈，提醒她：“不要总跟我说谢谢了白伊。”

白伊眨了眨眼，不知道该说什么，只好认真地回：“我一会儿把钱转给你。”

章骛恂叹了声，没说话。

两个人沉默地往学生公寓的方向走。

正值假期，学校里几乎没有学生留校。

再加上现在是深夜，这条路上也只有他们两个。

夜风吹动着树叶沙沙作响，伴随着他们的脚步声，格外单调沉闷。

须臾，章骛恂突然开口问她：“白伊，做我女朋友好不好？”

白伊的心口一滞，人有点恍惚地停了下来。

她仰头望向他，他也正垂眸凝视着她。

章骛恂目光认真地看着她，低声说道：“我知道你心里有个人，而我不是他。”

“可我还是想争取一下，”他微微抿直唇线，“我想，光明正大地喜欢你。”

白伊忽然很难过。

因为章骛恂的最后一句话。

他说，他想光明正大地喜欢她。

不知道为什么，白伊莫名想起表姐跟她说过的一句话。

表姐说：“想要忘记旧爱，找新欢是最有效的办法。”

白伊是真的想要彻底放下那份隐秘的暗恋，是真的想把周雾寻从她心底摘出去。

或许，她该给自己一个机会，也该给章骛恂一个机会。

“章骛恂，”白伊很诚恳地如实告诉他，“我还没有完全放下他。”

章骛恂的心微沉。

“但我正在让自己对那份感情释怀。”随后，白伊继续道，“如果你不介意的话，我愿意跟你试试。我不会把你当成他，你只是你，我会努力让自己试着去喜欢你。”

章骛恂唇边漾开笑，开心道：“好。”

就这样，两个人的关系变成了男女朋友。

她答应做他女朋友，不是因为他深夜拎着晚饭和蛋糕在实验楼下等她，让她心生感动，也不是因为今晚的风很温柔，月色很美。

白伊就只是想给彼此一个机会，试试。

虽然已经过了零点，但白伊还是和章骛恂在女生公寓楼下的长凳上一起吃了生日蛋糕。

而后，白伊拎着他给她买的晚饭回了宿舍。

尽管关系从朋友变成了情侣，但他们的相处模式基本没有改变。

和从前一样，只要没课，章骛恂一早就去图书馆，帮她占个座位，吃过早饭来图书馆的白伊会给章骛恂带份早餐。

两个人互不打扰彼此，学到该吃午饭的时间，一起去图书馆旁边的餐厅吃顿饭，回来后白伊会趴在桌上午睡一会儿，章鹜恂没有午睡的习惯，就继续看书。

下午他们继续各自学习，一直到晚上回宿舍。

唯一变的一点是，章鹜恂可以送白伊到女生宿舍楼下了，而不是在路口就和她分开。

有天晚上，苏欢意外看到章鹜恂把白伊送到宿舍楼下，看着白伊进了宿舍楼才转身离开。

她像发现了重大事件般，飞快地跑回宿舍，问前脚刚进宿舍的白伊：“一一，我刚看到章鹜恂送你回宿舍，你跟他是不是在一起了？”

正从包里往外拿书的白伊坦然地点了点头，承认：“嗯。”

“真的啊？”苏欢更加好奇，“什么时候？”

白伊如实回：“暑假，七月份的时候。”

“都好几个月了！”苏欢说，“你居然瞒着我们！”

宿舍里的其他两个舍友也没想到白伊最后还是跟数学系的天才谈了恋爱，此时都格外讶异。

白伊无奈又好笑：“没有瞒啊，你们没问。”

这话说得也没错。

但凡没课时，她次次都跟章鹜恂一起出现，不管是自习、吃饭，还是回宿舍。

这些舍友都是亲眼看到过的。

“你们学霸谈恋爱都这样的吗？每天约会就是去图书馆上自习？”苏欢说，“要不是我今天意外撞见他送你到宿舍楼下，我都不知道你们居然已经在一起好几个月了。平常你俩走在路上连手都不牵，谁知道你们是男女朋友啊。”

白伊一愣。

倒也不是没牵过手。

她在图书馆午睡时，他总会拉着她的一只手，很温柔地摩挲。

有时候走在路上，他也会忽然牵起她的手来，把她的手完全裹在掌心。

大概这些时候刚好没被苏欢她们看到吧。

“快说，你们进展到哪一步了？”苏欢意味深长地笑着问白伊。

白伊笑了笑，没回答她，只说：“我去洗澡了。”

事实上，他们也就只牵过手而已。

白伊说不出跟章鹜恂在一起是好还是不好。

如果非要概括的话，大概是和他谈恋爱很舒服，内心也很宁静。

可正是这样，总让她觉得缺了点惊心动魄的刺激，好像……不管做什么都淡淡的，无法轰轰烈烈一场。

不知道是不是受了苏欢那些话的影响，第二天晚上在章鹜恂送白伊到楼下后，她第一次没有转身就走。

白伊停在他面前不动，反倒让章鹜恂觉得怪异，问：“怎么了？”

她轻咬了下嘴唇，忽然抬起手来，环住了他的腰。

白伊明显地感觉到章鹜恂身体紧绷僵硬起来。

然而，她的心好平静，甚至感受不到一丝波澜泛起。

可是那年跟周雾寻拥抱的时候，她的心脏几乎要直接从胸腔里蹦出来，剧烈跳动到险些让她呼吸不上来。

白伊茫然地眨着眼睛，神思微微混乱。

就在这时，她察觉到回抱住她的男生低头凑了过来。

白伊还没退开，章鹜恂的吻就落到了她的侧脸处。

这是她第一次为他留下，并主动抱了他。

章鹜恂无法无动于衷。

他很情动，所以，吻了她的脸。

白伊显然没料到自己会突然被亲。

她蒙了一瞬，然后讷讷地仰起脸来看向他，目光里的沉静根本无法掩藏。

他没有再吻她，而是松开了她，低声温柔道：“上去吧。”

白伊点点头，转身走了。

就连离去的步伐都那么从容镇定。

章鹜恂立在原地，望着她的背影，眸子里染尽涩意。

这晚，白伊在床上辗转反侧，失眠到深夜。

最终，她拿起手机来，打开了微信。

这会儿微信已经流行，而QQ逐渐被搁置。

白伊点进和章鹜恂的聊天框，给他发了条消息。

白伊：“你明晚有空吗？要不要一起吃饭？”

章鹜恂好像也没睡，因为他很快就回了过来：“好，去学校附近你爱吃的那家火锅店吧。”

白伊："嗯，好。"
章骛恂："快睡吧，晚安。"
白伊回他："你也早点睡，安。"

第二天晚上，章骛恂带白伊在火锅店吃完晚饭后，牵着她的手回了学校。
他把她送到楼下，但没松开她。
章骛恂把白伊往自己怀里拽了拽，随后，用力抱紧了她。
白伊安安静静地靠在他怀抱中，双手轻环着他的腰。
片刻，她轻声问："是你说还是我说？"
章骛恂垂下眼，低喃："你说吧。"
白伊咬了咬嘴巴，把话说了出来："我们分手吧。"
章骛恂嗓音微哑地应："好。"
"对不起。"白伊干巴巴地道歉。
她才明白，感情不是学习，就算再努力，哪怕朝夕相处倾尽心血，还是无法把不喜欢变成喜欢。
章骛恂温柔地揉了揉她的脑袋："傻瓜，你没有对不起我。"
"我知道你尽力了，不怪你。"他低笑，"要怪就怪感情不由人吧。"
爱情真的很不公平，不讲先来后到，没有先入为主。
不喜欢就是不喜欢，不管他对她再好，不论他追随她去哪儿，她的心还是无法为他失控，哪怕一次。

白伊和章骛恂都是很有明确目标的人。
白伊从上大学开始就在为读博做准备，章骛恂也早就计划好了本科毕业后出国深造。
2016 年夏。
又是一个毕业季。
但白伊不会离开学校，因为她接下来要硕博连读。
而章骛恂也已经做好了出国读研的准备。
校园里各处可见穿着学士服的毕业生拍照留念自己的大学生活。
白伊也正跟舍友一起在教学楼前拍照。
正拍得高兴之时，白伊的手机响了起来。
"您好，白伊是吗？有您的一束花，请来学校门口取一下。"

白伊惊讶："有人送我花？"

对方说："是的，麻烦过来签收。"

"好，你等会儿。"

挂了电话后，白伊让三个舍友先拍，她自己去了学校门口。

等她签完名，送花的小哥递给白伊一束白玫瑰。

白伊稍愣住。

在把花接过来的同时，她的心脏莫名停跳了半拍。

白伊垂眸望着这束白色的玫瑰，里面有张卡片，是花店代写的，没有署名，只有一句：

毕业快乐，白伊

白伊微蹙起眉，想不到会是谁送的。

她一边慢吞吞地往回走，一边仔细数了数。

一共是十一枝。

她倏而想起五年前的七夕。

周雾寻为了让卖花的小女孩早点回家，把剩下的玫瑰都买了下来。结果他自己又不要，就都送了她。

白伊的嘴角轻扬起来，脸上漾开浅笑。

她低下头轻轻嗅了嗅，很香。

白伊脸上的笑容登时更加灿然。

她抱着这束白玫瑰往回走去。

回到拍照的地点，苏欢好奇地问白伊："谁送的？"

白伊摇摇头："不知道，没署名。"

"章骜恂？"另一个舍友大胆猜测，"虽然你俩分手了，但他对你还是那么好。况且他不是要出国了吗，送你一束玫瑰祝你毕业快乐好像也说得通？"

白伊还没说话，章骜恂就穿着学士服走了过来。

他唤她："白伊。"

白伊扭头，还没说话，苏欢就立刻问："章骜恂，一一手里的白玫瑰是你送的吧？"

章骜恂茫然了一瞬，随即就笑道："还真不是，我要送的话直接自己拿过来了。"

他说："白伊这么优秀，也许是学校里某个倾慕她已久的男生送的。"

苏欢轻挑眉，感觉章鹜恂说得好像很有道理。

白伊跟着章鹜恂走到一旁，嗓音轻软地问他："找我什么事啊？"

章鹜恂眉眼染笑，语气无奈道："没事就不能找你了是不是？你对我总是这么无情。"

白伊想解释不是他说的这样，但又嘴笨地不知道该怎么说，索性闭嘴不言。

"我就要走了，过来看看你。"他低叹着笑说，"下次见面不知道要等到什么时候。"

白伊语气真诚地说："一切顺利。"

章鹜恂"嗯"了声，温声回她："你也一切顺遂。"

她仰脸望着他，浅笑答应："好。"

章鹜恂垂眸望着白伊，很想张开双手向她索要一个拥抱。

但最终，他只抬手替她正了正学士帽，帮她拨好帽子上的流苏。

"再见，白伊。"他说完，往后退了两步，旋即转过身，背对着她往前走去。

她抱着玫瑰杵在原地片刻，一低头，又看到了卡片上那句"毕业快乐，白伊"。

白伊的眼帘颤了颤，在心里默默地说："毕业快乐。"

她完全没有察觉，在这条路的对面，有个男生站在树下的荫凉处。

那儿有很多人，形单影只的周雾寻躲在喧哗热闹的人群中，正默默地注视着沐浴在阳光下的她。

他藏在心里喜欢的女孩子，比太阳还要明朗耀眼。

这次过来看你，不是要送自己生日礼物。

而是想亲眼见证你大学毕业的重要时刻。

毕业快乐，白伊。

02.

2017年7月中旬。

放了暑假的白伊回了沈城。

几天后，是她的生日。

彭星月约白伊出去吃饭。

两个姑娘已经有大半年没见，一坐下来就有说不完的话。

聊起高中时的事来，彭星月不免会提到周雾寻。

她轻叹说：“我哥两个月前回来了一趟。”

猝不及防听到有关于周雾寻的消息，白伊没反应过来，疑问：“嗯？”

彭星月沉了口气，无奈道：“我姥姥去世，他回来了。”

因为这几年跟彭星月联系得不是很频繁，所以白伊并不知道她姥姥两个月前离世的事。

白伊愣了愣，还没想到说什么来安慰彭星月，彭星月就继续说：“我舅舅也回来了，然后在我姥姥的丧事办完的那晚，这父子俩又吵了一架。”

白伊讷讷地问：“为什么？”

“我觉得是我哥心里一直都在怨恨我舅舅吧，这么多年没有尽到一个父亲的责任，就只会给钱，可是钱代替不了感情和陪伴啊。”

彭星月说完，低头吸了口奶茶，而后又说：“不过也是因为他们吵架，我才知道我哥当初因为要留在国内念书，被我舅舅断了经济来源，他这些年一直都在自己边挣钱边读书。”

白伊眉心霎时拧紧。

自己挣钱供自己读书？

那……高考前那将近一年的时间呢？

他当时还花了五千块钱买了四张最贵的门票请他们看演唱会。

白伊忽然捕捉到了些许不对劲。

高考结束的那个暑假，他一直不见人影，他说他去了南城。

会不会……他根本没有回南城，而是在背着所有人偷偷打工挣钱？

“我哥脾气上来也真的挺倔的，我舅不让他找家里人要钱，他就真的谁也没说，我舅舅就吓唬吓唬他嘛，后来还是有一直给他打钱的，但是我哥一分没花。那天我舅问他，他说他早就把卡剪掉扔了，他不稀罕我舅的钱。

“我哥还跟我舅舅说，他就是要让我舅舅亲眼看到，他不靠任何人，也能过得很好。”

说到这里，彭星月想起来什么，突然问白伊：“一一，你还记得我跟你提我哥毕业后就不回沈城了，每次都去南城的事吧？”

白伊心不在焉地点了下头。

她记得。

“其实，他哪儿都没去，没回沈城，也没回南城，一直在北京。”彭星月的语气都染上了心疼，“他瞒着所有人，独自在北京打工，过年过节不回家是因为很多工作这种时候工资翻倍甚至三倍，他要挣钱。

“可是他跟我们说他去他妈妈那边，又跟他妈妈说，他在我们这边。”

白伊咬紧唇，心里难受得说不出话。

怎么能这样呢？

为什么要这样对他？

时隔五年，白伊才知道，他在最穷困潦倒的时候，给了她一份最昂贵最盛大的十八岁生日礼物。

而骄傲如他，哪里肯让他们知道这些。

他总是把最好的一面展现给大家，却将遍体鳞伤的自己藏起来，在没有人的时候独自舔舐伤口。

白伊的脑子里不断闪过几年前的画面。

高二寒假的初雪夜，跟人打了一架的他拉着行李箱在大街上游走。

高三国庆节，他因为拒绝出国被他父亲扇巴掌。那天他见她的时候，特意戴了口罩把脸遮住。

高三寒假某晚，他心情很差，一个人在饭店喝得酩酊大醉。

高考过后她生日那天，他们在咖啡馆消磨时光，等天黑去看演唱会，唯独他趴在桌上睡了一下午。

“唉，”彭星月提起周雾寻的事来就止不住叹气，随后语气略轻松道，“还好最难的日子他都扛过去了。

“——你肯定想不到，我哥三年就修完了本科学分，比其他人提前一年攻读硕士，然后用了两年把研究生念完，又提前一年毕业，直接进大律所工作了。”

彭星月提起这件事来，语气充满了敬佩：“我有时候真觉得他是个神人，高中的时候一个月没来学校上课照样拿第一。上了大学，别人读本科和研究生要七年，他直接五年搞定，而且这期间他还要兼职挣钱。”

白伊确实没想到，周雾寻今年就已经研究生毕业了。

但她心里似乎也没特别惊讶。

如果是别人的话，白伊可能会很意外，但他是周雾寻。

她清楚他有多优秀，是无人能及的优秀。

这天从饭店回到家后，白伊就径直上楼回了卧室。

她把放在房间角落里的那个巨大的蓝色收纳箱拉出来，打开盖子。

白伊从里面拿出那本高中毕业前买的同学录，快速翻开周雾寻写的那页。

在联系方式那栏，有他的手机号。

本来她是存了他的手机号的，但是中途换手机，通讯录没有“同步”过来。

她只能在微信上问朋友们要手机号。

而周雾寻不在她的微信列表。

当时白伊觉得，可能命运都在指引她，要她放下过去。

所以她就没有特意翻同学录重新存他的号码。

毕竟，他的手机号也很有可能变成北京当地的某串号码了。

可是今天听到他这几年的事，白伊发觉自己根本没办法无动于衷。

她的心还是一如既往地会因为他而疼。

章骛恂说，感情不由人。

白伊深有体会。

不然也不会放任自己默默喜欢周雾寻这么多年，都还无法彻底放下他。

可能是年少时遇见的他令她太过惊艳，导致她今后多年，都无法将心交出来给别人。

因为，她的心还在他那儿。

白伊按照他留在同学录上的手机号摁下数字，然后在微信里查找。

结果显示对方的昵称是——ZWX。

白伊蓦地呼吸一滞。

她目不转睛地盯着这个微信，悬浮在屏幕上的大拇指却怎么都无法点添加好友。

加了他要说什么？

说我听说了你这些年的事，想问你现在过得好不好？

还是，真的很谢谢你当年带我去看五月天的演唱会？

白伊最终点了退出。

她深知他的骄傲。

刻在少年骨子里的骄傲，打不碎，也碾不烂。

周雾寻就是不想被他们知道他过得不好，所以才瞒着他们不说的。

星月都说了，那些不好的事他已经独自熬过去了。

那她又何必，在几年后突然出现，再去揭他的伤疤。

2018 年的夏季。

白伊还没放暑假，就突然收到了贺辞的消息。

贺辞："我来海城了，见一面吗？"

虽然白伊加了贺辞的微信，但他俩这些年联系并不多。

除了过年会说句新年快乐，基本没有聊过。

白伊很惊讶："来海城？"

贺辞："啊，我高中毕业了，来毕业旅行。"

白伊这才想起来，贺辞今年高考。

现在距离高考结束已经一个星期了。

正是中午，六月份的阳光太过炽热。

白伊撑着遮阳伞走在去餐厅的路上，单手回他消息。

白伊："恭喜毕业呀！"

贺辞问："见不见？不见我走了。"

白伊还没回他，前方不远处就有人突然喊她："白伊！"

白伊抬头望过去，神色震惊地停在了原地。

站在树荫下等她的贺辞迈着大步朝她走来。

贺辞已经长得很高，目测有一米八以上。

男生穿着很简约的白色半袖和蓝色牛仔裤，踩着双白板鞋。阳光下的他干净清爽，有种说不出的少年感。

白伊有点缓不过神："你……怎么在这儿？"

贺辞微蹙眉，语调淡淡地说："找你啊。"

他刚只是说在海城，并没说他来她学校了。

白伊眨了眨眼，嘴角轻扬道："找我请你吃饭啊？"

贺辞低低地"嗯"了声。

白伊有点歉意地跟他商量："晚上？今天中午我时间比较紧，实验室还有实验正在进行，我去食堂吃个饭就得回去盯着。"

贺辞酷酷地说："我跟你吃食堂。"然后又补充，"晚上我请你吃。"

白伊失笑，答应："好吧。"

她带贺辞去了学校的食堂，跟他一起吃了顿午饭，然后白伊就回了实验室，让贺辞下午在海城逛逛，晚上再约。

结果等她傍晚从实验室出来，贺辞就等在实验楼下。

白伊愣了下："你什么时候过来的？"

贺辞直白道："没走。"

白伊在心里叹了口气，对他说："我得回宿舍换个衣服，你还要再等我会儿。”

贺辞乖乖点头：“好。”

他跟着她去了她宿舍楼下，然后在门前的路边等她。

在实验室忙了一天，白伊一回来就快速冲了个澡，然后换上干净的裙子，就匆忙下了楼。

白伊带贺辞去了一家饭店，让他尝了尝地道的海城菜。

吃过晚饭后，贺辞非要送白伊回学校。

白伊拗不过他，最后就由了他。

在往宿舍楼走的时候，白伊问：“你在这里玩几天啊？”

贺辞反问：“你想让我玩几天？”

白伊轻皱眉，无奈道：“跟我没关系啊。”

贺辞换了种问法：“那你想不想让我多待几天？”

白伊不傻，当然能听懂贺辞话里的意思。

她刚要开口跟他说清楚，贺辞就低声问她：“我能报海大吗？”

白伊轻拢眉心，然后理智地告诉他：“你当然可以报海大，但前提是，你要为你自己来这里，而不是为了其他什么原因。”

贺辞说：“为你不行吗？”

白伊坚决不同意：“不行。”

“贺辞，”净身高只有一米六三的她仰着头看向面前一米八几的男生，一字一句地严肃道，“你理智点，别意气用事，高考志愿关乎你的前途，你不能当儿戏。”

贺辞垂眸凝望着她，薄唇微抿。

他沉默着，一声不吭。

须臾，白伊再次开口，话语温柔而和缓：“永远都不要为了别人而做什么决定，人生是你自己的，你该为了你自己活，知道吗？”

“姐姐，”贺辞忽而请求般低喃地唤了她一声，旋即很认真道，“我喜欢你，我想在你身边。”

白伊平静地和他对视着，目光包容但并无波澜。

“原来我小，不懂什么是喜欢，只知道我想跟你玩滑板。你没有，我把我的给你都行，只要你来滑板场跟我一起玩。

“后来才明白，想见一个人，就是喜欢。”

等他说完，白伊才冷静地对他说：“我懂你，贺辞。但是感情没办法勉强，真的很抱歉，我给不了你你想要的。

“在我眼里，你是个很傲娇可爱的弟弟，我也很喜欢你，但这个喜欢跟男女之情没有半点关系，我把你当作我的一个朋友，仅此而已。”

贺辞杵在原地，半天说不出话来。

最终，在临走前，他挫败地问：“是他吗？

“是滑板场里的那个哥哥吗？”

白伊的心跳停了半拍。

“我不知道。”她说。

原来是。

现在，她自己也不知道。

2021 年初。

白伊正放寒假在家无所事事，彭星月一通消息传来，约她去试婚纱。因为再过几个月，彭星月就要和何颂举办婚礼了。

白伊笑着应下，欣然前往。

当初何颂暗恋彭星月，彭星月毫无察觉。

后来大学两人同校，何颂也不再藏着掖着，各种明示暗示彭星月，结果彭星月还是接收不到他的信号。

在恋爱这方面，彭星月似乎缺了根筋，不太开窍。

好在何颂放弃了含蓄，直接告诉彭星月说他喜欢她，两人这才牵手成功。

大学毕业后，感情稳定的彭星月和何颂一致决定先稳固事业，然后再考虑结婚。

结果，结婚的事宜一推就往后推了五年。

彭星月换好婚纱后站在镜子前各种打量，她一边欣赏着镜子里的自己，一边跟坐在沙发里的白伊聊天。

“哎，一一，你都快博士毕业了，感情方面呢？”彭星月问，“就一直没动静？”

白伊无奈，笑说：“这事儿需要缘分，可能我的缘分还没来。”

彭星月挺赞同这话的，点头道：“确实，另一半都是可遇不可求的。

“我哥也单着呢，家里人催他，他说遇不到喜欢的。”

彭星月吐槽说：“就他这个眼里只有案子的工作狂，能遇到喜欢的异性就怪了。可能是上学时见过他百花丛中过，我是真没想到他如今会这么清心寡欲。”

白伊嘴角漾着浅笑，没有说话。

“说起来，一一你谈过恋爱吗？”彭星月好奇道。

白伊从不否认自己的曾经，坦然道：“谈过啊。”

彭星月立刻转过身来，满眼八卦：“谁？还有没有照片？让我看看！”

白伊嘴角噙着笑：“看什么照片啊，你认识。”

她说：“班长。”

彭星月登时睁大了眼。

“我当初说什么！”她兴奋道，“我就说班长喜欢你！”

彭星月对白伊的恋爱往事格外感兴趣：“快具体讲讲！”

“讲什么啊？”

“讲你俩什么时候在一起的，怎么在一起的，谁先告的白，又为什么分手等等，我都想听！”

白伊被彭星月缠得没办法，只好尽可能简略地把事情说了一遍。

彭星月听完后，大大咧咧道：“我还以为你俩是因为要面对异国恋才分手的，没想到是因为不合适。”

白伊只笑，没纠正彭星月。

其实不是不合适，而是不喜欢。

“那后来呢？你没有再谈吗？”彭星月问道。

白伊点点头。

倒不是没有追求者，在跟章骜恂分手后，也有几个男生追她，甚至上了硕士读了博士，都还有男生对她表白。

可是在他们说喜欢她追她的时候，白伊的感觉都很平静。

所以她也没再强迫自己去接纳一段没有感觉的恋爱。

这天要跟彭星月各自回家时，彭星月突然想起来什么，对白伊说：“一一，等年后伴娘的伴手礼准备好了，我给你寄到学校去。”

白伊笑应：“好。”

白伊心里清楚，她要参加星月的婚礼，就意味着，会跟周雾寻见面。

如果他也去婚礼现场的话。

03.

四月份中旬的周五晚上。

愿一律师事务所全员在沈城一家饭店包厢聚齐。

“来来来，庆祝周律终于打赢了最棘手的案子！”执业律师赵鹏程率先端起酒杯，扬声高兴道。

其他人也纷纷站起来，大家一起碰杯喝了今晚的第一杯酒。

“我宣布周律从今晚开始就是我偶像！”一个还在实习阶段的姑娘崇拜道。

沈年打趣，揶揄问：“怎么，沈律不够格是不是？是我不如你们周律帅？”

“沈律你就承认吧，你就是不如周律帅啊！”

这话一出，包厢里登时响起一阵笑。

愿一律师事务所是周雾寻和沈年合伙开的。

虽然是老板，但沈年性子随和，经常跟大家开玩笑，和大家完全能打成一片。

周雾寻坐在座位上，看着他们畅快地说笑，嘴角微勾，有点漫不经心。

他在想星月的婚礼。

前段时间去彭家，他听星月说，白伊是伴娘。

还听说，她单身。

周雾寻默不作声地独自仰头干了一杯酒。

沈年正在给周雾寻挖坑。

“今天你们周律高兴，你们有什么想问他但是平时不敢问他的，今天都可以问啊！”

沈年说着，就笑眯眯地提醒道：“比如，他办公桌上放的那副坏掉的耳机。”

周雾寻斜睨了沈年一眼，嗓音低沉又无奈地喊：“师兄。”

沈年嘿嘿乐。

当年毕业后，他俩在同一家大律所工作，后来又一起辞职出来单干。

这一路走过来，也算一起打拼的兄弟了。

陈曦率先举手发问：“周律，你有没有很后悔的事啊？”

陈曦也是法大毕业的学生，算是周雾寻的学妹，现在已经是执业律师。

周雾寻不假思索地淡笑说：“有啊。”

“是什么？方便说说吗？”陈曦好奇地问，“是后悔没在大学谈一场恋爱吗？”

周雾寻从喉咙里溢出一声哼笑。

他仰头喝了口酒，随后回答："不是这个。

"是后悔在高中时期让太多女生驻足。"

在场所有人瞬间都震惊到发不出声音，包厢里突然安静得落针可闻。

谁都没想到，这么清心寡欲的周律高中时代居然过得……如此精彩。

周雾寻的确很后悔他年少轻狂时答应过那些女孩子的交往请求，最后伤害了她们，自己还是无法挣脱那种孤寂的折磨。

而他最在意的，是在白伊眼里，他大概就是近几年网友嘴里常说的那种风流渣男。

那年吴文彬和他姐姐在学校里大吵，白伊说："家人逼迫他可以反抗，生活不好就努力改变现状，但再怎么样，他都不该因为自己的问题去伤害其他无辜的人。"

他当时就被她这番话所触动，甚至觉得自己膝盖中了一箭。

原因是，他也是她说的那种人——因为自己的问题，而伤害了其他无辜的人。

所以从那之后，周雾寻没有再接受任何他不喜欢的女生的追求。

这个问题被揭过后，那个说要把周雾寻当作偶像的姑娘问他："周律，你办公桌上那副耳机，对你来说有什么特别的意义吗？"

周雾寻"嗯"了声："很特别。"

虽然早就坏掉了，但依然是他最宝贝的东西。

"是……你喜欢的女孩子送的？"姑娘小心翼翼地问出口。

周雾寻眉梢轻抬，承认："是。"

"那她呢？"姑娘又一次追问。

周雾寻的手指在桌面上轻叩了叩："在另一座城市。"

"你们为什么没在一起啊？"来律所实习的这个女孩子胆子奇大，旁边的人都为她捏了把汗，她居然还敢往下问。

周雾寻轻抬眼皮，似笑非笑："你猜为什么？"

女孩子不知为何，有点怕这样的周雾寻。

因为他此时的神态，很像工作时要训人的前兆。

实习女生没敢再说话。

周雾寻反而很平静地坦言："她不喜欢我。"

说完，他就干了一杯酒。

陈曦望着周雾寻，突然有点羡慕被他藏在心里喜欢的那个女人，但同时她又很不理解。

陈曦不懂到底是什么样的女人，眼光高到连周雾寻都看不上。

这个男人简直就是律政界的一个传奇，又帅又有魅力，能力更是超乎常人。

当初他五年读完本科和研究生，进了国内知名律所工作。

一年后跟沈律一起从律所辞职，成立了愿一律师事务所，开始单干。

成为律所合伙人的第三年，也就是今年，他打赢了近几年最棘手的案件，往后前途无可限量。

周雾寻说完那句“她不喜欢我”后，气氛一时间有点冷。

赵鹏程出声道：“别总问周律感情上的事啦，我来问个别的。”

“周律你接下来的规划是什么啊？最想做的事，是什么？”

周雾寻瞅向赵鹏程，挑眉反问回去：“你觉得呢？”

赵鹏程认真思考了下，不太确定地说出答案：“再接几个大案子？”

周雾寻摇了摇头。

案子什么时候都有，钱永远都赚不完。

他不是周步梵，这辈子就只会赚钱。

他现在已经有足够的存款，工作也很稳定地在蒸蒸日上，根本不愁没钱生活。

所以接下来，周雾寻最想做的事是追白伊。

这些年来，最让他不甘的，不是她不喜欢他。而是，他在一无所有的年纪，喜欢上了一个想要厮守终生的女孩。

所以，哪怕她不喜欢他，他依然想试一次。

因为这么多年过去，他还是很喜欢她，一如既往地喜欢。

他想给自己一个最终答案，也想填补上留在青春里的遗憾。

到时候如果还是没有结果，那他认。

聚餐结束后，周雾寻叫了代驾送他回家。

男人坐进后座，随手扯松领带。

他姿态闲散地靠着椅背，闭目养神。

须臾，手机铃声突然响起。

周雾寻眉心微拢着掏出手机，看了眼来电显示。

是彭星月。

他点了接听，把手机放到耳边，腔调慵懒地“喂”了声。

彭星月在那端问："哥，明天回来吃饭吗？"

周雾寻还没回她，她就又道："给你们的伴手礼已经准备好啦，你回来一趟正好可以把你的带走。"

周雾寻听闻哼笑，说："你跟何颂对待伴郎就这个态度吗？不给亲自送过来，反而要我过去拿。"

彭星月嘿嘿笑："因为你是家人，所以才不跟你见外的啊！"

家人。

周雾寻其实对这两个字没有太大的感觉。但这并不代表，他在听到彭星月说他是家人时，可以无动于衷。

他嘴角微勾道："行，那我明晚过去。"

说完，像是突然想起来什么，周雾寻又问："白伊的伴手礼呢？"

彭星月很莫名其妙，不明白他为什么会无缘无故突然关心白伊的伴手礼。

她一时被他问蒙，但还是如实回答说："也准备好了啊，明天我就约快递给她寄到学校去。"

"我下周三正好要去海城，"周雾寻语气如常道，"顺路给她拿过去吧。"

彭星月更加不解了，迷茫地疑问："啊？"

周雾寻继续淡声说："明晚我去你那儿，把她的那份也带回来。"

彭星月讷讷地应："哦……好。"

下一秒，她就百思不得其解地问："可是，为什么啊？我寄快递其实更方便啊，而且周一就能到，比你给她送过去还要快两天呢。"

周雾寻有点无语地沉了口气。

他还没说话，何颂的声音就从电话里传了过来："寻哥，就按你说的办。明晚你回来吃完晚饭，连同白伊的那份一起带走吧。"

"嗯。"难得有个明白人，周雾寻松了口气，低声淡淡地应了下，然后说，"挂了。"

"好。"何颂回。

等电话被挂断，摸不着头脑的彭星月还在追着何颂问为什么。

"都这么明显了你还问为什么？"何颂伸手戳了戳彭星月的脑袋，无奈叹气，"还能为什么啊。"

"啊？"彭星月忽而睁大眼，终于反应过来，"你是说，我哥对一一有意思？"

何颂挑了挑眉，不置可否。

彭星月震惊道："怎么可能！"

"怎么不可能？"何颂刚说完，手机里就传进了周雾寻发来的微信。

X："先别跟白伊说把伴手礼给她带过去的人是我。"

X："还有，她的微信，你让星月推给我一下。"

何颂回："知道了，帮你办妥。"

彭星月还有些缓不过神，讷讷地对何颂说："我哥当年亲口说他对一一不感兴趣。"

何颂并不知道这事，正倒水的他听闻扭过头来，问："什么时候？"

"他刚转学过来的时候啊，我看到他把一一逗得满脸通红，就警告他要是不能改掉总换女朋友的臭毛病，就不要招惹一一让一一伤心，然后他说，他对一一没兴趣。"

何颂觉得这话也没毛病，对彭星月说出了他的理解："这句话只针对当时而言啊，寻哥的意思是，他当下不喜欢白伊，但这并不能代表以后也不喜欢。"

"可他喜欢一一，我怎么一点都没感觉到呢？"彭星月拧紧眉，绞尽脑汁都回想不起来有哪里残留了她哥喜欢一一的蛛丝马迹。

何颂嘲笑她道："你能感觉到才神奇了，我喜欢你那么多年你不也没感觉到。"

彭星月不服气道："章骛恂喜欢一一我就感觉到了啊！而且很早就看出来了！"

何颂："那只是个意外。"

彭星月恼羞成怒，扑过来要打何颂，反而被何颂给揽进怀里，堵在了桌边。

何颂弯腰笑着亲了亲她的唇，而后说："寻哥要白伊的微信号，你推给他。也知会白伊一声，告诉她伴手礼会让朋友捎带过去，但别说是寻哥。"

彭星月蹙眉，嘟囔："搞什么名堂啊你俩，还弄得挺神秘。"

虽然嘴上不情愿，但彭星月立刻就把白伊的微信名片推给了周雾寻，然后在微信上联系了白伊。

白伊这会儿刚从实验室出来不久。

她正戴着耳机听歌，迎着微凉的夜风往宿舍楼走。

下一秒，手机响了声微信提示音。

白伊解开屏幕锁，点进微信，看到了彭星月一秒前发过来的消息。

彭星月："一一，过几天我有个朋友正好去海城，你的伴手礼我让他顺路捎带过去啦！"

白伊嘴角漾开浅笑，回：“好。”

彭星月又发来信息：“我刚把你的微信推给他了，方便他跟你联系。”

白伊回了彭星月一个“OK”的表情包。

白伊回到宿舍的时候，舍友蒋冰正好洗完澡擦着头发从浴室走出来。

“一一，我用下你吹风机啊。”蒋冰对白伊说。

摘掉耳机的白伊点点头，应：“在收纳盒里，你自己拿吧。”说完，她把帆布包随手放到书桌上，疲累地坐到了椅子上。

蒋冰看到白伊满脸疲态，问：“怎么了？累了啊？”

白伊闷闷地“嗯”了声。

正从她身后经过的蒋冰很自然地在白伊脑袋上轻轻摸了摸，温柔地安抚：“那快去洗澡，洗完早点睡。”

白伊想到明天还要继续去实验室过柱，叹了口气。

“又是一个要跟实验约会的周末。”她轻哝。

蒋冰还没打开吹风机，听到白伊无奈的语气，笑问：“你们导师发话了？”

“对啊，”白伊嗓音温软地说，“今天的实验不理想，导师不高兴，让我们下周一前必须拿出数据，那只能周末继续泡实验室了。”

“季师兄还被导师骂了一顿，可吓人了。”

“季枫又被你们导师训了？”蒋冰的语气难掩在意。

白伊点点头：“其实就是个小问题，但是导师对季师兄发了很大的火，差点把他给骂自闭。”

蒋冰不满地嘟囔：“你们导师是不是针对他，怎么每次都骂他？”

白伊起身，拿了浴巾和睡衣往浴室走，同时回蒋冰：“因为导师器重他啊，所以才对他比我们更严格。”

季枫其实比白伊大一届，本来去年就能博士毕业的，但是他觉得自己研究的课题还能继续往下研究，主动跟导师提出来延毕一年，想把这个课题给做完。

于是就成了要跟白伊同期毕业的博士生。

半个多小时后，白伊洗完澡出来，用吹风机把长发吹干。

等她爬上床躺好，拿起手机定明早的起床闹钟时，发现微信有未读消息。

白伊先把闹钟定好，然后才打开微信。

是一个好友添加请求。

对方的昵称是“X”，头像是纯白的图片。

添加她的方式是星月分享名片推荐。

白伊知道此人就是星月的那位朋友，便通过了好友验证。

加上好友后，白伊主动打招呼说：“您好。”

周雾寻没想到她会主动发消息过来。

正单手拿着手机一直等她通过请求的他神情稍愣，旋即嘴角扬起淡笑。

周雾寻回：“你好。”

白伊很快又发了新消息：“星月已经跟我说了，我的伴手礼过几天由您顺路带过来。”

白伊：“到时候您不方便过来学校的话，跟我约个地方，我过去拿就行。”

白伊：“麻烦您了。”

周雾寻隔着手机屏幕都能感受到她语气中的礼貌和疏离。

他低低地喟叹了声，回她：“我跟你差不多大，不用说‘您’。”

白伊立刻发了个很萌的猫咪表情包，上面只有一个“好”字。

周雾寻莫名觉得表情包上的猫咪跟她一样可爱。

他默默地存下表情包，然后告诉她：“我周三到海城，去你学校正好顺路，就给你送到学校吧。”

白伊回他：“好，你到了后告诉我，我去学校门口找你拿东西。”

周雾寻回了个“嗯”。

周雾寻等了片刻，白伊没再回他。

他在输入框敲下两个字“晚安”，但最终，还是觉得突兀，摁了删除。

第八章 重逢告白

01.

周三中午。

白伊在餐厅吃完午饭，正往实验室走，手机突然传进一条微信。

X：“我到你学校门口了，方便出来拿伴手礼吗？”

白伊立刻回：“方便的，我这就过去。”

回完消息，白伊就掉头快步往学校门口走去。

几分钟后，白伊渐渐靠近校门。

周雾寻站在路边，手里拎着一个礼袋，里面是给她的伴手礼礼盒。

在白伊出现在他视野中的那一刻，周雾寻的心跳就开始紊乱。

她穿着白衬衫和棕色的半身格子裙，脚上踩着一双轻便的小白鞋。

柔顺的长发被她用头花随意扎成低马尾，鬓边的发丝丝滑地垂落下来。

眼前的她已经没了少年时的青涩稚嫩，变得更加成熟沉静，但依然让人觉得很柔软可爱。

可爱中带着一抹知性和温雅。

只是，个子好像没怎么长，还是小小的。

白伊踏出校门后，抬眼茫然地寻找着可能是星月朋友的人。

然后，她的眸子倏而顿住，人也登时僵在了原地。

白伊表情怔忡地望着几米远的男人，眼睛一眨不眨地盯着他，浑身紧绷到动弹不得半分。

周雾寻就立在那儿，身形挺拔而落拓。

他的左手臂上搭着脱下来的西装外套，手中还拎着一个礼袋。

相比于高中时期，此时的他褪去张扬，看上去格外稳重。

男人的头发被打理得一丝不苟，黑衬衫的下摆用皮带平整地扎进西裤中，衬得腰线格外性感。

白伊不是没想过跟他重逢的场景。

在星月的婚礼上，他是伴郎，她是伴娘。

或许在婚礼前夕，他俩就在星月家里重逢了。

两个人客气地寒暄，道一句好久不见。

她根本没想到，会在这儿，在这一刻，猝不及防地再次遇见他。

周雾寻已经迈着步子不疾不徐地朝她走来。

最后，他在她面前停住。

“白伊，”周雾寻的嗓音低沉，含笑道，“好久不见。”

白伊讷讷地仰起脸来。

她慢慢地缓过神，表情由愣怔变成惊讶，语气也满是震惊：“周雾寻？”

她还是有些不可置信：“所以，星月说的朋友是你？”

周雾寻眉梢轻抬，低笑：“是我。”

“啊……”白伊蹙了蹙眉，语气懊恼道，“你们为什么不提前告诉我是你过来啊？”

不知为何，她的心里莫名地慌乱。

白伊不自觉地扯了扯裙子侧面，似乎想把裙身弄平整。

她忍不住想，自己现在的穿着会不会很随便，还有头发，就这么随手一扎，看起来肯定很邋遢。

周雾寻半开玩笑说：“想看看你还记不记得我。”

白伊的脸颊微微泛起红晕，眼神也无意识地闪烁了下。

她故作自然地浅笑，也像开玩笑那般说了句：“幼稚。”语气中透出些许哭笑不得的无奈。

你是周雾寻。

是我刻骨铭心暗恋过的少年。

我怎么会不记得。

大概是太多年没见，白伊浑身不自在。

她说不出哪里不对劲，但就是觉得尴尬。

周雾寻把伴手礼递给她：“你的伴手礼。”

白伊连忙接过来：“谢谢。”

“那……没别的事我就先回去了，实验室的实验还在进行，我得回去盯着。”白伊解释完后，又轻声道，“有时间一起吃饭。”

她的话语很平静得体，像对待一位久别重逢的老朋友。

在白伊转过身要回学校的那一刻，周雾寻在身后唤她："白伊。"

她瞬间回头，迎着明亮的阳光仰脸望向他。

男人认真地邀请："今晚有空吗？"

白伊还没反应过来，他又道："今天我生日，你是我在这里唯一的朋友，要是有时间的话，晚上陪我吃顿饭吧。"

白伊和他对视着。

下一秒，她露出浅笑，语气自然地答应："好。"

听到她的答案，周雾寻不动声色地舒了口气，藏在裤兜里握成拳的左手指节也跟着一寸寸松开。

"那晚上见，"周雾寻嘴角噙笑地说，"我过来接你。"

白伊点了下头，应允："嗯。"

而转过身往学校走去的她，眉心不由自主地轻拧起来，心里也有点闷乱。

白伊很苦恼。

因为，她并没有给他准备生日礼物。

可白伊不知道，她答应陪他吃饭，对他来说，就已经是最好的生日礼物了。

你是我在这座城市里唯一的思念。

我眷恋这里，是因为我喜欢的你在这儿。

白伊，谢谢你答应我的邀约。

二十七岁的周雾寻，终于收到生日礼物了。

因为不好带伴手礼进实验室，白伊先回了趟宿舍，然后才去实验室。

到了实验室，白伊穿上白大褂，戴上做实验用的手套，来到实验桌前观察了下正在进行的反应。

季枫回来时，白伊正坐在电脑前记录实验现象，而后她就盯着电脑微蹙眉发起呆来。

季枫看到白伊一脸凝重，还有点愁眉不展，以为她的实验又有哪儿出了问题，便关切地问："怎么了白伊？"

正在发愁送周雾寻什么礼物的白伊被季枫堪堪喊回神。

她摇摇头，嘴角轻牵道："没事。"

季枫笑道："看你愁眉苦脸的，我还以为你的实验出了什么问题。"

“不是不是，实验挺顺利的。”白伊解释。

她的话音刚落，季枫的手机就响了起来。

这会儿正是中午，实验室的其他人都去吃饭了还没回来，只有白伊和季枫在，所以季枫就直接接通了电话。

他的声音略显温柔，语调轻扬道：“喂，冰冰。”

蒋冰在另一端对季枫歉意地说：“师哥，我晚上没办法跟你去听 live house 了，我导师喊我去实验室，估计要很晚才能回来。”

季枫很遗憾地“啊”了声。

虽然有些失落，但季枫同样作为博士，完全可以理解蒋冰。他贴心安慰：“没事，那以后再带你去。”

蒋冰“嗯”了声，说：“抱歉啊师哥，今晚只能你一个人去听了。”

季枫笑着回：“我不去啊。你不在我就不去了。”

“可是，票……”蒋冰有点心疼那两张票的钱，虽然票价不贵，但是两张加起来也好几百呢。

季枫失笑：“票我会看着处理的。”

挂了电话后，季枫叹了口气：“唉，今晚的 live house 去不成了。”

他说着就从包里掏出两张门票来，一边用手机拍照，一边自言自语道：“发个朋友圈问问吧，看看有没有人想去。”

白伊突然扭头喊他：“师兄。”

季枫抬眼望向白伊。

她有些期待地问：“这两张票，可以卖给我吗？”

季枫有点意外，一口答应：“当然可以啊，给你给你。”

他直接把票递给白伊，笑说：“不用卖，送你了。”

跟白伊在同个实验室共事几年，两人早就是关系不错的朋友了。

季枫听到白伊想要，就没打算收她的钱。

但是，白伊却很坚持付钱买。

她在微信上转账，把钱给了季枫。

“真不用……”季枫有些无奈。

白伊语气认真地说：“师兄，你一定要把钱收了。”

而后，她又轻声道：“我打算把这场 live house 当作生日礼物送给一位朋友。”

季枫明白了白伊的意思。

因为是准备送人的礼物，所以必须要她花钱才有诚意。

“行，那我收了。”季枫说着，点了收款。

白伊本来还在发愁礼物的事，这下突然解决，她的脸上瞬间漾开了笑。

“谢谢师兄。”白伊格外诚恳地道谢。

要不是正好季枫有两张票，她是真的毫无头绪。

季枫笑道：“我还想谢谢你呢，要不是你需要，这两张票很可能就浪费了。”

他轻叹：“倒不是心疼票钱，今晚的 live house 是一个我和冰冰特别喜欢的后摇乐队，每首歌都特别好听。”

说到这里，季枫突然想到什么，喊白伊：“白伊。”

“啊？”

季枫说：“师兄拜托你一件事，这个乐队有首歌叫《她》，冰冰的最爱，乐队表演这首歌的时候，你能不能录几分钟视频，回来发给我？”

白伊莞尔应允：“当然可以啊。”

季枫心情不错地打了个响指，嘴角噙笑道：“谢了！”

傍晚时分，白伊难得这么早从实验室离开。

她刚走出实验楼，就收到了周雾寻的微信。

星月朋友：“忙完告诉我，我过去接你。”

“星月朋友”是白伊给他的备注。

白伊估算了下时间，回他：“我大概半个小时后能到学校门口。”

周雾寻秒回：“好。”

白伊没有再回复他，而是盯着她给他的备注看了几秒，然后，默默地把“星月朋友”改成了“周雾寻”。

看到新备注的名字，白伊的嘴角无意识地翘了翘。

回到宿舍后，白伊先洗了个澡，随即就开始收拾打扮自己。

她在衣柜里翻了一通，明明里面有不少衣服，可是白伊却突然感觉自己没有能穿出去见他的衣服。

她犹豫了好一会儿，最后选了一条杏色的长袖连衣裙。

裙子的款式简约清新，翻领的领口下藏了条黑色的细带，可以打成漂亮的蝴蝶结。

胸前有排单扣，收腰设计衬得她腰肢纤细，盈盈一握。

等她换好衣服再化好妆出门，时间早就超了半个小时。

白伊踩着一双和裙子同色的法式中跟单鞋，一路快步往校门口小跑。

周雾寻正姿态略随性地倚靠着车门，等白伊出来见他。

尽管她已经迟到了十多分钟，但他没有丝毫不耐烦，反而在期待的同时生出一点紧张。

须臾，周雾寻捕捉到一道正往他这边小跑来的娇小身影。

她穿着浅色系的连衣裙，没有梳起来的柔顺长发随着她的跑动而轻飘飞舞着。

周雾寻莫名想起，十年前她生日那天。

她穿着纯白的连衣裙，也是这样长发披散。

在向他走来时，忽而吹过一阵风，扰乱了她的发丝，害她窘迫地抬手去拢胡乱飞舞的头发。

那天她坐了他的自行车后座，脸贴到了他后背上一瞬，还揪了他的衣服。

这些年来，跟她有关的记忆，时不时就会冒出来在他脑子里横冲直撞。

所以哪怕到现在，他都对那时的每一个细节无比清晰。

白伊已经来到了他面前。

“对不起，”白伊很抱歉地说，“我迟到了，让你等了这么久。”

周雾寻垂眸望着她。

她化了妆，淡淡的妆容看上去很自然，让她本就恬静温软的气质显露更甚。

他嘴角噙笑说：“没事，也没等很久。”

从他给她发微信到此刻，还不到一个小时。

在他看来，确实算不上久。

说完，周雾寻就拉开副驾驶的车门，让白伊坐进去。

白伊上车的时候微微诧异地问：“哪里来的车？”

周雾寻在她坐进车里后才把虚虚挡在她头顶上方的手落下来，回她：“律所另一位合伙人的。”

白伊还是很茫然。

周雾寻替她关上车门，绕到驾驶座那边上车，然后才继续解释：“他老家在这儿，在这边有套房也有辆车，只不过平常在沈城工作，所以这辆车开的次数不多。”

车确实是沈年的。

沈年在这儿有套房也是真的。

而且周雾寻和沈年有再在海城开一家愿一律师事务所的计划。

但目前还没办法一步落成。

他们俩也不着急，打算稳扎稳打，慢慢来。

白伊听完周雾寻的话，轻轻地“哦”了声。

在去饭店的路上，白伊找不到话要说。

总觉得说任何话题都有些尴尬，而她又不算很善言辞，犹豫来考虑去，最后就什么都没说出口。

最终还是周雾寻率先开口，语气自然地问：“你是今年毕业吧？”

白伊点点头：“嗯。”

“毕业后打算做什么工作？”周雾寻继续问。

白伊早就想过这个问题，目前也正在为毕业后的工作做准备。

她如实回：“应聘大学老师，也可以去研究所。”

白伊并没有说自己要留在哪座城市。

周雾寻像是随口问：“留在海城？还是……回沈城？”

白伊偏头望向车窗外。

夕阳正好，黄昏漫天的色彩笼罩着这座城市，美丽得像一幅油画。

沉默了几秒后，她声音轻细道：“回沈城。”

当初她来这里，一个原因是海大确实是所顶尖的好学校；另一个原因是想离家远一点。

在这两个基础上，还有点私心地想彻底换个新环境，把贯穿了整个高二高三的那场暗恋彻底掩埋。

种种缘由驱使着她义无反顾地来到了这座城市。

现在，九年过去，她即将真正毕业，步入社会参加工作。

可能是因为父母在沈城，最好的朋友也在沈城，也可能是觉得，在海城待再久，海城也不是她的家。

所以白伊很留恋她从小长大的那座城市。

她想念沈城的一切。

周雾寻听到她的回答，似乎很短促地低笑了声。

白伊有点走神，没有辨清他到底有没有在笑，反正等她反应过来时，他正在专注地开车。

周雾寻订的是一家很有格调也很有氛围的餐厅。

落座后，他让服务生上菜。

白伊看了眼时间，距离 live house 开始还有两个小时。

时间应该够。

从见面后就没主动开口讲话的她突然唤他："周雾寻。"

大概是因为餐厅里的环境偏安静，大家说话都很轻言慢语，白伊的嗓音也不自觉地压得很轻。

周雾寻轻撩眼皮看她，天然上挑的桃花眼略带笑意，瞅着她的眸子像极了深邃又温柔的星空。

白伊目光微顿，旋即她就佯装自然地跟他说："吃完饭能带我去个地方吗？"

周雾寻眉梢轻抬，好奇地问："去哪儿？"

白伊似乎有一点为难。

她沉吟了下，还是摇摇头，拒绝现在就告诉他，只说："吃完了再跟你说去哪儿。"

周雾寻看她这么一本正经，好笑地应："行，带你去。"

认识这么多年，其实今晚这顿晚餐，才算他俩真正意义上第一次单独吃饭。

高三那次，他们就只是坐在便利店里，吃了份关东煮，喝了罐旺仔。

须臾，白伊又一次找话题问他："你来这儿是有工作吗？"

周雾寻语气很自然地回："嗯，过来出差。"

"待几天啊？"白伊问完，眼睛眨了下。

"现在还说不准，看情况吧。"他面不改色地撒谎，话张口就来。

白伊没有再说什么。

她低着头，安安静静地小口小口吃菜，像只特别温顺乖巧的小兔子。

偶尔眼皮轻抬，就会看到他拿着筷子的左手。

这么多年过去，他依然在用左手吃饭。只不过左手腕上没了红绳，取而代之的，是一块男士腕表。

白伊望了他一眼。

仅仅一秒不到，她就迅速垂下了头，继续默不作声地吃饭。

中午在校门口猝不及防遇见他的时候，她就明显地感觉到，现在的他性子格外沉稳，已经完全敛去了少年时期的锋芒。

白伊不由自主地想起，从星月那里听到的关于他的消息。

他那些年过得那么难。

也许，并不是他敛起了锋芒，而是他不得已被生活磨平了桀骜的棱角，才会被迫成长为现在这般稳重成熟。

吃完饭从餐厅出来，白伊上了车后才告诉周雾寻说："去淮山路的 secret live house。"

周雾寻稍愣："嗯？去酒吧俱乐部？"

白伊点了点头："嗯。"

她嗓音温软地轻声道："那里今晚有场演出，我有两张票，请你去看后摇现场。"

周雾寻已经发动了车子。

他还没说话，白伊就又有点不好意地说："就当，给你的生日礼物吧。"

周雾寻听闻，低低地笑了声，应允："好。"

"你听过后摇吗？"白伊扭头望向他，问道。

周雾寻摇摇头，嗓音低沉悦耳："没听过。"

他这些年听的基本都是五月天。

白伊有点忐忑地鼓了鼓嘴巴，如实说："其实我也没听过。不过我师兄说很好听。"

希望你会喜欢吧。

周雾寻语调愉悦道："那正巧，我们今晚听一次，感受一下。"

到了场所，周雾寻找地方停好车，而后就和白伊一起进了这家 secret live house。

他俩虽然没迟到，但到得也不算早。

进去的时候已经有不少观众，所以根本走不到前面去。

她和他相挨站着，周围都是涌动的人群。

现场演出快要开始的时候，白伊突然被人撞了下，身体不稳地往前倾了倾。

下一秒，周雾寻就往后挪了步，然后把她拉到自己前边。

身形高大挺阔的他立在白伊身后，把纤瘦的白伊完全给护了起来。

白伊有点僵硬地杵在他前面，脊背不由自主地绷直。

直到演出开始，她的身体才一寸一寸地松懈下来。

后摇大多都是纯乐器演奏，有的歌曲会有人声，但人声会被弱化，当作背景音存在。

虽然白伊是第一次听，但这个乐队演奏的每首歌，她都很喜欢。

只不过因为身高问题，白伊无法毫无障碍地看清舞台，哪怕她踮起脚都不行。

乐队即将要演奏《她》时，白伊立刻掏出手机，打开相机里录视频的界面。

她答应了季枫要给他录这首歌的视频。

随后，曲调响起，舒缓的旋律中混着男女的英文对话。

而白伊还在很努力地踮着脚，尽可能举高手机，把视频拍得清晰一点。

就在这时，一只骨节分明的手从她身后伸了过来。

周雾寻单手拿住她的手机，嗓音低沉道：“我帮你录。”

白伊酸麻的脚跟瞬间落地。

她舒了一口气，旋即道谢：“谢谢。”然后又道，“录这一首就行。”

“好。”他应。

也是这时，白伊发现，她仰头看着手机屏幕，就能看到整个舞台。

《她》这首曲子，起初没有鼓声，配合上被弱化的背景人声，听上去很安静淡雅，格外温柔。

后半段架子鼓有节奏的声音融入，情感逐渐浓烈起来。

白伊听得入了迷。

灌入耳中的旋律，莫名地让她有一种很温柔但又特别孤独的感觉。

温柔而孤独。

像周雾寻。

这首歌演奏完后，周雾寻点了结束录制。

然而，他没有把手机还给白伊。

而是就这样举着手机，让白伊继续仰头看手机屏幕。

这样她就不用费力地踮脚去望舞台了。

这场 live house 临近结束时，乐队正在演奏《彩虹山》。

这首歌越到高潮，白伊的内心就越发空洞。

很像某个正处在人生低谷的人，还在被生活无情地折磨摧毁着，而最终，所有苦难结束，一切归于最初的平静。

白伊盯着周雾寻拿着她手机的左手出神了几秒，随即忽而向后扭头。

她对他说：“生日快乐。”

白伊说话时这首歌恰好演奏完，现场的观众正在鼓掌欢呼。

周雾寻没能听清她的话。

他弯下腰来，凑到她面前，扬声问：“你说什么？”

说完，周雾寻就偏过了头。

霎时，近在咫尺的两个人皆是一怔。

他们俩现在的姿势，很像男女朋友要接吻时的亲密举动。

只要各自再往前倾一点，就能碰上对方的鼻尖。

两道呼吸猝不及防交缠到一起，惹得白伊呼吸屏了一瞬。

她眼神闪烁地快速眨着眸子，强撑着镇定，佯装自然地别开头，在他耳边认真道："我说，生日快乐！"

白伊温热的气息落到他的耳畔，有些痒痒的。

他的心也似乎在被小猫爪子抓挠般，霎时酥麻又柔软。

周雾寻的唇边漾起笑，连眉眼间都染了愉悦之色。

他的脑子里突然想起 2012 年她生日那天。

他们牵着手，在演唱会上用最大的声音回应着阿信，说"要"。

要跟她一起走向未来。

要一起一辈子走下去。

而他贪心，对她目的不纯。

如果可以，他希望他们不只是作为朋友，一起走向未来，一辈子走下去。

从酒吧出来后，白伊让周雾寻带她去蛋糕店。

周雾寻笑，明知故问："干吗啊？"

他说这句话的慵懒腔调反倒有种少年时的痞劲儿。

经过几个小时的相处，刚刚重逢时的尴尬和不自在已经差不多消解完。

白伊听出他语气里的调笑，跟他较劲似的，故意不说实话，而是随口扯了个理由："我想吃蛋糕。"

周雾寻挑眉，二话不说开车把人带去了蛋糕店。

最后，她买了一个很小的生日蛋糕。

两个人没有走，在店里寻了个位置坐。

白伊把数字"2"和"7"插到蛋糕上。

周雾寻盯着有一点歪扭的"27"，哭笑不得。

白伊却特别认真地对他说："周雾寻，二十七岁生日快乐。"

周雾寻凝视着眼前的她，那双动人心魄的桃花眼一眨不眨。

下一秒，他忽而笑了。

何其有幸，祝我十八岁生日快乐和二十七岁生日快乐的，都是你。

白伊被他笑得莫名，心不知为何有点乱。

她快速偏开视线，随口找话题问他："你感觉后摇怎么样？"

正给她切蛋糕的周雾寻回道："还不错，我挺喜欢的。"

白伊的唇边盈上了一抹浅笑。

其实，她也蛮喜欢的。

“你最喜欢哪首？”她有点好奇地问。

周雾寻把蛋糕递给她。

白伊接过来，礼貌地说了句谢谢。

他这才不疾不徐地说：“《她》，你录的那首。”

白伊有点意外地抬眸瞅了他一眼。

她最喜欢的也是那首。

随后，她又听他嗓音低缓道：“我喜欢这首歌背景音里的两句话。”

“嗯？”吃了一小口奶油的白伊轻声疑问，“哪两句？”

周雾寻望着白伊，眸色不自觉地变得温柔，声音也跟着温柔下来。

他格外认真正经地说出一句很流利纯正的英文：“I really like you.”

白伊心头蓦地一跳，拿着小叉子的手顿住。

她掀眸，清泠泠的目光撞进他深邃的眼睛里。

她知道下一句，是：I like you too.

下一刻，周雾寻就说出了第二句：“I like you too.”

我真的喜欢你。

我也是。

白伊不敢告诉他，她也很喜欢这两句。

因为这两句代表着，两情相悦。

跟章骛恂的那段恋爱，让白伊明白了——这世上所有的事都能够靠努力得到，唯独爱情不行。

你喜欢的人喜不喜欢你，全凭一份运气。

所以她最羡慕两情相悦的爱情。

能够两情相悦的人，在爱情里都是幸运儿。

而她不是。

至少直到现在，她都不是被爱情选中的幸运儿。

因为聊到了《她》这首歌，白伊突然想起来，她还没把录的视频发给季枫。

她立刻放下吃蛋糕的小叉子，拿起被她搁在桌上的手机，小声嘟囔了句：“忘了把视频发给师兄了。”

周雾寻听闻，眉峰微拢，心里像打翻了一瓶醋，突然很酸涩。

“那首歌是给你师兄录的？”他压着郁闷的情绪，不动声色地问道。

正在给季枫发视频的白伊只专注盯着手机，头也不抬地应：“对啊，他女朋友……也就是我舍友，最爱这首歌了，但因为有事没办法看现场，我师兄就拜托我，帮他录一下视频，他要发给女朋友看。”

原来不是他想的那样。

她师兄有女朋友，只是单纯地拜托她帮忙而已。

白伊完全不知道，她这番无意的话，已经让周雾寻的心情像坐过山车一般，猝不及防地跌到谷底，又瞬间冲上了最高处。

周雾寻的嘴角不自觉地翘了起来。

他强忍着笑意，语调轻扬道：“这样啊。”

吃完生日蛋糕，周雾寻开车送白伊回学校。

校外的车不好开进学校里面，他只能把车停在校门口的路边。

两个人先后从车上下来。

白伊轻声对他说：“拜拜……”

声音未落，周雾寻就道：“我送你进去吧。”

白伊稍愣，似乎没想到他会主动提出要送她回宿舍。

怕太麻烦他，她刚要婉拒，周雾寻又说：“正好逛逛海大。”

白伊听闻失笑：“都大半夜了，有什么好逛的呀。

“你要有时间的话，找个白天过来逛，可以去博物馆，还有图书馆，中午就在学校餐厅吃午饭，我们学校餐厅的菜还挺好吃的。”

周雾寻轻挑眉梢，低沉的话语含着笑：“你带我逛？”

她不假思索地答应：“好啊。”

话说完，白伊才顿觉自己回答得好快，而且也太顺口了，脸上登时腾起一股热意。

白伊强撑镇定地快速道：“你来学校逛的话告诉我，我带你玩。我回宿舍了。”

白伊刚转过身，周雾寻就跟了上来。

他的语气略显无奈：“都说了送你过去。”

白伊没有再执意拒绝，任由他陪着自己回了学校。

道路两旁种着梧桐，每隔一段距离就会有一盏路灯。

两个人并排沿着路往前走，谁都没开口讲话。

夜风吹起，梧桐树叶沙沙作响。

只穿了一条单裙的白伊感觉有些冷，不动声色地攥了攥微凉的手。

须臾，周雾寻问她：“你哪天有时间？”

白伊一时间没反应过来，仰起脸看了他一眼，茫然道：“啊？”

周雾寻垂眸望向她，嘴角盈着淡笑，说：“带我逛学校。”

白伊有点慌乱的心脏慢慢落地，嗓音轻软道：“周六和周日我都行。”

周雾寻点点头：“好，那我到时候提前联系你。”

“嗯。”她笑。

忽而，白伊被脚下略微不平的路绊了下。

周雾寻眼疾手快地伸手抓住了她的手。

男人的掌心干燥温暖，带着他的温度。

他紧紧地握着她柔软的手，眉骨压低了些，轻叹着气说：“小心些。”无奈的语气中隐约含着纵容和宠溺。

被他握住手的白伊浑身紧绷僵硬了瞬间。

因为他这句话，她的神思也突然混沌起来。

高三办黑板报的那个周五。

她从凳子上摔下来，被他用手臂挡住才不至于摔倒。

他当时也是用这样无奈的语气，告诉她要小心些。

“小心些”这三个字像某把钥匙，轻易地就打开了她尘封在心底深处的那份情感。

而她沉寂多年的心脏也恍若听到了很久远的召唤，霎时苏醒，失控地疯狂跳动起来。

就像无波无澜的湖面突然被一颗石子打破平静，水花四溅，荡开阵阵涟漪。

又起了一阵风。

白伊的裙摆微扬，发丝也随风飘舞起来。

温柔的风拂过她发烫的脸颊，扑面而来的微凉让白伊堪堪回了神。

她这才意识到，她还被他握着手。

像被他掌心的温度灼到了似的，下一秒，她就立刻把手快速抽离了出来。

手中霎时空落落的，周雾寻蜷曲了下手指，若无其事地陪着她继续往前走。

他的脑子里正回闪着十年前在教室里发生的一幕。

她不小心从凳子上掉下来，他伸手挡在她身前，被她在情急之下紧紧地抓住了手臂。

那一刻，穿堂风呼啸而过，课桌上的书本被风吹着哗啦啦地翻着页。

他胸腔里的心脏，仿佛也被汹涌的穿堂风吹得摇摇晃晃，异常剧烈的心跳几乎让他呼吸不畅。

就像此时一样。

周雾寻偏头，垂眼瞅向白伊。

她正微低着脑袋安安静静走路。

他想起刚刚握住她手时那抹冰凉的感觉，便把西装外套脱了下来，披到了她的肩上。

身上突然多了件带着男士淡香的外套，白伊怔了怔。

大概是刚刚的插曲让她羞赧，白伊没敢抬眸看他，只轻声道谢："谢谢。"

周雾寻故意略拉长音，语气无奈好笑地回："不谢。"

到了宿舍楼下，白伊在临进宿舍楼前，佯装自然地对周雾寻说："那你到时候联系我吧，我带你逛逛这里。"

他眉眼温柔地看着她，愉悦地应下："嗯，好。"

"拜拜。"白伊说完，没多停留，就转身快步进了宿舍楼。

周雾寻轻挑眉，没有提醒她，她还没把衣服给他。

白伊完全没意识到哪里不对，径直回了宿舍。

刚推开门，正在护肤的蒋冰就一脸怪异地看着她。

白伊被蒋冰看得莫名，不解地问："怎么了？"

蒋冰眨巴了下眼，一字一句道："男、人、外、套。"

平静的陈述语气中难掩吃惊。

白伊这才想起来，自己还披着周雾寻的西装外套。

她立刻把衣服脱下，拿在手里，快步往阳台走去。

白伊在阳台上往下望了望，已经看不到他的身影了。

她只好拿出手机，给周雾寻发微信。

白伊："我忘记把外套还你了。"

周雾寻很快地回她："不要紧，等我来逛学校时给我就行。"

也只能这样了。

白伊应允："嗯，好。"

须臾，周雾寻发来："我先回酒店。"

白伊打字过去："好。"

白伊："注意安全。"

刚坐进车里系上安全带的周雾寻看到她的消息，嘴角噙笑地回了她一句："晓得了。"

白伊正望着他发来的"晓得了"晃神，蒋冰就八卦地笑着问："一一，你什么情况啊？约会去啦？”

白伊的脸颊泛起浅薄的红晕。

她摇摇头，否认，解释说：“一个朋友过生日。”

蒋冰猜测：“这件西装的主人？”

“嗯。”白伊应着，找了个衣架，把他的外套给挂了起来。

“咱们学校的吗？我认不认识？”

蒋冰实在是好奇死了，她跟白伊从研究生就认识，但这几年就没见白伊跟哪个男生走得近过，更不要说谈恋爱。

这会儿白伊突然披着男人的外套回来，蒋冰直觉有情况。

白伊轻笑，回她：“不是咱们学校的，是我高中同学，他已经毕业参加工作了。”

“老同学啊，”蒋冰越发感兴趣了，笑着问，“那今晚是只有你陪他过生日吗？”

白伊没多想，点点头，如实道：“对啊。”

“你们是老同学，他过生日只请你。”蒋冰忽然拍了下手，像猜中了答案那般兴奋，语气笃定地对白伊说，“一一，这人肯定对你蓄谋已久，他绝对喜欢你！”

白伊的心跳蓦地微滞，而后她就否认，失笑道：“怎么可能。他之所以只请我，是因为他在海城只认识我，我们共同的朋友都在沈城呢。”

蒋冰却摇头，不赞同道：“那万一他过来是特意找你陪他过生日呢？”

“那就更不可能啦，”白伊笑蒋冰想太多，解释说，“他是律师，很忙的，过来这边是出差。”

“律师？”蒋冰的重点成功转移到了别处，她问白伊，“那他认不认识周雾寻啊？就是前段时间打赢‘十亿案’的那个周律师！”

虽然这个案子很轰动，周雾寻的名字也被很多人知晓，但是网上基本查不到他的信息，自然也没有他的照片。

所以大众并不知道他的年龄和相貌。

白伊前段时间忙实验忙得焦头烂额，每天起早贪黑地泡在实验室研究课题，根本没关注什么时事新闻，也并不知道什么“十亿案”。

她稍愣，疑问：“谁？”

蒋冰说：“周雾寻啊，愿一律师事务所的合伙人之一。”

愿一律师事务所白伊知道。

是周雾寻和其他人合开的事务所。

所以，蒋冰口中的周雾寻，就是她认识的周雾寻。

白伊沉吟了片刻，才回蒋冰说：“他就是。”

蒋冰蒙了：“啊？”

白伊笑起来，指了指被她挂起来的那件男士西装，对蒋冰莞尔道：“借我西装的这位朋友，就是你说的那位周律师，周雾寻。”

蒋冰不可置信地瞪大眼。

片刻，她才找回声音，震惊道：“真的吗？”

“真的啊。”白伊浅笑回。

蒋冰很诧异：“他跟你是同学，那也才二十七八岁吧？”

白伊声音轻软道：“今年二十七，跟我们同岁。”

蒋冰着实崇拜了，语气钦佩地说：“这么年轻就如此厉害！这就是世界的参差吗？”

白伊笑而不语。

她的脑子里突然想到了彭星月说的一些话。

是关于周雾寻上了大学后生活得有多艰难，而他又有多努力的那番话。

随后，白伊拿了睡衣去浴室洗澡。

蒋冰还坐在座位上消化着这个重磅消息。

须臾，蒋冰大概还是觉得无比震惊，在微信上找了季枫说这事。

季枫正好在同一时间发视频给蒋冰，两人就热火朝天地聊了起来。

熄灯后，白伊躺在床上，捧着手机搜了蒋冰说的那个案子。

她正认真地在看新闻报道，手机上方就弹出了微信的小窗口，提示她有新消息。

白伊切回微信，看到了周雾寻一秒前发来的消息。

周雾寻：“睡了吗？”

白伊说：“还没。”

然后，她补充：“正要睡。”

周雾寻回她：“睡吧，晚安。”

白伊给他回了个晚安的表情包，然后就放下了手机。

她睁着眼睛，脑袋里想的全都是今天遇到他之后的事。

几分钟后，白伊压下那股心乱如麻的感觉，把被子扯过头顶，闭上眼酝酿睡意。

过了良久，她终于睡着，然而却深陷梦中。

白伊被梦境拉扯着回到了高中。

她再一次经历了那场盛大的演唱会。

还有那间只有他们两个的教室里，风乍起，他用胳膊挡住她防止她摔倒在地。

甚至于，临近高考的那个傍晚，也是只有他和她单独在教室，他摸了她的手。

青春年少时的悸动将白伊完全包裹住，让她无法逃脱，也无法否认躲避对他的感情。

这个梦好长，好像把有他存在的那些岁月全都重新走了一遍。

他因为吴文彬针对她，就替她出头教训了吴文彬。

也是那天，他为了她，出手跟人打架被停课一周，结果还反过来安慰她，说："白伊，别道歉，我没事。你也不要愧疚，晓得吗？"

后来，她在梦里眼睁睁地看着他孤独一人，却不能光明正大地陪在他身边，甚至无法安慰他一句。

她亲眼看着他身边一个又一个女生来来往往，但不包括她。

梦里的她又来到了他家。

她站在卫生间的门前，亲耳听到从卧室里传出来的动静——他亲了她的表姐。

最终，回归到最初始。

他来沈城一中的第一天，亲口对星月说："我对她没兴趣。"

那些细小的零碎的片段记忆，清晰地飘浮在她的梦中。

好像是一条条赤裸裸的有力证据，正无情地告诉她：他怎么可能喜欢你呢，他只把你当朋友啊。

白伊的心轻微地抽动了下。

无法抗拒的巨大失重感袭来，让她瞬间惊醒。

白伊茫然地睁着眼，目光毫无焦距。

过了一会儿，她坐起来，摸过手机看时间。

然后就发现周雾寻一个小时前给她发了微信。

周雾寻："醒了吗？"

周雾寻："早。"

白伊随手回了他一个"早"的表情包，然后说："你醒好早。"

正在酒店健身房消磨时光的周雾寻很快回复道：“习惯了。”

而后，他又问：“你今天会很忙吗？”

白伊：“嗯，这两天把实验最后一部分做完，以后就不用再进实验室了。”

周雾寻回她：“晓得了，那你专心做实验，我不打扰你。”

白伊无意识地笑了下，随即放下手机下床去洗漱。

等她收拾好一切，挎上帆布包拿起手机要出门吃早饭的时候，才看到周雾寻十多分钟前给她发了新的消息。

周雾寻：“我周六过去找你。”

白伊回他：“好。”

想尽可能早地见你。

所以我选择周六来找你。

这样，或许周日我还能再见你一面。

02.

虽然周四周五这两天周雾寻没有和白伊见面，但是他每天都会在微信上给她发几条消息。

除了说早晚安，还会在饭点叮嘱她再忙也要准时吃饭。

他很会挑选时间，而且发的微信并不多，所以根本不会打扰到她做实验。

周六一早。

白伊在生物钟的作用下，准时醒了过来。

她习惯性地拿起手机看时间点。

和前两天一样，一眼就看到了微信未读消息的提示。

不用猜也知道，是周雾寻。

白伊点进微信。

周雾寻发了个早安的表情包，是她前几天给他发过的那个。

表情包下面还有一条消息。

周雾寻：“今天天气不太好，有点凉，你适当加件衣服，不要穿太薄，会冷。”

白伊轻抿了下嘴唇，回了他两个可可爱爱的表情包。

一个是“OK”，另一个是“谢谢”。

她回完他的消息就放下手机，下了床。

舍友蒋冰还在睡，白伊放轻步子走到阳台前，稍微地将紧合的窗帘掀开一条缝隙。

外面的天色阴沉暗黄，似乎还在飘毛毛细雨。

白伊重新把窗帘拉严实，转身去了卫生间。

在宿舍活动的她全程动作都很轻。

把一切收拾完后，白伊挎上白色的包包，拿着一把透明的雨伞出了宿舍。

她本来是想先去餐厅吃个早饭，同时等周雾寻过来。

然而，白伊万万没想到，她刚出宿舍楼门，就看到台阶上站着一个高大挺拔的身影。

男人穿得很休闲，黑色连帽卫衣搭黑色休闲裤，脚上踩了双黑面白边的板鞋。

看上去和在校学生没什么两样。

周雾寻出来的时候只是阴天，还没下雨，所以他没有带伞。

他正拿着手机，在给白伊发消息。

输入框里那句“下雨了，出来的时候记得带上雨伞”还没给她发过去，她就出现在了他眼前。

白伊穿的也很休闲，白色的卫衣配修身的蓝色牛仔裤，脚上蹬着一双白板鞋。

今天她没有披散着头发，而是扎成了丸子头，给人的感觉俏皮又活泼。

白伊在看到他的那一瞬间脚步就倏地顿住，微微讶异道：“你来得好早。”

周雾寻嘴角轻翘，回道：“刚到，正要告诉你我到了。”

“你的衣服我没拿，逛学校拎着衣服袋子有点麻烦，等你晚上回去的时候我再拿给你。”她解释。

周雾寻笑着应：“好。”

白伊眨了眨眼，问他：“你吃早饭了吗？”

他还没回答，她又道：“我要去食堂吃早饭，你一起吗？”

周雾寻其实来之前在酒店吃了点早饭，但他还是毫不犹豫地欣然答应了她：“好啊。”

说完，周雾寻就朝她伸手，笑说：“雨伞给我吧，我来打。”

白伊没说什么，听话地把雨伞递给了他。

周雾寻轻松地撑开雨伞，然后挪到白伊身侧，将伞撑在他们头顶上方。

也因此，他跟她柜挨极近。

两个人下了台阶，躲在一把伞下，不紧不慢地往前走。

而他们的手臂，总会时不时地擦碰过。

虽然都穿的长袖，但白伊还是浑身不自在起来，甚至不由自主地回想起升入高三后的第一次考试。

那天考完后，他俩随着人流并排走在走廊里，因周围的人太多，很拥挤，她和他的胳膊总会接触到。

那种如同过电般酥麻钻心的感觉，此时此刻，正在重复地上演。

白伊的神思不知不觉地飘远。

她完全没有意识到，周雾寻不动声色地把伞打在了她的头顶，没有让她淋到半分，而他的右肩已经逐渐被雨水打湿。

到了食堂后，白伊让周雾寻把雨伞挂在一个空桌位的侧面。

她带着他去点餐口，给他推荐她觉得好吃的早餐，说：“主食的话，生煎包和蒸饺都很好吃，粥类我最爱喝豆浆，但是会有点甜，你不喜欢甜的可以尝尝香菇粥，也挺好喝的。”

周雾寻问：“你要什么主食？”

白伊随口回：“生煎。”

“好，那我要蒸饺，”周雾寻笑道，“我们可以一起吃。豆浆我就不要了，就喝你说的香菇粥吧。”

白伊点点头应下：“行。”

买好早饭，两人端着东西回到桌位那边，面对面坐下来，开始吃东西。

“好吃吗？”白伊问他。

周雾寻话语含笑地说：“嗯，好吃。”

白伊的眉眼轻弯起来：“那就好。”

他们吃完早饭时还没八点钟，博物馆还在闭馆的时间段，白伊就带周雾寻先去了图书馆逛。

海大的图书馆必须刷校园卡才能进去，为此白伊昨晚特意借了舍友蒋冰的校园卡。

因为校园卡上有每个人的照片，白伊不好把蒋冰的给周雾寻，就给了自己的。

他拿到手中，先看了看她的校园卡。

上面她的照片还是大一刚入学时拍的。

女孩子扎着高马尾，一双鹿眼格外漂亮，嘴角轻轻扬起。

看上去就很乖很可爱。

白伊发现他低头盯着自己的照片看，立刻伸出左手挡住校园卡。

周雾寻的视线里突然出现了一只纤细葱白的手。

他微掀眼皮看向她。

白伊正快速地扑闪着眼帘，小声咕哝："别看了。"

周雾寻低笑了声，说："蛮好看的。"顿了顿又补充，"很可爱。"

白伊的脸登时热烫起来，以肉眼可见的速度染尽了红晕。

似乎因为羞赧，她没有说话，只转身进了图书馆，率先刷卡通过。

周雾寻随后跟着她刷卡进入。

白伊一边走一边特别小声地告诉他一楼有什么类的书籍，二楼有什么样的书。

很简单地介绍完后，她就没再陪着他，而是自己慢悠悠地在一排排书架前逛了起来。

最后白伊来到小说区域。

她找到自己之前没看完的一本小说，凭借记忆翻页，继续看了起来。

周雾寻的心思根本不在观赏图书馆上，他也不想找书看。

他其实一直都在她身后，跟着她挪动。

她上三楼，他也来了三楼。

周雾寻看到白伊停在了一排书架前，就站在那儿低头看起了书，神情专注而认真。

她似乎完全沉浸在了书中，根本察觉不到谁从她旁边经过。

周雾寻最终来到了她站的这排书架的另一面。

他和她隔着一排书架，透过书顶端和书架上端的缝隙，安静地望着她。

越看，他的心就跳得越快。

周雾寻甚至在某一刻生出了要直接跟她摊牌的冲动。

告诉她他来这里不是出差，而是想见她。

向她承认他喜欢了她十年，但是很抱歉现在才敢朝她走来。

他想说"我喜欢你"，想问她愿不愿意做他女朋友。

他有很多很多话想跟她说。

但是直到最后，周雾寻都没有出声打扰她。

他知道现在还不是时候。

因为白伊看得太入迷，忘记了时间，两人离开图书馆时，已经到了中午。

天色依然阴沉，雨还在下。

周雾寻和白伊在食堂解决了午饭，然后就去了博物馆。

逛完博物馆，白伊又带周雾寻逛学校的其他地方。

他想去她曾经上课的教学楼，她领着他去。

他想去操场，她就陪他沿着塑胶跑道慢吞吞地走圈。

雨滴打在雨伞上，发出“啪嗒啪嗒”的声响。

像很有节奏的鼓点，一下下敲在心上。

因为阴天下雨的缘故，天黑得特别早。

而这场绵绵细雨，淅淅沥沥地下了一天，都还不肯停。

就在两人要往操场外面走时，周雾寻率先察觉白伊左脚的鞋带松散。

他停下来，喊她：“白伊。”

白伊扭头望向他。

周雾寻把雨伞递给她，轻声道：“拿着伞。”

全然不知自己的鞋带散了的白伊有些茫然地从他手中接过雨伞。

她刚想问他怎么了，就见周雾寻转过身，在她眼前蹲了下来。

白伊低下头，他正要捻起她的鞋带。

她这才明白他要做什么，大脑突然一片空白。

白伊的身体凭借本能要往后退，可是双脚像不听使唤似的，只轻微地挪了一点，就再也动弹不得。

她仿佛被钉在了原地。

白伊想出声说话，说你不要帮我系鞋带，我自己来。

可是她喉咙发紧地一个字都吐不出，像突然丧失了语言能力。

她垂眸怔望着，心脏已然失控，正在胸腔里鲜活地跳动着。

他蹲在她面前，像极了俯首称臣的骑士。

白伊有那么一刻，完全听不到其他任何声音，耳边只剩下了自己剧烈而紊乱的心跳声。

直到周雾寻起身，从她手中重新接过雨伞，她才堪堪回神，勉强找回声音，语调干涩地道：“谢谢。”

周雾寻只笑，没说什么。

因为这个插曲，白伊接下来脑子都很乱，整个人特别心不在焉。

在她看来，系鞋带这件事很暧昧，只有男朋友才可以做。

可他不是她男朋友。

她隐隐地感觉到了什么，却不敢相信。

她无法相信他会喜欢她。

这种念头生出来，她更倾向于是她自作多情。

可她又找不到理由彻底说服自己。

毕竟，真的太过暧昧。

晚上周雾寻要走之前，把白伊送到了宿舍楼下。

白伊上楼了一趟，去给他拿西装外套。

很快，白伊就从宿舍楼出来，把装衣服的袋子递给了他。

因为还在下雨，白伊便说：“伞你拿着吧，别淋了雨。”

周雾寻就坦坦荡荡地接下了她的好意。

在白伊要转身进宿舍楼时，周雾寻忽而唤她：“白伊。”

白伊被他叫得心脏蓦地一紧。

她有点恍惚地扭头望向他，讷讷地疑问：“啊？”

周雾寻笑着问：“能跟我拍张照吗？想留个纪念，记录我来过这里。”

白伊这会儿很迟钝，根本没觉出哪里不对，点头答应：“好。”

她完全没意识到，就算他打卡海大，让她帮忙拍一张他的单独照就行，根本没必要和她拍合照。

白伊站在台阶上，周雾寻下了一个台阶。

尽管这样，他依然要比她高些。

她站在他身后侧。

在他要拍的那一刻，白伊的嘴角露出了一抹浅笑。

周雾寻回到酒店后就接到了沈年的电话。

沈年调侃他说：“你还不回来？乐不思蜀了？”

周雾寻心情很好地道：“我给我自己放假，想什么时候回去就什么时候回去。”

沈年轻啧，揶揄：“我真想看看到底是什么样的姑娘，能让你这个常年不休假的工作狂放下事业追到海城去。”

周雾寻笑骂：“你想得美。”

随后，他就恢复正经，说：“我明天就回。”

“终于想起来你在沈城还有家律所啦？”说着，沈年突然想起来什么，恍然大悟，“我说你当初怎么那么支持在海城再开一家律所，是因为你喜欢的人在那儿啊！

“快跟师兄说实话，你是不是想定居在海城，和她一个城市？”

周雾寻轻嘁，故意开玩笑道：“在海城开不开第二家律所已经无所谓了，我以后就在沈城待着。”

沈年反驳：“那怎么行！你师兄我过几年还想回海城发展呢！”

周雾寻低笑，逗人逗上瘾了，用满不在意的语气说：“再说吧。”

沈年：“不行，不能再说！必须把海城开一家律所提上日程！”

可能是周雾寻蹲下来帮她系鞋带这件事对她的冲击力太大，白伊这晚做梦都是这个场景。

梦里的她比现实中的她要勇敢很多，直接问他：“周雾寻，你为什么要帮我系鞋带？”

男人打扮得很学生气，显得明朗又阳光，特别意气风发。他嘴角噙笑地回她：“你不懂吗白伊？”

白伊心说我不懂。

我不懂你为什么要对我做这样暧昧的事。

她望着他，表情认真，一声不吭。

而后，周雾寻就坦言，说：“我喜欢你。”

下一秒，白伊突然从梦中惊醒。

她躺在床上，怔望着天花板，有一瞬的茫然不知所措。

梦里的他说喜欢她。

可现实却是，他只把她当朋友。

他这几天的出现，让她久违地重新感受到了那种只能看着却无法得到的酸涩和痛苦。

但同时，她又莫名地有种满足在滋生蔓延。

白伊被这种矛盾的心理给搅得有些心神不宁。

好一会儿，她才恢复冷静理智，摸起手机。

周雾寻还是一如既往地对她道早安，然后告诉她：“我今天傍晚回沈城，一会儿把雨伞给你送过去。”

白伊没说别的，只应了句：“好。”

周雾寻来海大的时候，白伊正在教学楼的一间空教室完善毕业论文。

他根本没让她出去找他，而是自己顺利地寻了过来。

这间教室还有其他零零散散的几个人在学习，很安静。

周雾寻没有弄出什么动静来，只默默地坐在了白伊的旁边。

就像高三时他们当同桌那般。

白伊看了他一眼。

他压低嗓音很小声地说：“你忙你的，不用管我。”

白伊点了下头，就继续敲笔记本电脑的键盘。

她专注地做事，旁边的男人也在很认真地看手机。

直到中午，白伊感觉到饿，一抬头，发现在这间教室自习的其他人都离开了。

此时只剩下她和她身边的周雾寻。

白伊保存好论文，合上笔记本电脑，扭头看向他。

然后就发现，周雾寻似乎正在看房子的户型。

白伊有些好奇，轻声问：“你在看房？”

周雾寻听到她的声音，轻抬眼皮望向她，旋即就淡笑说：“帮朋友看，他想买房。”

他说完，就把手机放到白伊面前，语气自然道：“你也帮忙看看。”

白伊有点惶恐，连忙摆手说：“我不行，我不懂这些的。”

周雾寻疏朗的腔调略显慵懒：“没事啊，就随便看看。”

他问：“如果是你的话，你可能倾向于选哪个？”

白伊拿起他的手机，认真地看起户型图和小区的平面图来。

在一一对比过后，白伊才说了自己的看法：“如果是我的话，应该会选秋亭苑这个别墅区里的那套房子，我喜欢大阳台，而且这个房子的阳台正对着小区的秋亭湖，景色也好。

“除去这些，秋亭苑的地段是这几个小区里最好的，去哪儿都方便，周边还有大型商场和各种商铺。”

白伊中肯道：“综合下来，这个是我的最佳选择。”

周雾寻轻抬眉梢，笑着说：“看来我们眼光一样。”

白伊也莞尔，眼睛弯了弯。

须臾，她忽而感叹：“你朋友能在这个小区买房子，好有钱啊。”

白伊再不懂房价，也知道秋亭苑寸土寸金，昂贵得很，不是一般人能负担得起的。

周雾寻听闻，忍不住轻笑出声。

“还好吧。”他说。

还好吧？

白伊惊了下。

旋即她就想到，周雾寻接一个案子应该能挣不少钱，又忽然不是很讶异了。

因为下午就要去机场，周雾寻中午带白伊去校外吃了顿日料。

吃饭的时候，白伊忍不住问他：“你是几点的飞机？”

周雾寻回道：“下午五点半。”

他的语气像在开玩笑：“你要送我？”

白伊心尖一跳，神思恍惚了一瞬。

白伊还没回他，周雾寻就又温声道：“别送了，不耽误你时间，你忙你的事。”

白伊没说别的，只点点头答应：“嗯。”

她一直都记得，他不喜欢被送机。

高三毕业升大学那年，他就没有让他们去机场送他。

大概是，不喜欢离别吧。

“你五一回沈城吗？”他像随口一问。

白伊摇头，轻叹着说：“不回啦。想尽快把毕业的事都弄完。”

周雾寻了然，应了句：“行。那等你毕业回了沈城再约饭。”

白伊浅笑，欣然应允：“好。”

当天下午。

在坐车去机场的路上，周雾寻拨通了一个电话。

“喂，您好，我想看看秋亭苑 11 区 9 号那栋别墅，跟您预约个时间。”

秋亭苑，11 区 9 号。

正是白伊喜欢的那栋别墅。

周雾寻看房看得很顺利，当天就签了定购合同。

他拿出自己这几年攒下的所有存款，刚好够付这套房子的全款。

把买房的事办完，周雾寻就结束了假期，回到律所按部就班地上班挣钱去了。

03.

自从和白伊重逢后，周雾寻每天多了一件必做的事。

就是和白伊联系。

每天都联系，但他从不多打扰她。

她有空他就跟她多聊会儿，她忙他就等她有空再跟她聊。

白伊在恋爱这方面，经验并不算丰富，但也不是什么都不懂。

她当然能感觉到重逢后周雾寻对她跟上学时不太一样，有时也会忍不住想，他是不是在追她。

但她很不确定，更不敢让自己相信这个猜测。

她怕自己猜错了，到头来是她自作多情。

5月17号晚上，因为明天就要进行毕业答辩了，白伊正在宿舍公寓一楼的自习室对着电脑第N次独自演练毕业答辩。

忽而，只有她一个人的自习室里手机响起提示音。

白伊没有理会，继续进行答辩练习。

直到她顺完这一遍，才拿起被她放在桌上正在进行答辩计时的手机，关掉计时。

然后，白伊点开了微信。

两分钟前，周雾寻发来一条微信。

周雾寻："现在有空吗？方不方便接电话？"

这段时间他俩虽然每天都联系，但都是用微信聊天，从没有通过电话。

白伊在看到这条微信时，有些茫然不解地愣了下。

旋即，她立刻回他："方便接电话，是有什么要紧的事吗？"

白伊没有等到周雾寻的微信回复。

因为他的电话下一秒就打了进来。

白伊抿了抿嘴巴，努力忽视掉渐渐紊乱的心跳，点了接通。

她把手机放到耳边，"喂"了声。

周雾寻低声问："在做什么？"

白伊如实回答："在自习室，练习毕业答辩。"

周雾寻沉默了一下，再开口时语气略带歉意："抱歉，我是不是打扰你了……"

他的话音未落，白伊就急忙解释："没有，刚刚是我最后一次练习，已经结束了，你没有打扰。"

周雾寻“嗯”了声，嗓音听起来有点闷。

白伊敏锐地感觉他心情不好，话语温软地关切道：“你怎么了？因为工作心烦？”

她的声音顺着听筒传过来，如数钻进他的耳中，轻柔又撩人。

像小猫爪子在一下下安抚性地抓挠他的心口，让他满腔的沉闷情绪渐渐烟消云散。

周雾寻没说实话，语气自然地含笑叹气道：“对啊。”

白伊不知道该怎么开导安慰他，嘴笨的她一时语塞。

周雾寻见她不说话，主动开口问：“你什么时候答辩？”

白伊乖乖地回：“明天。”

“答辩完应该就没别的事了吧？”他又问。

“嗯，”白伊应道，“接下来就是各种聚餐了，然后等六月份申请学位证书就行，最后有一场毕业典礼。”

“毕业典礼在哪天？”不知道是不是隔着手机的原因，他的声音经过听筒处理，听起来更加低沉温柔。

白伊说：“6月30号。”

“晓得了。”他回道。

因为知道白伊明天要答辩，周雾寻没敢耽误她太多时间，和她聊了会儿就提醒她说：“都快十二点了，你还不回去睡？”

白伊一边收拾着东西，一边轻声道：“这就回。”

“好，”周雾寻说，“早点睡。”

“嗯。”她干巴巴地应。

“晚安，白伊。”

他低喃出来的话语格外缱绻，让白伊登时呼吸一滞。

这些天来，她总会这般，冷不丁地就因为他的某句话而心颤。

白伊稳了稳略微恍惚的神思，很小声地回了他：“晚安。”

挂了电话后，立在办公室窗前的周雾寻把手机放到旁边的茶桌上。

他双眸深幽地望着玻璃窗外沉寂的夜色，心情好像明朗了不少。

在给她打电话之前，周雾寻接到了母亲冯雅舒的电话。

冯雅舒想让他回南城小住几日，周雾寻推说等他有时间再过去。

冯雅舒说：“你每次都用这个借口搪塞我。”

因为这几年周雾寻不再用南城方言跟她交流，冯雅舒每次和周雾寻联系，都会改成普通话："阿寻，你是不是还在怪妈妈，所以这些年来才很少回来看看妈妈。"

周雾寻只说："我不怪你。"

冯雅舒问："那你为什么不回来呢？"

周雾寻告诉她："因为那里不是我家。"

冯雅舒突然哑口无言。

几秒钟后，她带着哭腔哽咽道："你还是怪我。

"你不仅怪我跟你爸爸离婚时没挽留你让你跟着我生活，还怪我那年没告诉你你有了同母异父的弟弟。"

周雾寻突然很烦，心里有一种说不上来的闷意在胡乱地窜。

他有些心累道："我今年夏天找时间回去，你早些休息，我还有工作要忙，挂了。"

高三寒假的时候，周雾寻意外发现母亲和沈叔叔已经生了孩子，所以那天他根本没让他们知道他回过南城，就连夜逃也似的回了沈城。

那晚特别冷，冷到了骨子里，让他浑身都没有温度。

感觉被世界彻底抛弃了的他独自在饭店喝得烂醉如泥。

从那之后，他再也不想回南城。

后来，母亲跟他解释，说当时不告诉他是怕影响他高考，所以才在跟他联系时隐瞒了他。

周雾寻那会儿已经不在意了。

母亲说什么，他都只安静听着。

渐渐地，他跟母亲打电话的次数越来越少，通话时话也变得越来越少，到最后，几乎无话可说。

母子俩疏离客气得像陌生人。

周雾寻心里清楚，他曾经觉得他正在失去的已经彻底失去了。

可他无法怨恨母亲一分一毫。

因为整整十六年来，都是母亲一个人在拉扯他长大，周步梵只给他们母子提供钱，满足他们的经济需求。

父母的那段婚姻，就是名副其实的丧偶式婚姻。

当然，也是丧偶式育儿。

上大学的那几年，他一无所有。

所以最不怕的就是失去。

他那会儿过得并不好，很苦也很累。

但他依然没有怪过母亲。

他知道母亲该有全新的生活，而这份生活里不包括他。

自始至终，他怪的都是命运。

他怪命运让他从小到大渴望幸福美满的家庭，渴望互相恩爱的父母，却又让他这一辈子都得不到。

但，不怪她，不代表周雾寻想跟她以及她现在的家人有过多的牵扯。

每次母亲让他回去，都像在他心里那道永久无法愈合的伤口上撒盐。

——因为他无法拥有的美满家庭和恩爱父母，那个孩子有。

他羡慕、嫉妒，却也只能眼睁睁地羡慕嫉妒着。

良久，周雾寻回过神来。

他重新拿起手机，给白伊发了两条微信。

周雾寻：“答辩顺利。”

周雾寻：“晚安，白伊。”

白伊毕业答辩完的这个周末。

周雾寻又一次来了海城。

白伊有点惊讶地问：“你怎么过来了？”

这次他没有找借口说过来出差，而是直接如实道：“过来找你啊。”

白伊的心脏蓦地停跳了半拍。

她仰脸望着他，表情有些呆，像是不敢相信。

周雾寻笑说：“明天有场滑板比赛，我有两张票，带你去看？”

不等她回答，他又语气自然地补充：“就当我送你的答辩通过的礼物。”

白伊心跳渐快，讷讷地应：“好。”

第二天，他在比赛现场问她：“你现在还玩滑板吗？”

白伊说：“玩啊，有时间就玩。”

回完后，她反过来问他：“你呢？”

周雾寻笑道：“也还在玩，但毕竟工作了，能玩的时间很少。”

须臾，他主动邀她：“等你回了沈城后，我们约着玩滑板吧。”

白伊扭头仰脸看向他，浅笑答应：“好啊。”

虽然毕业典礼在 6 月 30 号，但是毕业照的拍摄在六月初就已经陆陆续续地展开了。

27 号当日，天气格外晴朗，阳光格外炽烈。

穿着博士服的白伊正在和蒋冰还有季枫他们一起拍毕业照。

忽而，有道低沉悦耳的男声在白伊身后响起：“白伊。”

白伊听到有人叫她，蓦然回眸，而后微怔。

她愣愣地望着朝她走来的男人，身体有点僵硬地转过来，但没有往前迎一步。

身穿白衬衫和黑裤的周雾寻停在她面前。

他把手中的白玫瑰递过来，眉眼染笑地温柔道：“恭喜，毕业快乐。”

白伊垂下双眸，目光呆滞地盯着他送给她的花束。

白玫瑰，十一枝。

她的眉心轻蹙。

白伊突然回想起五年前，她本科毕业的时候，也收到过一束白玫瑰，也是十一枝。

白伊仰起脸来，表情怔忡地望着站在她眼前的男人，嘴巴无意识地抿紧。

她没有接花，也没有说话。

片刻后，白伊仿佛才回过神，咬着唇收下了他送给她的花。

“谢谢。”白伊情绪难辨地低喃。

她低垂着头，瞅着怀里的白玫瑰发呆。

自重逢以来，两个月的时间，他每天都会跟她联系，从未有过间断。

除了说早晚安，他还会格外关心她，对她嘘寒问暖，温柔又体贴，甚至中途还过来找她玩。

白伊无数次怀疑他喜欢她，又无数次告诫自己不要多想。

可是现在，就此时此刻，她心里再一次冒出了他喜欢她的念头。

而且这种感觉，前所未有的强烈。

这段时间她不是感受不到他对她的暧昧。

但她不敢承认这是暧昧，每次都暗示自己，他对朋友极好，所以才会对她好。

她有时候很傻地想，就这样跟他当一辈子朋友吧，也挺好的。

但，心底总有那么一丝不甘，像无法熄灭的火星，始终存在着。

白伊甚至问过自己，既然喜欢了他这么多年，为什么不踏出那一步，向他求一个答案，就算死也死得痛快。

然而她怕。

怕答案不是她想要的，怕一旦说出口，他们连朋友都没得做。

白伊无法说清这种矛盾到底是怎样折磨她的。

就是感觉既痛苦又快乐。

而现在，她突然厌倦了这种模棱两可的暧昧。

白伊想知道他到底要干吗。

她转过身，走到蒋冰他们身边，让他们先拍，然后就折回来，回到了周雾寻面前。

白伊抬眸看了他一眼，表情很镇定地道："周雾寻，你过来。"她说完，率先朝着无人的梧桐树下走去。

周雾寻跟着她来到阴凉处。

夏蝉藏在繁茂枝叶里，不知疲倦地嘶叫着。

风一吹，热浪随之扑面而来，灼得人无法呼吸喘气。

白伊转过身，面对他。

她轻咬了咬唇，求证似的慢慢道："我本科毕业的时候，也收到过一束白玫瑰，也是十一枝，是不是你……"送的？

她的话还没说完，周雾寻就坦荡承认："是我送的。"

白伊仰脸，目不转睛地望着他，轻声问："为什么要送我花？"

周雾寻也垂眸凝视着她，眼睛一眨不眨。

他正经而郑重地回她："因为……喜欢你。"

白伊倏然抿紧唇。

脑子里像有颗炸弹突然爆炸，把她的神思瞬间炸得混乱不堪。

白伊整个人都恍惚起来，胸腔里的心跳从来没有如此剧烈，像是快直接迸裂。

似乎要把她搞得粉身碎骨才罢休。

"想亲眼见证你毕业的重要时刻。"他继续道。

白伊突然拧紧眉心，立刻出声问："你来过？"

"来过。"他没有否认，如实说，"看到你跟班长在一起。"

白伊的眼睫颤了颤，沉默着没说话。

周雾寻本来就打算今天摊牌。

他不动声色地明示暗示了她两个月，时间的滚轮每往前碾压一天，他就无法克制地更喜欢她一分。

而比起说不清道不明的暧昧，他更喜欢明目张胆地去偏爱她。

等她毕业向她告白，是他能忍耐的最后期限。

周雾寻胸腔里的心脏“扑通扑通”地跳着。

他紧张到喉咙干涩，声音变得紧巴巴的，听起来一点都不自然：“白伊，其实我喜欢了你十年。”

准备了那么多腹稿，到最后全都记不起来，只剩下这句——我喜欢了你十年。

白伊不可置信地睁大眼睛，她望着他，彻底傻眼。

她的眸子里霎时盈上一层水光，只要一眨动，就会有泪珠从眼角滑落。

白伊已经混沌不堪。

他在说什么啊。

他喜欢了她十年？怎么……怎么可能呢？

白伊茫然失措地僵在原地，像是失去了思考的能力。

周雾寻看到她呆呆愣愣的模样，低声问：“你不信吗？”

白伊说不出话。

见她沉默不语，周雾寻便把藏在心底的那些秘密全部都说了出来。

“打吴文彬和薛诚浩，是因为我喜欢你，见不得你受委屈被欺负，你哭我心疼。

“主动邀请你坐我自行车后座，是因为我喜欢你，我想骑车载你，说帮何颂只是一个借口。

“你十七岁生日我送你滑板，是因为我喜欢你，想让你拥有你自己的滑板。

“从高三开学就一直坐公交车，是因为我喜欢你，想每天都能早点见到你。

“帮你擦黑板，是因为我喜欢你，所以心甘情愿为你做事。

“主动加入板报小组，是因为我喜欢你，想多跟你待会儿。

“高三开始认真做课堂笔记，是因为我喜欢你，舍不得你每次都那么费力地看黑板。

“考完试在考场门口等你，是因为我喜欢你，想跟你一起多走一段路。

“总叫你出来玩滑板，是因为我喜欢你，我想见你。

“国庆节约你陪我玩滑板，是因为我喜欢你。心情不好的时候，我就只想跟你待在一块。

“发现你怕狗就把你护在身后，是因为我喜欢你，想要尽我所能保护你。

“我说我最喜欢的英文单词是 by，是因为你名字的首字母是 b 和 y。

“坚决反抗出国，是因为我喜欢你，留在国内能离你更近点。

“教室停电喊你名字，是因为我感知到了你在害怕，唤你一声是想让你安心，告诉你我在，你不要怕。

“你哭着跑出学校我跟着你出去那次，看到你哭我心疼又难受，可我不晓得该怎么安慰你，只会笨拙地放歌给你听。

“我晓得在我十七岁生日那天播放五月天 *happy birth day* 的同学是你，所以我在高台上喊的那些话，就是说给你听的。

“高考同学录给你留言‘愿你无忧’，是因为我喜欢你，我希望我喜欢的你永远无忧无虑。

“瞒着你买了五月天的演唱会门票，也是因为我喜欢你，我想把我能给你的最好的都给你。

“临上大学要分别的那晚，其实我只想抱你。”

这些话全都不在周雾寻提前准备好的腹稿中，但他却一条一条毫无遗漏地说了下来。

没有人知道，他这些年回想过多少次这些有她存在的画面。

他自己都数不清。

听着他细数着那些过往，白伊已经失控得泪流满面，泣不成声。

明明已经过去这么多年，可经他提起，这些承载着她和他青春的记忆，清晰到仿佛就发生在昨日。

她没想到，那些微不足道的小事，他也一直刻骨铭心地记着。

一桩桩一件件，他全都记得清清楚楚。

原来，不是只有她一个人小心地捧着那段青涩美好的回忆，怎么都放不下。

白伊死死咬着嘴唇，汹涌的眼泪“啪嗒啪嗒”地往下掉。

她努力想要平复失控的情绪，却根本无济于事。

她的泪滴像一颗颗露珠，全都掉在了怀里这束娇艳欲滴的白玫瑰上。

周雾寻抬起左手，温柔地帮她擦拭眼泪。

“那一年我做的所有，都只是因为，我喜欢你。”他低沉的嗓音染了难以言说的缱绻，“加上之后九年的暗恋，整整十年的喜欢，够不够？”

白伊只隐忍地掉眼泪，不肯开口说一个字。

周雾寻小心翼翼地把她拥进怀里。

就像当初要分别时抱她一样，他的动作特别轻柔，好像稍一用力，她就会碎掉。

“这十年来，我没有一天忘记你，我每天都在想你。

“很想很想。”

他还是抱紧了她，仿佛抱住了失而复得的宝贝。

周雾寻顿了顿，然后在她耳畔低喃：“你说你喜欢深情专一的另一半，很抱歉我曾经无知地与过多女生有牵扯，是我做得不对。

“在喜欢上你之前，其实我根本不懂喜欢到底是什么，也并没有对那些女生心动过。”

他说到这里，白伊突然推开了他。

她仰脸，眼睛通红地盯着他，带着鼻音和哭腔问：“所以你能跟没有心动的女生接吻，是吗？”

周雾寻被她问蒙，皱眉道：“什么啊？”

白伊语气闷闷地小声咕哝：“你跟我姐，过年的时候，我不小心在门外听到了动静，你们俩不是……”

他终于明白了她在说什么，也知道她听到的动静是怎么回事了。

周雾寻弯腰凑近她，用手捂住了她的嘴巴，而后笑说：“就是这样——”

白伊稍愣，目光怔然地望着他。

她耿耿于怀了十年的事，原来只是一场误会。

周雾寻并没有退开。

他的深眸中涌动着浓烈的情绪，几乎要把白伊淹没溺死。

周雾寻把捂在她嘴上的手一点点落下去。

旋即，他目光炽热地盯着她红润的唇瓣，慢慢靠了过来。

白伊和他的呼吸逐渐交缠，甚至鼻尖都有轻轻地蹭到。

就在他要吻住她的一刹那，白伊却偏头，躲开了他的吻。

情难自抑想要吻她的周雾寻倏然顿住。

他温柔的目光还在她泛红的脸上流连着。

周雾寻低低地呢喃：“白伊……”

白伊浑身紧绷着，就这样别开脸，一眼都不看他。

她的眼帘轻而快地不断颤动，嘴巴也不自觉地抿紧。

下一秒，白伊带着鼻音的声音响起。

她冷静地说：“我需要些时间。”

语气轻细柔软，但异常坚定。

周雾寻抿了下唇。

他克制地退开，直起身，乖乖道：“好。

“我等你。”

我等你给我答案。

等你接受我。

第九章 唯一追寻

01.

因为周雾寻的告白，白伊一直到晚上，都还像踩在云端上，感觉很不真实。

她没想到他在十年前就喜欢她。

因为他当初那句“我对她没兴趣”，白伊把后来他对她所有的好，都归结于——她是他朋友。

而他对待朋友向来都是无可挑剔的好。

哪怕重逢后他总是主动，对她体贴关心，甚至三番五次从沈城飞过来找她，暧昧得那么明显，她都没勇气承认，他就是喜欢她在追她。

回到宿舍的白伊坐在椅子上，盯着被她放在书桌上的那束白玫瑰，目光直直的，毫无焦距。

洗完澡出来的蒋冰看到白伊还在发呆，便喊她：“一一？一一？”

白伊被堪堪叫回神，表情茫然地看向蒋冰。

蒋冰问：“你怎么魂不守舍的？”

白伊摇摇头，轻声回：“没事。”

“周律师还挺会挑花，”蒋冰笑道，“白玫瑰很适合你。”

上个月周雾寻来海大找白伊要带她去看滑板比赛时，蒋冰就见过他。

白伊扭头看向被她放在桌上的花束，神思又开始恍惚。

五年前他就送过她一束。

只不过当时他没有署名，而她根本不敢想，那束花就是他送的。

他说，他来过，还看到她跟章骛恂在一起。

白伊拿起书桌上那个空笔筒，去卫生间接了点水。

然后，她把玫瑰花插进笔筒。

这晚睡觉前，白伊在微信上找了有段时间没联系的吕舒娜。

她直接问："姐，你最近在哪儿呢？"

吕舒娜毕业后就去拍戏了，现在是个女演员，虽然没有大红大紫，但也不缺戏拍。

吕舒娜很快回："在江城啊。"

随即，她又发来："刚刚杀青，明天就去海城。"

吕舒娜："一一，你还在海城吗？在的话我们明天见个面呀！"

白伊正想和吕舒娜见面，于是答应："好。"

然后，白伊又问："那我们在哪儿见？"

吕舒娜回她："我明天下午到海城，傍晚开车去学校接你吧，晚上带你去吃大餐泡温泉。"

白伊嘴角轻扬，打字发送："嗯，好。"

第二天晚上。

白伊和吕舒娜吃过晚饭后就去了一家温泉山庄。

在泡私汤的时候，吕舒娜问旁边的白伊："一一你毕业后还在这儿吗？还是回沈城？"

白伊笑说："回沈城，去沈大教书。"

吕舒娜轻挑了挑眉，肯定道："挺不错的，每年还有寒暑假可以休息。"而后就笑问，"工作解决了，感情方面呢？"

白伊的脸颊本来就因为泡温泉变得白里透红，这下又染了几分绯色。

她用手轻撩着水，眼帘颤了颤，没有立刻说话。

须臾，白伊才开口，语气认真地对吕舒娜说："姐，有件事……我想跟你说。"

吕舒娜扭头看向白伊，有点好奇地疑问："嗯？什么事？"

白伊咬了咬唇，鼓起勇气轻声道："周雾寻说他喜欢我，我打算答应他。"

如果周雾寻不喜欢她，白伊或许永远都不会踏出这一步。

但是，他喜欢她。

白伊暗恋了他这么多年。

他是她在最纯真的年纪喜欢上的男孩子，是她这辈子最难忘的少年。

他是她打心底里很喜欢很喜欢的人，白伊怎么可能甘心只跟他做朋友。

终究无法甘心的。

听到白伊的话，吕舒娜表情有点震惊。

白伊低垂着头，继续慢慢地说：“他毕竟是你喜欢过的人，我想……想亲口告诉你，不愿意让你以后从别人嘴里听说我和他在一起了。”

对白伊来说，表姐和周雾寻的事，是她心里的一个结。

哪怕周雾寻没有喜欢过表姐，可是表姐当初是真的喜欢过他的。

她需要把这件事亲自告知表姐，而不是让表姐以后在其他人口中得知她和周雾寻在一起了。

吕舒娜大概能理解白伊。

白伊是怕她介意，才在答应周雾寻之前，特意当面知会她这件事。

吕舒娜无奈失笑，叹息道：“一一，我跟他都过去多少年啦？你怎么还记着？”

白伊抿了抿嘴巴，还没说话，吕舒娜就说：“你喜欢他，就尽管答应他，不要想其他太多有的没的，我一点都不会介意，甚至很高兴你能找到幸福。”

白伊心里的结终于解开。

她露出浅笑，点头应：“嗯。”

吕舒娜随口道：“提起周雾寻，我上次见他，还是大学的时候。那晚我跟我男朋友去酒吧玩，意外地在那里遇见了他。”

白伊登时有点迷茫，不解地疑问：“酒吧？”

他大学应该很忙，怎么会去酒吧？

吕舒娜点头说：“对啊，他在酒吧做兼职，给乐队当鼓手。”

白伊愣了愣。

他到底，做过多少兼职。

“那晚他还特意叫住我，为高中的事向我道歉。”吕舒娜回忆了下，对白伊说，“他那会儿才大二，但是性子看起来格外成熟，整个人仿佛都沉下去了，和高中给人的感觉完全不一样。”

白伊听得心里难受。

表姐应该不知道他那些年过得有多苦。

泡过温泉后，姐妹俩久违地躺在一张床上，闲聊起来。

后来吕舒娜睡着，白伊躺在柔软舒适的床上还毫无困意。

她不由自主地回想起昨天，他在梧桐树下对她说的那些话。

白伊往上拉了拉被子，把翘起来的嘴角用被子遮住。

须臾，被她放在旁边的手机忽然亮了。

白伊拿起来看了眼，是微信消息。

她点进去，看到周雾寻一秒前发过来的文字：“我在你宿舍楼下，要出来吃点夜宵吗？”

白伊回他：“我今晚不在学校，你自己去吃吧。”

她拒绝得干脆利索，周雾寻拿着手机突然不知道该发点什么。

下一秒，他就看到界面上蹦出她发来的新消息。

白伊：“明晚学校有博士生的毕业晚会，你有空的话，可以过来玩。”

正因为她上条消息心塞的周雾寻登时又活了过来。

他嘴角轻扬地回她：“好，一定来。”

看到他的回复，白伊捧着手机给他发了最后一条微信：“我要睡了，晚安。”

周雾寻回道：“晚安，好梦。”

29 号傍晚，周雾寻在博士生的毕业晚会开始前就到了海大。

他在微信上问白伊在哪儿，他要过去找她。

白伊回他：“在餐厅吃饭。”

周雾寻便提步朝着餐厅走去。

他到餐厅外面时，白伊刚好和蒋冰结伴从餐厅里往外走。

周雾寻轻笑着唤她：“白伊。”

白伊抬眼，循着声音望过去，他正朝她走来。

蒋冰笑说：“——我先走了啊！”

说完，蒋冰就小跑着率先离开了。

白伊从台阶上走下来。

周雾寻已经到了她面前。

她穿着一条纯白色的连衣裙，柔顺的长发披散。

晚风拂过，她的裙摆飘扬，发丝也被吹起。

在白伊抬手要拢头发的同时，周雾寻也伸手想帮她把那绺不听话的发丝别到耳后。

两个人的手轻碰到，白伊瞬间败阵般将手垂落了下去。

他低笑，不紧不慢地把她的长发拢到耳后，动作异常轻柔。

白伊微咬了咬下唇，努力忽视掉“扑通扑通”的心跳，率先往前走去。

周雾寻随后跟上，来到她身边，跟她并排往前走。

到了举办毕业晚会的广场，周雾寻问白伊：“你会上台吗？”

白伊摇摇头，唇边漾着浅笑回他：“我不上，我们实验室和另一个实验室一起表演节目。”

正说着，白伊就听到蒋冰着急的声音从不远处传来：“那怎么办？放弃上台吗？”

白伊听闻，微微蹙眉扭头。

季枫和蒋冰还有其他几个她认识的同学正聚在一起，各个满面愁容。

白伊对周雾寻说：“你等我一下。”

她来到蒋冰身边，问他们：“怎么了？”

蒋冰皱眉闷声道：“杨鸿今天下午打球把手腕挫伤了，没办法上台打架子鼓了。”

蒋冰说的杨鸿就是另一个实验室的男生。

他们两个实验室定的是以乐队的形式上台唱歌，杨鸿就是乐队中的鼓手。

现在杨鸿出了意外，鼓手也就无法上场。

季枫叹了一口气，安慰他们，说：“我们就唱歌吧，总比放弃上台好。”

白伊扭头看向站在原地等她的周雾寻。

男人穿得很简约，一身白 T 恤黑裤搭配，身姿挺拔落拓。

“可以找人替杨鸿上台吗？”白伊的眼睛依然望着周雾寻，话却是问季枫他们的。

周雾寻察觉到白伊在看他，对她笑了下。

季枫说：“晚会就快开始了，去哪儿找替补的人啊？”

白伊收回落在周雾寻身上的目光，轻声道：“我有个人选，但我不知道他愿不愿意。我去帮你们问问。”

季枫连忙说：“好，拜托你了白伊。”

白伊转身回到周雾寻这边。

她仰脸问他：“周雾寻，你能帮我个忙吗？”

“嗯？”周雾寻嗓音低沉道，“你说。”

白伊便把事情简单地告诉了他。

周雾寻了然，爽快答应：“我可以啊。”

就这样，周雾寻代替杨鸿成为要上台的鼓手。

在晚会正式开始前，周雾寻还特意提前打了会儿架子鼓，找了找感觉。

季枫他们的节目被安排在晚会的后半段。

轮到他们上台时，白伊已经在距离舞台最近的第一排站了好久。

双脚有点酸麻，可她始终没有离开。

直到，轮到他们表演。

她亲眼看到周雾寻坐在架子鼓前，从容镇定，意气风发。

一如那年他们共同在台上表演那首《笑忘歌》般夺目耀眼。

季枫他们要表演两首歌，一首是《高飞》，另一首叫《入海》。

音乐响起后，白伊再一次见到了玩架子鼓的周雾寻。

他在舞台上，游刃有余地打着架子鼓，通过低沉暴烈的鼓声，掌控着全场的节奏。

白伊怔怔地望着他，好像又看到了高中时期的周雾寻。

眼前这个他，明明已经成年很久，却依然散发着浓浓的少年气息。

《高飞》这首歌演奏全程，白伊只捕捉到了架子鼓的声音。

她的心被他敲打的鼓一下下击中，不断沉沦。

她还是很喜欢他。

很喜欢。

《入海》前半段没有架子鼓，周雾寻就坐在那儿，偶尔用手转着鼓槌玩，就像上学时转笔那样。

周雾寻抬眸看向台下。

他一眼就看到了一袭白裙的她。

周雾寻看着白伊，忽而笑了。

他的嘴角扬起一抹弧度，桃花眼轻弯，似乎很愉悦。

白伊也情不自禁地望着他浅笑起来。

等这两首歌表演完，白伊就挤开人群离开了舞台前。

她来到舞台侧面，周雾寻也刚巧下台走过来。

季枫对周雾寻和白伊说："今晚多亏了白伊这位朋友，真的太谢谢你了兄弟！大家打算去喝点，你们也一起来啊！"

周雾寻还没开口拒绝，白伊就率先道："不了师兄，他还有点事。"

周雾寻好笑地扭头看向白伊，用眼神问她他有什么事。

他自己都不知道。

白伊躲开他勾人的目光，偏头看向别处。

"那行吧，"季枫临走前又一次道谢，"谢谢你啊哥们儿！"

周雾寻淡笑回："客气了。"

等他们离开，他就调侃般问白伊："我有什么事？"

白伊鼓了鼓嘴巴，没说话，转身就走。

周雾寻跟上她，问："去哪儿？"

白伊说："找个音乐声没那么响的地方。"

周雾寻没再说什么，跟着白伊离开了广场。

两个人背离广场沿着路往前走，音乐声渐渐不再震耳欲聋，成了一道背景音。

路灯下，他们俩的影子缩短又拉长，然后再缩短，如此循环往复。

"周雾寻。"白伊忽而喊他。

周雾寻应："嗯？"

"你还记不记得，"白伊轻抿了下嘴巴，继续道，"你刚转学到沈城一中那天，对星月说过你对我没兴趣。"

周雾寻稍愣，随后承认："嗯，记得。"

说完，他就急忙解释："我当时这样说，是因为那会儿确实对你没想法。这句话只是陈述了我那个当下对你的感觉，并不能代表以后。"

如果知道自己以后会那么喜欢她，周雾寻当初绝对不会说"我对她没兴趣"。

白伊停下来。

她仰头看着他，轻声道："可我当真了。

"因为你说你对我没兴趣，就算你后来对我那么好，我都不敢让自己以为你对我有一点喜欢。

"每次我都告诉自己，是因为你把我当好朋友，所以才会对我好。"

周雾寻转身面向她。

他低下头，垂眸盯着她看，唇线抿直。

夜风吹来，梧桐树叶伴着远处广场上传来的歌声沙沙作响。

白伊抬手拨了拨发丝，然后缓慢而认真地说："我比你还多一年。"

周雾寻眉峰轻拢。

像是明白了什么，他的心脏莫名一滞。

"白伊……"他低低的嗓音里含着涩意。

白伊一字一句地告诉他："我也暗恋你，周雾寻。"

"我喜欢了你十一年。"她坦坦荡荡地说，"从那年在滑板场第一次见到你开始，到现在，还没结束。"

周雾寻彻底愣住。

她继续轻喃细语道："我以为你不喜欢我，所以中间有很努力地试图忘记过你……”

话音未落，白伊突然就被他扯进了怀里。

他根本不让她把话说完，左手揽着她纤细的腰肢，右手轻捧她微微发烫的脸颊，低头就吻了下来。

一切发生在电光石火间，白伊都没反应过来，唇瓣上就多了份很柔软的触感。

她头皮一麻，倏然睁大眼睛。

周雾寻微凉的薄唇在她红润的唇瓣上温柔地厮磨着，惹得白伊浑身像通了电般，酥麻感窜入四肢百骸，直接席卷心脏。

她望着近在咫尺的他的脸，头晕目眩得厉害。

白伊并没有接过吻，这是第一次。

所以她在此之前完全不知道，跟喜欢的人接吻，反应会大到感觉天旋地转，整个人都轻飘飘的，仿佛掉入了云端。

白伊全身无力到快要站不住，甚至还极度缺氧。

她被他吻着，根本不知道要回应。

周雾寻反倒无师自通，越吻越深。

察觉到她连呼吸都屏住了，他的唇贴着她的唇瓣，含糊地提醒："呼吸。"

微哑的嗓音听起来越发低沉磁性。

白伊已经处于大脑宕机状态，他说什么她就乖乖地听话照做。

然而，她才呼吸了一次，他又乘虚而入，甚至比刚才更放肆。

唇齿间的濡湿让白伊再次呼吸滞住，胸腔里早就紊乱的心脏在这一刻几乎要直接爆裂。

最后，他慢慢收住这个吻肯放过她时，白伊的手已经不知在何时攀到了他的颈上，紧紧地环着他的脖子。

周雾寻弯着腰，跟怀里的白伊额头相抵。

他垂眸望着脸色潮红的她，意犹未尽地又在她嫣红的唇瓣上啄了啄，而后就这样保持着和她互抵前额的姿势，声音低哑性感地说："我会用接下来的几十年去弥补你多喜欢我的那一年。"

说完，他就稍直起身，把双腿发软的她拥入怀中，用力地抱紧。

"别忘记我，"他嗓音中的欲还没褪去，听上去格外撩人心弦，"白伊，请继续爱我。"

周雾寻微低着头，侧脸轻轻蹭着她柔软的秀发，在她的耳畔上方无比郑重地说：“我也会很爱很爱你的。”

白伊有点想哭。

她以为这场暗恋只是她一个人的独角戏。

她以为这场旷日持久的暗恋已经无疾而终了，永远都不会有任何回应。

原来，不是的。

不是她一个人在演独角戏。

也没有无疾而终。

她偏头，把脸埋进他胸前，咬紧嘴唇。

而后，她抬手抱住了他劲瘦的腰身。

须臾，她轻软中略带哭腔的声音从他胸膛处闷闷地传来：“好。”

周雾寻动情地亲了亲她的发顶，温柔低喃：“周雾寻终于如愿以偿了。”

白伊在他怀里仰起脸来，眼里含着泪冲他浅笑轻言：“白伊也终于得偿所愿了。”

你是我此生的美梦。

你是我的美梦成真。

将近晚上十一点。

毕业晚会临近尾声。

白伊被周雾寻牵着手往宿舍楼的方向走。

晚会上正在演唱最后一首歌。

歌词唱：“你说最好的人会到身边，此刻我也这样想，你终将看到我最美模样出现。”

“明天几点毕业典礼？”周雾寻的嗓音低沉而温柔。

白伊回他说：“上午九点。”

“晓得了，”他应了声，随后又道，“我早上过来找你。”

白伊仰脸看他，周雾寻也偏头垂眸望着她，问：“怎么？”

她眨巴了下眼：“那你要跟我一起去餐厅吃早饭吗？”

周雾寻眉眼轻弯，嘴角噙笑说：“要。”

她的脸上漾开浅笑：“好。”

两个人慢悠悠地来到她宿舍楼下，在路边停住。

周雾寻舍不得就这么放她走。

他把人拉进怀里抱紧，用下巴轻轻地蹭她柔顺的秀发。

白伊今天穿的平跟鞋，本来就娇小的她显得更加小。

广场上传来的歌声已经唱到了最后。

低沉浑厚的男声慵懒地唱着："等这一切，都被你了解，十指错落相牵，跨越时间，总会有一天，你出现我身边。"

总有一天，你会出现在我身边。

白伊似乎被歌声感染，心脏止不住地悸动。

她突然在他怀里仰起头来，踮起了脚。

然后发现，她还是够不到他的嘴巴。

窘迫的白伊刚要若无其事落下脚跟，周雾寻就主动弯了腰，低头凑过来给她亲。

白伊突然有点羞赧。

她飞快地在他唇边啄了下就瞬间退开，把脸埋进了他的胸前。

周雾寻从胸腔里震出一声短促的低笑。

白伊被他笑得有点恼。

她红着脸用手捶了下他的后背，闷声咕哝："笑什么啊，我穿上高跟鞋也有一米六七呢。"

周雾寻轻抬眉梢。

他语调愉悦道："不用特意穿高跟鞋，这样就很好。"

"够不到也没关系，"他温柔地对她呢喃，"我来弯腰就行。"

大概还是觉得羞窘，白伊松了搂着他腰身的手要回宿舍，却被周雾寻拥着挣脱不开他的怀抱。

她顶着潮红的脸仰头看他，轻软的语气含着嗔意："松手啊，我要回宿舍了。"

周雾寻垂眸凝视着脸颊白里透红的她，心潮不断地翻涌。

他克制着情动，故作镇定地问："那你是明天回沈城，还是后天回？"

白伊慢慢地不再挣扎。

她细声回他："后天。明天晚上实验室还要聚餐，请导师吃饭。"

周雾寻又问："买机票了吗？"

"买了啊，"白伊眨巴着眼说，"一个月前就买了。"

"哪趟飞机？"他继续追问。

白伊一时间想不起来，只记得时间，便说："上午九点的那趟。"

周雾寻“嗯”了声。

“还有别的事吗？”白伊仰起脸来，轻声问他。

他垂眼看她，目光深邃而温柔。

“有。”周雾寻说完不等白伊反应，就轻捧着她泛热发红的脸颊，弯腰凑了过来。

唇瓣相贴的一刹那，白伊还是不太能适应地僵了一瞬。

就连肩膀都紧张地耸起来，旋即又慢慢地一寸寸展平。

周雾寻耐心细致地厮磨着，一点一点地加深。

直到她无意识地抬手攀上他的脖颈，他突然搂她更用力，紧紧地用手臂把人箍在怀里，吻得越来越情动。

白伊很快就受不住了。

有些缺氧的她用双手轻推他的肩膀，但因为她根本使不上力道，周雾寻根本不为所动，甚至亲得更加凶猛放肆。

这个吻比他们今晚的初吻要激烈很多。

白伊只感觉浑身都在被刺激地起鸡皮疙瘩，像湖面溅起层层涟漪，波纹一圈圈扩散，不断地侵袭包围过来。

良久，周雾寻才食髓知味地放过脸红得要滴出血来的白伊。

白伊立刻推开他，转身跑进了宿舍楼。

因为双腿发软，加上心慌意乱，她在上台阶时还轻微地踉跄了下。

周雾寻在后面受惊吓般地“哎”了声，无奈地说她：“小心些。”

因为刚刚太过动情，他的声音听上去格外撩人，惹得白伊耳根酥麻一片。

白伊没敢回他，甚至都没回头看他一眼，就落荒而逃躲回了宿舍。

蒋冰还没回来，白伊从包里掏出钥匙来开锁的时候，手指还因兴奋在轻微发抖。

打开锁进了宿舍，白伊反手关好门。

她卸力般倚靠着门板深深地吐出一口气来。

白伊这才发现，自己的双腿有点使不上力。

脑子里不由自主地回想起刚刚他吻她的画面来，白伊抬手捂住发烫的脸，强迫自己冷静。

过了会儿，白伊刚平复好心情，就收到了周雾寻的微信消息。

周雾寻：“白伊，把你之前买的机票退了吧。”

周雾寻：“顺便把你的身份信息给我一下，我重新买票。”

不等白伊回他什么，他就直接发来：“想跟你坐一起，但是那趟飞机经济舱没座位了。”

白伊没有矫情，把自己的身份信息发给了他，然后就登录订票软件，把机票给退了。

须臾，周雾寻的新消息传过来：“买好了，后天上午十点半的，到时候我去学校接你一起去机场。”

白伊回他：“好。”

白伊：“那我去洗澡了，洗完澡睡觉，明天还要起早。”

周雾寻应：“嗯，晚安，明早见。”

白伊笑了笑，给他发：“晚安。”

02.

第二天清早。

白伊拎着装博士服的衣袋从宿舍楼走出来。

周雾寻已经在楼前等了她好一会儿。

他迎上前，克制着想要俯身吻她的冲动，只温柔地抱了她一下。

天气很好，一大早阳光就很炽烈。

白伊刚把遮阳伞从袋子里拿出来，周雾寻就从她手中接过。

他撑开伞，遮在她头顶，随后又将她拎的袋子拿过来，帮她拎着。

两个人一起在餐厅吃完早饭，白伊就要去礼堂参加属于她的毕业典礼了。

周雾寻陪着她一同前往。

到了礼堂后，周雾寻亲自给白伊穿好她的博士服。

蒋冰和季枫正打算找人帮他俩拍合照，刚好看到白伊，蒋冰就小跑过来，笑着对白伊说：“一一，帮我和季枫拍张合照吧。”

白伊欣然应允，莞尔道：“好啊。”

她接过蒋冰递给她的手机，在蒋冰和季枫摆好姿势后，说：“三、二、一！”

在白伊喊出“一”的同时，蒋冰忽然扭头亲到了季枫的侧脸上。

手机里的照片也定格在了这一瞬间。

蒋冰从白伊手中拿回手机时，季枫还在脸红，但眉眼间的笑意却怎么都掩不住。

蒋冰看了看白伊帮他们拍的照片，格外满意，立刻就设成了手机壁纸。

“你们要不要拍？”蒋冰问白伊和周雾寻，“我可以帮你拍，我拍照技术还不错的。”

白伊还没回答，周雾寻就把锁屏解开，将手机递给了蒋冰，同时轻声说：“谢谢了。”

蒋冰笑语盈盈道：“客气客气。”

周雾寻来到白伊旁边，在她身侧站定。

举着手机的蒋冰不满意地摇头说：“你们俩别这么拘束啊，自然点，亲密点。”

白伊眨了眨眼。

她刚想抬手去挽他的胳膊，没想到他先她一步有了动作。

周雾寻直接挪步到她身后，弯腰把她圈抱在了怀里。

白伊身体一僵，表情蒙蒙地睁大了眼。

旋即，她就慢慢绽开了笑。

白伊看向蒋冰，嘴角轻轻翘着，清泠泠的鹿眼微弯，眸子里尽是笑意。

蒋冰拍完后忍不住感叹：“这张绝了。”

说着，她就把手机还给了周雾寻。

白伊抓着他的手也要看，周雾寻就将手机屏幕往她那边倾斜，跟她一起看他们的合照。

照片上的男人穿着裁剪得体的西装，身形挺拔落拓的他弯着腰，将穿着博士服的她完全圈抱在怀。

她对着镜头莞尔浅笑。

而他，嘴角噙笑地微偏头望着她，目光格外温柔宠溺。

——他满眼都是她。

白伊的心弦颤了颤。

她晃了下他的手，唇边漾着笑轻声说：“你发给我，我也要这张照片。”

周雾寻低笑应：“好。”

“但你得给我点报酬。”他逗她。

白伊鼓了鼓嘴巴，仰脸跟他对视着。

几秒后，她伸手扯他领带。

在他向她弯腰的一刹那，白伊歪头在他的侧脸上“吧唧”亲了口。

旋即，她就很快松开拽着他领带的手，立刻转过身背对他，佯装若无其事地把博士帽戴在了脑袋上。

周雾寻愉悦地笑出声。

他把照片发到她的微信上，而后扶着她的肩膀迫使她转身面对他。

白伊脸颊红红的，目光飘忽躲闪着不看他。

她捧着手机，低头看微信。

她把他发给她的照片保存到了相册。

周雾寻动作轻柔地替她正了正博士帽，又将流苏给她拨好。

他亲眼看到她把照片保存了起来，薄唇无意识地扬了扬。

因为白伊晚上要聚餐，周雾寻只能自己解决晚饭。

他特意问了她聚餐的地点，嘱咐她聚餐完告诉他，他过去接她。

白伊听话地答应，说好。

临近晚上十一点。

在白伊聚餐的饭店外面等了将近一个小时的周雾寻终于收到了她的微信。

白伊："我要回啦。"

周雾寻看着她发的文字，仿佛听到了她说这句话时的语气有多软萌可爱。

他嘴角噙上笑意，给她回："我就在饭店外面，你出来就能看到我。"

白伊发了个猫咪头顶上挂着三个感叹号的表情包，随后问他："你等多久啦？"

周雾寻笑着回："没多久。"

须臾，一群人陆陆续续从饭店出来。

几个学生先把导师送上车，然后才互相打招呼告别。

季枫问白伊："白伊你怎么走？"

白伊笑着说："我男朋友来啦，他送我回去。"

周雾寻走过来的时候，正好听到她说的这句。

男朋友。

这还是他第一次从她嘴里听到这三个字。

周雾寻成功被取悦到，他停在白伊身边，对季枫微一颔首："季师兄，我先带白伊走了。"

季枫连连点头："好，再见。"

随后，白伊的手被周雾寻牵住。

他拉着她转身往他停车的地方走去。

周雾寻替白伊打开副驾驶的车门，她乖乖地坐进去，却不知道要系安全带。

周雾寻从她给他发微信的时候就猜到她应该是喝了酒。

这会儿更加肯定，不仅仅因为她身上多了点清清淡淡的酒香，更因为她行为上有点反常。

他弯了腰，上半身探进车里，扯过安全带给她系好。

白伊抬手抱住他的腰，埋脸在他颈间，轻轻地嗅着。

“怎么了？”周雾寻低声问。

白伊呢喃：“好闻。”

他低低地笑，抬手在她发顶上轻轻揉了揉，而后压着体内快要冲破枷锁的念头，克制地起身退开。

周雾寻从车前绕到另一边，坐进驾驶座，发动车子带她回学校。

“你喝了多少？”在回去的路上，周雾寻问她。

白伊缓慢地眨了眨眼。

她很认真地回想了下，然后才如实回答：“两瓶。”说着，还伸出手指，对他比了个剪刀手。

可爱死了。

周雾寻强忍着要捏她脸蛋儿的冲动，手指在方向盘上轻叩了叩。

不多时，白伊微微歪头睡了过去。

周雾寻偏头看了她一眼，不由得失笑。

因为她睡得很安稳，到了学校门口后，周雾寻没舍得把她叫醒。

直到白伊自己悠悠转醒。

在车里守着她看了她睡颜一个多小时的周雾寻嗓音温柔地问：“醒了？”

睡眼惺忪的白伊神志很不清醒，刚刚睡醒加上酒劲儿未散，一度让她觉得自己还停留在梦中。

她声音懒倦地咕哝：“听歌。”

“嗯？”周雾寻问，“听什么歌？”

白伊又闭上眼，话语极轻：“五月天的啊。”说完补充道，“耳机给我一个。”

周雾寻稍愣。

他垂眸盯着她看，眼底闪过一抹翻涌的情绪。

片刻后，窝在座位上快要昏昏欲睡过去的白伊突然被人倾身抱紧。

周雾寻低声呢喃：“耳机坏掉了。”

男人低哑的嗓音里隐约带了些许委屈。

白伊蓦然睁开眼睛，神思清明了几分。

她微仰着脸，下巴搁在他的肩膀上，茫茫然地不知所措。

下一秒，白伊本能地抬起手来，环住了他的腰身。
她也在他耳畔轻喃："滑板也坏了。"
他送她的滑板，早在几年前就坏了。
周雾寻情不自禁地拥她更紧，力道大到勒得她快要呼吸不畅。
他的薄唇蹭着她微热的耳郭，低低地说："可我还是好喜欢你。"
白伊覆在他后背的手轻蜷，揪紧了他的衬衫料子。
"我也，"她顿了顿，将脸往他颈间埋了几分，然后才一字一句地回应他，"很喜欢，很喜欢你，周雾寻。"

周雾寻牵着白伊的手送她回宿舍的时候，白伊忍不住小小地打了个酒嗝。
啤酒的麦芽香泛上来，让她皱紧了眉头。
随后，白伊软声咕哝："酒一点都不好喝。"
周雾寻失笑道："不好喝你还喝了两瓶？"
她鼓鼓嘴巴，吐出一口气，一本正经地回他说："因为要各种敬酒呀。
"敬导师，敬师兄，敬朋友，敬毕业……总之大家都喝的时候我才会跟着喝。"
白伊说到这里顿了顿，然后很实诚地告诉周雾寻："其实除了花式敬酒，我还趁他们不注意偷偷喝了一杯。"
周雾寻觉得她这样意识无比清醒但其实已经醉了的模样很可爱，话都比平日里多了起来。
他嘴角噙笑地问："为什么要偷偷喝一杯？"
白伊仰起头，眨巴着清泠泠的鹿眸看他。
她的神色格外认真，莞尔道："这杯不是敬他们的。"
"嗯？"周雾寻疑问。
"是敬你我，敬我们——"白伊说着，将手从他掌心抽出，人主动地环住了他的腰身。
她搂着他，在他怀里抬头，顶着张白里透红的脸，冲他笑得特别开心。
而后，她将话补充完整："终于在一起啦。"

敬我们，终于走到一起。
周雾寻心潮涌动。
他垂眸盯着如此秀色可餐的她，眼底划过缱绻的贪恋。

他的手覆到她后脑上，轻轻地揉着她脑袋。

周雾寻压低声线，像诱哄般引导她：“既然是敬我们，是不是也该让我尝尝酒的味道？”

白伊茫然地眨巴着眼。

换作平时，她绝对能一瞬间就明白他在说什么，但现在她喝了酒，反应迟钝，一时没懂他话里的深意，便说：“可是酒喝没啦……”

话音未落，她就突然被俯身靠近的男人堵住了嘴巴。

白伊倏然睁大眸子，长睫惊慌失措地胡乱颤着。

他来势汹汹，直接攻克，放肆品尝着她口中令他迷醉的酒香。

白伊被压制着，根本无力抵抗。

夏夜的微风拂起，微凉的风扑面而来，却无法让白伊燥热的脸颊降温。

她的眼睛扑闪了几下，因为头晕目眩得厉害，最终紧紧闭上。

这场吻绵长而激烈，结束时白伊甚至无法站稳。

周雾寻紧紧拥着她，真切地感受着缺氧的她在自己怀里大口大口地呼吸，他又忍不住轻轻亲了亲她柔软的发丝。

如果不是怕吓到她，他真的很想在她答应了他的追求后就直接拉着她去民政局扯证。

她不会知道，他多么迫切地想要她和他的名字出现在同一个户口本上。

“白伊。”他低沉的嗓音染哑，听上去性感又撩人。

白伊乖乖应：“嗯。”

周雾寻说：“以后我不在，不要喝这么多酒。”

她喝醉后实在太可爱了。

可爱到，他想把她私藏。

白伊听话地点头：“好。”

第二天清早醒过来，白伊蹙眉揉了揉有点胀痛的太阳穴。

旋即，她僵在了床上。

昨晚聚餐结束后的一幕幕，争先恐后地涌了出来。

“我男朋友……”

“好闻。”

“两瓶。”

“我也，很喜欢，很喜欢你，周雾寻。”

“敬你我，敬我们，终于在一起啦。”

最让白伊不知道该如何面对的，不是她上车后主动抱他闻他身上的味道，也不是她冲他幼稚地比剪刀手。

而是，昨晚那个吻。

虽然昨晚她喝醉了酒，但是当时意识特别清醒，也没断片，导致现在一瞬间就把昨晚的一切都回想起来了。

白伊甚至还能感受到他吻她时的那种酥麻，仿佛有股电流在身体里随着血液激烈地乱窜。

她抬手捂住发烫的脸，羞赧得要死。

好在周雾寻过来接她的时候，对昨晚的事只字未提。

白伊心底也终于悄悄松了一口气。

两个人简单地吃了顿早饭，然后就带上行李箱坐车去机场了。

白伊其他的行李早些天已经用快递寄回了沈城家里，这会儿只有一个行李箱。

不过有周雾寻在，白伊根本不需要拉行李箱。

到了机场后，周雾寻一手一个行李箱推着往前走，白伊挎着包包，脚步轻盈地跟在他旁边。

须臾，她偷偷放慢脚步，落在他身后，随即掏出手机来对准他，一连拍了好几张他的背影照。

照片里的男人身形落拓，脊背挺括，两条腿修长笔直，胳膊上的青筋纹路格外明显，看上去莫名性感，甚至有种说不出的欲。

周雾寻发现她没跟过来，回头找她，结果就看到她举着手机在拍他。

被发现的白伊立刻收了手机，浅笑着朝他小跑来。

不知道是不是昨晚喝酒的原因，飞机起飞后不久，白伊就靠在座位上昏昏欲睡起来。

在彻底睡着之前，她闭着眼轻喊了声：“周雾寻。”

男人偏身凑过来，听到她咕哝：“我好困，先睡会儿啊。”

“嗯，”周雾寻轻轻摸了摸她的头，低笑说，“睡吧。”

等白伊睡熟，周雾寻侧过脸看她，像怎么看都看不够似的，根本挪不开眼。

睡着的她模样很恬静可人，看起来特别乖软好欺。

周雾寻的唇边无意识地荡开笑意。

他伸出手，轻轻地握住了她放在腿上的手，一点一点地滑入她的指缝，最终同她十指错落相牵。

须臾，周雾寻像是突然想到什么。

他从兜里摸出手机，偷偷地拍了几张她睡觉的照片。

做完这件事，周雾寻克制不住对她的满心爱意，倾身凑近她。

而后，他很温柔地在她的唇瓣上落下蜻蜓点水般的一吻。

将探到她那边的上半身退回来后，周雾寻才注意到对面有个六七岁的小女孩正在瞅着他看。

好奇的目光中掺杂着一知半解。

小姑娘跟周雾寻对视着，眨了眨眼，开口小声说：“叔叔，你老婆好好看。”

老婆。

周雾寻轻抬眉梢，愉悦地勾起唇。

他压低声音回对方：“我也这么觉得。”

周雾寻没发现，在他说这句话时，旁边睡觉的白伊的眼睫毛很轻微地颤了颤。

白伊一直睡到了下飞机。

刚刚醒过来的她还不太清醒，蒙蒙地跟着周雾寻往前走。

他带她去了停车场，他的车就停在那儿。

到了车旁，周雾寻让白伊上车，他把他俩的行李箱放到后备厢，而后打开驾驶座的车门，坐了进来。

这会儿已经是午后，两人还没吃饭。

周雾寻问她：“饿不饿？先带你去吃点东西？”

白伊脑子里总循环播放着那两句对话，怎么都挥不去。

她有点心不在焉地点头应：“好。”

“想吃什么？”周雾寻又问。

白伊也不知道要吃什么。

今天沈城的天气并不好，阴沉沉的。

乌云压在城市上空散不开，好像在预谋一场大雨。

白伊透过车窗望着暗黄的天色，不知为何想起了很久远的一天。

是十年前的七夕。

那天沈城下了场雷阵雨，他和她被暂时困在商场里。

他给她买了关东煮，送了她一束玫瑰花。

那是她第一次吃他给她买的关东煮。
也是她第一次收到他送她的玫瑰花。
白伊沉默了几秒后，忽而开口说："关东煮？"
周雾寻轻笑，应允："好。"
他带她去吃了关东煮。
在白伊安静地吃东西时，周雾寻起身离开了会儿。
再回来，他的手中多了个购物袋，里面装满了各种零食。
周雾寻把袋子放到桌上，对白伊说："给你买了点吃的，一会儿带回去吧。"
白伊仰脸冲他浅笑，点点头："嗯。"
她毫无察觉自己的嘴角沾了点渍，像只光顾着吃的小馋猫。
周雾寻嘴角轻勾着从桌上抽了张纸巾，伸手轻轻地给她擦了擦嘴角。
白伊微微窘迫，低下头继续吃东西。
等她吃好，周雾寻就开车送她回了家。
这次不同于上学时，他直接把她送到了家门口。
这个时间点，伊君婉和白骏毅都还在医院上班。
周雾寻帮白伊把行李箱和装零食的购物袋提进家里。
"你进来坐会儿吗？"白伊仰脸问他。
周雾寻站在门口笑着摇头："不了，一会儿还有点事。"
他说着，拉过她的手把人抱进了怀里。
周雾寻低头轻蹭着她的秀发，轻声说："等下次叔叔阿姨都在家的时候，我再过来正式登门拜访。"
他的话又让白伊蓦地想到了她在飞机上无意听到的那两句对话——
"叔叔，你老婆好好看。"
"我也这么觉得。"
他竟然没有否认她还不是他老婆。
想到这里，白伊的脸瞬间变得滚烫红热起来。
她假装若无其事，强撑着镇定，道："好。"
"周六或者周日应该要跟星月和何颂一起吃饭，"周雾寻对白伊说，"他俩就等着你回来后聚呢。"
白伊笑开，欣然应允："好啊，反正我哪天都有时间，就看你们几个什么时候空闲吧，我都行的。"

“嗯，”周雾寻还是舍不得松手，他有点没话找话，问她，“一会儿你做什么？”

白伊眨巴眨巴眼，很认真地回答他说：“睡觉吧，有点累，想休息会儿，这种天气也很适合睡觉。”

周雾寻从胸腔里震出一声短促而撩人的低笑。

他的手在她后脑上揉了揉，温柔道：“好好休息。”

旋即，周雾寻恋恋不舍地松开了白伊。

“那我走了。”他垂眸凝视着她，低声说。

白伊浅笑点头，对他挥了挥手：“拜拜。”

周雾寻没有转身，而是将手背在身后，向她弯腰靠近，诱哄般地向她讨吻：“你不亲我一下？”

白伊微愣，随后脸上的笑意更甚。

她扬起下巴，在他的唇上轻轻啄了口。

周雾寻这才心满意足地转过身，打算离开。

可是，他突然又转了回来。

白伊好笑地瞅着他，还没开口说话，他就拉住了她的手，语气认真地说：“白伊，你得给我一个答案。”

她被他说蒙，目光茫然地跟他对视着，不解道：“什么答案？”

周雾寻说：“当年你在同学录上写的最想实现的三个愿望，分别是——滑板自由，听一次五月天的演唱会，还有……你没透露的秘密。

“你说永远实现不了所以就不说了，就让它当一辈子的秘密。”

白伊怔忡地看着他，唇线轻抿。

“可我还是想知道。”

他深邃的眼睛一眨不眨地和她对望着，略低的声线格外沉稳，莫名能让她感到心安。

“前两个愿望我都帮你实现了，第三个愿望，我也想帮你实现。

“我不要你有任何遗憾，”周雾寻的话语认真而正经，他恳切地询问，“你能不能告诉我，你的第三个愿望是什么？我来想办法。”

白伊眼眶发酸发胀。

她垂下头，躲开了他炙热而赤诚的目光，用力睁了睁眸子，想要把湿热的液体吞回去。

“第三个愿望，”白伊微哽，轻声回他，“是你。”

——第三个愿望，周雾寻。

周雾寻当即愣住。

下一刻，他直接往前一步，跨过了门槛，不容分说地吻了下来。

铺天盖地的亲吻猛然席卷而至，白伊不由自主地往后踉跄了两步，后背失控地撞到打开的门板上。

门板碰到墙，发出一声闷响。

白伊紧紧贴靠着冰凉的门板，尽力迎合他近乎凶狠的吻。

心脏快速地“怦怦怦”跳动着，仿佛要将整个左胸腔震碎。

他俩这几天亲了也不止一两回。

但从没有哪一次像现在这样，似乎要掠夺走她所有的呼吸，甚至将她揉碎融进他骨血中，他才满意。

她当年以为他不喜欢她，并且以后也不会喜欢，所以才说第三个愿望永远实现不了。

而她曾经许愿的、幻想的、以为永远无法实现的第三个愿望，现在已经拥有了。

白伊许在 2010 年 9 月 7 号的第三个愿望，在 2021 年 6 月 29 号晚，实现了。

白伊闭着眼承受着他近乎暴烈至死的亲吻，眼角缓缓滑下一滴泪，心里却涌着无以言说的喜悦和开心。

其实前两个愿望，随便谁都能帮她实现。

但第三个只能由他来实现。

而她是有多幸运，才会被他亲自满足了全部的愿望。

良久，周雾寻才渐渐收敛，吻变得缠绵温柔。

他垂眸望着她，满目贪恋中掺杂着心疼和难过。

周雾寻捧起她发红微热的脸颊，小心翼翼地将从她眼角落下来的那滴泪含进嘴里。

咸咸涩涩的。

他又动情地亲了亲她红润泛着水光的唇瓣，而后对她温柔低喃：“周雾寻是白伊的。”

03.

周雾寻走后，白伊把行李箱打开，收拾了会儿东西。

虽然外面的天色阴沉暗黄，但丝毫不会影响到她的心情。

蓝牙音响正外放着五月天的歌，白伊跟着歌一起哼唱：“少年回头望，笑我还不快跟上。”

唱完这句，白伊脑海中忽而闪过了她十八岁生日那晚，他们看完五月天的演唱会从体育馆出来，小跑在她前面的周雾寻突然回过头，笑着唤她：“白伊，快跟上。”

后来有很多次，白伊都在梦里回到了那晚那条路。

他小跑在她面前，然后回头，冲她笑着说让她快跟上。

少年的笑容干净明朗，让她一眼就记了好多年。

白伊嘴角漾开笑。

她安静地把这首歌的最后几句听完，旋即点了关闭。

白伊拿上家居服去浴室舒舒服服地洗了个热水澡。

洗完澡之后，她就悠闲地躺到了床上。

屋里的空调运作着，冷气将房间的温度降下来，令人格外舒适。

白伊刷了会儿手机，困倦的感觉越来越浓。

她把手机放到旁边，扯过薄被盖好，闭上眼很快就睡熟了。

周雾寻开车回了律所。

实习的姑娘李悦见到他终于回来了，立刻起身汇报说：“周律，擎嘉产业公司的案子资料已经都发到您邮箱了。”

周雾寻微点了下头，淡淡地应：“嗯。”

“对方很想约您见面详聊，”李悦说，“因为您这几天不在，我就没跟那边定时间。”

“这事儿我亲自联系，”周雾寻嗓音低沉道，“你好好准备下周的考核吧。”

每年进律所实习的实习生在毕业季都会迎来最终考核。

只有考核合格了，才可以转正，继续留在律所工作。

虽然是老板的叮嘱，但李悦却突然心生慌乱。

周律平时在工作上就对他们要求非常严格，据律所的其他前辈说，周律在考核时比在平日还要严厉一百倍。

太吓人了。

她急忙忐忑地答应：“好的周律，我一定会认真准备。”

周雾寻回了办公室，打开电脑就接收了相关邮件，而后打开，认真地看起相关资料来。

不多时，豆大的雨点噼里啪啦地砸到了玻璃窗上。

周雾寻偏头看向落地窗，天际远处划过一道明亮的闪电，阴沉昏暗的天空霎时像装了探照灯。

随即，轰隆隆的雷声如约而至。

又打雷又下雨。

不知道她一个人在家会不会怕。

周雾寻捞起手机，在微信上找白伊。

他一连发过去好几条消息，都没被回复。

大概在睡觉吧。

周雾寻想到这里，脑海中浮现出她昨晚喝醉酒在车里睡着的画面，还有今天在飞机上她睡得那么恬静的模样。

他不禁失笑。

怎么这么爱睡。

周雾寻又给她发了条微信。

周雾寻：“睡醒记得回我，小懒猪。”

发完后，他放下手机，继续全神贯注地忙起工作来。

白伊一觉睡到天黑。

她悠悠转醒的时候，外面猛烈的雷阵雨已经转为淅淅沥沥的小雨。

白伊翻了个身，躺在床上听雨声，竟然莫名觉得这样的光景很惬意很舒适。

她心情很好地笑着伸了个懒腰，随后摸过手机想看时间。

结果就看到了好几条未读的微信。

白伊点开微信，进了和周雾寻的聊天界面。

霎时，他三个小时前发来的微信消息就映入了她的眼帘。

周雾寻：“清桥路这边电闪雷鸣，雨下得很大，你家那边还好吗？”

周雾寻：“怕不怕打雷？”

周雾寻：“怕的话就找我，我陪你聊天。”

周雾寻：“在睡啊？”

周雾寻：“睡醒记得回我，小懒猪。”

看到最后三个字，白伊无语又好笑。

她刚睡醒，整个人都透着懒洋洋的劲儿，完全不想动手指打字，于是就直接拨了通语音电话过去。

周雾寻这会儿正在饭店包间跟律所的同事一起聚餐。

因为下周一就是实习生考核的日子，两位老板都想在考核前请大家吃顿饭，正巧大家今晚下班后有时间，便把时间定在了今晚。

白伊的通话请求打过来时，周雾寻正在包间里坐着，几个年轻人正热火朝天地聊着。

他看到微信显示的来电人，眉梢轻抬，起身走到窗边，点了接听。

“喂，周雾寻。”

她的声音软绵绵慢吞吞的，一听就是刚刚睡醒，带着股懒倦，勾得人心痒。

周雾寻胸腔里的心脏一滞，神经微麻，像被电了下似的。

他低笑，问：“醒了？”

“嗯。”白伊轻轻应，而后问，“你还在忙吗？”

“不忙。”接到她的电话，他整个人都柔和起来，语调也变得异常愉悦，“在跟同事聚餐。你晚上吃什么？”

白伊用手撑着坐起来，茫然地眨巴着眼，回他：“还不知道，我一会儿去超市买点菜回来烧饭吧。”

“外面下过雨，会有些凉，你加件外套，别冻着。”他贴心地叮咛。

白伊浅笑：“知道啦。”

这句话说完，两个人都没再开口讲话。

听筒里安静而沉默，却一点都不会让人觉得尴尬。

“白伊。”

“周雾寻。”

两个人忽然同时唤了对方的名字。

旋即，又一起笑了起来。

服务生端着菜走进包厢，一边上菜一边说：“水煮鱼片，毛血旺……”

白伊听到后，对周雾寻说：“你去吃饭吧，我也要起床出门买东西了。”

“嗯。”周雾寻应了声，却没有挂电话。

白伊等了会儿，发现他还没掐断通话，便道：“那我挂了啊。”

他又“嗯”了声。

“拜拜，”白伊轻声笑说，“晚上再聊。”

“好。”他温柔地低低应道。

电话被白伊挂断后，立在窗边的周雾寻一转身，就撞上了满屋子好奇的目光。

李悦率先开口问：“周律，你谈恋爱啦？”

周雾寻挑挑眉，坦然承认：“嗯。”

“谁啊？”李悦更加八卦起来，“是那个送你耳机的女孩子吗？”

周雾寻的嘴角盈上淡笑：“是。”

赵鹏程惊讶道：“上次聚餐你还说她不喜欢你，这么快就把人追到手了？！不愧是周律！”

周雾寻轻啧，语调散漫道：“更正一下，她没有不喜欢我，是我误会了。”

这下，所有人惊讶地睁大了眼。

沈年忽而明白了什么似的，笑道：“我说你追人怎么这么顺利呢，往人家学校跑了两三次就把人家变成你女朋友了，原来是两情相悦啊。”

李悦一听，恍然大悟：“所以这几个月周律不在律所不是因为公事出差去了，而是去追女朋友啦？”

沈年打了个响指以示肯定。

赵鹏程的重点落在了另一个地方，他好奇道：“为什么是去学校找她啊？她还在上学吗？”

周雾寻喝了口水，语气略带自豪地回：“读博，今年毕业。”

“哇！”李悦惊叹，“果然优秀的人配优秀的人！周律这么厉害，女朋友也好优秀！”

周雾寻笑而不语。

听到别人夸白伊，他心里格外高兴。

“周律你应该跟你女朋友很早就认识了吧？”李悦眨巴了下眼，继续道，“沈律说你大学没毕业时就有那副耳机。”

周雾寻也不藏着掖着，直接说：“高中同学，认识十一年了。”

“那你喜欢了她多久？”这句是沈年问的。

周雾寻今天心情好，对他们各种好奇的提问都很配合：“十年。”

陈曦自始至终都在沉默，没有说一句话，只时不时地望向周雾寻。

听到他说他喜欢了对方十年，陈曦的满心酸涩登时更甚。

她无从发泄这份痛苦和闷意，最终就一杯接一杯地敬酒、喝酒，想以此麻痹自己。

白伊在父母回家前把晚饭做好，将菜都端上桌后，她就拿过手机，找准角度拍了张照片。

随即，白伊把这张照片发给了周雾寻。
周雾寻秒回：“这么会做菜。”
周雾寻：“我也想吃。”
白伊笑着回：“有机会给你做。”
周雾寻问：“什么时候？”
白伊被他问住。
她怎么知道什么时候啊。
她还没回他，他又发来：“我喝了点酒。”
白伊疑问：“嗯？”
而后，她说：“喝吧，别喝太多，会难受。”
周雾寻回她：“本来没打算喝的，但是他们夸你，我开心，就喝了两杯。”
白伊惊讶：“夸我？”
白伊：“你同事都知道我吗？”
周雾寻说：“知道啊，知道我女朋友特别优秀。”
白伊笑他：“你怎么跟喝醉了似的。”
周雾寻：“这才到哪儿，我很能喝的。”
周雾寻：“说你优秀是很认真的。”
白伊突然想起高三寒假那晚，他一个人喝了十几瓶啤酒。
她说：“嗯，我知道。”
他以为她回答的是后一句，其实她回的是他说他很能喝酒。
家门声响起。
伊君婉和白骏毅一前一后地进来。
白伊往玄关那边走了走，喊他们：“爸，妈。”
听到女儿的声音，伊君婉浑身的疲惫霎时一扫而空，她笑语盈盈地问：“一一几点回来的？”
白伊说：“下午快两点到的家。”
“抱歉啊宝贝，”伊君婉歉意道，“爸爸妈妈没能去接你。”
“没事啊，我男……”白伊忽而顿住，然后改口对他们说，“爸妈，我有件事要跟你们说。”
“什么事？”白骏毅疑问。
白伊漾开笑，语调染着开心：“我交男朋友啦。”
她说：“你们应该认识，是我高中同学，叫周雾寻。”

伊君婉和白骏毅对视了一眼，然后两人不动声色地点点头。

伊君婉说："记得，那个学习很好的男生，跟章骛恂同名，一个月没去学校上课还能考年级第一，印象很深刻。"

白骏毅随后也温和道："你喜欢的人，爸爸妈妈也会喜欢的。有空带他来家里吃顿饭吧。"

伊君婉点头："对，重要的是你要喜欢。还有就是，哪怕再喜欢，都不能让自己受委屈知道吗——？"

自从当年快高考时她和父母因为志愿的事大吵一架后，父母就越来越尊重她个人的想法。

当时母亲对她说，她跟谁交朋友跟谁谈恋爱，他们都不干涉插手，只要她喜欢开心就好。

后来这么多年，父母真的没有管过她感情上的事。

身边的其他同龄朋友或多或少都会被父母催着谈恋爱逼着去相亲，甚至被催婚，但是白伊从来没被父母催促逼迫过。

他们正在履行曾经对她说过的话。

也因此，白伊这些年跟父母的感情还不错。

白伊笑着答应："知道的。"

"我把晚饭做好了，你们快去洗洗手过来吃饭。"

等伊君婉和白骏毅去了卫生间洗手，白伊这才再次给周雾寻发微信。

白伊："我爸妈回家啦，我们要吃晚饭了。"

白伊："不要喝太多酒啊你。"

白伊："还有，我跟我爸妈提你啦，他们已经知道你是我男朋友了。"

周雾寻看到她发来的微信，笑问："叔叔阿姨怎么说？"

白伊回他："我爸妈都还记得你，说你就是那个一个月没去学校上课还能考第一的厉害人物，还说让你有时间来家里吃饭。"

周雾寻："我随时。"

白伊："但我爸妈无法随时啊，等我再跟他们商量商量，定个时间。"

周雾寻说："好。"

吃过晚饭，白骏毅交给白伊一串车钥匙。

白伊愣了愣，茫然地看向父母。

伊君婉笑语盈盈道："我跟你爸爸送你的毕业礼物，以后你去沈大上班，有辆车也方便。"

白伊没想到父母居然提前给她准备好了车。

她攥着车钥匙，扬起浅笑说：“谢谢爸妈。”

“车就在车库，有时间你开出去逛逛。”白骏毅道。

白伊莞尔道：“这周末正好要跟朋友吃饭，我到时候开过去吧。”

到底是开心，白伊迫不及待地去了车库看自己的新车。

其实驾照她早就拿到了，不过这几年也就寒暑假放假回家后偶尔开开父母的车，所以到现在也说不上多熟练，但也没到马路杀手的地步，只是上路后稍微开得慢些。

父母给她买的是辆白色的宝马。

白伊拍了张车的照片发给周雾寻，而后打开车门坐进去试了试。

周雾寻很快回了她：“谁的？”

白伊笑道：“我爸妈送我的毕业礼物。”

然后，她又道：“这周不是要跟星月和何颂吃饭吗，到时候我开车带你过去？正好也练练车技。”

周雾寻回她：“行啊。”

然后他问了才知道，白伊在大学就把驾照考下来了，这些年放假回家后也偶尔开车。

04.

吃饭的时间定在了周六晚上。

当天傍晚，周雾寻在白伊出门前先坐出租车来了她家门口。

白伊推开门，小跑着下了台阶，被周雾寻一把抱进怀里。

明明才两天没见，他们却像过了两个世纪那般想对方。

“你怎么还特意过来了？”白伊仰起脸来问他，然后说，“我可以开车过去找你的啊。”

周雾寻垂眼望着她，含笑道：“想跟你一起出发，全程陪着你开车。”

白伊笑他：“怕我出事啊？”

周雾寻轻声说：“你不会出事。”

他知道她有能力开好车，但这不妨碍他担心她。

不能亲眼看着她开车，心里总归不安心，所以就过来了。

两个人上车后，白伊镇定地发动车子，慢慢开着车出了碧清湾，驶上主干道。

周雾寻坐在副驾，怕说话聊天会让她分心，他只安静地陪着她，甚至会帮她看路况。

事实证明，白伊开车确实很稳，除了有点慢。

一路顺利地到吃饭的地方，周雾寻牵着白伊的手进去。

彭星月和何颂已经在包厢等他俩了。

见到白伊的那一刻，彭星月就迎上来张开手抱住了她。

“一一！”彭星月开心道，“都半年了，我们终于又见面啦！”

白伊眉眼弯弯地回抱了下彭星月，然后笑着调侃：“不愧是快当新娘子的人，越来越漂亮了。”

彭星月轻笑，拉着白伊的手坐到椅子上。

一早就预约好的菜很快就被端了上来，四个人边吃边聊，气氛格外好。

中途说起周雾寻和白伊谈恋爱的事来，彭星月很好奇地问：“我还是没想通，哥你到底是什么时候喜欢上一一的啊？”

周雾寻把剥好的虾放到白伊的盘里，低笑着坦荡地回：“明确意识到自己喜欢她是高三国庆假期，被周步梵逼迫要出国的时候。当时突然就明白了，我那么抗拒出国的一大部分原因，是害怕离她太远。”

白伊抬头看了他一眼。

周雾寻冲她笑了笑，又给她剥了一只虾。

彭星月“啧”了声，揶揄他：“你还挺能藏。不过……哥，你忍了这么多年才出手追，就不怕一一跟别人结婚了啊。”

周雾寻坦言：“怕啊。”

特别怕。

可他当时没办法，总不能在一无所有的时候跟她告白，让她跟着他吃苦吧。

况且，她当时跟章骘恂走得很近，看起来在谈恋爱，他以为她根本就不喜欢他，就更不可能让她知道他喜欢她。

“其实也还好啦，最后一一还是答应跟你在一起啦！”彭星月笑着说完，忽而很八卦地问白伊，“一一，我哥追你时是怎样的？”

白伊有点茫然，什么怎样的？

她沉吟了片刻，才开口回道：“就……很主动，很贴心，也很温柔。”

“果然，只有遇见自己真的喜欢的人，才会变得主动。”彭星月感叹。

她这位表哥学生时代一直都是女孩子们围着他转，他却从来没有对哪个女孩子主动过。

这顿饭吃完，时间还不算太晚。

彭星月便提议带他们去婚纱店试试伴郎伴娘的礼服。

于是，四个人就去了给彭星月定做婚纱的那家店。

到了店里，何颂和周雾寻在拿到西装后就去了男更衣室。

而彭星月和白伊却不紧不慢地看起婚纱来。

橱窗里的每一件婚纱都特别漂亮，两个女人围绕着穿什么样的婚纱弄什么样的造型这个话题聊得兴高采烈。

婚纱店展示着一件露背拖地式抹胸婚纱，婚纱上还点缀着大大小小的珍珠，看起来格外高贵典雅。

彭星月拉着白伊过来，说：“一一，这件婚纱好漂亮！头饰也好美！”

白伊也一眼就看中了这件婚纱。

旁边的店员笑着跟她们介绍:“模特戴的满天星珍珠头饰是和婚纱一套的，这款是知名设计师乔的最新作品，被命名为‘Only pursuit’。”

“Only pursuit，”白伊重复了遍，“唯一追寻。”

她轻声感叹：“好美。”

“怎么办，我觉得这件婚纱好衬你啊一一！”

彭星月扭头问店员：“这件婚纱可以试穿吗？”

店员对彭星月很熟悉，知道这位女士和她未婚夫是VIP客户，而店里所有的婚纱，VIP客户都可以试穿。

她点头，应允：“可以的。”

彭星月便对店员说：“那麻烦你们带我朋友去试一下吧。”

白伊有点慌张，想要拒绝：“星月，我不……”

彭星月笑说：“来都来啦，就试试嘛！又不赶时间，试完婚纱再试伴娘裙。”她说着，把白伊推着进了更衣室。

白伊进去后，彭星月一边在店里继续逛，一边等店员把她之前定做的婚纱拿出来，等会儿她要试一下。

周雾寻和何颂刚一前一后从两个男更衣室走出来，彭星月立刻就笑眯眯地对周雾寻说：“哥，一一在换衣服，你一会儿看看好不好看！”

周雾寻轻抬眉梢，回了句：“好看，她怎么打扮都好看。”

彭星月嫌弃地翻了个白眼，吐槽他:“你真是浑身散发着热恋的酸臭味。”

周雾寻随彭星月吐槽他，只笑，不反驳。

过了好一会儿，白伊在的更衣间的隔帘才被店员从里面拉开。

周雾寻正背对着这边在回工作上的消息。

彭星月望着白伊，忍不住发出一声惊叹："我的天！美绝了！"

就连何颂都笑着喊他："寻哥，寻哥快转头看看你女朋友！"

周雾寻正好编辑完消息，他摁下发送键，转过身来。

霎时，男人怔在原地。

白伊身着一袭洁白的婚纱，站在他面前不远处。

女人的长发被简单地扎成低马尾，头顶上戴着一款和婚纱配套的满天星珍珠发饰。

抹胸婚纱将她的一字肩锁骨展露无疑，纤瘦的胳膊暴露在空气中，细腰被衬得盈盈一握。

她立在那儿，白皙的肌肤泛起淡淡的粉色，看向他的清透鹿眼里含着几分羞涩。

周雾寻目光直直地盯着她，深邃的眸子里翻涌起惊涛骇浪。

"怎么样？"彭星月碰了碰周雾寻的胳膊，扬声问，"好看吧？"

不是好看，是惊艳。

"我给一一选的，果然衬她。"彭星月笑说，"这款婚纱还有个很美的名字，翻译成中文叫'唯一追寻'。"

周雾寻仿佛已经听不见彭星月在说什么。

他径直朝白伊走去，停在了她跟前。

白伊仰脸望向他，眼睫轻颤了几下，然后有点忐忑地问："好看吗？"

周雾寻没立刻说话，而是伸手拥住了她。

却不料，他的手突然直接触碰到了她光滑细嫩的肌肤。

也是这时，周雾寻才注意到，这件婚纱是露背的设计，后背有两根细带交叉盘旋，最后打成一个漂亮的蝴蝶结。

大概是不太适应，他的手指轻蹭到她肌肤的那一刻，白伊在他怀里轻微地瑟缩了下。

周雾寻敛眸望着她薄瘦的脊背，眸色越发黑沉。

他温柔而小心地抱着她，在她耳畔低低地回："没有人比你更好看。"

因为动了情，他的嗓音听起来有几分哑，却显得更加性感，甚至透出几分欲。

彭星月已经被店员叫走换婚纱去了，只有何颂在不远处的沙发里坐着摁手机玩。

周雾寻旁若无人地搂着白伊，薄唇轻蹭着她的耳朵，又压低声线对她说了句话。

白伊听完，装哑巴似的不肯讲话。

她的耳根霎时红透，脸也仿佛要滴出血来。

他对她说的是："美得我想现在立刻就把你娶回家。"

后来白伊回到更衣室脱婚纱换伴娘裙，周雾寻直接叫来店长，毫不犹豫地刷了卡，把白伊试穿的那件珍珠拖尾婚纱买了下来。

"婚纱先存在店里，我过段时间过来取。"周雾寻对店长说。

店长笑着应："好的周先生，我们一定会替您保存好这件婚纱，绝对不再对外展示。"

何颂把他刚刚拍下来的那张照片传给周雾寻，随后走过来，调侃道："怎么，寻哥你这是打算求婚吗？"

周雾寻哼笑，坦荡地承认："正在筹备。"

何颂就是开玩笑问问，谁知道周雾寻居然真的打算要求婚，他愣了愣，说："你俩才在一起多久啊？"

周雾寻不假思索地回："五天。"

何颂惊了："交往一星期都没到，你就已经计划求婚了？"

周雾寻斜眼睨了大惊小怪的何颂一眼，然后说："你听没听过一句话——当你意识到，你想和某人共度余生的时候，你会希望余生尽早开始。"

何颂知道这句话，是一部电影里的台词。

但他还是多问了句："不多享受享受恋爱的时光吗？"

周雾寻说："谁说结了婚就不能谈恋爱了？不管是婚前还是婚后，只要喜欢彼此，每天都在谈恋爱，不是吗？"

"这倒也是。"何颂赞同。

"哎，"周雾寻用手肘碰了碰何颂的胳膊，提醒他，"保密啊，星月也不准透露。"

何颂笑起来："知道。

"绝对帮你守口如瓶。"

白伊是我年少时就心动喜欢的女孩，是我暗恋了十年都无法放下的姑娘。

她是我此生认定的新娘，是我这辈子唯一的追寻。

我爱她，至死不渝。

对我来说，能同她一起度过的余生无比珍贵，我不愿意浪费一分一秒，所以才更想尽快让她成为——

我的爱人，周太太。

从婚纱店出来后，白伊要开车回家。

周雾寻想跟她多待会儿，就上了她的车。

和来时一样，他坐在副驾。

到家门口，白伊让周雾寻先下车，她自己把车开进了车库。

等她停好车过来，周雾寻就将她揽进了怀里。

白伊抬手抱住他的腰，仰脸望着他。

周雾寻也不含糊，直接低头吻了下来。

他温柔地亲着她，动情而缱绻。

白伊被他撩拨得心跳紊乱，呼吸不畅。

在接吻的间隙，她抓住机会问他："你叫车了吗？"声音听起来格外娇软勾人。

周雾寻低哑地"嗯"了声，就迫不及待地再次堵住了她的唇瓣。

白伊贴靠在他怀里，乖乖地任他予求，不太熟练地迎合回应着他，偶尔不小心咬到他，却让他更加放肆。

须臾，两簇车灯打过来，是他叫的出租车正在驶近。

白伊瞬间紧张地抓紧了他腰间的衣料。

周雾寻也及时停下，把她的脸摁在他胸前，没让出租车司机看到她秀色可餐的模样。

"你明天有空吗？"白伊气息不稳地轻轻问。

"白天约了当事人见面，"周雾寻如实告知，"不知道几点能结束，忙完我过来找你。"

白伊怕他太累，连忙摇头："不用，我就问问，你忙你的。"

然而，第二天傍晚，周雾寻还是来找了白伊。

他给白伊发微信让她出门时，白伊正在家里打手碟放松心情。

听到微信提示音，她拿起手机看了眼，发现是周雾寻发过来的消息。

周雾寻："在做什么？"

白伊的唇边无意识地漾开笑意，打字发送："打手碟。"

发完，她又给他拍了张照片发过去。

周雾寻没想到她还会玩手碟。

虽然心里略有些意外，但他也没多问关于手碟的事，只说：“我在路口的长椅这儿，出来见一面吗？”

白伊立刻起身，一边往外走一边回他：“好。”

她蹬上一双小白鞋就捏着手机出了家门。

白伊一路小跑到路口，看到周雾寻正背对着她坐在长椅上。

而他望的方向，就是马路对面那根灯柱处。

白伊放缓脚步，悄咪咪地朝他走去。

她来到他身后，突然伸手蒙住了他的眼睛。

本来盯着那根灯柱思绪联翩的周雾寻稍愣了一瞬，旋即嘴角就浮起淡笑。

他抬手握住她纤细的手腕，把她的双手拉下来，向后仰头瞅着她，满眼笑意。

白伊弯了弯腰，双手环住他的脖子，偏头问：“刚忙完？”

“嗯。”男人的喉结滑动了下，应道。

随后，他微扬下巴，在她的唇上轻轻亲了亲。

两个人目光交缠，情起而深。

周雾寻再次靠过来，白伊也往前凑近。

唇瓣又一次相贴，这回他没有一触即离。

周雾寻的身子偏侧些许，伸手扣住白伊的后脑，越吻越深。

白伊的脸以肉眼可见的速度染红。

她的长睫毛止不住地颤动，却没有抗拒半分。

哪怕周围有来往的过路人看到他们接吻。

下班后，白骏毅开着车和老婆一起回家。

快到家的时候，伊君婉忽然隔着车窗看到女儿和一个男人正在路边的长椅处旁若无人地接吻。

她仓皇地收回目光，下一秒又忍不住望了过去。

周雾寻低沉的嗓音染着欲，说话就像在蛊惑人。

他问：“要不要跟我一起吃个饭？”

白伊莞尔，声音发甜地回他：“好啊。”

随后，她就给父母发了条微信，说晚上不回家吃饭了。

伊君婉很快就回了她：“知道了，你跟周雾寻好好玩。”

白伊被周雾寻牵着手往他停在路边的黑色吉普车那儿走。

她低头看到母亲的回复，不解地微微蹙眉，咕哝：“我妈怎么知道我跟你在一块啊？”

周雾寻说：“大概因为你每次出门都是要见我？”

好像是这么个道理。

白伊根本没想到，她和男朋友的卿卿我我，已经被母亲看到了。

05.

这天过后，周雾寻变得忙碌起来，找她聊天的次数也变少了。

但只要他晚上没有加班到很晚，知道她还没睡，他都会过来她家这边一趟。

跟她见个面，抱抱她，再亲亲她。

好像这样就能一扫全天的疲惫。

白伊生日前的那个周五，她在家里做了些点心。

她拍照给周雾寻看，周雾寻回她：“你总馋我，又不给我吃。”

白伊就笑，打字发送：“等你来找我的时候我拿给你吃呀。”

因为这几天他每晚都加班到深夜，所以没有过来找她。

白伊都两三天没见到他了。

这句话发完后，白伊杵在原地沉思了片刻。

好像……一直都是他主动找她。

不管他再忙再累，都是他在主动。

而她每天这么悠闲，做各种事消磨度日，却从未去找过他。

哪怕一次。

白伊忽然很想开车去他的律所找他。

其实更因为，她真的很想他，想见见他。

她给周雾寻发了条微信，说：“你忙吧，我得去做午饭了。”

周雾寻回了个“好”。

聊天结束后，白伊就开始着手准备要拿给他的便当。

她一直都记得他说想吃她做的菜。

一个多小时过去，白伊从厨房出来。

她回到卧室简单快速地冲了下澡，然后就打开衣橱，选了好一会儿，才挑出一条黑色的吊带裙来穿好。

等她把头发用卷发器弄出波浪卷，再细致地化好妆，时间已经快要十二点。

白伊立刻挎上黑色的流苏包下楼，拎上东西就出了门。

她按照导航来到他的律师事务所楼下，把车在停车位停好。

下车前，白伊脱掉脚上踩的平底板鞋，从旁边的鞋袋中拿出备好的黑色高跟鞋换上。

随后，白伊推开车门，拎上保温桶和牛皮纸袋进了大楼。

一层电梯口有介绍，上面写着愿一律师事务所在十一楼。

白伊进了电梯，摁下“11”。

须臾，电梯门在十一楼缓缓打开。

白伊踏出电梯，往前台走去。

“你好，”她礼貌地对前台女孩说，“我想找一下周雾寻。”

前台姑娘并不认识白伊，公事公办地问：“您有预约吗？”

白伊眨了眨眼，如实回答：“没有。”

“抱歉女士，”前台姑娘略带歉意道，“要见周律师得提前预约。”

白伊理解地回：“好，谢谢。”

就在她拿出手机想要给周雾寻打电话的时候，正经过的沈年忽而顿住脚步，视线探究地望了过来。

他盯着白伊看了几秒，然后走到了她旁边。

已经拨通了周雾寻电话的白伊正等他接听，身侧的男人就突然开口问：“白伊？”

白伊茫然地扭头，目光陌生地看着沈年。

沈年笑问：“你是白伊吧？周雾寻的女朋友？”

白伊讷讷地点了下头。

她还没来得及问他是哪位，沈年就自来熟地自我介绍说：“我叫沈年，是他师兄，也是律所的另一位合伙人。”

白伊浅笑道：“你好。”

沈年随和地温声说：“我带你去找他。”

白伊语气感激：“谢谢。”

前台姑娘在听到白伊是周雾寻的女朋友的那一瞬间就慌乱起来。

她欲哭无泪地看着跟着沈年进到律所的白伊，内心格外忐忑不安。

沈年带白伊走进来时，周雾寻正在皱眉训人。

他的语气冷沉，话一句比一句严厉，眼看就要把人给训哭。

白伊不是没见过他凶的模样。

上学那会儿，他打起架来都不要命的。

但，这还是她第一次见他凶女孩子。

不得不承认，他生起气来是真的会令人心生惧意。

不然也不会让所有人大气都不敢出。

周雾寻本来就因为手上的案子头疼，结果才转正不久的李悦在工作上又出现了重大失误，他一时没忍住，就把人给训了一顿。

然而，周雾寻万万没想到，他一转身，就看到白伊站在不远处。

她穿着一条性感的吊带黑裙，波浪卷长发柔顺地披散着，光滑白皙的脸上化着精致的妆容。

跟平日里的清纯可人比起来，今天更显性感。

周雾寻浑身的低气压登时消散。

他嘴角扬起笑，快步朝白伊走来，然后一把将她揽进怀里，满心欢喜地低声问："你怎么过来了？"

被这么多人看着，白伊有点不好意思。

她快速眨了眨眼，轻微地往他怀里缩了缩，轻笑着小声回答："想你啦，过来看看你。"

白伊莞尔说："我给你带了午饭，还给大家拿了点我自己做的点心。"

周雾寻眉眼间染了笑意，整个人的气场都柔和下来。

他从白伊手中接过东西，把装有独立包装小点心的牛皮纸袋递给沈年，语调愉悦道："师兄，你跟大家分着吃。"

然后，周雾寻就一手拎着保温桶，一手拉过白伊，牵着她的手径直回了他的办公室。

关上门，周雾寻立刻迫不及待地低头吻住了白伊。

哪怕已经被他亲过很多次，白伊还是会不由得心尖发颤。

她的长睫毛扑闪了几下，旋即闭上眸子，抬手勾住他的脖颈，仰脸迎合着他的亲吻。

绵长的一吻结束时，白伊的双腿都有些发软。

她努力稳了稳呼吸，然后才开口说话，问他："你吃午饭了吗？"

本来就轻软的声音此时又娇又媚，勾得人心痒难耐。

周雾寻克制着情动，嗓音低哑地回："还没。"

是真的还没吃。

每次忙起来三餐就没办法保证很准时。

白伊笑着说：“我给你做了麻婆豆腐和小酥肉，还有一份骨头汤。”

周雾寻拉着白伊在沙发处坐下来。

他打开保温桶，最上面一层的鸳鸯格分别盛着她说的两道菜，中间的格子是份白米饭，最下面是骨头汤。

白伊把筷子递给他，说：“我刚刚因为没预约进不来，正在给你打电话，沈律师就走过去问我是不是白伊。”

她的语气有点惊讶：“沈律师居然认识我，是不是你给他看过我的照片啊？”

周雾寻否认：“没有。”

随后，他转念一想，略有所思道：“可能是因为，我跟他提过你眉心有颗美人痣。”

说完，周雾寻就扭头看向白伊，手指还在她的眉心处轻轻抚了抚。

白伊望着他，眼睫扑闪，眸子里盛满了笑意。

“你快吃饭吧。”她拉下他的手，提醒。

“嗯。”周雾寻低笑着应，旋即就夹了块麻婆豆腐吃进嘴里。

白伊有点紧张地问：“合你胃口吗？”

她知道他爱川菜，喜欢吃辣，但不知道她做的味道是不是他想要的那种味道。

周雾寻满足地弯了弯双眸，嘴角噙笑道：“非常合，很好吃。”

得到他的肯定，白伊悄悄松了口气。

“哦，对了，”她突然想起来什么，嘱咐他，“你别因为前台那女孩子拦我就去训人家啊。”

白伊想到他刚刚发脾气的样子，感觉还蛮吓人的。

周雾寻哼笑，无奈说：“我又不是不分青红皂白就乱生气的老板。”

白伊陪着他坐了一会儿，就起身参观起他的办公室来，然后意外地看到他的办公桌上放着一个她很眼熟的物件。

是当年她送他的那副耳机。

都坏掉了，他居然还留着。

白伊抿了下嘴巴，手指在耳机上轻轻抚了抚。

他俩在办公室单独相处时，外面的大家看起来都在认真工作，其实全都在没有老板的小群里冒泡。

赵鹏程：“周律本来还在发脾气，一见到女朋友瞬间如沐春风。”

孟雯雯：“真就是肉眼可见地变得无比温柔，我慕了。”

李悦：“唉，好希望老板娘多来律所，这样我可能会少挨几次骂。”

前台孔羽：“我好怕周律一会儿找我算账，我刚刚因为老板娘没预约没让她进律所，我要知道她是周律的女朋友，绝对不会把她拦下来啊啊啊！”

孟雯雯：“摸头，周律很明事理的，肯定不会因为这个跟你算账，这只能说明你认真负责，小羽别怕。”

孟雯雯：“说起来，老板娘真的好漂亮哦！不管是身材长相还是气质都好绝！”

李悦：“+1。”

前台孔羽：“+2。”

赵鹏程：“而且还会贴心地给大家带点心，有一说一，还蛮好吃的。”

赵鹏程：“反正会让我觉得不愧是周律的女人，跟周律简直不能再般配。”

陈曦只安静地看着他们在群里聊天，并没插嘴。

如果说在没见到白伊之前，她多少还有点不甘心不服气，那现在，她打心底甘愿认输。

周律看人的眼光果然高。

也只有他女朋友才能配得上这么优秀的他。

周雾寻把白伊带来的午饭吃得干干净净。

白伊怕打扰他工作，收拾好保温桶后，浅笑道：“那我就先回啦……”

她说着，正要起身，人就被周雾寻给拉回了沙发里。

“再待会儿。”他抱着她呢喃。

白伊嘴角轻扬，抬手回抱住他。

须臾，周雾寻想闭眼休息片刻，白伊就贴靠着沙发的一端坐着，他毫不见外地枕着她的腿，躺在了沙发里。

因为周雾寻太高，长腿无处安放，只能将小腿肚搭在另一端的沙发扶手上，双脚探出了沙发外。

白伊一只手轻捧着他棱角分明的脸，另一只手缓慢地在他头上摸了摸。

她垂眼凝视着闭着眼休憩的他，唇边无意识地漾开笑意。

周雾寻是真的累。

但在她身边，他很轻易地就能放松下来，特别快地陷入了沉睡。

二十分钟后，白伊看到自己的手机屏幕亮了亮，就悄悄摸过来，点开了微信查看未读消息。

是彭星月发给她的。

彭星月："一一，我今天来婚纱店试婚纱，发现你上次试的那件婚纱已经被人买走了。"

彭星月："本来我还想再看看那件婚纱的，唉，居然这么快就卖出去了。"

白伊心里登时像失去了什么似的，空落落的。

其实她特别喜欢那件婚纱。

不仅仅因为各方面设计都符合她的审美，还因为，那件婚纱的名字——唯一追寻。

她这些天偶尔也会生出些许冲动来，想自己去婚纱店，把那件婚纱定下来，哪怕先支付个定金都可以。

可是，最终她都没有行动。

现在婚纱被卖出去了，以后还不知道能不能再遇到一件自己这么喜欢的婚纱。

白伊闷闷地叹了口气。

将醒未醒的周雾寻听到她轻微的叹气声，很快就睁开了眼。

他望着她，嗓音还带着刚刚睡醒的慵懒，低哑地问："怎么了？"

白伊若无其事地摇头笑道："没事啊。"

"白伊，"他拉过她的手，"我梦到你了。"

"嗯？"白伊眉眼弯弯地笑问，"梦到我什么？"

周雾寻没有立刻回她。

他执着她纤细葱白的手指，虔诚地亲吻着她的手背。

而后，周雾寻用手肘撑在沙发里，微微后仰着上半身，半坐起来。

他偏头，嘴角噙笑地低声诱哄："你亲我一下，我就告诉你。"

白伊并不故作矜持。

她凑近他，飞快地在他唇边落下一吻。

结果却没能及时退开，因为被周雾寻抬起一只手摁住了后脑。

他急切地加深着这个吻，不容分说地拉着她沉沦。

白伊胸腔里的心脏扑通扑通地跳着。

她颤了颤眼睫，放在裙子上的手有点紧张地揪紧了裙身，但很顺从地迎合着他。

片刻，他终于肯食髓知味地放过缺氧的她。

周雾寻伸手把她揽进怀里。

他手掌上的温热隔着她薄薄的裙子布料，不断蔓延侵袭进她的皮肤。

白伊微仰着头，下巴轻轻搁在他的肩膀上。

她略微急促地呼吸着，胸脯起伏得厉害。

而周雾寻，勾引撩拨似的用薄唇来回蹭她泛红的耳朵，好像在一下一下地亲吻她的耳郭。

旋即，白伊听到他贴在她耳边低低呢喃：“我梦到我们结婚了。”

轰然一声，白伊脑子里仿佛有烟花猝不及防地炸开。

她蒙蒙地眨了眨眼，什么都没说，只抬起手来，抱紧了他。

第十章 郑重求婚

01.

白伊的生日在周三。

零点一到，白伊就收到了周雾寻发来的转账。

然后，聊天界面又弹出一条新消息：“生日快乐，白伊。”

她盯着他转过来的“5200”生日红包看了须臾，最终还是点了收款。

白伊回了他一个“mua”的猫咪表情包。

正在外地出差的周雾寻对她说：“我下午回沈城。到时候过去接你，陪你过生日。”

白伊嘴角盈着笑答应：“好啊。”

周雾寻：“快睡吧，别熬夜。”

她说：“你也早点休息。”

周雾寻：“好，晚安。”

白伊回了他一个晚安的表情包，然后就撂下了手机，盖好被子闭上眼睡了。

早上醒来，白伊刚走出房间，伊君婉就拉住她，问：“一一，今天中午你要不要让周雾寻来家里一起吃饭？

“我跟你爸爸只能中午陪你过生日，他下午就要动身去外省参加学术交流会，我晚上得去医院值班。”

白伊无奈笑道：“他现在在外地出差呢，要下午才能回来。”

伊君婉叹了口气，柔声说：“那再约时间吧。”

中午白伊和父母吃了顿丰盛的生日餐，还收到了父母发给她的生日转账。

周雾寻说他两点半下飞机。

从机场到市里最少也要一个多小时。

白伊便在收到了他发来的安全落地的消息后开始换衣服化妆。

她打开衣橱，拿出前几天在商场买的新裙子穿好，随后将头发梳了个洋气减龄的半马尾。

她化好妆后，才发现窗外本来晴朗的天变得阴沉起来。

白伊捞起手机，给周雾寻发消息说："好像要下雨欸，你开车开慢点啊。"

周雾寻没有回她，不用想也知道是在开车，不能看手机。

半个小时后，雨已经开始下了起来。

白伊站在窗前，望着玻璃上的雨帘，一边发呆一边等他来。

忽而，她听到一阵汽车驶近的声音。

白伊瞬间回过神，往楼下望了望。

黑色的吉普车缓缓停在了她家门口。

旋即，车门被打开，周雾寻撑开一把黑伞，下了车。

白伊立刻转身，拎起包就往楼下跑去。

她跑到玄关，先打开了门。

白伊歪身探头出去，仰脸望向正给她拨电话的周雾寻，浅笑轻言："别打啦，我来啦。"

周雾寻眉眼染笑，把还没接通的电话掐断。

他走到门口，亲眼看着白伊拿出一双高跟鞋来。

结果，她犹豫了几秒又把高跟鞋放回了鞋柜，最后选了双和裙子同色的白板鞋穿上。

白伊刚踏出家门，周雾寻就抬起左手揽住了他的肩膀。

他打伞的右手举到她这边，把她小心翼翼地护在怀里，生怕她淋到。

上车后，白伊正在系安全带，周雾寻就倾身过来，捧起她的脸吻住了她的唇。

白伊一愣，抓着安全带锁扣的手不由得摁了下，一道轻微的"咔嗒"声响起，她的心也跟着颤了颤。

几天没见她，周雾寻想她想得厉害。

他是强忍着，才没让自己在她家门口就把人压在墙边亲。

略微激烈的深吻结束时，白伊的脸色潮红。

周雾寻却像没事人似的，淡定地发动车子，带她去家里。

出了碧清湾，白伊发现周雾寻开车行驶的路不是去清苑的方向，有点疑惑地问："你现在不住清苑了？"

"嗯，"周雾寻嘴角噙笑说，"在其他地方住。"

“哪儿啊？”白伊有些好奇。

他不肯告诉她，故意卖关子：“一会儿到了你就知道了。”

几十分钟后，黑色的吉普顺畅地进了秋亭苑。

白伊心里直觉不对劲。

她隐隐地明白了什么，但是又不敢相信。

直到，周雾寻把车开进了 11 区 9 号这栋别墅的私人车库。

白伊倏然震惊地睁大眼。

她不可置信地问：“那次你说你朋友要买房……其实是你自己？”

周雾寻的眉梢轻抬，不置可否。

白伊脑子里混混沌沌的。

她蒙蒙地跟着他下了车，被他拉着手进了客厅。

周雾寻让她去沙发坐，他折身回到车库，打开后备厢开始往外拿东西。

须臾，周雾寻拎着从车里拿的购物袋过来，放到她面前，轻声笑说：“给你买的零食。”

白伊还在恍惚中回不过神，她仰脸讷讷地看着他，周雾寻宠溺地笑着揉了揉她脑袋。

“我得先去洗个澡。”他俯身凑过来亲了亲她嘴角，低声温柔道，“你别拘束，看电视吃零食或者参观家里每个房间，都可以。”

白伊乖乖地点了点头。

但是她最终什么都没做，全程都在茫然发呆，心慌意乱。

白伊也说不清为什么，可心脏一直跳得很快很快。

直到周雾寻洗完澡换了衣服下楼，她还坐在沙发里愣怔着。

周雾寻抱着要给她的礼物朝她走来，语气自然地随口说：“雨停了。”

白伊这才被他的声音拉扯回神，瞬间扭头看向窗外。

雨后的天色变得晴朗，金灿灿的光芒裹着橙红。

周雾寻已经坐到了她身侧。

他嗓音温醇地问：“要出去玩滑板吗？”

“可是滑板坏……”白伊的话还没说完，声音就戛然而止。

回过头的她垂眼怔忡地盯着放在周雾寻腿上的礼物盒。

礼物盒是巨大的长方形，盒盖已经被他打开，里面躺着一个滑板。

“我送你新的。”周雾寻深邃的桃花眼中盈着笑，说出来的话都那么让她心动。

白伊伸手拿起这款新滑板，有些爱不释手地轻轻抚摸着板子。

滑板的正面是黑色的板面，上面写着白色的英文涂鸦——BY YiYi，背面是白色，也有黑色的英文涂鸦，写的是“ZWX”。

这个滑板是周雾寻特意给白伊定做的，也是他一点一点组装的。

白伊眼眶泛热地扬起笑，对他开心道：“你陪我。”

她像在撒娇：“你陪我玩。”

周雾寻拉着她的手起身，笑说：“肯定要陪你啊。”

因为白伊穿的裙子，也只能单纯地踩着滑板往前滑，而且刚下过雨，这边距离津海滑板场并不算太近，两人就在别墅区玩了会儿。

周雾寻顺便还能带她熟悉熟悉这里。

这次玩滑板和十七岁她生日那晚玩滑板的不同之处在于，这次白伊全程都只踩在滑板上，由周雾寻牵着她的手，拉着她慢慢地往前滑。

约莫玩了半个小时，白伊就想回去了。

同她十指紧扣的周雾寻便牵着女朋友的手往家里走去。

忽而，白伊的手往后扯了扯，轻声唤他：“周雾寻。”

周雾寻停下来，回头看她，问：“怎么了？”

白伊站在滑板上，正对着立在她面前的他。

她抓紧了些跟他交握的手，借力踮脚。

这次轻而易举地就亲到了他的薄唇。

白伊蜻蜓点水般地吻了吻他，而后眉眼弯弯道：“有彩虹。”

周雾寻扭头，这才发现，天际中挂着一道弯弯的彩虹。

傍晚的天色晕染开，彩虹的弧度里仿佛盛着一幅水墨画。

也因此，这道彩虹很像一座绚丽多彩的彩虹山。

他低笑着回吻了她一下，然后拉着她，继续迎着前方的彩虹往家里走去。

愿余生也能——

你和我牵手，向着彩虹走。

晚饭是周雾寻亲自下厨做的。

他知道白伊吃不得辣，所以做的都是甜口和咸口的菜肴。

中途，周雾寻让白伊帮他看着正在熬的汤，说他要出去买瓶醋。

结果回来的时候，男人拎着生日蛋糕、抱着玫瑰花进了家。

周雾寻把 99 朵白玫瑰扎成的花束送给白伊。

他在她的眉心处轻轻吻了下她的美人痣，温柔低喃："生日快乐，白伊。"

白伊嘴角漾着笑，很认真地说："没有哪一年的生日让我比今年更开心。"

这个生日，有花，有蛋糕，有烛光晚餐，最重要的是，还有他。

——已经是她男朋友的他。

许愿的时候，白伊闭上眼，语气虔诚地莞尔轻喃："希望我们每个人都能像现在这样，事业顺利，生活幸福，永远平安快乐。"

这次她只许了这一个愿望。

周雾寻记得她十七岁那年说出来两个愿望。

但生日许愿，一般要么许一个，要么许三个，他还真没见过谁许愿许两个。

所以，她当时应该是许了三个愿望的。

只不过第三个愿望她没有说出来。

在白伊吹灭蜡烛后，周雾寻一边给她切蛋糕一边问她："十年前你许的第三个生日愿望，实现了吗？"

他之所以这么问，是因为她的前两个愿望都已经实现了。

白伊稍愣，旋即望着他笑得明朗而灿然，回道："实现啦。"

周雾寻好奇地问："所以当年的第三个生日愿望是什么？"

白伊眨了下眼睛，神情认真地轻声问："你真的要听吗？"

周雾寻轻抬眼皮，和她对视着。

他放下刀叉，神情认真地说："要。"

白伊也不再藏着掖着，坦荡地告诉他："十七岁的白伊许的第三个愿望是——希望，周雾寻健康，平安，快乐，幸福。"

周雾寻其实在问她的时候，就已经隐隐感知到会和他有关，但听到她亲口讲出来，心里还是特别触动。

他绕过餐桌，来到她身边，把她拥进了怀里。

周雾寻低头吻着她的秀发，话语倾尽温柔，格外缱绻："如你所愿，白伊。"

白伊眼中含泪地笑着说："不止现在，以后也要一直健康，平安，快乐，幸福。"

"好。"他低低地应，然后补充，"你也要和我一样。"

"嗯。"白伊莞尔点头。

吃过晚饭和生日蛋糕，周雾寻打开了投影仪，给白伊放她最爱的电影，《泰坦尼克号》。

周雾寻坐在沙发上，白伊被他抱在怀里，坐在他的腿上。

今天的一切好像让她重新回到了十年前。

他仿佛在拉着她，给十七岁的白伊和十七岁的周雾寻一个圆满的回应。

也因为这部电影，白伊又想起当初星月问他们的那个问题来。

她当时说，面包她可以自己挣，她要爱情。

因为白伊深知，面包靠努力就可以挣到，而爱情，永远可遇不可求。

但他的回答是，绝不会在穷困潦倒一无所有的时候，跟喜欢的女孩在一起。

后来他真的过得很艰难。

白伊这段时间有时候会忍不住想，如果他那些年没有经济上的难题，他会不会早些告诉她，他也很喜欢她。

可，没有如果。

他就是过得很苦。

她光从星月嘴里听着他的遭遇，就已经心疼得要命。

重逢以来，他们从没有过问对方这些年过得好不好。

可她知道他过得不好。

白伊的目光从电影荧幕上挪开。

她转头看向他。

客厅的灯都关掉了，只有投影仪投射的微弱光芒，但足以让她看清他的模样。

她的鹿眸中盈着水光，眼睛看起来越发清澈透亮。

周雾寻垂眼看过来，跟她对望着。

两个人沉默安静地凝视着彼此。

须臾，白伊的手轻抚上他棱角分明的侧脸。

她的手指沿着他的轮廓游走描摹，最终停留在了有一颗很小很淡的痣的鼻尖。

白伊用指腹在他的鼻尖上轻蹭了几下，而后倾身缓慢地凑近他，浅浅地吻上他高挺的鼻尖。

旋即，她的唇下移，贴到了他的薄唇上。

白伊生涩地主动吻着他，同他厮磨。

明明很笨拙，却让周雾寻无比心悸。

好像受到了无力抗拒的勾引，他收紧手臂，很快就转守为攻。

等他被最后一丝理智拉扯回神时，怀里的她面色绯红，目光迷离，本来平整的裙子都已经有些褶皱。

周雾寻克制地亲了亲她嘴角，没有再做什么。

过了会儿，他哑声问："白伊，你想过什么时候结婚吗？"

白伊还没从刚才的深吻中抽离出来，整个人的神志还不太清醒。

听到他的问话，她本能地摇头，如实回答："没想过。"

"那你……现在想想？"周雾寻抬手替她拨了拨微微凌乱的发丝，认真地低声说，"我想了解，你能接受多快的感情发展。"

白伊沉吟了片刻。

几秒后，渐渐找回神思的她开口轻喃道："其实，虽然跟你谈恋爱的时间连一个月都没有，可我总感觉，我好像已经和你交往了很久很久。"

周雾寻的心脏像被她轻轻牵扯了下。

他从没跟任何人透露过，他也有这种感觉。

"傻瓜，"周雾寻的语气纵容又宠溺，对她说，"那是因为，我们爱了彼此很久很久啊。"

"所以，"白伊虽然有些窘涩，但还是很勇敢地小声坦言，"对方是你的话，我什么时候都可以。"

听到她的回答，周雾寻的心霎时沉稳安定下来。

他扬起唇，狠狠地亲了她一口。

而后，男人从胸腔里震出愉悦的低笑，声线听起来格外性感："我明白该怎么做了。"

02.

彭星月和何颂的婚礼在七夕当天。

因为是伴郎伴娘，周雾寻和白伊也要起很早。

周雾寻陪着何颂这个新郎来彭家接新娘。

而白伊昨晚就来了彭星月家里，跟彭星月一起睡的，但其实她们几乎一夜未眠。

从黎明忙到中午，婚礼仪式才正式开始。

白伊和周雾寻站在台下，手相互牵着。

看着何颂和彭星月在所有亲朋好友的见证下，回答说"我愿意"，交换结婚信物并拥吻，周雾寻不禁握紧了白伊的手。

婚礼仪式即将结束时，有个新娘送捧花的环节。

彭星月在司仪问她想把捧花送给谁时，笑看着白伊，回答："送给我闺密，也是我的伴娘，白伊。希望她能尽快成为我嫂子。”

本来望着彭星月浅笑的白伊登时有点羞赧，脸瞬间染红。

因为彭星月和何颂上学时都是同班走过来的，所以他俩特意安排了一桌宴请带过他们的老师。

其中就有高中班主任杨其进。

白伊和周雾寻也都是杨其进的学生。在要落座吃饭时，他们特意端着酒杯去找了杨其进。

“老师。”白伊和周雾寻喊杨其进。

杨其进扭头，看到是他俩，本来温和亲切的面容上笑意更甚。

他站起来，根本没有思考，就唤出了他俩的名字：“白伊，周雾寻。”

“好久不见了，老师。”白伊浅笑说。

“可不是，”杨其进算了算时间，笑道，“你们都毕业九年了。”

杨其进关切地询问：“怎么样啊现在，都在做什么工作？”

周雾寻嘴角噙笑回答：“我跟师兄合开了一家律师事务所，白伊今年博士毕业，被沈大聘请去化学系当老师给学生们讲课。”

杨其进特别欣慰地连连点头：“教你们的时候我就知道，你俩将来肯定会很有出息。

“刚刚听星月的意思，是你们在交往？”

周雾寻笑，应道：“嗯，在谈。”

杨其进像家里的长辈似的问：“星月和何颂都结婚了，你们呢？打算什么时候？”

白伊装哑巴不说话，脸红得透透的，只有那双清亮的鹿眸里浮着笑意。

周雾寻从容自若地回：“也不远了，到时候一定请老师参加我们的婚礼。”

听到他的话，白伊的心脏蓦地一滞。

我们的……婚礼。

她轻轻咬了下唇，浑身都变得滚烫，但嘴角却无意识地上翘起来。

和杨其进聊了好一会儿，周雾寻才和白伊一起敬了老师一杯酒离开，没再多打扰老师吃饭。

下午两点多，白伊和周雾寻终于得以回去休息。

周雾寻叫了个代驾。

因为从昨晚就没怎么睡，这会儿神经放松下来，白伊在车上就靠着周雾寻睡了过去。

本来是要送她回家的。

但周雾寻看她睡得这么安稳，不忍心扰醒她，就跟代驾说直接去秋亭苑。

到家后，周雾寻小心翼翼地抱着白伊从车里出来。

进了客厅，他的脚步没停顿，一路抱着她上了楼。

周雾寻把白伊放到柔软舒适的大床上，给她盖好被子，调好空调的温度，然后就这么坐在床边，看着她睡，守着她。

白伊其实知道。

她知道他把她从车旦抱了下来，抱着她进了房间，把她放到了床上。

她只是困倦得睁不开眼，但确实是有意识的。

须臾，她努力地睁了下眼睛，很快又闭上了眸子。

白伊隐约看到他就在床边坐着，闭眸懒懒地轻声咕哝：“你不累吗？”

周雾寻没听清，弯身凑近她，疑问：“嗯？”

白伊慢吞吞地问：“你不睡会儿？”

周雾寻像是受到了邀请，直接上床。

他将胳膊伸到她颈下，让她枕着自己的手臂，随即从她背后把她给完完全全地圈进了怀里搂紧。

白伊感受到了他的触碰，也闻到了他的气息。

在他将她抱紧的那一刻，她的身体微僵了一瞬，但也只是一瞬。

白伊并没有反抗他的拥抱，也不介意他跟她同床共枕。

她困得厉害，很快就要再次睡过去，却清晰地听到他在她耳边问：“要不要去旅游？”

白伊像在做梦似的跟他对话：“去哪儿啊？”

“你想去哪儿？”周雾寻说，“你想去哪儿我们就去哪儿。”

本来下一秒就能睡熟的白伊被周雾寻搞得瞌睡虫都跑了不少，她缓缓睁开眼，神思越来越清明。

片刻后，白伊不假思索道：“南城。”

周雾寻应允：“好。”

“前段时间太忙了，都没好好陪你，”他轻轻吻了吻她的耳垂，低喃，“接下来几天好好陪你。”

一开始是忙工作，好不容易忙完工作，赶上了星月婚礼临近，又是各种忙碌。

这也导致他陪她的时间少了很多。

而她在这么悠长的假期里，也没有出去旅游过。

于是，周雾寻就生出了带她去旅游的念头。

白伊被他蹭得有点痒，忍不住轻笑出声，嗔他："别闹我，好困的。"

周雾寻很听话地不再乱动，只温柔地宠溺道："睡吧。"

等她睡着，他摸过手机，在订票软件上买了去南城的机票，然后又预订了酒店。

回程的时间等她醒了再跟她商量商量。

买完票后，周雾寻重新抱紧她。

他听着她匀浅的呼吸声，没多久也睡熟了。

白伊醒过来的时候，窗外的夕阳辉煌，橘色的光芒洒了满室。

身旁的他哪怕睡着，都还在抱着她。

她近距离地望着他，目光随着落在他脸上的光晕一点点勾勒着他的轮廓。

白伊想起睡前他说要带她去旅游，嘴角轻翘。

她慢慢地挪开他搭在她腰上的手，小心翼翼地下了床。

白伊在楼下客厅找到了她的包。

她从里面拿出一个东西来，折身回了他的卧室。

白伊本想把礼物放在他手机旁，谁知她就下楼了一趟，再回来发现他已经醒了。

周雾寻侧身躺在床上，浑身散发着懒洋洋的劲儿，嗓音低哑地问："什么时候醒的？"

白伊攥着手里的礼物，浅笑回："就刚刚。"

她来到他身边，喊他："周雾寻。"

"嗯？"周雾寻掀起眼皮，望向她。

白伊摊开手，轻言道："送你。"

周雾寻看着躺在她掌心的 AirPods Pro，唇边漾开笑。

他拿过来，然后才发现，白色的耳机舱上刻着一句话——

I really like you.

他凭借直觉翻到另一面，果然发现了另一句话：

I like you, too.

"七夕快乐，"白伊语调含笑，"我也送你新的。"

周雾寻一把将人拉进他怀里，不容分说地堵住了她的唇。

本来站在床边的白伊霎时跌入他的怀抱，被他死死箍紧身体，根本动弹不得。

随即，他利落地带着她翻身，让两个人调换了位置。

白伊瞬间躺到了床上。

她望着他，男人深色的眸子里情绪涌动。

他什么都没说，只俯身过来，重新吻住她。

白伊被他亲得意识几近涣散。

但最终他也没做什么，只是吻得欲了些，亲得狠了点，然后抱着她，缓了很久。

“我订了明天飞南城的票。”周雾寻的嗓音依然没褪去情念，格外低沉勾人，“我们哪天回？”

白伊也不知道。

两人最终决定先不买回程的票，也许到时候还会从南城飞去别的城市玩玩。

“明天就动身的话，得去超市买东西了。”白伊说。

“嗯，”周雾寻低声道，“一会儿我们去小区的超市看看要买什么，顺便买晚上做饭的食材，今晚在这边吃吧，我给你做。”

她浅笑着应：“好。”

不多时，周雾寻和白伊牵着手走出家门。

两个人各戴一只耳机，听着歌慢慢悠悠地往小区的超市走去。

耳机里正放着五月天的一首歌。

歌里唱：“你问我全世界是哪里最美，答案是你身边，只要是你身边。”

白伊听到这句时，唇边不自觉地漾开了笑。

却不料，她突然被周雾寻抱住，往后退了两步。

白伊想仰脸看他，但被他用手摁住了脑袋。

须臾，白伊听到有人从他们旁边经过。

好像……还有只狗。

在遛狗的住户走过去后，周雾寻才放开白伊，重新牵住了她的手。

明明对狗有阴影，但白伊还是控制不住地往后扭头，求证似的看了眼。

一个中年人牵着萨摩耶正背对着越走越远。

她收回目光，仰头望向身侧的男人。

他一直都记得，她害怕狗，所以刚刚才反应极快地把她护了起来。

白伊抿嘴笑了笑。

到了超市后，两人买了旅游要带的各种东西，并且已经商量好，这些东西都由周雾寻装进行李箱带着就行，省得白伊再拎家里去，还得再重新收拾一遍。

晚上在周雾寻家里吃过饭，白伊又和他消磨了两个小时，然后才被他开车送回家。

到家门口后，白伊刚从车上下来，周雾寻就打开了后备厢，从里面抱出一个礼物盒子，递给了她。

白伊打开盒盖，里面放着五月天所有的专辑。

从第一张，到最新的一张。

“七夕快乐，白伊。”他低头在她眉心间轻轻吻了下，嗓音低沉而温柔，“今晚你收拾些衣服，明天我过来接你。”

白伊仰脸望着他笑，点头应允：“嗯。”

第二天午后。

白伊和周雾寻在南城机场落地。

两人先去了酒店办理入住。

在酒店的餐厅吃过午饭后，白伊打算下午先在酒店养精蓄锐，晚上再出去逛。

因为她很早就听人说，南城的夜景很美，夜市上也有很多好吃的。

周雾寻之前就答应了冯雅舒今年夏天会回来。

但前段时间实在忙，而且他本心不太愿意去沈家，所以一直拖到了现在。

既然来了，正好把见母亲的约定落实。

周雾寻给冯雅舒打了通电话，约她见面。

冯雅舒让他回家吃饭，周雾寻拒绝了。

冯雅舒没想到他拒绝得那么干脆，一时有些难过。

周雾寻沉默了下，最终说：“在外面吃吧，我订个饭店，一会儿发你。”

“好，好。”冯雅舒连忙答应。

挂了电话后回到房间，白伊正在吃着零食看电影。

见他打完了电话，白伊立刻冲他招手，唤：“周雾寻，快过来。”

他走过来，一把被她抱住。

白伊藏在他怀里说：“他们说这部电影后面很恐怖，我有点怕，你陪我看。”

周雾寻失笑，纵容道：“好。”

说完，他直接把人抱起来放到他腿上，将她圈在了怀里。

过了会儿，周雾寻突然开口喊白伊：“白伊。”

正认真看电影的白伊扭头看向他，轻声疑问：“嗯？”

“今晚我得跟我妈吃顿饭，”他有点忐忑地询问，“你想跟我一起去吗？”

白伊眨了眨眼，而后绽开笑，说：“好啊。”

周雾寻悬起来的心脏瞬间落地。

他刚刚甚至想对她说，不想去也没事，他会尽快回酒店找她的。

“啊！”白伊忽然想起来什么，睁大眼说，“那我们得赶紧去给你妈妈买东西啊！”

周雾寻还没反应过来，她就从他腿上下去，拉着他站起来，语气着急地不断问：“现在几点啦？我们要买什么啊？你妈妈喜欢什么？”

周雾寻看着她这副模样，心脏失控地抽动了下。

他把要走开的她拉回怀里，紧紧拥住，很宝贝地偏头亲吻她的秀发，却说不出一句话。

当晚，白伊特意打扮了番。

没有浓妆艳抹，也没有穿得很性感。

她规规矩矩地穿着白裙，长发披散，化了淡妆，拿上下午买的礼物，跟他一起去见他的母亲。

周雾寻牵着白伊的手到饭店包间时，冯雅舒已经带着小儿子在里面等着了。

冯雅舒以为只有周雾寻自己过来，所以在看到白伊时，表情微愣了下。

白伊也不知道除了他母亲，还有个小孩子，登时也是一怔。

甚至就连周雾寻都不知道，那个孩子会跟着母亲一起来赴约。

冯雅舒忐忑地对周雾寻解释道：“阿寻，小觅特别想见你，听说我会跟你见面，非得要我带他来见哥哥……”

哥哥？

白伊心里明白了。

这个小孩子，大概是周雾寻同母异父的弟弟。

周雾寻垂下眼，淡淡地“嗯”了声。

“这是你……”冯雅舒刚问出口，周雾寻就搂住白伊的肩膀，介绍说：“我女朋友，白伊。”

白伊不动声色地礼貌喊人：“阿姨好。”

然后，她从周雾寻手中拿过给冯雅舒买的礼物，说：“这是给您买的护肤品还有按摩仪，我听雾寻说您颈椎和手腕都不太好，所以就买了两个按摩仪，您有时间就用用，可以缓解疼痛和疲劳。”

雾寻。

这是她第一次这样喊他。

大概是怕叫他周雾寻会让他母亲觉得情侣间喊得太过生疏。

周雾寻偏头凝视着白伊，眼底泛起涟漪。

冯雅舒温柔地笑着，拘谨道：“你好，谢谢了孩子，以后过来不用买东西的。”

白伊笑笑，没说话。

冯雅舒碰了碰一直瞅着周雾寻看的男孩，提醒：“不是要见哥哥吗？怎么见到不知道喊人了？”

十岁的男孩这才回过神，立刻望着周雾寻乖乖叫他：“哥。”而后又看向白伊，喊道，“嫂子。”

白伊神经一紧，有点不太适应被突然叫“嫂子”。

但她还算镇定，对小孩子笑了下，回了句：“你好。”

这段饭吃得让白伊不知道该怎么形容。

好在吃完饭后，周雾寻就带她离开了饭店。

两个人沿着街道往前走，周围是繁华的夜景和熙攘的人群。

不知道哪家店在放音乐，而且刚好播放的五月天的歌。

阿信安静地缓慢唱着：“世界再大不过你我凝视的微笑，在所有流逝风景与人群中，你对我最好。”

白伊心底被触动到，不由自主地握紧了周雾寻的手。

她在心里默默跟他说：“没关系的周雾寻，没关系的。以后我会对你好。”

他们来到街口，站在人行道的一端，等绿灯亮。

一直沉默的周雾寻终于开口说了话。

他对白伊坦言：“我们高二寒假的时候，我妈再婚了。高三寒假，她有了另一个儿子。”

白伊也是今晚才知道，他母亲再婚有了另一个孩子。

而他刚刚的话，让她想起了两件事。

高二寒假，他跟人打架，拉着行李箱深更半夜在大街上游走。

高三寒假，他一个人在饭店喝酒喝到醉。

原来，都和他母亲有关。

可能对他母亲来说，不过就是又结了次婚，他还是她儿子。

但对当时极度渴望亲情的周雾寻来讲，母亲再婚就意味着，他彻底，没家了。

以后过年过节，他都找不到地方回。

所以后来那么多年除夕，他不回沈城，也不来南城。

旁边人来人往，交通指示灯变红又变绿。

白伊和周雾寻依然站在这个路口。

她仰脸望着他，然后抬手，紧紧地抱住了他。

她的手轻轻在他脊背上抚着。

白伊轻喃：“周雾寻，我对你好。你别难过，我会心疼。”

周雾寻低叹：“我没事。”

他就是想告诉她。

她该知道的。

过了会儿，她对他说：“你不是说这里有个寺庙很灵，我们明天去一趟吧。”

周雾寻笑着应：“好啊。”而后就逗她，“求姻缘可灵了。”

白伊被他闹红了脸，羞窘地抿着嘴不说话，任他拉着她的手，带她往前走去。

在他生活过的城市，吹着亲吻过他脸颊的晚风，看他曾经看过无数遍的景色。

白伊心满意足。

“其实，我很感激你父母。”

“嗯？”

“让我拥有了这么好的……周雾寻。”

“傻瓜。”

第二天，天气很晴朗。

白伊和周雾寻去了寺庙。

两个人全程紧紧牵着手，一步步地迈上台阶走到了寺庙门口。

后来周雾寻找了地方让白伊坐着歇会儿，他去给她买水。

白伊看到旁边有卖红绳的摊位，忽地想起，周雾寻上学的时候，左手腕上总戴着根红绳。

周雾寻买了水回来，走到她面前，将瓶盖拧开，才把水递给她。

白伊喝了几口，还给他。

周雾寻没拧上瓶盖，自己也仰头灌了几口水。

她又偏头看向那个卖红绳的摊位。

须臾，白伊拉起他的左手。

男人的手腕上戴着块腕表。

她仰起头，问他："那根红绳呢？"

周雾寻说："丢了。"

他也不知道怎么丢的，思来想去感觉最大的可能就是："应该是断了，就掉了。"

白伊眨巴着眼，问他："我再给你买一根好不好？

"我也跟你一起戴。"

他眉眼间染上笑意，欣然同意："好。"

白伊霎时开心地站起来，拉着他去了那边挑红绳。

最后，两人的左手腕上都多了根红绳。

03.

白伊和周雾寻在南城玩了四天。

第五天回了沈城。

因为白伊的父母周五正好轮休在家，正巧这段时间周雾寻也有空，几个人商量了下，决定周五晚上一起吃个饭。

下午下了飞机，把白伊送到家门口，周雾寻就直接回了。

他得为晚上要见长辈做点准备。

傍晚。

伊君婉和白骏毅正在准备晚饭，白伊就来到厨房，提前嘱咐他们："爸妈，周雾寻他爸妈在他上学的时候就离异了，你们不要多问他家庭啊。"

伊君婉恍然大悟："怪不得那次家长会他父母没去，只有他姑姑代替。"

白骏毅的重点却是："闺女，你还没嫁出去呢，就这么护着他。"

白伊认真地轻声说：“他这些年过得太苦了，所以就总想对他好点。”

“你呢？你过得就不苦吗？”白骏毅问。

你过得也不容易啊，宝贝。

白伊没理解父亲话里的深意，笑道：“我还好啊，我有你们，有朋友，不苦的。”

伊君婉看了眼女儿。

但你没有他。

伊君婉叹了口气，只答应：“我们不会问他家庭的，放心吧。”

白伊立刻笑说：“谢谢爸妈。”

因为要见她父母，周雾寻穿了身裁剪得体的西装，头发梳得一丝不苟，打扮得很隆重。

他拎着给她父母买的礼物登门拜访，见了人后礼貌地喊道：“叔叔，阿姨。”

伊君婉热情地招手：“别站着了，快过来坐。”

白骏毅故作严肃地只回了句：“你好。”然后忍不住补充，“没有外人，不用拘束。”

周雾寻淡淡笑着“嗯”了声。

吃饭的时候，伊君婉发现周雾寻用左手拿筷子，有点意外地笑道：“雾寻也惯用左手吗？”

周雾寻眉眼轻弯，点头应：“嗯。”

“一一也天生惯用左手，”伊君婉说，“不过一一小时候被我和她爸爸给强迫改用右手拿筷子吃饭了。”

说到这里，伊君婉轻轻地叹了口气，语气染了些懊悔和愧疚：“唉，我们之前不该对一一管束太多的，用左手吃饭怎么了，不也挺好吗？”

周雾寻看了白伊一眼，藏在桌下的右手轻握住了白伊的左手。

白伊扭头，冲他浅浅笑了下。

后来，周雾寻被白骏毅问了工作。

他一边给白伊夹菜，一边回她父母的问话。

伊君婉见他照顾女儿照顾得这么自然顺手，更加放心了些。

伊君婉和白骏毅遵守了和女儿的约定，没有过问有关于周雾寻家庭的任何问题。

但，周雾寻在饭后主动向他们袒露了他的家庭。

“叔叔阿姨，我目前的情况是这样的：我在秋亭苑有套三层的别墅，有辆车，还有你们已经知道的一家律所，是和师兄合开的。

“家庭方面，我爸妈在我十几岁的时候已经离婚，现在都各自有了新家庭，我相当于是一个人。”

伊君婉和白骏毅互看了眼，都没想到周雾寻会主动告诉他们这些。

白伊在他开口说这句话的时候，就明白了他的意图。

她笑了下，不动声色地伸出手，拉住了他的。

周雾寻回握住她的手，而后语气认真诚恳地对她父母说：“我很爱白伊，也会很认真地对待我们这份来之不易的感情，我是想要和她结婚的。白伊是你们唯一的女儿，我晓得她对你们有多重要，所以我觉得我的情况，都该让你们了解。”

伊君婉缓了缓神，才开口：“其实，我跟你叔叔不是很看重对方的家庭，我们更在意你这个人，我们在乎的是，你在工作上有没有上进心，你能不能给一一安稳的生活，会不会一心一意地对一一。”

周雾寻郑重地回答说：“我能做到，请叔叔阿姨放心，我一定会竭尽全力照顾好她。”

白骏毅插话道：“好，那我们就看你以后的表现了。”

伊君婉继续说：“一一很喜欢你，我跟她爸爸之前就说过，只要她喜欢，我们都不阻拦，她跟谁谈恋爱跟谁结婚，都是她的自由，也是她的选择。那既然她选择了你，我和她爸爸就是同意你们的。”

这算是通过她父母这关了。

周雾寻暗自松了口气，笑着回：“谢谢叔叔阿姨。”

他要离开的时候，白伊送他出去。

两个人在门口待了许久。

她被他抱在怀里，仰起头来问他：“你父亲也再婚了吗？”

她并不知道这事，他也没提过。

周雾寻“嗯”了声，如实告知她：“四年前，跟一个年轻的外国女人。现在孩子都三岁了吧。”

白伊咬了咬唇，说不出话来，只能抱紧他一些，再用力搂紧一些。

过了会儿，白伊还是觉得心疼。

她埋脸在他胸前，一字一句地告诉他：“周雾寻，你是我的无价之宝。”

我永远永远，都不会丢下你。

周雾寻低笑，问：“那你是我的什么？”

白伊还没回答，他就自己回答说：“你是属于我的一场梦，真实拥有的美梦。”

你是让我彻底脱离荒凉和孤独的人间美梦。

悠长的暑假结束，意味着白伊要去学校教书上课了。

虽然上学时也兼职给学生讲过题，但到底不是站在讲台上面对满教室的学生。

白伊再怎么暗示自己要从容镇定，心里还是难免紧张忐忑。

9月1号的下午第一节课，就是她要上的有机化学这门课。

当天白伊将头发扎成高马尾，穿着黑色的过膝连衣裙，拎着帆布包去了教室。

她到教室门口的时候，教室里已经坐了不少学生。

白伊刚踏进教室，有学生甚至以为她是来旁听的学生，还在窃窃私语讨论她是哪个系的人。

结果他们就看到这位漂亮的小美女步伐从容地踏上讲台，把帆布包放到了桌上。

几个男生一愣。

这不会是……新来的教有机化学的老师吧？

过了会儿，上课铃响。

已经把多媒体课件准备好的白伊深深地沉了口气。

她看向讲台下面，所有的学生都在盯着她看，头皮又是一紧。

白伊努力保持着被注视的镇定，刚要开口讲话，突然发现教室最后一排靠边的位置，坐了个她无比熟悉的人。

白伊和周雾寻隔着满教室的学生对望着。

她忽而扬起唇浅笑起来，心头的紧张顿时也消散了不少。

白伊从容自若地对学生们介绍说：“大家好，我叫白伊，海大博士毕业，今年带你们有机化学这门课。”

教室里已经有不少学生在对着她拍照。

坐在最后一排的周雾寻亲眼看到这些男生女生对着他女朋友一通拍，也只能默默忍下这份醋意。

直到她把这堂课上完，周雾寻才起身，提前去教室外等她。

须臾，白伊从教室里走出来，周雾寻旁若无人地牵起她的手，拉着她往教学楼外走去。

“你怎么有空过来啊？”白伊高兴地笑着问。

周雾寻伸手搂住她的腰，眉眼轻弯：“你的第一堂课，想过来听听。”

“那你感觉怎么样？”她有点忐忑地问。

“还不错。”周雾寻中肯地评价，然后就有点幼稚道，“就是这些学生太放肆了，对着你拍起来没完没了。”

白伊听出他话语里浓浓的醋味，止不住笑。

很久以后，白伊才从某位女学生嘴里得知，她来沈大教书的第一天，就霸占了论坛首页的两个帖子。

一个是：“化学系来了位美女老师，教有机化学的，长得好好看！气质也好纯啊！”

另一个是：“第一堂课刚上完就痛失女神，美女老师有帅哥男友，虽然很不想承认，但是两人真的好般配！

04.

9月4号是个周六。

白伊没什么事，想约周雾寻出去玩，结果周雾寻说他有工作，得加班。

白伊只好找了别人。

她跟彭星月在商场逛街，买了不少东西。

彭星月要给何颂买领带，白伊也看上一条，感觉很适合周雾寻，就买了下来。

后来两人吃了个晚饭，又去看了场电影。

结束的时候，已经不早了。

白伊正要回家，周雾寻就打电话过来，让她去他家里一趟。

白伊应允，然后开车去了秋亭苑。

到他家门口时，白伊在门的把手上看到一枝白玫瑰。

旁边还贴了张便利贴，上面是周雾寻的字迹，写着：

白伊，白玫瑰会带你找到我。家门密码是你生日。

白伊隐约感知到了他要做什么事，忍着笑拿下这枝白玫瑰，随即输了她的生日，打开了门。

她把包和钥匙都随手放在了玄关。走进客厅后，在柜子上发现了第二枝白玫瑰。

玫瑰的花朵朝向楼梯的方向。

白伊望向楼梯，楼梯的扶手上真的有白玫瑰。

她来到楼梯口，取下被他用细线固定好的白玫瑰，继续往上走。

就这样，白伊沿着这些指示，最终停在了一间房门前。

门上挂了个风铃，白玫瑰被他小心地绑在了风铃上。

而且，门板上又贴了张便利贴，上面写着：

取下最后一枝白玫瑰，开门进来，我在等你。

白伊站在门口，低头看了眼手中的白玫瑰。

一共，十一枝。

她的心脏不受控地“扑通扑通”跳起来，越来越快，越快越乱。

白伊抬手，握住把手，缓慢地转动。

而后，门开。

白伊登时愣在了门口。

宽敞的房间里光线偏昏暗，只有几个旋转的五彩灯球在闪烁，各种颜色的光芒轮番打落下来，像极了灯光闪烁的靓丽舞台。

音响和其他音乐设施都被安置在不起眼的角落，中央摆放着架子鼓。

周雾寻穿着简单但不随便的白衣黑裤。

他坐在架子鼓前，正笑眼望着她。

而，他的另一边，那件已经被婚纱店卖掉的珍珠拖尾婚纱，就穿在服装人体模型上。

白伊捧着玫瑰，浑身僵硬地杵在原地。

“白伊，进来，关好门。”周雾寻提醒她。

他的声音透过用弯头落地话筒架固定好的话筒传过来，更显低沉。

白伊讷讷地往前挪动步子，踏进房间，随即反手关上了门。

她走到正对着他的空椅子前，捧着手里的玫瑰花坐好。

周雾寻看着她，缓慢而认真地对她说：“今天是我们相识十一周年的日子。”

2010年的9月4号，他们第一次见面，在津海滑板场。

“所以今晚，我想送你一场别致的演唱会。”周雾寻的嘴角噙着笑意，继续道，“原谅现场只有我这个鼓手，实在是不愿意让别人与你共享这场演唱会。毕竟，这是我给你的求婚，就该只属于你一个人。”

白伊抿嘴笑，眼里泛泪。

“准备好了吗？”他语调温柔地问。

白伊对他点头，嗓音微哽着回他：“准备好了。”

周雾寻便打开音乐，跟着他提前找人录好的音乐敲响了架子鼓。

从《一颗苹果》到《纯真》再到*Happy Birth Day*，全都是五月天的歌。

也全都是和她还有他相关的歌。

然后，时隔将近十年，他再一次用架子鼓演奏了《笑忘歌》。

白伊目不转睛地看着打架子鼓的他，听着歌曲中阿信的原声，忽然热泪盈眶。

他依然和十年前一样，那么意气风发，充满了少年气。

周雾寻永远都是她喜欢的那个少年。

白伊仿佛又回到了那年的元旦晚会舞台。

她和他同台演绎这首歌，他们互相看了对方一眼，冲对方笑了下。

《笑忘歌》之后，是《恒星的恒心》和《你是唯一》。

这两首歌，是她和他在公交车上一起戴着耳机听的歌。

紧接着，是他们高三那一年的班歌《倔强》。

随着《倔强》这首歌结束的，好像是他们的青春。

但，青春结束了，他们并没有结束。

下一首歌的旋律响起。

周雾寻再一次用鼓槌敲响了架子鼓。

然而，这一次，歌曲放出来的没有原声。

是他亲口唱给她听的。

男人的嗓音低沉舒缓，一字一句地唱道：“我，走过动荡日子，追过梦的放肆，穿过多少生死。”

白伊在听到他声音的那一刹那倏然睁大眼。

显然是没想到，他会突然开口唱歌。

她认真地听着他把整首歌唱给她听：“世界纷纷扰扰喧喧闹闹什么是真实，为你跌跌撞撞傻傻笑笑买一杯果汁，就算庸庸碌碌匆匆忙忙活过一辈子，也要分分秒秒年年日日全心守护你。”

眼泪就这么毫无征兆地从她的眼角滚落了下来。

白伊听懂了。

他在借这首歌向她告白。

这首歌演奏完毕，周雾寻放下手中的鼓槌，站起来。

他从裤兜里摸出早就为她准备好的钻戒。

周雾寻打开戒指盒，一本正经地低声说：“白伊，我真的很喜欢你！喜欢你勇敢优秀，喜欢你清醒理智，喜欢你思想成熟，最喜欢的，是你身上那股知世故而不世故的单纯。在我眼里，你不管是十七岁还是二十七岁，都是那个不落俗世的干净少女，像每年的初雪和晴夜的皎月，明朗而耀眼。”

他一边说，一边朝她走来。

白伊也起身，同时把手里的白玫瑰放到了椅子上。

最后，周雾寻停在了她面前。

因为紧张，他的声音听起来略微低哑：“你试过的那件婚纱，我买下来了，你愿不愿意，为我穿一次？”

白伊没有回答他这个问题。

她仰脸，盈着满眼的泪光望着他，轻软的嗓音染上了哭腔，缓慢地问：“周雾寻，你先告诉我：这些年，你过得好不好？”

周雾寻垂眸和她对视着，眼睛突然很胀。

几秒后，他如实告诉她：“不好。”

白伊的眼泪“唰”地落了下来。

“过来，”她朝他张开双手，流着泪笑说，“抱抱。”

周雾寻弯腰，抱住了她。

白伊仰着头，轻轻地抚着他的脊背，又抬手揉了揉他的脑袋。

她刚很怕他回答她说“还好”之类的话。

白伊希望自己能成为他完全信任的人。

信任到，他在脆弱难过的时候，会来找她，哪怕只求个安慰。

“周雾寻，”白伊和他相拥着，在他的耳畔郑重地回答他，“我愿意为你穿上婚纱，这辈子只为你而穿。”

听到她的回答，周雾寻立刻将戒指拿出来。

他执起她的左手，把钻戒戴到了她的无名指上。

而后，他在她手背上烙下虔诚的一吻。

白伊脸上绽开灿烂的笑容。

周雾寻捧住她微微发热的脸，毫无顾忌地亲了下来。

“今晚别走了吧？”他边吻她边含糊地问。

白伊的声音泛起娇意，应：“嗯。”

周雾寻像得到了许可般，直接把人这样抱起来，打开门往二楼的卧室走。

白伊没想到他会使坏，在回卧室的路上就把她闹得欲哭不哭。

周雾寻根本看不得她这般可人的模样。

他发了狠地亲她。

铺天盖地的吻几乎要让白伊缺氧窒息，到卧室时，她的意识已经完全涣散。

后来一切都那么顺理成章。

可是，洗完澡的她没衣服能换，最终只能悄悄在他衣橱里拿了件白T恤，把他的衣服当裙子穿。

周雾寻从浴室出来时，她盖着被子，把自己裹得严严实实，一双眼扑闪扑闪的，清泠泠地泛着光泽，看上去有点惊慌，还略带警惕，仿佛他是什么豺狼虎豹。

周雾寻好笑地来到床边，垂眼看着她。

他上了床，把她连人带被抱进怀里，就在他要开口说话时，白伊的手突然从被子里伸了出来。

纤细葱白的手指捏着一个小盒子。

她笑着说：“给你买的。”

周雾寻挑眉，接过盒子后就直接打开。

里面放着一条墨蓝色的领带。

白伊温哝软语：“今天跟星月逛商场，她要给何颂买领带，我无意间看到了这条，感觉会很衬你，就买下来了。”

周雾寻嘴角勾起一抹弧度：“你眼光很好。”

她刚弯唇笑起来，就听到他低声关切地问：“还疼吗？”

白伊的脸霎时腾升起绯色，眼睫毛慌乱地颤了颤。

到底是第一次，她还不能从容应对，最后小声嗫嚅着回他：“还好吧。”

周雾寻轻抬眉梢，刚要说话逗她，她就又急忙补充：“但是今晚不能了。”

她的脸红得要滴血：“让我缓缓。”

周雾寻短促地低笑了声：“嗯，不闹你。”

过了会儿，他唤她：“白伊。”

“嗯？”

“你要不要搬过来？”周雾寻说，“这边离你学校比你家近得多，搬过来后，你早上可以多睡会儿再起。

“还有……我想每天都能抱着你睡，守着你醒。”

白伊咬了咬嘴巴，没怎么犹豫，就答应了他：“好。”

跟男友同居而已，他们也不是小孩子，都二十七了。

白伊觉得没什么可难为情的，所以也没不好意思。

“那我明天去帮你搬东西。”他亲了亲她额头，愉悦道。

白伊莞尔点头：“嗯。”

虽然是周日，但伊君婉和白骏毅并不在家。

要搬去跟周雾寻一起住的事，白伊早上醒了后就跟父母说了。

伊君婉和白骏毅并没拦着，他们知道这两个孩子分不开，所以就由着白伊的意思，白伊想怎么做，就怎么做。

白伊装了两个行李箱的衣服，还有几个箱子的其他东西，然后就连人带行李，跟着周雾寻回秋亭苑去住了。

然而，没几天，周雾寻在周二中午，接到了白伊母亲伊君婉的一通电话。

伊君婉在电话里说：“一一有个箱子落在家里了，你过来取一下吧。”

周雾寻从小就聪明，伊君婉话里的深意，他一下就捕捉到了。

让他去她家里，并且不能让她知道，大概是她父母有话要跟他说。

他应道：“好的阿姨，我现在就去拿。”

周雾寻从律所直接开车到了白伊家里。

他进去后，伊君婉把一个蓝色的收纳箱放到他面前，笑着对他说：“这是一一最宝贝的东西，怎么忘了拿呢，雾寻你替她带回去吧。”

周雾寻点点头，回伊君婉：“好。”

当年白伊在外地上大学，一年半载不回来。

有次伊君婉在家大扫除，进了女儿的房间，想要把白伊的卧室仔细收拾一番，意外撞破了这个箱子里的秘密。

她随手拿起的粉色纸飞机上写着一个日期，伊君婉不明白女儿为什么要记录这么一个日期，本能地凭借直觉拆开了纸飞机。

然后，她就看到了女儿写在里面的日记。

那页日记里，刚好有周雾寻的名字。

日记的内容是——

2012 年 4 月 21 号。

今天是我偶像在南城开演唱会的日子。

今天也是我暗恋的那个少年十八岁的生日。

“周雾寻，十八岁生日快乐。”

我终于亲口对你说了生日快乐。

……

伊君婉沿着折痕，重新叠好纸飞机。

随后，纸飞机被她放回箱子，收纳箱也被她搬回原位。

这些年，她再也没打开过这个蓝色的收纳箱。

但从那天开始，伊君婉和白骏毅就已经知道，女儿暗恋着一个叫周雾寻的男生。

想起女儿藏的一整箱的暗恋日记，伊君婉不禁轻叹，话语温和道：“雾寻，你要对一一好。”

“我晓得。”他话语认真而正经，“您放心，我一定对她好。”

“行了，去吧。”伊君婉送周雾寻出门时又嘱咐，“常跟一一回来。”

“好。”周雾寻淡笑着应。

在回家的路上，周雾寻时不时就会透过内后视镜看向被他放在后座的那个蓝色收纳箱。

里面到底是什么？

为什么她妈妈会说，这是她最宝贝的东西。

他在帮她搬东西的时候，在她的房间里见到过这个蓝色的收纳箱，被她放在了一个角落，箱子上还压着一些其他书本和杂物。

周雾寻越想越好奇。

到了家后，他直接打开了收纳箱。

登时，一箱子的彩色纸飞机映入他的眼。

周雾寻伸手拿起一个纸飞机来，机翼的一侧写着一个日期：

2010 年 9 月 6 号

2010年9月6号？

周雾寻满腹疑惑地凭借直觉拆开了纸飞机。

下一秒，看着纸飞机上的内容，他彻底愣在了收纳箱前。

2010年9月6号。

明知他在感情中非善类，我却无法让自己停下来及时止损。

甚至卑劣地不想让他属于别人，尤其是表姐。

可是，他也不会属于我。

他今天一共叫了三次我的名字。

周雾寻。

周雾寻。

周、雾、寻。

周雾寻不可置信地把目光挪到这一收纳箱的纸飞机上，神思混沌起来。

这里面装的……是她的暗恋日记。

怪不得她妈妈说，这是她最宝贝的东西。

周雾寻的行为完全不受控制。

他把纸飞机一个一个地拆开，每一张日记上的内容他都认认真真地看了好几遍。

也是这时，周雾寻才知道，她早在他们去KTV唱歌那晚就知道了他生日在哪天，所以那年她才在广播里放了那首歌，借此祝他生日快乐。

高二寒假他被人打的那次，她在喊了“警察来了”后并没有走，而是和他隔着一条马路的距离，偷偷地陪着他在雪里走了很远。

还有高三寒假他喝醉那晚，其实她默默地陪了他很久。

而她之所以送他耳机，是私心地希望能在某一时刻，他戴着她送他的耳机，正巧在跟她听同一首歌。

到后面，他还在收纳箱的底部，发现了一些物件。

那年运动会她赢得的奖牌，一个空的矿泉水瓶，何颂送的那个滑板钥匙扣，还有他们的高三毕业照，以及她买的那本同学录。

周雾寻正想把满地毯的彩纸按照日期排好，家门声突然响起。

下班回家的白伊走了进来。

周雾寻全然忘记了时间，他根本不知道时间已经静悄悄地流淌到了晚上。

白伊看到客厅的场景，脚步突然顿住。

周雾寻站起来，跟她解释："阿姨说你落了个箱子在家里，让我过去拿。

"我拿回来打开，就……"

他顿了顿，转而道："抱歉，我没忍住，偷看了你的日记。"

白伊抿住唇，像是不知道该说什么。

她把包放下，刚走过来，周雾寻就拉过她的手，将她紧紧抱在了怀里。

他弯着腰，在她耳边请求般地低喃："能把这些东西送给我吗？"

白伊抬手拥住他，轻轻地应："好。"

她并没有生气，也没觉得难堪，就是有些猝不及防的无措，所以不知道该做何反应。

周雾寻偏过头，清清浅浅地吻她的侧颈，温柔又缠绵，而后一发不可收拾。

吃过晚饭后不久，周雾寻就拉着她去洗澡睡觉。

然后，白伊又一次陷入了他给的云端梦中。

晚上他缠她缠得厉害，而且格外温柔。

让她觉得，比初次的缱绻还要旖旎。

两个人并没有针对那些日记多交流什么。

她高中的日记，被他看到了。

好像就只是这样。

直到，9 月 10 号这天。

白伊一早醒来，就看到床头柜上放着一套类似相册集的东西，箱子里整整齐齐地插着七本相册本。

箱子上还搁了一束娇艳欲滴带着水珠的白玫瑰。

周雾寻不在卧室。

白伊刚刚睡醒，一脸茫然地拿起这束花。

她嗅了嗅玫瑰花芬芳的清香，嘴角轻轻翘了翘。

而后，白伊放下白玫瑰，抽出了最左侧的相册本。

她翻开，第一页赫然是她写的第一页日记。

白伊有点怔忡地往后翻了翻，每一张日记都在。

他居然把她的日记像保存照片那般，一张张都小心妥帖地封存了起来。

而且……

白伊翻过每页，都能看到他在她日记背面写下的回复。

2010 年 9 月 4 号

我遇见了一个像风一样恣意的少年

2011 年 10 月 4 号

我喜欢上了一个勇敢坚强的女孩。

2010 年 9 月 6 号

可是，他也不会属于我。

2021 年 7 月 1 号

我属于你。

周雾寻是白伊的。

2010 年 9 月 17 号

他那么优秀，我无法匹敌。

周围所有人都以别的称呼喊他，只剩我叫他全名。

会不会有那么一瞬，我在他心里，是和其他人不一样的存在，是唯一特殊的那一个。

我喜欢你。

所以喜欢叫你全名。

2021 年 9 月 7 号

白伊，你很优秀，完全可以与我比肩。

我每次喊你名字，都像在对你郑重地告白。

2010 年 9 月 30 号

希望我的少年能被这个世界温柔以待。

周雾寻，我愿你永不孤单。

2012 年 6 月 1 号

白伊，我愿你永远无忧。

儿童节快乐。

2011 年 1 月 30 号

晚上下雪了。

我和他隔着一个马路的距离，共同见证了2011年的第一场雪。

今晚的事，是我瞒着所有人的第二个秘密。

第一个是他。

2011年2月2号

我知道是你，小笨蛋。

白伊，谢谢你。

2011年1月31号

他是他，但她不是我。

或许，在他的生命里，我只能是个配角。

2021年9月7号

你不是我生命里的配角，也不是我人生中的过客。

你是我乏善可陈的青春里最温暖耀眼的美好，是我这九年来日复一日的想念，是我这一生的终极浪漫。

你是我女主角，白伊。

2011年2月14号

你是我的美梦，却无法成真。

你是我的爱而不得。

2021年6月29号

你是我的美梦成真。

2011年5月30号

其实我很想问他，为了我这个朋友……或者为了表姐去跟人打架，而导致自己被停课一周，值得吗？后悔吗？

2021年9月7号

为了你，做什么都值得，我永远不后悔。

2011年7月1号。

如果暗恋有声音，那我对你的暗恋，一定会穿云裂石响彻云霄。

幸好暗恋无声。

可惜暗恋无声。

2021 年 9 月 7 号

终有一天，我爱你尽人皆知。

2011 年 8 月 29 号

值日擦黑板够不到最上面，正窘迫的时候，他出现了。

像个盖世英雄。

尽管我知道，他并不是我的盖世英雄。

2021 年 9 月 7 号

周雾寻何其有幸，这辈子能当白伊的盖世英雄。

2011 年 12 月 31 号

我喜欢的少年，不是我的少年。

2021 年 9 月 7 号。

你喜欢的少年，永远都只做你一个人的少年。

2012 年 5 月 28 号

他摸了一下我的手。

2021 年 6 月 29 号。

我终于牵了你的手。

2012 年 6 月 8 号

高考结束了。

周雾寻，毕业快乐。

祝我们，前程无忧。

2021 年 9 月 4 号

我们未完待续。

周雾寻这辈子最重要的事，是属于你最小的事。

我要分分秒秒年年日日全心守护你。

白伊，我爱你。

白伊上午没有课，就这样抱着这些被他封存好的日记看了好几个小时，就连她一向重视的早饭，这次都忘记了去吃。

周雾寻喊了她好几次让她吃饭，她都没有下楼。

最后还是他把早饭端过来，一口一口喂她吃了些。

白伊看着他的回复，一边被他喂饭吃一边“啪嗒啪嗒”掉眼泪。

周雾寻无奈，索性把碗勺放到旁边，将她抱在怀里，替她轻拭眼泪，心疼地温柔道：“不要哭，白伊。”

白伊听了他的话，反而哭得更凶。

等她看完他写的所有回复，发现后面还有张写了字的纸。

白伊用手擦了擦眼泪，视线变得清明起来。

是他留给她的一些话——

长日尽处，云雾消散。

我的白玫瑰，我会让你的世界，永远风和日暖。

白伊曾是周雾寻全部的憧憬。

现在亦然。

以后依旧。

白老师，节日快乐。

2021年9月10号 ZWX

05.

周雾寻的这份教师节礼物，害白伊哭了很久。

她清早醒来后就开始掉眼泪，直到快中午才彻底消停。

他不是没见过她哭，但不知道她居然这么能哭。

白伊也说不清缘由，她看着这些被他一一回应的日记，情绪根本不受控制。

她当年在写下这些字时，从没想过在将来的某一天，它们能被他发现，甚至被他回复。

其实在他坦言告诉她，他喜欢了她十年的那一刻，她心里就已经觉得很圆满了。

而他却在尽他最大的努力，把所有所有最好的都给她。

周雾寻整个上午什么都没做，只抱着她温声细语地哄着。

大概是被眼泪消耗了太多情绪，白伊最后就这么窝在周雾寻的怀里睡了过去。

他垂眼凝视着她，目光温柔而宠溺。

她的眼睫上还残留着晶莹剔透的泪珠，像极了她给人的感觉，纯粹又无瑕。

周雾寻慢慢地凑近，低头，而后轻吻去她的眼泪。

他舍不得放开她，于是就这么抱着怀里的人儿，坐在床边，一动不动。

白伊悠悠转醒的时候，不知道盯着她看了多久的周雾寻话语温柔地问："醒了？"

白伊惺忪地望着他，眨眼时总感觉眼皮总在磨眼球，很不舒服。

她正要抬手揉，周雾寻就急忙拉下她的手指，低低地说："别揉。"

"难受。"白伊轻哑的嗓音含着几分刚刚睡醒的懒倦和软绵。

"之前哭得太厉害了。"他叹气道。

白伊眨了眨眼，语调担忧地问："肿了吗？"

"有点。"他如实回答。

她登时抿紧了嘴巴，有点郁闷地小声说："我下午还有课要上的。"

周雾寻安抚她："不碍事，一会儿我给你敷一下眼睛。"

"午饭想吃什么？"他问她的同时，伸出手来，轻轻摸了摸她的脑袋。

白伊摇摇头，她懒洋洋地靠在他怀里，像只刚刚睡醒的小猫。

周雾寻也不着急去楼下弄午饭，又抱着她厮磨了会儿。

直到白伊说要去卫生间，他才恋恋不舍地松开了手，放她走。

等白伊从卫生间的里间出来，周雾寻就拉过她，把人抱到洗漱台上，动作温柔地慢慢帮她用浸过冷水的毛巾敷起眼睛来。

白伊乖乖地坐在他面前，任他给她的眼睛消肿。

一开始周雾寻还很认真正经，一板一眼给她冷敷眼睛，过了会儿，他突然简单粗暴地把她的眼睛用毛巾全部遮住。

白伊的眼前霎时一片漆黑，她刚要张嘴说话，唇瓣就被温热柔软的薄唇给侵占了。

他修长好看的左手隔着毛巾，轻捂着她的双眼。

右手摁在洗漱台的台面上，上半身微微前倾，缓慢地加深着吻。

白伊的手抬起来，凭借着感觉抓住了他肩上的衣料。

她不自觉地向后仰着，柔软的腰肢弯起一道流畅优美的弧度。

过了会儿，他的手抓着毛巾垂落。

旋即，把毛巾放到一边的周雾寻捧起她的脸，分别在她的左右眼上落下一个很轻很轻的浅吻。

白伊有点呼吸不稳地闭了闭眸。

她真切地感受到了他小心翼翼地亲吻。

“今天下午别开车去学校了，我送你过去。傍晚我会去学校接你，”周雾寻声音微哑地低喃道，“我们在外面吃晚饭，然后带你去看场电影，好不好？”

白伊莞尔浅笑，欣然应允：“好啊。”

因为情动，她的声音听起来格外甜软。

周雾寻被她娇娇的嗓音给撩拨刺激到，对准她红润的唇瓣就是一口。

再张嘴说话时，他的嘴角漾开略散漫的痞笑，语气带了点坏劲儿：“少勾引我。”

虽然才跟他同居几天，但白伊已经发现了，他表面上看起来挺正经挺君子，其实私下里没人的时候很坏。

尤其在某件事上，简直放肆，他求婚那晚她就已经见识到了。

白伊登时吃痛地倒吸凉气，皱紧眉抬手打他肩膀，嗔怪：“你怎么没轻没重的。”然后又羞窘地红着脸否认，“谁勾引你了！”

周雾寻轻抬眉梢，从胸腔震出一声短促的低笑。

他没再说话，而是轻松地将她一把抱起来，踏出卫生间，直奔柔软的大床而去。

白伊在他怀里心慌意乱地弹了弹腿，目光闪烁地嗫嚅着提醒：“现在白天呢，大中午！”

“所以呢？”他拼命克制着要笑出声的冲动，故意逗她。

白伊的脸红得几乎要滴出血。她耷拉着双眸，不敢看他，只轻轻地说：“不太好……”

周雾寻把她放到床上，俯身凑近。

白伊紧张地闭上眼，无意识地攥紧了双手。

他嘴角的弧度控制不住地扩大，低头在她唇瓣上轻轻啄了下。

下一秒，白伊听到他说：“那就下次。”

说完，男人低沉悦耳的嗓音里泄漏出零星笑意。

白伊突然反应过来他在故意逗她。

又尴尬又无措的她登时恼羞成怒，一冲动，直接抄起手边的枕头向他抡去。

周雾寻身姿灵活地起身躲开。他站在床边，笑着伸手揉了揉她的脑袋，哄道：“我去做饭，你再歇会儿。”

等他离开卧室，白伊想到刚刚的事，窘迫地抬手拍了拍发烫的脸颊，然后就一头栽到枕头里，把红透的脸全部埋了进去。

傍晚，白伊上完课从教室出来时，突然发现周雾寻就倚靠着墙在门旁等她。

她没想到他会出现在教室外，猝不及防地被轻微吓到。

白伊又惊又喜地扬起笑问："你都过来了怎么不进教室坐着啊？"

周雾寻垂眼瞅她，说："你以为我不想？"他的语气格外无奈，"教室没空位好吗？"说完，他就自然地牵起她的手，拉着她往教学楼外走去。

"到底有多少其他专业的学生以旁听为借口过来看你？"每次来学校找她，周雾寻仿佛就会化成醋缸，说话都变得酸溜溜的。

白伊只笑，没回他。

过了会儿，走出教学楼后，她才问他："你等了多久啊？"

周雾寻坦言："我没走。你上课前几分钟我接了个电话，耽误了些时间，等我挂掉电话再想进教室，里面已经没我的位置了。"

白伊的重点根本没有放在他吃醋上，而是……

"所以你就在门口站到现在？"她惊讶道。

"那不然呢？"周雾寻叹气。

"不累吗？"被他牵着手的她，主动将手指滑入了他的指缝，同他紧紧地十指相扣。

周雾寻笑了下："还好，没觉得累。"

"你可以在车里等我的。"白伊有点心疼地轻声说。

周雾寻嘴角微勾道："想让你一出来就看到我。"

不止指现在。

高三第一次月考完，我在考场门外等你出来，也是因为，我想让你一出来就看到我，还私心地想和你一起多走一段路。

听到他的话，白伊垂下脑袋，抿嘴笑起来。

她忽然想起了高三第一次月考。

最后一科考完，她从考场走出来的那一瞬间，忽然发现他就立在教室后门旁边。

就和今天他在教室外等她一样。

那次，她和他一起走在拥挤的人潮里，连轻轻蹭一下都会情不自禁地脸红耳热，心脏仿佛在被小鹿乱撞。

而现在，白伊盯着他们十指错落相牵的手，唇边的笑容更加明朗。

她对他的心动有增无减，只不过不再那般青涩无措了。

从学校出来，周雾寻带白伊去吃了她想吃的火锅。

鸳鸯锅底。

她吃清汤，他涮红油。

因为想离她近点，周雾寻和白伊坐在了卡座的同侧，结果就导致，用左手吃饭的他和用右手吃饭的她总会碰筷子。

白伊心血来潮，把拿筷子的手变成了左手。

她试着用左手操纵筷子，去热气腾腾的锅里夹东西。

周雾寻亲眼看着她很顺畅地夹了一块牛肉卷。

尽管她的动作有点缓慢，不像他用左手这么自然，但也不算笨拙。

没一会儿，白伊操控筷子的动作就越来越流畅，仿佛彻底唤醒了刻在骨子里的记忆，须臾，用左手吃饭上瘾的她在红油汤底的锅里夹了块肉卷。

蘸过他面前的油碟后，她把肉卷喂到了他嘴边。

周雾寻微挑眉，眸子里盛着笑意，张嘴把她喂的肉卷吃进了嘴里。

吃过晚饭，两人就去了影城。

周雾寻在自助取票机取了电影票，而后就牵着白伊的手去柜台前点观影小食。

他对服务生说："两杯可乐和一桶爆米花。"

白伊听到这句话，身体里的神经像被触碰到了敏感处。

她记得他不喜欢吃爆米花。

站在他身后侧的白伊没多想别的，伸手拉了拉他的衣角。

周雾寻抬手握住她拽他衣角的手，动作特别自然熟稔。

几乎在同时，他回过头来。

男人的桃花眼含着笑，格外动人心魄。

白伊仰脸望着他，清楚地看到他鼻尖上那颗很小的淡淡的痣。

她的心脏在这一刻，似乎感知到了某种久远的召唤，蓦地停跳了半拍，就连呼吸也滞了滞。

白伊的脑子里，闪过了一段模模糊糊的记忆。

她还没搞清楚那段记忆到底从何而来，自己就张开嘴，对他轻软道："不要爆米花。”

这句话说出口，白伊倏然间全想了起来。

是梦。

她在梦里梦到过这个场景。

周雾寻微微诧异，疑问：“现在不喜欢吃了吗？”

他还记得他跟吕舒娜看电影那次，吕舒娜也叫了白伊。

当时吕舒娜特意提了一下，说白伊爱吃爆米花。

白伊的神思有点恍惚。

她还没回答，服务生已经装好了爆米花。

周雾寻付了钱，接过来。

他递给她一杯可乐，然后带她进了影厅。

直到找到座位号落座，白伊都还有点不在状态。

周雾寻偏身凑近她，目光探究而认真地打量着她，试图从她脸上读出点什么来。

“怎么了？”他低声关切地问，“从刚刚买可乐和爆米花你就不对劲。”

白伊眨巴了下眼睛，和他对视着。她也没刻意隐瞒他什么，如实告知，说：“我梦到过这个场景——你带我来看电影，买可乐和爆米花，我拉你衣角，说不要爆米花，然后……在梦里，你握住了我的手。”

周雾寻凝视着她，眼睛一眨不眨。

几秒后，他压低声音问她：“什么时候梦到的？”

白伊仔细地想了下，然后回道：“我和表姐在电影院遇见你和陈敏一起看电影的几天后……”

那时他还没怎么关注她。

“为什么不要爆米花？”他又问。

白伊很坦诚地说：“因为觉得，你不喜欢吃。”

周雾寻突然想起了她的某页日记。

她在日记里提到过，说他似乎不爱吃爆米花。

所以她在刚刚，还有在梦中，都说不要爆米花，全是因为他。

周雾寻的眼底霎时泛起暗涌。

他捧起她的脸，微扬下巴，吻住了她柔软香甜的唇瓣。

周雾寻不顾电影还没开场影厅里的灯光通亮，也不在乎周围其他来看电影的人有没有往他们这边瞧。

满是心动的他全心全意地同她厮磨着，主导并加深了这个吻。

白伊的心跳险些停滞。

她的神经紧张又兴奋，反应变得异常敏感。

良久，等到他慢慢收住亲吻一点点退开时，白伊紧靠椅背的脊背都有些酥麻。

他确实不是特别爱吃爆米花，但也不讨厌这个味道。

“我喜欢，你喂我吃。”他嗓音低哑地诱哄她，像在蛊惑般。

白伊抿嘴笑，捏起一颗爆米花送到他嘴边，满足了他的小要求。

结果周雾寻却抓住了她的手，轻轻地含吻了下她的指尖。

白伊的呼吸登时滞住，仿佛有电流从指尖飞快地窜到心口，然后又迅速蔓延至五脏六腑，让她的灵魂都飘浮起来。

这场电影两个小时。

他全程握着白伊的手，时不时就把她的手背放在嘴边，轻轻地亲一下，偶尔还会凑过来向她索要个吻，或者张嘴让她喂他吃爆米花。

除此之外，白伊也总被他投喂爆米花吃。

两个人像得了什么恋爱综合征，明明可以自己吃爆米花，却非要对方喂才心满意足。

周雾寻这回没有打一丝瞌睡，而且似乎看电影看得很津津有味，格外有兴致。可是白伊却因为他的撩拨一直心神不定，直到电影结束，她都不知道这部电影讲了点什么。

她只记得，在这两个小时里，他亲了她手背 11 次，向她索吻 4 次。

还有一次，是他趁她不注意，毫无预兆地在她脸上亲了一口。

这是她第一次和他在电影院里的座位号紧紧相挨着。

是 5 排 1 号和 5 排 2 号。

坐在他身边的人，终于成了她。

他们之间，再也没有任何距离。

2010 年 10 月 1 号

好想告诉你，我很喜欢你。

2012 年 1 月 13 号

我也好想告诉你，我很喜欢你。

第十一章 美梦成真

01.

周六清早。

白伊醒来后，习惯性地向周雾寻睡的那边翻了个身。

然后白伊就看到，他穿着白T恤和灰色的运动裤，正用手支着脑袋，侧身笑眼瞅着她。

大概是不久前才洗过澡，他的头发还有些潮湿。

白伊睡眼惺忪地望着他，说话时嗓音带着刚刚睡醒的慵懒和微哑，听起来比平时还要软绵几分：“你几点醒的啊？”

周雾寻嘴角轻翘起来，回她：“五点半。”

起来后去慢跑了一个小时。

白伊懒洋洋地闭上眼，往他怀里钻了钻：“好早哦。”她咕哝，“这么好的周六，不睡懒觉可惜了。”

难得见她有这么懒散的时候，周雾寻不禁低笑出声。

“还睡？”他搂着怀里的她，温声问。

白伊脸埋在他胸前，轻小的声音听上去略闷：“好累，想睡。”

“嗯？”周雾寻从喉咙里溢出一声疑问，而后关切地问，“哪儿累？”

白伊无语。

她知道他明知故问，索性闭嘴不答。

周雾寻的手轻抚她薄瘦的脊背。

他凑近她耳边，温热的唇蹭着她的耳郭，像在轻柔地亲吻她。

酥酥的麻意袭来，白伊微微耸肩缩了下脖子。

周雾寻抱着她翻了个身，白伊霎时平躺到了床上。

她湿漉漉的眼睛一眨不眨地盯着他看，看得周雾寻更加心痒难耐。

他低头，在她的眉心轻轻啄了下。

白伊抬起左手，抓住了他的锁骨。

周雾寻的锁骨平常就很明显，这会儿更甚，锁骨窝深深的，可以在里面养条小金鱼。

每次他这样亲她的时候，她总忍不住用手抓他的锁骨。

周雾寻浅浅轻轻地亲着她，最后贴上她的唇瓣，吻才开始慢慢加深。

最后，白伊的懒觉没睡成。

好好的清晨，便宜了这个叫周雾寻的男人。

去洗澡的时候，白伊问他："你什么时候买的那个？"

其实，在他求婚那晚她就很想问，但没顾上。

后来每次亲密，她都会看到他打开床头柜拿东西。

周雾寻笑了下，回答得坦坦荡荡："求婚那天。直觉晚上能用到，所以白天特意跑了一趟超市，备了些。"

备了些……

白伊默默偏过头，没再说话。

他口中的"备了些"，是整整五盒。

虽然是周六，但两个人都有各自的工作要做。所以吃过早饭后，白伊和周雾寻就去了书房。

白伊坐在舒服的椅子上。

她打开书房里的电脑，开始准备下周要用的课件。

周雾寻坐在她斜对面，和她共用一张书桌，开了他工作时用的笔记本电脑。

两个人互不打扰，安静地忙着自己的事。

很长一段时间，书房里只有他们敲击键盘的声音。

临近中午，白伊把课件准备好保存起来。

周雾寻还在认真工作。

白伊关掉电脑，一扭头就看到，他正神情专注地盯着电脑，眉心微微拢了些。

莫名地，很吸引人。

就……很帅。

白伊摸过放在旁边的手机，想要偷偷把这一刻他的模样记录下来。

结果手机屏幕亮起，白伊才发现，她拿错了手机。

刚刚他俩都在忙，谁都没玩手机，周雾寻把他俩的手机拿过来后就随手放在了书桌上，再没碰。

而他俩的手机，型号相同，还都是白色的。

这才导致白伊拿错。

但也因此，白伊意外发现了他的手机屏保壁纸，居然是那次她一袭洁白婚纱和穿着西装的他在婚纱店相拥时的照片。

照片里的她仰脸笑望着他。

而他也正垂着头，目光温柔地和她对视着。

看角度，大概是何颂帮他拍的。

白伊不动声色地把他的手机放回去，重新拿了自己的手机。

她的手机壁纸是她毕业那天，蒋冰帮她和他拍的那张合照。

她对着镜头笑，而他满眼都是她。

白伊打开相机，偷偷地摁下了拍照键。

下一秒，还在盯着电脑屏幕敲键盘的男人就开了口。

他慢条斯理地说："偷拍我，得给报酬。"

白伊轻笑出声，回他："那我把照片发给你。"

周雾寻哼笑："我不要照片。你过来。"

"干吗呀？"虽然这样问着，白伊还是起身，绕过书桌来到了他身边。

男人穿着另一件白T恤，搭了条黑裤。

是他从学生时代就最喜欢的色系搭配。

白伊身上的白T恤和他同款，宽大的下摆到她大腿，都快把她穿的超短完全遮住。

她刚走到他旁侧，手腕就忽而被他握住，人继而跌落进他的怀抱。

电光石火间，白伊已经坐在了他腿上。

她眨了眨眼，刚要说话，周雾寻就率先道："亲我一下。"

他最近越来越会索吻了。

白伊问："是我要付的报酬吗？"

周雾寻眉梢轻抬，低应："嗯。"

她脸上漾着笑瞅他，目光缓缓落到他的下巴下方——他的喉结处。

白伊鬼使神差般，抬手轻轻地用指腹蹭了蹭他性感的喉结。

周雾寻的喉结随之上下滚动了番。

而后，白伊慢慢凑近他。

她歪头，在他的喉结上轻轻亲了亲。

柔软的唇瓣触碰上硬实的喉结，直接刺激到了周雾寻的神经。

然而，这还不算完。

白伊张开嘴，用牙齿在他喉结上很小心地硌了下。

一阵麻感瞬间从四面八方窜起，直直涌入他的心脏。

周雾寻不自觉地收紧了搂着她的手臂。

他最怕她笨拙生涩地撩拨。

没有任何技巧，却无比致命。

周雾寻轻轻松松地把她提起来，让白伊正对他，然后扣住她的后脑，不容分说地堵住了她的唇。

白伊的眼睛微睁，扑闪了几下后，缓缓合上。

等他放过她，白伊浑身发软地趴在他怀里，气息不稳地呼吸着。

周雾寻却没事人一样，将下巴轻搁在她的肩膀上，就这么拥着她继续敲起了键盘。

如果不是白伊知道他放肆起来有多疯，而且此时正真切地感受着他有感觉，她可能都要怀疑他太冷淡。

过了会儿，白伊晃了晃腿，轻声说："你放我下去。"

周雾寻没说话，也没放她走。

白伊又道："你先继续忙，我去准备午饭。"

说完，她讨巧地在他侧脸上"吧唧"了口。

周雾寻被取悦，低笑了声。

他这才松了手臂，让她走。

白伊从书房出来，直接下楼进了厨房，开始着手准备午饭。

周雾寻最后是被一阵好听的音乐声吸引，才从书房走出来。

他刚到一楼，就看到白伊坐在客厅的落地窗前，正在打手碟。

今天天气很好，阳光透过玻璃落到室内。

而她，正沐浴在明亮的阳光中，披着一身耀眼的光晕。

周雾寻就站在楼梯口，望着落地窗这边。

她的手不断地在手碟上来回敲着，奏出很空灵纯净的旋律。

周雾寻看着她，听着如此干净的音乐，脑子里不由自主地闪回起一些画面。

在这一刻，光景仿佛突然回到了 2016 年。

炎热的夏天，离别的毕业季。

她穿着学士服，手捧着他偷偷送她的那束白玫瑰，站在阳光下，弯眸浅笑。

直到几分钟后，白伊奏完一曲，才发现周雾寻不知何时已经下楼了。

她本来还想打完手碟就上楼喊他吃午饭的。

白伊和他对视着，漂亮的鹿眸里染上笑意。

周雾寻已经提脚迈着大步朝她走去。

她把手碟小心翼翼地放好，刚起身，就落入了他的怀抱。

白伊也抬手，环住了他的腰身。

她在他怀里仰脸，问他："好听吗？"

"好听，"周雾寻嗓音温柔地低声说，"我从没听过这么空灵纯净的音乐，干净到一尘不染，特别治愈。

"听它会想你。"

因为你也是这般，干净纯粹。

周雾寻对白伊求婚的那个房间，后来被他俩打造成了看电影听歌和玩音乐的秘密基地。

周雾寻还特意在这个房间里随意放了些彩色的纸飞机作为点缀，让人觉得格外梦幻。

九月的最后一个周六。

两人吃过晚饭后，周雾寻拉着白伊来到秘密基地，说要跟她看电影。

进来后，白伊坐到舒服柔软的沙发里，仰脸问他："看哪部电影啊？"

周雾寻打开连接着投影仪的电脑，找到他保存的视频，语调愉悦地回白伊："你自己看。"

视频开始播放。

"今天是我们相识十一周年的日子。所以今晚，我想送你一场别致的演唱会。"

白伊听着如此耳熟的话，蓦地扭头，睁大眼看向投影墙上展现出来的画面。

视频里的人……是他和她。

这是他求婚那晚的视频。

白伊惊讶地盯着视频画面，有点傻眼。

那晚她所有的注意力都在他身上，而且因为知道他要求婚，她整个人都在紧张忐忑，心脏一直"扑通扑通"地跳个不停，思绪也总不受控制地飘回高中。

她根本不知道，他用设备把求婚的全程都录了下来。

这个视频是剪辑过的。

是周雾寻亲自上手制作的视频。

尽管他这个门外汉的水平无法媲美专业的剪辑师，最后展现给她的成品也不能跟拍出来的电影或者电视剧相提并论。

但，他已经做到了他能做的最好。

白伊看着视频画面，眼泪止不住地在眼眶打转。

视频到最后，他郑重地告白她，跟她求婚，问她："你愿不愿意，为我穿一次？"

她没回答他的话，反而问他这些年过得好不好。

他向她坦诚，说不好。

"过来，"视频里的她嗓音哽咽，那么柔软，却又那么有力量，"抱抱。"

"周雾寻，我愿意为你穿上婚纱，这辈子只为你而穿。"她给了他答案。

随即，视频里的他立刻给她戴上了钻戒。

白伊以为，视频到这里就结束了。

然而，她亲眼看到周雾寻低头吻住她，他低声的请求在这个房间里立体环绕着："今晚别走了吧？"

她泛娇略媚的嗓音随之响起："嗯。"

这种对话，配上视频里的画面……

白伊的脸瞬间涨红。

等他抱着她从这里走出去，视频才播放结束。

白伊强装镇定地问："你干吗把后面的也加进去……"

周雾寻勾唇，凑过来坏心眼地反问她："为什么不加？"

白伊的脑袋里本来就在止不住回放着视频里的那个吻。

这下她直接被他搞得脸红耳热。

她轻咬唇，羞赧地往另一边偏了头。

虽然已经跟他有过很多次亲吻，可她从没在屏幕上见过他们接吻的画面。

白伊没想到，会那么……欲，刺激得她浑身起鸡皮疙瘩。

亲眼看到自己接吻，真的让她很不好意思。

周雾寻却不让她躲。

他掰过她的脸，霸道地吻住了她红润柔软的唇瓣。

白伊的心跳蓦地一滞。

"喜不喜欢？"他说话时并没有将唇从她嘴巴上挪开，低沉的声线听起来有些含糊的性感，"送你当作纪念好不好？"

听到他的话，白伊的眉眼弯起来，清泠泠的眸子里沁满了笑。

“好。”她红着脸乖软道。

“我喜欢。”她并不故作含蓄，而是很坦荡地告诉了他。

周雾寻从喉咙里溢出一声短促的低笑，连带着胸腔都有轻微的震感。

“白伊，我们找个好日子，去民政局把证领了吧？”

他紧紧地拥着她，薄唇蹭着她粉粉的耳朵，在她的耳畔一字一句道：“我好想让你尽快成为周太太。”

白伊情不自禁地缩了缩肩膀，笑着轻答：“好啊，周先生。”

周雾寻被她这句“周先生”刺激到，越发放肆起来。

白伊却突然抓住了他的手。

她望着他，眼底深处闪过一抹小狐狸般的狡黠，面上不动声色，佯装不安地问：“现在还有摄像的设备吗？”

周雾寻低笑，没有逗她，如实告知：“求完婚的第二天就拆了。”

白伊克制着要上扬的嘴角，松开手顺了他。

须臾，她勾住他的脖子，又问：“那……领证的话，你觉得哪天比较好啊？”

周雾寻似乎早就考虑过这个问题。

他不假思索地脱口而出：“11 月 9 号。”

说完，周雾寻又慢条斯理地笑着补充：“11 月 9 号，宜领证。”

下一秒，男人忽然顿了下。

他抬起眼皮，语气颇为无奈地唤她：“白伊。”

白伊再也忍不住，藏在他怀里咯咯笑起来。

须臾，她有点心虚地小声道：“忘了告诉你，我‘亲戚’来了，今天第一天。”

他才不信她忘了，知道白伊是故意闹他。

他伸手在她脸上捏了把，温柔地关切问：“疼不疼？会不会不舒服？”

白伊摇摇脑袋，浅笑轻言：“还好。”

他从沙发里起身，随后弯腰把她抱起来，带她回了卧室。

白伊被他放到床上。

周雾寻坐在床边，给她盖好被子，然后倾身凑过来，亲了亲她上翘的嘴角。

随即，他与她前额相抵，低哼着笑说：“暂时放过你。等你‘亲戚’走了，我可要加倍讨回来。”

白伊无奈。

因为决定了要在 11 月 9 号领证，周雾寻和白伊打算回家一趟，把这件事告诉伊君婉和白骏毅。

顺便……得拿户口本。

正巧赶上国庆节，伊君婉和白骏毅能在家里休息。

周雾寻便在 2 号晚上开车带白伊回了她家。

吃饭的时候，周雾寻率先开口，把下个月他要和白伊领证的事情说了出来。

伊君婉和白骏毅并没有很意外。

“等会儿我把户口本拿给你们。”伊君婉说完，又笑语盈盈道，“领证那晚回家来吃饭吧，我们一家四口庆祝庆祝。”

我们一家四口。

她的爸爸妈妈，已经把他当成了一家人。

白伊和周雾寻笑着看了对方一眼，旋即一同欣然答应：“好。”

白骏毅随后问：“婚礼呢？时间上有什么想法吗？”

白伊回他：“我们本来是想 1 月 19 号办，但这样的话，从现在开始满打满算也只有三个月，时间上太赶了，怕有的环节准备不好，最后还是决定 4 月 21 号办，预留多一点时间，好好地安排计划一下。”

白骏毅点点头，也同意：“终身大事，一辈子也就这么一次，不能仓促。”

吃过晚饭回到家后，周雾寻坐在床边，手中拿着她父母给的户口本。

他翻开有她名字的那页，嘴角止不住地上扬。

白伊进卧室的时候，就看到这一幕。

她失笑地问：“都看多久啦？还没看够？”

听到白伊的声音，周雾寻抬起头来。

他一眨不眨地注视着她，目光深邃又温柔，像极了今晚的星空。

他把户口本推到枕头下，在白伊来到他面前的那一瞬间，就伸手把人扯进了怀里。

白伊坐到他腿上，抬手环住他的脖颈。

女人娇娇小小的，又香又甜。

好想咬一口。

周雾寻真的这么做了。

脸上的疼感惹得白伊倒吸凉气哼了声，她不由自主地用手指掐了他的后颈。

他低笑，手捧着她的脸，用指腹在那块地方轻轻摩挲，像在安抚她。

旋即，周雾寻倾身凑过来，一点一点地吻起她的唇瓣来。
他格外有耐心，也分外温柔，慢慢地让她深陷沉沦进他铺设的缱绻中。
“今晚该还债了，白伊。”他沙哑的声线性感至极，语调有藏不住的愉悦。
白伊目光迷离地望着他，唇边漾着浅笑，特别配合地回他：“以身相许。”
她的声音变得软绢绵的，听起来比平日还要甜几分。
勾得周雾寻心脏仿佛在被小猫爪子抓挠，酥麻微痒。
他就喜欢她这种时候说话的嗓音，娇娇媚媚的。
“多说点。”周雾寻吻着她，话语低沉而含糊。
白伊被他堵着嘴巴，说出来的话也不甚清楚，疑问：“说什么？”
“喊我。”
“周雾寻。”
她清泠泠的眸子里染了欲，眼神渐渐迷离。
随后，白伊又唤了他一声：“周雾寻。”
周雾寻亲她亲得更加放肆。
“周雾寻。”
“我在。”
好一会儿，她带着哭腔，嗓音微哽地唤他：“阿寻。”
周雾寻的心脏一颤。
白伊用双手捧住他的脸，躺在床上雾眼迷蒙地望着他，眼尾还挂着泪。
须臾，她轻抬起头，主动凑过来。
在闭上眼亲吻他的那一刹那，泪珠从她的眼角滚落。
白伊的唇瓣贴着他的薄唇，蹭着他的嘴巴说了三个字。
周雾寻听到她轻轻呢喃着唤了声：“周阿寻。”

02.

十月中旬沈大举办了校运动会。
除了学生运动员，校方也希望年轻的老师们积极参与。
最后也不知怎的，白伊就被塞了个教师组女子 800 米的项目。
不过她也不排斥女子 800 米，于是就这么定了下来。
虽然高中的时候她跑步不差，但这些年白伊还真没怎么增强运动。
她不喜欢打没准备的仗。
所以在运动会举办的前一个星期，白伊每天都起很早，跟着周雾寻去晨跑。

晚上还要拉着周雾寻再夜跑一次。

这也导致白伊很乏，沾了枕头很快就能睡着。

可，却苦了周雾寻。

因为她没精力陪他折腾了。

忍了几天，周雾寻在距离校运动会还有三天的那晚，不顾白伊睡着，硬是把她给闹醒了。

白伊用手抵着他的肩膀，睡眼惺忪地呢喃："周雾寻，你别闹。"

周雾寻不满地低声说："你最近很忽视我。"

语气居然还很委屈。

白伊还是很困倦，她闭着眼轻笑，回他："哪有啊，最近天天都和你一起跑步呢，比之前每天和你待在一起的时间还要多两个小时。"

周雾寻哼道："狡辩。

"多跟我在一起的这两个小时你是为了运动会，又不是为了陪我。

"我要你陪我，完完全全的。"

白伊哭笑不得，任他放肆，只咕哝说："你不要太过分。"

周雾寻装傻，吻着她含糊地问："怎样算太过分？"

白伊被他问住，居然不知道该怎么回答。

她在半梦半醒间，被他拽着不断地坠落，沉沦到意识全然涣散。

周雾寻也是这次才意外发现，白伊将醒未醒的时候，这么诱人可爱。

让他食髓知味欲罢不能。

这一周，周雾寻也就餍足了这么一次。

怕影响她在运动会上的发挥，接下来几天周雾寻都规规矩矩的，没有闹白伊。

沈大校运动会举办的时间正好是周末。

周雾寻有时间过去看。

有教师组运动会的当天，周雾寻开车带白伊去了沈大。

两个人穿着同款白 T 恤和黑色运动裤，就连鞋都是情侣的。

领了号码后，周雾寻帮白伊把号码贴到后背上。

"27，"他给她贴好后又轻轻按压了下，随后说，"高二那年的运动会，你的号码也是 27。"

白伊扭头，有点意外地仰头望向他。

"怎么？"周雾寻笑问。

白伊说："有点惊讶，你居然记得我当时是几号。"

周雾寻逗她："你忘了我看过你日记了？"

开过玩笑他就正经起来，无奈道："我又没失忆。"

"可你那会儿还不喜欢我。"她鼓了鼓嘴巴，轻喃，"我以为你不会记得。"

他转过她的身子，把人揽进怀里。

周雾寻微低头，将下巴搁在她的发顶，而后叹气道："我记得的。"

他一直都记得，她当时在一众运动员中，位置很靠后，并不起眼，根本不会有人注意。

距离终点只剩一百米的时候，她才逐渐发力，一个一个地赶超其他人，最后第一个冲向终点。

他印象深刻。

周雾寻想起她藏在收纳箱的两块运动会奖牌。

一个是女子 800 米冠军。

另一个是，男女混合 4×100 米接力亚军。

"一会儿别着急，"周雾寻抬手帮她拨了下额前的碎发，而后温柔地低喃，"我陪你跑。"

白伊蓦地仰起脸来，睁大眼望着他，忽而绽开了明朗的笑。

"好。"白伊莞尔应。

当初是她自己跑完的全程。

后来上了大学，学校举办运动会，她亲眼看到过有男生在跑道里侧陪着女生跑。

那时白伊特别羡慕。

羡慕那个女孩子能有人陪跑。

羡慕那个女生被那个男生爱着。

原来，她也可以有这样的经历。

周雾寻拥着她的腰，在她唇瓣上飞快地啄了口。

毕竟是她教书的大学，周围肯定有她的学生，他不好太放肆。

女子 800 米比赛的枪响后，白伊就不紧不慢地沿着跑道跑了起来。

周雾寻就在跑道里侧的草坪上，随着她一起跑。

他扭头看着身侧的她，一头利落的高马尾，身形娇小，跑起来很轻盈。

看台上有学生在为白伊加油，不断地高喊："白老师，加油！"

如此热烈又青春的氛围，让周雾寻恍惚间回到了高中。

那时的她也是这样，梳着高马尾，穿着白 T 恤黑裤。

运动会的参赛号码也是 27。

好像……冥冥之中注定了一切。

让他在今天、在此刻，能够弥补青春里没来得及的遗憾。

和上学时一样，白伊在最后一百米，开始加速。

很快，她就赶超了其他女老师，冲到了第一的位置。

看台上送给她的加油和呐喊更加澎湃，几乎要震天响。

白伊还在拼尽全力往终点线跑。

耳边只剩下呼呼的风声，还有远处的欢呼。

忽而，白伊清晰地捕捉到一句："白伊，我去终点等你。"

周雾寻说完这句话，就率先往终点线跑去。

又过了短暂的十几秒，白伊冲了红线。

而后，她瞬间落入一个温暖的怀抱。

周雾寻紧紧地拥住了她。

他掐住她的细腰，将人直直抱起来，带她在原地转了几圈。

白伊呼吸不稳地扬起笑。

可能是心里太激动，她捧住他的头，在他额头上轻轻烙上一吻。

似乎忘记了操场上的大家都在看他们。

看到这一幕的学生们登时疯了般高呼起哄闹了起来。

白伊这才惊觉自己一秒前在大庭广众之下干了什么事。

她瞬间羞窘地推搡周雾寻，语气慌乱地快速道："把我放下来。"

周雾寻没为难她，听了她的话。

旁边有当运动会工作人员的学生说："白老师，您得过去录一下成绩。"

白伊刚点过头，手就被周雾寻牵住。

他的手指滑入她的指缝，同她十指紧扣，拉着她去录了成绩。

等白伊领了奖牌，周雾寻就和她率先离开了运动会现场。

上车后，白伊捧着装奖牌的盒子看，周雾寻倾身给她扣好安全带。

白伊趁机歪头在他的侧脸上亲了口，然后把盛放着奖牌的盒子给他，浅笑说："送你吧。"

周雾寻温柔的目光在她脸上流连。

安静的车内，气氛不知不觉变得暧昧至极。

他伸手接过盒子，收下了她送的礼物。

周雾寻轻捧住她的脸，细细密密地亲吻随之落下来。

“白老师，”男人低沉的嗓音泛起微哑，像大提琴突然被奏响似的，性感到让她耳根酥麻：“你让我好心动。

“谢谢你给我这个机会，让我陪你跑完了 800 米全程。”

白伊笑眼盈盈地望着近在咫尺的他，葱白纤细的手指沿着他流畅的侧脸线条轻抚。

而后，她嗓音温软清甜地说：“不止这 800 米，还有接下来几十年，也需要周律陪我走完啦。”

周雾寻低笑着把她拥进怀里。

他的喉结微滑了下，回她：“乐意之至。”

2010 年 10 月 11 号。

今天的幸运色：黑白。

运动会的号码：我 27，他 11。

在赛道上冲向终点的少年热烈而耀眼，如同玩滑板时的他。

男子 100 米冠军，周雾寻。

女子 800 米冠军，白伊。

2011 年 10 月 4 号。

从津海滑板场通往你家的公交车是，27 路。

你怕狗，我晓得了。

2021 年 10 月 17 号。

11 年后，你参加运动会的号码，依然是 27。

跑道上的你那么明朗轻盈，像正在朝我飞来的白蝴蝶。

我接住了我的白蝴蝶。

白伊，你不只是女子 800 米冠军。

你永远都是我的 NO.1。

03.

周五中午，白伊正在家里做午饭，周雾寻的微信消息传进了她的手机。

白伊并没有立刻看到，自然也没能秒回。

等她把午饭都准备好，在餐椅上落座，再拿起手机，才发现周雾寻十多分钟前给她发了微信。

周先生：“今天晚上我要跟几个同事在汇丰路那家尚仙园聚餐，不能陪你吃饭了。”

汇丰路。

白伊歪头笑了下，眉眼弯弯地回他：“没事，我刚好也有点事。”

周雾寻问：“什么事？”

白伊抿嘴笑着打字发送：“下班后跟同办公室的姜老师去逛街。”

下一秒，周雾寻给她转了笔钱过来。

白伊无奈又好笑，调侃他说：“周律突然霸总。”

周雾寻回道：“我是在宠老婆。”

白伊嘴角轻翘着收了钱，回了句：“那就谢谢周先生啦。”

周雾寻说：“周太太，不用跟你老公说谢谢。”

自从确定了领证的时间，他越发肆无忌惮起来。

时不时就要像现在这样过过瘾才舒坦。

下午白伊上完课，天色已经擦黑。

她开车离开沈大，跟着导航去了丰汇路的汇鑫商场的珠宝品牌专柜。

取完东西，白伊又在商场里逛了逛，买了些东西。

从商场出来把购物袋都放进车里后，她就往周雾寻在的尚仙园走去。

白伊刚到尚仙园外面，就隔着玻璃一眼看到了他。

靠着落地窗的六人桌，周雾寻坐在外侧，距离落地窗最远。

但白伊的眼睛还是一下就捕捉到了他。

男人姿态懒散地靠着椅背，神情略带漫不经心。

她站在窗外的路上，望着他的眸子里不知不觉沁满了笑意。

白伊从包里掏出手机，给周雾寻打电话。

她看到他拿起了手机，在点了接听后，把手机放在耳边。

她看到，他的脸上浮起了笑意。

“白伊。”周雾寻的声音透过手机听筒传来，更显低沉磁性。

白伊并没有告诉他，她就在外面。

她就是过来偷偷看他一眼，不打算打扰他跟他同事吃饭。

然而，白伊刚要开口说话，周雾寻就似乎感应到了什么，突然扭头望向窗外。

两个人的目光隔着明净的玻璃相撞，白伊还没反应过来，饭店里的男人就已经利落地起身往外走来。

白伊连忙说：“你不用出来的，我就……”

就是过来看一眼你。

周雾寻没让她把话说完：“站那儿等我。”

白伊无奈，她刚把通话掐断，周雾寻就已经出了饭店。

周围灯火通亮，夜景繁华。

男人踩着一地的光晕，大步流星地朝她走来。

白伊也抬脚，向着他走去。

随即，她整个人完完全全地落入了他温暖的怀抱。

“你怎么过来了？”周雾寻弯腰拥着她，声音愉悦地染了笑。

白伊面不改色地半真半假道：“我来附近逛街呀。”

他问：“你同事呢？”

白伊语气如常地撒谎：“先去吃饭的地方等我啦。”

“我就……”白伊的手轻环着他的腰，在他怀里仰脸，望着他浅笑，“过来看看你。”

周雾寻垂眸跟她对视着，目光比这夜色还要温柔。

“你快进去吧，”白伊适时提出来，“别让你的同事们等久了……”

她的话音未落，周雾寻就低了头，薄唇轻轻贴在了她柔软的唇瓣上。

白伊微怔。

旋即，她眉眼轻弯，眸子里浮出细细碎碎的光芒。

自从周雾寻出来后，他的几个同事就一直八卦地往这边瞅。

赵鹏程亲眼看到周雾寻迫不及待地出去见女朋友，又见他那么主动地笑着把女方抱进怀里，忍不住感叹：“周律在女朋友面前简直就像换了个人，反差好大啊。”

孟雯雯立刻附和：“我也有这种感觉！平常在律所对着我们冷冷淡淡的，一看到白伊姐就瞬间温柔热情得要命。”

说到这里，孟雯雯想起来什么，又道：“那次白伊姐去律所，周律本来正在发火训悦悦，结果扭头发现女朋友来了，气场瞬间就变得特别柔和。”

李悦幽幽道：“所以我特别希望白伊姐能多去我们律所转转。”

沈年听着他们几个你一句我一句的，忍不住笑出声，说：“你们能跟白伊一样？她可是你们周律喜欢了十年的人。”

下一秒，李悦盯着窗外，惊呼："哇……"

几个人纷纷扭头，然后就看到周雾寻正在搂着白伊亲。

周雾寻并没有很放肆。

他只是克制不住情动，轻轻地吻了吻她的唇，很快就收住了。

白伊放在他腰侧的手轻轻推了下。

她嗓音泛甜地轻喃："你去吧，我也要走啦。"

周雾寻低低地"嗯"了声，却没舍得松手。

白伊好笑地去拉他的手，抓着他的手指让他放开了她。

"我结束应该比你早，"白伊捏着他的手指，笑着对他说，"回家等你啊。"

周雾寻微点头，应道："好。"

白伊转过身，背离着他往前走去。

周雾寻还站在原地，望着她纤瘦的背影，迟迟不动。

须臾，白伊慢慢停下，回头看了这边一眼。

发现他还没走，她嘴角漾着笑对他挥了挥手。

周雾寻这才挪了挪脚，在她转过身继续往前走后，他才朝饭店门口走去。

白伊一个人在汇鑫商场里找了家餐馆解决掉晚餐，随后就开车回了家。

她把买的购物袋放进了卧室，然后从冰箱里拿了盒冰激凌。

旋即，白伊去了秘密基地。

她找出一部电影来，窝在沙发里一边吃冰激凌一边看电影。

周雾寻回家后，发现客厅和卧室都没人。

他推开书房的门，她也不在。

最后，周雾寻上了三楼，果然在秘密基地找到了她。

房间里光线昏暗，周雾寻是走过去后才看清，沙发旁边的小圆桌上，放着一个空的冰激凌盒子。

白伊知道他过来了，但她的视线没有从电影画面上挪开，只伸出手去抓他的手，让他在她身边坐下来。

周雾寻被她拉着手坐在了沙发里。

他没说话，也没动，就这么被他扯着手指。

须臾，白伊敏锐地觉出他不太对劲儿，扭头看向他。

周雾寻神色淡淡地盯着电影画面，目光沉静无波。

白伊倾身凑近他，眨巴着眼唤他："周雾寻？"

她轻声问："你怎么了？"

"你吃冰了？"他深邃的目光扫过来，跟她清泠泠的眸子对视到一起，眼神中带着笃定。

白伊如实道："嗯，吃了。"

"过几天就是生理期了，你还吃冰？"他沉沉的语气里含着明显的担忧。

原来是因为这个在生气。

白伊眉眼弯弯地回他："不碍事的。"

周雾寻刚要开口讲话，她就主动过来，坐到了他的腿上。

白伊和他面对面，手勾着他的脖子，乖乖地说："接下来几天不会再吃了，别生气啦。"

她稍微主动一下，再说句好听的话，他瞬间就没了脾气。

周雾寻叹了口气。

他揽住她的腰，把人完完全全摁进怀里，在她耳畔低喃："以后不能这样了。"

她莞尔答应："好。"

随即，白伊语气明朗地说："你抱我回卧室。"

周雾寻轻挑眉梢，逗她："这么迫不及待？"

然后，他又蹭着她的耳郭压低声线道："这次不回卧室，就在这儿。"

"不是……"白伊往后仰上半身，轻笑解释，"我不是这个意思，卧室里有我要送给你的东西。"

"嗯？"周雾寻不听她的，非要在这儿闹腾，还慢悠悠地说，"送我的东西又不会跑，晚点再看。"

"我现在只想跟你一起。"他吻着她，话语含糊。

白伊半推半就，并没真的抗拒，反倒有种欲拒还迎的勾引。

等两个人回卧室洗过澡换好衣服后，周雾寻才把东西从购物袋里掏出来。

是两件白色的高领毛衣，情侣款。

白伊跪坐在床上，展开小码的那件，笑着对周雾寻说："领证那天我们穿这件毛衣吧。"

周雾寻挑眉，欣然应允："好。"

白伊又从另外两个购物袋里分别拿出一件黑色的中长款大衣。

"搭黑色的毛呢大衣。"她眉眼轻弯道。

周雾寻语气宠溺地略拉长音答应："好——"

11 月 8 号晚上，接近零点。

周雾寻在书房忙工作的事，白伊在卧室等他，也一直没睡。

零点如约而至。

时间跳跃到了新的一天。

白伊又等了会儿，周雾寻还没回来。

白伊便从枕头底下摸出一个小东西，攥在手心，下了床光脚来到书房。

她轻轻地走到他身侧，没有出声打扰，但还是引起了他的注意。

周雾寻瞥眼看到她没穿鞋，直接把人给扯进怀里，让她坐在了他腿上。

“怎么又不穿鞋？”他微蹙眉心，一边敲键盘一边低声问她。

白伊嘴角翘着，笑说：“忘啦。”

“你还要多久啊？”她眨巴着眼问。

周雾寻叹气回：“还得一会儿，你困了就先睡。今晚弄完，白天就不用再处理这些事了，可以好好陪你。”

白伊沉吟了下，喊他：“周雾寻。”

“嗯？”他从喉咙里发出一个单音节。

她语气认真地问：“能把你的左手暂时借给我一会儿吗？”

大脑还没思考，周雾寻就把左手递给了她。

白伊执着他的左手，把她藏在掌心的东西一点点套在了他的无名指上。

指间传来的冰凉让周雾寻垂下了头。

他盯着圈在他左手无名指的男士钻戒，目光怔然。

白伊用戴着他送她钻戒的左手轻握着他的手指，温声软语道：“周雾寻，我一直没有亲口跟你说，这辈子能遇见你，我有多幸运。

“而我却不止这么幸运，因为，我还被我暗恋的你喜欢着。

“我知道你原来过得不好，总是孤孤单单的一个人。”

说到这里，和他有关的很多回忆都涌了出来，白伊又一次心疼他心疼得要命。

哪怕她清楚，那些晦涩早已成过往，可还是很难过他曾过得并不好。

她努力稳着快要发颤的嗓音，脸上盈着笑，语气认真地对他说：“但从今以后，我会让你过得好，我也会对你很好很好。”

白伊泪眼蒙眬地轻喃：“我会陪着你，一直一直陪着你。”

周雾寻只垂眼瞅着她，一句话都没说。

男人的眼睛通红，他强忍着眸子里翻涌的酸胀，喉咙发紧地哽住，说不出一个字。

早在他发现她日记的那天，他就彻底明了，这世上最懂他的人，只有白伊。

她早在高中就能看透他的伪装，知晓他的孤独。

除了她，没人能懂他。

但只要她懂，就够了。

周雾寻用吻代替了语言。

他捧着白伊的脸，倾尽温柔地吻着她柔软的唇，小心轻然地把从她眼角滑落的泪含进嘴里品尝。

绵长缱绻的一吻结束后，白伊靠在周雾寻怀里平复呼吸。

而周雾寻，把脸埋进了她的侧颈，还在意犹未尽地亲着她。

白伊歪着头笑，推他脑袋，嗔道：“再闹下去，你的工作要做不完了。”

周雾寻被她提醒，登时一肚子郁闷。

平日里在人前格外成熟稳重的他，此时却抱着她幼稚地撒娇：“好累啊，不想干了。”

很像冲她摊开肚皮求抚摸的狗狗。

白伊其实很喜欢他这样，偶尔跟她抱怨工作，向她袒露他的疲累。

她轻轻拍了拍他的后背，温软地宠溺道：“还有时间的话就放放，先跟我回去睡觉。”

他抱着她给自己充了会儿电，又恢复成了那个理智冷静的周雾寻。

他微微叹气道：“还是弄完吧。”

白伊没有回房间去睡，就坐在他腿上安安静静地陪着他。

后来，她不知不觉地倚靠着他肩膀在他怀里睡熟。

周雾寻察觉，敲键盘的动作都轻了很多。

白伊不知道自己是什么时候被他抱回卧室的。

她再睁开眼时，天已经亮了，但身边的人还在睡。

白伊枕着他的胳膊，侧躺在他面前，目光染笑地望着熟睡的他看。

须臾，她小心翼翼地坐起来，下了床。

感觉天色有点阴沉，白伊来到窗前，偷偷撩起一点窗帘，从帘缝中望了眼外面。

天地间浓雾弥漫，入目一片朦胧。

周雾寻被突然钻进屋子里的光亮唤醒。

他翻了个身，扭头望向窗边，睡眼惺忪地看着站在那儿的娇小身影，嗓音低哑慵懒地喊她："白伊。"

正独自欣赏大雾弥漫的白伊瞬间回过头来。

她的唇轻弯，嘴角扬起一抹浅浅的弧度，语气明朗温软地告诉他："周雾寻，外面起雾了。"

过去十一年，只要清早起来发现是雾天，她就会第一时间想到他。

周雾寻不紧不慢地坐起来。

他摁了下遥控器，让窗帘自动打开，旋即就下床走了过来，从后面把白伊圈抱住。

"早啊，"周雾寻在她耳畔低喃，"周太太。"

白伊轻笑出声，故意说："还不是周太太呢，过会儿才会是。"

周雾寻轻轻吻她的侧脸，回道："在我心里，早就是了。"

"多早？"她好奇地扭头问他。

周雾寻垂眸，目光温柔地瞅着她，一字一句地告诉她："从重逢那天开始。"

再次见到你我才知道，我比我想象的还要喜欢你。

当时我就清楚，这辈子，周雾寻非白伊不可。

周雾寻和白伊在民政局前下车时，晨雾正在渐渐消散。

尽管天色依然阴沉沉的，但根本影响不到他们晴朗的心情。

他牵着她的手，踏进了民政局。

半个小时后，周雾寻和白伊手牵手走出来。

两个人的手里，各自多了个小红本。

白伊望着眼前的景象，睁大的眸里满是惊喜的笑意。

"周雾寻，下雪了欸！"她语调轻扬。

暗黄的天空中，雪花正在簌簌地往下飘落。

周雾寻嘴角噙笑地应："嗯。"

在下台阶的时候，白伊停在了最后一个台阶上。

而周雾寻已经走完了所有台阶。

她扯着他的手往回拽，周雾寻转过身来，随后被白伊一把抱住脖子。

两个人穿着同款的白色高领毛衣和黑色毛呢大衣，站在一起特别登对。

周雾寻眉眼柔和地拥紧她，薄唇扬起明显的弧度。

“我好高兴啊周雾寻，”白伊语调开心，“今天真的好适合领证。”
有雾，有初雪，还有我最最最爱的你。
周雾寻愉悦地低笑。
“白伊，”他在她耳边呢喃，“我好爱你。”语气不自觉间，就已经倾尽了他的所有温柔。
白伊脸上漾开灿然的笑。
她又收了收搂着他脖子的手臂，环得更紧。
“周雾寻，答应我，以后每年的初雪都要陪我一起看。”
“好，我答应你。”
不止是每年的初雪。
我会陪你赏尽余生四季。

11月9号中午11:09。
白伊和周雾寻各自发了一条朋友圈。

白伊：如愿以偿［玫瑰］
周雾寻：得偿所愿［玫瑰］

除了这行文字，他俩还配了相同的两张照片。
第一张是他们拿着结婚证的照片。
并没有露脸，只用后置摄像头对准了捏着结婚证的手。
背景是民政局门口的“民政局”几个字。
因为拍的时候正在下雪，雪花也被镜头捕捉进了照片中，看起来唯美又浪漫。
第二张是他们戴着戒指的左手轻牵相握的照片。
两个人手腕上的红绳也很醒目。

因为晚上要回家跟伊君婉和白骏毅一起吃，周雾寻早就计划好了今天中午带白伊在外面单独吃。
他开车带白伊去了他提前预订好的餐厅。
他们到的时候，氛围偏安静的高档餐厅里，正放着很有情调的音乐。
周雾寻牵着白伊的手落座，让服务员上了他点的菜。

须臾，白伊忽而听到一首很熟悉的前奏。

她轻抬眼帘，有点意外地扬唇道："这首歌！"

周雾寻眉眼染笑地疑问："嗯？"

白伊期待地说："我们婚礼上用这首歌吧？"

他低笑，欣然同意："好。"

低沉温柔的男声已经伴着轻缓的旋律响起："It's undeniable that we should be together."

翻译成中文，这句歌词的意思是——不可否认，我们将会厮守在一起。

是她和他当年在出租车上意外听到的那首英文歌*Back at one*。

白伊第一次听到这首歌时，就觉得这首歌很适合在婚礼上用。

而她那时完全不敢想，以后和她踏入婚姻殿堂的，就是那晚跟他一起听这首歌的少年。

也是，她藏在心底暗恋的男孩。

白伊并不知道，这次能听到这首歌，是周雾寻提前跟餐厅交代好的。

这首*Back at one*，是他特意为他们俩点的。

过了会儿，白伊忽而说："晚上要回家吃饭。"

周雾寻轻"嗯"，回她："我晓得。"

白伊嘴角弯弯地问："你是不是要改口啊？"

周雾寻给她夹菜的手微顿，而后无奈失笑："不然呢？"

"其实……"白伊很善解人意道，"觉得别扭的话可以先不改，慢慢来嘛，爸妈也不会介意的。"

"不用，"周雾寻慢条斯理地说，"我已经做好准备了。"

听到他这样说，她眉目间的笑意渐浓。

吃过午饭后两人回了秋亭苑，打算过一下午的私人时光。

周雾寻本来很慵懒地搂着人想睡一觉，白伊却兴致勃勃地拉着他挑选起了拍婚纱照的摄影团队。

结果到最后，他不困了，她却靠在他怀里睡熟。

周雾寻低低地叹了口气。

他把放在她腿上的平板拿到旁边，抱着她起身回了卧室。

白伊被他揽在怀里，睡得格外安稳。

周雾寻什么都没做，就这么拥着她，在床上躺着陪她。

不知道过了多久，白伊嗓音软绵绵地呓语着喊他："周雾寻。"喊完似乎还笑了下，唇边都扬出了浅浅的弧度。

周雾寻有那么一瞬还以为她醒了，随后才明白过来，她这是在说梦话。

做梦都在喊他的名字。

本来就很好的心情更加愉悦，他嘴角噙笑地应："嗯？我在。

"做什么梦了，这么开心？"

他抬手轻轻地帮她拨了拨发丝，刻意压低的声线听起来格外温柔。

睡梦中的白伊似乎能听到他的话，话语温软地轻喃："婚礼……"

话音未落，她就突然从梦中脱离了出来，有了意识。

白伊睁开眼，目光茫然地眨了眨。

周雾寻见她醒了，凑过来亲了亲她的脸，温声问："醒了？"

白伊懒懒地"嗯"了声，很熟练地侧身，滚进了他的怀里，又闭上了眼。

周雾寻拥着她，一点点地亲着她粉粉的耳朵，低沉的声音染了些沙哑："刚刚做梦了？"

"嗯，"白伊困倦得不想睁眼，慢吞吞地说，"梦到了婚礼，我们结婚了。"

她刚说完，就忍不住缩了缩肩膀，轻哼了声。

周雾寻在她耳边轻吻着，喑哑的嗓音格外性感勾人："老婆。"

白伊被他这声"老婆"叫得耳根酥麻，浑身发软。

她情不自禁地揪紧了他的衣服，手指把他身上的衣料拧出了小旋涡。

房间里的窗帘还没合上，橙色的夕阳光晕透过玻璃打落进来，碎了一地的温柔。

白伊伸手摸过遥控器，摁了关窗帘的键。

随着窗帘缓缓地自动合上，她也被周雾寻给拉了起来。

女人柔顺的长发在空中荡起一抹弧度，又尽数垂在她薄瘦的脊背上，发丝轻轻地蹭着她光滑的肌肤。

周雾寻格外喜欢她刚刚睡醒意识还不清晰的时候，特别诱人，连说话声都比平时还要甜几分，娇娇的。

"叫我什么？"他的声音透出难以言说的欲。

白伊雾眼迷蒙地望着他，乖乖道："老公。"

她知道他想听什么。

周雾寻笑着说："多喊几次。"

白伊红着脸，小声嗫嚅着在他耳边又唤了他几声"老公"。

周雾寻低低地笑，吻着她哄：“老婆好乖。”

后来洗过澡，白伊挑衣服穿好，随即就开始化妆。

周雾寻换了件黑衬衫，配的领带是她送他的那条墨蓝色的。

他要系领带的时候，白伊刚巧打扮好。

她凑过来，从他手里拿走领带，眉眼弯弯道：“我来帮你。”

同居了好几个月，她还没有帮他系过领带，白伊很想试试。

周雾寻乐得老婆给自己系领带，很配合地微弯了下腰。

白伊认真细致地不紧不慢把领带给他系好，又帮他正了正。

而后，她轻拉着他的领带，在他低头的同时，她踮起脚来，仰脸在他的薄唇上轻轻亲了亲。

周雾寻尝到了一点香甜，是她涂在唇瓣上的口红的味道。

白伊亲完他，脸上就漾开了笑。

她毫不掩饰对他的夸赞，说：“有点帅。”

周雾寻低笑，逗她：“只是有点？”

白伊挑眉，笑而不语。

白伊和周雾寻到白家的时候，已经是晚上七点多。

玄关放着一大一小两双拖鞋，不用猜也知道是伊君婉给他俩准备的。

伊君婉和白骏毅早把丰盛的晚饭准备好，就等他俩了。

毕竟是领证的日子，一家人高兴，开了酒喝。

周雾寻亲自给两位长辈倒好酒，随后又给白伊倒了些，最后才给自己满上。

他站在桌前，对伊君婉和白骏毅认真郑重道：“爸，妈，谢谢你们愿意把一一交给我，这杯我敬你们。”

白伊有点诧异地仰脸瞅向他。

他喊她，一一。

白伊的嘴角无意识地翘了翘。

周雾寻一口气干了这杯酒，而后又给自己倒满。

白伊在旁边小声说：“你慢点喝，喝太急容易醉，还很难受。”

周雾寻对她笑道：“没事的。”

伊君婉笑语盈盈地说：“你俩晚上在家住吧，醉了也没关系，今天高兴，就让雾寻跟你爸多喝几杯。”

这顿饭吃到后来，白伊和伊君婉都离桌了，周雾寻还在和岳父喝酒。

伊君婉拉着白伊上楼，带她去了卧室。

随后，伊君婉从柜子里摸出一张卡来。

她把这张卡递给白伊，白伊茫然地问：“妈，你干吗呀？”

怎么突然给她卡？

伊君婉笑说：“这是我和你爸爸给你攒的嫁妆，收着吧。

“办婚礼需要很多钱，雾寻之前还买了房，秋亭苑的房价多高我又不是不清楚，他这孩子也怪不容易的，别所有的花销都让他担。”

白伊想要把卡还给伊君婉，嘴里嗔怪：“我自己有工资……”

“工资你就留着当日常开支。”伊君婉到底是过来人，知道结婚成家过日子有多不容易，她轻声细语地对白伊说，“一一，这钱就是爸爸妈妈留给你的，是给你的嫁妆，你得拿着。

“结婚后哪儿哪儿都需要钱，等你生了孩子，用钱的地方更多，手里需要有些存款的。”

说到这里，伊君婉又道：“爸爸妈妈能力有限，攒了这么多年，最后也只拿得出这一百来万的嫁妆。”

白伊听得眼热鼻酸，她知道父母这么多年不容易，这些钱都是他们没日没夜工作，一点一点攒下来的。

伊君婉看到女儿一副要哭的模样，轻笑着摸了摸白伊的脑袋，温柔道：“爸爸妈妈就你这么一个女儿，你过得好我们就满足，虽然你已经领证了，算是周家的媳妇了，但这里永远都是你的家，你想什么时候回来就什么时候回来，知道吗？”

白伊彻底崩不住情绪，滚烫的眼泪噼里啪啦地砸了下来。她不断地点头，轻声应：“知道。”

与此同时，还在楼下喝酒的两个男人，也不免提到周雾寻和白伊今天领证的事。

白骏毅举着酒杯对周雾寻说：“雾寻，我把我女儿交给你，你可一定得对她好。”

周雾寻乖乖点头保证：“放心吧爸，我一定对她好。”

白骏毅又道：“你要敢让她受委屈，让她伤心难过，甚至做对不起她的事……”

白骏毅还没说完，周雾寻就笃定地回：“不会，我绝不会让她受半点委屈，也不会让她因为我伤心难过，更不可能去做对不起她的事。”

“爸，我很爱很爱她，”已经酒精上头的周雾寻对白骏毅坦言，“我喜欢了白伊十年，才让她成为我老婆。

“我知道这份感情有多来之不易，我宝贝她都来不及，怎么舍得去做伤害她的事。”

白骏毅虽然没醉，但也因为酒精的作用大脑很兴奋。

听到周雾寻说他喜欢了白伊十年，白骏毅心里突然有些舒坦。

大概是因为忽而明白了，过去那些年，女儿的暗恋并不是一厢情愿。

白骏毅跟周雾寻碰了下酒杯，叹气道：“这么多年，你也不容易，以后就是一家人了。

“从今天开始，一一是你们周家的人，你也是我们白家的人。”

白骏毅顿了顿，继续说：“之后如果碰到什么事，需要用钱或者需要帮忙，别自己扛，跟家里说。”

周雾寻笑应：“嗯，谢谢爸。”

酒向来是越喝越停不下来，尤其在有好事庆祝的日子。

最后还是洗完澡下楼来的白伊把他俩劝住，周雾寻很听话地起身跟着白伊上楼回房间。

伊君婉早在他们回来之前就给周雾寻准备了合身的新睡衣。

白伊拿起母亲放在她卧室床上的男士睡衣，塞给周雾寻，对他轻声说：“去洗个澡，洗完该睡觉啦。”

她说什么周雾寻都听，特别乖。

他洗完澡出来，白伊刚把头发吹干梳顺，正靠在床头捏着母亲给她的那张卡若有所思。

周雾寻爬上床，凑过来，把她紧紧地抱在怀里。

“周雾寻，”白伊侧身正对他，在他眼前晃了晃这张卡，告诉他，“这是我爸妈给我的嫁妆。”

周雾寻深邃的眸子漆黑发亮，像璀璨的星空。

他说：“那你收好。”

“我想……跟你一起分担婚礼的费用可以吗？”她试探地问。

周雾寻并没恼，反而笑了。

“你怕我没钱啊？”他语气轻松地回问。

虽然喝了很多酒，但周雾寻意识还很清醒。

“我还有钱，”他的大手掌在她后脑上轻轻揉了揉，安抚地说，“我自已能承担婚礼需要的各种花销，别担心。”

既然这样，白伊也没强求，便说：“那我先存着，可能以后有了孩子会用到这笔嫁妆费。”

“好。”周雾寻回完，随后问，“你喜欢男孩还是女孩？”

白伊很认真地想了想，浅笑轻言：“都喜欢。”

“我喜欢女孩。”周雾寻抱紧了白伊，闭上眼懒洋洋道，“像你一样的小姑娘，肯定特别可爱。”

白伊眨了眨眼，说：“那像你一样的小男孩，也肯定很帅很酷很优秀。”

周雾寻今晚似乎特别高兴，总在笑。

他蹭了蹭她的侧脸，感叹了句：“要是一次性可以儿女双全就好了。”

白伊忍不住笑他：“你想得美呢，梦里可以实现。”

她撩起眼皮看他，对他说：“哎，对啦，星月和何颂想约我们吃饭，说要恭喜你和我成为已婚人士。”

“嗯。”周雾寻懒懒地应了下，而后沉了口气，睁开了眼。

他的神思仿佛清明了几分，嗓音低沉道：“不能只跟他俩吃，这周六带你去彭家吧，到时候让星月和何颂也回去，我们四个跟我姑姑、姑父一起吃个饭。”

白伊莞尔应允：“好。”

须臾，白伊关了灯。

周雾寻紧紧地把她搂在怀里，不断用脑袋蹭她，撒娇似的一声声唤她：“白伊，白伊……”

白伊不厌其烦地应：“干吗呀？我在呀。”

他语调愉悦地温柔呢喃：“你是我家人。”

白伊弯了弯唇，伸手回抱住他，一字一句地认真告诉他：“你也是我的家人。”

过了会儿，她闭上眼正要睡的时候，拥着她的周雾寻在她耳畔低声说：“想听歌吗？”

白伊又睁开了眸子，笑着问：“你唱？”

“嗯，我给你唱。”

喝了酒的他总归还是跟平常不太一样。

不仅爱笑，会撒娇，现在还要主动给她唱歌。

“好啊。”她欣然回道。

随后，周雾寻就贴在她的耳边，低低缓缓地清唱起来。

“……是你，爱你让我变得更强，为你战斗永不投降。”

他的声音很小，像在对她悄悄呢喃般，温柔又动人：“让我照顾你，让你未来放在我肩上。”

白伊不知不觉地扬起了唇。

这首歌她熟悉，因为是她偶像的歌。

到最后，他的声音越来越小，越来越含混不清。

渐渐地，男人平稳均匀的呼吸不断落在她耳畔处。

他睡熟了。

白伊笑了笑，在他的嘴角轻轻吻了下。

她懂他的意思。

一一，让我照顾你。

阿寻，我让你照顾。

04.

第二天清早，白伊醒了后摸过手机查看时间，发现微信又多了不少消息。

自昨天她发朋友圈晒了领证的照片后，大家就祝福不断。

身旁的周雾寻还在睡，白伊小心翼翼地坐起来，倚靠着床头，点开了微信。

随后，她打开朋友圈看了点赞和评论。

其中就有章骛恂和贺辞。

章骛恂的微信号白伊一直都有。

当年分手后两人还在同一所大学，关系也并没有因为分手闹僵，只不过不再聊天了而已。

本科毕业的时候，章骛恂还特意找了她告别。

这么多年过去，他俩没有私聊一句，朋友圈也从未点赞评论过。

加上章骛恂一年到头不会发一次朋友圈，白伊甚至忘记了章骛恂还在她的好友列表中。

至于贺辞，自从三年前他高考完去海大找了她之后，他俩就再也没有见过，也几乎没聊过天。

但每到除夕夜的零点，辞旧迎新之际，他总会给她发一句：“姐姐，新年快乐。”

白伊也会回他一句：“新年快乐啊贺辞。”

除此之外，没有任何交流。

而现在，他们在她朋友圈的这条领证信息下，纷纷送上了祝福。

章鹜恂：“恭喜，新婚快乐！”

贺辞：“新婚快乐，百年好合。”

白伊抿嘴笑了下，挨个回复了他们的评论，说了句谢谢。

白伊放下手机，扭头垂眸看到周雾寻还在睡，忍不住莞尔。

她俯身凑过去，在他的唇边轻轻亲了下，而后下床走出了卧室。

伊君婉和白骏毅已经吃完早饭要出门去医院了。

看到白伊从楼上走了下来，伊君婉对她说：“一一，厨房里给你和雾寻留了早饭，等他醒了后你们吃。”

白伊眉眼弯弯地应：“好。”

“我跟你爸爸走了啊，”伊君婉又不放心地嘱咐，“你看着点时间，记得喊雾寻起床，上班别迟到了。”

“知道啦。”白伊无奈地笑说。

等伊君婉和白骏毅离开家，白伊来到客厅的窗前，隔着玻璃往外面望了望。

昨天的雪虽然不大，但一直到深夜都还没停。

这会儿外面银装素裹，入目皆是一片洁白。

白伊抬手伸了个懒腰，心情很好地转过身，把父母温在厨房的早餐盛出来端上桌。

然后，她折身回到楼上的卧室，去叫周雾寻起床。

白伊轻轻推开卧室的门，床上的男人还在合着眼睡。

昨晚没注意，这会儿床上只剩他一个人，白伊才觉得这套粉嫩嫩的四件套和他很违和。

但同时又让他多了几分说不出来的柔软乖巧。

她咬住唇，强忍笑意走到床边，微微弯腰，温柔地喊他：“周雾寻，周雾寻，起床啦！爸妈都吃过早饭去医院了你还不起，你怎么越来越懒啦！”

周雾寻毫无反应。

白伊只好上手。

她用手指轻轻点着他高挺的鼻尖，继续唤：“周先生，再不起来上班要迟到了哦。”

周雾寻动了动，但并未醒来。

他伸手捉住了她的手，刚好放在他的左胸口处。

白伊清晰地感知到了他的心跳。

她眨了眨眼，总感觉他强有力的心跳震动尽数传进了她的掌心，顺着血液蔓延到了她的心口。

不然，怎么她的心跳会渐渐跟他的重合。

白伊恍惚了片刻，才又凑近他，几乎贴着他的脸，轻声喊："周律，你还不起？"

周雾寻这才有点反应，他慵懒地低喃："叫老公才起。"

白伊笑他幼稚，但还是满足了他。

她在他嘴角蜻蜓点水般吻了吻，温软呢哝："老公，起床啦。"

说完，白伊刚要退离起身，突然就被他伸手环住了腰。

周雾寻抬起另一只手，扣住她的后脑，加深了这个早安吻。

白伊在他要作乱时握住他的手腕，轻轻说："没时间了，别闹。"

周雾寻低叹，乖乖作罢，不再折腾。

昨晚顾及着有长辈在另一间卧室，他没敢拉着她放肆。

结果早上也不行。

白伊坐在床边，垂眼望着还躺在被子里的他，笑语盈盈的。

周雾寻瞅她，无奈的语气中略带幽怨："看我欲求不满你这么开心？"

"什么呀！"白伊嗔怪地抬手隔着被子打了他一下，随后道，"我是突然发觉，你这样看起来好柔软。"

她说着，还伸手摸了摸他的脑袋。

能这么肆无忌惮摸他头的人，也只有她了。

"还有睡着的时候，"白伊说，"睡着的时候也很乖。"

周雾寻叹了口气，纵容地任她用"乖"这个字形容他，并不反驳。

起床吃过早饭后，周雾寻开车送白伊去沈大。

在路上，白伊收到了吕舒娜的微信。

吕舒娜："我刚刷朋友圈才看到，一一你跟周雾寻扯证啦！"

吕舒娜："恭喜恭喜！什么时候办婚礼？姐姐给你们包大红包！"

吕舒娜给她"转账 6666"。

吕舒娜："先随个小红包吧！"

白伊看着表姐发来的几条微信，嘴角无意识地翘了起来。

她回复吕舒娜说："明年 4 月 21 号办婚礼，姐你一定要来。"

吕舒娜回她：“肯定的啊！就算有工作我也要推掉去参加你的婚礼。”

吕舒娜：“好啦，先不聊啦，我得拍戏了，有空再找你聊啊。”

白伊打字发送：“好，姐你照顾好自己。”

吕舒娜似乎来不及打字，直接发了条语音过来：“知道啦，贴心小宝贝——，记得把份子钱领了啊。”

白伊听语音的时候直接开的外放，所以周雾寻也把吕舒娜的话听得一清二楚。

“学姐？”他问。

“嗯。”白伊用手指戳着手机屏幕，头也不抬地应了声。

她收了吕舒娜的钱，然后把这笔钱记录在了备忘录里。

以后等表姐结婚，都是要还回去的。

记录好后，白伊才告诉周雾寻：“姐姐给我转了六千六百六十六。”

周雾寻笑说：“收着吧。等学姐结婚，我们也要给她随礼钱的。”

白伊弯唇道：“她这几年忙着搞事业，还不知道什么时候才会结婚呢。”

周雾寻说：“毕竟是演员，这会儿正是事业发展黄金时期，晚些结婚也正常。”

周雾寻把白伊送到校门口，在她要下车的时候，他又突然喊住她。

白伊以为他要索吻，便主动凑过去在他的侧脸上“吧唧”了一口。

她这个举动反而让周雾寻愣了愣。

随即，男人低笑着打开储物格，从里面拎出一包糖果来，递给她。

“昨天发的朋友圈你同事肯定也都看到了，”他嘴角噙笑道，“拿点糖去办公室吧。”

白伊没想到他把她叫住是因为这个，登时羞赧得脸颊泛红。

白伊扑闪着眼睫从他手中接过糖果，刚要落荒而逃，人就被周雾寻摁在了副驾驶座上。

男人凑过来，吻住她的唇。

他慢条斯理地一点点加深这个吻，还故意嘬出声。

这个亲吻让白伊羞得面红耳赤，意识都快要被他勾引得涣散了。

到最后，白伊从车上跳下来，双腿发软。

他仅用一个深吻，就能让她溃不成军。

周六晚上。

周雾寻带白伊去了彭家。

他俩到的时候，彭星月和何颂都已经在客厅坐着了。

白伊上学的时候就来彭家找彭星月玩过，彭星月的父母周步馨和彭信辉早就认识白伊。

白伊先随着周雾寻乖巧地笑着喊了长辈：“姑姑，姑父。”

周步馨笑吟吟道：“我之前根本没想到一一以后会是我们周家的媳妇，这也太有缘了。”

白伊看了周雾寻一眼，也笑。

见到白伊，彭星月笑语盈盈地招手喊她：“一一，快过来坐！”

周雾寻松开她的手，让她过去找彭星月。

白伊立刻就挪步去了彭星月身旁。

周雾寻把买来的东西递给周步馨，说：“这是一一给姑姑、姑父选的礼物。”

周步馨嗔怪：“以后不准乱花钱了啊。”

周雾寻淡笑点头，应了声：“好。”

“你们先去坐着聊会儿，晚饭这就好。”周步馨今晚格外高兴，“我跟你姑父去厨房看看阿姨准备得怎么样了。”

周雾寻随后也来了沙发这边落座。

正在摁遥控器换台的何颂歪头笑着问他：“寻哥，领证的感觉怎么样？”

周雾寻眉梢轻抬，慢悠悠地回了句：“你不是知道吗？还问。”

何颂说：“那也因人而异嘛。”

周雾寻轻哼一声：“我为什么要告诉你。”

何颂“啧”了声，话还没说出口，就听到彭星月在跟白伊讨论别的男人。

“我前几天去医院体检，居然看到了骆夏学长。”彭星月兴奋地跟白伊说，“就是咱们上高一那年，学校里人人都知道的那个高三学神，骆夏。”

“哦……”白伊眨了眨眼，“我想起来了，那年元旦晚会，孟瑶还鼓起勇气向骆学长告白了是吧？”

“对对对。”彭星月说，“他现在就在沈城第一医院普外科，这么多年过去居然还那么帅！尤其穿上白大褂，可斯文禁欲了。”

话音刚落，何颂就清了清嗓子，煞有介事地插嘴说：“彭女士，你老公就在旁边呢。”

白伊登时乐不可支。

彭星月嘿嘿笑，对何颂说：“我就跟一一随便聊聊嘛，八卦一下学神的传奇人生而已。”

何颂“嘁”了声，但也没真拦着。

为这个生气就更提不上。

彭星月继续跟白伊八卦：“骆学长那届有个女生进步超级大，最后考上清大了你还记得吗？各科老师都经常挂在嘴边夸的那个学姐。”

白伊点点头：“记得啊，向暖学姐嘛，当初学校的荣誉榜就有她，每天中午吃饭的路上都能看到。”

“她，向学姐，”彭星月神秘兮兮地对白伊说，“跟骆学长结婚了，今年六月份有了一对龙凤胎。”

白伊惊讶地睁大眼：“龙凤胎啊……”

彭星月感叹：“骆夏真就是天之骄子人生赢家，只会让人羡慕哭。”

周雾寻升高二才半路转学到沈城一中，所以他根本不认识彭星月和白伊讨论的这两人。

但只听她们聊也能知道，她们嘴里的“骆学长”和“向学姐”是沈城一中大他们两届的学长学姐。

“星月你怎么会知道这么多学长和学姐的事啊？”白伊不解地问。

彭星月站起来，告诉白伊：“因为我老公呗。何颂大学时的直系学长是靳言洲。靳言洲你应该知道吧？学习也很厉害的，当年仅次于骆夏。”

白伊点头。

这她当然知道，常年挂在公告栏成绩荣誉榜上的人。

“靳学长就是向学姐的哥哥。啊，不过有传闻说，他俩是异父异母重组家庭的继兄妹。

“何颂现在跟靳学长是工作伙伴，关系很熟，这些消息都是何颂在他那里得知的，肯定可靠。”

白伊忍不住失笑，星月是真的很八卦了，从上学时就是八卦“体质”。

“哎，一一，你猜，要是我哥跟骆夏学长同届，他俩谁的成绩更厉害？”彭星月好奇地问。

白伊沉吟了片刻，话语认真道：“我没办法客观公平地回答这个问题。

“在我心里绝对是周雾寻最厉害啊！同样的，在向暖学姐那里，也肯定是骆夏学长最厉害。”

彭星月意味深长地“哦”了声，笑着调侃：“谁的老公谁护着呗！”

白伊浅笑回：“那当然啊，我老公我不护着谁护着。”

我老公我不护着谁护着。

在旁边一直没说话的周雾寻，突然伸出手握住了她的手。

他扭头垂眸望着她，眼底涌动着克制不住的情念。

下一秒，男人倾身凑近她，在她的侧脸上落下温柔一吻。

白伊没想到他会猝不及防地亲她，还是在有别人在场的情况下，她一时怔住，有点茫然无措地眨了下眼睛。

彭星月被迫吃了一嘴狗粮，嚷道：“哎呀，你们俩！”

她拽着何颂的衣袖告状：“你看我哥和一一！”

何颂笑问：“羡慕？我也亲你一口？”说着，不等彭星月反应过来，何颂已经在她脸上印了一个吻。

彭星月一愣。

周雾寻拉着白伊起身，语气自然地说：“我带白伊去我屋里参观一下。”

虽然他好多年前就基本不在彭家住了，但这里一直给他留着他的卧室。

白伊都没反应过来，就被周雾寻拉着上楼进了一个房间。

她刚踏进这间卧室，还没来得及开灯，人就被周雾寻抵在了门板上。

随即，男人铺天盖地的吻汹涌而来。

黑暗的环境中，每一分触感、每一次呼吸，甚至每一点细小的声音，都被无限放大，疯狂刺激着她的神经。

白伊的双手不由自主地攀上了他的脖颈。

周雾寻吻得又欲又深，让白伊根本无法招架。

良久，他才渐渐收住，把身子泛软的她紧紧拥在怀里。

“白伊。”他低低地唤她。

“嗯？”白伊温软的语调里染着几分娇甜。

周雾寻似乎就只是想叫叫她。

“老婆。”他的呢喃有点像撒娇。

白伊忍不住轻笑了声。

别人肯定不知道，周大律师私下居然这么会撒娇。

“怎么啦？”她温哝软语地问他。

周雾寻没说话，只吻了吻她微微发烫的耳朵。

白伊，我越来越爱你了。

我已经在贪心地期待着有你的下辈子。

下辈子我们别再错过这么多年了。

下辈子我会比你喜欢我先喜欢你。

下辈子，我还要娶你，做你的周先生。

“我想要你的下辈子。”

明明没喝酒，他却像在说醉话。

白伊纵容他说胡话，很配合地宠溺道：“好，我许给你。”

12 月 24 号是个周五。

白伊当天下午最后一节有课，也是她这学期的最后一堂课。

来学校时是周雾寻开车送她过来的。

白伊上完课没有在教室外看到周雾寻，以为他还在忙没过来，便拿出手机给他发微信。

白伊：“我上完课啦，自己打车回家就好，你别过来接我了……”

消息还没发送出去，她忽而就听到前方有人唤她：“白老师。”

白伊蓦然抬起头，看到周雾寻正朝她走来。

她立刻收起手机，抬脚迎上去。

白伊很自然地挽住他的胳膊，笑说：“我还以为你不来了。”

周雾寻低笑，回她：“说了要来接你，怎么会不来。”

冬天昼短夜长，虽然才下午五点多，但天已经黑了下来。

夜幕笼罩下的校园，路灯一盏盏亮起。

走在路上，时不时就会在路边看到有学生摆摊，卖平安果或者小饰品。

这会儿是晚饭时间，学校里的广播正在放着歌。

须臾，白伊突然听到了很熟悉的前奏。

她有些惊喜地晃了下周雾寻的胳膊，开心道：“是五月天的歌！”

周雾寻这些年一直在听五月天，当然也听了出来。

而且他还知道，正在放的这首歌的歌名叫《一颗苹果》。

当年高二刚开学不久，沈城一中的广播也放过。

那时他们一起在学校餐厅吃过午饭，正在往教室走。

她和星月走在前面，他跟何颂落后她俩几步。

然后他就看到，前面挽着星月手臂的那道娇小身影，突然兴奋得很小幅度地蹦了蹦。

随即，他无意间听到了她和星月的对话。

这才知道，她刚刚那么开心，是因为广播里放的歌是她偶像的歌。

她告诉了星月歌名，说叫《一颗苹果》。

说完，她就跟着广播里的旋律轻轻哼了起来。

周雾寻也不知道为什么，居然对十一年前的事这么记忆犹新。

明明那个时候，他还不喜欢她，知道这件事也只不过是那时他刚好在场。

可，现在再想，每一个细节都能清晰地浮现在他脑海中。

尤其她在听到这首歌的瞬间突然高兴得像个小孩子那般激动地跺脚这一幕，让他尤为深刻。

那时他不懂喜欢，也没对她动心。

只是走在她的身后，恰巧无意间撞见了她的纯粹可爱。

现在。

周雾寻偏过头，垂眼凝视着正挽着他手臂一边往前走一边跟着广播轻轻哼歌的女人，嘴角轻勾起来。

他的位置从她身后转移到了她身侧。

身份也从一位普通朋友变成了她的丈夫。

周雾寻格外心满意足。

能跟白伊厮守终老是他这辈子最大的幸事。

因为气温太低，白伊挽着他手臂的手被冻得冰凉。

她的大拇指开始来回在其他几根指节上轻蹭着，这样可以摩擦生热。

周雾寻发觉了，便把她的手包裹进掌心，然后拉着她的手一起揣进了他的大衣兜里，给她暖手。

白伊弯了弯唇，就这样被他握着手一路走到学校门口他停车的地方。

周雾寻替她打开副驾驶的车门。

白伊刚要上车，就看到副驾驶座上放的东西。

她稍愣，旋即脸上就漾开了浅笑。

副驾驶座上放着一束白玫瑰和一颗很大很红的苹果，中央扶手的杯架处还放着一杯奶茶，是她最爱的口味。

白伊抱起那束白玫瑰，又拿起毫无瑕疵的苹果，坐进了副驾驶。

但她双手都有东西，不好系安全带。

下一秒，周雾寻就探身弯腰在她面前，帮她把安全带扣好。

白伊趁机凑过去在他的侧脸上啵了下。

她永远爱他出其不意送她的小惊喜和小浪漫。

这种感觉就像……别的小朋友有的，他也会给她。

尽管她已经不是小朋友，但他会把她当作小朋友宠。

周雾寻从胸腔里震出一声短促却撩人的低沉笑意。

“平安夜快乐。”他温柔呢喃着，在她柔软的唇瓣上轻轻印上一吻。

白伊嗓音软甜地笑着回他：“平安夜快乐。”

2010年9月7号。

第三个愿望，周雾寻。

某个人，经过我身旁，住在我脑中，在我心里钻洞。

2012年4月21号。

周雾寻的毕生愿望，是白伊。

我想永远待在你身边，住在你脑中，留在你心里。

05.

虽然白伊闲暇下来了，但是周雾寻每天都很忙。

为了不影响他的正常工作，白伊在跟周雾寻商量过后，和摄影团队定好了在元旦假期拍婚纱照。

三天的假期，白伊和周雾寻跑了趟海城，回了次高中学校，又去了趟在北京的法大，拍了一套学校系列。

除此之外，还有各种室内室外的婚纱照。

假期结束的当晚，白伊在浴缸里好好地泡了个热水澡。

周雾寻随后进来，卸了衣服踏进来。

他把白伊拥进怀里，白伊就乖乖靠着他休息。

“终于拍完了，”白伊疲累地闭着眼咕哝，“拍婚纱照怎么这么累。”

周雾寻笑了笑，说：“婚礼当天会更累的。”

白伊鼓了鼓嘴巴，然后叹了口气。

须臾，她忽而抬头望向他，眉眼弯弯道：“我们蜜月去北京吧。我想去你生活过的城市看看，想去你去过的地方走走。”

她认真地说完，又有些遗憾道：“这次虽然去了你的学校，但根本没时间好好逛，光赶着拍婚纱照了。”

周雾寻无奈低叹，应允："好。"

他温声问："除了北京，还想去哪儿？"

白伊眨了眨眼："海边，暖和的地方。"

"晓得了。"周雾寻笑着回应道。

白伊和周雾寻有他们的计划，所以打算这个寒假就提前把蜜月旅行安排上。

元旦过后没多久，白伊回学校监考。

考完试，学生放寒假，白伊也在几天后把考卷批完。

这下，她是彻底闲暇下来，没了工作上的事情。

白伊便开始全心全意规划起蜜月和婚礼的各种事情。

11 号临近中午，白伊拎着给周雾寻做的午饭和给他同事们带的点心去了律所。

在律所做前台的孔羽见到白伊，立刻起身唤："白伊姐。"然后说，"周律正在开会，您先去周律的办公室坐着等会儿，我去给您泡杯茶。"

白伊没有去周雾寻的办公室，只道："我就不进去了。"

她把保温桶和牛皮纸袋放到桌上，对孔羽说："小羽，等你们周律开完会帮我把这份午饭拿给他。"

"好的，白伊姐。"孔羽点头应。

"牛皮纸袋里是拿给大家的点心，"白伊笑说，"你们分着吃吧。"

孔羽开心道："谢谢白伊姐！"

从律所出来后，白伊总觉得肚子不太舒服，好像"亲戚"要来。

她的例假周期向来比一个月要长些，所以现在已经推到了快月中才会到访。

白伊回到家洗了个澡，然后就发现，"亲戚"果然来了。

好在她的经期反应并不大，只是小腹有轻微的绞痛感。

但到底是来例假，会让她比平常感觉更加疲累。

白伊吃了午饭后就回房间午睡了。

她是被一阵来电铃声吵醒的。

白伊睡眼惺忪地摸过手机，看到来电显示是"周先生"，她点了接听，把手机放到耳边，重新闭上了眼睛，懒懒地"喂"了声。

听筒另一端的周雾寻被她这轻软慵懒的声音给撩拨得呼吸一滞，身体绷紧。

他沉了口气，低声问："吵你睡觉了？"

白伊轻笑了下，慢吞吞地回他："没有呀。"

她刚刚睡醒时说话总这么娇，慢慢悠悠地勾起尾音，像在故意勾引他。

"怎么没等我开完会就走了？"周雾寻温声问。

白伊说："怕打扰你工作。"

她睁开眸子，眨了眨："午饭吃了吗？"

"正在吃。"周雾寻如实回。

两个人谁都没再说话。

须臾，周雾寻突然打破这份安静，语气笃定地问："你'亲戚'来了？"

"你怎么知道？"白伊有点惊讶。

周雾寻哼笑："跟你同床共枕四五个月，这点事还摸不透也太不称职了。"

白伊嘟了嘟嘴。

大概被偏爱才会更加有恃无恐，她突然撒娇似的哼唧着闷闷道："肚子有点痛。"

周雾寻说："左边床头柜抽屉里有暖宫贴，给你买的袜子在衣帽间的左侧抽屉里，楼下厨房最左侧柜子里有女生红糖。

"你先贴个暖宫贴，然后乖乖穿好袜子，下楼去烧壶热水泡杯红糖水喝。"

白伊眉眼弯弯地应："知道啦。"

她说："你吃饭吧，我先挂了啊。"

"嗯。"他应。

挂了电话后，白伊并没有动。

他嘱咐她的事，她一件都没做。

白伊就这么懒洋洋地躺在床上刷手机。

刷了会儿后，困意再次席卷而来，她便把手机随手扔到旁边，侧身又睡了过去。

周雾寻到家的时候，白伊在卧室里睡得正熟。

厨房里热水壶空空的，给她准备的女生红糖也在柜子里的原位并没被动过。

他就知道她不会听话。

周雾寻先在厨房用热水壶自动烧上水，然后才上楼。

躺在床上的女人身上搭着棉被，但两只莹白的脚丫却露了出来。

他无奈地沉气，动作很轻地从床头柜抽屉里拿出暖宫贴，随即掀开被子，把暖宫贴隔着她的衣服贴好，再重新帮她盖好被子。

做完这件事，周雾寻去了趟衣帽间，从给她放袜子的抽屉里拿出一双可可爱爱的猫爪袜。

折回卧室后，他在床尾蹲下来，轻托起她微微泛凉的脚，慢慢地给她穿好袜子。

白伊意识模糊地感觉有人在碰她。

渐渐清醒过来的她缓缓睁开了眼。

然后她就看到，周雾寻正在帮她穿袜子。

男人蹲在床尾，神色认真地一点点把袜子套到她的脚上，动作轻柔而小心。

白伊的脚趾勾了勾，像在跟他打招呼。

旋即，她懒倦轻哑的嗓音就在安静的卧室里响起：“你怎么回来了？”

周雾寻佯装生气地淡淡道：“看看你有没有听话。”

白伊有点心虚地笑说：“不想动。”

周雾寻站起来，没说话，转身往外走。

白伊被他这架势唬住，以为他真的动气了，立刻坐起来下床，跟在他后面喊：“周雾寻……”

她伸手去拽他衣角：“周雾寻你别生气嘛！”

白伊从床上下来得急，就这么穿着袜子在地板上踩。

虽然家里很干净，地板根本不脏，但凉。

周雾寻转过身，一把将追在他身后的女人给直直抱了起来。

白伊后背空空的，没有任何东西可以依靠，她只能环紧他的脖子，完全依附于他。

“以后还不听话吗？”他故意冷着脸问她，声音也微沉。

他仅有的两次不高兴，都是因为她生理期不好好照顾自己。

她知道他很在意她。

白伊乖乖地摇了摇头，温顺得像只任人宰割的小白兔。

周雾寻其实并没真的跟她置气。

他就是清楚她不会听话，才在挂掉电话后立刻赶回了家。

他装作生气，当然有她没听话的原因，但更多的还是因为，他想逗老婆了。

周雾寻很喜欢看她理亏心虚时一副乖乖任他处置的模样，会让他忍不住想好好疼她。

不过现在不行。

周雾寻托抱着她，一步步往楼下走。

忽而，白伊身体僵了僵，手指也揪紧了他的衣服。

她蹙紧眉快速地小声道：“别……别动！”

周雾寻一瞬间就明白了她的意思，但他却故意又往下迈了个台阶。

白伊气得瞪他，他反而笑得更甚。

到了一楼，周雾寻把白伊放进沙发里，他去厨房给她泡红糖水。

过了会儿，男人端着热气腾腾的红糖水来到她身边。

他把水杯放到茶几上，然后坐到她身边，将人拥进怀里。

她的手机在楼上，白伊便伸手要他的手机。

周雾寻从兜里掏出来，递给她。

面容识别他早就录入了她的，而且数字密码白伊也知道，所以很顺利地就解了锁。

他手机里有个记录女性经期的软件，是他为了她专门下载的。

白伊打开，看了眼日期。

须臾，她指着1月31号这天，对周雾寻小声说：“周雾寻，这天。”

她指的那天，是她的排卵日。

最容易受孕的日子。

周雾寻轻挑眉梢，低笑问：“你还真想带宝宝一起参加我们的婚礼啊？”

白伊抿嘴笑：“想呢。”

“嗯……”他盯着手机屏幕上的易孕期若有所思，“那保险点，我们是不是从这个月26号，到下个月4号，都得好好努力。”

白伊眨巴了下眼，微微红着脸同意：“也……也行。”

他凑近她，鼻尖几乎都要碰上她的。

他揽着她的手在她腰处轻轻揉着，坏心眼地逗她：“你吃得消？”

白伊顶着一张红透的脸，故作镇定地和他对视着。

旋即，像是不甘示弱般，她张嘴轻咬了他上翘的唇一口。

周雾寻低哼着笑了声，收紧手臂的同时，已经堵住了她柔软的唇瓣。

06.

因为白伊想在婚礼前就怀上宝宝，所以本来定在婚礼后的蜜月旅行，就被提前到了一月份。

18号，两人乘坐飞机在北京机场落地。

随后，周雾寻叫了车，带白伊先去了他预订好的酒店。

白伊进到房间后就懒洋洋地倒在了沙发里，周雾寻把他俩的行李放好，然后打电话叫了午餐送上来。

因为周雾寻说晚上带她去个好玩的地方，所以下午白伊哪儿也没去，就躺在酒店里睡觉养精蓄锐了。

当晚，七点钟。

两人穿衣打扮好，从酒店出来打车。

上车后，周雾寻对司机说了目的地："师傅，去Miss Club。"

白伊眨了眨眼，扭头问他："酒吧吗？"

"嗯，"周雾寻说，"不是想去我去过的地方吗？我一个一个带你去，今晚先去这里。"

白伊忽而想起，去年她博士毕业那段时间，和表姐见面后，表姐无意间对她透露过，说周雾寻大学时曾在酒吧打工，给乐队当鼓手。

她轻抿了下嘴巴，心里有点酸涩。

到了酒吧，周雾寻牵着白伊的手进去。

两人正被服务生领着找座位，突然有人喊了声："周雾寻！"

白伊随着周雾寻停住脚步。

两个人一齐看向声音传来的方向。

一个穿着很朋克的男人快步朝这边走来。

周雾寻忽而笑了下，喊人："姜哥。"

姜嵩满脸惊喜，语气高兴道："还真是你！咱们可有几年没见了。"

姜嵩笑问："你怎么会过来？"

问完，他才注意到周雾寻牵着一个女人的手，又问："这是……"

"我爱人，白伊。"周雾寻嘴角噙着笑回，"我们过来度蜜月。"

"白伊，这位是酒吧的老板姜嵩。"他对白伊介绍道。

白伊礼貌地笑语盈盈道："姜老板，你好。"

姜嵩连忙回："弟妹好。"

可能是看白伊太过温软娇小，声音还这么甜，姜嵩回她的语气都比对周雾寻要温和几分。

跟白伊打过招呼，姜嵩就把手握成拳，在周雾寻肩头轻轻捶了下，感慨：“你小子可以啊！”

姜嵩让服务生去忙，他亲自带周雾寻和白伊继续往里面走，给他俩选了距离舞台最近视野最好的位置。

周雾寻和白伊脱掉大衣，穿着同款白色高领毛衣的两人在卡座里相挨坐下。

姜嵩豪爽道：“今晚想吃什么想喝什么随便点，哥请你们。”旋即又笑着说，“你们今晚过来算挑对时间了，一会儿有个小型演出。”

周雾寻挑眉，问：“你们亲自上场？”

姜嵩打了个响指：“聪明。”

后来姜嵩离开，白伊才从周雾寻嘴里得知，当年姜嵩和他的乐队成员一起靠经营这家酒吧支撑着他们的乐队梦想。

但现实到底残酷而骨感，不是所有人都能坚持下去。

后来乐队的鼓手薛乐离队，他们为了酒吧每晚的演出能顺利进行，只能招人代替鼓手。

“找兼职的我就是这么应聘成功的。”周雾寻笑说。

白伊没说话，只紧紧地握着他的手。

“虽然乐哥因为生计迫不得已离开了乐队，但到底放不下梦想，最后还是选择了归队。”周雾寻低叹了下，继续道，“好在姜哥他们这几年发展越来越好，现在也小有名气了，时不时会参加各地的音乐节，偶尔也会办个演唱会。酒吧反倒成了他们消遣的副业。”

不多时，乐队演出正式开始。

台下的灯光灭了，只有舞台灯光闪烁通亮。

白伊和周雾寻坐在同一边的卡座，她依偎在他怀里，跟他一起欣赏摇滚乐队的现场。

在周雾寻全神贯注望向舞台时，靠在他肩膀上的白伊微微仰脸，满眼都是他。

须臾，她轻扬起下巴，在他的侧脸上落下一吻。

周雾寻侧过脸，垂眸看她。

白伊仰头，跟他对视着。

两个人谁都没说话，但很默契地向对方靠近。

白伊的手慢慢攀到他的肩膀处。

在他温柔地吻住她的那一刻，她的手指不由自主地揪紧了一点他柔软的毛衣料子。

片刻后。

“除了给乐队当鼓手，那些年你还做过什么兼职？”她嗓音很轻地问。

周雾寻并没隐瞒，如实告知：“很多，给学生当家教老师，在商场做促销员，去饭店当服务生，去超市收银……”

那时候他从不嫌兼职钱少，只怕没有兼职可做。

“也算体验了各行各业吧。”他笑，语气也很轻松。

白伊却难过得想哭。

她乖乖地靠在他怀里，双手紧紧环着他的腰身，拼命忍着情绪，不让自己掉眼泪。

周雾寻敏锐地察觉到她状态不对。

他安抚性地摸摸她的秀发，又亲了亲她的额头，而后在她耳边低喃说：“都过去了，白伊。”

都过去了。

那些他受过的苦、遭过的罪，就这样被他简简单单的一句话就带过。

可她每每想起，心里都会不可抑制地阵痛，连带着五脏六腑都说不出的难受。

周雾寻正搂着她轻哄，夫妻俩旁若无人地窝在卡座里腻腻歪歪。而此时，演唱完的姜嵩和其他乐队成员聚到了他俩旁边。

白伊登时羞赧，立刻从周雾寻怀里退了出来。

周雾寻对白伊介绍了其他几个人。

互相打完招呼后，姜嵩挑眉问周雾寻：“你看你老婆都来了，要不你上去唱首？”

周雾寻还没说话，旁边的另一位就搭腔说：“唱首吧阿寻，我记得你当初在这儿兼职的时候，就开嗓唱过一次，结果让人很惊艳，今晚让你老婆也欣赏欣赏你在台上打鼓唱歌有多帅。”

周雾寻扭头问白伊：“想听吗？”

因为刚刚差点就要哭，此时她眼周的红晕还没消散。

白伊浅笑点头：“想听。”

她永远喜欢他打架子鼓时的模样，百看不厌。

周雾寻便站了起来。

在跟姜嵩他们一起离开卡座前，他又弯腰，轻捧起她的脸，在她的眉心印了一吻：“乖乖等我。”

白伊莞尔点头：“嗯。”

因为周雾寻要暂时上台当鼓手，乐队原本的鼓手薛乐就没动，依旧坐在白伊对面的卡座。

不多时，酒吧里的灯光再次缓慢暗下来，舞台上的灯光亮起。

主唱姜嵩抱着吉他站在麦克风前，对酒吧里的顾客说：“下面即将演奏的这几首歌，是我们舞台上的临时鼓手周先生要送给他爱人的歌曲。

“祝他们新婚快乐！”

姜嵩这句话说完，台下立马爆发出一阵口哨和欢呼声。

随即，音乐响起。

唱歌的人，不是主唱姜嵩，而是鼓手周雾寻。

“一颗葡萄有多甜美，用尽了所有的图腾和语言描写，想一个人有多想念，那又是文字失效瞬间。”

他敲着架子鼓不紧不慢地跟着节奏唱着，视线一直停留在她身上，含笑的目光里满是温柔。

“我遗落在最孤独史前的荒野，多遥远、多纠结、多想念、多无法描写，疼痛和疯癫，你都看不见。”

他低沉悦耳的嗓音通过麦克风和音响设备的处理，响彻整个酒吧。

白伊的眼睛变得酸酸胀胀的。

他唱的每一句歌词，字字击中她心口。

这首歌结束后，坐在白伊对面的薛乐才开口，说：“当年我回归乐队，他最后一次作为鼓手上台，那是他唯一一次开口唱歌，唱的就是这首。”

薛乐提起这件事，笑了笑说：“阿寻那天很反常，平常我们让他开嗓唱歌他都不唱，那晚却主动提出来要唱一首歌。”

白伊隐隐约约地捕捉到了什么。

她轻声问：“薛前辈，你还记得是哪年哪天吗？”

薛乐喝了口酒，回她：“当然记得，毕竟是我回乐队的日子。”

随后，薛乐告诉白伊：“是 2016 年 7 月 21 号。”

白伊愣住，人僵在卡座里。

2016 年，她本科毕业。

那年 7 月 21 号，是她二十二岁生日。

他在她生日那天，在另一个没有她的城市，唱着这首《仓颉》。

白伊蓦地想起来，那年毕业季，周雾寻有偷偷地去看过她，还送了她一束白玫瑰，祝她毕业快乐。

他说，他看到她跟班长在一起。

他当时应该很难过吧。

白伊神思混沌恍惚之际，舞台上再一次奏响了音乐。

这次不是周雾寻开口唱。

姜嵩作为主唱，大部分都由他来唱，周雾寻只在副歌部分唱一小段。

但他每次开口，仿佛都是在向她诉说告白。

“希望让这世界静止，想念才不会变得奢侈，如果有下次，我会再爱一次，刻在我心底的名字，你藏在尘封的位置……”

直到最后一首，周雾寻才再一次独揽一整首歌。

曾经她写在他同学录上送给他的祝福，此时此刻，他一个字、一个字地亲口唱给了她：“也许未来你会找到懂你疼你更好的人，下段旅程你一定要更幸福丰盛。”

在他唱出这句歌的那一刹那，白伊就再也绷不住，瞬间潸然泪下。

她永远忘不掉那个冬夜，温度极低，彻骨的寒冷肆虐地钻进血肉中。

浑身冰凉的她戴着耳机站在马路对面，望着饭店里靠窗独自喝酒的他，眼睁睁看他喝醉。

当时，她的耳机里放的正是这首歌。

也是那时，她就很想把这首歌和这句话送给他。

所以来年高中毕业，她在同学录上给他留了这句歌词。

而现在，他一字一句地，全都唱给了她。

不等周雾寻下台，白伊就起身离开了卡座。

周雾寻刚从舞台上下来，她就扑过来紧紧搂住了他的腰身。

男人因为刚打完架子鼓，浑身散发着强烈的荷尔蒙，气息也比平日沉些。

他回抱住她，语气纵容地笑问：“怎么了？”

白伊的脸埋在他胸前，声音听起来闷闷的：“我找到了。”

“嗯？”周雾寻低声疑问。

白伊说：“我找到了。

“你就是那个更好的人。”

他终于明白了她的意思。

她在说那句歌词——也许未来你会找到懂你疼你更好的人。

她的意思是，她在高中毕业以后的未来，找到了他。

是更好的他。

周雾寻忽而笑出声，宠溺道：“傻瓜。”

而后，他轻轻吻了吻她的发顶，一字一句地认真告诉她：“我没找到。

“遇见你以后，你就是我心中最好的那个人，没有谁比你更好。”

后来，姜嵩他们和周雾寻、白伊坐在一起聊天谈笑，不知怎的，就聊起了这家酒吧名字的寓意和由来。

姜嵩说：“Miss，是思念也是错过，但不管理解为哪种含义，都是一种遗憾。人生嘛，肯定会有各种遗憾，但还是希望能少一些遗憾，多一点圆满。”

白伊轻咬了下嘴唇，扭头看了周雾寻一眼。

周雾寻也正垂眸凝视着她。

两个人不约而同的相视一笑，十指错落相牵的手又握紧了些。

这晚从酒吧出来要回酒店时，白伊在上车前，又扭头望了望酒吧门口。

恍惚间，她似乎看到了一个穿着白 T 恤黑裤的男生进了酒吧。

身影挺拔而孤单。

——那是她错过的周雾寻。

也是她那些年总会不由自主想起来的周雾寻。

他们都曾遗憾过。

但幸好，现在的他们是圆满的。

接下来几天，周雾寻带白伊走遍了他曾经去过的地方。

他们牵着手逛了他曾经做过促销员的那家商场。

他们又去了他打工的超市，买了两罐旺仔和两份关东煮。

到了他兼职的饭店，才发现饭店早就改头换面，成了另一家店。

曾经他做家教带的那个学生已经上大三了，就在本地的清大读书。

离开北京的前一天，周雾寻带白伊在法大逛了逛。

虽然已经是寒假，学校里空荡荡的，好多地方周雾寻和白伊也都进不去，比如学校餐厅和图书馆。

但白伊还是很开心。

她踏进了他大学上课的教室，坐在他的旁边。

她也去了他曾经住的宿舍楼下，顺着他伸手指的位置，仰头辨别哪扇窗户是他大学住过的那间宿舍的。

他们在他的宿舍楼下肆无忌惮地拥吻。

不会有人打扰，也没有人旁观。

白伊紧紧地搂着他的腰身，唇边漾着笑意。

不知为何，她真的有种回到大学的错觉，就连刚刚那个吻仿佛都充满了只有在青春年少时才会有的冲动和青涩。

那些他曾经独自一人走过的足迹，这次她陪在他身边又重新走了一遍。

他仍然是那个少年，但再也不会孤独。

蜜月第六天，周雾寻和白伊在亚城机场落地。

白伊说想去温暖的海边，周雾寻就带她来了这里。

哪怕在冬季，亚城的气温都在20℃左右。

两个人先去了酒店办理入住。

这次周雾寻订的酒店房间是豪华海景房。

巨大的落地窗外就是一片蔚蓝的海域，让人赏心悦目。

而且还自带阳台，白伊特别喜欢在阳台的躺椅上晒太阳。

蜜月旅行倒数第二晚，白伊被周雾寻拉着上了游艇。

因为被他包了下来，所以整个游艇上除了驾驶员，就只有他俩。

白伊站在甲板上，手握着栏杆往远处眺望。

周雾寻从后面把她整个人都圈抱进怀里。

他微微弓身，侧脸轻贴着她的，在她耳边说："今晚是第一天。"

白伊一时没反应过来，向后扭头看他，茫然地疑问："什么？"

周雾寻无奈低叹，提醒："易孕期。"

"啊……哦。"白伊快速地扑闪了下眼睫，脸突然有点发烫。

他轻轻地啄吻着她泛起红晕的脸颊，细致又温柔。

白伊微偏头，止不住笑。

周雾寻吻着她，话语有些含糊，问："想好了吗？真的要这么快生宝宝？"

"嗯，"白伊轻轻地应，"想好了。"

她在确定要跟他结婚后就想过这个问题——什么时候要孩子。

认真思虑过后，白伊还是觉得尽早些更好。

周雾寻的吻已经落到了她的唇上。

白伊向后扭头，迎合顺从着他。

她的手抬起来，放在了他的后脑处。

良久，等这个吻渐渐平息，白伊依靠进他怀里，忽而轻笑。

“想起《泰坦尼克号》了。”她说。

周雾寻低头亲着她的发顶，情不自禁地又拥紧了她一些。

第二天晚上。

白伊洗完澡裹着浴袍出来，就看到周雾寻正躺在阳台上的躺椅上看星空。

她走过来，在他旁边坐下，提醒他：“你去洗吧。”

周雾寻“嗯”了声，但没动。

本来望着星空的眼睛也落到了她身上。

白伊并没察觉端倪，她低着头，还在用手拨弄潮湿的发丝。

须臾，白伊突然被他拉到了他怀里。

她都没反应过来，嘴巴就被他堵住了。

白伊趴在他的胸口，姿势有点别扭。

周雾寻便帮她调整，白伊也不怯，主动配合着。

他坐起来，抱着正对着他的女人，再一次吻住她柔软的唇瓣。

过了会儿，白伊的手忽而伸向后腰，抓住了他的手腕。

“回房间。”她羞赧地娇声说。

这可是阳台，万一被人看到了……

周雾寻便抱着她站起来，一步步回了房间。

随后，窗帘被合紧，一丝缝隙没留。

就连皎然的月色都被挡在了窗外。

07.

蜜月旅行的后遗症便是，身体乏累，精神不济。

白伊恨不得一天二十四小时睡觉。

但她并不能。

因为说好了要怀孕，而且是最好在这个易孕期就怀上宝宝，所以周雾寻有事没事就过来招惹她。

搞得白伊真的有点吃不消。

这年没有大年三一，腊月二十九就是除夕夜。

当天一早，小夫妻俩睡醒后收拾了一番就回了家，连早饭都没吃。

想回去蹭饭。

结果，伊君婉和白骏毅吃早饭吃得极早，哪怕他俩到家时还是清早，但依然没赶上。

听白伊说他俩这么早就跑回来，其实是想蹭早饭吃，伊君婉不禁失笑："两只懒虫。"

随后，她走进厨房，给两个孩子重新做了早饭。

白伊吃饱喝足就回楼上的房间补觉去了。

昨晚周雾寻拉着她闹到大半夜，早上还起早，她的睡眠严重不足，实在是困。

周雾寻就在楼下跟白骏毅喝茶聊天，下午两人还一起贴了对联。

岳父和女婿贴完对联，就都加入了伊君婉的包饺子队伍中。

一家人其乐融融地贴对联包饺子，这种体验对周雾寻来说很新鲜。

因为他已经很多年没有感受过这种阖家团圆的氛围了。

小时候就只有他和母亲，年夜饭也总觉得缺少了点什么，很冷清。

再后来，父母离婚，他来到沈城，虽然住在姑姑家，但更像寄人篱下。

此后多年，他在外漂泊，一个人过年过节，没有家。

而现在，周雾寻曾缺失的，统统都被白伊填补上了。

三个人都把饺子包完了，从吃过午饭就回了房间睡午觉的白伊还没露面。

伊君婉忍不住念叨："一一结了婚反倒越来越懒了。"

周雾寻对他们说："爸妈，我去楼上看看一一，差不多得喊她起床吃饭了。"

伊君婉点头，笑语盈盈道："去吧去吧，告诉她再不起年夜饭都赶不上了。"

周雾寻一步跨两个台阶，快速上了二楼。

他推开她卧室的房门，没开灯，一片黑暗。

但床上有微弱的光亮，是白伊在玩手机。

周雾寻走过来，坐到床边问她："几点醒的？"

白伊放下手机，伸了个懒腰，然后往他怀里一滚，伸手抱住他劲瘦的腰，慢吞吞地回："没几分钟。"

周雾寻低笑，直接把人捞起来抱在怀里。

他拥着她，调侃说："怎么这么能睡？真是只小懒猪。"

白伊轻哼着不满道："那怪谁啊，还不是怪你。"

随后，她就很不理解地问："明明你睡得比我还要晚，起得比我更早，为什么你不困不累啊？”

周雾寻轻挑眉笑道：“我天天跑步健身，体力好，精力充沛。”

他调侃她：“你嘛，还要再加强锻炼。”

白伊闷不吭声，用手拧他。

周雾寻不躲不避，甚至更加肆无忌惮地逗她：“今晚给你上节私教课。”

白伊羞赧地拒绝：“不行，今晚在这里住，爸妈会听到的。”

“你忘了今天是你的排卵日了？”周雾寻慢条斯理地问，“你舍得浪费这么好的机会吗？”

白伊无语。

最后，她也没说到底行不行，就被周雾寻拉着手下了楼。

年夜饭是满桌子丰盛的菜肴，还有最适合全家人团圆时吃的年夜饺子。

一年一度的除夕，本来该喝两杯的。

但因为有要宝宝的计划，并且夫妻俩正在努力，周雾寻自领证那晚跟白骏毅喝过酒后，就再也没沾过酒。

这次也如实告知了伊君婉和白骏毅。

两位长辈听到他们在为宝宝努力，更加高兴。

最后，白骏毅倒是喝得不少，还拉着伊君婉陪他喝了几杯。

吃完年夜饭，周雾寻和白伊想出门转转，便跟两位长辈打了声招呼，穿戴好就牵着手走出了家门。

白伊一手揣在兜里，另一只手被他攥在掌心放在了他的衣兜里。

他们走到路口，又看到那盏路灯。

他曾经不止一次地站在路灯下，等她。

白伊的嘴角漾开浅笑，继续和他一起携手往前走。

最终，他俩又一次来到了津海大桥。

他们当年喊新年愿望的地方。

分别的那年除夕，她站在这里，说：“祝我们都能如愿以偿。”

而他随后说的是：“希望我们都能得偿所愿。”

白伊立在栏杆前，眺望着远方的夜空。

周雾寻挪到她身后，双手握住栏杆，把她完完全全圈在了怀里。

须臾，她仰起头来笑着问他：“要不要再许一次新年愿望？”

周雾寻挑眉，欣然应允：“好啊。”

白伊说："这次你先来。"

周雾寻沉吟了片刻，开口扬声喊："我希望，宝宝和一一都平安！"

如果她真的可以顺利怀孕，那他今年最大的愿望，就是——母子（女）平安。

不管宝宝是男是女，他都喜欢。

他只希望他们都平平安安的。

白伊愣了一瞬，而后脸上绽开了明朗的笑。

"该你了。"他微弯着腰，将下巴搁在了她的发顶。

白伊想了想，用最大的音量呐喊："新的一年，希望我们全家人都平安健康、幸福快乐！

"尤其是周雾寻！周先生，你一定要一直这么开心！"

周雾寻从胸腔里震出一声短促但撩人的笑意。

"好！"他高声回她，"我答应你！"

说完，周雾寻就强迫她转过身。

白伊的后背倚靠住栏杆，霎时就被她堵住了嘴巴。

汹涌的吻猛烈地席卷而来，白伊只能仰着脸，承受着情动不已的他落下来的亲吻。

不多时，白伊感觉脸上凉凉的。

她目光迷离地睁了睁眸子，这才发现，夜空里正在簌簌飘落雪花。

白伊情不自禁地笑起来。

她抱着他的腰，轻启唇呢喃："周雾寻，下雪啦。"

周雾寻的薄唇贴着她的唇瓣。

男人很含糊地应了声，又一次加深了这个吻。

良久，他才食髓知味地放过她。

雪越下越大，也下得越来越急。

周雾寻怕在外面待太久会让她冻着，这个时期最怕生病感冒。

"我们回家吧。"他说。

白伊乖乖应："好。"

他拉着她的手踩着薄薄的一层落雪往回走。

到家门口，周雾寻却没带白伊进去，而是拉着她去了停放车子的私家车库。

白伊惊讶又不解，问道："干吗呀？现在就走吗？不在这里睡？"

周雾寻打开驾驶座的车门，上去，随后又把白伊拉上车。

驾驶座的车门被他从里面关紧。

白伊坐在他腿上，似乎明白了他想做什么。

“不是怕被爸妈听到吗，”周雾寻一边说话一边帮她摘掉围巾脱下大衣，“那我们在这儿试试。”

白伊登时羞红了脸。

她目光忽闪着，轻抿嘴巴，仿佛有点紧张，但并没有抗拒他。

可能因为原来没有在车里这么放肆过，白伊此时有些过度敏感。

过了会儿，周雾寻将座椅向后放平。

白伊咬紧唇，脸颊红得几乎要滴出血来。

她如瀑的长发柔顺地披散垂落着，轻轻地飘荡。

周雾寻捧住她的脸，他抬高上半身凑过来，耐心而细致地亲她。

空间有限的车厢里，热意不断腾升蔓延。

不知道过了多久，白伊的手忽地拍到车窗上，指节微弯曲，用力地扣紧。

然后，她很轻地啜了声，像泫然欲泣。

白伊的眼周染尽了红晕。

她努力平复着气息不稳的呼吸，浑身汗涔涔的，微泛凉意。

周雾寻把她抱紧，还在安抚地温柔地吻着她。

而此时，车库外的落雪已经铺满了沈城的各个角落。

2022年，除夕夜下了今年的第一场雪。

白伊，这是我爱你的第十个除夕。

上一次除夕夜飘落初雪，还是十年前。

那是我喜欢上你后的第一个除夕。

周雾寻抱着白伊踏进家门时，时间已经不早了。

伊君婉和白骏毅除非有工作，其他时候根本不熬夜，况且今晚还喝了酒，早就回了房间休息。

毕竟明天是大年初一，还要起早。

白伊和周雾寻一起洗了个澡，结果又差点收不住。

等白伊被周雾寻抱出浴室时，钟表上的时针已经指过数字“12”。

零点已经过了。

新年到了。

周雾寻把白伊放到床上，俯身弯腰轻轻地啄吻着她的唇瓣，话语愉悦地低笑说：“新年快乐，老婆。”

白伊平躺着，眉眼弯弯地望着他，也浅笑回：“新年快乐呀，周阿寻。”

虽然已经是深夜，白伊反倒没有任何睡意。

大概是白天睡觉太多。

她摸过手机来，看到好多消息，全都是亲朋好友在微信或者 QQ 上给她发的“新年快乐”。

白伊一条一条回了过去。

而她根本没注意，不管是微信还是 QQ，今年贺辞都没有再给她发一句：“姐姐，新年快乐。”

第二天下午。

白伊忽而很嘴馋地想吃蛋糕。

“周雾寻，”白伊仰脸看向正和父亲喝茶聊天的周雾寻，软声说，“我突然好想吃蛋糕啊。”

周雾寻温声回：“想吃什么口味的？我去给你买。”

白伊摇了摇脑袋，她站起来，笑道：“不然我们去店里看看吧？正好也出去透透气。”

周雾寻无奈，应允说：“好。

“那你先去穿衣服，穿厚点，别冻着。”

昨晚才下了一场雪，今天的气温格外低。

“知道啦。”白伊开心地上楼回房间去穿衣服，周雾寻也起身要跟着她去卧室。

须臾，小夫妻俩手牵手从家里走了出来。

蛋糕店就在他们上学时经常去的津海滑板场对面。

离家并不远，根本不用开车。

而且白伊本心就是想走着过去。

主干路上没有积雪，但人行道的地砖上还残留着不少没有融化的雪。

白伊挽着周雾寻的手臂，走得有点小心翼翼。

但偶尔又压抑不住玩闹的心，小幅度地往前滑两步。

周雾寻并不阻止，只时刻注意着她，防止她摔倒。

到了蛋糕店门口，周雾寻拉开门，让白伊先进店里，他随后也走了进来。

下一刻，白伊愣了愣。

站在柜台前的男生脚边竖着一个滑板，他的手还搭在滑板的一端。

贺辞也没想到，会和白伊猝不及防在这里遇见。

还有周雾寻。

他杵在原地，表情稍怔，一时忘了说话。

周雾寻看到贺辞后，有些意外地挑了挑眉，率先自然地淡笑着打招呼：“好久不见啊，小鬼头。”

贺辞回过神来，目光从白伊身上挪开，看向周雾寻。

他礼貌地叫人：“哥。”

语气一如既往的冷淡。

当年白伊很久没有在滑板场出现，贺辞见周雾寻更多些。

也是那时，周雾寻教了他不少滑板技巧。

他也会喊周雾寻一声“哥”。

叫完周雾寻，贺辞的视线又落回白伊身上。

他低低地唤她：“姐姐。”

白伊眨了下眼，嘴角轻扬起来，回他：“贺辞，好久不见。”

贺辞“嗯”了声，没说别的。

他垂眼看着店员正给他包装的生日蛋糕，几不可见地抿了下嘴唇。

白伊看到他买的是生日蛋糕，语气如常地随口问：“家里有人过生日？”

贺辞的眼帘颤了颤，回她：“嗯。”

顿了顿，他最终还是主动告诉了她：“我今天生日。”

白伊正诧异着，店员已经把生日蛋糕递给了贺辞。

贺辞一手拎着生日蛋糕，一手拿着滑板，转身对白伊和周雾寻说：“那我先走了。

“哥，姐姐，新年快乐。”

周雾寻神色如常地回了他一句：“同乐。”随后又补充，“生日快乐，小鬼头。”

贺辞点头：“谢谢哥。”

白伊话语认真道：“新年快乐，生日快乐，贺辞。”

贺辞有些控制不住肢体行为，偏过头看了她一眼。

倏而，他嘴角轻牵，第一次对她露出了一抹很淡的笑：“谢谢姐姐。”

贺辞离开后，白伊就走到橱窗前开始挑选自己想买的蛋糕，周雾寻就在旁边陪着她，耐心地听她絮絮叨叨。

看着她纠结来纠结去的模样，脸上浮着笑的他满眼温柔。

贺辞隔着玻璃扭头望向店内的那一瞬间，周雾寻正伸手帮她把散落下来的发丝拢到耳后。

店外的男生眼底涌起无尽的晦涩，胸腔里酸酸苦苦的，好像怎么努力都无法缓解这种难受。

果然是他。

2018 年的夏天，贺辞去海大找白伊，对她表明了心迹。

她明确地拒绝了他。

他问她："是他吗？是滑板场里的那个哥哥吗？"

她说，她不知道。

可他已经明白了。

就是那个哥哥。

从 2011 年的新年开始，贺辞每年都会给白伊发新年快乐。

他特别希望她能发现，新年的第一天是他生日。

他介绍自己名字的时候就跟她说过，贺辞是恭贺新春、辞旧迎新的贺和辞。

他对她暗示了他出生在辞旧迎新的大年初一。

他一直都在期待着，她能对他说一句生日快乐。

这个愿望从他十一岁，等到了二十一岁都还没实现。

因为她不喜欢他，所以她不会把他说的话放在心里。

自然也就不可能揣摩出，他的生日在大年初一。

而，他的二十二岁生日还没到，他就看到了她公布领证的那条朋友圈。

这也意味着，他没办法再给自己找理由，继续在每年的除夕夜，给她发那句"新年快乐"了。

可贺辞怎么都没想到，他会在今天、在蛋糕店意外遇见她，还有他。

他还是藏有私心，故意多说了那句今天是他生日。

她终于对他说了生日快乐。

他知道，这是他第一次听到，也是最后一次听到。

生日快乐，二十二岁的贺辞。

买完小蛋糕出来，周雾寻替白伊拎着盒子，另一只手牵着她，不紧不慢地往回走。

白伊嘴里轻轻哼着调子。

因为买了喜欢的小蛋糕，她的心情很好。

周雾寻一路都没开口说话，安安静静的。

像是在认真地听她哼歌。

到家后，白伊坐在餐桌前拆开蛋糕盒子。

她刚用小勺子叉起一块蛋糕，正要往嘴里送，周雾寻忽而倾身过来，把勺子上的蛋糕吃了。

白伊没跟他计较，重新弄了一小块，结果又被他半路抢走。

“周雾寻！”她眯起眼打量他，语气警告。

周雾寻就这样闷不吭声地坐在她旁边，凝视着她的桃花眼格外无辜深情。

白伊败阵，转过头继续弄蛋糕吃。

然而，第三块也被他抢着吃进了他嘴里。

白伊扭头瞪他，周雾寻依然不言不语，只瞅着她看。

“你干吗呀？”她无奈地问。

周雾寻的唇线轻抿，表情比她还委屈。

不知道的还以为抢蛋糕吃的人是她。

白伊忍不住失笑，她把手里的小勺子放下，捧住他的脸轻轻揉晃着，笑着问：“怎么啦？”

周雾寻顺势把她揽进怀里，收紧手臂。

父母都不在楼下，所以两人也没什么顾忌。

白伊茫然地眨了眨眼，同时在脑子里思索他从什么时候开始反常。

好像是……遇见贺辞后。

白伊隐隐约约明白了什么。

她回抱住他，轻轻地拍着他的后背，笑他：“吃醋就吃醋嘛，还跟我抢蛋糕吸引我注意，你幼不幼稚啊。”

周雾寻闷闷地低哼了声，哼完还偏头咬她。

白伊缩了缩脖子，很小声地嗔他：“别闹。”

周雾寻就听话地不再闹腾，乖乖地抱着她不撒手。

“我要吃蛋糕。”白伊嗓音轻软地撒娇。

周雾寻这才松开她。

他端起蛋糕来，开始着手喂她。

白伊笑盈盈地张开嘴巴，一小口一小口地吃。

她边吃边跟他说：“贺辞确实说过喜欢我，不过都是三年前了。他当时高考完，去海大找我，问我他能不能报考海大。”

本来要送进她嘴里的蛋糕被周雾寻气哼哼地送进了他自己口中。

他酸不溜丢地说：“他还去海大找你？还要跟你上同一所大学？！”

白伊伸脚轻踢他的脚踝：“你还抢我蛋糕！”

周雾寻这才继续喂她。

白伊继续道：“最后不是也没去吗，我跟他说得很清楚，让他不要为了任何人做决定。”

既然说到这上面了，白伊就连同她和章骛恂交往的事也都告诉了周雾寻。

“其实，”她又被他喂着吃了口蛋糕，“在你之前，我谈过一次，跟班长。”

这事儿周雾寻其实知道，但此时此刻听到她提起来，心里还是不免吃味。

他很孩子气地把要给她吃的蛋糕又一次送进了自己嘴里。

白伊被他幼稚的行为气笑：“周雾寻！不准再抢我蛋糕吃了！”

白伊对周雾寻解释：“就谈了几个月，半年都不到。本科毕业那年，你看到我和班长站在一起，其实我们那会儿早就分了，是他要出国，过来跟我告别。”

周雾寻耷拉着眼皮，闷声说：“我还以为你们从大一到大四毕业，都在一起。”

白伊不解道：“不是啊，我跟他是大二暑假才……”

她话说到一半，很敏锐地改口问：“你为什么会觉得我和班长大一就在一起了？”

周雾寻微抿薄唇，随后如实告诉了她：“我大一下学期有去偷偷看你，看到班长给你买了奶茶，还帮你弄落在头上的飞絮。”

那么自然的动作中，难以掩盖他对你的亲昵。

白伊愣住。

经他一提，她瞬间想起了这段回忆。

那天是周雾寻的生日。

她记得很清楚，是2013年的4月21号。

白伊继而记起来，她当时也说不清为什么，扭头往回望了望，但什么都没看到。

周雾寻说到这里，嘴角轻牵了下：“本来是想，每年在生日当天去看你一眼，就当作送给自己的生日礼物了。

“但没想到，第一年就撞见了那一幕，所以后来连去见你的借口都找不到。

“直到你本科毕业，我才能再次偷偷地看看你。”

白伊咬紧唇，眼眶泛红地盯着他。

周雾寻看她要哭，叹了口气。

他重新挖了块蛋糕，送到她嘴边，话语温柔地低声说：“我跟你说这些不是惹你难过的。”

白伊红着眼吸了吸鼻子，张开嘴打算吃掉他喂她的蛋糕。

然而，他却突然收回了手，自己把蛋糕给吃了。

白伊登时哭笑不得：“周雾寻！你幼稚死了！”

她说着就握紧了他的手，让他乖乖喂她吃蛋糕。

两人闹着你一口我一口地吃完蛋糕，周雾寻就把白伊抱过来，让她坐在了他腿上。

“还想吃吗？”周雾寻坏笑闹她，“我喂你。”

白伊没说话，而是先他一步，主动勾住他的脖子，在他的唇边啄了下。

“甜吗？”她红着脸，强装镇定地反过来逗他，“允许你多尝几口。”

周雾寻低笑，毫不客气地尝尽了她嘴里香香甜甜的味道。

他在旁人面前永远那么成熟稳重，克制而理智。

只有在她身边，他才会时不时变成一个很幼稚的孩子，肆无忌惮地跟她闹。

白伊掀了掀眼帘，目光迷离地望着近在咫尺的他，唇边漾开浅笑。

她真的好喜欢周雾寻啊。

第十二章 永远热恋

01.

年后没几天，周雾寻回了律所上班。

而白伊，因为学校还没开学，所以她每天都可以很自由地安排时间。

情人节当天，白伊在周雾寻早上出门去了律所后，也开车出了趟门。

她一个人来到医院挂号检查。

当晚，周雾寻抱着给她买的玫瑰回到家时，白伊已经准备好了很丰盛的烛光晚餐。

但她却并不在楼下。

周雾寻把玫瑰放到她的座位上，径直上楼。

果然，他在卧室里发现了熟睡的她。

他走过去，在她身边坐了下来。

因为没有拉上窗帘，房间里光线昏暗，但并没有一片漆黑。

他垂眸失笑地望着她，目光宠溺又温柔。

最近怎么越来越爱睡了。

这么想着，周雾寻从兜里摸出给她准备的节日礼物。

他打开盒子，趁她睡着，偷偷地把项链戴到了她的细颈上。

可能是颈间的凉意惊扰了她，白伊突然醒了过来。

虽然意识还不清醒，但她感受到了他的气息。

白伊睡眼惺忪地望着身边这道朦胧的身影，懒倦地呢喃：“周雾寻……”

“嗯？”他应着，把人捞了起来抱在怀里。

白伊歪头靠在他肩膀上，又闭上眼，只抬手摸了摸脖子上多出来的项链，然后轻笑说：“谢谢老公。”

她的声音实在太过娇俏可人，像在勾引蛊惑他做点什么似的。

对她向来没什么抵抗力的周雾寻轻而易举地就失了控。

他的手揉着她柔若无骨的腰肢，低头动情地吻着她的唇瓣。

“怎么谢？”男人的嗓音低哑又性感。

白伊被他撩拨得意乱情迷，很快就要沉沦坠落到他的温柔中。

好一会儿，周雾寻正要更进一步，白伊忽而用手抵着他的肩膀，用力地推拒他。

“周雾寻，”她一本正经地煞有介事说，“我也有礼物送你。”

周雾寻哪里有心情看礼物。

他再次堵住她的唇瓣，吻得又欲又深，甚至嘬出了声。

白伊抓过他的手，放到她的小腹上。

她被他侵占的嘴巴，发出含混不清的娇软咕哝：“礼物在这里。”

下一秒，周雾寻突然停住。

他傻了一瞬，脑袋发蒙地疑问：“什么？”

白伊笑着嗔他：“你说什么。”

“宝宝啊。”她红着脸小声告诉他。

白伊握着他的手轻轻在她小腹上抚着，一字一句地莞尔说：“他已经悄悄来了半个月啦。”

周雾寻足足有几分钟没有说话，就只动作温柔地抚摸着她扁平的小腹。

而后，他小心翼翼地把她揽进怀里，似乎生怕弄疼她。

又仿佛很怕他稍微用力一点，就会伤到她肚子里的宝宝。

上一次他这么克制地搂她，还是高中毕业即将步入大学那晚。

聚餐结束后，他为了能跟她抱一下，把在场的星月和何颂也都抱了个遍。

周雾寻始终没有讲话。

但和他相拥的白伊，真切地感受到了他的心跳有多剧烈。

她情不自禁地抱紧了他。

“周雾寻。”白伊的下巴搁在他的肩膀上，轻轻唤他。

“嗯？”他格外温柔地应。

白伊偏头，在他耳畔处宠溺道：“周先生，恭喜你又多了一位家人。

“以后，在这个小家里，不止有我们俩，而是我们仨。”

周雾寻低低地回她：“嗯。”

须臾，男人温热的唇贴着她粉粉的耳朵，呢喃说：“谢谢你，老婆。”

这个消息对周雾寻来说太过惊喜，导致他激动到声音都在不可抑制地微微发颤。

她说，以后就是我们仨。

她大概不知道，她的话让他多心动。

她总是能轻而易举地击中他内心最柔软的地方。

让他觉得生活温暖而浪漫，并无比期待余生的每一天。

情人节的后一天是元宵节。

白伊和周雾寻回家跟父母一起过，顺便就把白伊怀孕的事情告诉了伊君婉和白骏毅。

伊君婉笑望着白伊，眼里微微泛着泪光，说："一眨眼，一一都要做母亲了。"

正低头吃汤圆的白伊听闻，抬眸看向母亲，抿嘴笑了笑。

白骏毅平常在饭桌上话并不多，这次却反常地一句接一句，停不下来，说的都是些孕期该注意的地方。

"雾寻，这些你一定要记清楚。"白骏毅嘱咐道。

周雾寻已经全都认认真真地记在了脑子里。

他点头，正色回："我晓得的，爸。

"我会照顾好一一。"

婚礼的伴郎和伴娘周雾寻和白伊早就联系好了。

伴郎一个是周雾寻的师兄沈年，另一个是他的发小江信。

伴娘白伊找的大学舍友苏欢和博士室友蒋冰。

白伊在学校开学之前，把给伴郎和伴娘准备的伴手礼挨个送了出去。

沈年就在律所，他的那份白伊让周雾寻上班时带去了律所，由周雾寻当面交给沈年。

剩下三位，因为不在沈城居住工作，白伊给他们寄了快递。

时间一晃就到了三月份。

白伊开始出现孕吐反应，好在不怎么严重，努力忍忍，还是能吃下些东西。

三月中旬，周雾寻亲自带白伊去医院做了第一次产检。

一切正常。

从医院出来时已经是中午。

两人回家吃了顿午饭，随后白伊回房间休息。

“两点喊我，下午有节课。”她在他给她盖被子的时候提醒道。

周雾寻笑应：“嗯，晓得。”

两点十五分，周雾寻才把熟睡的白伊喊醒。

睡眼惺忪的她被他抱在怀里，轻轻哄着：“再不起床上课要迟到了，白老师。”

白伊嗓音软绵地哼了哼。

她打了个哈欠，慢吞吞地问他：“几点了？”

“快两点二十了。”周雾寻如实道。

白伊蓦地清醒，睁开眼望着他。

随即，白伊就从他身上滑了下来，嘴里还小声抱怨：“不是让你两点叫我吗？”

“看你睡得香，就让你多睡了会儿。”

他安抚她：“你别急，时间够的，我送你过去。”

等白伊收拾好，周雾寻就开车带她去了沈大。

车子只能停在校门口，他就随她一起下车，牵着她的手进了学校，想把她送到教室外。

周雾寻左手握着白伊的手，右手拎着一个杯子，里面盛的是他在家里给她榨的果汁。

“要是觉得难受想吐，就喝几口果汁压压。”他柔声嘱咐她。

白伊点头，抿嘴笑着应：“好。”

“傍晚我过来接你，你别乱跑，等我……”

他的话还没说完，周雾寻和白伊就听到前方传来一道女声：“雾寻！”

周雾寻本能地抬眼望过去，白伊也茫然地看向正迎面朝他们走来的女人。

嘴角含笑的女人身形高挑，腰细腿长，五官精致无瑕，相貌格外出众。她穿着薄薄的长款风衣，栗棕色的大波浪上扣着一顶贝雷帽。

知性与性感并存。

白伊眨了眨眼，有点茫然地问周雾寻：“你认识的？”

周雾寻也很不解，说：“我不认识。”

“那她叫你‘雾寻’。”

周雾寻突然有口难辩，只道：“我也不懂……”

夫妻俩正蒙的时候，就见朝着他们走来的女人步履轻快地从周雾寻身侧走了过去，并没有在周雾寻面前停顿半分。

白伊下意识地跟着女人的身影扭过头。

下一秒，她轻愣住。

从他们旁边走过去的女人朝他们身后正往前走的男人小跑去。

随后，白伊看到两人紧紧相拥住。

男人嘴角噙着笑，神色格外温柔，宽大的手掌在女人的秀发上不断轻抚着。

而，抱住这个女人的男人是……章鹜恂。

周雾寻在白伊扭头后也回了头，自然也看到了这一幕。

白伊和周雾寻对视了一眼，他们根本没料到会在这儿突然遇见好几年没联系的高中班长。

也是此时，白伊才终于明白，眼前这个女人刚刚喊的，是“鹜恂”，不是“雾寻”。

章鹜恂注意到这边，继而发现了白伊和周雾寻。

他沉静染笑的眸子里闪过一丝讶异。

旋即，男人低声对怀里黏着他的女人道：“我看到老同学了，过去打个招呼。”

章鹜恂说完就松开了未婚妻。

他牵着她的手，朝白伊和周雾寻走来。

“白伊，周雾寻，”章鹜恂眉眼间染着淡笑，“好久不见。”

周雾寻嘴角轻勾，回道：“好久不见，班长。”

白伊随后也说：“好久不见。”

“你们怎么会来这儿？”章鹜恂问。

“一一在这儿教书，”周雾寻回他，“我送她过来。”

章鹜恂了然地点了点头。

周雾寻随口问：“班长你呢？过来是……”

“接她。”章鹜恂说这两个字的时候，不由自主地偏头垂眸看向了站在自己身侧的女人，而后道，“姜姜大学在这儿读的，今天她过来见见她的教授。”

说完，他才想起来，笑说：“忘了介绍了，这是我未婚妻，姜鹿。”

姜鹿落落大方地打招呼：“你们好。”

白伊和周雾寻各回了个“你好”。

客气地聊了几句后，几个人就分开了。

周雾寻带白伊往她要上课的教室走，章鹜恂牵着姜鹿踏出校门，驱车离开。

“对白伊好奇了好几年，”坐在副驾驶座的姜鹿对章鹜恂说，“今天终于见到她了。”

“原来你学生时代喜欢这样的。”姜鹿说完，还是觉得心里醋醋的，便拿捏起姿态来，煞有介事道，“章鹜恂，给你个机会，快表达一下你有多爱我。”

章鹜恂低叹，无奈道：“幼稚鬼。”

姜鹿轻哼，语气略带不高兴地撒娇：“你说不说嘛！”

章鹜恂拿她没办法，只好答应：“开车呢，没办法现在表达，回家再认真回答你。”

过了会儿，姜鹿靠着椅背叹了口气。

她很遗憾地说：“要是我能早点遇到你就好了。”

“多早？”章鹜恂温声问。

“高中。”姜鹿偏头望着章鹜恂，轻声说，“如果我高中就认识你，我一定在那时就让你喜欢上我。

“我要让你很喜欢很喜欢我，眼里只有我一个。”

章鹜恂失笑，没说话。

后来姜鹿在车上睡着，一直到家都没醒。

章鹜恂小心轻柔地把她从车里抱下来。

在将她放到卧室柔软的大床上后，他俯身轻轻吻着她红润的唇瓣，满眼笑意地宠溺低喃：“傻瓜。”

我现在就很喜欢很喜欢你啊。

喜欢到我眼里就只有你一个。

笨蛋姜姜。

02.

三月底，周雾寻负责的一件案子开庭。

这场庭审可以旁听。

白伊从来没有见过他在法庭上是什么模样，所以很想亲眼看看。

但她并没有告诉周雾寻她会去旁听，而是瞒着他偷偷办了旁听证。

开庭当天，周雾寻整理好衣装，很早就出了门。

他离开后，白伊才不紧不慢地收拾打扮自己。

她乘坐出租车到法院的时候，已经有不少人入座。

白伊刚要坐下，忽而看到一个熟人。

沈年看到白伊在这里出现，颇为意外："弟妹？"

白伊浅笑道："沈师兄。"

沈年来到她旁边，跟她一起坐下，语气关切地问："你怎么过来了？阿寻知道你来吗？"

白伊摇摇头："我没跟他说，怕影响他。"

沈年嘴角微勾道："不至于，你家这位厉害得很，影响不到他的。不过他要知道你过来，肯定会担心。"

白伊不解地笑说："我有什么好担心的？"

"你最近不是孕吐吗？"沈年说，"阿寻天天在律所惦记你，尤其在吃午饭的时候，总怕你孕吐太厉害，没胃口吃东西。"

白伊稍愣。

怪不得他最近那么忙还总给她发好多微信消息，一条一条嘱咐她要好好吃饭，要记得喝果汁，要干吗干吗。

沈年说着就笑起来，跟白伊透露："我那天去他办公室找他谈事情，结果你猜我看到了什么。"

白伊茫然："什么？"

"他正在网上搜怎样才能缓解孕吐，还特别认真地用笔在本子上做笔记。"

白伊眨了眨眼，心口霎时柔软一片，胸腔里也突然变得满满胀胀的。

过了会儿，庭审正式开始。

全场肃静。

白伊隐在众多旁听人员中，望着原告律师位置上的男人。

周雾寻穿着一身西装，头发打理得一丝不苟，白衬衫上系着她给他买的那条墨蓝色领带。

整个人散发着沉稳而凌厉的气场，和他在她面前时的那种温暖柔和完全不同。

简直判若两人。

整场庭审，白伊亲眼见证了周雾寻在他的专业领域里有多强。

男人全程冷静镇定，根本没有一丝着急和慌乱。

每次开口，他都会一针见血地直中要害，死死压制着对方，甚至可以让对方哑口无言。

尽管有些专业上的东西白伊其实根本听不明白，但这并不妨碍她觉得他很厉害。

怪不得律所的小姑娘们都把他当作偶像。

周律是真的很让人钦佩，叫人无法不心动。

白伊目不转睛地凝视着他，不知不觉间，已是满眼崇拜。

这场庭审唇枪舌战了三个小时才结束。

最终结果是周雾寻的当事人原告胜诉。

从法院出来，白伊从包里拿出手机，给周雾寻发消息。

白伊打字“我在法院门口左侧，你过来找我”，消息还没发送，界面上就突然蹦出一条他发给她的新消息。

周先生：“在门口等我会儿，这就出来找你。”

白伊微微诧异。

他怎么知道她来了？

看到她了？还是沈师兄偷偷告诉他了？

她把输入框的字全都删掉，浅笑着回他：“好。”

须臾，等在路边的白伊看到周雾寻拎着包快步下了台阶朝她走来。

她望着他，眉眼间浮起笑意。

而后，白伊就被他紧紧地抱进了怀里。

“你怎么知道我来啦？”她莞尔问。

“看到你了，”周雾寻说，“一眼就看到了。”

说完，他就沉了口气，语调闷闷地低喃：“终于结束了，好累。”

这会儿的他很像摊开肚皮冲她撒娇的狗狗，全然没了在法庭上所向披靡的王者气势。

白伊轻轻抚着他的后背，轻笑回：“那跟我回家休息吧，宝宝也想让爸爸多陪陪他。”

在拉着白伊往他停车的地方走去时，周雾寻求夸奖似的问白伊：“我刚在法庭上帅不帅？”

白伊忍不住笑他，偏不夸他帅。

这男人在她面前越来越孩子气了，幼稚得要死。

上车后，周雾寻倾身过来给她系安全带。

白伊突然抬手环住他的脖子。

她轻轻地在他的薄唇上亲了口，微微红着脸小声含笑道：“周律最帅了。”

周雾寻被撩拨到，抱着香香软软的老婆在车里啃了好一会儿，才心满意足地放过她。

四月上旬的某个工作日。

周雾寻驱车带白伊回了趟沈城一中。

两人是亲自过来给班主任杨其进老师送婚礼请帖和小礼物的。

白伊和周雾寻到学校的时候，学生们刚好午休结束。

整栋教学楼的各个班级都在唱班歌提神醒脑。

在众多嘹亮的歌声中，白伊捕捉到了这么几句歌词：“这世界那么大，我的爱只想要你懂，陪伴我无尽旅程，你知道我的梦，你知道我的痛……”

在她静静地听着这首班歌内心颇有感触时，身侧牵着她手的男人忽而跟着低哼了起来：“分享你我的力量，就能把对方的路照亮。”

白伊无意识地扬了扬唇，不自觉地攥紧了他的手。

周雾寻感知到了她的动作，也瞬间用力地回握住她纤细的手指。

他和她一起穿过教学楼，来到办公楼的区域，凭借着记忆找到了化学办公室。

周雾寻抬手叩响门板，里面传来一道熟悉而温和的声音：“请进。”

推开门后，周雾寻和白伊看到杨其进正站在办公桌前，打算拿着上课要讲的试卷去教室。

杨其进抬眼发现是他俩，先是一愣，随后就笑了起来。

昨天这两个孩子提前跟他说了他们今天会回学校见见他。

“要结婚了？”杨其进问。

白伊眉眼弯弯地点头：“嗯，所以过来邀请老师，4 月 21 号那天来参加我们的婚礼。”

周雾寻随即就把手里拎的礼袋递给杨其进：“杨老师，这是给您准备的小礼物。”

杨其进笑呵呵地收下，说：“好，老师一定去。提前祝你们新婚快乐！”

“谢谢杨老师。”白伊和周雾寻接连道谢。

杨其进要上下午第一堂课，没有太多时间跟他们聊天。

白伊和周雾寻也没想多打扰老师。

三个人一同出了办公室，在沿着走廊往教学楼走的路上又聊了几句。最后，周雾寻和白伊在教学楼的楼梯口跟杨其进道别分开。

他俩手牵手走出教学楼，但并没有立刻离开学校，而是去了操场。

曾经他们在高考前喊话的那个高台还在，并且比之前更加宽敞了。

白伊立在操场上，仰脸望着高台，脑子里不断地闪回他们喊话那天的情景。

周雾寻问："要不要再上去体验一次？"

白伊欣然应允。

他便拉着她的手，和她一起踩着阶梯，一步步走上了高台。

两个人并肩站在高台上。

春风拂过脸颊，带着丝丝凉意。

周雾寻怕白伊着凉，伸手把她拉到怀里抱紧。

不知为何，白伊突然想起了他们高中毕业即将分别的那晚，他和她的那个拥抱。

九年后重逢，他跟她告白时才肯吐露，他当时其实只想抱她。

她又何尝不是。

白伊贴靠着他的胸膛，问他："周雾寻，你还记得我当年在高台上说的那些话吗？"

周雾寻的喉结微滑，应道："嗯，记得。"

他笑说："你把几个关系好的朋友还有杨老师都安排上了。"

白伊在他怀里微仰起脸，望着他坦言道："其实，我跟你一样。

"我当时想表达的对象只有你，但很怕被别人看出来我喜欢你，所以……把星月他们都带上了。

"这样，就不会有人察觉，你对我来说，是最特殊的那个。"

周雾寻垂眸凝视她，眼底深处涌起暗潮。

这件事她在日记里都没透露，那天的日记她只写了两句话——

2012年5月18号

你不仅仅只是我最珍惜的好朋友。

你是我藏在心底最珍惜的人，却也是我此生都无法拥有的那道光。

后来，周雾寻在给她的回复里写：

2012年5月18号

我多想让你知道我不止把你当好朋友。

可我又不敢让你察觉我有多么喜欢你。

笨蛋，你才是我拼命想要抓住的那道光啊。

白伊是周雾寻的光，永远都是。

原来他们都为彼此做过这么笨拙的事情。

小心翼翼地藏着喜欢，不敢让任何人知道。

周雾寻微低头，在她眉心的美人痣上印了一吻。

而后，他低喃说：“白伊，你比我勇敢。

“至少你光明正大地喊了我的名字，把想对我说的话全都说了出来。

“可我当时只敢用‘去年 4 月 21 号在广播室放歌的那位同学’偷偷代指你。”

周雾寻抿直唇线，语气很遗憾道：“我明明晓得在广播室放歌的人是你，却根本没勇气把你的名字宣之于口。”

白伊仰头和他对视着，眉眼间染上了浅浅的笑。

她纵容又宠溺地说：“你现在就有重新表达的机会，要不要弥补遗憾？”

“要。”周雾寻毫不犹豫地回答。

随后，他看着她，目光深情而温柔，话语认真地一字一句道：“高三（13）班的白伊，谢谢你高二寒假那晚那么勇敢地帮我，谢谢你在我十七岁生日那天中午为我放了一首生日快乐歌，也谢谢你在高三寒假某夜默默陪了我许久。

“谢谢你，看过我的狼狈，也见过我的伪装，却始终善良贴心地照顾着我的自尊和骄傲，没有对任何人拆穿透露半分。

“你是我见过的最勇敢独立最清醒温柔的女孩，我希望你每天都能开心快乐，不要受任何委屈也不要为任何人难过，我愿你永远这么干净纯粹清澈明朗。

“我祝你前程似锦，一生无忧。

“还有，你笑起来，最好看了。”

白伊和他对望着，眼周渐渐地晕染开一片红晕。

但她却是笑着的，笑容格外阳光灿然。

周雾寻一眨不眨地盯着她，继续说：“高三（13）班的白伊，我喜欢你。

“周雾寻喜欢你。”

白伊的眼泪在这一刻，“唰”地从眼眶滚落出来。

“我也喜欢你。”她轻软地微哽着回他，“白伊也喜欢周雾寻。”

曾经那段无人知晓的暗恋带来的所有苦涩，在这一刹那，仿佛终于变成了丝丝甘甜。

周雾寻低下头来，轻轻地把她脸上晶莹的泪珠含进嘴里，而后，温柔地吻住了她柔软微甜的唇瓣。

4 月 21 号黎明。

一袭洁白珍珠婚纱的白伊打扮得无比漂亮，在家里等着周雾寻带伴郎来接亲。

苏欢和蒋冰穿着伴娘裙陪在白伊身边，彭星月也一早就来了白家。

白伊看到彭星月这么早就赶了过来，略微担心道："星月你怎么这么早就过来了啊？"

彭星月笑说："当然是来亲眼看我闺密出嫁呀。"

白伊无奈："你不是才怀上宝宝吗，我怕你休息不够身体吃不消。"

彭星月是前不久查出来有了身孕，按日期推算，比白伊晚一个半月。

彭星月摆摆手："哪有这么娇气。我今天再累也不会有你累，倒是你得多加注意，照顾好肚子里的小宝宝。"

白伊莞尔笑着应："知道啦。"

今天是白伊怀孕整 80 天。

其实现在还看不出她怀孕了，但为了让她舒适些，周雾寻在前段时间特意找了设计师，让对方把婚纱腰部的尺寸稍微调大了一点。

吕舒娜随后拎着一个红色的包包走进来。

她把包包递给白伊，笑道："新婚快乐一一，这个是姐姐给你的新婚礼物。"

蒋冰一眼就认出了这个包的牌子。

白伊开心地说："谢谢姐。"

结果她一拎，感觉包有点重。

白伊有点茫然地打开包，看到里面有整整六个红包。

每个红包都装得很满，估计有一万块，加起来就是六万。

吕舒娜这才又说："包里是份子钱，你收好。"

这也太多了。

后来白伊认真数了下才知道，里面不止六万，准确来说是六万六。

吕舒娜没在屋里待很久，就接了通电话匆匆出去了。

正对着白伊不断拍照的苏欢问旁边的蒋冰："冰姐，你有男朋友吗？"

蒋冰笑道："有啊，谈婚论嫁了。"

苏欢说："那除了舒娜姐，就我还在单身啊。"

"一一，到时候你能不能把捧花送我，让我沾沾喜气，没准就有桃花来了！"

白伊欣然同意："好啊。"

然而，苏欢还没拿到捧花，桃花就出现了。

在周雾寻带着伴郎出现的那一刻，站在床边的苏欢盯着周雾寻身后的江信愣了下。

他居然是伴郎？！

怎么会这么冤家路窄啊……

随后，苏欢就略微不自然地偏过头，希望对方不会注意她。

她甚至在心里暗示自己，都过去好几个月了，他也许根本就不记得她长什么模样。

果然，江信并没有多看她一眼。

他全部心思都放在了帮新郎周雾寻通过考验上，想让周雾寻顺利接白伊走。

苏欢心底默默松了口气。

可她没注意到，江信在看到她的一瞬间，眼神就变了变。

男人强压着突然席卷心脏的闷意，故意装作不认识她，若无其事地该干吗干吗。

但江信心里已经在计划着怎么把苏欢给抓住了。

上次两人有过露水一夜后，她趁他没醒就离开了酒店房间。

走就走吧，还非得给他留下两百块钱。

这就让江信心里很不舒坦了。

而他因为不知道她的名字以及联系方式，想要找她都不知道去哪儿找。

这次，江信不信她还能跑得无影无踪。

接亲的环节结束，白伊被周雾寻抱上婚车。

"早上吃东西了吗？"他一上车就忍不住关心她的饮食。

昨晚是他俩自领证后第一次分开睡。

周雾寻一夜没合眼。

她不在身边他总觉得不踏实。

所以这一晚上周雾寻时不时就给她发条微信问问情况。

白伊倒是睡了一觉，可能跟怀孕后嗜睡也有关。

他的消息她在醒了后才回复。

这会儿听到他这样问，白伊如实道：“没怎么吃，没什么胃口。”

周雾寻从杯架上拿了个很迷你的保温桶。

他打开盖子，热气瞬间腾升，香气也随之扑面而来。

是她最爱喝的他做的粥。

“怕你不吃早饭，给你熬了粥，先喝点垫垫肚子，到中午吃饭还有好几个小时呢，别饿着。”周雾寻轻声哄着，已经用勺子把热粥喂到了她嘴边。

白伊本来被结婚离家的氛围搞得眼眶红红的，这下忍不住笑起来。

她张开嘴，一小口一小口地吃他专门给她做的早餐，满心欢愉。

结婚的日子，他作为新郎忙得脚不沾地，居然还能抽出空来给她熬粥喝。

被周雾寻喂着喝了一小桶热粥，白伊的胃里暖烘烘的。

临近中午。

距离婚礼正式开始的时间越来越近。

白伊站在华丽的双开门外，手挽着父亲白骏毅的胳膊。

为了肚子里的宝宝着想，白伊没有穿高跟鞋。

脚踩平跟小白鞋的她看起来很是娇小可人。

前几天白伊就跟周雾寻过来彩排过了，所有的流程她心里都有数。

但此时此刻白伊还是有点紧张，心跳也抑制不住地变快。

毕竟是一辈子一次的婚礼，是每个女人都很在意的终身大事。

白伊还是希望每一步都不要出错，完美地呈现出婚礼的仪式。

大概是察觉到了女儿的紧张，白骏毅轻轻拍了拍她的手安抚道：“别紧张，爸爸在。”

不知为何，这句话让白伊险些落泪。

她扭头看了父亲一眼，清泠泠的眸子里泛着水光。

须臾，双开门被负责婚礼的工作人员打开。

明亮的灯光从红毯尽头上方照过来。

同时，婚礼歌曲响起，是白伊曾经说过要在婚礼上放的那首 *Back at one*。

只不过，和彩排不同的是，这次放的歌并不是原唱，而是白伊很熟悉的一道嗓音。

白伊心下一颤，嘴角不由自主地轻轻扬了起来。

周雾寻居然背着她偷偷录了这首歌。

现在放的就是他翻唱的版本。

男人低沉温柔的声音跟着动听旋律响彻整个婚宴厅："It' s undeniable that we should be together."

他穿着一身黑色的西装礼服，手拿一束白玫瑰捧花站在正中央的舞台上，身姿挺拔落拓。

白伊挽着父亲的手，随着播放的音乐踩着红毯朝他走去。

红毯两旁布满了白玫瑰花束，还有悬在半空轻轻飘荡的一只只白蝴蝶。

她沿着璀璨生光的花路，一步一步朝他走去。

周雾寻望着她，目光缱绻而深情。

他满心满眼只有她。

直到，她跟着父亲来到他面前。

白伊的手被父亲执起来，缓慢而隆重地交到了周雾寻手中。

他紧紧地握住了她的手。

而后，白骏毅离开舞台，周雾寻和白伊面对面。

他单膝下跪，像臣服于公主的骑士那般，虔诚地将手中的白玫瑰送给她。

在白伊伸手接过这束白玫瑰的一刹那，宴厅里再一次响起了他录的那一版 *Back at one* 的副歌部分："One，you are like a dream come true. Two，just wanna be with you……"

与此同时，有无数五颜六色的纸飞机突然出现，在半空盘旋。

白伊惊讶地仰头看向头顶的纸飞机。

这个环节也不在彩排里。

她并不知道会在这时突然出现这么多的纸飞机。

旋即，白伊低下头，垂眸望着单膝跪在她面前的男人。

因为眼里含着泪，她的视线越来越朦胧，但盈在脸上的笑容却越发明朗动人。

和白伊拉着手的周雾寻站起来，他当着所有来参加他们婚礼的亲朋好友的面儿，在漫天的纸飞机彩虹雨下，动情地和白伊拥吻。

而后，这些漂亮的纸飞机一个接一个地坠落到了婚宴厅的各个地方。

有好奇的宾客随手捡起一个纸飞机来，只见两只机翼上分别写着：

周雾寻爱白伊

白伊也爱周雾寻

标准的楷体格外遒劲有力，龙飞凤舞。

旁边也有其他人捡起纸飞机来把玩，结果大家都纷纷发现了机翼上手写的字迹。

I really like you.

I like you too.

他摸了一下我的手。

我终于牵了你的手。

你是我的美梦。

你是我的美梦成真。

我喜欢的少年。

永远都只是你一个人的少年。

……

那么多纸飞机，情话没有一句重复。

每一个字都是周雾寻一笔一画认认真真地写上去的。

曾经暗恋无声。

而今，我爱你尽人皆知。

白伊，周雾寻爱你。

婚礼的午宴结束后，白伊就先由两位伴娘和彭星月陪着回了家。

在蒋冰和苏欢的帮忙下，白伊把婚纱脱了下来。

彭星月也帮白伊把别在头发上的黑发卡一根根拆掉，让她的长发散开。

白伊随后进浴室洗了个热水澡，换了一款相对简约的白色晚礼服长裙。

婚礼之前就定好了今晚他们这些年轻人在家里再聚一波。

但蒋冰因为还有其他事，就提前撤了。

吕舒娜也在吃过午宴后就匆忙地赶往了工作现场。

当晚，上门做饭的厨师团队在准备晚餐时，苏欢在白伊家里参观了下。

白伊因为要给彭星月去拿东西，没有继续陪着苏欢，让她自己随便逛。

来到三楼，苏欢刚推开秘密基地的门，身后就传来一阵沉稳的脚步声。

站在门口的她扭过脸，神色倏然一紧。

是那个曾经跟她有过荒唐一夜的男人。

苏欢努力维持着表面的镇定，目光不躲不避地跟朝她走来的男人对视着。

苏欢眼睁睁看着他离她越来越近，心里越发不安的她头脑一热，瞬间进了这间屋子。

就在她转身要关门的那一刹那，门板却被人用手在外面抵住，怎么都关不上。

江信垂眼盯着眼神慌乱的女人，神态自若地漫不经心道："苏、欢，是吧？"

他今天特意问了周雾寻，那个略高一点的伴娘叫什么。

周雾寻说，对方叫苏欢，是白伊的大学舍友。

这个世界还真挺小的。

或者说，他和她真的很有缘。

苏欢还没说话，江信又说："我看你有点眼熟，我们是不是在哪儿见过？"

"没有！"苏欢下意识地否认。

江信挑眉，不顾苏欢的抗拒，直接用力推开门，进了这个房间，而后随手关上了门，并在里面反锁。

苏欢被他堵在墙边，走也走不得，逃也逃不掉。

房间里甚至都还没开灯，漆黑一片。

导致所有的感官在黑暗中都被无限地放大，神经和身体也继而变得异常敏感。

哪怕此刻他和她根本没有任何肢体接触，苏欢都被他身上清冽的男士淡香给刺激到，感觉整个人都恍惚起来。

她抬起手，让手背贴着墙壁向上移，想要去摸灯的壁控开关。

须臾，苏欢刚用手背摁开灯，下一秒男人的手指就滑入了她的指缝。

他扣紧她的手，又把灯给关掉了。

房间里的灯仿佛眨了下眼，又很快闭上了眸子，陷入一片黑暗中。

在他干燥温热的掌心贴上她手心的那一刹那，苏欢的心脏不可控地停滞了一瞬。

随即，头顶上方传来他愉悦的低笑。

他稍稍弯腰，薄唇若有似无地蹭着她的耳朵，在她耳边压低声线挑逗说："你的身体好像还记得我。"

不然纤细的手指怎么会这么乖巧地弯曲，同他十指紧扣。

苏欢登时脸红耳热，浑身发烫。

记忆中那种陌生的欢愉感似乎在慢慢往外钻，试图控制她的理智。

不可否认，那晚她确实……挺享受的。

但，跟一个陌生男人发生关系这种事，是真的太让人难以接受了。

如果不是醉酒，苏欢根本做不出这种事。

而且那夜还是自己的初次。

苏欢无法不在意。

这大概也是她对他的相貌印象深刻的原因吧。

尽管只是在第二天早上匆匆看了他一眼，可她还是记住了他的模样。

被他单方面地压制着，苏欢挣脱不开，只能有些恼羞成怒地问："你想干吗？"

江信刚要说话，外面就传来了白伊和彭星月的说话声。

"苏欢？苏欢？"白伊喊了她两声，语气不解道，"人呢？"

彭星月随后不太确定地说："会不会下楼了？"

苏欢刚张开嘴想喊一句"我在这里"，男人突然俯身凑过来，霸道地堵住了她的唇。

苏欢蓦地睁大眼，心跳在这一刻漏跳半拍，呼吸也跟着停滞。

他就这样一手扣着她的手，将她的手摁在墙上，另一只手揽住她的腰，用力地箍紧，迫使她与他相挨。

苏欢反应过来，理智试图让她抗拒，可是身体却根本不听使唤。

她居然就这样任由他肆意妄为，甚至渐渐沦陷了下去。

苏欢自己都无法理解。

明明不认识他，明明很荒唐。

可她偏偏不受控。

等他终于放过她，苏欢浑身发软地靠进了他怀里，被他低笑着拥紧。

"我叫江信。"他染了情念的嗓音微微泛哑，还带着几分欲。

而后，男人又认真道："晚饭过后，我们谈谈吧，苏欢。"

苏欢轻咬了下唇。

她想拒绝，但嘴巴却只发出一个"嗯"。

为了不让白伊他们起疑心，苏欢在江信前面脚步匆匆地快速下了楼，刻意跟他拉开了距离。

走在后面的江信眼底闪过笑意，面色从容地不紧不慢地下楼。

彭星月看到苏欢这么着急，不解地疑问：“苏欢，你跑这么急干吗？后面有狼啊？”

她刚说完，狼就慢悠悠地踩着楼梯台阶出现了。

白伊比彭星月敏锐，已经察觉到了端倪。

她只笑了笑，什么都没说。

吃饭的时候，除了白伊和周雾寻、彭星月和何颂这两对合法夫妻，江信也旁若无人地给苏欢夹菜添酒。

明眼人一下就能看出不对劲来。

最年长的老大哥沈年见状，开玩笑说：“我好像有点多余。”

周雾寻笑他：“让你不找女朋友。”

沈年故作忧愁地叹气：“这是找不找的问题吗？是缘分没到。”

苏欢扭头问白伊：“一一你后来又学架子鼓啦？我刚看到你家有架子鼓。”

白伊还没说话，江信就回苏欢：“会架子鼓的是她老公。”

苏欢愣了愣，而后瞅向白伊，仿佛终于明白了什么：“所以你……”

她刚要问白伊，捕捉到重点的周雾寻就问道：“又学架子鼓？”

“又”字特意加了重音。

苏欢反应过来，解释：“一一大学的时候差点报了乐器社团学架子鼓，但入社团的表格填了一半她就突然改变主意了，说不学了，后面去学了手碟。”

周雾寻偏头看了白伊一眼。

白伊坦然地和他对视着，眉眼弯弯地笑。

周雾寻什么都没说，只抬手摸了摸她的头。

后来几个人一起玩游戏，规定输家要交出手机，由大家在通讯录里选一位联系人打电话。

结果白伊第一把就成了输家。

她把手机递给苏欢，苏欢和彭星月凑在一起挑选幸运儿。

最后在通讯录的最底部发现了一个备注为“X”的联系人，看起来神神秘秘的。

“就这个吧。”苏欢说。

彭星月点头：“好。”

于是，电话被拨通，并开了扩音。

白伊垂眼盯着手机界面上的“X”，心里正在想会不会成空号了，结果就听到一阵来电铃声。

坐在她身侧的周雾寻掏出手机，他手机上的来电显示是——周太太白老师我老婆。

白伊怔忡了下，眼底闪过一丝讶异。

周雾寻已经点了接通键。

他把手机放到耳边，垂眸凝视着她，低声温柔地说：“喂。”

白伊的眼睛霎时泛起热。

这个号码是2017年白伊从星月嘴里得知周雾寻那些年过得有多不好时，回家后在同学录里翻出来，重新存进手机通讯录里的。

但这几年她从来没有跟他联系过。

她和他对望着，眼尾处染了薄薄的一层红晕，脸上漾着浅浅的笑容。

周雾寻看着她的眼神温柔黏腻得快要拉丝，充满了欲念。

下一秒，他就这样保持接听电话的姿势，凑过来偏头在白伊的唇边落下很轻的一记浅吻。

彭星月“哎呀”了声，嫌弃道：“哥，你真是越来越放肆了。”

毕竟当着这么多朋友的面，白伊有点不好意思，脸颊害羞地微微泛红。

她下意识地拿起水杯要喝水掩饰这份不自然，结果却发现水杯空了。

周雾寻随手掐断这通电话，从她手中拿走她的水杯，起身离开餐桌，去给她倒温水。

他离开的片刻，沈年笑问白伊：“弟妹知道我们律所为什么取名叫‘愿一’吗？”

既然沈年这么问，肯定没这么简单。

白伊认真思索了几秒，回他：“‘一’是指我吗？”

沈年挑眉：“嗯，是。”

“愿……”白伊笑着摇头，“这个我猜不到。”

周雾寻端着温水回来，把水杯递到白伊手中。

白伊捧着水杯慢慢地小口喝着水，同时听沈年跟她解释律所名字的寓意：“当时我和阿寻说好一人取一个字，拼在一起当作律所名字。”

“阿寻说他取‘一’，我知道他有个喜欢的姑娘叫白伊，就多问了句是不是代指你，他没否认。”

沈年嘴角噙笑：“然后我就起了‘愿’，希望他有一天能得偿所‘愿’。

愿一就是这么来的。”

彭星月的重点完全偏了，好奇道：“沈师兄是怎么知道我哥喜欢一一的？我哥告诉你的吗？”

沈年瞥了周雾寻一眼，笑说：“怎么可能。

“是他申请本科提前毕业那年，有天我正和他一起在图书馆看书，他突然就急急忙忙地走了，也不说干吗去。

“那晚我去阿寻的宿舍找他才知道，他突然从图书馆离开是因为耳机坏了，想要去修耳机，那天他找了好多家维修店，但是最后也没修好耳机，就是坏了。

“况且耳机这种东西嘛，大家都是坏了就买新的，谁会去修耳机啊，有线耳机根本没有维修的价值。”

沈年说到这里，喝了口酒，继续慢悠悠地跟他们翻周雾寻的旧事：“他那晚喝了很多酒，就拿着那副坏掉的耳机，眼眶通红地发呆，后来喝大了，他意识不清地呢哝着喊白伊的名字。我问他这是谁，他才说，是他喜欢的人。

“要是清醒着，他才不会对我透露半分。”

晚饭过后，大家都陆陆续续地离开。

最后只剩下白伊和周雾寻。

周雾寻叫了家政把晚饭残局都收拾干净。

等他上楼的时候，白伊已经洗过澡，正坐在床边用手机记录今天收到的份子钱。

周雾寻在她旁边坐下来，看到她记得这么认真，忽然想起来什么，对她说：“班长也给钱了。”

白伊手指不停地在屏幕上打字，听闻疑问：“嗯？”

而后，她就了然地笑道：“所以他前段时间突然找我要你的微信，是要给你礼金？”

白伊和章骜恂好多年都没在微信上私聊过一句。

那天章骜恂突然找她，却是问她要周雾寻的微信号的。

白伊以为章骜恂要向周雾寻咨询法律上的问题，根本没想到他其实就是想随个礼。

这人也太会把握度了。

肯定是怕跟她在私下多联系不合适，才特意找了周雾寻。

周雾寻低笑着应：“嗯，是吧。”

“那也记上吧，等他结婚我们再随回去。”白伊说着，就把自己的手机递给了周雾寻，让他继续往下整理。

她懒洋洋地在床上躺下，悠闲地看着他帮她记录这些琐碎的东西，嘴角扬起笑。

“对了，妈下午回南城时提了句过几个月想过来照顾你，”周雾寻问白伊，“你愿意吗？”

今天他母亲冯雅舒也有来参加他们的婚礼。午宴结束后，冯雅舒就要去机场。

冯雅舒考虑到白伊怀着宝宝，今天又办婚礼，肯定更累，说什么都不让白伊跟着去机场，只催促嘱咐她赶紧回家好好休息。

最后是周雾寻安排了辆车，他一个人陪着冯雅舒去的机场。

白伊有点惊讶地坐了起来，随后说：“我愿意啊。”

她轻笑道：“妈妈随时都可以过来的，想住多久都行。”

周雾寻把白伊的手机放到旁边，拉过她的手轻轻摩挲。

今天他喝了不少酒，但并没有醉，至少意识格外清醒。

白伊瞅着他，问：“都整理完了？”

她说：“整理完了我们睡觉吧，你也累了一天了。”

周雾寻却没动，他把白伊抱起来，让她坐到了他腿上。

男人深邃的眼睛泛红，垂眸望向她的目光缱绻，温柔如月色。

白伊和他对视着，看着他通红的眼眶，突然又想起今晚沈师兄说的那番话。

沈师兄说，她送他的耳机坏掉的那晚，他喝了好多酒，眼眶通红地发呆，还醉醺醺地喊了她的名字。

白伊抬手轻轻地抚上他的眼尾。

他们都没有说话，只默契地吻住了对方的唇。

良久，男人低哑的嗓音里染着几分情欲，对怀里的她呢喃：“周太太，新婚快乐。”

白伊笑眼弯弯，声音泛娇地回他：“生日快乐，周先生。”

那些年，他放不下她，又不敢联系她。

那副耳机是她留给他最后的念想。

所以在耳机坏掉的那一刻，他觉得胸腔里的心脏也跟着一起崩塌了。

幸好，他和她最终没有错过彼此。

03.

五月中旬的某晚，白伊和周雾寻洗过澡，夫妻俩正打算睡觉，门铃声忽而急促地响了起来。

周雾寻让白伊在床上躺着，他下楼去看看是谁。

在开门前，周雾寻在显示屏上看到站在门口的是彭星月，心里格外讶异。

他立刻走到门前给彭星月开了门。

周雾寻盯着一身睡衣拖鞋出现在他家门口的彭星月，连忙让人进来，皱眉问她："你什么情况？这么晚了穿成这样跑出来？何颂呢？"

彭星月没有回答，只闷闷地问周雾寻："一一呢？"

"在楼上……"他的话音未落，白伊惊讶的声音就从楼梯处传来了："星月？"

白伊踩着楼梯一步步下来，疑问："你怎么过来啦？"

她刚问完，已经来到她面前的彭星月就委屈地抱住了白伊，开始止不住啜泣。

白伊茫然地看了眼周雾寻，周雾寻也很蒙地摇了摇头。

白伊轻轻拍着彭星月的脊背，嗓音温软地哄她："怎么了？怎么这么委屈啊？"

她试着询问："何颂欺负你了？"

彭星月只"啪嗒啪嗒"地哭，也不说话。

白伊求助地看向周雾寻，周雾寻对白伊做了个打电话的手势，白伊用手示意他快去给何颂打电话。

手机都在楼上，周雾寻便上了楼。

白伊则拉着彭星月在客厅的沙发里坐下，轻言慢语地安慰情绪失控的彭星月。

周雾寻在楼上拨通了何颂的电话，问："你跟星月怎么了？"

正在开车找彭星月的何颂立刻问："她在你那儿吗哥？"

周雾寻叹了声："在。你怎么让她一个人穿着睡衣拖鞋就跑出来，还是大晚上。"

何颂闷声道："我不知道她跑出去了。我给她熬了汤，她喝不得，一直恶心想吐，后来我去厨房给她做别的，再回卧室人就不见了。我正在街上找她呢！先不说了，我这就掉头去你家。”

“嗯，路上慢点。”周雾寻说完就挂了电话。

从楼上下来后，周雾寻给彭星月倒了杯温水。

白伊还在哄彭星月，但彭星月一直哭，根本止不住眼泪。

过了会儿，她才啜泣着开口，声音很轻道：“我很难受，我不想要孩子了。”

白伊蹙紧眉，心疼地看着彭星月，手轻轻地抚着她的脊背，没有立刻劝她。

“真的……太折磨人了，”彭星月哭着呢喃，“我没想到我孕吐会这么厉害，什么都吃不下，闻到味就会吐得稀里哗啦，情绪也不好，总冲他发脾气。

“特别难受的时候，甚至会想去医院做流产手术，那样就解脱了。”

彭星月抽噎道：“我不想在家待着，又不敢去我爸妈那里，怕他们担心，只能过来找你。”

白伊已经过了孕吐期。虽然她的孕吐反应没有彭星月这么大，但也是体验过孕吐有多难受的。

听到彭星月这样说，白伊也不自觉地红了眼眶。

周雾寻立在旁边，沉默着没说话。

直到何颂来。

周雾寻开了门，何颂急匆匆走进来，直奔彭星月而去。

何颂在彭星月腿边蹲下来，看到她满脸的泪痕，满腹担心，焦急地问：“星月，你怎么了啊？”

彭星月听到何颂的话，眼泪又止不住地落。

她没好气地用脚踢他，冲他发泄：“都是你！要不是你我才不会受这种折磨！”

她控制不住地呜呜哭起来：“我每天都很难受，我不想要孩子了……”

何颂半跪在地上，伸手揽过彭星月，心疼道：“对不起，对不起，那我们不要了。”

彭星月不再说话，只窝在何颂怀里不断地啜泣。

好一会儿，她的情绪才渐渐稳定。

何颂把彭星月抱上车，驱车离开。

因为情绪消耗过大，彭星月在半路就睡了过去。

到家后，何颂小心翼翼地把她从车里抱出来，一路回到卧室，将人动作轻柔地放到床上，给她盖好被子。

厨房里一堆东西还没收拾，他折身回到厨房，开始洗锅刷碗。

洗碗池里的水阀大开着，水流哗哗地冲刷着水池。

何颂一声不吭地收拾厨房，眼眶却越来越红。

这些天彭星月有多难受他都看在眼里，他知道她不舒服，甚至很痛苦。

在此之前，她几乎没怎么哭过，也没什么烦恼，总是一副无忧无虑的模样，大大咧咧的。

可是怀孕把她折磨得敏感易怒，经常掉眼泪。

他光看着就心疼得不得了，却又没办法替她受过。

彭星月在何颂把她抱回房间时就醒了。

她怔怔地在床上躺了会儿，而后下床，从卧室出来。

彭星月来到厨房，一推开门，就看到身高腿长的男人双手撑在洗手池的边缘，很挫败地耷拉着脑袋。

听到开门声，何颂本能地扭头看了眼，彭星月盯着他红通通的眼睛，愣了瞬。

下一秒，何颂就立刻偏开头直起身。

他背对着她快速地用手抹了把眼睛，而后才转过身面对她，嗓音温柔地低声问："怎么了？又不舒服了？"

彭星月慢吞吞地走到他跟前，伸手抱住了他。

她窝在他怀里，闷闷道："我饿了。"

"想吃什么？"何颂说，"老公给你做。"

"粥吧。"她回。

"好，你先去休息会儿，我做好了给你端过去。"何颂轻轻拍了拍她的脊背，想让她松开他。

彭星月却没有松手，反而抱他抱得更紧。

"何颂，"她的脑袋贴着他的胸膛，小声说，"我舍不得，还是想留下他。我再坚持坚持，熬过 12 周就不会孕吐了。"

何颂垂眸抿唇。

他喉咙发哽地说不出话，只收紧手臂，无声地拥着她。

彭星月和何颂走后，白伊被周雾寻抱回房间，但夫妻俩却迟迟睡不着。

可能是被彭星月的事影响到，周雾寻今晚格外沉默。

白伊察觉到他的反常，她慢慢侧过身，在黑暗中望着他，轻声问："在想星月吗？"

周雾寻说：“不全是。”

他只是透过星月，更加了解了她们怀孕有多不易。

到底有多难受，才会让那么阳光开朗的星月止不住哭，崩溃到甚至产生了去流产的想法。

周雾寻伸手把白伊揽进怀里，温柔地亲吻着她。

过了会儿，白伊拉着他的手轻轻覆到她的腹部，莞尔道：“宝宝突然想听爸爸唱歌了。”

周雾寻短促地笑了声，很配合道：“那妈妈帮宝宝点歌。”

白伊说：“随机播放。”

周雾寻无奈低叹，随后就为她开口清唱起来。

“我不会怪你，对我的伪装，天使在人间是该藏好翅膀，人们愚蠢鲁莽而你纤细善良……”

他的声线压得很低，温柔和缓的嗓音在黑暗中格外能蛊惑人心：“没有谁能取代你在我心上，拥有一个专属天使，我哪里还需要别的愿望。”

白伊闭上眼，安安静静地听着他为她哼歌。

后来，周雾寻在唱到几句歌词时，仿佛有所触动，轻轻地在她眉心处吻了下。

那几句歌词是：“要不是你出现，我一定还在沉睡，绝望的以为，生命只有黑夜。”

白伊被他吻了后，缓缓睁开了眸子。

等他把最后几句唱完，她呢喃说：“五月天有首歌叫《天使》。”

周雾寻逗她：“你给我唱？”

白伊浅笑，她没说好不好，而是直接给他哼了一小段：“你就是我的天使，保护着我的天使……飞过人间的无常，才懂爱才是宝藏，不管世界变得怎么样，只要有你就会是天堂……你是天使你是天使，你是我最初和最后的天堂。”

唱完后，白伊重新闭上眼，有点困倦地呢喃：“宝宝说他要睡觉了。”

周雾寻低笑，他亲了亲她的嘴角，低沉的嗓音格外缱绻：“晚安。”

“晚安。”

白伊根本不知道，在她睡着后很久，周雾寻都毫无困意，一直搂着她、守着她。

你是我的专属天使。

你是我最初和最后的天堂。

白伊怀孕七八个月的时候，腿脚浮肿，在家里上厕所都是周雾寻把她抱到卫生间。

她也不再一个人开车出门，去沈大授课也是周雾寻开车接送她。

每次他都会把她送到她要上课的教室，等她上完课就在教室等他来接。

十月中旬，距离白伊预产期只有一个月零几天。

她给学生们上完课后坐在讲台的椅子上等着周雾寻来接她。

教室里的学生陆陆续续离开，最后只剩白伊自己。

低头间，她无意发现左脚的鞋带松散了，但也只能等周雾寻来了后帮她系。

须臾，周雾寻赶来。

白伊还没开口跟他说她的鞋带松了，他就已经率先察觉。

周雾寻在她面前蹲下，动作熟练细致地帮她把鞋带系好。

白伊突然想到他们重逢后，他去她学校逛的那个周六。

他们撑着伞在学校的操场上绕圈走，他比她早发现她的鞋带开了，在她面前蹲下来给她系鞋带。

时间一晃，已经过去了一年半了。

白伊眉眼弯弯地垂眸望着他，不由自主地伸手摸了摸他的头。

周雾寻抬头看她，随后就站了起来。

他动作轻柔地扶起她，一手帮她拿着包，一手牵着她走出教室。

“笑什么？”他问。

白伊弯眸浅笑说：“想起去年在海大你给我系鞋带的事了。”

“你当时是不是故意撩我？”她嗔道，“害我晚上做梦都是你给我系鞋带。”

周雾寻从喉咙里溢出一声短促的低笑：“不是故意撩你，明明是在很认真地追你。”

白伊被他牵着手，慢吞吞地沿着路往前走。

忽而，她突然停住脚步。

周雾寻扭头看她，白伊欣喜地晃着他的手说：“宝宝在动！”

周雾寻的手贴到她明显隆起的腹部，真切地感受到肚子里的小家伙动来动去。

他眼底的温柔藏都藏不住，嘴角噙着笑意低声唤：“白白？”

“白白”是周雾寻给小家伙起的小名，男女通用。

至于大名，因为还不知道会是男宝宝还是女宝宝，所以还没定下来。

白伊在预产期的前十五天就开始休产假。

冯雅舒也已经来了沈城，住在家里，陪着白伊。

平常周雾寻要上班，伊君婉作为急诊医生也不能时时刻刻照看女儿，更多的时候，是白伊和婆婆冯雅舒相处。

冯雅舒这次来，还带了一本相册，里面是周雾寻从小到大拍的照片。

白伊捧着相册翻看，被小时候的他萌得心都化了。

有一张是他左手写字的照片。

白伊微微诧异，疑问："他会用左手写字啊。"

冯雅舒给白伊倒了杯水走过来，坐到她身旁，淡笑道："刚上幼儿园的时候，阿寻是用左手写字的。

"但是从某天开始，他就拼命地练习用右手写字，后来再也没用过左手。"

随后，冯雅舒就继续说："还是我从他的玩伴江信嘴里听到，说班上有不少小孩看阿寻只用左手写字却不会用右手，觉得阿寻跟他们不一样，说阿寻是怪胎，抱团排挤他。"

白伊瞬间皱紧眉。

有时候，小孩子的无知和恶意才更可怕。

"后来大点了，他又因为没有父亲被别的孩子误会是私生子跟人打架，最后被学校请家长批评教育，问他为什么跟同学打架，他就只说对方该打。"

冯雅舒轻轻叹了口气："阿寻这孩子，从小就这样，受了委屈就一个人闷着，要不是江信告诉我，我什么都不知道。"

原来他不止是高考结束后的那些年过得不好。

他是从小就过得不好。

父亲这个角色在他生命中的缺失，给他带来的阴影不仅仅只是家庭的不美满，还有成长过程中的各种恶意。

这晚睡觉时，白伊窝在周雾寻怀里，昏昏欲睡间对他咕哝："我看到你小时候的照片了，好可爱哦。"

周雾寻的胸腔震了震，不可置信地笑问："可、爱？"

白伊扬了扬唇："可爱死了。"

行吧。

她说可爱就可爱。

周雾寻很纵容白伊，并不对此反驳一句。
须臾，白伊又含混不清地呢喃：“好想从小就认识你，跟你在一起上学。”
周雾寻疑问：“嗯？”
白伊轻声说：“那样我就能保护你，不让他们欺负你。”
如果从小就认识你，能跟你一起上学。
我也要用左手写字，陪你一起做他们口中的怪胎。
我会在别人说你是私生子的时候帮你骂回去，哪怕我嘴很笨。
我想让你知道，你不是一个人。
你并不孤独。
你还有我。
周雾寻摸了摸白伊的脑袋，嗓音极尽温柔道：“睡吧。”

白伊是 11 月 8 号晚上进的医院。
宫口开到三指的时候，她被推进了产房。
周雾寻作为家属，也一起去了产房陪产。
为了后期的恢复，白伊是顺产。
随着宫口开的指数增大，白伊的疼痛感也越来越剧烈。
而这个过程又十分漫长。
她攥着周雾寻的手，疼得手指都在止不住地发颤。
周雾寻在旁边跟着她一起难受，可他知道他的难受顶不上她遭受的亿万分之一。
直到宫口全开，医生让白伊屏息用力，开始第二产程的分娩。
白伊死死掐着周雾寻的手，脸上的汗水和泪水混在一块。
将近两个小时过去，孩子终于顺利生出。
浑身乏累的白伊瞬间脱力，疲倦地闭上了眼。
周雾寻不断地喊她：“一一？白伊？”
男人喉咙发紧地哽咽着低唤：“白伊？”
白伊虚弱地睁开眸子，对他浅浅地笑了笑。
周雾寻捧住她的脸，额头与她相抵，很轻地吻了下她的唇瓣。
而后，从他眼眶滴落的泪落到了她的脸上。
旁边的医生对他们说：“恭喜，是个男孩，母子平安。”
2022 年 11 月 9 号清早。

在周雾寻和白伊领证一周年的日子里，他们的宝宝来到了这个世界上。

周雾寻和白伊一起给儿子取了名字，叫周霁朗。

霁是光风霁月的霁。

朗是清澈明朗的朗。

他们希望他们的白白，以后能成为一个光风霁月、清澈明朗的人。

04.

有了孩子后，别说二人世界了，就连正常睡觉都难。

白伊几乎每晚都要起来给宝宝喂奶。

周雾寻每次都会陪着她，如果周霁朗小朋友不是因为饿才哭闹，周雾寻就让白伊上床去睡觉，他自己哄孩子。

白天周雾寻上班时，冯雅舒就和月嫂轮流帮白伊照看宝宝。

每次赶上伊君婉休息，伊君婉也会过这边来，全天照顾白伊。

熬过月子，白伊在产后第 42 天由周雾寻陪着去医院复查了身体。

检查结果一切都好。

周霁朗小朋友整两个月大的那晚，周雾寻陪着白伊把孩子哄睡着后就交给了冯雅舒。

现在每晚都是冯雅舒陪着小孩子在同一个屋睡。

白伊被周雾寻牵着手回到卧室，刚关上门，男人就把她抵在门板上开始亲。

白伊轻轻笑着，抬起手臂，圈住他的脖子。

周雾寻轻松地把她抱起来，亲吻得越发肆意。

白伊窝在他怀里，很乖很乖地听他的。

两人从门口挪到柔软的大床上。

良久，白伊被周雾寻抱着进了浴室洗澡。

一旦尝到甜头，他就舍不得放手。

最后，白伊安抚性地亲了亲他的嘴角，他这才勉为其难地暂时放过她。

周雾寻把白伊抱回床上，白伊疲累至极，沾了枕头就睡着了。

周雾寻却拥着她，很久很久都没能入睡。

半夜，周雾寻听到外面动静，轻手轻脚地走出卧室，然后和起来喝水的冯雅舒打了个照面。

周雾寻跟着冯雅舒去了婴儿房看儿子。

周霁朗小朋友睡得正熟。

冯雅舒对周雾寻说：“阿寻，我明天就回南城吧，这几个月一直在这边了，我过年回去几天，年后再回来照顾白白。”

周雾寻没有说挽留的话，只应道：“好。”

“几点的飞机？”他问。

冯雅舒说：“下午两点的。”

“晓得了，”他低声道，“我送你过去。”

说完，周雾寻就要出去，在往外走的时候随口说：“赶紧睡吧。”

第二天冯雅舒走后，周雾寻和白伊就带着儿子回了伊君婉和白骏毅那里。

已经是年底，这几天伊君婉和白骏毅也不用去医院，就全心全意地照看小宝宝。

白骏毅特别喜欢外孙。

小家伙除了吃饭睡觉，其他时候基本都在姥爷怀里。

白伊也因此轻松不少。

除夕夜吃过年夜饭，白伊喂饱周霁朗小朋友，又给他换好尿不湿，就把孩子交给了父母。

她和周雾寻跟去年一样，手牵手出了家门。

两个人慢悠悠地沿着街道往前走，再一次来到津海大桥。

“还要许愿吗？”她仰头笑着问他。

“许啊，”周雾寻眉梢轻抬道，“当然要许。”

“你先。”白伊说。

周雾寻沉吟了下，对着璀璨的星空扬声喊：“新的一年，祝我们万事顺遂！希望白白平安健康地长大！

“愿白伊永远开心无忧！”

白伊抿嘴笑，伸手牵住他的手，而后被他包裹进掌心握紧。

随即，她开口道：“我希望，周霁朗小朋友年年岁岁都能平安健康！

“祝我们大家平安喜乐！

“周雾寻！新年快乐！每天都要快乐！”

周雾寻低笑。

他用正常音量回她：“晓得啦。”

他和她都把最后一个祝福留给了彼此。

两个人在外面单独待了会儿。

往家里走的时候，白伊对周雾寻说：“明天或者后天去医院看看星月吧。”

"好，"周雾寻应允，"后天吧。"

彭星月前两天才生产，孩子的生日正好赶上她生日当天。

因为临近过年，产后还要在医院待几天，所以这个年她和何颂还有他们的家人都是在医院过的。

"等过了哺乳期，我想去学游泳。"白伊对周雾寻说。

"好，"他应，"到时候我陪你。"

"你会游泳吗？"她扭头问他。

"会，要我教你吗？"周雾寻嘴角噙着笑，话语愉悦地问。

白伊莞尔："那当然好啊，还省钱不用请教练了呢。"

"哎，"她突然晃了下他的手，随后转身，换了只手拉着他，满怀期待地说，"等明年除夕，我们带白白过来这里许愿吧。"

周雾寻语调纵容地略拖长音答应："好……"

"他到时候应该都会走路了。"白伊笑语盈盈地说。

周雾寻稍微用力拉了拉她，跟他面对面倒退着走路的白伊一下就跌进了他怀里。

他弯腰拥着她，在她耳边低喃："我会努力做个好丈夫和好爸爸。"

周雾寻根本不知道父亲该怎么当。

父爱是他成长过程中缺失的很重要的一环。

他没感受过父爱，也不知道有父亲陪伴着长大是怎样一种经历，所以他难免忐忑，怕自己做得不够好。

白伊缓缓眨了下眼，而后轻笑着回："周雾寻，你是个好丈夫，也一定会是个好爸爸。"

夫妻俩回到家时，伊君婉和白骏毅已经带着宝宝回房间睡觉了。

周雾寻和白伊回到她的卧室，也准备睡觉。

躺到床上关了灯后，周雾寻搂着她开始不老实。

白伊有点怕，提醒他："你别闹，小心惊动了爸妈。"

周雾寻却坏心眼地偏要故意闹她。

白伊很快就沦陷进去。

她意乱情迷地抱着他，时不时会不小心泄露出几声软绵绵的哼唧。

良久，周雾寻终于食髓知味地带她去洗澡。

再回到床上，白伊一觉睡到天亮。

周霁朗小朋友饿得哭闹起来，她才迷迷糊糊地醒过来，把孩子抱进怀里，侧躺在床上喂宝宝。

然后，她就这么抱着孩子又睡了一觉。

第二天，大年初二，白伊和周雾寻把孩子撂给伊君婉和白骏毅，两人去了趟医院，看望彭星月。

他们到的时候，彭星月病房里只有何颂和彭星月的母亲周步馨。

周步馨看到白伊和周雾寻来了，跟他俩说了几句话就离开了病房，让他们四个小年轻聊。

白伊这时才知道，彭星月顺产不太顺利，最后还是在肚子上动了刀子。

彭星月躺在病床上，语气幽怨道："我怀疑这丫头就是来报仇的。

"不都说女儿是父亲前世的情人吗？她肯定嫉妒我这辈子抢了她前世的老情人，才这么折磨我，从怀上她开始我就一直不舒服，孕吐严重，情绪崩溃，最后还要让我挨一刀她才肯出来。"

白伊失笑，问她："宝宝起名了吗？"

在旁边守着彭星月的何颂说："起了，小名叫果果，大名叫何悦芃。"

"还蛮好听的欸。"白伊笑道。

彭星月叹气："我想回家，我什么时候才能回家啊？"

何颂道："明天。医生不都说了吗？明天检查没什么问题就可以回家了，你别着急。"

彭星月对他无理取闹："我想今天就回家住。"

何颂好脾气地哄："再等一天，明儿咱就回。"

"要不是你女儿折腾我，我现在早在家里了。"彭星月冲他抱怨。

何颂照单全收，宠溺道："是，我女儿让我老婆遭罪了，等她长大点我一定会教育她得好好爱妈妈，要跟爸爸一样爱妈妈。"

彭星月被他逗笑，佯装生气地剜了他一眼。

白伊和周雾寻在病房里待了会儿就离开了。

家里还有孩子，他俩不敢出来太久。

寒假过后，白伊就回到了工作岗位。

她有课要去沈大的时候，孩子就交给冯雅舒和月嫂在家里带。

上完课没别的事白伊就会回家，尽可能多一点时间陪宝宝。

4月21号是个周五。

白伊下午没课，上午上完课就回了家，午饭是在家里吃的。

周雾寻作为律所的老板，今天擅自早退了两个小时。

他到家的时候，白伊刚刚给宝宝喂完奶。

周雾寻把她拉进卧室，在衣帽间里拿出他早就给她准备好的长裙让她换上。

白伊被他弄得莫名其妙，疑问：“干吗呀？”

“带你出去约会。”周雾寻说，“今天结婚一周年呢。”

他比她还要看重这些节日，仪式感特别足。

白伊好笑道：“带我去哪儿？”

周雾寻不告诉她，只说：“去了就知道了。”

等她穿上长裙，白伊转过身背对他，很自然地让他帮忙拉拉链。

周雾寻把她的长发拨到肩侧，动作熟练地给她把背后的拉链拉好。

而后，他就这样拥住她，偏头轻吻了她一下。

白伊去梳妆台前化妆时，周雾寻在衣帽间里拿出一个鞋盒来。

里面放的是她本来要在结婚那天穿的高跟鞋。

但当时因为怀孕，白伊放弃了踩高跟鞋走红毯。

后来生了宝宝，她就更没穿过高跟鞋。

对她来说，到底是个遗憾。

他拿着这双新鞋，来到梳妆台旁。

白伊正巧涂好口红，她刚站起来，就又被周雾寻摁着肩膀坐到了椅子上。

男人在她面前半跪下。

他托起她的脚，动作轻柔地帮她穿好这双银色碎钻高跟鞋。

白伊垂眸望着他，眉眼弯弯地笑。

稍后，夫妻俩手牵手去了车库，开车出门。

大约过了一个小时，他们到达目的地。

此时夕阳正好，橙色的光芒铺满大地，晕染开片片温柔。

周雾寻拉着白伊的手站在教堂门口。

须臾，随着教堂的门缓缓打开，外面金灿灿的夕阳余晖也倾斜进教堂内。

铺在地上的红毯上落了大片明亮的光晕，仿佛身后有光在照着路，指引他们往前走。

周雾寻的手指滑入白伊的指缝，同她十指错落相扣。

他紧紧握着她的手，牵着她踏上了红毯。

教堂里格外安静，安静到只有他们俩的脚步声和呼吸声。

两个人一步步地沿着红毯往前走。

曾经的错过，曾经的想念，曾经所有的遗憾，好像正在脚下跟着他们的足迹渐渐得以圆满。

最后，周雾寻和白伊停在红毯尽头。

他们转过身，面对彼此。

橙色的光晕顺着教堂的彩色玻璃窗打落进来，变成了五彩斑斓的颜色，像装了彩虹的万花筒，格外绚丽。

而他和她，就被包裹在这些彩虹光晕中。

周雾寻从兜里掏出一个戒指盒。

他打开，里面放着男女对戒。

“我听人说，右手中指上戴戒指，代表热恋。”周雾寻嗓音低沉而温柔，问她，“白伊，你愿不愿意，跟我热恋一生？”

白伊眼里泛着泪光，唇边却漾着格外灿烂的笑。

她语调明朗轻软地回他：“我愿意。”

周雾寻拿出女戒，执起她的右手，然后把戒指戴到了她的右手中指上。

随即，白伊也捏起戒指盒里的男戒，套在他的右手中指上。

周雾寻捧起她的脸，低头吻住她的唇瓣，同她温柔厮磨。

这个吻结束时，白伊被他搂着，嗓音泛娇地轻笑说：“之前已经把下辈子也许给你了，所以我想……我们应该能热恋两世。”

周雾寻登时拥她更紧。

她在婚礼当天没能穿这双高跟鞋。

他们婚礼时没有一起走红毯，也没有交换戒指。

这些小遗憾在那样盛大隆重的婚礼中似乎根本不值一提，可他都记在了心里。

然后在婚礼一年后的今天，周雾寻帮她，也帮他自己，全部圆满。

神明见证，周雾寻将和白伊，永远热恋，至死不休。

（全文完）

番外一 长相厮守

这年夏天，在白伊放暑假后，周雾寻如约带白伊去了游泳馆。

他要亲自教她学游泳。

到了场馆内，白伊看着空无一人的泳池，才恍然反应过来，扭头问身侧的男人：“你包下来了？”

“嗯。”周雾寻轻挑眉梢，回她，“每周的一三五下午，这个泳池不会有别人。”

说着，他偏身轻凑到她耳畔，故意压低声线道：“不想让别人看到你穿泳衣的模样。”

白伊无奈地笑，嗔他：“你怎么越来越幼稚了。”

周雾寻嘴角轻勾，不否认，只在她白里透红的脸颊上轻轻啄了口。

稍后，周雾寻在池边热了热身，打算先游一圈。

白伊披着浴巾坐在池边，浸没在水中的脚丫轻轻晃着，侧头仰脸望着要下水的男人，清透的眸子微微弯着。

周雾寻活动完，对他说：“你先做个心理准备，等我游回来就要拉你下水了。”

白伊浅笑应：“好啊。”

随即，男人一头扎进水里。

穿着黑色泳裤的他如鱼得水般在泳池里快速地向前游动。

白伊始终望着他，待他折身往回游时，她眉眼间的笑意越来越浓。

最终，周雾寻停在她面前，他在水里，朝她伸出手。

白伊把披在身上的浴巾扯下来，将手递给他，被他握住。

她的另一只手摁着水池边缘，慢慢地往下滑，动作格外小心翼翼。

周雾寻知道她怕，于是轻揽住她的后腰，几乎将她抱下来，同时安慰道：

“别怕，我在。”

他在也不顶用。

白伊已经怕得整个人差不多都挂在了他身上。

周雾寻失笑，让她试着一点点松力道。

最终，白伊松开了搂着他脖子的手，但双手却紧紧抓着他的胳膊不肯再撒手。

周雾寻无奈叹气，对她说：“不如先憋个气吧，我陪你。”

白伊有点忐忑地回：“好。”

两个人面对面沉到水下，她身上穿的白色泳裙在水中轻轻摇曳着，系在后颈的细带也来来回回地随着水波漂动。

没一会儿，白伊受不住，抬高身子从水里钻了出来。

她像一朵出水芙蓉，带出一片水花。

白伊用手摸了把湿漉漉的脸，大口呼吸了几下。

周雾寻随后也跟着她钻出水面。

白伊的左手还抓着他的胳膊，始终不放。

周雾寻笑说：“再来一次吧，尽量憋气长一点。”

白伊没说话，点了点头。

在要没入水中前，她深深吸了一口气，而后瞬间闭紧眼压低身子，把自己藏到水面之下。

白伊睁开眸子眯着眼去看周雾寻，男人就在她面前，也正瞅着她。

在她睁开眼的一刹那，他的眼底就浮起零星笑意。

两个人对望了没多久，白伊就伸出食指，向上指了指。

是在告诉他，她坚持不住要上去喘口气了。

然而，就在白伊要浮出水面的瞬间，周雾寻突然扯住了她。

他把她抵在冰凉的池壁上，不容分说地堵住了她的嘴巴。

白伊的手霎时抓住他的锁骨窝，指节收紧。

过了片刻，周雾寻直接托抱着她起身，从水里站起来的那一刻，水花四溅。

像白伊此时的心脏，泛着阵阵涟漪。

她没有能依附的，只有攀紧他。

白伊红着脸嘟囔：“你这样教，我大概学不会游泳了。”

周雾寻低笑，逗她：“白老师在质疑我教学的能力？”

白伊很小声地回：“谁让你没个正形。”

她的语气似嗔似娇，还泛着甜软，听得他心痒难耐。

周雾寻像被勾引般，又忍不住亲了她一口。

既然说他没正形……

周雾寻又起了逗老婆的心思。

他隐匿在水下的手在她盈盈一握的细腰上揉着。

白伊明明处在微凉的水中，可他掌心碰过的肌肤却像埋下了火种，燥热到有燎原之势。

甚至，他的手都捏住了她细颈上系的带子。

只要轻微一拉，带子就会松散，上衣也会随之掉落。

这毕竟不是家里的私人泳池，白伊登时又惊又怕。

她涨红了脸，羞赧又紧张地轻声说：“别闹了……”

抱着她的男人忍不住笑出声，从胸腔震出来的短促笑意格外性感撩人。

目的达到，周雾寻也没再闹她，收了心思开始认真地教老婆学游泳。

暑假即将结束时，白伊早已经学会了游泳。

一开始连下水都很惧怕的她现在完全能够在泳池里来去自如。

女人娇小纤瘦的身躯轻盈无比，游起来就是一条美人鱼。

这天，周雾寻正躺在泳池边的躺椅上接电话，白伊一个人在水里游来游去。

她游累了，便上了岸。

还在跟电话那端的人讲事情的周雾寻动作很自然地递给她一条干净的浴巾。

白伊坐在他的躺椅边边上，不紧不慢地擦着身体。

周雾寻又说了几句，和对方挂了电话。

然后，在白伊毫无防备的时候，他突然拉过她。

白伊猝不及防趴到他怀里，她眨了下眼睛，真切地感受到他用了点力，把她的身子抱了起来。

随即，白伊跨坐到了他腿上。

周雾寻的手藏在浴巾下，贴在她光滑细嫩的后背肌肤上。

他坐起身，拥着她就开始吻。

白伊起初揪紧了手里的浴巾，而后慢慢松开，转而勾住了他的脖颈。

良久，被他放过的白伊嗓音娇软地笑问他：“你怎么啦？”

怎么突然这么情动。

周雾寻低哼着笑了声，语调懒散而勾人：“被你勾引了。”

白伊：“……”

他看她一脸茫然，暗自叹了口气。

周雾寻抬手将她脸上残留的水珠轻缓地擦掉。

她根本不知道，浑身沾着水珠湿漉漉朝他走来的她有多能蛊惑他。

周雾寻又亲了亲她的嘴角，这才把人放开，让她下去。

他随之也起身，拉着她往更衣室走：“走吧，回家。”

在换衣服前，两人挤在一间浴室冲澡。

白伊忽而惊讶道：“你有腰窝啊周雾寻！”

说完，她还用手指戳了戳。

周雾寻：“？”

他语气不满：“你才发现？”

白伊“啊”了声，如实说：“刚发现。”

周雾寻垂眸盯着她，似笑非笑地说：“同床共枕这么久，你居然刚发现我有腰窝。”

白伊有点窘迫和心虚，她是真的不知道他有腰窝。

一开始是羞涩不敢看他赤条条地在她眼前晃来晃去，后来敢看了，但确实没注意到这点。

依照周雾寻的性子，白伊还以为他会幼稚地要她好好看看他。

结果并没有。

他根本没多提这件事。

晚上，白伊和周雾寻把周霁朗小朋友哄睡着交给育儿嫂照看，夫妻俩回了卧室睡觉。

白伊刚关掉灯，周雾寻就又打开。

还是开的最亮的吊灯。

白伊不解地问：“怎么了？你还有事要做？”

周雾寻应：“嗯，有事。”

他边说，边解衣扣：“很重要的事。”

白伊更加茫然：“什么事？”

周雾寻把剥落的衣服随手扔到椅子上，人爬上床凑到她身边，拥着她低低道：“你好好看看我。”

白伊蒙了一瞬，而后反应过来。

他是在计较她今天才知道他有腰窝的事。

白伊登时哭笑不得。

“幼不幼稚啊你。”她轻声嗔他。

周雾寻任她说他幼稚，反正他在她面前幼稚了也不止一次两次了。

“认真看，仔细看，”他不依不饶，“每一处每一寸都要记牢，这是你男人的身体。”

“哎呀，”白伊可没他这么从容，佯装微恼，红着脸嘟囔，“你好斤斤计较！”

周雾寻笑了下，忍不住说：“你羞什么。”

白伊又不肯承认她在羞赧，强撑着嘴硬道：“我没有。”

两个人闹了大半天，最终还是白伊妥协，顺了他的意。

周雾寻这才肯放过白伊。

白伊刚松了口气，心想终于可以睡觉了，人又被周雾寻的吻给拉入绮梦中，沉沦着不断坠落。

白伊和周雾寻每年除夕夜都会去津海大桥喊新年愿望。

起初是他们两个，后来变成一家三口。

周霁朗小朋友三周岁时，白伊和周雾寻又一次带儿子在除夕夜去了津海大桥。

周霁朗坐在周雾寻的肩膀上，父子俩大手拉小手。

远处的夜空中绽开一簇又一簇绚烂多彩的烟花，周霁朗小朋友的注意力都被引了去。

小孩子的眼睛清透干净，亮晶晶的。

白伊扭头望着儿子，笑盈盈地对他温柔地道：“白白，你有什么想要的，现在可以当作新年愿望说出来。”

打小就聪明的周霁朗小朋友歪着脑袋思索了片刻，开口用清脆悦耳的小奶音说：“白白要鼓。”

白伊微愣，看向周雾寻。

周雾寻和她对视了一眼，夫妻俩不约而同地笑起来。

这小家伙平常在家里动不动就拿着架子鼓的鼓槌敲鼓玩。

周雾寻和白伊也知道儿子喜欢敲架子鼓。

只不过家里的架子鼓是成人用的，并不适合小孩子。

但他们可以给白白准备适合儿童玩的迷你版的架子鼓。

“好。”白伊答应，随后又耐心温和地对宝宝说，“还想要什么？你可以说三个愿望。”

周霁朗很快又说出两个来：“算术书写完了，要新的。”

周霁朗的智力比普通小孩子高些，他很小就可以应对简单的算术，平常没事就会安静地计算一些加减法。

“要爸爸妈妈，陪白白看烟花。”

听到儿子的最后一个愿望，白伊欣慰又动容。

她笑道：“好，爸爸妈妈都满足你。”

随后，白伊就问周雾寻：“老公，你的呢？”

周雾寻一本正经地问：“我也可以有三个愿望吗？”

白伊笑他假正经，点头应：“可以，你说。”

“那就……亲友如意平安，白白健康快乐，一一如愿以偿。”

第一个愿望送给亲人和朋友。

第二个愿望送给儿子。

第三个愿望，送给她。

“可你忘了你自己。”白伊提醒他，而后询问，“第三个愿望不如改为‘寻伊如愿以偿’吧？”

寻伊。

是周雾寻和白伊。

周雾寻眉眼染笑，欣然应允：“好。”

说完，他轻弯腰要凑过来亲吻她，却被白伊微偏头躲开。

她窘涩地小声嗔他：“儿子在呢……”

周雾寻低笑。

他把小家伙从肩膀上抱下来，让周霁朗面朝他相背的方向，将孩子单手搂在怀里。

随即，周雾寻轻抬起白伊的下巴，俯身低头吻上了她的唇瓣。

对这一切都毫不知情的周霁朗小朋友还在望着烟花开心地笑。

又在这儿陪小孩子多看了会儿烟花，白伊就提出来回家。

周雾寻还记着她没许愿的事，提醒：“你还没许新年愿望。”

白伊浅笑，回他：“许啦，在心里许的。”

“许的什么？”他问。

白伊俏皮一笑：“不告诉你。”

回家的路上，周雾寻单手抱着儿子，另一只手和她相牵。

白伊仰脸望了望身侧的父子俩，眉眼弯弯地笑起来。

她许的愿望是：

愿长辈长命百岁。

愿霁朗长久无忧。

愿寻伊长厢厮守。

番外二 吕舒娜

吕舒娜二十二岁正式出道。

到现在她三十岁，已经在娱乐圈摸爬滚打了八年。

上学的时候，吕舒娜一直在不断地谈恋爱，男朋友换了一个又一个。

成了明星后，她一心扑在事业上，只忙着拍戏挣钱，反而对男女之情没了欲望。

吕舒娜长得漂亮，是那种很性感的风情万种，加上她很注重饮食和锻炼，身材更是好得没话说。

圈里圈外很多优秀的男人都有明确追求过她，奈何她根本没心思谈恋爱，所以来一个拒绝一个。

这年夏末，经纪人给正在休息阶段的吕舒娜接了一档综艺。

“跟你一期的嘉宾还有祝祈。”经纪人告诉她。

正敷着面膜研读电影剧本的吕舒娜眼皮轻撩，疑问：“祝祈？”随后她用手指在电影剧本上点了点，“他？”

经纪人笑道：“娱乐圈还有第二个祝祈吗？可不就是接下来要跟你搭档的那个祝祈。”

吕舒娜不解：“这位少爷不是不参加娱乐综艺吗？”

经纪人摇摇头：“不知道，可能想下神坛体验体验吧。”

之所以说祝祈下神坛，是因为这位小少爷第一次拍戏，就凭借人生中的第一部电影拿了奖，成了娱乐圈里最年轻的影帝。

也因此收获粉丝无数，现在是当之无愧的顶流。

顶流本人长得很帅，性格孤傲高冷，又酷又跩，总给人一种人狠话不多的感觉。

因为第一部电影就让他火遍了大江南北，工作团队给他打造的人设也是走高端路线。

比如只接故事好的电影剧本，只一心一意地拍电影，所以在剧本方面格外挑剔。

他从不参加任何综艺，更不要说其他直播等活动。

有传闻说他是北京祝家的小儿子，拍戏只是突然想来娱乐圈玩玩。

但不管是前半句还是后半句，都未被证实。

周五晚上，综艺正式录制之前，吕舒娜才见到祝祈。

虽然两人同在娱乐圈，接下来也要搭档拍电影，但这还是他们第一次见面。

已经化好妆的吕舒娜从化妆间出去，想去趟卫生间。

她刚一出来，就遇到了正好走到旁边化妆间门口的祝祈。

他身后还跟着经纪人和助理。

祝祈推门要进化妆间前，似有察觉般扭头往这边看了眼。

随即，他对正瞅着他的吕舒娜微微颔首，然后才踏进化妆间。

吕舒娜怔了片刻。

他刚刚在跟她打招呼？

她之前听人说，他傲得像只孔雀，很是目中无人，从不屑纡尊降贵对任何人点一下头。

难道只是谣传？

现在看来，他的性子冷是冷了点，但似乎也没有传闻中那么高傲无礼。

这晚的综艺录制，祝祈和吕舒娜毫无互动。

他全程也没说几句话，哪怕玩游戏，他都没有让他高冷的人设垮掉，仿佛骨子里就是这样寡淡的一个人。

直到录制结束，吕舒娜回到后台，正要去化妆间卸妆，身后有道脚步急促地追上来。

“舒……舒娜姐！”祝祈在后面喊她，声音不同于他平日的冷淡，听起来反而有些无措。

而且，好像有点奶。

吕舒娜停下来，转身看向来到她面前的祝祈。

祝祈垂眸望着她，清俊的脸上染了浅薄的红晕。

“我……我……”他说话有点磕磕绊绊的，全然没有往常的从容镇定，“我能和你……你拍张照……照片吗？”

这句话说完，男人的脸变得更红，似乎是觉得很难堪。

因为他在她面前结巴了。

吕舒娜终于确定，他是名副其实的小奶音。

可是为什么之前在视频里，还有刚刚在台上，她都没觉得他的声音有这么奶。

她不自觉地扬起笑，欣然应允：“当然可以，我的荣幸。”

祝祈连忙打开手机的相机，站到吕舒娜身边，和她拍了一张合照。

“谢……谢谢。”拍完后，他就慌忙道谢，结果又结巴了下。

吕舒娜有点好奇地看了他一眼，而后笑说：“不客气。”

临走前，她又道：“祝祈，你好像跟别人口中的人不太一样。”

祝祈望着她，没说话。

这晚深夜，吕舒娜看剧本看得困倦，便把它放到一边。

她正要睡，手机突然响起。

吕舒娜捞过手机，发现是祝祈的微信好友请求。

吕舒娜顺手点了同意。

毕竟是接下来要合作的搭档，现在不加好友，几个月后也要加的。

只是……他怎么会有她的微信号呢？

祝祈很快就发了消息过来。

祝祈：“舒娜姐，那张合照我能发微博吗？”

吕舒娜回他：“可以啊。”

而后她就问：“你怎么会知道我的微信号啊？”

祝祈如实回答：“我找导演要的。”

原来如此。

不多时，正在刷微博的吕舒娜就在热搜上看到了祝祈的名字。

她点进去，第一条相关微博就是祝祈不久前发的。

祝祈V：跟偶像合照了。

配的图就是吕舒娜和他的合照。

底下的评论全都在不可置信。

“宝贝，你要被绑架了就眨眨眼！”

“啊啊啊啊啊啊哥哥不可以！哥哥你是我的！”

“7哥你是不是被盗号了？？？”

“这么早就为新电影宣传了吗？”

……

“录制综艺玩游戏输了的惩罚吧，7哥的偶像怎么可能是吕啊！”

祝祈只回了这条评论，他说的是：“玩游戏没输，她就是我偶像。”

因为他的回复，无数粉丝在这层楼里各种花式表白他，甚至有粉丝说：“怪不得哥哥你会突然参加综艺，原来是想跟偶像同台啊哈哈哈哈哈哈！”

吕舒娜又觉得很不可思议，满脑子问号。

祝祈公然说她是他偶像？

她怎么敢当他偶像！

他可是最年轻的顶流影帝。

吕舒娜保存了他发到微博里的照片，去掉水印，礼尚往来地给他评论：“这么巧，我今晚也跟我偶像合影了。”

这句评论下面是她附的他俩的那张合照。

商业互吹，彩虹屁走起来，这点东西她会的。

祝祈很快回了她的评论：“真的吗？”

当然不是真的。

吕舒娜的偶像是知名实力派演员孟椿，对方现在已经转行做导演了。

因为祝祈的微博，吕舒娜这两天的热度也跟着涨了不少。

不过她本人没怎么在意，整天忙着在家里钻研剧本。

电影是在两个多月后的深秋开机的。

这也是祝祈和吕舒娜第二次见面。

也是这天，吕舒娜发现祝祈对着其他人都能流畅地说话，态度也始终冷漠淡然。

唯独在她面前，他总是慌张无措，小奶音里没了丝毫的冷淡。

但是他对她说的每句话都要磕巴好几次，活脱脱成了个小结巴。

吕舒娜不是什么都不懂的小姑娘。

她有过很多次恋爱经历撇开不说，就只她大他八岁这点，她都能看透他。

“祝祈，”吕舒娜佯装担忧地问他，“你这样能在拍戏时顺利地把台词说出来吗？”

祝祈愣了愣，抿唇不言。

刚说完，导演就喊他俩过去，让他俩对对戏。

祝祈跟在吕舒娜身后，深眸凝望着她高挑薄瘦的后背，胸腔里的心脏“扑通扑通”的，越跳越快。

事实证明，吕舒娜有点多虑。

祝祈完全可以顺利地讲出台词，并且每句台词的力度和感情都刚刚好。

吕舒娜觉得这个弟弟真的很怪。

这天之后，两人因为拍戏交集频繁。

正经拍戏时祝祈面对着吕舒娜毫不磕绊，可是私下他每每跟她讲话，都得结巴。

吕舒娜有次实在忍不住，笑他过分可爱，把祝祈弄得满脸通红，眼神躲避着不敢看她。

什么高冷影帝，吕舒娜早就发现了，他就是个纯情弟弟。

吕舒娜本以为他们会顺顺利利地拍摄完整部戏，但……祝祈在最重要的告白戏份中不断失误。

原因也很简单，他控制不住地结巴。

一句话他根本无法完整流畅地说出来。

导演让他去休息调整状态，祝祈失魂落魄地独自离开拍摄场地，躲进了他的房车里。

吕舒娜望着他孑然落寞的背影，不知为何，心里微微抽动了下。

稍后，她拎着两杯咖啡过来，敲了敲车门，唤他：“祝祈？”

祝祈觉得很丢脸难堪，不想以现在这副样子见她。

可他最终还是没骨气地给她开了门。

心底还是很想见她的。

吕舒娜上了他的房车，递给他一杯咖啡。

祝祈张了张嘴，想说谢谢，可是嗓子像被卡住了似的。

眼看又要结巴，他索性闭上嘴，不再说话。

吕舒娜看出了他的欲言又止，温柔地安抚道：“想说什么就大胆说出来，不用觉得难堪，没人会笑话你。”

祝祈的薄唇抿成一条直线。

沉默了几秒后，他才开口，缓慢而小心翼翼地说：“我……在别人面……前不这样。”

喝了口咖啡的吕舒娜淡笑，回他：“嗯，我早就看出来了。”

祝祈抬眼看了看她。

他在想她这句话是什么意思。

早就看出来了……也早就看出自己的企图了吗？

“所以你为什么偏偏这场戏说不利索？”吕舒娜不动声色地明知故问。

祝祈拿着她给的咖啡，浑身僵硬。

他感觉她好像全都知道，这让他有种无所遁形的窘迫。

“为什么？”吕舒娜又轻声重复了遍。

祝祈垂敛的眼帘颤了颤。

“因……因为，”祝祈如实回她，“这场……戏让我觉得，就是我……我在对……对你告白，我……紧张。”

吕舒娜瞅着他，没说话。

祝祈低垂着眼，继续说：“我，喜欢你，很久了。”

吕舒娜笑了声：“在此之前我没见过谁告白是这样的，低头敛眸，不肯看对方，你是第一个。”

她说完，语气似不满，又仿佛在娇嗔：“哪有人告白不看对方的呀。”

祝祈掀起眼帘，望向她。

他目光里的茫然和期待掺杂着，好像懂了她的意思，又似乎没完全懂。

吕舒娜眉眼弯弯地引导他：“看着我，再说一遍。不要急，慢慢说。”

祝祈的心脏怦怦跳。

像是被她蛊惑了般，他听话地开口，又极其缓慢地说了一遍：“我，喜欢你，很久了。”

吕舒娜问他：“很久是多久？”

“从，十六岁，开始。”他毫不隐瞒她。

他的十六岁，是她二十四岁那年。

那年她拍的第一部电视剧播出，反响很好。

“是因为我出演的第一部电视剧吗？”

祝祈摇了摇头。

看来她都忘记了。

根本不记得他。

他眸子里闪过一丝晦涩。

“丢……东西的男孩，下……下雨，”祝祈有点急，又开始控制不住地结巴起来，“你……你给我……给我伞。”

吕舒娜疑问：“嗯？”

随即，她脑子里飞快地闪过一个画面，吕舒娜惊讶：“那是你？！”

“嗯。”祝祈点头。

当时吕舒娜还没怎么出名，出门也不用遮遮掩掩。

那天她独自去电影院看了场电影。

从影院出来后，吕舒娜撑着伞沿着街边往前走，想去附近的一家店吃饭，结果就看到一个瘦瘦高高的男孩子在这段路来来回回地走。

他一直低着头，似乎在找什么东西。

雨下得很大，他被浇成了落汤鸡，身上的校服白衬衫变成了半透明的，紧紧贴着他的皮肤，可是他却浑然不觉。

吕舒娜走过去，把伞撑在他头顶，问：“你在找什么啊？”

祝祈回她：“玉佛坠。”

吕舒娜蹙眉说：“雨下得很大，你这样会生病的。”

他只道：“那是我母亲送给我的礼物，很重要，我必须要找到。”

她本想帮他一起找找，但是经纪人突然来了电话，有工作上的事要她尽快过去一趟。

吕舒娜只好把伞留给他，嘱咐：“伞留给你，找到了就赶紧回家洗个热水澡吧，别生病了。”

当时祝祈并不认识她。

但几个月后，他从母亲追的热播剧上意外看到了她。

祝祈也是那时才知道，下雨天把伞留给他的人叫吕舒娜，是个明星。

他开始查她的基本信息，开始关注她的所有动态。

为了让她看到他，更为了接近她，他借家里的力量，在刻苦练习了一年台词和表演课后，拍了人生第一部戏，是个知名导演的大制作电影。

电影上映，他一炮而红。

也因此，他如愿以偿地接了第二部电影。

这部爱情电影是个很好的 IP，很多一线女星都想争女主这个角色。

吕舒娜的团队自然也不例外。

而祝家是这部电影最大的投资方，所以祝祈有话语权。

他对导演点明女主只能由吕舒娜来演。

这才有了他俩的搭档。

吕舒娜万万没想到，她跟祝祈早就见过面了。

她愣了片刻，然后佯装若无其事地喝了口咖啡。

“你要怎么办？”吕舒娜问他，“怎么才能不磕绊？”

祝祈沉了口气。

没办法，除非他面对她不再紧张。

可，现在显然做不到。

吕舒娜直接提出来：“就算这一场戏可以放在最后拍，那还有几场吻戏，你确定你可以？”

祝祈默不作声。

他觉得他不可以。

亲了她后他肯定会结巴得更厉害。

“要不……你找个替身帮你……”吕舒娜故作正经地开玩笑。

她的话还没说完，祝祈立刻就拒绝：“不行！我不用替身！”

吕舒娜笑他：“这句话说得很流畅嘛！”

祝祈被她闹得脸泛红，不吱声了。

“不然我们来对戏试试，”吕舒娜放下咖啡，认真起来，“磕绊也没关系，慢慢往下说就好，目的是把整场戏顺下来。”

祝祈点点头，也把咖啡放到了旁边。

两个人都对剧本台词很熟悉了，脱稿完全不成问题。

吕舒娜的台词在前，她说完后就耐心地听祝祈一句一句说台词。

然后，两个人你看着我，我看着你，谁都没动作。

吕舒娜眨了眨眼，小声问他：“没了？”

祝祈的目光落到她的唇瓣上。

有是有。

只不过是吻戏。

能……吻吗？

“祝祈，”吕舒娜嗓音轻细地喊他，而后对他勾了勾手指，“你过来一点。”

祝祈乖乖地凑近了她些。

随即，他就听到她像用气音那般小声呢喃：“吻我。”

祝祈本就年轻气盛，而且，他那么喜欢她。

她这样明目张胆地撩拨，他根本无法抗拒。

男人抬手捧住她的脸，精准地捕捉住她柔软的唇瓣，冲动又生涩地撬开她的唇齿，莽撞地加深了这个吻。

吕舒娜胸腔里的心脏泛起涟漪，仿佛有一波又一波的浪花不断地拍打过来。

是心动。

真真切切的心动。

她已经很久没有过这样强烈的情愫了。

吕舒娜抬手，攀上他的脖子，任由情绪主导，不断地回应着他。

两个人躲在房车里，品尝着爱情初来乍到的猛烈悸动。

良久，他才在她的不断推搡下食髓知味地放开她。

这天到底没有拍成告白戏。

祝祈和吕舒娜跟导演商量了下，为了不耽误进度，剧组最终决定把告白戏和亲吻戏都放在最后补拍。

到了快杀青要补拍告白戏和亲吻戏的时候，吕舒娜和祝祈已经偷偷恋爱了快三个月。

这三个月里，吕舒娜把祝祈调教得不再在对着她时总紧张到慌乱无措。

他已经跟她很熟，和她说话也不会再结巴。

平常对着别人时，祝祈依然是那副高冷勿近的模样，但私下对着吕舒娜时，最爱撒娇。

谁也不会想到，人前那么冷感的新晋影帝，人后在女朋友面前就是只小奶狗。

也因此，最后补拍的告白戏和亲吻戏都很顺利，基本都是一条过。

电影顺利杀青，吕舒娜和祝祈看似回到了各自的轨道，但其实在私下经常见面。

一年后，他俩主演的电影火爆热映，口碑好票房高。

没多久，祝祈突然宣布退出娱乐圈，吕舒娜也发微博告知粉丝会暂退娱乐圈。

这两条消息一前一后发出来，瞬间引起一片哗然。

两家粉丝更是难受到疯狂刷微博发微博，加之各路吃瓜人士的助力，导致微博当晚瘫痪了两个小时才恢复正常。

某日，有专门爆料的狗仔发微博说曾经的顶流影帝和 L 女星已经领证结婚。

只不过这条微博还没发酵起来，就被删掉了。

事实上，祝祈和吕舒娜确实领证了，并且在国外办了一场无比盛大的婚礼。

祝祈这一生只拍了两部电影。

第一部是为了让她看到他，也是为了让自己有足够的实力站到她面前。

第二部是圆他想跟她搭档拍戏的愿望。

最初的最初，他是想追她才踏入娱乐圈。

后来，人追到了，他也不用再顶着别的身份想方设法地靠近她。

所以，他选择退出大众视野。

只做她一个人的祝祈。

番外三

沈年

2022 年，沈年已经三十岁。

还是母胎单身的他总会被家里长辈催促相亲和结婚。

父母生怕他这辈子打光棍，又着急又上火。

沈年自己倒是很看得开，他觉得结婚这事儿根本急不来。

这年夏末初秋的开学季，沈年接到了亲哥沈弘的电话。

沈弘在那端嘱咐他：“晴晴要去沈大读研，明天就到学校报到，你是长辈，照顾一下小丫头。”

沈弘口中的“晴晴”，是沈弘生死之交的女儿，叫何晴，跟沈年差八岁。

论辈分，对方该叫他一声小叔。

沈年上大学之前，每年见这个小孩子的次数还多些。

后来他到北京念大学，毕了业又在沈城工作，平日里不回海城，只有过年回家才会在两家聚餐时见一次何晴。

两人交集并不多，一年见一面的频率。

这下听到何晴要来沈大读研，沈年笑道：“这丫头不错啊，能考到沈大来。”

挂了电话后，沈年就找了家餐馆，预订了位置。

随即想起来他还没何晴的联系方式，又在微信上给他哥要了何晴的微信，向对方发送了添加好友的请求。

半晌，何晴才通过。

她的消息紧接着涌进来。

何晴：“抱歉小叔叔，我刚在收拾行李，才看到你加我。”

沈年敲键盘的手停了停，回她：“不碍事。”

沈年：“你明天几点来？有人陪同吗？”

何晴如实答：“上午十点半落地，没人陪，我自己就可以的。”

沈年看了眼自己的工作安排，沉吟片刻后，回她：“那这样，我去机场接你，先带你吃顿饭，再把你送到学校。”

沈年：“你看行吗？”

何晴很快地发了文字过来：“行呀！”

随后，聊天框又蹦出一条她发的消息：“就是……会不会太麻烦你了啊？别耽误你工作……”

沈年笑了下：“不麻烦，也不会耽误我工作，我都安排好了。”

何晴回了一个很开心的表情包，而后说：“那我很 OK！”

第二天上午，沈年在机场接到何晴后就带她上了车。

在去饭店的路上，沈年和她闲聊，这才得知她学的是天文学。

吃中饭的时候，何晴的手机来了几通电话，被她全部挂断了。

沈年善解人意地说：“可以接电话的，觉得不方便的话可以去走廊那边，比较安静。”

何晴笑笑，回他：“不用，不认识的号码我一般不接。”

沈年听闻，忽而低笑了声，半开玩笑：“幸亏我昨晚没有直接要你的号码给你打电话，不然怕是也要被你拒接。”

何晴被调侃得脸微微红，低下头去吃东西。

吃饱喝足后，沈年开车送何晴到了沈大校门口。

他本想送佛送到西，直接把这姑娘送到宿舍楼下，没承想何晴率先提出来，不让他多陪她走这段路。

大抵还是心里觉得太麻烦他了。

沈年也没强求，转身要上车离开。

何晴却又叫住他：“小叔！”

沈年回头，沉静的目光里含着不解，疑问：“嗯？”

何晴把自己的手机递给他，让他在拨号键盘上输了他的电话号码。

她点了拨通，又挂断。

而后，她就当着他的面，把他的电话号码存了起来。

备注是——小叔。

“好啦！”何晴笑眼弯弯地晃了晃手机，“这下我知道你的号码了，你不用担心我会挂你电话了。”

沈年无奈失笑。

等她拉着行李箱进了学校，沈年才上了车。

在启动车子离开沈大之前，他从储物格里拿出手机来，点开刚刚的未接来电，存了她的号码。

这天之后，何晴有时间就会找沈年聊天，甚至三番五次地提出来要请他吃饭。

理由是想感谢他在开学那天开车接她还请她吃午餐。

沈年说了好几次不用，最终还是拗不过何晴，答应了她出来吃饭。

这会儿已经是十月中旬。

天气一天比一天凉。

到了晚上更甚。

沈年到何晴说的餐厅时，她已经坐在座位上等他了。

两个人吃了顿西餐。

本来沈年想趁中途离开去付钱的，结果却被告知他们这单是提早约好的，已经付过钱了。

无奈之下，沈年只能装作什么都不知道，折回座位。

等何晴把餐后的小甜品吃完，两人一前一后地出来。

夜风很凉，何晴忍不住打了个寒噤。

沈年见状，脱下西装外套披到她身上，轻声说："以后天气会越来越冷，记得多穿点。"

何晴的脸上漾开笑，她乖巧地点头答应："晓得啦。"

上了车后，何晴似乎是想找话题跟他聊天，便问："小叔，你会一直在沈城吗？"

沈年嘴角噙笑道："不会，以后会回海城。"

何晴说："我还以为你要在这里安家了呢。"

"也说不准啊，"沈年跟她开玩笑，"万一我找了个家在沈城的老婆，没准就定居在沈城了呢。"

何晴默了默，试探性地问："你怎么没谈恋爱啊？"

沈年觉得好笑："怎么，连你这小丫头都要催我结婚了吗？"

"没有没有，"何晴连忙摆手，解释，"我就问问。"

沈年轻叹："倒是想谈呢，也得有人跟我谈啊。"

何晴眨巴眨巴眼，不太理解道："小叔这样优秀的男人，还缺女人追吗？"

沈年低笑："谈恋爱讲究两情相悦，跟有没有人追没关系。"

“哦……我懂了。”何晴一语道破，“你还没遇到让你动心的那个人。”

毕竟两家有渊源，沈年又是长辈。

在这所城市里，也只有他算得上是她半个家人。

所以沈年对何晴照顾颇多。

偶尔赶上他周末休息在家，又恰好想下厨，也会把何晴叫过来一起吃饭。

久而久之，两人联系频繁，关系也熟络不少。

这年过年回家，沈年不免又被家里人催婚。

父母甚至在大年初二就给他安排了一场相亲，非要他去不可。

沈年无可奈何，只能前去赴约。

何晴知道这个消息的时候，沈年已经在跟相亲对象共进晚餐了。

她打车到了他们用餐的饭店外，正犹豫着要不要进去装偶遇，就见沈年和女方一起从饭店里走了出来。

何晴躲避不及，被沈年撞了个正着。

“晴晴？”沈年惊讶地喊出口。

何晴只好佯装刚到这里，落落大方地走上前，叫了他一声：“小叔。”

沈年轻皱眉问她：“你怎么在这儿？”

“我过来吃饭，”顿了顿，她又补充，“刚到。”

“自己？”沈年不解。

何晴点了点头。

沈年沉吟了一秒，扭头对站在他身侧的女人歉意道：“季女士，抱歉不能送你回去了，我帮你叫车……”

被他唤作季女士的女人不等他说完，就打断了他：“你的意思我明白了，不用帮我叫车，沈先生，再见。”

何晴无措地看着他，心里有点愧疚的同时，也忽然安心不少。

因为她发现了他对这个相亲对象没感觉。

何晴这才恍然意识到，她好像对他……

“走吧，再陪你吃一顿。”沈年语气很无奈。

等菜的时候，何晴还是忍不住问了出来：“小叔，你不会是因为我才……”让人家自己走的吧？

沈年笑了笑：“更多的还是想以此让对方明白我和她不必再来往。”

何晴反应了片刻，突然生气道：“所以你拿我当借口啊！”

沈年看着她鼓着腮像只小仓鼠，忍俊不禁，更想逗她："那不然呢？你以为是什么？"

何晴吐出气来，鼓鼓的脸颊像泄了气的气球瘪下去。

她抿了抿嘴巴，低头看着眼前的水杯小声嘟囔："谁知道呢？"

这番话让何晴明白了，他不喜欢相亲对象。

可他也不喜欢她。

为此，何晴郁郁寡欢到开学。

直到在机场见到来接她的他，心里的阴霾就这么轻易地被他的出现挥走了。

四月份。

天气越来越暖和。

沈年来沈大给法学系的一位教授送文件。

这位教授和沈年曾是大学同学，前段时间因为工作的原因，两人又多了些交集。

其实完全可以寄过来的，但他非要自己跑一趟，嘴上说是过来见见老同学，可心里却更渴望见另一个人。

车不方便开进学校，沈年拿着档案袋步行进了沈大。

然而，不多时，他拐过弯后，却看到何晴正在被一个男生拉扯。

何晴全身都在抗拒对方，但对方却不管不顾地强硬拉着她，想要把她抱进怀里。

沈年的眉心瞬间拧紧，他几乎是跑到她身边去的。

沈年用力拽开男生，把何晴护到身后。

男生神色阴郁地道："你谁啊？"

沈年冷静地说："这句话是我该问你。你是谁？为什么要缠着晴晴？"

"我是她男朋友……"

"你放屁！"何晴怒气未消，提醒对方，"麻烦你正视你的身份，是前男友，早在我决定来沈城读研时我们就分手了。"

"我以为我们只是平常吵架，我这不是来哄你了吗？"男生还在辩解。

有沈年在场，何晴莫名安心，她毫不畏惧地反驳："这只是你以为。分手是你说的，男人说话不算数就不是男人了。你是男人吗？"

男生还想往前，沈年瞬间制止他，并一字一句地告知对方："不想被拘留就立刻离开，否则我报警。”

何晴也附和：“你再敢纠缠我，我就起诉你，让小叔给我当律师，他是沈城最好的律师之一。”

男生目光沉沉地盯着何晴看了几秒，最终还是选择了离开。

何晴刚松了口气，心紧接着就悬了起来。

她睁大眼盯着被沈年握住的手，胸腔里的心脏“扑通扑通”地跳动，剧烈到几乎要直接迸裂。

沈年拉着她到了办公楼的一楼大厅才松开她。

“在这里等我会儿。”沈年不露情绪地说。

何晴这会儿整个人都混混沌沌的，他说什么她就乖乖听着，点头。

等他离开，她才迟钝地反应过来，他刚刚……牵了她的手。

何晴忍不住多想，会不会是因为他喜欢她？

可是，她又很不确定。

万一他只是怕她再被人纠缠而单纯地不放心呢？

她正胡思乱想着，沈年就从电梯里走了出来。

“晴晴，走了。”他的神色无异，语气也如常。

好似几分钟前什么都没发生过一样。

何晴心里微微失落，默不作声地跟着他走出了办公楼。

两个人沿着路漫步在校园里。

四月份，樱花开得正好。

粉色的花瓣随着微风打着旋儿飘落到砖铺的地面上。

忽而，沈年停下来，同时叹了口气。

何晴不明所以地仰脸望向他。

她轻声问：“你不高兴吗？”

“嗯，”沈年坦然道，“是不太高兴。”

何晴猜测很可能是工作上的事，便安慰他说：“工作尽力而为就好啦。”

沈年垂眼瞅了瞅她，没说话。

须臾，他还是没忍住，问了她：“他这样纠缠你多久了？”

何晴眨了眨眼，明白他说的是谁，乖乖地如实回答：“从分手后到现在，之前只是打电话发短信之类的，今天是第一次被他当面纠缠……我也没想到他会来这里找我……”

“不过有你在，我不怕的。”她眉眼弯弯地笑起来。

沈年的眸色更加幽深。

“小叔，你饿吗？我们去吃饭吧……”

何晴的话音未落，沈年就打断了她：“晴晴，你只把我当小叔吗？”

何晴蒙了一瞬。

她忽然屏住呼吸，不知道该怎么回答才好。

撒谎说只把他当小叔，自己心有不甘。

如实承认不仅仅把他当小叔，又怕他拒绝自己。

就在何晴纠结犹豫时，沈年又开了口。

他垂眸凝视着她，嗓音低低地认真问：“能不能试着不把我当小叔，就当作一个男人。”

何晴怔忡地望着他。

她心里隐隐有了猜测，但还是不敢特别确定，于是讷讷地问：“这句话，是什么意思？”

“意思是，”沈年深深地呼了一口气，对她坦白，“我喜欢你。”

何晴的脑袋里倏然炸开烟花。

她愣愣地盯着他，突然说不出话，只有眼睛在不断地泛热发酸，变得越来越湿润。

她泪眼蒙眬地和他对望着，笑着掉了眼泪。

“吓死我了……”她呜咽了下，又说了遍，“吓死我了。我还以为你发现了我喜欢你，要拒绝我。”

沈年无奈失笑，抬手用指腹替她擦了下眼泪。

他弯腰凑近她，几乎和她平视，温柔地呢喃问：“以后，我护你，好不好？”

泪珠再一次从她的眼眶滑落。

何晴连连点头，带着哭腔微哽道：“好。”

沈年把何晴揽过来，紧紧地抱住。

旁边的樱花随风摇曳着，好像也在为他们确认恋爱关系而欢欣。

沈年的鼻息间被樱花淡淡的清香萦绕。

他低了点头，鼻尖几乎要蹭上她泛红的耳朵，这才发现，他闻到的，是她身上散发出来的樱花香水的味道。

“饿吗？想吃什么？”男人的语气温柔。

何晴吸了吸鼻子，嗓音轻软地说：“你做的饭。”

沈年低笑，略拉着长音宠溺道：“好。”

随后，他牵住她的手，话语含笑：“跟我回家。”
她莞尔，点头应：“嗯。”

两年后，何晴研究生毕业。
愿一律师事务所早就计划在海城开的分所也正式营业。
沈年和何晴一起回了海城定居工作。
这年初秋，沈年和何晴在最浪漫的海边办了一场盛大的婚礼。

番外四
苏欢×江信

在白伊家吃过晚饭离开后，江信带着苏欢跟他上了同一辆出租车。

苏欢似乎很尴尬，特别不自然地僵坐在他身边，一动不动。

江信偏头看她，她就扭头往车窗外看。

过了会儿，江信像随意聊天般开口问她：“你是哪里人？”

苏欢如实回：“海城的。”

江信说：“我南城的。”

苏欢干巴巴地“嗯”了声。

江信又问：“你应该跟白伊同岁？”

苏欢却摇摇头：“比一一小一岁。”

江信了然地挑了挑眉，回她：“那我比你大一岁，今年二十八。”

苏欢抿了下嘴巴，没有吭声。

她总觉得这个发展方向不太对。

怎么有点像……相亲？

“那晚你为什么一个人在酒吧？”他继续问。

不知为何，他一提起“那晚”这两个字，苏欢的脑子里就会冒出一些很刺激神经的画面。

她的脸控制不住地变红，甚至开始发热，像个蒸炉一样。

“想喝酒。”她随便扯了个理由。

江信垂眸，目光探究地看了她几秒钟。

须臾，他再次问：“那，为什么要留下两百块钱？”

苏欢眨了眨眼，很认真地回他：“抱歉，当时我身上只有两百块钱现金，要是有多一点我会给你多留一点。”

江信一愣。

他被她气笑，哼了声，慢条斯理道："你把我当什么？"

苏欢觉得这个话题不能再继续聊下去，只好硬着头皮说："能先不谈这个吗？"

"行。"江信爽快地答应，随后就直接问，"缺男朋友吗？"

苏欢的心跳蓦地滞住。

她恍惚了一瞬，才反应迟钝地回答："不缺。"

她还补充了句："我有男朋友。"

江信轻笑，只"哦"了下。

直到下车，他再也没说其他的话。

出租车停在酒店门口，苏欢立刻从车里下来，江信随后也下车。

她脚步匆忙地往前赶，颇有落荒而逃的意味，他就在后边慢悠悠地迈着长腿跟着，勾着唇看她惊慌失措的模样。

苏欢还是没能甩掉江信。

进电梯后，她站在电梯的边缘处，试图跟他拉开距离。

江信说："答应我要好好谈谈的，去哪儿谈？"

他逗她："你的房间还是我的房间？"

苏欢强撑着镇定说："走廊。"

话音刚落，电梯里的灯突然骤灭，本来上升的电梯也开始急速坠落。

苏欢吓得发出一声尖叫。

下一秒，她的惊叫声戛然而止。

苏欢错愕地睁大眼，人变得混沌不堪。

她被他搂在怀里，护在电梯的角落。

苏欢的脸紧紧贴着他的胸膛，鼻息间萦绕着很清冽的男士淡香，还混着些酒的香气。

这两种味道掺在一起，瞬间就让苏欢回到了几个月前特别荒唐的那夜。

男人身上也是这种味道。

清冽男香和酒香掺杂混合，让她格外迷醉。

电梯不知道在几楼停住。

江信摁了紧急呼叫铃，沉着冷静地说了情况。

在等待救援的时候，他拥着缩在角落里的她，话语认真地说："既然这样，那我们现在在这儿谈谈吧。"

苏欢情绪受了波动，此时反应有点缓慢，他说什么她就听着。

"你要不要跟我试试？"他目的明确地直接问。

苏欢有些茫然。

"我知道你没男朋友。"江信补充。

今天在他问周雾寻她是谁时，就已经从周雾寻那里得知了，她还是单身。

苏欢很不理解地问他："你为什么非要跟我试？"

就因为那晚的交集吗？

江信沉默了片刻，才说："是喜欢吧。

"虽然我们遇见的方式不太对，但是从那晚过后，我每天都会想你，也试着找过你，没有你的联系方式甚至不知道你的名字，我就去那家酒吧等，但你再也没出现过。

"我本来以为，可能再也遇不到你了，或许我们注定只有短暂一夜的交集，而你对我来说，也只能是个遗憾。

"但没想到，你竟然是白伊的伴娘。"

他微微俯身拥紧她，在她耳边认真呢喃："这次我不会再让你跑掉了。"

苏欢讷讷地说不出话，胸腔里的心脏像被人拨动的摆锤，不断地左右摇晃，难以平息。

母胎单身的她从来没有过这种感觉，陌生又磨人。

她有些慌乱地抬手想推开他，却被他抱得更紧。

"苏欢。"江信低低地叫她。

他这声低唤，成功地让她不再抗拒他的拥抱。

苏欢也不懂自己为什么总会被他压制住，好像怎么折腾都翻不出他的掌控似的。

男人的额头轻抵住她的。

他近在咫尺，呼吸就落在她的脸上。

苏欢刚要说话，想让他退开一点，嘴巴就被一个柔软的东西贴住。

她的眼睛瞪大，肩膀也紧张地耸高，胸腔里的心脏近乎疯狂地跳动着，几乎要直接迸裂。

强烈的刺激让苏欢快速地沉沦到了他的吻中。

理智被感情所驱使，她甚至慢慢抬手回抱住了他的腰身，开始回应他的亲吻。

那种陌生的感觉正在被无限放大，让她觉得欢愉又兴奋。

就在两人吻得动情忘我时，电梯门突然打开，头顶的灯光也瞬间亮起。

江信登时把苏欢摁进怀里。

他脱下自己的西装外套披在她身上，而后将人一把抱起来，跨出电梯后迈着大步抱她回房间。

苏欢抓着他的外套袖子遮住脸，在被他放到床上后她才敢掀开一角。

江信已经俯身凑过来。

他嘴角噙笑道：“答不答应我？”

苏欢目光飘忽地躲闪开他灼热的视线，手指紧张地揪着他的外套，像是失了理智般，她遵从了内心的冲动：“那就……试试……”

话音未落，苏欢再一次被江信堵了嘴巴。

过了会儿，她难为情地问：“能不能把灯关了？”

江信其实更喜欢开着灯，上一次他们也是开着灯。

她那么动人的表情，他都储存在了脑子里。

但这次，他听了她的。

关上灯后，江信抱着她翻了个身。

苏欢羞赧道：“你干吗！”

优哉游哉躺在床上的男人低笑着逗她：“上次你就是这样啊，还不准我乱动。”

苏欢无语。

那是喝醉酒了，她比较疯，能一样吗？

良久，洗过澡的苏欢躺在床上昏昏欲睡。

江信从背后把她拥住。

在快要睡着的那一刻，苏欢困倦地呢哝：“上次给你留钱没有别的意思，就是……我知道是我先撩拨的……”

在酒吧里撩了他，又亲了他。

然后，她拉着人家把他带去酒店房间，摁着他为所欲为。

醒后没断片的她都记得清清楚楚。

而他当时也不反抗，就任她闹腾。

搞得苏欢总有种对方多少有点被她强迫的错觉。

所以她心里才觉得抱歉，在偷偷溜走时，翻遍了钱包把现金留给了他。

江信挑逗她，坏笑道：“我喜欢你撩我。”

很性感，也很迷人。

苏欢脸红耳热地把脸往被子里埋了埋，不再说话。

没多久，她就疲累地睡了过去。
江信随后也抱着她睡了。
第二天清早，苏欢率先醒来。
她看到跟她同床共枕的男人，想起昨晚他说的那些话。
他说，是喜欢吧。
虽然苏欢没有谈过恋爱，但她相信直觉。
在电梯出事故的那一刻，他本能地把她抱进怀里护住。
他说喜欢，她信。
她悄悄地起身，下床去了卫生间。
江信睁开眼时，发现旁边又一次空荡荡的没了人。
他惊慌了一瞬，直接坐了起来。
随后才注意到，她的衣服都还在椅子上。
而且，浴室里有水声。
江信霎时松了口气。
他还以为她又跑了。
男人撩开被子下床，直接推开浴室门。
正在冲澡的苏欢被惊吓到，登时背对着他，她有点恼羞成怒地红着脸嗔道："你出去！"
江信却直接朝她走来。
他从后面紧紧地把她抱进怀里。
头顶的花洒还在喷水，他也跟她一块淋湿。
"江信……"苏欢很难为情，"你先出去行不行？"
他沉默着，不答也不动。
须臾，江信才低喃着说："我以为你又丢下我跑了。"
苏欢愣了愣。
"都答应你了……还跑什么啊。"她快速地眨着眼轻声回。
而后，她转过身，环住他劲瘦的腰身，小声咕哝："不会再跑了。"

苏欢一开始总对她和江信完全不是正常的恋爱步骤而耿耿于怀。
后来她终于意识到，爱情的发展就没有唯一标准的答案。
只要遇见了对的人，走的每一步都是对的。
过了很久，江信才知道，苏欢那晚去酒吧，是因为心情不好。

那天是她二十六岁的生日，却过得很糟糕。

在公司被老板因为工作骂，回家被父母催婚说教，和朋友约好了晚上一起吃饭，朋友放了她鸽子。

然后她就一个人去了酒吧，自己给自己庆祝。

再然后，遇见了他。

“后来我才发现，你就是老天送给我的二十六岁生日礼物。”

“江信，很高兴我这辈子能拥有你。”

“江太太，是不是该换个称呼了？”

“江先生，老公，你喜欢哪个？”

“都喜欢。”

番外五 章骜恂

姜鹿一觉睡到章骜恂把晚饭准备好都没醒。

章骜恂回到卧室，光线昏暗的房间内，柔软的大床上躺着睡颜恬静的她。

他来到床边，弯腰凑近她轻声喊：“姜姜？姜姜？”

姜鹿不情愿地哼了哼，嗓音软软地嗔他：“你好烦啊，打扰我做梦。”

章骜恂低笑，问：“梦到什么了？”

姜鹿侧身面对他，伸手拉住他的一根手指，懒懒倦倦地窝在被子里，轻喃：“我们第一次遇见。”

2018 年秋季，章骜恂和姜鹿相遇在国外。

把毕业旅行推迟到秋天的章骜恂在枫叶最美的国度遇见了去那里旅游的姜鹿。

两个人都是一个人旅行。

但独自旅行的一大弊端，就是没办法给自己拍漂亮的照片。

姜鹿一路上都在麻烦别人帮她拍照。

那天天气很好。

她穿着米色的长款风衣，戴着墨镜和贝雷帽，单肩挎着双肩包在枫林里边走边举着单反拍照。

忽而，姜鹿停住脚步。

她直直地盯着闯进她单反镜头里的那道挺拔身影，神色登时讶异无比。

因为对方的穿着跟她很像。

同款米色长风衣，一模一样的双肩包，还有同款白板鞋。

姜鹿觉得很有缘分，就偷偷拍下了这个人的背影照。

然后，她小跑着追上对方，在后面轻轻拍了下对方的胳膊。

在对方转过身后，姜鹿又愣了下。

因为……就连他戴的墨镜，都跟她戴的是一个牌子。

姜鹿缓了缓神，用英语礼貌地询问：“你好，你能帮我拍张照片吗？”

章鹜恂点头答应。

他接过她递给他的单反，在她找了地方站好后，举起单反让她出现在了镜头里。

章鹜恂透过单反看到她摘下了墨镜。

女人的眼睛水灵灵的，特别灵动，像小鹿的眸子。

她随手拢了拢长发，而后对他扬起浅笑。

章鹜恂摁了键，把她笑的这一刻拍了下来。

姜鹿跑过来，拿回相机看到他给她拍的照片时，登时眉眼染笑地用英语夸：“你拍照很好啊。”

章鹜恂笑了笑。

他也发现了他跟这个女孩穿衣打扮特别像，不知道的估计还以为他们是情侣。

但章鹜恂并未对此说什么。

他刚要走开，手机就响了起来。

章鹜恂接通。

“喂。”

“我在旅行。”

“嗯，过几天就回国。”

姜鹿盯着说中文的他，眨了眨眼。

等他挂了电话，她才改为中文，惊喜地问：“你也是中国人呀？”

章鹜恂有点意外地挑了挑眉，淡笑：“嗯，你好。”

姜鹿笑得眼睛弯弯的，说：“咱俩品位还蛮一样的欸，衣服鞋子包包甚至墨镜都是同款。”

章鹜恂开玩笑道：“我也是第一次亲身经历撞衫撞得这么彻底。”

姜鹿忍不住笑出声。

随后，她大着胆子问：“我能加你个微信吗？

“其实我……刚刚在后边就发现你跟我撞衫了，就偷偷拍了一张你的背影照，留个微信我过后把照片发给你啊！”

章鹜恂本来没想加。

但也不知道为什么，他隔着墨镜镜片望着她清泠泠的眼睛，最终还是鬼使神差地跟她加了微信。

当天晚上，他就收到了她发给他的照片。

章鹜恂回了句谢谢，然后又补充了一句："拍得很好。"

捧着手机的姜鹿嘴角不自觉地扬了起来。

她打字发送："是你长得帅啦！"

章鹜恂不知道说什么好，没有再回她。

接下来几天，姜鹿偶尔会找他聊聊天，把她拍到的很好看的风景发给他。

章鹜恂并不排斥，每次都跟她随意说几句。

在他要回国那天，收到了姜鹿的微信。

她问："我突然想起来，还不知道要怎么称呼你啊！"

然后她自我介绍："我叫姜鹿。"

章鹜恂忽而失笑，这姑娘的反射弧好像有点长。

这么久了才想起来自我介绍。

他把她的备注改成"姜鹿"，回了她三个字："章鹜恂。"

再次有交集，是 2021 年夏。

姜鹿的父亲给她找了位私人顾问，教她一些管理公司的经验。

已经研究生毕业的姜鹿当时正面临着接手公司的考验。

姜鹿按照父亲给的手机号加对方微信时，搜索出来居然是她在国外加上的那个叫章鹜恂的男人。

姜鹿不可置信地操作了三次，依然是他。

她这才打开跟他的聊天界面，试探性地问："你就是我爸爸找的那位私人顾问章老师？"

也刚刚知道对方是她的章鹜恂笑着回："是吧。"

姜鹿："你看着也不大啊……跟我差不多年纪吧？有这么厉害啊……"

章鹜恂说："还行？教你应该没问题。"

因为这个原因，姜鹿和章鹜恂的联系频繁起来。

不仅仅只聊天，还会见面，一起约着吃饭和喝咖啡。

当然，更多的还是在吃饭和喝咖啡的时候说工作的事。

两人的关系也因此越来越熟。

后来有次，聊到有没有谈过恋爱，姜鹿问章鹜恂："章老师，你谈过恋爱吗？”

章鹜恂坦然道：“谈过啊。”

姜鹿好奇地问：“她是什么样的女孩啊？”

章鹜恂说：“很优秀很理智。”

“那你们为什么分手了？”姜鹿问，“是因为她太理智了吗？”

他正在看她做的汇报，头都不抬地应：“也可以这么说吧。”

姜鹿一针见血道：“那她不喜欢你啊，喜欢一个人怎么可能理智？”

章鹜恂抬起眼皮瞅了姜鹿一眼。

姜鹿瞬间噤声，目光躲闪开，不敢再看他。

章鹜恂低叹了下，语气无奈：“你把你的聪明都用在工作上，会更优秀。”

姜鹿听出他在夸她，唇边瞬间漾开笑。

章鹜恂以私人顾问的身份在她身边待了半年。

他教她怎么管理公司，怎么用人，怎么做决策……

他教了她很多。

也让她在那半年中迅速成长，从一个什么都不懂的小白接班人，变成了有胆识有策略的新任老板。

姜鹿正式接管家里的公司那天，是章鹜恂不再当她私人顾问的第一天。

那晚她以感谢他的名义，请他吃了一顿饭。

晚饭结束后，章鹜恂和她在餐厅门口分开。

他转身离开的那一刻，姜鹿在身后喊住他。

“章鹜恂，”她认真地问，“你还喜欢她吗？”

这段时间他们不仅交流了很多工作上的事，她还知道了他曾经的感情过往。

她知道那个姑娘叫白伊，章鹜恂从高一就喜欢这个叫白伊的姑娘。

她知道他曾经因为无意间听白伊说要去海大，也把目标定在了海大，最终跟白伊上了同一所大学。

她知道他在大学跟白伊短暂地谈过几个月的恋爱。

但她不知道，他现在心里装着谁。

章鹜恂转过身，垂眼看着姜鹿，跟她隔着几米远的距离对望着。

须臾，他给了她答案：“我喜欢过她。”

喜欢过。

就是已经放下了。

姜鹿慢慢朝他走，镇定的表情下掩藏着紧张和忐忑。
她轻声问：“那现在呢？”
姜鹿来到他面前，仰头看着他：“现在，有喜欢的人吗？”
章骛恂刚要说话，姜鹿就慌张地抢话道：“如果没有，可以考虑我吗？”
章骛恂很无奈地叹了口气：“我有喜欢的人了，姜鹿。”
姜鹿的心突然猛沉下去。
下一秒，他又说：“不用考虑，就是你。”
正难过的她蓦地仰起脸来，错愕地看向他。
章骛恂正在笑。
姜鹿意识到他刚刚在故意逗她，抬手就要打他：“章骛恂！你怎么……”
她的手腕被他轻松握住，随后，人也被扯进了他怀里。
男人温柔地拥着她，眼底笑意渐浓。
“笨蛋姜姜。”他宠溺地揉着她脑袋低喃。

姜鹿是后来才知道，章骛恂有自己的风投公司。
而他之所以会当她的私家顾问，这么不遗余力地把自己的经验都教给她，是因为她的父亲曾经在他困难的时候帮过他。

“不是说回家后就表达你有多爱我吗？”姜鹿此时已经被章骛恂抱在了怀里。
她坐在他腿上，抬手勾住他脖子，歪头笑着说：“我等着呢。”
章骛恂便慢条斯理地开始解衬衫扣子。
姜鹿强装镇定地瞅着他，男人的动作格外自然，又那么欲。
她像受了蛊惑，帮他解开一粒衣扣。
他的胸膛隐约可见。
姜鹿仰起头，在他喉结上吻了吻。
章骛恂不由自主地滑动了下喉结。
她继续往上，亲住他的薄唇。
章骛恂很快就转守为攻，同她辗转厮磨。

或许命运从一开始就有安排。
让我们在那一天，穿着情侣装相遇。

章鹭恂，我来晚了。

抱歉让你等了我那么久。

下辈子，我想在很早很早之前就跟你认识。

我要做你的暗恋对象。

那样的话，便是——

你暗恋我，我也喜欢你。

番外六 贺辞

2018年。

贺辞去海大找了白伊，鼓起勇气对她表明了心迹。

但却被她拒绝。

她很理智地告诉他，不要为了任何人做决定。

贺辞问她是不是那个哥哥。

她说不知道。

但他心里已经清楚了。

所以最后在填报志愿时，贺辞听了她的话，避开了海大。

最后他被第一志愿清大录取，去了北京念大学。

贺辞有个大学舍友，跟他关系很铁，对方叫唐奕。

唐奕不止一次跟贺辞提到过，他之所以能考上清大，多亏了上高中时他父母给他请的那位家教老师。

贺辞也只是听听，并没多放在心上。

直到2022年4月21号。

已经是大四应届毕业生的贺辞做毕设做到晚上九点多才回宿舍。

坐在书桌前的唐奕刚结束一把游戏，他捞起手机，随手点开朋友圈，看到了周雾寻发在朋友圈的婚礼照片。

他惊讶道："周老师今天结婚啊。"

贺辞轻皱眉，扭头问："谁？"

唐奕说："曾经给我补过课的那位家教老师啊。姓周，叫周雾寻。"

在此之前，唐奕并没有提到过周雾寻的名字。

所以贺辞并不知道，唐奕口中的家教老师，就是周雾寻。

原来世界这么小。

兜兜转转还是会绕到她那里去。

贺辞知道今天是白伊和周雾寻办婚礼的日子，所以他一天都没有打开朋友圈。

虽然知道不能再喜欢她，但到底是喜欢了很久的人，无法一下子说放下就放得干干净净彻彻底底。

他需要些时间。

这晚过后，生活回归忙碌而平静。

贺辞几乎每天都在做毕设，偶尔累了，会拿上滑板出去玩会儿。

也因此，他意外遇到了一个初学滑板的女生。

对方在空地上有点生疏地练习豚跳，一遍又一遍。

有时候会磕碰摔倒，自己委屈地哼唧两声，再爬起来继续练。

虽然很努力，但……发力不对。

贺辞滑着滑板过去，在对方面前做了个完美的 Ollie。

女孩看呆，目光怔怔地盯着他。

贺辞觉得她可能没看清他是怎么做的，于是折回来，在她面前又做了一遍豚跳。

动作干净利落，堪称完美无瑕。

谁知，女孩撇撇嘴，不高兴地咕哝："有什么好炫耀的！等我学会了，我做得比你还漂亮！"

贺辞一愣。

他被气笑，转身滑着滑板走了。

他是脑抽了才会想去给她做示范，好心当成驴肝肺。

第二天，贺辞踩着滑板在校园里透气。

在昨天那个地方，他又一次见到了那个女生。

她依旧在试图做 Ollie。

但因为发力点不对，根本做不成。

贺辞这次没有给她做示范，而是故意滑到她那边，做了个完美的 Ollie，随后踩着滑板扬长而去。

不是说他炫耀吗？

那就炫耀给你看好了。

女孩被他气得跺了跺脚，却也越发不服输起来，练习得更加努力。

接下来几天因为有个中期答辩，贺辞没有再玩滑板。

等中期答辩过后，他终于稍微松一口气，踩着滑板放松心情时，又在那个地方看到了那个女生。

距离他上次见她已经过去十多天了。

她还在试图豚跳成功，却毫无进展。

兜里的手机响起来，贺辞停下来，一只脚踩在滑板上，一只脚踩在地上。

他接通电话，淡淡地“喂”了声。

母亲在听筒那端问他：“阿辞，你毕业后回沈城吗？还是留在北京找工作啊？”

贺辞沉吟了下，回道：“应该会回去。”

“好。”他母亲笑着说，“等你毕业典礼那天，我跟你爸过去看看你。”

“嗯。”他刚应了声，忽然有个人就冲到了他怀里。

练习豚跳的姑娘一不小心踉跄了下，直接冲撞到了他。

她的脑袋顶到他的腹部，手本能地抓住了他的衣服。

被撞的贺辞疼得闷哼了声，甚至往后退了步，才勉强稳住身体。

女孩子立刻慌张地道歉：“对对对……对不起！”

贺辞对母亲说：“妈，我先挂了。”

说完，他就掐断了通话。

贺辞沉着脸把手机放回兜里，冷眼瞧着眼前这个满脸通红的小姑娘，一字不说。

须臾，在要踩着滑板离开之前，他才开了口。

贺辞一边给她示范，一边言简意赅道：“后脚点板，前脚刷板。”

“跳跃。”说着，他就和滑板一起离开了地面。

电光石火间，一个完美的 Ollie 已经完成。

女孩子睁大眼睛，感叹道：“你的脚上粘胶水了吗？”

板跟人完全就是一体的！

贺辞没回答她这种弱智问题，示范完他就要走。

女孩子却抱着滑板追上他：“那个……你再教教我吧。

“你做的 Ollie 真的好完美！

“我刚没看清，能不能再做一遍啊？

“你教我滑板，我可以请你吃饭给你买零食或者游戏装备也行！”

贺辞被她吵得头疼，停下来，翻旧账说：“不是觉得我在炫耀吗？”

“我那样说是嫉妒你！”

女孩子眼巴巴地看着他，表情可怜兮兮的，语气也很委屈：“我一个人自学真的好难，怎么都学不会。拜托你啦，帮帮我好不好？”

贺辞瞅了瞅她，好心地告诉了她问题所在：“点板用脚腕发力，你是在用大腿使劲。”

女孩子惊讶：“这你都看得出来？”

“我又不瞎。”贺辞无语。

“走了，我还有事，你自己慢慢练。”他说完就往前滑着滑板离开。

女孩子在后面跑着追问：“你明天还来吗？”

贺辞头也不回道：“看我心情。”

第二天。

贺辞刚出现，女生就逮住了他，非要和他加微信。

贺辞表情万分嫌弃，但还是和她加了好友。

“你叫什么呀？”女生在改备注的时候问，“跟我一样也是大一的吗？”

贺辞瞥了她一眼，语调冷淡地回：“大四，贺辞。”

她登时惊讶地仰头望着他，说话又开始慌乱到结巴：“学学……学长？”

贺辞扬眉：“嗯。”

“我叫那个……宋津。”好像不知道要怎么说自己的名字，宋津直接在微信上给他发了她的名字。

贺辞礼尚往来，也发了自己的名字过去。

宋津瞅着他的名字，小声地念：“贺、辞？”

她问：“学长你是大年初一的生日吗？还是……元旦？”

贺辞有点意外地看了看她，随后回：“大年初一。”

宋津瞬间绽开笑：“果然猜中了！”

贺辞不知道猜中生日有什么好开心的。

但他没意识到，他的嘴角也几不可见地扬了一瞬。

从这天开始，宋津每天都约贺辞出来玩滑板。

贺辞除了有事没空不能去时，没拒绝过她。

而他也经常收到宋津送给他的零食。

贺辞说过不用送东西，他不缺钱，想买什么自己都能买，但宋津非说不一样，就要送他。

搞得唐奕以为他谈对象了，调笑说：“大学四年你拒绝了好几个女生，这都要走了，反而跟小学妹谈起恋爱来了？”

贺辞皱眉道：“别乱说，没谈。”

“哦……”唐奕笑得更加意味深长，“那就是在撩？”

贺辞：“闭嘴吧你。”

六月底最终答辩结束后，贺辞刚从教室出来，偷偷来看他答辩的宋津就在后门也溜了出来。

“学长！”她笑着喊他，同时朝他跑来。

“你刚在台上好……从容啊！”宋津本想说帅来着。

贺辞单肩背着书包，和宋津一起沿着走廊往外走。

“对啦学长，”宋津开心道，“我练成 Ollie 了！”

她期待地问：“你要看吗？”

“好。”贺辞简单地回。

于是，在出了教学楼后，宋津就在他面前给他做了一个很完美的 Ollie。

“要不是你教我，每天都督促我练习，纠正我的动作和发力，我可能现在都没办法做豚跳。”宋津说着，从兜里变出一根棒棒糖来，笑道，“请你吃糖。”

贺辞接了过来。

他单手捏爆糖袋，把棒棒糖含进了嘴里。

“学长，”宋津关心地问，“你们哪天离校啊？”

“最晚后天。”贺辞说。

“那……我能……请你吃个饭吗？”宋津忐忑地邀请他。

“不能。”贺辞拒绝。

宋津抿了抿嘴巴，有点低落地不说话了。

“我请你吧。”贺辞淡淡道，“今晚。”

他说：“明晚我有聚餐。”

宋津瞬间来了精神，开心地笑着答应：“好啊好啊！”

然而，这顿晚饭最终并没有让宋津有多开心。

因为她听贺辞说，他毕业后会回沈城。

那她就见不到他了。

宋津一想到这里，就觉得胸闷难受。

这晚宋津躺在床上，躲在被子里哭了一场。

她有点说不清原因，但就是很难过。

明明不是她的毕业季，可她觉得好像自己要失去了什么一样。

而另一边的贺辞，直接睁眼到天亮。

他是第一次因为一个女生，失眠一整夜。

贺辞总是会想起昨晚他说他会回沈城后，她那副失魂落魄的样子。

心里有点怪怪的别扭。

在校的最后一晚，贺辞和舍友还有班上的同学聚餐。

趁人不注意的时候，贺辞提前离开了饭店。

他在微信上找了宋津，让她去老地方。

过了会儿，坐在长凳上等宋津的贺辞看到一道纤瘦的身影飞奔着跑了过来。

她气喘吁吁地停在他面前，呼吸不稳地问：“怎么了……学长？”

贺辞让她坐下歇会儿顺了顺气。

然后，他才不紧不慢地告诉她：“我想了想，觉得北京也挺好的。”

宋津心里一紧，咬住嘴唇扭头看向他。

“所以你以后要是想找我玩滑板，可以在休息日约我。”贺辞的声音很低，语调有点别别扭扭的。

宋津受宠若惊：“学长你的意思是……你会留在北京吗？”

贺辞嫌弃道：“你这不是明知故问吗？”

宋津高兴地笑出声：“那我可以每周都去找你吗？”

贺辞轻咳了下，故作不在意道：“随你。”

大概是太过兴奋，宋津伸手抱了抱贺辞，她的声音扬着，对他说：“本来我都在想，等我毕业就去沈城找你……”

说到这里，宋津才感觉不对劲。

她立刻松开了身体僵硬的贺辞，脸颊登时爆红。

宋津扑闪着眼，目光飘忽地慌乱解释：“对对……对不起啊学长，我太激动了。

“我……我不是故意要抱你……我那个……”

她苦着脸，破罐子破摔般小声嗫嚅：“对不起，我喜欢你，所以才……”

贺辞嗓音平静地低声问：“为什么要对不起？喜欢就喜欢，我又没说不让你喜欢我。”

宋津倏然掀起双眸，不可置信地怔望着他。

“学长，你……”什么意思啊。

贺辞偏头，和她对视着。

“不明白吗？”他低声问。

随后，男生捧住女孩子的脸，低头在她的唇上轻轻吻了下。

“明白了吗？”他嗓音微哑地问。

宋津讷讷地点头。

须臾，终于反应过来有了真实感的宋津很小声地对他说：“学长，你再亲我一下。”

贺辞一怔。

他别过头，耳根红通通的，嘴硬拒绝：“为什么让我亲你？”

“那我亲你也行。”宋津说完，就掰过他的脸，将嘴巴贴到了他的唇上。

在她主动吻住他的这一刹那，贺辞的心弦剧烈颤了颤。

空落落的左胸腔里也瞬间变得满满胀胀。

我们终将幸福圆满。

就像她有她的周雾寻，我有我的宋津。

你也会有属于你的人。

后记

艾鱼

这本最初的灵感出现在我情绪最低落的那段时间。

我一直靠情绪沉浸式写文，每天码字都会听歌调动情绪，让自己融入小说的情境中。

一旦没了情绪，半个字都敲不出来。

当时《秋橙》刚在网上把正文连载完，因为那本女主角在原生家庭中受到的伤害，导致我在和女主角有了共情后陷入痛苦，甚至情绪崩溃地冲男友哭，也一度丧失表达欲。

所以在强撑着写完《秋橙》的正文后，我就请了假，打算调整好心态再更番外。

可偏偏情绪越低迷，我就越爱想不好的回忆。

那些晦涩的过往在脑子里不停地闪现时，我突然抓住了几段零星的记忆碎片。

就像在黑暗中忽而捕捉到了一丝光亮。

也因此，我想起了曾经的朋友、同学以及那个高高瘦瘦的男生。

他姓白。

想到他后，跟他有关的一些事也随之浮现。

白是转学生，中途转来我们班，成了班上最高的男生。

他长得很帅，大眼睛双眼皮，声音是特别撩人的低音炮，唱歌很好听，学习成绩始终稳在班里前十名。

他的异性缘特别好，从不缺女孩子喜欢，也会背着老师和家长偷偷谈恋爱，女朋友换了一个又一个。

而我是一个很内向慢热也很没有存在感的女生，站在人群里特别容易被忽略，唯一能被大家记住的，大概是课代表这个身份。

因为我跟他表妹同班，当时也是最好的朋友，所以那两年我能跟他有交集，基本靠他表妹在中间牵扯。

构思这个暗恋故事时，我把记忆中印象最深刻的几个片段放进了文中。

比如，我被外班男生气哭时正赶上他回到教室，白看到我在哭，问了他表妹原因后，冷着脸就去找了那个男生算账。

还有发生在教室里的“他摸了一下我的手”这个梗。

再后来，他认识了我表姐，跟我表姐谈了恋爱。

有次我被表姐带去他家玩，同行的还有其他几个朋友，男生女生都有。

那天他发小也在场，那个男生爱玩闹，故意恶作剧逗我，我被吓到，慌乱躲避时不小心从客厅的沙发上摔了下来，而我出糗的瞬间，恰好被他看到。

我那会儿是真的觉得很窘很难堪。

那两年间，我不记得他有喊过我的名字，我也从没叫过他的名字。

时隔多年再回想起来，依然会觉得遗憾。

于是在写这篇文时，我没有吝啬，让周雾寻和白伊一次又一次地唤对方的全名。

暗恋一个人，会没勇气喊他的名字。

但也有可能，正是因为偷偷喜欢才总唤对方全名，一声又一声。

前者是我，后者是白伊。

我是胆小鬼，白伊很勇敢。

就像我并不是白伊，白也终究不是周雾寻。

我和白没有留任何联系方式，毕业即失去联络，再无半点交集。

直到某天我和表姐闲聊时，表姐跟我提起他，说了句：“白在北京。”

那是我毕业后第一次听到他的音讯，也是唯一一次。

也是那天，我才从表姐嘴里得知，他俩交往的时间格外短暂，早就分了。

可能你们不理解我为什么没有他的消息，是不是觉得我完全可以从他表妹那里得知他的近况？

但事实是我和他表妹没联系了。

大家不在同一个城市念书，一年到头见不到一两次，曾经最好的朋友也会在时间的滚轮中慢慢走散。

没有任何误会和矛盾，就只是因为随着长大，朋友圈子变得不同，距离也就逐渐拉远。

到最后，不再聊天，失去联系，各自安好。

现实总是逃不过各种遗憾，年少时无人知晓的暗恋对我来说已经成为过去式。

写这本书也不是为了单独纪念白，而是想纪念曾经陪伴过我的那一群可爱的人，还有那段最纯真美好的时光。

不管再过多少年，他们仍然会是能够带给我温暖和力量的存在，尽管我们大家都早已失去联系。

我很感谢他们能陪我走过一小段人生旅程，也真心地希望他们现在以及将来全都过得平安如意。

我同样感谢这本书，让我成功脱离了情绪崩溃的低迷期，写这篇文的这几个月我很享受，也很快乐。

每天听着五月天的歌码字，真的无比治愈。

也很感谢我的编辑，让这本小说可以出版，让我有机会写下这篇后记。

更感谢支持我鼓励我的读者们，你们能喜欢我笔下的故事和人物，对我来说就是最高的肯定了。

文字能够治愈我。

希望看到这本书的你们，也能从他们的故事里品出一份治愈和美好。

白伊和周雾寻有错过，也有遗憾。

但幸好，他们最终还是得偿所愿地走到了一起。

最后祝我们每个人，从今往后都能如愿以偿。

2021 年 12 月 24 日